U0601686

求是文芸

求是文荟：《求是学刊》发刊200期

总主编：丁立群 李小娟

视界与方法

中国文学研究十年

杜桂萍◆主编

黑龙江大学出版社

图书在版编目（CIP）数据

视界与方法：中国文学研究十年 / 杜桂萍主编. ——
哈尔滨 ：黑龙江大学出版社，2011.1（2021.9 重印）
　（求是文荟 ：《求是学刊》公开发行 200 期 / 丁立
群，李小娟主编）
　ISBN 978-7-81129-350-0

　Ⅰ . ①视… Ⅱ . ①杜… Ⅲ . ①文学研究—中国—文集
Ⅳ . ① I206-53

中国版本图书馆 CIP 数据核字（2010）第 248259 号

视界与方法：中国文学研究十年
SHIJIE YU FANGFA：ZHONGGUO WENXUE YANJIU SHI NIAN
杜桂萍　主编

责任编辑　安宏涛
出版发行　黑龙江大学出版社
地　　址　哈尔滨市南岗区学府三道街 36 号
印　　刷　三河市春园印刷有限公司
开　　本　787 毫米 ×1092 毫米　1/16
印　　张　30
字　　数　461 千
版　　次　2011 年 1 月第 1 版
印　　次　2022 年 1 月第 2 次印刷
书　　号　ISBN 978-7-81129-350-0
定　　价　69.80 元

本书如有印装错误请与本社联系更换。

版权所有　侵权必究

求索与坚守

——纪念《求是学刊》发刊 200 期

已过"而立之年"的《求是学刊》，带着丰硕的成果和骄人的荣誉，迎来了发刊第 200 期的重要时刻。作为《求是学刊》一直的读者、20 多年的作者，特别是曾经 8 年的编者，我不仅为她日积月累的成果和荣誉而高兴，更为她始终不渝的精神特质而感动，这就是：对真理不懈的求索和对学术品位不变的坚守。

记得 1990 年我作为主持编辑部工作的副主编开始成为《求是学刊》的一个编者时，适逢《求是学刊》公开发行十周年，我在以"本刊编辑部"的名义所写的《唯实·求是·图新》的纪念文章中，开宗明义就清楚地表述了《求是学刊》的基本定位：

> 一本杂志的刊名绝非一时心血来潮的产物。从选定现有刊名的那一刻起，我们就清楚地意识到，我们的劳作将同人类最崇高的事业——真理的探索联系在一起，唯实、求是、图新将是我们永恒的座右铭。十年的心血、十年的求索，贯穿着始终如一的旨趣：求是！

令人十分欣喜的是，又过去了 20 年，《求是学刊》的这一学术品位和精神追求不仅没有改变，而且已经发扬光大为自己鲜明的办刊特色。必须指出，做到这一点并非轻而易举：高尚的精神无疑在任何时代都会被人们所推崇、所崇敬，但是，要做到在任何情况下都能够对精神和真理保持敬畏而不为其他的因素所动心，无论对于一个人、一本杂志、一个学科领域，都是难能可贵的。距今差不多 200 年前（1816 年），大哲学家黑格尔在海得堡大学所做的《哲学史讲演录》开讲辞中就曾经感叹道："时代的艰苦使人对于日常生活中平凡的琐屑兴趣予以太大的重视，现实上很高的利益和为了这些利益而作的斗争，曾经大大地占据了精神上一切的能力和力量以及外在的手段，因而使得人们没有自由的心情去理会那较高的内心生活和较纯洁的精神活动，以致许多较优秀的人才都为这种艰苦环境所束缚，并且部分地被牺牲在里面。因为世界精神太忙碌于现实，所以它不能转向内心，回复到自身。"①在今天日益丰富发达的市场经济条件下，许多经济的、行政的、人情的和其他非学术的因素，从不同方面挤压着学者的研究和杂志的办刊活动，在这种时代氛围中，要几十年如一日地排除各种干扰，坚守学术尺度和学术品位，更是需要毅力和定力。

因此，黑格尔呼唤一个"那前此向外驰逐的精神将回复到它自身，得到自觉"的时代，期待年青一代可以"不受扰乱地专心从事于真理和科学的探讨"。黑格尔强调："追求真理的勇气和对于精神力量的信仰是研究哲学的第一个条件。人既然是精神，则他必须而且应该自视为配得上最高尚的东西，切不可低估或小视他本身精神的伟大和力量。人有了这样的信心，没有什么东西会坚硬顽固到不对他展开。那最初隐蔽蕴藏着的宇宙本质，并没有力量可以抵抗求知的勇气；它必然会向勇毅的求知者揭开它的秘密，而将它的财富和宝藏公开给他，让他享受"。②

黑格尔这些充满激情的话语，穿越了近200年的历史时空，今天依旧具有巨大的感召力。在市场经济的海洋中守望精神的灵性，坚守学术的神圣，并非是在追求一种孤芳自赏的清高，而是渴望着对人类文化中最优秀精髓的自觉传承。人作为历史性的存在，人类的足迹作为具有内在联系的历史，真正能够得以传承的无非有两种东西：自发的文化传统和自觉的文化精神。而随着科学技术的发展、人类知识的积累，特别是历史意识的觉醒，这种自觉地透视人类历史发展内涵、自觉地揭示社会现实的本质规定性的文化精神，越来越成为人类发展不可或缺的重要维度。我一直认为，杂志或期刊为自觉文化精神的生成、培育和传承提供了最好的寓所、平台、载体或温床。1665年1月5日法国的戴·萨罗在巴黎创办的世界上第一本期刊就是《学者杂志》。经过300多年的发展，虽然杂志或期刊已经演变为多种类型，但是，学术期刊毫无疑问一直是最典型的、最有

---

① （德）黑格尔：《哲学史讲演录》第1卷，贺麟、王太庆译，商务印书馆1959年版，第1页。
② （德）黑格尔：《哲学史讲演录》第1卷，贺麟、王太庆译，商务印书馆1959年版，第3页。

影响力的杂志，这同它与人类文化精神的内在本质联系密切相关。众所周知，"Magazine"（"期刊"或"杂志"）一词源自法文 Magasin，原意为"仓库"、"知识的仓库"或"军用品供应库"等。但是，真正的学术刊物显然不是给定的、现成的知识的"仓库"，而是活生生的文化精神得以生成的历史地平线，是人类文明的自觉的守望者。

由此不难看出，《求是学刊》的精神追求和学术品位，并没有使之远离生活，远离现实，而是使之在更高的层面上凸显出强烈的现实关怀。我在1990年所写的《唯实·求是·图新》的文章中，已经阐述了这一点：

> 世纪之交将为人类带来新的机遇、新的希望和新的使命。彼此冲突的人类理性将进行一次新的自我反思和批判，进行一场伟大的知识整合运动；四分五裂的人类历史将汇入马克思所预见的伟大的"世界历史性的"进程。而我们历经磨难的民族将逐步告别贫穷与落后的历史，踏上伟大的总体性的现代化的征程。总体性的现代化呼唤着总体性的理论。我们将同我们的读者和作者一道，以实事求是的研究来迎接这一伟大的时代。生活之树常青，理论也不应是灰色的。大变革时代的理论不是黄昏时才起飞的"密纳瓦的猫头鹰"，而是那传说中神奇的"凤鸟"，她将为一个新时代报晓，也将为之献身。置身于伟大的人类知识整合运动之中，为现代化理论的建构而尽心竭力，这将是我们唯实、求是、图新的宗旨。

翻开《求是学刊》的200期学术长卷，从20世纪80年代在全国独树一帜的生产力经济学研究和思维科学探索，到世纪之交的经济体制改革和法制建构，从文学批评、历史反思到现代性的文化批判，处处透露出这一学术期刊对中华民族和人类命运的深切关怀及对人类社会发展现实的理论穿透。

不仅如此，我在这里还想进一步挖掘出《求是学刊》更深层的学术追求。应当说，对真理不懈的求索和对学术品位不变的坚守不只是《求是学刊》的定位和办刊特色，在中国的学术期刊之林中，还有很多有影响的杂志，具有同样的追求和类似的定位。我想说的是，在《求是学刊》的学术定位中，我们还可以发现并继续培育更加值得珍视的精神特质和学术品格。具体说来，主要有二：一是正在走向自觉的"刊物的主体意识"；二是正在开启的"刊物的国际视野"。

我在谈论"刊物的主体意识"时,是想表达这样的想法:我们在强调杂志或期刊的学术品位时,可以展示出不同的境界和追求。例如,我们可以突出学术期刊的开放的视野和胸怀,对于各个领域的学术研究,对于各种不同的学术兴趣和学术观点,不加限制地给予同等表达的机会,形成百家争鸣的格局。但是,我们也可以强调刊物本身的选择性,而不把刊物当做"安放文章的空架子",这就是说,我们强调刊物要有明确的"主体意识",要主动创造和引领特定领域、特定问题域的学术理论热点,积极地推动理论创新,自觉地培育学术流派和理论精神。后一种追求或境界显然要面对更大的挑战,付出更多的艰难探索和精神劳作,才有可能取得进展。但是,它一旦获得突破,其学术价值和理论意义显然会更大。在这方面,最成功的例子是法国年鉴学派的兴起和发展。1929 年,年鉴学派的创始人吕西安·费弗尔和马克·布洛赫,创办了《经济社会史年鉴》(后多次更名,并于 1946 年定名为《经济·社会·文化年鉴》)。这一学术杂志在此后的半个多世纪中成为几代持相同主张的史学家的主要阵地,形成了 20 世纪最有影响的史学流派和社会历史理论流派。从第一代代表人物吕西安·费弗尔和马克·布洛赫,经第二代中坚布罗代尔,到第三代代表雅克·勒高夫、埃马努埃尔·勒华·拉迪里、马克·费罗等人,他们提出的微观史学理论范式深刻影响了欧美的历史学研究和其他社会历史理论的研究。

《求是学刊》在这方面作了初步探索,其典型的研究领域就是文化哲学。1992 年《求是学刊》率先在期刊界推出"文化哲学:跨世纪的思考"学术研究专栏,此后又先后设立"文化哲学:现代化与日常生活批判"、"文化哲学:后现代主义研究"、"文化哲学:全球化的文化反思"等系列专栏,培养了一批文化哲学研究者,使黑龙江大学文化哲学研究中心成为目前中国哲学界最有影响的文化哲学学术中心,并逐步形成了把对人及其世界的形而上的理性反思和现实的文化历史批判相结合的独特的文化哲学视野,自觉地提出建构作为一种重要的哲学理解范式和重要的历史解释模式的文化哲学理论体系。尽管这些研究还处于起步阶段,但是已经呈现出良好的发展态势,产生了重要的学术影响,并极大地带动和引领了国内文化哲学研究的走向。

至于"刊物的国际视野",显然不难理解,它强调的是:在全球化、信息化时代,学术研究和学术刊物必须自觉地开启国际视野和世界眼光。当今人类社会发展,包括所有民族的发展,面临的最大的具体情况,最大的现实就是全球化的进程和全球化的逻辑。用茨威格的话说,在全球化时代里,"我们岁月中的每个小时都是和世界的命运联系在一起的"。在这样的背景中,尽管我们的学术研究和理论创新依旧要立足于中国的现实,凸显中国特色,但是,无论要使我们的理论思考切中中国的现实,还是要廓清世界的变局,都必须站在全球化的高度,形成开放的世界眼光。在这方面,《求是学刊》有自觉的思考,从本世纪初,就积极地开展各种国际学术交流,并在学术期刊界率先开设了"海外来稿"专栏,致力于国内外学术交流,为国内外的学术对话与交流搭建一个学术平台,促进学术期刊不断走向国际,探索开放式、国际化办刊的路径。这一栏目同样在学界产生了较好的反响。

我深知,《求是学刊》还很年轻,她的许多探索还处于初始的阶段,还有很多的局限性。但是,这不是她的缺点和弱点,而是她的希望、她的开放的未来。精神的追求和学术的探索原本就"总在途中",真理的探求是永远图新永远不老的神圣事业,更是扎扎实实默默无闻永无止境的辛勤劳作。只要我们不懈地求索,只要我们不变地坚守,就会有越来越广阔的理论地平线在我们的眼前不断开启。我还是用1990年所写的《唯实·求是·图新》的文章中的话来作为这篇随笔的一个"结语":

> 我们深知,历史不会只呈现玫瑰色,真理更不会一蹴而就,在我们有限的才能与宏伟的历史使命之间横着单凭我们自身很难逾越的时空。但我们坚信,我们同读者和作者的辛勤劳作,无论如何平凡,都不会毫无价值。"天空没有翅膀的痕迹,但我已经飞过。"(泰戈尔)我们愿以自己的平凡换取真理的非凡,我们愿以自己的默默无闻换取真理的无穷感召力。"路漫漫其修远兮,吾将上下而求索!"

谨以此寥寥数语来纪念《求是学刊》发刊200期,我更愿意把这篇随笔看做自己学术跋涉的心路历程的记录。愿与《求是学刊》以及更多的学术期刊一道在精神世界中继续上下求索,为我们时代的破浪前行自觉地彰显理论的力量、真理的力量。

2011年1月6日

北京

目录

上编　当代文学思潮前沿问题探讨

下编　中国古代文学研究新视界

当代文学思潮前沿问题探讨

上编

导 读
DAODU

　　文学研究最敏感的区域往往表现为思潮的脉动，捕捉这一征象对于拓展文学研究的方法与领域、表达其在现实文化境遇中的定位非常重要。进入 21 世纪以来，文学思潮的丰富与多元恰好为我们提供了这样一个机会。所以，自 2004 年起，我们不定期开办了"当代文学思潮热点问题探讨"栏目，旨在对活跃于前沿并对文学观念构成影响的一些文学思潮给予批评、探讨。采用的是笔谈的形式，所邀请的专题主持人则都是造诣深厚的学术名家。由他们根据选定的题目进行策划与撰写，参与其中者多在相关领域进行过深入的思考与独具个性的探求。文章刊发后，引起了很好的反响，得到了学界的认可。这里选取部分专题，再缩读者，并表明我们站在学术前沿、关注学术热点的宗旨与态度。

身体写作及其文化思考（笔谈）

求/是/文/荟　《求是学刊》发刊200期

●本专题特约主持人:首都师范大学博士生导师陶东风教授

●主持人话语:2000 年,中国文坛相继出现了几件并非偶然的事件:诗歌中的《下半身》杂志创刊,棉棉、卫慧的小说出版并赢得"身体写作"的称号,春风文艺出版社的"阅读身体系列"丛书出版。这几件事情在同一年出现于中国的文学界与学术界,在我看来不仅是一个单纯的文学或学术事件,而且也是一个值得关注的文化征候:我们的作家与学者正在用身体乃至下半身迎来新的千年。身体是我们献给新千年的第一个礼物。它似乎也预示着身体将成为新千年中国文学界的新热点。后来的事实证明果然如此。

身体从幕后走到台前具有深刻的社会文化原因。20 世纪 80 年代中国知识分子以及普通大众的启蒙主义话语与政治参与热情被迫中断,中国进入了一个畸形的消费主义的时代。正是在这样的消费主义的语境中,政治的身体迅速地转化为消费的身体,带有政治意味的身体叙事迅速退化为围绕时尚与市场旋转的欲望化叙事(尽管打着女权主义的颠覆旗号或青年文化的"反道德"旗号)。我们关注身体的政治性与批判性、颠覆性,但是我们并不认为身体必然地、无条件地具有这种批判性和颠覆性。身体的这种批判性和颠覆性是当时的语境赋予的。在消费主义本身日渐成为主流文化而且与国家意识形态渐趋一致的今天,情形就不同了。文学界的所谓"身体写作"与所谓"下半身"的颠覆意义都应该紧密地结合中国的具体语境加以理解。

这里所刊发的三篇文章一致质疑了身体写作的文化价值意义。彭亚非、黄应全的文章认为,在中国当下的语境中,所谓"身体写作"实际上是博取名利、曲意迎合男性读者口味而进行的以暴露"真实"女性性经验为基本内容的一种写作活动,绝非女权主义的颠覆行为。孟繁华的文章则通过强烈的历史反思,将批判的触角深入到了不平等的世界秩序:女性身体的战斗制造着时尚,时尚推动着女性身体的战斗。但这种战斗和时尚的背后一直潜隐着控制、支配、认同的文化政治。总体看来,文章都把当前的"身体热"看成是一种消费文化的征候,并挖掘消费文化背后更大的社会征候。我认为,身体研究的任务就是要通过消费文化中的"身体热"这个具体的现象,来探讨身体热的复杂的社会政治与历史原因,层层解读,挖掘征候的征候。

身体研究这个议题因而是一个严肃的、批判性的议题,研究身体写作并非鼓吹身体写作或欲望化写作。相反,这里面包含了我们深刻的人文忧思。这是我们组织这组文章的初衷,也是这些文章体现出来的共同学术旨趣。

战斗的身体与文化政治

孟繁华

在革命时期的文化或文学历史叙述中,潜隐着一种没有叙述的历史,这个历史是战斗的身体的历史。不同的是,这个战斗的身体的历史被对待革命的情感和态度遮蔽起来。于是,我们看到的不是身体的战斗,而是革命/反革命、进步/反动、左/右、无产阶级/资产阶级、地主/贫下中农的对抗和斗争。身体的叙事被置换为精神领域的事件。20世纪激进的历史叙事在国家主义的框架内展开,它叙述的主要内容还是被限定于思想/精神领域。即便是异性之间的关系,身体的战斗也被认为是琐屑或无关宏旨的无聊事件。个人情感领域的故事始终受到压抑而难以走进历史,与我们遵循的历史叙事原则是有关的。

20世纪80年代以后,个人情感体验的叙述和对身体的关注,以突围和悲壮的姿态得以表现,但它的想象也还是限定于男女之间接触的细节。那个时代的张贤亮、张洁、张弦、王安忆、铁凝等,因对异性之间情感细微处的描写而名躁一时。但到了20世纪90年代,异性之间的肉搏战斗真正展开,《废都》、《白鹿原》等小说以前所未有的直白甚至夸张讲述了两性之间的身体战斗,并引发了大规模的关于"性问题"的论争。今天看来,那场论争的学术价值不高,原因大概还是与被限于道德层面而难以深入有关。也正是在这个时期,女性主义和文化研究理论进入国门,两性之间的战斗还没有充分讨论的时候,就被"一个人的战争"所替代。女性在张扬自我决斗宣言的时候,因不慎而成为男性眼中又一道奇异的风景,独白变成展览,平等、自由的争取演变为话语实践。商业主义的叙事策略和西方新潮理论来到中国,因新奇而急于诉诸实践,总会结出意想不到的畸形果实。遗憾的是,我们对这惨痛的教训总是不断遗忘而重新踏上不归路。

但是，身体的故事总是吸引着作家，与两性相关的秘密似乎永远是个难解之谜。21世纪初始，小说中身体的战斗仍在进行而且大规模展开。《所谓作家》、《白豆》、《丑行或浪漫》、《万物花开》、《放下武器》、《我的生活质量》、《活成你自己》、《水乳大地》等长篇小说，都有对女性身体迷恋、追逐并诉诸性战斗的场面。无论是历史还是现实，这个场面都是男性的单边战斗，女性只是逃避、无奈或必须承受。在这样的叙述框架中，男性的文化政治统治是容易解释的，在女性主义的阐释或揭示中，男性对女性的霸权地位已经昭然若揭，性别差异造成的传统的不平等是女性处于凌弱地位的本质原因。另一方面，女性是男性永远的焦虑所在，它不仅可以引发反目和流血事件，而且对女性的占有本身就是男性地位和荣耀的表征之一。在这些作品的叙述中，越是地位低下的阶层，对女性的渴望和占有就越强烈，对女性诉诸的身体战斗也就越粗暴。这种现象一方面隐含了低下阶层女性资源的匮乏，占有的概率越小，出于本能的饥渴就越强烈。不能指望女性资源稀缺的群体会对女性待之以彬彬有礼的浪漫。

在一些小说作品的叙述中，不仅表达了男性/女性的绝对权力关系，同时，将女性作为欲望对象的男性群体中，本身存在的权力关系同样是尖锐的。《白豆》的场景是在空旷贫瘠的"下野地"，那里远离都市，没有灯红酒绿甚至没有任何消费场所；人物是农工和被多级干部挑了几遍剩下的年轻女人。男人粗陋女人平常，精神和物资一无所有是"下野地"人物的普遍特征。无论在任何时代，他们都是地道的边缘和弱势人群。在这样的绝对权力和相对权力关系中，男性的单边战斗是主要的，女性没有或很少主动参与。更多的时候，女性更像是一个逃匿者。

进入"现代"社会以后，由于革命或反革命的暴力已经终结，诉诸肉体的残杀或消灭的战斗业已平息。但是，关乎身体的另一场性质完全不同的战斗，却在全球范围内全面展开。这是没有战线的、持续不断和花样翻新的战斗，永无休止的身体消费带来了身体永无休止的紧张。与过去对女性身体占有的男性单边战斗有所不同的是，女性也开始主动和间或地介入了两性间的身体战斗。比如《我的生活质量》中的安妮，是个有修养和国外教育背景的现代女性，她自愿地投入了和市长王祈隆的暧昧关系中；比如《爱你两周半》——"非典"时期的两对情人关系：一对是顾跃进和情人于姗姗被"隔离"后的困兽犹斗，一对是顾妻梁丽茹和情人董强

"非典时期"的浪漫之旅。这两条线索都是"非典时期的爱情"。第一条线索以想象的方式滑稽地突现了"郎财女貌"情人关系的脆弱和虚假。第二条线索是顾妻梁丽茹和董强的浪漫之旅,在火车飞机洱海丽江,他们享尽了风花雪夜几度风情。但是,回到北京后,梁丽茹竟没有一次想起她的情侣。因此,这时女性积极参与的两性战斗或是利益诉求,或是以游戏的方式体验另一种人生,并不是身心投入的真正战斗。

值得注意的是,现代社会以女性为主体的身体单边战斗开始打响:美容院、健身房、桑拿浴、按摩室等是身体的战场,然后是瘦身、瘦腿、纹身、纹眉、纹眼线、人造乳房、整容直至变性。然后是一条直线的"猫步"、三千宠爱的"选美"、旋转木马般的偶像、源源不断的绯闻、街头摇滚、街头舞蹈、夸张的床上运动、直至"下半身"写作、木子美和网上女教师的裸体照片。战斗的身体渗入到我们生活的所有角落,女性用身体独白,男性用下半身狂欢。身体叙事是现代社会日常生活最核心的剧情,青年女性则是剧情无可替代的主角。

女性身体的战斗制造着时代的时尚,时尚推动着女性身体的战斗。但这种战斗和时尚的背后一直潜隐着控制、支配、认同的文化政治,或者说,身体的消费水平和塑造程度已经成为这个时代未被言说的女性"身份"的表征。从全球范围来说,这个时尚不是第三世界和欠发达国家制造的,而是发达国家和强势文化制造的;就某个国家和地区来说,不是边缘群体和底层民众制造的,而是中产阶级引领、制造的结果。① 选美大赛1921年肇始于美国,它迅速成为未婚青年女性身体叙事的舞台,也成为男性"合法"地集体观赏女性身体的节日。资料表明,美国针对不同女性举办的选美大赛每年超过了70万场次。专业公司、小城镇商家、大都市

---

① 齐奥尔格·齐美尔在《时尚的哲学》中认为:"个性本身与普遍方式相适应,而这方式本身就社会的立场而言拥有一种个性化色彩,这就以迂回的社会方式弥补了在纯粹的个人方式中被否定了的个性。由于妓女的生活方式属于要被消灭之列,她们反而常常成为新的时尚的先驱。低贱的社会地位使她们对每一件合法的事情、每一种长久的制度有着公开的或潜在的仇恨。她们对外表无休止的求新求变其实天真率直地表达了这种仇恨。在这种对新奇的、前所未有的时尚的追求中,在对异类的不宽容中,存在着一种破坏冲动的美学形式,这种美学形式对那些过着低贱生活的人而言是一种特别的因素,只要她们的内心还没有完全被奴役的话。"(见罗钢、王中忱主编《消费文化读本》,中国社会科学出版社2003年版,第254~255页。)但在中国,由于妓女身份的不合法性,妓女制造时尚的机会和可能性是极小的。

实业集团都可以成为组织者。组织者可以从中获利,①默默无闻的小姐们则可因获奖一夜间暴得大名,然后走向杂志封面或进军广告、影视娱乐业,从而成为家喻户晓的"英雄"或偶像。选美大赛注重美貌也注重才华,但只有才华没有美貌,可以肯定的是与"美国小姐"绝对无缘。

美貌对女性的重要,在选美大赛中被极端化地叙述出来。于是,女性对自己容貌和身体的关注成为生活中最重要的事情。据调查表明,不同比例的女性开始"经常留意"自己的容貌,想改变自己的体重,想减肥,对腰围感到不安,想改变体形,掩饰年龄,改变大腿、小腿,改变胸部,改变身高,改变肤色、头发、手或鼻子……时尚战胜了造物主。这些"改变自己"的想法并非是女性与生俱来的,她们不得已而为之的原因是文化政治支配的结果。除了选美大赛之外,时装展示是另一种意识形态。在时装设计师那里,他们选择模特的标准几乎无一不是苗条的女子。选美要苗条,时装要苗条,战无不胜的美国女明星也是苗条;女性杂志、电视节目、健康讲座、街谈巷议、节食手册等,所有的声音和图像都在呼唤女性的苗条。体形的意识形态的制造者不仅征服或支配了民间,同时也支配着学校入学和社会就业。过于肥胖的女生和身材苗条的女生,以同样成绩申请著名高校的比例是1:3。社会就业的比例状况可能还要严重许多。因此,体形的意识形态为社会规定了隐形的测量尺度和评价标准,它是上流社会和底层社会、聪明和愚蠢、健康和病态、勤俭和懒惰、性感和性冷漠的尺度和标准。体形关乎成功、金钱、生活质量以及"出镜率"、被追逐、被赞美、被议论的程度。于是,和体形、身体相关的产业和故事不断被制造出来,减肥药品、健身场所、保健方式、瘦身秘诀、整容整形医院、吸脂术、染发药水、指甲药水、纹身、服装业等商业行业开始兴起并兴盛起来。

---

① 2004年2月,一个新的网站在北京注册成功,这个网站的域名是 www. misschina. com. cn(中国选美网)。打开网页一组数字令人无比震惊:广州:通过"美在花城"的选美活动,仅主办此次活动的电视台2003年总收入大约2500万元,总体支出大约1100万元,毛利1400万元,毛利率为127%;三亚:三亚市长陈辞在"世界小姐"总决赛的记者招待会上表示:"希望通过这次活动令三亚更为世界所认识,并期望活动可为该市带来1亿美元的收入。"湖南:2002年度星姐选举中,湖南娱乐频道收视率从平时的4.1%左右飙升至15.2%,平时的市场份额9.7%,星姐选举期间升至24.3%。2003年度星姐选举总冠名费240万元,单项冠名70万元;在海南第53届世界小姐总决赛上,一套最佳位置的看票竟拍出了2.8万美元的天价,创下中国商业演出及各类赛事的历史最高记录。(见《北京纪事》2004年2期。)

但是,在美国身体战斗的过程中,在"美国小姐"、影视明星、成功人士走向上流社会然后陷入被制造绯闻,被"狗仔队"盯梢、拍照,被出卖,被暗算,被绑架等烦恼和恐惧的过程中,我们也发现了性别、商业、阶层、身份等文化政治的宰制和支配。这似乎是一个悖论的世界,一方面女权运动和女性主义理论在崛起,解构中心或霸权的声浪此起彼伏,女性的声音由于"政治正确"似乎无往不胜,但消费女性的事业一刻也没有停止。在世界范围内,对女性的"整体消费"是不合法、起码是不道德的。但对女性"局部"的消费几乎愈演愈烈:女性的面部、颈部、胸部、腰部、腿部、脚、手、眼睛、鼻子、头发等能够展示的部位,每天都大量裸露地出现在电视屏幕、音像或其他媒介上。她们被用于商业目的或其他与女性无关的动机。这种"性别歧视"和男性欲望被隐藏于对"美"的夸张的宣扬中。一方面是性别和商业权力的控制,女性被"自愿"或"合法"地利用;一方面,这些被利用的女性身体为少数女性带来了巨大利益和名声,同时她们又变成了另外一种被控制、被效仿的力量和对象,构成对弱势文化群体的宰制。中、下阶层在盲目的羡慕和追逐中失去了独立或自我塑造、把握生活的可能。

在中国,身体的战斗是由中产阶级引发和推动的。中国的中产阶级目前虽然还是一个暧昧的不明之物,但中产阶级的趣味却在全球化语境中提前与国际接轨。大量关于身体战斗的广告、书籍、手册、药品、场所等几乎应有尽有。在《时尚》、《体线》、《瑞丽》、《世界服装之苑》、《精品》、《今日名流》等中产阶级杂志中,打造身体、容貌等是他们推出的核心内容。"中产阶级话语空间的扩张",是当下中国最引人注目的文化政治现象。它们虽然价格昂贵,甚至超出了大量低收入者的购买能力,但这些杂志不仅存活下来,而且成为文化消费市场抢手的商品。中产阶级杂志的成功是中产阶级话语扩张和"允诺"的结果,或者说,在这一话语中,负载着中、下阶层对未来生活的期待,尽管它并不负责"允诺"的兑现。在获得了"奔小康"的主流意识形态的合法依据后,中产阶级话语在窃喜中实现了它的话语功能。就身体叙事而言,中产阶级女性的"优雅"、"体面"、"匀称"、"靓丽"等,加剧了中、下阶层的焦虑和羞愧。急于投入身体的战斗变成了时代的号角和宣言。

表面上女性是自己投入了身体的单边战斗,事实上,任何一种时尚或女性的"自我"要求,都是社会文化政治合力支配的结果。战斗是为了征服,但女性的身体战斗是在妥协的前提下去征服男性和世界的,或者说,她们是在文化政治的支配下,在丧失独立塑造和把握个人生活的前提下,去战斗、去征服的。即便如此,女性单边紧张的身体战斗在媒体帝国主义和商业霸权主义的统治下是难以停止的。抑或说,女性身体被文化政治支配的命运几乎就是宿命的。

●原文刊载于《求是学刊》2004 年第 4 期。
●孟繁华,沈阳师范大学教授,中国当代文字研究所所长。

解构"身体写作"的女权主义颠覆神话

黄应全

　　不久前,我在网上看见一个年轻女作家写的一篇文章,坚决反对"身体写作"之说,以为那是误解了文学本性的结果。在她看来,"身体写作"显然是指年轻美貌女人的写作,兴趣完全在作家的性别、外貌、年龄上,与作品本身无关,正确的态度应该是不管作者的性别如何,只看作品的好坏。在我看来,该文作者既误解了文学的本性,也误解了"身体写作"现象本身。我们非常期望世人把质量奉为文学的唯一标准,但遗憾的是文学却很少是纯粹的文本质量问题,文学多半与各种"非文学"因素难解难分地交织在一起。"身体写作"不是一种不正常的文学现象,而是最正常不过的文学现象之一。用文学理论的行话说,文学从来就是一种社会修辞行为,因而文学从来不只是文学文本而已。文学问题从来就是关于谁(作者)、对谁(读者)、为什么(写作目的)、在什么情况下(写作语境)、写了什么(作品或文本)的问题。因此,我关心的不是"身体写作"之说是否抹杀了文学性,而是"身体写作"之说可能制造的一种新神话,即女权主义的颠覆性神话。

一

　　当前人们所热衷的"身体写作"并不是一切有关身体的写作,也不是一切有关性的写作,而只是有关女性性经验的写作。因此,它是一种非常特殊的现象,必须严格限定才能得到准确理解。我们不妨简略分析一下"身体写作"包含的若干成分。

　　首先,谁在进行身体写作? 答曰:一群年轻女性作家,即所谓"美女作家"。她们大致可分为几代:陈染、林白代表第一代,卫慧、棉棉代表第二代,九丹、春树代表第三代,木子美、竹影青瞳代表第四代。这些作家的首要条件是必须属于女性,然后是必须年轻,第三是不要难看(最好有些姿色)。一句话,身体写作的作者必须具有足以引发性幻想的某些基本特征。有人认为,进行身体写作的也有男性,如"美男作家"葛红兵之流,但我相信这是对当前中国出现的特有的身体写作现象的一种误解。身体写作的作者不是普通的色情小说作者,像葛红兵之流只能算是常规的色情小说作家。他们自己美其名曰"情色小说"或"身体写作"作者,但实际上不过是传统意义上的色情小说作者而已。

第二,为谁进行身体写作? 据说有记者问卫慧:"有人说你的作品是身体写作,你怎么看?"卫慧回答:"不,我用电脑写作。但有的人用身体阅读。""有的人",谁呢? 答曰:男性读者。虽然难以作准确的统计,但身体写作的读者群主要是男性应该是没有问题的。的确,有部分女性也阅读这类作品,但我相信男性读者是其理想读者,并且实际上占了绝大多数。确认读者为男性这一点对于理解身体写作至关重要,因为它有助于人们认清身体写作与所谓"男权社会"的关系。身体写作是在性关系方面男性占据支配地位而女性处于边缘地位的结果。所谓"男人为性而爱,女人为爱而性"这一格言正确地反映了中国在性兴趣问题上的基本现实。男人之所以成为身体写作的理想读者,就因为男人比女人更热衷于性。

第三,身体写作的内容是什么? 答曰:暴露女性身体经验。但何谓女性身体经验呢? "女性身体经验"一说本身就内含涂脂抹粉嫌疑,其本意不过指女性性经验而已。身体写作实即描写女性性经验或性幻象。有人问九丹:"你是不是也像那些标榜用身体写作的女人那样用身体写作?"九丹说,"什么叫身体写作? 是指跟男人睡觉之后把跟男人睡觉的事情写出来,然后又通过跟另外一些叫做编辑的男人睡觉的方式把它发表出来? 如果你们所说的用身体写作是指这样的一种东西的话,那么,我告诉你们,不是,绝对不是。""绝对不是"吗? 也许应该说"不完全是"才对吧。从最初描写自门缝偷窥到的他人性交虚构场面(陈染)到后来描写自己与某摇滚歌手野外性交的"真实经历",身体写作已经越来越呈现为"美女作家"亲身经验的"实录"。这是非常"合乎情理"的,因为"真实性"乃是这种文学写作具有强大吸引力的基本条件。如果文本所描写的性经验只是"美女作家"胡乱编造出来的,读者必定大失所望,因为时下黄色小说泛滥成灾,编造的性幻想太普通、太缺乏吸引力了。身体写作必然显示为"美女作家"亲身经历性经验的公开化。木子美公开与她性交者的真实姓名,竹影青瞳公开她自己的裸照,就是其登峰造极的表现。

第四,在什么情况下出现了身体写作?答曰:中国当前特殊的社会和文化环境。中国古代社会向来是伦理中心的,为预防性泛滥曾竖起了连西方著名的"维多利亚时代"都无法比拟的深沟高垒,中国传统文化在性方面是一种典型的苦行主义和禁欲主义文化。五四反传统的一大特征就是对几乎所有性禁忌的猛烈抨击,并且在上层知识精英中取得了明显的成效。但是,另一种形式的苦行主义和禁欲主义却随着军事斗争和政治斗争的日益突出而卷土重来,并且获得了一套新的强有力的合法性话语。经历过那段轰轰烈烈的"资产阶级还是无产阶级生活方式"斗争考验的人,谁不记得"革命禁欲主义"是多么严厉?不要说男女之性,就连男女之情都被视为不健康、不道德的。因此,最宽泛地算起来,中国社会真正的"性开放"不过是 20 多年的事。而且,即使如此,性开放在城市与农村、社会中上层与社会下层之间也存在明显的不平衡。身体写作只能发生在 1990 年以来的中国城市中上层的文化氛围中。一方面,政治直接干预文学的传统得到明显改变,文学的确获得了极大的自由度;然而,另一方面,作为文字艺术的文学受到作为图像艺术的影视的强大冲击日益边缘化,对于大众观念的影响也日渐式微,并且文学受到商业强有力的束缚(其程度绝不亚于先前的政治束缚)。于是,文学政治性的减弱和商业性的增强之间的相互更替,使性这种过去备受压制的东西成了文学家们博取名利的一种难得的快捷方式。

第五,为什么从事"身体写作"?答曰:名利而已。身体写作的当事人总是为自己找到各种理由。最基本的理由可归结为三项:一为真理,二为艺术,三为正义。为真理者宣称女性性经验乃人之为人必有的经验,过去文学禁止对之表现也就是禁止文学表现真理,因而身体写作不过是女性作家表现生活真实经验的一种方式罢了。为艺术者宣称文学是艺术,拥有写作任何题材的自由,不应禁止"艺术家"表现性经验,为了艺术,一切都是可以做的。连木子美都"希望大家把我的日记当作文学作品去读"。为正义者宣称过去的文学或表现为对性经验的压迫,或表现为男性性经验对女性性经验的压迫,身体写作实为一种反抗社会不公正的正当行为。这三者虽然各有不同，却可总括到一点上：身体写作乃是无功利的崇高行为。然而，我们很难真正相信这一点。我们不必像西方后现代主义那样断然否定"真理"、"艺术"、"正义"的存在，我们愿意承认的确有"真理"、"艺术"、"正义"这些东西，但是，身体写作是否具有这些特质呢？答案是否定的。鲁迅曾宣称他向来"不惮用最坏的恶意在揣测中国人"，我们不必像他那样也可以看出问题的实质所在。把身体写作放回到产生它的环境中去，谁还能相信它的目的是"真理"、"艺术"或"正义"呢？网易曾对"木子美事件"进行过一项调查，其中87.6%的网友认为这是木子美博出名的噱头，67.9%的网友认为木子美自曝隐私是为了有机会一朝成名。群众的眼睛是雪亮的。自从贾平凹《废都》一炮走红起，中国文学界就深刻地意识到，性已经成了中国文学市场上最大的卖点之一。在这方面，正如在卖淫方面一样，比较起来，男性的潜力远远不如女性。一个男作家，不管长得多么年轻英俊，其性经验的吸引力都非常有限（如"美男作家"葛红兵）。一个年轻美女写自己的性经验，而且是写自己亲身经历过的性经验，那才是最有看头的！既然如此，身体写作实为女性作家在早已远离文化中心的那个文学市场上一举成功的不二法门。其方式与女演员通过陪名导演睡觉而一举成名有异曲同工之妙。当今中国文化市场上巨大的名利诱惑已经征服了几乎所有的参与者，谁还会相信"美女作家"们的夸夸其谈？

二

由上述分析可见，身体写作的确立足于男女在性关系上不平衡的社会现实，没有男人对女人的性优势就不会有身体写作。但是，能否把身体写作看成是一种解放行为乃至颠覆行为（即女性反抗行为），从而归之于女权主义行为呢？自从身体写作产生以来，就不乏这样的理解。比如，有人认为，卫慧在《上海宝贝》中通过嘲笑了中国男人的性能力（因为女主人公的中国男友是个阳痿）而揭穿了中国男人的性神话。又如，某专栏作家评木子美说："她不过站在女性的角度，消费了一把男色……在这种意义上，木子美完全可以算是个女切·格瓦拉嘛，很有颠覆性。"真的如此吗？恐怕未必。最根本的原因是男女性关系的不对等乃是一个超越时代、阶级、民族乃至文化的基本结构，它刻写在了男女心灵的最深处。女权主义所谓男性神话远非生理现实问题,一个男人可能性能力很差,但这却不妨碍他对性的兴趣超出大多数正常女人对性的兴趣,更不妨碍他产生无穷的性幻想。相反,一个女人可能性能力很强,但这并不意味着她也有同样强烈的性兴趣,更不用说会在性行为上放荡不羁了。性首先是一个文化和社会心理问题而不是纯粹生理问题。比如,木子美之所以那样"放荡",实际上主要不是因为她性欲旺盛,而是因为曾经受到男人无情的抛弃,也就是说,木子美并非喜爱性而放荡而是因为痛恨男人(认为男人虚伪)而不愿为任何男人"守节"。这表明,木子美并未跳出既成的性关系框架,她的反抗不过是在现存不均衡的性关系之内选择了另一种可能性而已。现存性秩序本来就为女人准备了两种途径,一是做"正常女人"即良家妇女、淑女,一是做"反常女人"即淫娃荡妇、妖女,两者都是以男人的性欲为依据的。木子美只不过选择了做淫娃荡妇而已。她把自己与男人之间的放荡行为公布出来,如果不是触犯了法律,那就不仅毫无颠覆性,而且正好迎合了男性主导的既存性关系的基本逻辑。她之所以拥有如此多读者,不是因为她的文学成就,也不是因为她的颠覆性,只是因为她顺应了现有的性规则。木子美以为自己是女权主义者,那实在是大大的误解。

当今时代,在性关系问题上,女权主义实际上是处境维艰的。传统社会强调女人要控制性欲,当今时代却要求女人既要控制性欲又要放纵性欲。比如,男人喜欢把女人分为适合做老婆的和适合做情人的。哪怕是适合做老婆的,男人理想的女人也是"在客厅里像个贵妇,在卧室里像个荡妇"的那一种。而且,男人希望自己的老婆规规矩矩(不要与别的男人鬼混),但却希望其他女人放荡不羁(希望与其他女人鬼混)。当今社会并不真正讨厌淫娃荡妇,女人放荡也是男人的需要之一。既然如此,身体写作的所谓反抗性又在哪里呢?像李银河那样的人以为木子美在反抗以禁欲苦行为基本特色的传统伦理,殊不知木子美实际上在满足现代男人对淫娃荡妇的想望。人们应该认清的基本事实是:身体写作的成功源于男人对"淫妇"的需要。然而,一旦认清这一点,我们就可以说,身体写作绝非颠覆行为,相反倒是现行"男权社会"的产物和表现。如果硬要说它与女权主义有关的话,它也不是女权主义成功的表现,而是女权主义失败的标志。

求/是/文/荟 QSWH 《求是学刊》发刊200期

三

至于在当今时代怎样才算对男性"性统治"的真正反抗,我愿推荐尼采所谓"高贵的禁欲主义"。尼采认为禁欲有两种,一种是外在的强迫禁欲,一种是内在的自愿禁欲。强制禁欲往往是外力对人们合理欲望的强行压制,而自愿禁欲却是对不合理欲望的自觉抵制。尼采认为,问题不在于是否禁欲而在于该不该禁欲。面对很多虚假的欲望,高贵的人应该坚决不受诱惑。马克思主义者特奥多·阿多诺判定发达资本主义所产生的多半是虚假欲望,主张面对廉价的商业享乐应采取严格的清教徒态度,便是尼采逻辑的一个著名例证。按照尼采的这种逻辑,当今时代,真正反抗男性"性统治"的方式与其说是无度的纵欲不如说是高度的禁欲。能够有效抵制现存"性统治"的是自觉自愿的禁欲(不是传统外在强制的禁欲),因为女人性欲的满足(除自慰、同性恋之外)只能通过迎合现有男人口味的方式,自愿禁欲便是自觉抵制现有男人口味。这就意味着,一个女权主义作家宁愿采用精神写作也不应采用身体写作。设想一下:如果女作家的作品呈现出一种苦行禁欲色彩,它肯定不会在现存社会风行(畅销),而这才正好证明了它反抗现存性欲秩序的可能性。不是让现在的男人惬意开心而是让现在的男人大倒胃口,那才是颠覆的标志。我相信,只有经过长时期苦行主义和禁欲主义的努力之后,女权主义文学才有希望"正确地"肯定女人的性享受。当然,也许这是一个遥遥无期、毫无成功希望的事业。但是,既要成为女权主义文学,那就别无选择,只能义无返顾地走上这条靠蝗虫蚂蚱为生的苦修之路。在这条路上,决没有一站是名为"身体写作"的。

不过,我不是女权主义信徒。我的真实想法倒是:根本没有必要真正实行"高贵的禁欲主义"。或许由于我也是一个男人,没有真正体会到女人所受的"压迫",我认为,女权主义所谓颠覆行为多半是成问题的。的确,男女之间在性欲上存在不对等,但如何看待这种不对等却是值得认真讨论的。不对等就是不平等吗?即便不对等就是不平等,这种不平等主要是人为的还是天然的呢?女权主义者往往坚决主张:不对等就是不平等,并且不平等主要是人为的。我则顽固地坚持,不对等并不就是不平等,而且这种不对等在根本上是自然产生的而非人为造成的。我相信,女权主义常常简化了两性关系的现实。人类历史无疑遍布着男人人为压迫女人的残酷事实,这种压迫至今仍然存在。但是把男女不对等关系完全看成是人为造成的,显然也是不对的。男女身体构造和功能的差别显然强烈地影响了男女的不同社会分工,从而影响了男女在社会上的不同地位以及不同的伦理规范。在性方面肯定也是如此。妇女解放当然是必要的,因为的确有很多从男人的利益出发限制女人的不合理规范和制度需要废除。但是我相信有些看起来也是男人压迫女人的现象,实际上只是由男女之间的自然差异以及维持社会起码秩序的需要而产生的,往往是不可消灭的。同样,某些心理结构也是永恒的和不可改变的。比如,木子美痛恨男人"虚伪",殊不知那不过是现行婚姻制度(一夫一妻制)所造成的正常男人性格而已。然而,婚姻制度绝非某种文化独有的制度,而是亘古就有的用以塑造性秩序的基本方式,现行婚姻制度(一夫一妻制)也许是对妇女压迫最少的婚姻制度(除了那种极其罕见的一妻多夫制之外,那是女人压迫男人)了。与一种永恒的东西唱反调的结果最多只是成为另一种同样永恒的东西。反叛良家妇女的结果最多只是成为淫娃荡妇。而良家妇女与淫娃荡妇乃是与文明相始终的两种女人类型。身体写作最终也不过是一种当代形式的色情文学即新型"淫妇文学"而已。当然,这不是女权主义哀叹的现行"男权制度"具有无限招安能力的证明,而是女权主义"男权社会"概念具有根本缺陷的证明。"男权社会"只不过就是"文明社会"别名而已(也许的确有过"母权社会",但我们所知的所有社会都是"男权社会",至少各个现行社会都是如此)。"文明社会"是不完美的,并因此常常是不可爱的,但它却是我们(男人和女人)所能拥有的唯一社会。

因此,我相信,身体写作绝没有颠覆性,颠覆性之说不过是妄图博取名利的作家和为之胡乱吹捧的评论家们制造出来乱人耳目的合法性神话而已。颠覆性神话的确非常重要,因为没有它,身体写作立即现出其色情写作的本来面目。我并不主张应该用严厉的行政手段禁止这类写作(这类写作显然有着巨大的市场,想禁也禁不了,正如卖淫一样。打上"少儿不宜"就行了),我只是希望身体写作当事人不要用"女权"、"颠覆"之类的神话来蒙骗世人。既想卖身,就不要怕被人看成妓女;既想当婊子,就别想着立牌坊。

● 原文刊载于《求是学刊》2004 年第 4 期。
● 黄应全,首都师范大学文学院教授。

"身体写作"质疑

彭亚非

    现在,"身体写作"似乎正在成为大众媒体和文学批评界关注的一个热点。虽然我对所谓的身体写作现象及其相关的理论探讨情况所知有限,但就已经了解到的有限情况来说,就已感到有太多的问题需要梳理和思考,难以一概而论,因此在这里想就意识到的几个主要问题谈谈我的一些看法,以为质疑,并就教于方家。

    首先,什么是我们所要讨论、所要研究并正在关注的"身体写作"?我在网上搜索了一下"身体写作"词条,居然立即就有多条相关信息被搜索出来。我尽可能地翻看了一部分,发现说来说去,我国目前说得很热闹的所谓身体写作,基本上只是对从卫慧到木子美等少数几个以写性出名的女作者的写作现象进行的描述。要概述这一写作现象并不难,说到底,它无非就是几个女人将她们的性经历、性体验写了出来,而导致了一种惊世骇俗的阅读效应。而且这是一种由虚构走向写实、越来越直露的、记录性的女人性写作,情况有点像由三级片逐渐过渡到赤裸裸的黄片,所以也有人称其为"下半身写作"或"性器官写作"、"叫床写作"。很奇怪的是,为什么这样一种写作会被人命名为"身体写作"。因为说到底,写性也可看作是中外文学史上的传统之一,尤其是大量的大众消费性写作,自古至今,比这几个女作者写得还要直白得多,露骨得多。据说不久前去世的现代文学作家施蛰存老先生生前就曾针对所谓的身体写作说过:这些不新鲜,30年代的左翼都玩过。至于当代的男性作家如贾平凹、王小波等,写性也有过之而无不及。我没听说将他们的写作叫作身体写作,更不用说前此的性写作文本了。因此,这一称谓或曰命名的暧昧,其实是很堪玩味的。

    当然,与前此的性写作的一个根本区别是她们是女人。这似乎就使得她们的写作具有了某种后现代的、女权主义的解构意味。但问题是,因为是女性的写作就真的具有这样的性质吗? 我们不妨看看这些女性作者是怎样谈论自己的写作的。比如卫慧曾这样写道:对即兴的疯狂不做抵抗,对各种欲望顶礼膜拜,尽情地交流各种生命也包括性高潮的奥秘……诸如此类。当然还有木子美那些完全摒弃了羞耻意识的粗鄙言论,就更不用提了。而评论界对这类女性作者的作品所下的"身体写作"的判断也是以此为唯一的依据。由此我们可以意识到,所谓的身体写作实际上被予以了多么狭隘的理解:身体写作就是女性性写作,就是由女性赤裸裸地暴露以及卖弄自己性经历的写作——这就是我们媒体所热炒的身体写作的标志性内涵。这些与真正的后现代解构意识或者女权意识有什么关系呢? 我们在这里看到的其实只有抛弃了一切道德理念之后的无所顾忌的性放纵。这样的放纵实质上并不是生命的欢愉,而是信念虚无和精神极度空虚下的一种生命耗费方式。因此即使就性的享乐而言,它也不具有诸如女性解放之类健康的、坦诚的新人文性意识,而只是性压抑下的一种心理反弹和欲望发泄。这里一方面说性放纵,一方面说性压抑,看起来自相矛盾,其实它正是同一精神状态下相辅相成的两个方面:即是性压抑下的性放纵、性失范,又是性放纵下的性压抑、性空虚。因为这对于任何人来说都是一样的:孤立的、没有任何归宿感的性活动必然使人堕入无尽的空虚,而填补这个空虚的唯一途径就是更多的、更无节制的性满足和性发泄——而这只会带来更多的、更令人难以承受的空虚与压抑。这是一种恶性循环。因此,以彻底的堕落和寡廉鲜耻为既定价值的颠覆和解构,即使从积极的意义来看,它所达到的也不过是放弃,而没有任何文明信念的新生与建设可言。

因此有人认为这不过是假先锋、前卫之名而进行的一种以暴露性隐私为实的写作。就是说,以"身体写作"来称谓这一类写作,非但不是意味着对传统写作理念的挑战与颠覆,而且恰恰相反,它只是为了给一种媚俗的低级写作提供一块遮羞布,只是在冠冕堂皇的招牌下贩卖低劣的下等货甚至垃圾。他们这样说的理由在于,身体写作本是西方第二次女权运动中出现的一种女性主义文学理念,因此表现出的是女性对人类、对人性、对我们生存的世界的高度反省意识、责任心和人文关怀。法国新女性主义代表作家西克苏的《美杜莎的笑声》被认为是所谓身体写作的经典之作。我对西方女性的身体写作缺乏研究，但我读过翻译过来的西克苏的理论文章《从无意识的场景到历史的场景》。她在文中写下过这样的话："通过生活于黑暗、穿越黑暗和把黑暗转化为文字，黑暗对我来说似乎廓清了，或者可以坦率地说黑暗对我来说变得更为惬意了。""一个人必须设法通过写作——通过任何相当于写作的工作——'向自己已经丧失的东西伸出援助之手'，正如克拉丽赛·利斯佩克托尔会说的那样。""我们的邪恶乃是种种开辟写作空间的令人头晕目眩的主题之一"等等，使人意识到她是个真正具有探索精神、人文关怀意识和现代文明理念的作家，与中国这些女作者无一例外的性肆意理念确实是大相径庭的两码事。另一方面，中国是似乎已经出现了一些通过女性性意识和性审视的眼光挑战男性话语权的探索性作品，我在网上看到一篇署名陈榕的文章，题目叫《另一些好色的女人》，里面谈到了黄真真的作品《女人那话儿》和似乎是正在上海演出的话剧《欲望都市》，认为由于它们所具有的纯女人的审视视角，使男人在传统性关系中所占有的主体地位遭到了颠覆。它们和热热闹闹的所谓身体写作毫无关系，但和美国舞台剧《阴道独白》一样，虽然采取了相当直接的性视角，却真正具有从后现代女性的角度看世界的意义。我得承认这些作品我都没看过，但如果陈榕所述是事实的话，那么这些作品并没因为涉及性而为媒体炒作为身体写作，倒更要叫人对所谓的身体写作三思了。

如果进一步讨论的话，则应该说，对身体的关注早已不仅仅是西方女性主义的话语方式，而是已经成为后现代文化中的一个典型现象了。因为当人类的信仰共同体和价值共同体日益衰落和消亡之际，生活于现代及后现代社会中的人们就不得不日益单独地面对人的生存所必须面对的一切挑战，这种孤独的自我承担是一个极其重要而尖锐的现代困惑。在这样的困惑中，人们只能将求助的目光转向自身，只能以自己的身体为基础重新建构和确证自我的价值、主体性及生存意义，并由此介入到社会生活中去。而正是由于这样的自我依存与身体关注，现代人对于身体的本质及意义表现出了前所未有的、高度的反思性和追问意识。因此，在现代及后现代文学活动中出现真正的身体写作现象是完全可能的。但不用说，这种身体写作至少应该表现出现代文化对身体的这种深刻反思性。显然，这几个女作者的所谓身体写作并不具备这样的性质。

因此，在许多人看来，这几个女作者的所谓身体写作与其说是一种后现代人文追求，倒不如说是一次成功的商业投机。或者说得更委婉一点，是一种写作策略在大众消费性阅读产业中的成功运用。平心而论，进行商业投机是需要种种主观条件和客观条件的，因此从操作开始就应该表现出高度的商业自觉性和市场敏感。很难说卫慧她们的写作从一开始就是精心策划的一个结果。她们也许就是按照自己的直觉和意愿这样写了，并没有预期到这样的命名和成功，倒是这种随之而来的命名和成功使之成为了一种写作策略，而不是相反——"后来居上"的木子美也许可以算是一次成功的策划。但是不管怎样，无论我们认定这一类写作在命名上的虚假性和商业上的投机性，还是认为它是当代文学写作自发产生的一种结果，它都需要我们对之进行进一步的追问，那就是为什么这样一种写作现象会成为媒体的热点和批评界的兴奋点，它所引起的普遍而热烈的反响以及身体写作的命名究竟意味着什么？前述网上文章中陈榕这样写道："那些用身体写作的作者，常常是确为女人却不见得美丽的'美女作家'，她们在生理性别上是女性，在心理体验上却是男性的，她们借助男人的标准来评判女性的身体和行为，她们低眉顺眼却假装新潮先进，她们思想受到束缚却假装身体自由。她们只是一群可怜的伪女性主义者。"这就涉及到对这一类写作在人文性质上的理解。在这一观点里，这样的性暴露写作实际上是迎合男权话语的一种文学行为，是女性性取宠意识与男性性支配意识的一次成功的不谋而合。说得直白一点，就是女性露阴癖与男性窥阴癖、意淫癖的一次有效的文学合谋。支配着这类写作中的性话语和性描写的性意识，是以男性性心理的满足为基础的。因此媒体和批评界之所以热衷于女性的这类写作而对男性的同类写作保持沉默，实际上也还是因为基于男性的性想像远不及女人的自我暴露、自我卖弄来得刺激，还是因为这是弱势话语对强势话语主动投怀送抱所提供的一种迎合与满足，还是男权话语对于女性话语的一种支配与容纳，而且男性不至于在这种性心理的满足中怀有某种滥施了强势男性话语权的道德内疚和"政治上不正确"之感。

因此说点不那么委婉的感觉，这使我想到了马克思在《1844年经济学—哲学手稿》里关于"被迫的卖淫"与"普遍的卖淫"的说法。马克思谈论的是资本所带来的人的异化，而我所想到的是，普遍卖淫正是我国当前最为普遍的社会现象之一,而这一现象与这类写作的风行显然有着内在的相通之处。

应该承认,道德的全面沦丧在今天的中国已经是个不争的事实。借用尼采关于"上帝已死"的话语形式,我们可以说,中国的圣人也早就死了。中国人道德实体的崩溃至少从打倒孔家店时就已开始,而在经过长期的政治动荡和文化革命之后,真正具有崇信度的人文理念几乎已经彻底丧失。整个社会无赖文化横行,人的尊严意识、羞耻意识已然被扫荡一空。加上物欲横流、金钱至上、权钱狼狈为奸的社会风气日盛一日,人们已经不再有什么坚实可信的价值信念可以依凭和坚守,人生的意义完全取决于个人的生存选择与被选择。在这种情况下,种种虚假的道德面具自然变得可有可无甚至荒唐可笑,倒不如彻底放弃来得痛快。因此,沉沦的自由与堕落的解放逐渐普遍化,而形成了一种全民性的社会生存形态。就此而言,以性为中心的所谓女性身体写作,倒正是今天现实生活的一个具有可还原性的真实写照。就是说,由于生活内容本身的贫乏、堕落和空虚,精神空间的狭隘、萎缩和有限,这些女作者们也只能以她们自己有限的生存体验和生活行为作为她们的文学关注对象和写作内容。她们的所谓身体写作,缘于她们的生活内容本来就只是围绕自己有限的身体需求展开的,因此她们感知这个世界的方式或者说体验存在意义的方式就只能采取身体接触或生理受用的方式。这是她们生存的基础,也是她们的写作中一切意义、人文性、诗意的基础。因此,所谓身体写作,也就是一种基于个体身体意义——尤其是性经历意义——至上的人生观的写作,是一种纯粹自我关注、而且是自我肉体关注的写作。在这样的写作中,性经历的意义、肉体享乐的意义,成了人生意义、存在意义乃至一切意义的寄寓者和体现者,成为生命、生活的唯一的隐喻与表征。

这就是说,这种女性的身体写作所表露出来的堕落渴望和玩世姿态,还是透露出了中国目前社会生存状态的某些信息。它在迫使我们面对这样的现实:信念的家园瓦解之后,价值生存的废墟上早已是一片荒芜、狐鸣鼠窜。肆无忌惮的放浪女性以一种极端的性肆意方式表述着整个社会在精神领域的空虚与绝望,以及在这种空虚与绝望中,我们可以依赖的已经只剩下我们每一个人的有限身体和无穷欲望。

但是我还是想说,也正因为如此,我们就更加有必要以理性的、批判的眼光审视和质疑今天这种以性堕落为张扬的女性身体写作以及它背后的语境,而不能因为它成了大众文化消费中的热点便一味地为之扫尘开路。无论如何,道德的彻底堕落和信仰的完全放弃终究是不可取的。即使是陈旧的假面具和欺世谎言已经被后现代的解构全部毁弃,新的文明信念和人文崇尚也必须全面地建立起来。一个人或者一个女作者没有尊严意识是他自己的事,但是整个民族都不再具有尊严意识,则将是一件极其可怕、可悲和可耻的事情。就此而言,我们决不应听任文学的责任与良知在今天的文学理念中让价值虚无主义的意识所彻底排挤和遮蔽,精神的关怀与救治即使在现实中已成镜花水月,在文学的写作中也不该被人性的沉沦所完全取代。

●原文刊载于《求是学刊》2004 年第 4 期。
●彭亚非,中国社会科学院文字研究所副研究员。

电子媒介时代的文学命运（笔谈）

●本专题特约主持人：扬州大学博士生导师姚文放教授

●主持人话语：文学研究圈内"狼来了！"的叫声已经有了好几个年头了，记得最早是德里达的一句话："在特定的电信技术王国中，整个的所谓文学时代将不复存在。"此话经过美国加州大学厄湾分校 J. 希利斯·米勒教授有一次在北京举办的国际学术会议上的转述和阐发，引发了圈内的某种恐慌情绪，似乎值此电子媒介时代，文学真的就要消亡了。笔者参加了这次国际学术会议，也感受到了这种困惑。但此前参加一次省级作协系统的职称评审工作，与一帮作家、诗人在一起呆了几天，却改变了这一看法。我惊奇地发现，在这些作家、诗人那里毫无此种心态，他们中不少人仍在酝酿着宏伟的写作计划，出国考察或下基层"采风"的热情仍不减当年，他们在创作的底蕴、品位、风格、流派方面的追求仍非常执着，对于各自近期发表的作品所引起的社会反响和舆论评价仍十分在意。而在被评者中，不乏企业领导、公司要员、机关公务员、商海巨子、影视明星和自由职业者，大多属于当今社会的成功人士，他们所提交的创作成果也颇为可观，看来这种"爬格子""码字"的活儿与他们所从事的的职业并无太大关系，谋求"一级作家"、"二级作家"之类的职称在他们的实际工作中想必也无太大用场，乃是出于对"作家"称号的高山仰止和心向往之。我在他们的这种仰慕和向往中感受到的完全是一种无功利、非实用的兴趣、爱好和热忱，这种无功利、非实用的心态在现代商品社会，一切都趋于实际、实用、实惠的年头，尤其显得另类，也显得可爱。这帮作家、诗人仍然是那样快快乐乐甚至嘻嘻哈哈,全无文学研究圈内的那种忧心忡忡和寻寻觅觅。其实更应该感到生存窘迫或前途渺茫的恰恰是这一人群。

　　看来事情并不那样简单,还不宜轻易下结论。关于电子媒介时代文学是否消亡的问题,我们需要深长思之的是,如果答案是肯定的,那么文学无法存身的原因何在? 如果答案是否定的,那么文学继续存在下去的理由是什么? 正是基于这一想法,我相约三五好友,自出机杼,各陈己见,不求意见一致,不图得出结论,只想以此引起关心当下文学命运的人们的关注和思考。在这里编发的 4 篇文章中,姚文放的文章论述了在当今电子媒介时代,语言媒介仍足以构成文学继续存在下去并取得发展的充足理由;杨守森的文章针对文学的特征与功能在数字化时代遭到弱化的现状,对于文学的诗意家园表达热切的企望;朱志荣的文章值此文学创作充满变局和变数之际,对于电子媒介必然推动文学发展表示信心;王汶成的文章则对于网络文学作为一种文学性的网上游戏其正负两面作出分析。

语言媒介与文学存在的理由

姚文放

　　毋庸置疑,当今文学受到电子媒介的挤压,确有从中心滑向边缘,从热闹趋于冷落之势。电视、互联网、手机等占据了普通百姓的日常生活,成为人们须臾不可离开的东西。电子媒介的崛起对于以往印刷媒介的文化功能实行了颠覆,文学所遭受的冲击可谓莫此为盛,以往文学对于人类生活的重要意义和深刻价值正面临着严重的质疑。在业余时间,人们的时间主要用于做文学阅读之外的事情,电影、电视、互联网、手机,在人们的生活中正发挥着越来越大的作用。

　　但并不能因此得出文学行将消亡的结论。同样毋庸置疑的是,至今在文学领域内仍不乏执着的追求者,他们仍活得很快乐,并无失其本业、流离失所的杞人之忧;文学创作的主流仍在坚定地开辟新的精神空间;而种种视觉文化的成功,每每少不了求助于文学,电影、电视、网络文化等的品位和水准,也常常靠文学来提升;其成功之作最后仍需转向文学,借助文学文本进一步得到保存和流传。那么,怎样来看待这一问题呢?

　　文学之为文学,有其命定的安身立命之处,这是它与生俱来的特别之处,也是它无可替代的独特之处,正是这一特质,构成了文学的价值和魅力,也使文学获得了自洽性、合法性和权威性,不管在什么时代、任何地方,都足以为文学的存在提供根据和理由。这就是语言媒介。

　　文学作为一门语言艺术,它以语言作为媒介,语言是文学不变的栖居之地,永在的身份标记,文学语言的独特魅力是其他媒介不可置换的,哪怕今天的电子媒介拥有再多的长处。因而历来的诗人作家所创造的语言形式、文论家美学家们所总结的用语规律作为一种积淀深厚的传统仍将得到延续,继续充实、塑造着人们的精神生活并给人们带来无穷的情趣和快乐。如中国文学长期形成的声韵、格律、平仄、节奏等语音形式,对仗、并置、互文、倒装等语词结构,比喻、象征、寓意、比拟、夸张、借代等修辞手法,以及种类繁多、不胜枚举的文体风格;还有西方现代文论中总结出来的"陌生化"原则(俄国形式主义)、"构架－肌质"说(兰塞姆)、"含混"说(燕卜荪)"张力"说(爱伦·泰特)、"二项对立"原则(索绪尔)、"文本间性"(结构主义)、"洋葱模式"(罗兰·巴特)等,其文学意味和美学价值绝不是当今的电子媒介能够取而代之的。

文学以语言为媒介,赶不上由电子媒介制作出来的音响、图像、色彩、造型、动感、质感那样赏心悦目,但它却能够借助语词概念的超越性、自由性打破时间和空间、外部世界与内心世界的界限,更加自如更加便利地去开掘人的内心感受、刻画人的情感生活。因此惟有文学可作连篇累牍的心理描写和复杂微妙的内心独白,充分展示人的心灵世界,这在其他媒介是难以胜任、不得要领的。最近看了邹静之编剧、张国立导演的电视连续剧《五月槐花香》,感觉不错,然而其中有一点,即剧中运用了大量的旁白来叙述人物的内心活动和人生感悟,让人不由得思考这一问题,如果不用语言媒介,仅仅依靠电子图像,是否能够将人物复杂的心态、微妙的感受如此淋漓尽致地表达出来? 可以肯定地说,不管用何种电子图像来表现这一点,显然都是难以到位的。

由于文学以语词概念为核心,所以那些被人们感知、体验和领会的东西,一旦进入文学,经过语词化,便能形成相对明晰的概念,在意识中呈现出来。古往今来人们所共有的人生经验和内心感受如爱情、亲情、友情、乡情等,一旦被作家用一定的语言形式恰到好处地表达出来时,便打通了一条让人们更好了解自己的内心体验的途径,进而成为人类共同的精神财富,成为人类精神生活中相对稳定的因素。试想如果缺少了那些彪炳于古今中外文学史的众多文学遗产,我们的精神生活将变得何等贫乏、何等空虚? 每一件文学作品的产生,都是为人们的思想感情开辟了一个新的领域,揭示了一条新的真理,都是为人们的精神世界增添了新的财富,提出了新的话题,为人们省察和传达自己的内心感受打通了新的途径,提供了新的形式。这也就是为什么优秀的文学作品常常出现在人们的言谈之中,不断为人们所引用和仿效的原因。可以说电子媒介连同它所制作的音响、图像、色彩、造型、动感、质感等是"无言"的,作为媒介,惟有语词是"有言"的。这样说并不否认广播、电影、电视、网络写作、流行歌曲、动画漫画、商业广告之类流行文化中也有言说（如朗读、对话、旁白、聊天、歌词、解说词、广告词等），但这种言说在很大程度上取源于文学，或者说当它说得很好时，它也就成了文学。

文学作为一种语言艺术，其传统的能指/所指结构在当今电子媒介时代仍不乏优长之处。从学理上说，符号学的能指/所指结构生来就潜伏着变异的可能性，因为一个能指往往可以拥有无限量的能指，因为所指本身作为概念在数量上相对贫乏，而能指就丰富多了，例如人们可以用一千个意象来意指法国精神，也可以用一千个意象来意指中国的国民性。按说这种所指对能指一以当十、一以当百的关系实属正常，并没有什么不好，但问题在于这个"一"必须一以贯之地固存着，也就是说，在一个符号中所指不能缺失，如果能指的无限繁衍导致所指的缺失，那就有可能发生变异。对于任何符号来说，这都是一条底线。而文学与电子媒介正是这一点上见出差别，电子媒介突出地表现为视觉化、图像化、平面化，像电影大片、肥皂剧、电子游戏、手机短信息、网上聊天等往往呈现出能指无限膨胀、所指悄然退席的征象。对于文学来说，以语词概念为核心这一条就有可能赋予其理性的重力，语词概念的明确性和清晰性使之不至于完全丢失所指而完全"浮出海面"，从心眼之"读"变成肉眼之"看"。正是这一点使得文学的能指与所指的配置仍有可能保持一种相对匀称的比例，这就是说，电子媒介时代的流行文化过多对于图像、画面的赏玩，面临能指膨胀、所指缺失的情况；而文学则能够以对于意义、意思、意味的追索，拨开能指的遮蔽而把握所指。

需要指出的是，电子媒介时代的流行文化还包含了一个类别，即流行读物，如畅销书、报刊的文化娱乐版块、网络文本、手机短信息等，它们也能走红、发热、畅销，然而又与传统意义上的文学文本不乏共同之处，都是以语言文字作为媒介。但二者又有明显不同。说到底，这二者的区别仍在语言媒介的构成上见出分晓。流行读物往往对语言文字媒介作了感性化的处理，使其能指/所指结构趋于卑琐化、零散化、实用化、官能化、虚拟化。就说手机短信息，尽管也是用文字写成，但它主要由能指碎片拼贴而成，它不重说什么，而重怎么说，言说溢出了叙事，话语淹没了表情，仅仅流于能指层面上的调侃、煽情、搞笑，而将所指放进了括号，作了零度处理。例如刚刚收到的一条短信息:"看哪个银行缩写最牛:中国建设 CBC(存不存),中国银行 BC(不存),中国农业 ABC(啊不存),中国工商 ICBC(爱存不存),民生银行 CMSB(存吗傻逼)。"不可否认,这样的语言游戏也能给人带来另类的感觉和异样的快感,但也有所失,对文字的这种能指化的处理搁置了文学所拥有的深沉和隽永,而这份深沉和隽永,终非电子媒介所造成的那种另类而异样的感觉所能替代、所能泯灭。

以上论列了文学基于语言媒介而固有的若干优长之处,凡此种种,正是文学继续存在下去的理由和依据。但是确认这一点,并不是说文学能够重新拥有往日的显赫和辉煌,值此电子媒介时代,包容并举、多元共存是大气候,文学一枝独秀、独领风骚的格局只是一抹古老的回忆,文学从以往的轰轰烈烈走向今天的平平常常,这无论如何是一件好事,祛除了那种热闹繁华的假相和幻觉,让事情回归常态和本真,这应该是文学在电子媒介时代的最大获益吧。

● 原文刊载于《求是学刊》2004 年第 5 期。
● 姚文放,扬州大学文学院教授,博士生导师。

数字化时代与诗意创造

杨守森

在人类历史上,每一次技术革命,都对文学艺术产生了深刻的影响。是造纸与笔墨技术使原始状态的口头创作日渐式微,而转向了以书面创作为主体;是印刷技术的发明,使文学文本的广泛流通与传播成为可能。而在当今时代,随着数字信息技术的日渐繁盛,文学艺术的发展又面临着新的关口。只不过在许多人看来,与历史上有过的其他技术机遇不同,数字化时代的到来,不是文学的幸运,而是文学的灾难:数字技术引发的信息爆炸、图像冲击、网络写作、超文本写作、电脑诗人等等,不仅已破坏了原有的文学疆域,且正在弱化着文学的传统特征与功能,有人甚至惊呼文学末日的来临。

人们的忧虑与担心似乎是不无道理的。在当今的文化景况与技术条件下,文学(实际上也包括其他艺术门类)的影响确已大不如从前了,正如利奥塔曾经举例论及的:"绘画业的困难起源于工业及后工业——科技——世界对摄影的需求大于对绘画的需求,同样这个世界对新闻的需求也大于对文学的需求。这个世界的动量带来了'高尚'职业的衰落,那些职业属于前个世界以及那个世界的缩约形式。"[1]仅以文学门类来看,由于原来备受重视的"认知"、"教育"、"鼓动宣传"之类功能,已被更为直观、更为切实有效、也更为快捷的网络、荧屏等其他技术手段所取代,故而文学在历史上曾经有过的呼风唤雨的盛况,恐是难得再现了;由于更具诱惑力,也更易为人接受的视觉图像的勃兴,须经想象间接生成的文学形象的魅力已经相形见绌了;由于网络写作与发表的自由方便、人人可为,文

---

[1] 朱立元、李钧主编:《二十世纪西方文论选》下卷,高等教育出版社 2002 年版,第 408 页。

学创作原有的神圣光环已大为黯淡了;由于"超文本"创作形式的出现,什么是文学,什么不是文学,更为含混不清了;由于创作软件的开发成功,甚至诗人、作家的存在价值也已成为问题了。而所有这些,都对传统文学构成了严峻的挑战。

那么,文学果真已走到自己历史的尽头了吗? 文学艺术还有自身存在的合法性吗? 窃以为,对此疑虑,我们只有回到文学本身,具体分析相关现象,进一步弄清到底什么是文学的特性,什么是文学的本质功能,才能得出正确的判断,而不是感情用事,臆测妄断。

从本身的媒介构成来看,文学作品是语言符号的排列组合。而凡语言文本,或许总会包含着认知、宣传、教育之类的功能,但就本质价值构成而言,文学文本毕竟有着其他形态的语言文本不可替代的特异之处,这就是:借助文字符号的奇异组合,创造出超现实的诗意空间,用以激发人的想象,振奋人的活力,活跃人的感情,拓展人的感觉,提升人的智慧,使人得以欣悦快慰的精神满足。古今中外,那些伟大诗人、作家的作品,正是凭依超绝他人的诗性智慧与审美价值的创造,成就了他们的伟大。显然,文学作品中超现实的诗意创造,是以信息传输为主旨的,其他媒体手段是难以体现的。然而,对陷入宿命般的自由与必然对立之苦的人类而言,生活中又是不可能没有诗意的。实际上,随着数字化时代的到来,随着"比特暴政"对人性挤压的日益加剧,人类必将生出更为强烈的诗意向往。原因或许正如美国当代学者尼葛洛庞蒂曾经指出的,"数字化生存"并不完全是人类的福音,在数字化时代,人类正面临着变成"数类"的危险,人类生存的本质正在被数字"化"为没有重量的存在,正在丧失其生命的灵性。而要守护生命灵性,反抗"比特暴政",更富于诗性智慧的文学艺术,势必仍将是重要方式。

在激发人的想象、振奋人的生命活力方面,视觉图像当然也有重要作用,但无论其程度或境界,又都是无法与文学文本相比的。如"园柳变鸣禽"(谢灵运)、"芙蓉泣露香兰笑"(李贺)、"高粱凄婉可人,高粱爱情激荡"(莫言)之类高妙的诗意境界,便是视觉图像手段无能为力的。据此可知,不论视觉图像如何地发达,都是不可能完全替代文学艺术的。文学艺术,仍将保持其独特的生命活力。

网络技术,虽然为人们提供了更为广阔的写作空间,更为自由的发表条件,但亦不过是写作方式与传播方式的变革而已,并没有从根本上改变传统文学作品的特质与创作规律,更没有缘此而降低进入真正文学殿堂的门槛。借助网络,虽然每一位感兴趣于文学创作者随便就能写作发表作品,但目前见之于网络的大多数此类作品,尚缺乏诗意境界与审美价值的创造,因此也就并非都能算得上是真正的文学作品。表现出来的,也并不一定是真正的文学才能。当然,网络上也已不乏优秀之作,且随着网络作者们的努力探索,其创作水平也将会有不断的提高。但正因网络作品与书面作品本质特征与价值尺度的相同,网络文学的成就无疑仍应属于文学自身的成就,这自然也就不存在网络写作冲击了文学创作之类的问题。相反,倒是恰可以说明网络有利于文学创作的进一步繁荣。

至于综合利用文字、动画、互文链接、背景音乐等手段创作的所谓"超文本"作品,实际上,不过是利用电脑技术优势,将文学、绘画、音乐等原有艺术媒介加以组装拼接的产物。例如见之于"涩柿子的世界"文学网站中的曹志涟的《描写》,便是由零乱的文字碎片、不规则的图形、变幻闪烁的色块等材料拼合组接而成的。这类组装,不仅内容上没什么新意可言,在形式上,也不过是技术性的游戏而已,并没有构成独具审美价值的艺术形态。另如电脑诗人、作家(创作程序)的作品,虽具一般文学作品的外观,但骨子里,不过是数字模块的机械组合,因此,不论电脑创作程序的研制者们怎样自鸣得意,但当我们读着诸如"对着黑暗的故宫,我思念,/ 狂饮吧猜测吧冬眠吧抬头吧,弓形的新的一年/ 鬼影幢幢的消毒液追逐多疑的野马"(刘慈欣《作品46号》)"太白的诗都如此张狂/ 如此沁园春 如此上九天"(张小红《李白诗仙》)之类的诗作时,是感受不到什么诗意的,是得不到文学艺术应该提供的精神滋育的。相反,常常会因其辞不达意,生硬牵强而败坏意绪,会因其中冷冰冰的机械意味而心生厌烦。可见,技术毕竟是技术,而文学则属于人。技术找到的只是某种具有普遍性与规律性的文字操作方式,而文学艺术则永远是个性化的生命创造;技术能够组装文字模块,却无法组装源之于人的血肉之躯的情感与想象;技术能够开辟出程序化的比特空间,而人类所向往的则是诗意的家园。

正是通过对文学本身的功能构成、创作特征及相关现象的分析,我们不难得出这样的见解:数字化时代的到来,不仅不是文学的灾难,或许正是文学的幸运。这就是:可以启迪人们更为清楚地辨明文学与非文学,可以强化诗人、作家们本质性的文学追求,可以逼使文学创作水平的提高。目前,在我国文坛上,有些作家,虽已颇有名气,有些刊物,虽名列一流,但其作品中竟时常可见此类文字:"妻子已经两年多没有开支了。她那个厂子跟外商合并了。按说应该效益好了,可是那个外国老板说他是来中国办企业的,不是为中国人解决工作的,他不能全部接收这个厂子的工人,急了眼似的想引进资金项目的市委领导,都答应了。"(谈歌《乡关何处》)"推销员又来了,带来的是全新概念的沐浴露,含有一种促进皮肤吸收水分的物质,洗澡时放在浴盆之中,浸泡过后,所有细胞都毫不例外地吸收足够的水分,中、老年人的皮肤完全可以达到儿童皮肤含水量的水平。"(关汝松《假面太太》)"祖国的高处/长者慈祥/一个是我的父亲/一个是我的亲娘";"一篮菱角是4只铅笔/两本课本/外加一把透明的三角尺";"老板娘来自纺织厂/是位下岗的工人";(见《诗刊》1998年第10期)可以想见,经由数字化时代对文学敏感的淬炼,读者将很容易判断出,这些更具信息性而乏诗意性,看上去或者像汇报材料,或者像产品说明书,或是直白乏味的物象罗列的文字,是如何地远离了文学。所谓为数字化时代弱化的文学功能,其实正是这样一类原本就应被弱化的非文学功能。明乎此,诗人、作家们,必会更为重视自己的诗性智慧的培养,及其诗性表现能力的训练,从而使自己的文学创作更加文学化。

● 原文刊载于《求是学刊》2004年第5期。
● 杨守森,山东师范大学文学院教授,博士生导师。

电子媒介必然会推动文学的发展

朱志荣

　　时下所说的电子媒介的文学主要是指网络文学,但是广义的电子媒介应该还包括广播和影视。如果从媒介的角度来看待文学的历史变迁,我们不妨把中国文学分为口头文学时代、刻写的书面文学时代、印刷的书面文学时代、戏剧文学时代和电子文学时代。电子文学就包括广播、影视和网络等以电子媒介传播的文学作品,其中电台里的诗歌朗诵和广播小说是口头文学的延伸,影视文学是戏剧文学的延伸和文学作品的视觉图像化表现,网络文学则是书面文学和影视文学的延伸。

　　从数千年的文学发展中,我们可以看到,每次文学媒介的革命,都使得文学的传播获得了更大的自由度和更好的效果,从而推进了文学的传播,给文学带来了新的气象,也繁荣了文学的创作。特别是在网络文学中,作者与读者的交流更为便捷和自由,无须通过编辑的层层把关,就可以进入到广泛的交流领域。

　　而文学活动的主体,包括创作主体和鉴赏主体也由平民转向贵族,再由贵族回归到平民。虽然现在的文学作品还存在着良莠不齐的局面,暂时对文学的精品意识和经典性带来了负面影响,但正像每个文学发展时期的媒介革命时代一样,文学总要经历这个过程才能走向经典。电子媒介拓展了文学的表达方式。电子媒介作为特定的写作方式及状态,必然会给作品带来新的特点,媒介本身或电子媒介时期的特定语言介入了作品的整个创作过程。特别是网络文学,目前的网络语言已经在网络的双向互动中形成了自己的特色和韵味。

　　电子媒介将以新的方式推动文学的普及。电子媒介虽然现在还不够普及,但它终究要走向普及,它的前景应该是最先进最普及的。虽然就目前来说,电子文本特别是网络文学在传播上有自身的弱点,如视觉易疲劳,上网有费用等等。

电子媒介带来了作者和读者关系的革命。由于电子文本更有利于交流,更有利于读者的参与,而不是被动的接受,因而强化了文学的沟通的本质。特别是在网络中,每个人都获得了自由进入权,真正获得了平等,有了更多的自由选择权,真正实现了作者和读者的良性互动,从而增强了作品的可接受度,为更多的读者所喜闻乐见。同时也使得读者的含义发生了很大的变化,甚至读者的再创造也可以进入文学文本之中。特别是那些长篇连载的作品,早在报纸连载时期,作家就受到了作者的影响,而电子媒介时代更是如此。"作家写作每个章节时,就可以随时公布每个情节,读者可以在网上同步阅读,在网上随时可以交流和沟通情节的安排。拉近了两者的距离。这样,作者和读者的关系就发生了很大的变化,更进一步调动了阅读和参与的积极性,从而更新了读者和作者关系的传统模式。"

我们可以说,电子媒介推进了文学的民主,传统的文学编辑、鉴赏家、批评家的地位及其相关的等级制度受到了挑战甚至被颠覆。这种编审制度和评判制度的颠覆,不代表文学没有选择性。相反,作品被广大读者接受的程度和效果更精确了,批评家的炒作能力也许更差了,对意识形态的依附性也更弱了。因此,这种作者和读者关系的变化,无疑将会推动文学的发展。

虽然在电子媒介的出现,会导致文学作品鱼龙混杂、泥沙俱下的情形,但综观整个文学史,每个时代的文学作品,特别是每次媒介变革时期,都会出现这种局面,真正作为文学精品的作品总是少之又少,电子媒介的文学作品也不例外。相反,网络文学的空前繁荣也许会使精品的数量更多一些。

电子媒介解放了作家的生产力,给文学的传播带来便利,当然也给粗制滥造带来便利。而给粗制滥造带来便利并不是电子传媒的原罪。电子媒介节省了写作的时间和传媒技术上所耗费的时间,这给作家语言的轻率无节制提供了便利,但不是不节制必然原因。每个用物质传媒传播文学的时代,都有其相对不节制的条件。当100年前西方先进的印刷术传入中国的时候,就有大量的粗制滥造的文学作品出笼,由此上推到宋代的话本小说刻本,也是一样的良莠不齐。"水能载舟,亦能覆舟",传媒之于文学也是如此。我们所做的,应该是充分利用电子传媒的优势,尽可能地避免粗制滥造。

电子媒介不只是媒介的问题,同时包含着时代的背景和生活方式。电子媒介的文学必然会使文学比以前有更大、更直接的影响。传统文学在山重水复疑无路的时候,可以充分利用电子媒介。如果说,影视传媒虽然将文学加以表达,却在某种程度上抢了文学的风头,弱化了文学的影响力,那么,网络文学则是以文字为表达手段的文学本身,是在直接推动和强化传统文学的表达,即使是可视形象和读图的乐趣,也是在强化文学本身的表现力。在网络文学领地成长起来的一批作者大都是些少年,他们给文学带来的新的气息,是我们过去延续传统发展出来的作品所没有的。因此,网络文学给文学带来的革命是巨大的。

电子媒介没有使文学消亡,也不会使文学消亡。电子媒介的文学和纸质媒介的文学将会相辅相成,互补共存。纸质媒介的稳定性决定了书面文学在对传统的继承和积累的过程中的优势,网络文学的经典也要借助于书面的媒介得以精读。当前的许多畅销作品都是从网络文学中产生的。网络文学也是文学,而且是传播更快、更广的文学,网络作家也是作家,而且是在与读者互动中的作家。电子媒介对旧有文学体制的颠覆,不代表对文学价值本身的颠覆。正如具体的法律条文经常会在社会发展中被否定和淘汰,而法律的价值和地位则依然存在一样,文学的感性价值会在新时代取得更大的成就。

丹尼尔·贝尔在20世纪初曾这样描述电影的效果:"电影有多方面的功能——它是窥视世界的窗口,又是一组白日梦、幻想、打算、逃避现实和无所不能的示范——具有巨大的感情力量。电影作为世界的窗口,首先起到了改造文化的作用","青少年不仅喜欢电影,还把电影当成了一种学校。他们模仿电影明星,讲电影上的笑话,摆演员的姿势,学习两性之间微妙的举止,因而养成了虚饰的老练。在他们设法表现这种老练,并以外露的确信行为来掩饰自己内心的困惑和犹疑时,他们遵循的与其说是……他们谨小慎微的父母的生活方式,不如说是……自己周围的另一种世界的生活"①。当今的网络文学则具有更大的魅力,尤其在青少年中。

---

① (美)丹尼尔·贝尔:《资本主义文化矛盾》,三联书店1989年版,第114~115页。

诸如《悟空传》、《第一次亲密接触》等,都曾经风靡一时,影响了许多青年人。

总之,新的电子媒介扩大了文学的表现空间,传播手段的发展使人更容易的表达内心,从而扩大了文学的魅力空间。

● 原文刊载于《求是学刊》2004 年第 5 期。
● 朱志荣,华东师范大学中文系教授,博士生导师。

是文学,还是文学性的"网络游戏"?

王汶成

　　眼下许多人都在讨论网络文学的问题,有拍手叫好的,也有喝倒彩的。叫好的,无非是说网络文学比起传统的纸介文学更有优势,诸如自由、共享、"即时性"、"超文本"、"多链接"、"互动性"等等,因而前途无量;喝倒彩的则认为网络文学质量低下,多属文字垃圾之类,自生自灭,无法与出版的纸介文学等量齐观。应该说,无论是肯定派的观点还是否定派的观点,都有一定的道理,都对我们认识网络文学有一定的参照价值。但这两派观点又似乎隐含着一个共同的前提,这就是它们都把网络文学看作是一种文学,即使是否定派,也没有否认网络文学是一种文学,只不过强调它是一种不好的文学而已。可是,我们不禁要追问,网络文学真的是一种文学吗?

　　关于文学的概念,当然可以"智者见智,仁者见仁",历史上也确实产生过各种不同的说法。但有一点恐怕是不好变的,这就是文学是一种技艺性较强的活动,写作文学作品至少需要一定的文化知识和语言表达能力,并不是任何人都能写出文学作品的。与这一点相关的是,文学作者必须先创作出一个相对确定的文本,然后才可能有读者的阅读和欣赏。尽管正如接受美学所强调的,读者的阅读和欣赏也是对作品的积极的再创造,但是作者和读者、创作和欣赏、文本和对文本的解读之间的界限,却依然是泾渭分明、不容混淆的。如果我们还承认这些都是文学之所以是文学的最起码的标准,我们就会发现,目前所说的网络文学的绝大部分其实并不是真的文学。

　　首先,网络的共享性决定了在网络上文字发表的自由性,任何一个进入网络的人,只要他愿意,都可以把他写的自认为是文学的文字贴到某一网页上,不管这个人对文学多么一窍不通,甚至是一个精神不健全的人,也不管他所写的文字多么不合章法,甚至逻辑混乱,语法不通。因为所有这些人,一旦进入网络,都拥有了同样的身份和平等的权利,都可以享用网络的便利,随心所欲地发表文字。我们平时常说,文学是自由的,这话当然不错。但自由不等于毫无限定。试想一段文字自由到连基本的章法也不顾,以致到了胡言乱语的地步,还能算作文学吗?过多的限制固然会窒息了文学的生命,而过分的自由也同样会使文学丧失掉起码的文学性。而使网络文学变得不再是文学的正是网络的这种过度的自由。

其次,网络上的交流往往是素不相识的人们之间的不见面的交流,这种情景很容易诱使人们扮演某种想象的角色,并在这种想象中与对方交流,使得交流的双方很难确定对方到底是男性还是女性,是老年还是少年,是政府官员还是下岗工人,是百万富翁还是一文不名的穷光蛋?就像化妆舞会所造成的效果一样,网上交流的乐趣恰恰在于这种"蒙面性"和虚拟性。我们也承认,作者和读者之间的互动性的加强确是有利于文学活动的展开和提高的,但网络中的"写家"和"点击者"之间的这种互动,诸如所谓"超链接"、"超文本"、"即时对应"、"文字接龙"之类,实际上是一种"角色扮演"的、虚拟性的互动。这样的活动与其称为文学,毋宁称为"网上游戏",或者称为具有文学性的"网上游戏",与"网上聊天"、"网上交友"、各式各样的在线的"交互性游戏"、以及"网上同居"等等各种"虚拟社区"的活动,并没有本质上的差别。所以,我个人坚持认为,由于不合起码的标准,所谓的网络文学根本就不是一种文学(当然也不是一种较差的文学),而是一种文学性的网上游戏。为了避免误解,我的这个论点尚需做以下补充说明:

第一,我并不认为这种文学性的网上游戏是毫无价值的。这种文学性的网上游戏以其特殊的趣味性吸引了广大网民参与其中,通过这种游戏至少可以起到逐步提高广大网民的文字表达能力和艺术想象能力的作用,这样,不仅能为文学创作训练了大批的后备军,也能为文学在更大范围内的普及铺垫了一个重要根基。

第二,我也不认为网络文学全部是网络游戏,确有少数"写家"已具备了一定的文学修养,创作出符合基本标准的较为定型的文本,在网上将其发表和传播,并受到了广大网民的积极回应和普遍欢迎。这样的在网上传播的原创性文本当然就跟其他大量存在的所谓网络文学有区别，它们已不再具有网络游戏的性质，而属于利用网络进行的正规文学创作了。例如"痞子蔡"的《第一次亲密接触》、邢育森的《活得像个人》、"安妮宝贝"的《告别薇安》等等，就是这种在网络上原创的文学作品的典型代表。可惜的是，像这样的作品在网络文学的"大海"里实在太少了，可谓"海中几粟"而已，不足以改变网络文学总体上的游戏性。而且，值得我们注意的是，几乎所有这一类的网络文学作品，一旦在网上出名后，都毫无例外地被出版社所招揽，而被改换成印刷文本的形式流行于世。只有到这时，这些网络"写手"才被正式公认为是文学作家，他们的网络作品也才被正式公认为是文学作品。这种情况也反证了，网络文学总体上不过是一种特殊的网络游戏，很难作为真正的文学来看待。你可以说它多少具有些文学性，但还不是真正的文学。即使其中少数文学性最强的作品，也只有被接纳到纸介文本的系统中，才能获得公认的、合法的"文学身份"。所以，我们经常可以发现，有些网络"写家"在终于获得了这种"文学身份"之后，就会从他过去津津乐道的网上文学游戏中淡出，而去起劲地创作由出版社发行的纸介文本了。这表明，在所谓的网络文学大量涌现后，出版发行的纸介文本依然是进入文学殿堂的唯一凭证。

第三，当我说网络文学不过是一种特殊的网上游戏时，绝没有任何贬低互联网所代表的科技进步的意思，更不是说互联网与文学之间是两股道上跑的车，毫不相干。相反，正如我认为互联网的开发利用正在和将要给人类的生活带来不可估量的革命性影响一样，我认为互联网对文学的影响也是极为重大、极为深远的。这个问题涉及到文学与传播媒介的关系。在人类尚没有发明文字之前，文学只能是口口相传，自生自灭的，既没有固定的作者，也无法形成确定的文本，这种情况对文学的发展显然是极为不利的。文字的发明使文学第一次产生了有作者署名的较为确定的文本，文学随之进入了稳步发展的时期，东西方古典文学的繁荣正是以这个基础为依托出现的。随着科技的进展，新的传播媒介不断被创造出来，而新的传播媒介由于科技含量越来越多，对文学的影响也就越来越大。首先是造纸术和印刷术的发明使得原创文本可以以比原来低得多的成本大量复制，这就为大篇幅的文本（主要是小说）的产生和文学在更大时空范围内的传播提供了技术上的保证。而近代以后，大众传媒的迅速发展对文学的影响就更是有目共睹了。文学的发展变化越来越受制于大众传媒的发展变化。互联网作为数字化、交互性的最先进的电子传媒,同旧式的报纸、广播、电影、电视等大众传媒形式相比,对文学造成的影响似乎更为复杂。

从积极的方面说,互联网所具有的全球性的即时传播技术导致信息交流完全摆脱了空间距离的限制,这样一来,所有的纸介文本都可以转换成电子文本,利用互联网的高科技优势在全球范围内广泛传播。从目前情况看,众多的文学网站或数字图书馆已经把大批的古典文学名著和现当代文学佳作输入互联网,以供世界各地的网民下载或在线阅读。又加之电子文本所具有的"超文本链接"、"即时反馈"等技术性能,使得读者与作者的联系更加密切,读者参与文本再创造的主动性和深度大大加强。毫无疑问,这一切都给文学的当代发展以积极的推动作用。另外,由于互联网的发展的确造成了人类生活方式的某些改变,已经有人提出了所谓"数字化生存"、"网络生活"的概念,人类生活的这些历史性的变化也必将为当代的文学创作提供前所未有的新灵感、新内容和新形式。

当然,从另一方面看,互联网像报纸、电视等其他的大众传媒一样,也对传统的文学范式构成了严重的冲击。现代人在有限的闲暇时间内更热衷于娱乐性的浏览和游戏(包括网络文学),更追求一种震撼性的视觉感受和虚幻性的心理满足,而对传统的思考性的文本阅读越来越丧失兴趣。这是一个带有全局性的极为严重的问题。我认为,文学的未来命运很可能就取决于我们是否能合理地解答和正确地处理这一问题。

●原文刊载于《求是学刊》2004 年第 5 期。
●王汶成,山东大学文学院教授,博士生导师。

文化研究语境中的文学理论（笔谈）

● 本专题特约主持人：北京师范大学博士生导师李春青教授

● 主持人话语：在我国的人文社会科学领域，文学理论和文学研究曾经是一门"显学"。特别是 20 世纪 80 年代，文学研究界热点话题层出不穷，以至于许多从事哲学、社会学、心理学甚至自然科学的学者也纷纷著文参加文学理论的讨论。然而 90 年代中期以来，这门学科却渐渐沉寂下来了，不仅不再出现热门话题，不能形成有影响的学术讨论，而且大批文学理论的研究者争先恐后地逃离自己耕耘已久的园地，向四处出击了。这究竟是怎么回事呢？

令人兴奋的是，最近文学理论和文学研究界又出现了久违了的热闹局面：学术会议相继召开，讨论文章不断见诸报刊杂志。然而令人沮丧的是，这次讨论的核心却是文学理论存在的合法性问题。人们关心的是：面对大众文化和日常生活审美化等泛文化现象的冲击，纯文学日益边缘化，而且被边缘化的文学也不再坚持以往的创作模式，而是进行着前所未闻的新尝试，诸如身体写作、下半身写作、美女写作、美男写作等等，新花样不胜枚举。在这样的情况下，传统的文学理论和文学研究如何应对呢？人们发现，对于这些新的、可以被称为消费文化的现象，从西方引进的文化研究似乎更具有解释的有效性。于是有人认为文学理论已经死了，应该让位给文化研究了。也有的学者认为文学理论和文学研究依然有自己存在的理由，文化研究作为一种新的研究路向或研究范式并不具有取代文学理论和文学研究的必然性，只要有文学存在，即应该有文学理论与文学研究存在。还有一种见解认为文化研究是一种新的研究范式而不是新的学科,它的产生乃是对消费社会各种新的文化现象包括文学现象的回应,我们不必担心,也不应主张用文化研究来取代文学理论,但是我们却应该清醒地认识到我们今日的文学理论应该是文化研究语境中的文学理论,而不应对文化研究这一新的研究范式或路向视而不见。

针对文学理论研究中的这一特征,我们这里的四篇文章从不同角度表述了个人的意见,希望有助于讨论的进一步深入,促进我国文学理论的个性化和健康发展。

文化研究语境中的文学理论建设

李春青

文学理论自身的合法性越来越受到人们的质疑,而文化研究却越来越受到人们的青睐,大有后来居上之势——这是文学理论研究领域目前面临的最大问题。文学理论是如何从中心走向边缘的? 文化研究为什么构成了对文学理论学科合法性的挑战? 面对消费文化和日常生活审美化这类新的带有"文学性"的社会文化现象,文学理论应该如何应对呢? 这里我们就这些问题发表一点浅见,以就教于学界同仁。

一、我国文学理论研究中存在的几个问题

所谓"我国文学理论"既包括在前苏联思想模式指导下的作为政治工具的文学理论,也包括20世纪80年代兴起的作为人文知识分子乌托邦精神之话语显现的文学理论,尽管二者在根本价值指向上判然有别,但在深层思维模式上却如出一辙。今天的文学理论要走出困境,就必须对这种深层思维模式进行反思。概而言之,在这种思维模式基础上的文学理论主要存在下列问题:

其一,试图通过理论话语的建构解释普遍的文学现象。这是理论的通病。实际上是借助压制、取消复杂性、差异性、多元性的办法实现对对象的把握与控制。西方传统的形而上学都是如此。这是概念化思维模式的基本特点。诸如"文学的本质"、"文学的发展规律"、"创作原则"、"文学的真实性原则"等等之类的概念都预设了一种根深蒂固的理论观点:在复杂纷乱、瞬息万变的文学现象背后有一种不变的、一以贯之的东西存在着并且还发挥着决定性作用。因此寻找这种一以贯之的东西并由此而一劳永逸地把握文学现象就成为一个时期里文学理论的主要任务。20世

纪80年代在这种理论冲动的刺激下不知产生了多少大而无当、宏阔空疏的理论体系！

这种思维方式并不是我们固有的传统而是崇拜西方之所赐。中国古人就不是这样，他们总是探讨具体问题，即使偶尔涉及到本体论问题，也充分注意到复杂性，不离开经验维度。就文学理论而言，中国古代的诗话、词话、诗论、文论著作无不以体验为基础，从不做天马行空的思辨式言说。我们的文学理论主要是中了西方传统形而上学的毒。

其二，试图充当立法者。这种文学理论总是抱有充分的自信心，永远相信研究对象是可以操控的，因此而赋予文学理论宰制文学现象的特权。似乎离开了文学理论的宰制文学就会放任自流。如何写作，如何欣赏，何为好，何为坏，均规定之。比如对于文学的功能，时而强调认识，时而强调审美，总是不顾文学实际上具有的丰富可能性，而赋予其某方面的价值与作用。在西方思想史上哲学也曾经被赋予在诸种学科中的特权地位，使之凌驾于其他学科之上，成为关乎最普遍最根本之规律与法则的学问。哲学的这种特权地位直到19世纪末以后才开始受到较为普遍的质疑。在我国文学理论的这种特权地位与西方思想史上哲学的特权地位在生成逻辑上有着某种相关性——前者是人们操控整个世界之宏愿的产物，后者则是人们操控整个文学世界之宏愿的产物。如果说为世界立法的冲动导致了传统形而上学哲学理论的盛行，那么为文学活动立法的冲动则使传统文学理论成为一时的显学。至于这种立法的冲动究竟包含着认知性内涵还是政治性内涵则要看具体的文化历史语境了。

其三，学科的自我封闭。我们的文学理论过分看重学科划分，与历史、文化史、思想史划清界限，甚至与文学史、文学批评也隔离开来，将自己的眼界封闭在狭小的圈子里，自说自话。也许是因为我们的学科意识是从西方移植过来的缘故，我国学界对于学科的制定历来缺乏反思意识，似乎这种从西方学来的学术分类原则是天经地义的。故而一旦认定了自己的学科归属，就会中规中矩，不敢越雷池一步，于是学科的划分就成为学术研究的桎梏。这一点在文学研究领域，当然包括文学理论的研究中表现尤甚。实际上每一个文学史的研究者都同时应该是文学理论家，而每一个文学理论研究者同时也应该是文学史家。不是文学理论家的文学史研究者不可能成为真正优秀的文学史家，不是文学史家的文学理论研究者也不可能成为真正优秀的文学理论家。而我们的情况如何呢？一个做文学史,特别是古代文学史研究的人如果读了若干结构主义或后结构主义的书,在文章中用了一些新的名词术语和研究视角,居然会遭到某些权威学者的嘲笑与鄙视,可以想见,这样的权威学者实际上是些什么层次的学者！反过来也是一样,一个研究文学理论的学者如果进入到文学史、文化史的领域之中,同样会被视为不务正业的。

二、问题存在的原因

造成文学理论上述弊病的原因当然是十分复杂的,究其要者,大约有如下几点：

如前所述,从思维方式上说是西方逻各斯中心主义的产物。逻各斯这个概念有许多含义,要而言之,逻各斯中心主义即指通过人的思维和言说来从整体上把握外部世界的冲动。逻各斯中心主义本来不是我们的国粹,而是西方人的传统思维方式与言说方式,但是由于百年来我们的思想文化学术领域实际上一直存在着"西方中心主义"倾向,再加上我们掌控文学之心过于强烈,故而这种逻各斯中心主义的思维方式就在我们的文学理论中牢牢地扎下了自己的根系,以至于时至今日,一旦有人试图颠覆这种思维方式时,还会有一些人就像保护自己的文化传统一样起来捍卫它。在某些人看来,文学理论如果不再谈论"普遍规律"、"本质"、"创作原则"之类一般性的话题,那么这门学科也就没有存在的必要了,他们不明白,或许恰恰不是整体性、概括性和规范性,而是反思性、阐释性或批判性才是理论所应有的品格呢！

从言说立场上来看,文学理论的这些谬误又可以看作是精英知识分子维护自身精神贵族特权身份的手段。文学在相当长的历史时期内都是在精神上居于特权地位的知识阶层身份自我确证的方式,是他们与平民百姓区分开来的身份性标志。而文学理论一直是强化文学这种特殊功能的手段。例如在中国古代从汉代直至清季的两千余年间文学一直呈现一种不断被"雅化"的过程。尽管其间亦有追求"俗化"的市井文学出现,但在当时始终算不得文学的主流。这种情形与这个时期文人士大夫阶层在精神文化上始终享有特权这一事实有着直接的关系,只有这个阶层解体了,文学才会真正走向民间。

从另一个角度看,也可以说文学理论还有美学是精英知识分子乌托邦精神的直接显现。例如我国 20 世纪 80 年代将审美看成是文学的本质实际上暗含着一种超越现实的冲动,特别是对超越政治控制的渴望。在彼时的文化历史语境中,人文知识分子刚刚获得一定程度的思想解放,张扬个人主义、人道主义就成为他们乌托邦精神的话语显现。"审美"恰恰是个性、人性、感性、体验、自由、超越诸如此类的人文精神话语最为集中的体现,于是就理所当然地成为一个具有核心意义的范畴,美学大兴的原因在此,将文学的本质命名为审美的原因亦在于此。

三、文学理论面临的挑战

近年来我们的文学理论面临着严峻的挑战。主要表现在:

一是对象失控。以往被操控的对象像脱缰的野马一样,任意驰骋了,根本不再理会文学理论的喝斥之声。有人说文学性无处不在,在广告、影视、家居、旅游中随处可以见到文学的修辞与叙事方式。日常生活审美化了。在这种情况下,什么是文学都成了问题,遑论文学理论了。如果说文学成了一种开放式的、没有边界或者至少是边界模糊的文化样式,文学理论的规范作用自然就值得怀疑了,在这种情况下我们有什么理由要求文学理论依然故我而不去适应变化了的文学状况呢?

二是失去依托。文学理论原本是一种中介性理论,也就是说它不是元理论。它的背后总是有所依托的。可以说文学理论从来就是某种元理论通向文学领域的桥梁。中国古代的文学理论观念基本上是儒释道三家的天下;西方的马克思主义、实证主义、存在主义、结构主义、后结构主义等等都曾经为文学理论提供了理论的依托。20 余年来,我们中国的文学理论在对各种西方理论进行了一番匆忙的检视、挑选、实验的热闹之后突然发现,迄今为止并没有哪种"元理论"是完全适于为我们提供根本依托的,于是我们的文学理论突然间茫然无措了——它找不到自身理论建构的逻辑起点了。谈论老话题自然是淡而无味,寻求新话题又不知道从何处下手,我们的文学理论是真的无所适从了。

三是新的研究路向的出现。例如文化研究的冲击。文化研究的出现绝不是偶然的事情,其中蕴涵着很深刻的学理逻辑与历史文化的原因。西方近代以来的学科分类的确使得各个领域的学术研究都取得了辉煌的成就,但是时至今日,这种分类也毫无疑问地成为人类思想文化进一步发展的障碍。特别是在现代科技的促进下,学科界限越来越显得模糊不清了。各种新兴的社会文化现象日益成为人们特别是年轻人主要的关注对象,原有的学科分类已经远远不能规范文化领域层出不穷的新鲜事物。由于知识社会学、反思社会学以及知识考古学、各种谱系学的出现,人们对以往的精神文化成果与思考方式开始了深刻的批判性反思,人们发现过去的许多宏大的理论实际上都不过是人类精神的误入歧途而已。于是一种新型的、更能切近事物本身的、充分考虑到文化现象自身复杂性的阐释路向应运而生了,这便是在今日西方世界方兴未艾的文化研究。用乔纳森·卡勒的话说,"从最广泛的概念上说,文化研究的课题就是搞清楚文化的作用,特别是在现代社会里,在这样一个对于个人和群体来说充满形形色色的、又相互结合、相互依赖的社团、国家权力、传播行业和跨国公司的时代里,文化产品怎样发挥作用,文化特色又是怎样形成、如何建构的"①。这样一种研究路向,其吸引力显然是难以抗拒的。

于是有人说文学理论已经死了,要用文化研究取而代之。

四、文学理论面临转型

我不同意文学理论让位给文化研究,但是我认为今天的文学理论应该成为文化研究语境中的文学理论,也就是应该尽量吸取文化研究的成果,建设新型的文学理论。文学理论有取于文化研究的主要有下列几项:

其一,打破狭隘的学科限制。这不等于取消文学理论这个学科,只要研究对象是文学或文学性就不会混淆学科界限。但在研究方法上无限制。在高度关注不同学科的互文本关系的基础上,使文学理论成为各种人文社会科学知识系统和方法的汇聚之所。由于文学理论本来就是一种中介性理论话语,因此综合性或许恰恰正是它的主要特征所在。

其二,关注当下现实的具体问题,而不是空谈理论。通过文学研究深入到生活之中的知识分子心态、身份问题等其他社会问题,使文学理论成为一种通过文学研究进入社会批判的通道。文学理论不能直接成为社会批判话语,它必须通过对具体文学现象的阐释来表达自己的观点。由于

---

① (美)乔纳森·卡勒:《文学理论》,李平译,辽宁教育出版社1998年版,第46页。

各种文学现象与社会存在有着极为密切的关联,所以文学理论最终应该表达一种对于社会的态度。

其三,平民主义的、平等对话的立场。我们的文学理论必须放下发号施令的架子,应该将自己定位为一种阐释而不是直接的立法行为,就是说应该保持一种知识学的冷静态度。但是这并不意味着放弃人文精神或价值介入,而是要改变言说策略,即在阐释中立法。将抵制精神压制,消解社会等级观念置换为文学理论的学术话语,从而间接地实现人文知识分子的使命。

其四,关注文学现象与其他文化现象的深层关联或同构关系。我们的文学理论以往的重要任务之一就是划清文学与其他文化形式之间的界限,其至划清与其他艺术门类的界限,因此才会绞尽脑汁地寻找文学的本质特征。现在这种情形可以调过来了——应该致力于寻找文学与其他社会文化现象的共同之处,从而恰当地理解它在社会生活中的地位与功能。例如可以将文学与日常生活审美现象进行对比的或综合的研究,找出它们背后隐含的共同的社会原因与文化内涵。这样更有利于文学理论表达对社会生活的看法。

其五,文化诗学问题。文化研究的研究路向用之于文学史研究或经典文本研究就成为文化诗学。如巴赫金与新历史主义就是如此。对于传统的经典文学的研究永远是文学理论的重要任务。但是我们以往的文学理论或文学史研究却有意无意地压制了许多复杂的、非主流的文化现象,将问题简单化了。文化诗学的重要任务就是通过研究那些被压制的、被边缘化的文化现象来揭示某种文学观念生成、演变并发挥作用的复杂机制。

●原文刊载于《求是学刊》2004 年第 6 期。
●李春青,北京师范大学文学院教授,博士生导师。

从文化研究到文学研究

——若干问题的再澄清

黄卓越

文化研究作为一种具有特定意义指向的西方学术与人文思潮,对中国学术界产生了巨大的影响,并尤以文艺学界对之反应最为强烈。这自然会以正面接应的为多,同时也包含了不同程度上的怀疑或质疑。这种怀疑或质疑有些是出自对学派之理论预设前提的一种考问,并联系到移用过程中语境的适用性问题;有些是从文学研究学科本身的原有定性出发,对文化研究涉入后所造成的边界不清的现状感到困惑,以致有时也联系到对文化研究之意义的怀疑。从最近一个时期以来文论界的一些讨论看,不同的议者在文化研究与文学研究二者关系的理解上依然存在着一些分歧。这说明有些根本性的问题并没有完全澄清,有待于作更深入的探讨。基于这点,我想从三个方面,准确地说是分三个层次来作些讨论,以阐明当今文化研究之涉入于文学研究的理由及二者可能连接的方式。

首先,文化研究的兴起有其必然性。早期伯明翰学派的代表人物如汤普森、威廉斯等开始将大众的、日常的文化确立为自己研究的主要对象,并同时提升"文化"这一概念在整个社会阐释系统中的地位,虽然与试图改造与革新旧马克思主义的"经济决定论"等理论意图有关,但同时也与正在发生的社会性变化,比如日常文化景观,尤其是通俗的、大众的日常文化景观日益占据了人们的生活视野有一定的关系。不久,在CCCS的研究计划中出现了对通俗文化的更有系统、更有目的的研究,并在20世纪70年代产生了对青年亚文化中存在的娱乐性文化的系列研究。总起来看,英国当代文化研究涉及到更为复杂的理论意图,并且有一理论上的剧烈变动过程,但毫无疑问也与城市生活形态的变化,尤其是通俗文化、消费文化、传媒等的发展，及由之而造成的对过去占主导地位的、等级分明的精英文化及其建制的显在冲突有直接的联系。不管我们出于怎样的学术态度，但不可能无视于整个生活已经发生的巨大变化及它所造成的影响人们身心选择的诸种景观。霍尔等在《通俗艺术》阐述这种通俗消费文化时就曾认为："它折射出业已存在的态度与情绪，同时提供了一个富于表达的天地，一套通过它可以折射出这些态度的符号。"从这个意义上说，伯明翰文化研究的出现就不单是一种学术或学科选择的问题，在其学院化的表述中反映出的是对战后欧洲社会重大转型的一种敏锐感受，这种转型需要学术界能够提供一种新的解释与探索的框架、新的知识表述体系，以对之作出积极的反响。

而以上这些变化进一步导致的，就是紧接其后的"后现代"社会的产生。可以说，后现代的一个中心问题就是文化。为此，费瑟斯通在《消费文化与后现代主义》中说："我们很难把后现代问题与对文化进行理论概括的兴趣分离开来，因为正是这种引人瞩目的兴趣，才把后现代问题从一个边缘地位推向了各种学术领域的中心。"而对文化的兴趣，又来自于文化在后现代的漫及与成为意义关注的核心。其中表现之一是，文化被普遍地消费与消费成为一种文化。文化被普遍地消费是指文化成为商品之后，便很自然地纳入到了普遍生产的范围之中，各种可能的潜力（种类上的、技术上的等）均会得到充分开发，从而造成一种文化上的超度繁盛，而这又极大地满足了后现代心理对文化的渴求。根据格尔兹的定义，文化在本质上是一种符号，但现在除了符号生产之外，事实上人们也将与身体娱乐相关的各种产业（如休闲、娱乐、旅游等）称为文化产业，而身体愉悦与符号愉悦之间的确有某种沟通，这样也就扩大了文化的含义。消费成为文化是指在后现代几乎一切消费都被时尚化了，物品需要被进行文化的、时尚的定义之后才能大量地卖出去，人们消费一种物品同时也是在消费一种文化或者时尚。这种状况同样发生在中国，我们只要从城市功能与景观的变化中，便能看到文化消费与消费文化在近来的实质性进展。比如像北京、西安、南京等内陆城市，都已从20世纪80年代初的以行政、工业等为主要功能的城市，发展为一个大型的消费化城市，以文化消费与消费文化为主的后现代消费场所的急剧增加，已使之成为当今城市的最主要景观。在社会政治结构缓慢递变的前台出现的是普遍日常生活景观与生活方式、生活理念等的巨变，而它又反过来不断地引导、修正着政治与经济等运行的逻辑。

文化概念在后现代的大幅度提升，也在于文化事实上也已成为意义竞争与索取的最重要场域。这既是指人们都将通过媒介来认识世界，进而形成对意义的评价，而更重要的还是不同种族、性别、代别等之间的对话也将主要集中在文化意义上的讨论上。如后来发展的女性主义就认为男女之间的差异不单单是由自然性别造成的，文化对其构造在其中起到了决定性的作用。后殖民主义也认为西方强国在进入后现代以后，其对待不发达国家的方式已经发生了策略性的变化，也就是从过去的政治上、经济上的殖民转变为文化上的殖民，因此从文化上揭示其扩张的性质，及从文化上进行必要的抵抗将是更为迫切的工作。事实上，这种思路的转变还是可以追溯到伯明翰学派早期提出的文化主义观上，即他们认为文化不是政治与经济的单纯的依附物，而是有其自主性的一个方面，这在后来就发展为文化还能反过来塑造社会与再生产社会——这样一种观点，包括结构主义与后结构主义所认为的社会的意义是通过语言与文化而构造的。而新文化史的理论家如阿兰·科尔宾又进而认为文化表象体系不仅制约着判断体系，它还决定了观察世界、观察社会和观察自身的方式方法，并最后决定着社会实践。从这些表述中我们看到，文化的意义被普遍地提升和突显，极大地影响到了包括社会学、历史学等在内的许多学科，尤其是其中体现出的一种差异性研究与边缘性关怀的基本思路，是与近年来整个社会意识的转向相接轨的，并实际上已超出了学术认知的范围。

综合以上这些分析，可以看出，无论是作为一种社会生活的变化或对其反应，还是作为一种学术上或意识上的倾向性选择，文化研究的出现，或将在很长一段时期里成为名副其实的显学，这在西方与中国都一样，是一件必然之事。就此作为一件事实来看，没有什么理由可以否定它的存在。甚至我们可以用一种稍显过分的话来表述：如果在我们今日的学术中抽取了已被以上叙述特征化了的这种关于"文化"的含义，我们几乎很难再找到一种能够更为合适地反映当下这一时代之灵魂跃动的学术话语，或说是我们将会失去表达我们时代之魂魄的一种学术概念。

第二，文化研究对文学研究的意义是如实存在的，并且是可加以论证的。在本文中将之作为一个问题来回答，主要是因为在最近的讨论中，从一些对文化研究之引入文学研究持有怀疑态度的学者的持论看，似还没有将这一点作为思路的必要部分考虑在内,以至很容易缩减掉一种理论成立的基本背景与景深,而仅限于从诸如"冲击"、"消解"、"终结"等方式上的论演,看到的只是若干消极的侧面,而忽视那些可作更深阐释的重建性意义。鉴于这一命题涉及的范围较大,我在此仅选取其中几点加以讨论。

一是文化研究的借入可使文学研究重新转化为一种公共性话语。文学研究在较长历史中一直处于学术研究的中心,与文学本身的审美及社会启蒙意义的重要性是密切相关的,从而受到公共社会、尤其是精英社会的重视。20 世纪 90 年代以来文学的边缘化进而导致了文学研究的边缘化,同样与社会启蒙意义的旁落及经典性文学审美意义的降解有关,在文学中解读与分析出来的东西,比如审美的效果及作家的沉重的社会理念等已经不再是重要的。在后结构主义思想的冲击下,审美解读的方式是否能够对他人的经验具有普遍的指导意义同样也成了一个严重的问题。加之受到近代学术分工体制的限制,文学研究愈益专门化,成了专业学术圈内部少数人的一种技术作业。这些都使得旧有的文学研究模式及其所体现的价值向度面临前所未有的怀疑,因此,固有的文学研究之走向边缘已经成为不可动摇的趋势。相较之下,文化研究的特征正如我们所描述的,文化意义的生产与感受已成为当代生活最为主要的内容之一,对文化之关注也已成为众多学科共有的倾向。在这样的情况下,文学研究转向对文化的重视,就不单单是学科越界之类的问题,更重要的还体现出一种要求重建学科价值的努力,以便重新激活文学研究的活力,而其中最重要的、或潜在存在的一个主要意识便是通过对公共性问题的关注,将业已边缘的话语转化为一定程度上的公共性话语,以使自身再次从边缘返回于中心。

二是文化研究的借入可以使文学研究更广泛、敏锐、透彻地回应文学活动在当代条件下所发生的诸种变化,及有效地探索这一变化的机制。在很长的一个时期中,文学研究的主要方向是以"文本"为中心的,并兼及于围绕文本而发生的所谓精神创造与审美阅读,这在某种程度上讲与前现代社会中所存在的人们对文学活动经验的认识是基本吻合的,即文学的创作,首先被看作是一种个体的精神活动,而阅读则是另外一些个体对其精神与审美的对应,虽然也有其他因素的介入(如名利等的),但并不明显。然而在当代,文学活动的运行机制发生了重大的变化,无论是有深度体验的作品,还是较为一般意义上的大众文学,都是存在于"市场"

条件下的一种活动,因此而兼有文化产品的性质。对于原有意义上的文本,已经很难单纯从孤立的文学自身的角度来看待,它已被"插入"到市场运行的关系与结构中,这样,围绕于文学也就出现了诸如文学的生产与消费等的一些问题,它们潜在地或明显地对文本的产出与传布起着制约性的作用,尤其是对那些传媒与电子类等大众文学作品,甚至于政府投入的主流文学也须通过市场的机制来予以运作。很显然,对当代文学活动的考察是难以离开对这一特征的分析的,这涉及到与之相关的诸如文学生产、文学消费等问题(更有其中的大众文化工业与大众信仰的问题),及隐藏于其后的如权力与意识形态等问题(包括如性别、种族、阶级等的一系列当代社会的重大问题),这些,在旧有的文本中心主义与审美中心主义的研究中是不可能得到关照的,这就需要借助于文化研究理路,毫无疑问,文化研究在这方面为文学研究提供了一个能够深入当代机制的更为开阔的视野。

三是文化研究的借入使大量的边缘性文学材料得到重生。对边缘性族群、边缘性课题、边缘性地域与边缘性意义等的重视,是当代文化研究的一个重要特点。英国文化研究从一开始便将视野投向了城市中处于社会下层的工人阶级及不受社会关注的城市青年、女性与少数族裔。美国的文化研究则起步于对劳工史、殖民史的写作,从而一方面使长期遭受冷遇的史实材料得到一次广泛的开掘,另一方面在方法上往往注重于对下层文化的实地考察。这个经验对于文学研究来说,有重要的启示意义。我们知道,经典性的文学研究是一种带有严格汰选意识的研究,其造成的一种结果便是只注重于少数的可分析性素材,并导致了一种对历史的有限的、主观的记忆及对另外一种历史真相的排斥。从审美的角度的来看,如果根据其所制定出的审美品第,自然更多的历史存在是没有多大意义的;然而从文化的角度看,虽然也可能存在着材料质素上的区别,但是由于研究目的的变化,那么只要是具有文化之意义的便均能成为研究的对象,这样,也就意味着那些在过去受到排斥的边缘的、民间的、地下的、粗浅的文学材料都有可能进入到学术研究的殿堂。

● 原文刊载于《求是学刊》2004 年第 6 期。

● 黄卓越,北京语言文化大学人文学院教授,博士生导师。

文化研究视阈中的比较文学

王志耕

比较文学从来也没有像现在这样经受着巨大的危机。1958 年韦勒克提出"比较文学的危机"这一口号时,忧虑的是比较文学放弃了文本解读而变成了纯粹的"外部研究"。韦勒克的"新批评"派立场使他敏锐地发现了比较文学当时存在的弊端。半个世纪过去了,韦勒克所担忧的"外部研究"危机并未真正对这一学科构成威胁,比较文学的跨语际、跨学科的方法体系得到了充分的肯定。但是,一个更巨大的危机却来了,这一危机的罪魁祸首就是"文化研究"。

从历史发展的角度看,不管比较文学还是文化研究,都是基于对传统的文学研究的内倾化现象所展开的超越性努力。比较文学最初出现时目的十分明确,就是要将欧洲各国的文学进行整体并置,"将它们用一种严密的逻辑武装起来","将各民族集团重新活动起来并相互沟通;它假设有一个欧洲整体,这一整体主要组成部分之间确实能够相互发生影响,尤其是靠一些比种族和环境和狭窄决定论更高的形式"①。当然,法国学派最初还是欧洲中心主义的,他们始料未及的是,其所首创的比较文学为东方文学打开了门户,跨语际文学的沟通热情在东方掀起了持续不断的高潮。这是他们的功绩所在,比较文学最重要的意义也就在这里。它如愿以偿,超越了文学的形式批评和单线索的文学史研究,成为大的文学研究门类中富有活力的一种。文化研究也是如此,它发端于文学研究,而深感传统文学研究的无力,于是,在经历了一系列文本主义思潮之后,文化研究的始作俑者们受到马克思批判理论的启示,继而试图用文化一元论取

---

① （法)巴登斯贝格:《比较文学:名称与实质》,徐鸿译,参见于永昌、廖鸿钧等编选《比较文学研究译文集》,上海译文出版社 1985 年版,第 40 页。

代辩证二元论的马克思主义学说,将文学纳入整体文化的系统中,将其作为一种表征来阐释文化与社会。而作为西方文化诗学的代表人物格林布拉特也试图"对文本与文本之间的轴线进行调整,以一种整个文化系统的共时性的文本取代原先自足独立的文学史的那种历史性文本","过去以为文学与历史、文本与语境之间的区别是一成不变、毋庸置疑的,而新历史主义之新,则在于它摒弃了这样的看法,它再也不把作家或作品视为与社会或文学背景相对的自足独立的统一体了"①。从巴赫金到本雅明,都把文学艺术的大众化、民间化倾向视为人类灵魂获得救赎的重要途径,在他们的理论中,文学艺术从象牙之塔中彻底解放出来,走向了更广阔的空间。从跳出文本批评走向社会文化这一意义上来说,比较文学和文化研究在今天获得广泛的响应具有同样的机制。

我们说,无论文化研究还是比较文学,也都是人类进行自我省察的一种认识论形态。在我以往的思考中,曾认为比较文学在文化研究的冲击之下,只要坚守文学对象,就可以把文化研究的各种手段拿来为我所用。但近来我醒悟到,其实文化研究与比较文学具有不同的本体论和认识论基础,二者并不构成必然的冲突,或者说不存在谁消解谁的问题,当然,前提是比较文学应当有自己的科学定位。

我们先来看文化研究的几种类型,以抽绎出其研究特性。

作为一种类学科性的"文化研究"应是在英国"伯明翰学派"首倡下出现的。当然作为综合的文化研究,马克思主义,包括法兰克福学派、卢卡奇、葛兰西等,已经作出了极为显著的贡献。英国文化批评学派的特点主要是解析文化与政治的权力关系,他们通过对大众文化表象的鼓吹进行政治干预。在他们看来,大众文化的意义不在其人文内涵,而在其政治实质,也就是说,大众文化本质上是一种大众性政治参与,它不是用简单的"消费性和娱乐性"所能概括的,它靠着文化的制造和阐释改变着整体社会结构,这就是所谓的"文化解码"。在这个文化解码的过程中,文学作为突出的文化表象成为伯明翰学派热衷的对象,即,他们通过对文学的解析透视其社会意义。因此,可以说,英国的文化研究是"文化解码"型的。

法兰克福学派的研究可称为"文化批判"型。他们力图将文学艺术

---

① 盛宁:《人文困惑与反思——本文后现代主义思潮批判》,三联书店1997年版,第156页。

引入整体的社会批判,最终实现人类的精神救赎。在这一意义上,本雅明曾积极肯定大众艺术的到来,他认为民众在大众艺术中审美地掌握了自我,实现了真正意义上的精神解放。阿多诺的否定辩证法也是如此,它否定了黑格尔的"整体真实"幻象,试图以彻底的否定主义消除现实的等级序列,而使这个无序状态的现实获得拯救的就是文学艺术。或者反过来说,通过对与"自然美"相和谐的艺术的重建,不仅以其"单纯此在"批判社会,而且映射出一个未来的乌托邦。如理查德·沃林所说的:"在阿多诺的非同一性知识理论——以德国唯心主义的主要认识论渴望:主体和客体的同一性为论题的一种理论——的框架里,自然美的范畴被赋予了重大的隐喻意义:它再现了某个不可还原的他者、某个超越主观自我证明所及范围的原始状态……阿多诺在下面有力地阐发了这个见解:'在人们被普遍的同一性所迷惑的年代里,自然中的美是存在于事物中的非同一性的居所。'作为'非同一性的居所',自然美同时是关于'和谐'的某个乌有之物(乌托邦):那个乌托邦将是'和谐'状态……在现象世界之无处不在的堕落中,艺术作品拥有一种独一无二的拯救力量:它们把这些现象置于某个自由塑造的、非强制性的整体处境中,借此把它们从其残缺的日常状态中拯救出来。"①因此,不管批判也好,拯救也好,德国当代马克思主义者的基本研究模式仍是通过艺术作品达到更新文化的目的。

如果说英法学者的观点尚需要通过分析才能看清其实质的话,美国的文化理论家们则十分明确地告诉我们,他们通过艺术文本关注的却是文本之外的东西。弗雷德里克·杰姆逊就宣称自己最感兴趣的乃是"对叙事作品的解释,这是符号学的一个分支,如果就新词来表示,就是叙事学"。他在北京大学的演讲中为自己的研究定名为"阐释",即怎样打开一部文本作品,怎样解释作品,怎样发现作品中隐藏的意义,怎样像译密码一样翻译一个故事;进而怎样把作者并不直接出来阐述的观点通过解析其叙述过程而使其呈现。而希利斯·米勒等其他"意识形态批评家"所感兴趣的,也无一例外是被"新批评"所排除在外的那些问题,即艺术文本是如何反映作者的意识,如何将现实在作者头脑中的印象在文本中变为另一种现实,以及文本又是如何对读者产生作用。总之,文学艺术是

---

① (美)理查德·沃林:《文化批评的观念》,张国清译,商务印书馆2000年版,第120~121页。

如何将文化的隐秘以审美的方式揭示出来的。

因此,我们可以一言以蔽之,文化研究的实质就是研究单独文本与整体文化之间的隐喻关系。具体来说,文化研究的本体论基础以葛兰西所主张的"实践一元论"为代表。葛兰西认为不存在与人的主体完全对立的自然客体,而只存在处于同那些改变它的人们的历史关系中的现实,即社会中的一切存在都与人的文化实践相关。① 马尔库塞的话也表明了他们的哲学立场:"这里存在着一种能作为社会研究重要根据的文化概念,因为它表述了精神在社会历史进程中的内蕴。它在给定的情境中点明了社会生活的整体性,这就是指出了观念再生产的领域(狭义的文化,即'精神世界')和物质再生产的领域('文明')一道,构成了历史上显著和包容的统一体。"② 从认识论角度看,所谓文化其实是对人的本真生存的一种重构和"遮蔽",文化将人与自然隔绝开来,文化赋予人以群体规范允许下的特征,文化在一个新的平台上将人与人进行重新组合,并彻底影响了其行为方式。或者说,文化的出现就是人异化的开始。而文化研究的根本任务则是要揭示文化中的人是如何通过各种类型的文本不断异化和抗拒异化的。从价值论角度看,文化研究所忽略的是种族、地域等之间的差异,即,文化研究者在全球化语境中致力于推进一体化进程,他们并非不承认差异,但他们的拯救意图使得他们淡化民族文化操守的意义,他们认为个体的价值需要在整体真实实现之后才能得以呈现。如此看来,文化研究实际上乃是一种文化哲学。

比较文学应当把文学研究建立在这样的文化哲学基础之上,因此,它的任务是:其一,维护文学的审美特性与文学的文化特性的差异,致力于在比较中突出差异,宏扬差异;其二,揭示差异的诸元之间的转喻关系,即文学的一方是如何通过与对方发生结构性关系而实现自身特性的,或者说它是如何在与异质文学的组合语法关系中存在的。

为了保证比较文学的领域不被文化研究同化或侵蚀,必须明确:其一,比较文学不负责对单个对象的审美研究。之所以要强调这一点,是因为比较文学不能等同于一般的文学理论与批评。单个文学现象的研究属于一般文学批评理论的领地,比较文学必须维护其"比较"的"纯洁性";

---

① (意)葛兰西:《实践哲学》,徐崇温译,重庆出版社 1990 年版,第 39 页。
② (美)马尔库塞:《审美之维》,李小兵译,三联书店 1989 年版,第 7 页。

其二,比较文学在揭示转喻关系的过程中同样也需要利用揭示隐喻的手段,但那不是它所特有的,正如比较文学在进行文学传播的渊源考察时利用了考据,但它却不是学科意义上的历史研究一样。应当明确,只有文化研究是跨学科的,比较文学不可避免要利用文化理论来进行具体问题的研究,但它必须在其定义中去掉"跨学科"一项,以维护其"文学"研究的"纯洁性"。

比较文学如此定位并非要回到法国学派的影响研究模式中去,而是要纠正自美国学派的平行研究转向造成的学科"边界溢出"现象,正是比较文学的这一"泛文化研究"化把作为学科的比较文学推向了真正的危机。因此,要拯救这一危机必须窄化比较文学的学科边界,以使其具有不为其他学科所侵占的特性,从而有效地结束长达半个多世纪的比较文学的学科危机,在文化研究的视域之中获得新的生机。

● 原文刊载于《求是学刊》2004 年第 6 期。
● 王志耕,南开大学文学院教授,博士生导师。

谈谈文化研究的适用性问题

张振云

　　目前,文化研究是一个炙手可热的时髦词语,文化研究的跨学科、反定义的性质使它成了一个"万能钥匙",哪一把锁都可以让"文化研究"这把钥匙来试试。那么,文化研究真的这么神通广大吗?

　　首先,要澄清文化的含义。在中国,文化的含义古今不同。古代主要指"文治教化"。汉代刘向《说苑·指武》中曰:"圣人之治天下也,先文德而后武力。凡武之兴,为不服也。文化不改,然后加诛。"所谓文化是和武力相对的治理天下的手段。后来,文化的含义是指人们在社会历史实践过程中所创造的物质财富和精神财富,特别指教育、科学、文艺等精神财富。可见,"文化"概念的确含有"精英"的意味。"文化"先是圣人用来治理天下的,而历史发展到今天,所谓的教育、科学、文艺等精神财富作为意识形态,也从来都是和经济基础紧密相关的,因此,"文化"的精英"气质"和主流地位在所难免。文学作为"文化"的一个组成部分,必然也是纯洁雅正的,是肩负着反映现实、启迪智慧、塑造灵魂重任的。但是,历史总在发展变化,概念也随着历史发展而不断修改着它的内涵和外延。当经济体制不再只是公有制,当其他的所有制形式也有了存在的"名分"和自己的位置,文化也就不再只是属于"精英"和"主流"。在高雅文化之外,冒出了更多的声音,这些声音大多是被压抑了很久的,是一直处于边缘的,是不必戴着道德的高帽子,不必摆出严肃的面孔的。于是,历史来到了一个众声喧哗的时代,一个雅俗文化共享天下的时代。文学,也被人一把扯下圣洁的神坛,混迹于市场和商业的滚滚洪流。

　　再来看文化研究。和文化一样,"文化研究"也有一个相应的从精英到大众的含义变迁过程。"文化研究"一词源自西方,滥觞于 20 世纪四五十年代"法兰克福学派"对"文化工业"的批判。其代表人物阿多诺、霍克海默等站在精英文化的立场上,对大众文化进行了毫不留情的口诛笔伐。他们认为大众文化的本质是"文化工业",文化像一般商品那样被生产出来,并由大众购买和消费。这种被"物化"的文化丧失了艺术、美和创造性,不再是人的生命的对象化,而只是异化劳动的延伸,把大众变成"单向度"的人。然后是"伯明翰学派"为弥合当时英国知识分子和工人阶级之间的鸿沟,反对精英主义对高雅和低俗文化的划分,甚至否定精英的存在,认为文化研究只是确定什么样的大众,而不是区分精英和大众。把大众文化继续抬高的是费斯克等对大众日常文化消费的研究,认为大众文化"权且利用"现有的文化资源进行积极主动创造的活动,是文化游击战中的胜利者。至此,文化已经摆脱了精英的"紧箍咒",名正言顺地当起了供大众消费的产品,文化研究也开始变为对大众消费品的分析,而文学批评,也紧跟在文化研究的身后,开始了新的转型。一方面,大众的通俗的文学越来越多地占领了文学批评的视野,另一方面,文学批评由此同生活经验与社会变化更紧密相联,研究视角和方法形成综合化、多元化的趋势。

当文化研究给文学批评带来更大的阐释空间,给文学文本带来更多的丰富性和意义生成多可能时,我们都对之报以空前的好感和巨大的热情。其实,作为一种综合的方法和多维的视角,文化研究并不是西方的发明。早在两千多年前,孟子就已经提出了"知人论世"的观点。"知人",就是了解作者本人的家庭、经历、性格、心理等小环境,"论世"就是了解作者所生活的社会大环境,也就是了解作者本人小环境形成的外部原因及文本生成的更深层动因。这个"论世"之"世",和我们所谓的"文化研究"之"文化",在概念上有很大的相似性。固然,当前的"文化研究"也许更切合我们的现实,对我们解决文学批评中面临的困境和问题更有针对性。但是,一次次"帘卷西风"之后,我们的思维形成一种惯性,每一次西风东渐,几乎都像是紧俏商品的哄抢。之后,我们便沉醉其中,或者一遍一遍地引用着某个人的名字,或者爱不释手地把玩着新鲜的术语,甚至不知所云地炫耀还贴着英文标签的理论,这都于不经意间暴露了学术先锋们追逐时尚的世俗文化心态,而真正的文本和迫切需要解决的问题,反而被弃置一边。固然,我们需要以开阔的胸襟和积极主动的心态学习异域的先进理论和思想,但是,我们的传统并不能因此变得毫无价值。孟子的"知人论世"是我们自己的文论经典,其中必有能随着时代不断丰富充实的基因。王国维对"知人论世"的方法就十分推崇,他结合"以意逆志",把二者作为解诗的诀窍:"善哉,孟子之言诗也……顾意逆在我,志在古人,果何修而能使我之所意不失古人之志乎? 此其术,孟子亦言之曰:'诵其诗,读其书,不知其人可乎? 是以论其世也。'是故由其世以知其人,由其人以逆其志,则古诗虽有不能解者寡矣。"陈寅恪先生的"文史互证",即以诗证史、以史解诗的学术方法,也是"知人论世"的继承发挥。在陈寅恪早期的研究中,文学不仅仅被当作文学,更是社会风俗、宗教、伦理、经济、政治制度、军事、民族关系的多重文本,而且,作为文学的文本和作为文化的文本并不是牵强、机械的附会和拼接,而是水乳交融地凝汇在一起。王、陈二先生的西学功底毋须我们多言,王国维的"学无新旧、无中西、无有用无用"的观念似乎亦应给我们今天的"文化研究"更多的启示。

当然,无论如何不能否认,当前的文化研究热潮毕竟提醒我们在文学批评中重新审视和运用一种综合的方法,尽管它不是全新的。这种理论提醒是从当前的实践中得出的结论,它不仅是合理的、必要的,而且的确取得了一些成就。但是,我们没有理由把它当作"万能钥匙",这种方法只能开启新的思路和视角,而不能直接替我们作出任何一个文本批评的结论。而且,它产生于西方,未必完全适合我们的文学现实和理论批评的现状。我们还应该从自己的传统中汲取植根于我们自身的精华。比如前面所述的"知人论世"说,孟子原本是把它当作"尚友"的办法,没有一点文学批评方法论的主观意图。但是,今天,我们把它当作一种文本阅读和阐释方法,并与文化研究彼此融通时,也应该学习借鉴这种注重生命体验的方式,用一种交友的心态和古人对话,正如金圣叹在《才子杜诗解》中所说:"读书尚论古人,须将自己眼光直射千百年上,与当日古人提笔一刹那倾精神融成水乳,方能有得。"这种注重体验的方式,恰恰契合了我们中华民族传统的不同于西方的文化精神,因此,能够和古人"神交",我们对文本的文化研究不仅会变得更加生动流畅,而且,将更加接近古人的灵魂。而对非古典文本的阅读和批评,同样如此。

有学者认为,当前的文化研究是再次"走出文学自身"的探索。从整体看,文化研究的确是从文学的外部切入,很有把文学文本泛化为文化文本,从而使文学文本自行消解的可能,特别是在对古代某一文学体裁发展初期的文本进行文化研究时,这种可能性尤其危险。比如六朝时期的志怪小说。从小说的内容,我们可以读出六朝时期的瞬息万变的政治风云,兵荒马乱的时代背景,挥麈清谈放荡不羁的魏晋风度,儒佛道玄并驾齐驱的思想环境,庞杂泛滥蔚为大观的鬼神信仰……简朴粗糙的文字里简直承载了太多的东西。但是,从体裁角度,六朝志怪明显处在小说发展的初期,和丰富的文化内涵相比,那种简单的叙述,直白的语言,稚拙的技巧,史传写作的痕迹以及作者"一如今日之记新闻"的几乎为零的小说文体意识构建起来的文本,很容易让人忽略不计。然而,恰恰是在这种缺乏修饰的叙事中,远古的人类记忆和现实的歌哭悲喜直接冲出想象的闸门,在我们面前展现了一个神秘、亲切、充满生命体验,交织着人影、鬼影、仙影、神影的世界。这是一种完全不同于现在的"身体写作"的直接和真实,那里面充满了寻找灵魂依归的执著和热情,充满了让人感动的朴实和真诚。我们从这种近乎单调的叙事中感觉到扑面而来的生命气息,那恰恰是由尚不成熟的体裁形式以它独有的风格传达到我们的心灵。文体本身的成熟会带给我们美的享受,但不成熟的文体却会像一个发育不成熟的婴儿,更为直接地唤醒我们心中永不泯灭的关于生命的喜悦和感动。所以,在这个意义上,和体裁成熟的小说作品相比,六朝志怪并不缺乏审美因子,并不能让我们耽于文化透视而忘记文本的存在。

● 原文刊载于《求是学刊》2004 年第 6 期。
● 张振云,北京师范大学文学院博士研究生。

网络文学的价值论思考（笔谈）

● 本专题特约主持人：中南大学博士生导师欧阳友权教授

● 主持人话语：随着国际互联网的触点延伸和无远弗届，数字化生存方式给予文学的巨大影响已日渐凸显：文学网站不断涌现，网络写手新人辈出，网络上发布作品的绝对数量已经远远超出同期发表的纸介印刷文学，一批网络作品一次次抢占文坛热点。这样，处于边缘化状态的传统文学在迷茫的消费文化市场上尚未缓过神来的时候，又不得不面对另一个新的严峻现实：网页挤占书页、读屏多于读书、纸与笔让位于光与电，已成为"蛛网覆盖"时代的一道引人瞩目的文学景观。

面对网络文学的风起云涌，人们对这匹"文坛黑马"心存疑虑，评价不一。有人认为网络文学是数字化技术催生的文学"新星"，甚至是时下落寞的文学苦旅中升起的一颗文学"救星"，也有人认为这个"技术的劳什子"只能是加速文学式微的"克星"，数字媒体所引发的文学变革将会和历史上用纸介印刷替代简牍布帛一样，从许多方面改写文学成规，乃至打造出全新的文学社会学和艺术美学。

其实对网络文学质疑与争论的焦点并不在于网络与文学是否联姻，而在于网络文学的价值律能否构成意义的存在，使文学更加"文学"。时下许多网络原创文学的稚嫩、粗糙、苍白和良莠不齐，人们还难以建立起对它的充分信任，而当一种文学仅仅止于传播媒体的改变却无从实现艺术提升和意义重建时，它自身的价值合理性与历史必然性都将是悬置的。这时候，我们对待网络文学的态度除了"假以时日"以外，需要奉行两条原则:一是建设性学术立场而不是简单评判的态度;二是学理性的致思维度而不是时尚化的技术分析。前者可以使我们绕开对网络文学好坏优劣的表面化评价而将其当作学术研究对象,后者则可以从这一文学现象中吸纳丰厚的学术资源,以建构网络语境下的新的文艺学形态。

本组笔谈正是基于这样的学术立场而从价值论的视角来审视网络文学观念,以触发对它的进一步思考。欧阳友权的文章提出了网络文学应该具备文学逻各斯原点的人文底色和价值承担问题;李衍柱的文章认为网络文学是通向自由、民主的理想境界的艺术形式,它必将以自己多媒体、超时空等优势健康地成长在世界文学的百花园之中;白寅的文章从文学创作、文学接受、文学批评和自由互动等方面论析了网络文学的社会学价值;李自芬的文章则从当下文化生态的角度提出,网络文学所体现的自由精神和"个人化"诉求,预示了由精英知识分子开启的启蒙形式的终结和一个利于"个人"成长的自由、民主、平等的开放性社会文化结构的形成。这些问题事关网络文学的学理根脉,值得学人关注。

网络文学的人文底色与价值承担

欧阳友权

　　网络文学的历史认证取决于它能否走进人类审美的艺术殿堂，建立起自己的价值体系，承担一份艺术责任，而这种内质的涵养是需要在数字化时代技术霸权的铁壁合围中疏瀹和铸就的。因为自诞生之日起，网络文学就面临科技与人文的宿命式追问：在它所依附的高科技大树上，结出的究竟是人文审美的丰硕果实，还是会使人类的艺术传统和精神赓续在技术的狂飙突进中花果飘零？在炙手可热的科学势力的边缘，走进网络的文学是否仍带着古老的传统与价值朝着人类审美精神的圣地驰骋，还是在科学技术的场域中让文学本体的精神取向经历一次技术理性的"格式化"？

　　网络文学的意义承担在于它是否拥有一种坚挺的精神，无以回避的人文底色将是它的逻各斯原点。尽管较之于传统文学，网络文学添加了技术含量和游戏色彩，技术装置更大限度地制约了文学的"出场"，文学存在被交付给了电子技术的硬件和软件。然而，媒介和载体变了，文学的创作手段和传播方式变了，甚至文本的构成形态和作品的功能模式也变了，但文学作为一种审美现象的价值命意没有变，文学作为人类把握世界的艺术方式没有变，文学寄寓人文精神、承载人道情怀、表征人性希冀的价值本体没有变也不会变。人类把文学送进网络，不是要在此演绎工具理性，而是在一个新的场域里寻求"诗意地栖居"方式，运用技术手段来建构价值理性，实现如哈桑所说的"让我们的精神沙漠多增添一点生命的绿意"。

　　其一，开启艺术民主。网络的平等性、兼容性、自由性和虚拟性使它保持平民姿态，向社会公众特别是艺术弱势群体开启文学的民主权力，把一个开放而自由的媒体平台展现在人们眼前：英特网蛛网重叠而收缩世界，触角延伸以扩散信息，打破了权力话语对媒体的控制，改变了过去的

"点—面"传播体制,任何人进入网络空间,都可获得操持信息的主动权。这就构筑了艺术民主的新机制,创造了互联网上全新的文学社会学。

民主是艺术之根。文学在发轫之初本是属于"俗民文化"的,那时的文学话语权属于社会的每一个成员。然而随着社会分工的出现,文学在走向成熟和典雅的同时,也使创作者越来越趋于专业化和精英化,乃至脱离大众而将专有的创作技艺定格为某种权力话语和文化垄断,文学的"众声喧哗"变成了知识阶层的个人吟咏与唱和酬答,文学创作和欣赏都成了精英的事业和少数人的特权,"创作壁垒"和"传播壁垒"的双重关卡使文学的民主精神日渐稀薄,底层民众的文学权力无形中被剥夺。这时候,社会的主流文学成了圈子文学、贵族文学、精英文学,文学离普通人越来越远。

开放的网络体制重新开启了艺术的民主。网络上的艺术民主已经超越了艺术本身的权力语境而具有了人文价值意义。在社会分工的制度模式下,专业知识的纵向积累和横向分割造成了知识增长与信息壁垒的同步延伸,隔断了社会群体之间的交往和理解,形成了如哈贝马斯所说的"专家文化"和"知识精英"。互联网则提供了这样一种技术可能性:在不破坏甚至有助于专业分工的前提下,以快捷方式和廉价手段为大众提供接近各种专业知识(如网络创作)的机会,其意义不仅在于"公众理解科学",还在于艺术走进民众,知识走进生活,科学融入人文,技术贴近生命力的感受,这便是互联网开启艺术民主的人文精神价值。

其二,表征生命自由。文学源于人类对自由理想的渴望,自由则是互联网的精神表征,因而,"自由"是文学与网络灵犀融通的桥梁,是艺术与电子媒介结缘的精神纽带。网络文学最核心的人文本性就在于它的自由性。网络解放了以往艺术自由中的某些不自由,为文学舒展这种自由性提供了理想的精神空间。

互联网上曾流行这样的口号:"全世界网民联合起来,网络自由就一定要实现!"对于这种源自民间的真诚呼求,不能止于一种简单的伦理评判,它反映了信息时代的人们对网络本质的理性认识。走进网络的文学冲破原有体制的重重藩篱,从话语霸权的阴影走到生命自由的前台,让网络上的文学活动呈现出言所欲言的人文本色。网络文学是表征生命自由的最好方式。

表征自由是审美承担的一种方式,这在网络文学中有三种表现:一是感觉的开放性。网络作品的多媒体表达,把文字、影音和图像结合起来,构成一种丰富而生动的组合;网络超文本作品给阅读提供多选择性,形成对主体感觉的全方位敞开,以表达方式的更多自由唤起接纳途径的充分完善,使人的精神、意识和智慧成为确证自身的本质力量,也使得感觉的开放性成为合规律与合目的相统一的人的自由精神的有效中介。二是体验的沉浸感。网络文学表现的虚拟体验不是一维的,而是三维的甚至多维的;不是想象的现实,而是虚拟的真实,能使人达成迷恋的沉浸感和孤独的狂欢化,有一种切入肌肤的深刻体验性。"网虫"、"网迷"就是由这种沉浸的网络体验形成的。三是对艺术界面的穿越。网络的现实是无中介的虚拟真实,它使人们逼近第一现实(客观生活现实)又进入第二现实(人造现实)。网络写作被称作"指头打造的乾坤"、"空中的文字舞蹈",它利用虚拟现实引导欣赏者穿越界面,占有与创作者同样的赛博空间,采取与对象同样的视点,从有限的视窗界面背后获得无限的阅读资源。电脑显示器上的文学网站、根目录或搜索引擎犹如无所不能、无奇不有的"阿拉丁神灯","在场"的文学作品犹如满天繁星又随风飘荡,真正让欣赏者实现了阅读的自由或自由地阅读,这与传统文学止于书页的给定对象、被动接受和有限欣赏是大相径庭的。

其三,调适精神生态。信息高速公路的建立,改变了人们的交流方式。人与人之间的直接接触变成了人与机器的交流,人们足不出户,仅仅靠电话线、电视机、电脑、因特网就能保持与现实社会的联系。如看病不用去医院、上学不用去学校、上班不用去公司,一旦整个社会变成了虚拟的社会,成了威廉·米切尔所说的"比特之城",人就将会产生孤独感,人与人之间也会产生隔膜感。长期生活在比特构成的虚拟世界中,人将与真实世界隔绝,心灵会处于错觉或幻觉状态,人与自然、社会和他人的关系被简化为人与赛博空间的关系,人的本性就将被虚拟的网络所剥夺。这时候,网络上的文学艺术活动将有益于调适人的精神生态,在一定程度上消解高技术时代的人文隐忧。网络给消费社会的欲望心理提供了一个自由宣泄的渠道,让他们拥有按照个人嗜好和独特个性来表现人的全部生命的权力,帮助人们把自己的功利欲求转化为超然而轻松的游戏心境。网络文学创作者在这片自由而喧闹的自由空间里,可以尽情遥寄生命的希望,挥洒个性的能量,调动生命质素的全部起动和自由迸发,让人之性灵在澄明之境中全面敞开和尽情舒展,使高技术社会中"生"之烦恼与"活"之局限在这种精神调适中得到一定程度的消解。这样,网络文学给予我们的不仅有精神生态的改善,还有对人的个性活力、生命欲求的善待和高扬。所以,在人类走向高技术时代的同时,高技术和人类也应该走向一个新的人文时代,一个人可以借助高技术增加幸福总量和快乐指数的时代,一个人的正向价值可以得到更多实现的时代。

其四,重塑人文信仰。网络文学的文化逻辑源于后现代的信仰危机,而网络文化颠覆传统信仰的过程又是一种在体认中质疑、在解构中重构的过程。因为信仰的危机是基于信仰的裂变与转型,信仰的失依将带来信仰的追寻和确认。数字化网络,尤其是"万维网"(www)诞生以后的互联网,有两个典型的技术特征:一是超文本(hypertext),即将思维文本体系里的语词、陈述、判断等,随着体系的扩张而在体系内部其他语词、陈述、判断那里自足地获得注解和印证,从而将思维外化为平面化网络体,人的大脑也被万维网外化为网络"思维"的一部分。结果,简单元素的复杂链接造成"唯一"和"中心"观念的彻底解体,信仰和权威失去了存在的前提;二是网络记忆体逐渐取代大脑记忆体,从而将思维平面化,"正如同普遍使用'文字'使人们逐渐忘记了对生活的直接体验一样,普遍使用'万维网'会使人们失去思维的'深度'。文字的使用(符号记事)与万维网的使用都倾向于降低大脑记忆体在人类理解过程中的作用"。这种平面化思维带给人类的将是"深度的丧失"和随之而来的理性本身的危机——理性的信仰被思维"外化"所动摇。互联网上不断涌动的"后殖民主义"、"女权主义"、"原教旨主义"、"文化保守主义"、"技术意识形态"的争论,正是网络时代信仰危机和信仰重塑的表现,不过支撑这些争论的逻辑支点,仍然是人文信仰的永恒脉动,在它们的背后映衬出的仍将是色泽饱和的人文底色。

在网络文学日渐成长壮大的今天,辨识和倡导这一文学应该有的人文精神价值,旨在从价值理性上给这种新的文学形态添加底气和骨力,使这种文学获得更多的千秋情怀和终极道义;并且,只有让网络文学拥有人文精神的底气和骨力、撑起这样的情怀和道义,这种文学才可能真正走进一个历史的节点,赢得文学史的尊重。这是网络文学人文原道中最基本的本体论价值。

● 原文刊载于《求是学刊》2005 年第 1 期。

● 欧阳友权,中南大学文学院教授,博士生导师。

网络文学:通向自由理想境界的艺术形式

李衍柱

　　在当今世界,网络文学的出现,对于文学的发展究竟是祸兮,福兮?
是否会导致文学时代的"终结"和文学研究成为过去?它是否具有审美
的特性和审美的价值?由于它本身处于正在成长过程之中,还没有大师
级的作家和经典性的作品出现,因此对它产生怀疑与观望、否定与肯定、
嘲讽与赞颂等种种不同的看法和态度,就成了十分自然的事情。对此,我
是持乐观主义态度的。网络文学在破土而出的生长过程中,虽然存在着
这样那样的不足和问题,但它绝不是导致文学终结的"妖魔"。它迎着新
世纪的曙光,抖掉身上的污泥,茁壮成长,含苞欲放。从它构成的基因
(DNA)、它所具有的新质和已显示出的功能来看,已经开始表明并将继
续表明:它必将成为网络图像世界百花园中的一朵奇葩。

　　网络文学,首先是艺术。它是缪斯与比特的女儿。缪斯给予它灵魂,
比特构成其五冠和躯体。网络文学虽与其他艺术形式有着鲜明的不同特
点,但它的产生同样需要灵感的驱动,需要饱和着审美的情感。如果没有
灵感的驱动和审美的情感,那它也就失去了文学之作为文学的特质。缪
斯如何创造出诗歌、戏剧、史诗等文学作品?按柏拉图的说法,诗人是神
的代言人,通过"神来附体",灵感迸发,在"迷狂"的状态中,才能创造出
不同形态的、具有艺术"魔力"的作品来。人类经几千年的不断探索,文
艺女神缪斯们像中国的七仙女那样从天上来到了人间,她们终于找到了
自己真正的伴侣——比特(bit 和 byte)(bit 是二进位制的信息最小单位,
byte 是二进制位组,亦称一个字节)。尼葛洛庞帝在《数字化生存》一书
中指出:"比特没有颜色、尺寸或重量,纯以光速传播。它就好比人体内的
DNA 一样,是信息的最小单位。比特是一种存在(being)的状态:开或关,

真或伪,上或下,入或出,黑或白,出于实用目的,我们把比特想成'1'或'0'……比特一向是数字化计算中的基本粒子,但在过去25年中,我们极大地扩展了二进制的语汇,使它包含了大量数字以外的东西。越来越多的信息,如声音和影像,都被数字化了,被简化为同样的'1'和'0'。"比特通过开关、上下、入出、增减,排列组成不同的方式,在特定信道(如无线和电频谱或光纤)上每秒传输比特的数量,呈现出需要某一特定数据的文字、语言、声音、音乐和影像。古希腊传说中的缪斯所管辖的文学艺术,不同形式之间并无绝对的分界,如诗、歌唱、舞蹈往往是三位一体的(中国古代也是如此),只是到后来不同艺术形式之间才有了严格的区别。以比特为基本元素,运用多媒体进行文学创作,不同艺术形式之间的壁垒开始被突破,从而使网络作品具有了不同于单一媒介的艺术形式,传统地将文学视为语言艺术的定义也就难以涵盖网络文学的新的本质特征。

缪斯与比特联姻产生的网络文学,出现了一些传统的单一媒介所不具有或不完全具有的审美特征和功能。

第一,多媒体的创造性应用,在美学的视域中,它的突出的价值和功能,在于打通和建立起了审美的共能感。马克思在《1844年经济学－哲学手稿》中,曾经深刻地从理论上论述了人的各种感官如何在对象性的实践活动中实现统一性的问题,他说:"人同世界的任何一种属人的关系——视觉、听觉、嗅觉、味觉、触觉、思维、直观、感觉、愿望、活动、爱——总之,他的个体的一切官能,正像那些在形式上直接作为社会的器官而存在的器官一样,是通过自己的对象性的关系,亦即通过自己同对象的关系,而实现对象的占有。对属人的现实的占有,属人的现实同对象的关系,是属人的现实的实际上的实现;是人的能动和人的受动,因为按人的含义来理解的受动,是人的一种自我享受。"通过多媒体进行的网络文学创作与传播,在艺术实践上,使人的各种感官能在对象性的互动关系中实现某种沟通,并以一种全面的方式,使人获得一种审美的自我享受。网络文学从字面的意义上理解,它既包括网上的文学,这是指那些通过网络思维和多媒体手段而创作出的带有原创性的网上文学;同时又包括上网的文学,这是指那些经过网络艺术家的再创造、将已在社会上广泛传播的脍炙人口、具有强烈艺术感染力的成功地登上网络图像世界的优秀文学作品。前者目前尚未见到读者异口同声叫好的典范性的作品。后者我在电视屏幕上不时地欣赏到。一次我被再现于电视上的朱自清的《荷塘月色》陶醉了。那月影、水声、花色、石岸、垂柳……将我的各种感觉都调动起来了。它将我引进了一个声、光、色、画、语言文字交融为一体的美妙无穷的艺术天地，以至后来我与几位学生到北京，还专门趁月色到清华大学寻找当年朱先生驻足观赏的"荷塘"。从这次文学鉴赏的实践上，我才真正领悟到网络文学是如何实现审美的通感的。

第二，由于缪斯与比特的奇妙结合，使网络文学具有超越时空的功能，从而使歌德、马克思、恩格斯所期望的"世界文学"的时代真正到来。数字化、信息化时代，由于计算机、多媒体的广泛运用，人类开始能够穿越古今的时间隧道，超越一维、二维、三维的空间，在"四维空间"中，向地球的各个角落、向宇宙星空去搜集各种科学的资料、探寻知识的宝藏，相互传送着不同的信息。麦克卢汉指出："在瞬时信息的电子时代，时间（按视觉和切分计量的时间）和空间（统一的、形象的和有周边密封的空间）已不复存在。在瞬时信息的电子时代，人结束了分割性专门化工作的职责，承担了搜集信息的角色。"数字化的生存，使几千年来人类创造的文学艺术珍品成为世界各族人民的共同财富，它打破时空的界限，消除了传统的各民族文学的相互隔绝、互不往来的封闭局面，为各民族的作家、艺术家相互学习、交流、对话，相互吸收融合创造了前所未有的条件。广大读者可以随时从网上调出世界各国的文学大师、诺贝尔文学奖得主的作品，进行学习和研究，体味其审美的意蕴。在网络文学创作过程中，作家和读者互为主体。互动性与主体间性，是网络文学创作、批评、交流、对话的根本特性。传统文学中的那种独语局面，已被复调的、多声部的丰富多彩、万紫千红的局面所取代。网络文学的诞生和发展，"把无数共享一个梦想的人联合起来，并通过各种各样的方式努力去实现这个梦想……把种子播撒在全世界，让它们生根、发芽、开花——'百花齐放'，希冀若干年后，我们看到的地球将是一个属于所有的人、向所有人开放的花园"。

第三，网络文学是通向自由、民主理想境界的艺术形式。自由是审美活动的本质，也是文学的本质。网络文学与人类社会已出现的各种文学形式相比，它是最自由、最民主的文学。在网络文学的创作过程中，"人民正在采用更为民主的方法参与网络空间里的合作"。由于网络文学具有高速、多维、互动、超越时空的特点，这就为作家和读者创造了前所未有的自由空间。他们在网上享有充分的进出、上下、开关、选择与交往、增添与删改的自由和民主。作家与读者、读者与读者之间是完全平等的。"作为人的延伸和语言,其分割和分离的功能是众所周知的,这一功能很可能是人借以登上九重天的巴贝尔通天塔的功能。今天计算机展示了瞬间将一种代码和语言翻译成任何其他代码或语言的前景。简言之,计算机以技术给人展示了世界大识大同的圣灵降临的希望。"同时,计算机、网络媒体的运用又使作家和读者获得了更多的自由时间。自由时间的获得,使作家可以把更多的精力投身于文学活动之中,多方面地学习、借鉴各民族文学的优秀传统,提高艺术素养,充分发挥自己的才智和独创性,潜心创作出更多的艺术珍品,促进文学的发展与繁荣。

"一个幽灵,共产主义的幽灵,在网络中游荡。它是新媒体过度放纵的投影……在日常生活中实践着数字共产主义。不管其所持的政治信仰如何……不论是在理论上还是在实践中,他们均希望用数字超越资本主义。"网络文学是"数字共产主义"洪流中诞生的新生儿。它有着真善美的基因。目前,它虽然还有点稚嫩和贫血,并带有一些市民社会的污血和臭气,但我深信,随着社会的进步和文学实践活动的深入发展,它定会与资本主义的传统观念决裂而健康地成长在世界文学的百花园之中。

●原文刊载于《求是学刊》2005 年第 1 期。
●李衍柱,山东师范大学文学院教授,博士生导师。

网络文学的社会学价值

白　寅

王国维说文学有"无用之用",当代学者也有"文学边缘化"的议论。就审美和愉悦而言,"无用"也好,"边缘"也好,确实恰当地形容了文学远离人类经济利益这个价值中轴的状态。然而,偏偏是这"审美"和"愉悦",总是顽强地体现着其对人类社会生活的意义,构建着人类精神生活的完美。这就是文学的社会学之"用"——其核心价值在于舒缓或消解人类由于经济利益这个价值中轴带来的社会生存压力,使我们总在物质生活的紧张和焦虑中,寻求精神的放纵和自由。这种情结不但没有随着文明的进步而得到消解,反而随着技术的飞跃使它得到了更为适宜的表现场所——网络文学就是其中之一。

一、精神迷狂与越轨消弭——网络文学创作的社会学价值

网络文学是给人们提供精神迷狂的最佳场所,它甚至不需要"李白斗酒诗百篇"的物质负担(酒还是不便宜的)和行为责任(喝醉了是需要别人来打扫卫生的)。如果说,你在现实社会中为了逃避现实社会的紧张而进行的精神狂欢多少会引起新的现实利益的冲突的话,那么,你就上网,通过网络文学的创作追回你那曼歌妙舞的原始情结。

网络上精神迷狂是通过网络角色的转换和补偿机制来完成的。现实社会的角色是现实利益的规定性产物,人只能打破这种规定性,才能解放自己的精神。但是目前还做不到这一点,人们只能现实地服从这种规定性,保持理性精神的清醒状态。于是人类虚拟了一个提供迷狂的空间,抛弃现实角色的规定性,由这个自己最大的自由转换着自己的角色,完成着自己的角色梦想。欧阳友权在其《网络文学论纲》中艺术性地把这种双重生存状态总结为"复调"式的生活。网络心理学家把这种状况称为"身

份丧失"。这种身份丧失给予了你获得新的"身份"的机会,现实中得不到满足的愿望在这里得到了补偿,这个地方就是网络文学的"社区"。

这种精神迷狂是通过对现实时间的吞噬来完成的,简单地说,就是把现实的时间消解在网络世界的沉醉之中。现实世界的利益冲突必然引发人们的越轨心理,如果越轨心理得不到合理的宣泄,就会导致各种越轨行为。而对网络的"沉醉",舒缓了产生越轨心理的紧张,也消解了进行越轨行为的时间,从而消弭了越轨本身。

二、文化舒适与社会融合——网络文学接受的社会学价值

当然,如果仅仅把网络文学看成精神狂欢的载体,就会把网络文学当成变态的发泄渠道和失意人群的喧嚣场所,好像网络文学并非是社会主流文化。事实上,也的确有人这么看。所谓"另类写作"、"边缘化状态"多少把这种状况描写得有些讽刺意味。

但是,我们不能忽略这样一个事实,不管怎样看待网络文学的创作人群(对这个人群的结构分析有统计学上的困难),但网络文学的接受人群远远大于创作人群,而且涵盖了各个社会阶层。

根据中国互联网络信息中心(CNNIC)发布的《中国互联网络发展状况统计报告》可以看出,网民结构既不是精英结构,也不是"边缘化"的特殊的失意人群,而是我国社会成员的主体:35岁以下的,高中至本科学历为主的主流人群。因此,至少从接受者的角度说,网络文学绝对没有被边缘化,而是趋向主流化——即大众文学化。

从接受心理来说,网络文学的接受更接近一种自发的愉悦追求行为。除了少数网络文学的研究者,绝大多数的网络文学接受者都是处于闲暇的消遣状态和阅读快感的享受之中。联合国教科文组织发布的《世界文化报告》中,特地提到了这种宽松自由的文化接受方式构成了一种"文化舒适区"。在这个舒适区里,人们通过界面语言和隐喻"成功地调节文化之间潜在的冲突,社区也趋向于拥有更好的文化和谐,因为许多人会选择生活在一个文化舒适的地方。从这些地带出发,走向世界,一个人会认识到每跨越一次边界时,就必须习得更强的文化容忍力,因为他自己正进入一个新的文化"。联合国教科文组织还预计,这种文化的舒适心理还会形成真正意义上的大众文化舒适区,它消弭了现实中许多紧张的冲突,使主

流社会处于更加稳定和富有包容性的状态之下。

三、意志劝服与权力流动——网络文学批评的社会学价值

　　网络文学必然带来网络文学批评。就社会心理学而言，文学批评是基于一种意志劝服企图，即批评者希望通过自己的批评行为，将自己的批评意见传达给批评的接受者，并要求对方认同。在传统文学批评中，由于批评者一直居于精英阶层，他们的劝服行为实际上也是一种权力劝服，以上层意志说服下层意志。但是，由于网络文学的特殊性，这种批评状态被彻底改变了。首先，网络文学没有严格的审查制度和发表资质的认可制度，因此，任何人都可以在网络上找到发表自己批评意见的地方。其次，由于网络的匿名性，批评者和接受者摆脱了人际困扰和权威压力，意见发表更加自由，劝服效果更加平等化和理性化。第三，网络的互动性使批评者和接受者随时转换角色，使劝服的权力产生了相互间的流动。这些特点使网络文学的批评行为具有了新的社会学价值。

　　我们知道，所谓劝服实际上是一种社会权力的行使。传统批评家的批评话语，是权力话语的表现。他们将社会上拥有强大话语权的哲学观念、文化意识甚至是个人意志，通过批评话语强行灌输给批评的接受者。对于大众而言，在这种权力语境之下是没有选择权的：你要么接受，要么逃避。这无疑强化了社会意识冲突的紧张关系。

　　但是，网络文学的大众传播性质改变了这种不对称的语境。大众传播的突出特性是给予公众以选择性接受的权力。社会学家的研究认为，大众传播行为中，大众对劝服的接受选择更容易偏向自己固有的文化结构和个性，从而瓦解了精英权威的意志力。同时，网络文学的互动性消解了权力的集中性，使话语权更加分散和流动。

　　网络对精英权力的消解使得权力成为分散的、不确定的、形式多变的、无主体性的和生产性的，这就是所谓后现代性"权力解放"。这种解放是依靠权力的流动和再分配来完成的。它把选择权交给大众，使权力话语具有更大的多元性和自主性，使社会文化更多的体现为包容中分散元素间的平等对话，在很大程度上缓解了经济利益冲突造成的文化的"不可认同性"。

四、个性自由与人际互动——网络文学技术的社会学价值

　　网络文学依赖的是网络技术，而网络技术带给我们生活的最大不同

在于它开辟了一个新的人类社区——虚拟社区。

首先,与现实社区中必须亲身与其他人来往互动的情况不同,虚拟社区中人与人之间的沟通其实只是计算机与计算机之间的联机,而较少道德束缚或社会规范的束缚,因此也是比较原始的和质朴的甚至是粗鲁的。可以说,计算机网络上的人际关系,完全突破了传统意义上的物质、文化和心理的障碍,能够凭借参与者的个人意志自由地与他人发生联系和互动。其次,虚拟社区并不隔离现实的社区,而是影响着现实的社区,产生新的人际互动和社区互动。这种互动维持在三个层面上:(1)现实情绪可以发泄在网络世界里,对网络世界的其他人员产生影响;(2)网络世界的情绪可以带回到现实世界中,并对现实世界中的人产生影响;(3)现实世界中的关系可以移动到网络上进行互动(如同学录),反之,网络世界中的人际关系也可以回到现实世界中进行互动(如网友会面)。

就网络文学而言,第一个特点主要体现在创作的自由精神带来的个性舒张。大工业社会带给人类的人性异化在网络世界里回归原始。《大话西游》的"无厘头",《上海宝贝》里感官欲望的直白,其实就是人类企图回归原始的冲动。这个冲动在网络文学中得到了满足。第二个特点主要体现在网络文学多样的表现形式中。除了所讨论的创作互动和批评互动之外,网络文学还以其新的表现形态和传播方式履行着现实社会的功能。比如,文学活动的知音赏鉴使得一些创作者和批评者建立了深厚情意,他们把这种情意还原到现实生活中来,成为现实生活中的朋友甚至情侣。再比如,将网络文学以传统手段传播,如《第一次亲密接触》的出版,使网络情缘中更加质朴和纯粹的情感再一次洗涤了现实生活中人们久被污染的心灵。当然,我们也不能忽视网络文学中一些负面的东西。比如一些粗俗甚至下流的写作,鄙俚甚至恶毒的话语方式等等,但这并非网络文学本身的问题,而是某些人性的负面使然。也许,我们不能仅仅局限在道德层面判定这些行为的是与非,实际上,正是这种宽容,包括对负面因素的宽容,才使网络文学在一定程度上将"以人为本"的理念在现实社会中实践着。

●原文刊载于《求是学刊》2005 年第 1 期。
●白寅,中南大学文学院教授。

当下文化生态与网络文学的价值

李自芬

从1994年互联网进入中国,短短10年时间,网络文学就成长为中国当代文学一股强大的新生力量。尽管一些网络文学作品还显得肤浅和粗糙,然而,毋庸置疑,"网络文学"这一特殊的文学存在方式已经成为当下中国文学乃至整个文化思想界必须面对的文学现实,成为我们理解和认知当下中国社会文化结构转型的一条有效途径。

今天,网络生存已经构成国人(不仅是年轻人)日常生活的重要内容,悄然改变着人们对生活的体验和表达。网络文学并不仅仅如有些论者断言的是一种文学的"时尚",是年轻人的一种"时尚"生活的反映。它有着更为复杂的社会原因:20世纪90年代,市场经济以不可阻挡之势将中国拖入全球经济一体化进程,中国人陷入了从未有过的生存状态中——20世纪80年代末刚刚从精神的亢奋跌入低谷,一下子又被抛到残酷的市场经济旋涡。一夕之间,人们突然发现自己被孤零零抛到了一个新的世界,陷入精神和身体的双重困顿。无论是被动的"下岗"还是主动的"下海","国家人"身份所带来的安定稳妥被彻底打碎,每个人都必须独自面对生存困境,学会自己养活自己,重新确定自己的身份,从而沉落到彷徨和迷茫织就的巨大虚空之中。尽管主流话语仍一再通过"精神文明建设"来反"自由化",伴随"南巡讲话"而起的却是对国外"资本"的热烈拥抱,"时间就是金钱"从深圳散播到中国的每一个角落。"大众传媒"在商业利益的驱动下展开对私人生活无孔不入的侵入、对人的欲望的无限刺激和期许。"自由"就这样以一种特殊的方式(被动和主动、身体和精神的不均衡)构成中国人的现实生存状态,使社会的整体价值观发生裂变,呈失序状态。因此,有人将20世纪90年代称为中国人的精神荒漠时代。这一切,使个人空前凸现。这种变动中的个人生存体验一旦在主流层面难以表达和释放,必然寻求新的渠道,就像20世纪70年代的"地下文学",20世纪80年代的"抽屉文学"一样。

个人电脑的普及和互联网的出现,恰好为这种生存体验和表达欲求提供了最有效的表达平台,发表的自由和匿名的言说可以使作者游离于外在的各种"制约"之外,同时也解除了内在的种种束缚,真正让自我得以自由充分的体现。互联网作为"一切媒介的媒介",它为人类生活提供了一个超越性的自由场域。一方面,它具有强大的整合性和包容性,按欧阳友权教授的分析,它不仅可以将此前所有传播媒介如书籍、报刊、广播、电视等的传播优势一"网"打尽,还可以借助"万维网"(www)的超文本链接优势实现"所见即所得",获得"所有时代所有地方的所有信息"。另一方面,作为人际交往媒介,互联网给人类的最大允诺就是个体自由:网络可以给每一个人通向世界任何一个角落、任何一个种族、任何一个人的途径;任何人都能自由参与和共同分享人类所有的知识和信息;任何人都能够充分地展示和表达自己。这一传播媒介的革命,是人类生活方式和借此生活方式而生成的社会文化结构的一次重大变革。因为,如像波德里亚所指出的,知识和信息的传播媒介不仅仅是一种简单的交流工具,它本身就是人类生活的结构方式。在这个意义上说,互联网对中国人具有更为深刻的象征意义。因为,经历了现代性的洗礼,西方人对个人自由、民主有更为自觉的追求,也挣得了更多的自我权利。而现代性转型颇为曲折漫长的中国社会,其个人自我的成长则曲折艰难。个人始终被纠结在各种社会关系织成网络之中,自由、民主的个人诉求一直未能得到充分表达和张扬。这就是网络文学赖以生长的文化生态。

正是基于这样的文化生态,我们对网络文学的价值论反思就不能不关注它的自由精神,因为"网络文学最核心的精神本性就在于它的自由性"。网络文学的自由性主要体现在两个方面:人人皆可参与的自由,文学言说方式和言说内容的自由。网络文学是一片向每一个人开放的文学原野,这里没有权威,没有等级,任何人都是作者,也是批评者。网络写作是一场"匿名的狂欢",它削平一切等级界限,将每一个人还原为活生生的独立、自由、平等的生命个体,将写作变成真正的个人情感的自由释放。

另外,网络文学的自由性还表现为文本形式的极度自由和开放。它无视传统的文学陈规,一方面大胆消解传统文学的分类规范,打破文类之间(甚至文学与非文学文本、文字—图像—声音之间)的界限,呈现出完全自由开放的写作状态。传统文学理论所界定的小说、诗歌、散文、戏剧等文类界限被网络文学写手们弃置不顾,如开风气之先的痞子蔡的网络小说《第一次亲密接触》就采用传统诗歌分行排列的形式。而《火星之恋》等作品则是将文字、图片、音乐、音像画面等融合在一起,构成网络文学特有的"超文本"性。另一方面,网络文学以极度生活化、原生态的语言消解传统文学精心构筑的高雅和神圣。对网络文学作者来说,"随心所欲"、"随心所写"就是他们对文学精神的理解和阐释。

写"我"的人生体验,为"我"而写,这种完全的"非功利"特性,以及"个人化"诉求,是对中国文学精神的巨大挑战和解构。中国文学历来是"载道"的工具,从最初《诗经》成为最早的儒家经典,到近代梁启超以小说来"新国民";从五四"文学革命"到"革命文学",直到新时期文学成为社会良知和社会价值建构的重要风向标,一次次文学的变革并没有改变中国文学精神的这一内核,只是不断地置换"道"的内涵而已。在这样的文学生态下,独立、自由的"个人"自然难以取得合法性。网络文学则一开始就以鲜明的色彩将"个人"凸现出来,赋予"个人"言说的充分自由。

这种对"个人"的诉求是自五四以来延续了一个多世纪的中国现代启蒙知识分子的梦想。中国文化传统结构中,独立自由的"个人"一直被压抑在各种人伦纲常之中,没有合法的地位。儒家所谓"仁者,人也",明确地通过将人置放进"二人"关系(君臣、父子、夫妇、兄弟、朋友等)中来铲除"自我"与他人的疆界,使"个人"意识难以健全生长,易于为政者统治。五四新文化运动,"个性解放"话语的提出与流行成为中国人"个人"自我意识觉醒的标志。文学作为人学肩负起了发现"个人",创造健全"个人"的历史责任。周作人的"人的文学"观首先提出将"个人"从"种族的、国家的、乡土及家族的"的关系中独立出来,从而成为中国现代文学的重要精神。在此观念影响下,一个个从重重封建人伦纲纪中挣脱出来的"现代中国人"蹒跚地走在郭沫若、郁达夫、茅盾、巴金、徐志摩、张爱玲等现代作家作品中。但总体而言,由于国家处于风雨飘摇之中,这个从古老中国的壁垒森严的人伦纲常中托生出来的"个人",还未长成又被消融于以民族国家以及政党的名义建构的价值秩序中。到 20 世纪六七十年代,这个发育并不健全的"个人"被政治意识形态灭杀,从文学中彻底消失。基于"个人"意识而建构的"自由、民主、平等"的五四启蒙主义人道理想仅仅成为了话语权力操控者对"个人"美丽但空洞的承诺。20世纪90年代,随着个人生存境遇的急遽变化,以《私人生活》、《一个人的战争》等小说为代表的"个人化"写作将中国文化对"个人"的内在诉求再次表达出来。但是,流露在20世纪90年代"个人化"写作中的鲜明的精英主义立场表明,其中的"个人"也只是少数"知识精英"在狭小"私人空间"的自哀自怜。加之出版发行的限制,这种"个人化"写作实际上仍显得非常隐曲,难以充分展现。

互联网使真正的"个人化"写作成为可能。因为,个人电脑力图打造的就是一种崇尚少年精神、鼓励越轨、强调创造性的个人文化,而网络所承载的自由精神赋予了每一个书写者自由平等的言说权利。福柯通过对人类知识史的考察指出,话语就是权力。知识和信息的拥有决定权力的统治结构,谁掌握了知识,谁就拥有了话语权,也就拥有了控制别人的权力。就人类的文化史而言,经由文字的发明和使用,言说逐渐成为权力的拥有者的文化特权,它促使文化的阶级分层,使话语成为某个特权阶层(僧侣、皇权,或是政党等)压制大多数人的意识形态工具。现代印刷媒介的出现改变了知识和话语被少数人掌控的局面,从而动摇了以此为根基建构的壁垒森严的社会等级结构,尤其是电子媒介的出现,如电影、电视的广泛使用,使"大众社会"成为可能。

但是,这个"大众社会"仍然具有明显的结构缺陷。因为这里的"大众"仍然是被动的接受者,处于被教化和启发处境。无论是书籍、报刊杂志还是电影电视等"大众传媒",知识和信息的传播都存在单向度的"发送与接受"这样的模式,接受的一方缺少充分的自主权利。而没有成熟的个人主体意识、不能自由选择和决定自己身份的"大众"最终只能是发育不健全的庸众。从这个角度说,西方启蒙时代以来关于人人自由、平等的启蒙话语事实上仍然只是一个幻象。尽管中国文学在20世纪三四十年代也曾大力倡导过"大众化",但是,其鲜明的启蒙教化立场使"大众文艺"最终成为知识分子对"大众"身份的虚拟和假扮。如赵树理这个被誉为最具"大众意识"的"人民艺术家",其表达的实际上仍是乡间"知识者"对愚昧无知的"大众"的启蒙和教化。

因此,只要社会文化结构仍处于"精英"与"大众"之分层状态,被"精英"们所期待和启蒙的那个充分发展的"个人"就不可能生成。只有当"大众"中的每一个成员都获得自由表达的自主权利(也即都拥有平等的话语权)时,而"精英"也只不过是"大众"中的一员时,真正的"大众社会"才可能形成。互联网及网络文学的存在形式昭示了这种社会存在方式的可能,因为互联网力图打破一切等级界限,赋予每一个人自由言说和选择接受的权利。

就此意义而言,网络文学这种特殊的文学存在方式所构成的对当下中国文学与文化的解构,实质上是中国现行社会文化结构自身转型的一个标志,它预示了由精英知识分子开启的启蒙形式的终结,而一个利于"个人"成长的自由、民主、平等的开放性社会逐渐在形成。至于网络文学目前的不足,我们当以宽容待之。新生事物成长需要一个过程,新文学倡导者当初为稚嫩的白话文学祈福式的呐喊,正好适用于我们今天所面对的充满了许多"非文学"因素的网络文学。

●原文刊载于《求是学刊》2005 年第 1 期。
●李自芬,四川大学文学与新闻传播学院博士研究生。

媒介变化中的京味文学（笔谈）

●本专题特约主持人：北京师范大学博士生导师王一川教授

●主持人话语：在媒介与文学的关系上，有一个问题不能被忽视：媒介变化在多大程度上影响到文学？对此，京味文学的当前命运可以成为一个合适的个案。媒介通常是指传播信息的物质实体及与之相应的媒介组织（如广播、电视、报纸、杂志和国际互联网等），而文学媒介是指文学的语言系统得以传播的外在物质形态及渠道，包括口语、文字、印刷、大众和网络等媒介类型。现代文学的主导媒介常常是机械印刷媒介如书籍、报纸、杂志。而文学的一些交叉形态如广播文学、电视文学、电影文学和网上文学等则以广播、电视、电影和网络等电子媒介传达。可以一般地说，没有媒介就不存在文学。问题在于，当20世纪80年代末以来的京味文学不仅由通常的机械印刷媒介去传输，而且同时也被电影和电视等电子媒介去传输或变异地传输时，原有的文学信息会产生怎样的变化呢？我的观点是：媒介的改变，并不仅仅意味着传媒技术手段的简单改变，而且，在由多种因素所形成的特定文化语境条件的综合作用下，更意味着文学本身在地位、语言形态、审美方式、人物形象、文化类型等方面的全面变化。刘恒的小说《贫嘴张大民的幸福生活》被改编成电影和电视后，其由张大民形象集中承担的看似轻松而实沉重的生命体验就在改编过程中被淡化了，而这种淡化既与影视媒介本身的大众传播特点有关（如尽可能广泛的受众范围），而不一定完全保持高雅文化所珍视的深度意义；也与改编者的有意追求相关，因为改编要顾及公众的当下理解与娱乐，而不像读小说那样可掩卷沉思和回味。这表明,当着媒介发生改变时,文学的几乎所有方面都可能发生相应的改变。关于京味文学,人们此前已经有了来自语言、文化等角度的种种观察。下面几篇小文都属于我主持的北京市哲学社会科学规划项目"90年代文学与媒介的关系"的部分成果,试图从媒介变化与文学及地域文学的关系角度来重新探讨当代京味文学现状问题。唐宏峰、宋学鹏、单智慧和刘苑分别从电视文化的接受、媒介的影响、京味的消失及大众文化性质的角度加以分析,提出了关于京味文学的新见解。而我则直接宣告"京味文学的终结"。这些当然只是一家之言,欢迎指正。

媒介变化与京味文学的终结

王一川

考察媒介变化中的文学,京味文学的演变及其当前状况应当是一个合适的个案。京味文学多年来曾是读者竞相阅读与谈论的热门话题,也引起过文学研究者的探究兴趣(如赵园《北京:城与人》,北京大学出版社2002 年版)。我把京味文学定性在这样的含义上:它是指能够让人回瞥到故都北京城在现代衰颓时散发出来的、流行的文学。在这里,故都北京城的人、事、地、话等及其现代衰颓就成为京味文学之"味"得以形成的特定媒介和媒介场了。这样理解的京味文学先后呈现出三代(次)风景;第一代为 20 世纪二三十年代以老舍的《骆驼祥子》等为代表的文学,呈现从古典到现代变动中的北京胡同文化景观,在语言、形象和风格等方面都奠定了现代京味文学的原创形态;第二代为 20 世纪 80 年代以林斤澜、邓友梅、汪曾祺、韩少华、陈建功等为代表的文学,着力表现故都北京在现代性进程中流溢的民俗残韵;第三代为以王朔、冯小刚、王小波、刘恒等为代表的文学(包括影视文学),表现北京在政治缝隙中纵情狂欢或发生演变的大院文化、新胡同文化景观。可以这样认为:当以王朔和冯小刚为代表的新一代京味文学借助影视媒介的力量而使京味文学达到兴盛时,实际上,京味文学已经不可避免地置身于最后的辉煌期了。我这样说绝非空穴来风或故作惊人语,而是确实基于一种新观察——从媒介与地域文学的角度而对京味文学所作的判断。

京味文学的生成总是依赖于特定的媒介及媒介场的。我所理解的媒介和媒介场在这里至少有三层含义:一是直接的传播媒介,如报刊杂志;二是在这种传播媒介中被传输的语言形式,如北京方言;三是上述媒介和语言得以传输和发生影响的更大的"媒介场"——物质型环境,指人们在其中生活和体验的特定城市街区情境如胡同。以第一代京味文学为例，讨论的顺序恐怕恰恰需要倒过来。第一，京味之产生，依赖于媒介和语言得以传输和发生影响的特定物质型情境——胡同。如果没有京城特有的胡同情境及其特殊作用，老舍笔下的骆驼祥子及其街坊邻居就无法通过他们的生存活动而"制造"出京味来。在这里，胡同就是京味得以制造的物质型媒介场。第二，京味还与北京话密切相关，这是不言而喻的。老舍正是紧紧依靠这一故都土语（媒介）而开创了京味文学。第三，京味文学的生成同时也取决于京味文学作品得以在读者中传播的报纸、杂志和书籍。正是通过对于这些机械印刷媒介的阅读和品评，京味文学之独特滋味才被读者所发现。

需要注意到，在京味文学的演变中，媒介及媒介场的变化起了无可回避的重要作用。如果说，京味文学在第一代和第二代都主要是以胡同、北京话和机械印刷媒介的力量而获得成功的话，那么，在第三代就不得不依靠新的媒介因素了。第一，胡同被京城大院所取代。大院文化的代表就不再是普通胡同居民，而是党政军机关的干部及其子弟了，如王朔《顽主》中的于观、马青、杨重等。第二，来自干部子弟的语言虽然还是可以被归结为地道的北京话，但却是经过富于统一的政治色彩的普通话过滤的北京话了，这种大院北京话与老舍笔下的胡同北京话显然区别明显。第三，报纸、杂志和书籍诚然还是这一代京味文学的主导媒介，但影视媒介的作用却已经变得越来越强盛了：1988年王朔一人竟然有3部小说（《顽主》、《浮出海面》和《一半是火焰一半是海水》）同时被改编成电影，致使那一年被称为"王朔年"。其后紧接着就出现他参与策划的《渴望》、编剧的《编辑部的故事》和《爱你没商量》等电视剧，以及被改编的《永失我爱》、《无人喝彩》、《阳光灿烂的日子》等影片，这些影视作品陆续把他的文学作品的社会影响从文坛内部一直推向更广泛的社会阶层，有力地促成了《王朔文集》（4卷）的持续热销。王朔的新京味文学在文学圈的走红推动了影视改编，而影视改编又回头强化了京味文学的影响本身。正是借助影视的鼎力相助及其特有的媒介冲击力，以王朔、王小波和刘恒等为标志的京味文学第三代形成了，轻易地向全国文学界扩散着京味文学的新风貌，也回头让读者去重新品味此前的前两代京味文学，使他们产生了更广泛的影响。

　　当第三代京味文学挟带影视媒介的力量兴风作浪时,这种文学的京味必然会打上影视媒介的鲜明标记。突出的有如下方面:第一,善于利用影视媒体宣传方式来加强和巩固自己的盛名。王朔在 20 世纪 90 年代正是频频利用影视媒介对自己的持续关注而实现文学作品的长期热销和全部声名的远播的。第二,进一步地借助小说的影视改编而实现文集热销。无论是王朔还是刘恒都是如此。第三,更为内在地按照以影视为代表的大众文化审美趣味而调整写作方式。王朔和刘恒都注意根据影视等大众文化时尚潮流的流向而选择或调整自己的写作方式。刘恒的《贫嘴张大民的幸福生活》应是他不断总结影视作品的大众文化审美标准而从事的"最讨巧"之作。正是由于与影视媒介的上述亲缘关系,第三代京味文学呈现出以往两代京味文学所没有的独特特征。第一,新的京味语言——调侃式语言的娴熟运用;第二,新的京味人物——"顽主"的创造;第三,新的京味人生观——弃雅就俗价值观的生成;第四,新的京味作家队伍的构成——拓展了原有的本地作家内涵,如刘恒是北京人,王朔生于东北而长在北京大院,刘震云读大学时才到北京;第五,新的京味文化的产生——借助小说及其影视改编而提供出比原有的京味文学远为宽泛而又丰富的艺术世界,这使得我们不得不尝试将它称为新京味文化,如当代京味语言文化、电影文化、电视文化、小品文化、流行音乐文化等(参见拙文《与影视共舞的 20 世纪 90 年代北京文学》,载《北京社会科学》2003 年第 1 期。此文暂时把王朔归为"京味文学第四波",现纠正为"京味文学第三代")。

　　当京味文学借助影视的翅膀而在第三代身上飞腾到空前高度时,它作为一种地域文学的危机和衰落时日却已悄然而至。这一点与其说取决于京味文学本身,不如说更根本地取决于它的媒介和媒介场的急剧变迁。这是由京味文学与媒介的特定关系决定的。毋需危言耸听就可以看到,京味文学特有的媒介和媒介场正在今天的北京城消失。第一,京味的原生物质型情境逐渐从地图上抹去了——胡同和大院如今已纷纷被拆除,代之以一幢幢摩天高楼或一个个小区公寓。分居于单门独户的高楼或小区的居民,已经不可能制造出朝夕相处的胡同居民或大院顽主才能制造的往昔京味了。第二,京味文学的语言媒介——北京话正在被越来越多的外地土语——来自全国各地的学生、干部和民工的南腔北调所融会或覆盖。第三,京味文学的主导性传播媒介——机械印刷媒介,已经必然地让位于以影视和网络媒介为代表的电子媒介了。我不禁想起汪曾祺老人的话："北京的胡同在衰败，没落。除了少数'宅门'还在那里挺着，大部分民居的房屋都已经很残破，有的地基柱础甚至已经下沉，只有多半截还露在地面上。有些四合院门外还保存已失原形的拴马桩、上马石，记录着失去的荣华。有打不上水来的井眼、磨圆了棱角的石头棋盘，供人凭吊。西风残照，衰草离披，满目荒凉，毫无生气。"随着一条条洒满政绩的辉煌大道的建成，胡同和胡同韵味带着一种"怀旧"和"伤感"远去了，留在少数老人的记忆中、读者的想象中。汪曾祺老人睿智地预言："在商品经济大潮的席卷之下，胡同和胡同文化总有一天会消失的……再见吧，胡同。"（《胡同文化》）这个有关胡同和胡同文化的预言，其实同时也适用于京味文学。只是汪老很可能未曾预料到，胡同、胡同文化及其承载的京味文学会如秋风扫落叶般地迅速凋零。

作为一种地域文学现象，京味文学终结了。我这个观点可能会引起质疑或批评，但我自认为理由充足。我们现在和今后当然还可以见到北京的文学，不过，你可以说那是"北京文学"、"新北京文学"或"新新北京文学"之类，而不会再是什么"京味文学"了；也许还会有某些新作或多或少带有"京味"，那可能更应称为"后京味文学"了。但作为能让人回瞥到故都北京城在现代衰颓时散发出来的流行意义上的京味文学，毕竟已经无可挽回地走向终结。

●原文刊载于《求是学刊》2005 年第 2 期。
●王一川，北京师范大学文学院教授，博士生导师。

京味与电视文化的接受

唐宏峰

　　从电视文化的观众接受看第三代京味文学,应是一个合适的探讨角度,因为这一代京味文学主要是由影视媒介而发家的。从早期的法兰克福学派,到霍尔、莫尔利和费斯克等,电视文化的接受研究一直是文化研究的重点问题,观众接受是电视文化意义得以生产、实现的关键。"我们现在已经混同了'本文'与'接受者',不再认为它们有什么差别。没有所谓的文本,没有所谓的受众,有的只是收看的过程。"(John Fiske:Moments of television,转引自陈龙《在媒介和大众之间:电视文化论》,学林出版社2001年版)媒介改变了接受,也就很大程度上改变了京味文学的形态与意义。

　　首先,电视的生产、销售与利益获取存在两个层面:第一层,电视的制作人生产出电视节目/剧作这种商品,卖给电视台;第二层,电视节目/剧作作为生产者,生产出观众这个商品,卖给广告商。观众在无意识中成为商品,收视率成为电视的生命线,在这里,接受具有极端重要的意义。其次,电视的接受环境——电视是摆在家里看的,决定了电视的消费性质,它更多的不是一种文化欣赏对象,而是一个家用电器、日用消费品。电影依赖于观众持续而集中的凝视(gaze)和银幕上电影故事情节连贯而不间断的展开,造成催眠式的幻想。而看电视的氛围却截然相反,它只要求观众扫视(glance),通常不是一个独立的、纯然的行为,人可以来回走动,同时做好几件事情——做家务、聊天和随时离开,只是偶尔瞥上一眼。电影的接受环境逼迫观者投入,而家中的电视则很难产生这样的效果,人躺在床上,很容易把自己与屏幕中的危险或温暖区别开来。这样的接受行为,进一步确定了电视文化的大众性质。最后,这种接受行为的破碎化,与电视本身的内容有关,电视文本本身就是拼贴与碎片的典型。通过电视文化构成的杂糅语境看电视剧意义的生成:把电视剧放到当时播放的语境中去,看它有没有主题片花,剧前、剧中的广告是什么,它被嵌在电台整套的节目结构中的什么位置,剧前的预告是怎么截取、旁白怎么说的……所有这些共同参与了电视剧的意义生成。换句话说,观众观看电视剧,他所接受的不是单纯的剧作,而是作为杂糅与拼贴的一道大餐,其中的各种成分是分不开的。譬如观众看由刘恒的同名中篇小说改编的电视剧《贫嘴张大民的幸福生活》,被京城底层小人物张大民的艰辛生活所打动,正当沉浸与思考的时候,却被玉兰油或者联想电脑的广告打断,顿时从假设的剧情中惊醒,商品所预言的美好冲淡了剧中逼仄的生活,观众的心理压抑也受到广告商品的舒心抚摸。同时,一天一集或一天两集的形式,使电视剧叙事的随时停止性达到极至,在这空档,人们对电视剧的谈论、探讨,使得个体观众不断修正、重写自己对电视剧的理解,之后投入到下面的观看。所以说,不只电视剧的制作,甚至观众对它的理解,也是一种集体行为。

可见,电视是依附的、嵌入的,其意义生成受到各种因素的影响,它从里到外都是集体性、大众性的。而小说、电影的欣赏则是相对独立的、个人的,其意义生成也是私人性的。相比电视剧的复杂接受情况,印刷文本的接受语境则单纯得多。读者对于小说作品的阅读,常常是完整统一的,不受打扰与分割,形成的理解与判断也更多是独立的、个人的。同时文字只有凭借想象力才能变成形象,读者因此也容易进入深层思考。譬如对于小说中京味文化所呈现的状态,北京人的精神追求、价值取向,是优是劣、是褒是贬,每个人都容易形成自己的判断,非北京人对于小说中北京人的"悠游态度"、"有限满足",有自己的态度,北京人也容易借此反观自身。

而电视剧往往制造认同。在影视媒介时代,一部作品所能产生的影响,是印刷媒介所无法比拟的,作为一种大众文化类型的电视,其受众的大量性,与接受行为的集体性,使其成为一定时期社会集体心理类型的最佳表现。意识形态在电视剧中的传导,是否是原封不动、全盘复制到观众的过程?早期持肯定答案的法兰克福学派的彻底批判立场,在20世纪70年代之后的文化研究中逐渐被否定,霍尔、莫尔利和费斯克成为重估大众文化的开先者。霍尔接受了葛兰西"文化霸权"的思维理路,认为大众传媒是资本主义社会制造"普遍赞同"的主要途径。他把电视的接受看作是编码、解码的过程,由此把观众的接受分为主导—霸权的地位(dominant-hegemonic position)、协调的符码(negotiated code)和对抗的符码(oppositional code)三种立场或符码。霍尔认为电视观众不是完全被动的接受者,文化产品中带有的意识形态不会原封不动地被观众接受,在这里,社会语境的因素非常重要。费斯克指出,电视观众首先是作为社会性主体存在,其次才是文本性主体存在。阿尔都赛的意识形态主体性理论,错在把观众当作只待接受文本召唤的"白板",而遗忘了其更本质的社会性主体。费斯克同意霍尔的看法:观众和文本的完全的认同或完全的不认同都是不常见的,最普通的情况是"一种在文本和具有确定社会性的观众之间的妥协阅读"。《贫》剧在一片赞扬声中,也引起了一场关于"张大民幸福"的争论,有人意识到这种温情脉脉的幸福中有令人担忧和需要警惕的东西,乐观与韧性中包含着对社会不公的妥协与顺从。尽管这大多是有较强独立意识的批评家发出的声音,但也有普通读者从自己的生活经验出发,无法与电视剧达成认同,认为那是加了引号、表示反语的"幸福",表示如果是自己处在张大民的物质境地,则无论怎样也乐不出来。但这样个性化、个人化的解读,不能一概被认为是霍尔所指望的对抗性解读。观众根据本身的社会经验去解读电视,不等于集中注意力自觉参与,而可能只是一些不经意的过程,把文本纳入自己熟悉的框架。这一活动显然不能混同为有意识的对抗阅读,两者之间有本质的差异。

电视文化的接受是相当复杂的过程,面对如火如荼的电视剧,包括当下火爆的京味电视剧,我们可以尝试从接受的角度来思考更多的问题。

● 原文刊载于《求是学刊》2005 年第 2 期。
● 唐宏峰,北京师范大学文学院硕士研究生。

京味文学的归宿：媒介京味文学

宋学鹏

　　20 世纪 80 年代，京味文学在"文化热"、"寻根文学"等思潮的影响下被提出来，并把老舍作为开创者追述了自身的源流。此时京味文学主要依靠机械印刷媒介传播，小说和散文是其主要形态。如果从广义的媒介的含义来看，在 20 世纪 80 年代，京味文学实际上主要是由语言（最原初的媒介）、小说体（文学中的小说体裁）、书籍（机械印刷媒介）三种媒介结合而成的叙述体。这种叙述体在比较和寻找传统与现代，找回"民族的自我"中内含着精英旨趣，在传统与现代的两维视野中包含着对民族现代性的思考，为现代性寻找出一份保守的浪漫主义情调，调和了过于僵硬的政治历史记忆。它建构了一个安静、闲适的田园化的"故乡"，如汪曾祺的《安乐居》、邓友梅的《那五》、《烟壶》等，虽然形式老旧，刻画并不深入，但都写得不温不火。作家们那一手漂亮的文字，细致的笔调，显示出文人知识分子特有的情趣。浓厚的京味凭借着语言、小说体和机械印刷媒介传达出来和散播开来，而这些媒介自身所具有的特质，如对媒介使用者素质的要求，语言所能传达的艺术性，印刷媒介要求感官投入的程度等等都非常适合传达需要慢慢品尝的纯厚的京味。当然，20 世纪 80 年代的京味文学所构筑出来的京味，并没有召唤出整个文化的全部———一种生活方式的再现，更多的是对老北京的文化象征物，如胡同、四合院、天桥等等的记忆。这些文化象征物所代表的传统染上了浓厚的文人气息和精英旨趣，标明了传统和现代紧张的促进关系。这与老舍聚集其北京的生活经验写胡同、四合院和大小杂院的人生世相，通过幽默所表达的同情和进行的批判，显然是大异其趣。所以京味文学在 20 世纪 80 年代实际上已经是对老舍京味的一种发展和转变。

20世纪90年代大众文化在中国的兴起,京味文学因而发生了更大的转变。这种转变最明显的一个地方莫过于大众媒介抛弃了其中的严肃理性和精英旨趣而走向了娱乐。在更晚近时期,由于北京文化象征物——胡同、四合院等等的隐没,京味文学更是融入到媒介中,作家创作与媒介紧密相连,京味文学在某种意义和程度上成为一种失去"光晕"的,可以被无限复制的"媒介京味文化"或"媒介京味文学",成为怀旧情感的消费对象和后现代斑驳风格中的一员。

在这样一个过程中,媒介情境改造着以往京味文学的精神。正如麦克卢汉所认为的,每一种新媒介都把一种旧媒介作为自己的内容。小说成为影视剧的内容,而网络更是包括了几乎所有的媒介(保罗·莱文森:《数字麦克卢汉》)。新媒介,主要是电影、电视、网络等电子媒介的发展,为京味文学提供了更为广阔的空间。小说一旦被改编为影视剧之后,立刻引起小说的热销,比如王朔的作品不断被改编,小说也在不断热销;或者网络上广为流传的小说,最终会出现印刷媒介形态,比如新京味青春文学代表孙睿的《草样年华》先是在网上流传,后来印刷出版,并在各种媒体中推介。然而人们阅读的小说,与影视等新媒介通过清晰的画面和视听,还有知名演员所表演出来的一切是否还一样呢?显然在不同的媒介中,人们体会到不同的修辞效果。新的电子媒介打破了矗立在艺术和娱乐之间的障碍,大众文化的娱乐性和感性,要求小说为新的电子媒介提供故事框架和记忆类型,而对其中所赋予的严肃思考并不关心。比如刘恒的小说《贫嘴张大民的幸福生活》,让人领略了那份京味语言特有的幽默后,也能析出其中那份生存之重,产生了"含泪的笑"的阅读效果。然而当它被改编为影视剧后,张大民的形象具体落实到喜剧明星们身上,它的大众通俗性,娱乐性就凸现出来了。麦克卢汉曾经提出了媒介四定律或四效应:放大、过时、再现和逆转,即一种新媒介的出现会提升和放大人类生活的某一方面,遮蔽或使之过时一些方面,凸现一些东西。显然新的电子媒介把一直处于被抑制状态中的大众娱乐从过去精英文学中提升出来,凸现出来。

媒介的定律或效应,揭示了新旧媒介之间变化关系及其产生的不同效应。然而媒介并不单存在纵向的关系。新旧媒介共存的空间中,多种媒介互相交叉和影响,从而把传播和文化凝结在一起,形成媒介化了的文化,即所谓"媒介文化"。"媒介文化"这种新的媒介效应,为京味文学在危机中开拓了新出路。京味文学的危机主要来自京味文化的危机。京味文学在根本上是依托京味文化发展起来的,它本身也构成了京味文化。北京在走向国际化都市的进程中,城市空间已经被重新切分和组建,作为北京文化象征的胡同、四合院、天桥等被新的城市建筑侵吞,文化记忆失去了具体的依托。而在媒体和民间发起的保护老北京的活动中,已经把那些文化的残存物精心地保护起来,与人们的日常生活隔绝,成为人们欣赏的经典,从而也就失去了根本的生命力。因此,按照再现美学原则来创作京味文学已经不可能了,京味文学的创作出现了尴尬而无奈的局面。京味作家刘一达企图用用笔杆复原老京城,他曾经说:"当越来越多的北京人告别胡同,搬进新建的楼房时,我就越来越感觉应该把它写出来,告诉人们虽然胡同没了,但胡同文化的根儿却可以长久地延伸下去。"但实物越来越少,这样的记忆还能存在多久?所以刘一达对整个京味文学的发展,也表达了自己的担忧。

由此观之,京味文学的危机在很大程度上是一种表征的危机(the crisis of representation)。因为京味文学所再现的那些事物,或者更根本说那种文化——一种在特定物质基础上的生活方式很难存在了,而关于老北京的模拟和生产却在不断进行,所以现实与非现实的界限模糊了。文学创作对现实的再现美学不能奏效了,表征的危机为京味美学提出了复制的主题和仿像原则,而这正是大众媒介无所不在的时代普遍的文化现象。由此文学的创作与媒介之间联系也会越来越紧密,比如作家刘一达《人虫儿》、《胡同根儿》、《百年德性》等作品相继推出,并接连改编成电视剧。同时,大量的关于老北京的图片、书籍、记录片、影视还有网络都在保存着老北京,比如电视片《燕市货声》,就是复制已经失去的老北京的市井叫卖艺术。一个具体现实的老北京已经失去了,但在媒介中却被广泛地保存了,模拟的原则战胜了现实的原则。20世纪80年代那个凭借语言、小说体和机械印刷传播存在的京味,所隐喻的文化精神,已经被娱乐的氛围、复制的技术手段和仿像的原则所取代。

可以说,媒介已经转变了京味文学存在的形式、风格和特性。京味流落在图像、语言中,流落在由图像、语言等为构成内容的大众媒介中。京味文学在今天的媒介中已经丧失了对现代性思考的严肃性和精英旨趣,而成为后现代风格中轻松存在的一员。今天的京味文学也许是在配合着媒介进行着一种生产,从原模中,从记忆库存中和所要求的模型中生产出来。总之,京味文学,在它的文化象征物失去,即京味文化物质部分丧失之后,不会消失得毫无理由,但也不会存在得完整而纯粹。或许更可能的是,在当今的大众媒介情境中,京味文学与多种媒介互利互惠和共生,最终媒介化,形成"媒介京味文学",进行着京味的复制和仿像的生产,这也许是将来京味文学的命运和归宿。

● 原文刊载于《求是学刊》2005 年第 2 期。
● 宋学鹏,北京师范大学文学院硕士研究生。

谁偷走了京味文学？

单智慧

　　京味文学始于老舍，止于王朔。老舍几近一生的倾情笔耕，将老北京的万千姿态尽收卷中。他小心翼翼地掩藏着知识分子特有的忧患意识与审美情趣，拒绝大善、大恶、大悲、大喜，力求用世俗的心感受世俗的民间。于是，在老舍的文本世界里，那些被挟持到现代性滚滚洪流中的城中人，照样可以苦中作乐，从容生活。没有什么比品读他的作品，更能体会京味之味了。老舍既是这种地方文学的开创者，又是集大成者。直到20世纪80年代"审美潮"兴起，沿着老舍的依稀足迹，林斤澜、邓友梅、刘绍棠等作家迎来了京味文学的又一波。作家们不动声色地书写残存的历史记忆，里面有我们熟悉的人物、故事和味道，只是老舍的魂魄不见了。因为此时的京城已不是彼时的京城。现代性的发展冲动使得整座城市躁动起来，前辈们还在唱着挽歌，有的文学青年已经开始撒野了。尽管王朔从未标榜京味，其作品的审美意趣更与京味文学的经典表达南辕北辙，但也只有这座城，能为他的出场提供舞台。他笔下的顽主们，挑衅也好，狂欢也好，仿佛都构成了对那时那城的绝佳隐喻。他们荒诞不经，诠释着历史对这城市开的玩笑；他们焦虑不安，承受着城市变迁时的阵痛。只是将稔熟于心的生活和盘托出，便成就了王朔意义上的京味文学。王朔像老舍一样，将一种鲜活的民间姿态和语言带到读者的面前。他促使京味重新在当代社会流通。

　　继续展开王朔之后的文化地形图，我们发现京味文化还在，而京味文学已经不见了。如果我们还视文学为一种语言性艺术，如果我们还保持从原初的内涵上理解京味文学，即它是通过小说、散文等文体来表现北京日常生活与民间社会风貌的修辞艺术，寄寓着活的形象与体验，并主要以书籍为媒介传播,那么,就不得不承认它在今天已经退出文学的圣殿。当然,这并不意味我们就此失去了对都市体验的符号表达方式,毕竟这座城还在,它所依赖的文化还在。事实上,京味文化不但没有衰落,相反它的内涵在不断扩大。伴随着大众传播媒介的兴盛,大众文化主导了今天的文化语境。京味文化很大程度上成了京味的大众文化。京味餐饮,京味民俗,京味影视,老照片,老地图,无不打着文化的招牌,供大众消费。京味文学的危机就表现在它的生存空间已日益被大众文化挤压、占用,但另一方面也可以说,其文学性也正在不断地泛化,被各种当代京味文化形式所借用。

需要进一步追问的是:谁偷走了京味文学?从辉煌到落寞的王朔的文学创作历程,也是京味文学无可奈何走向衰落的过程。分析其中的原因,便不难发现问题的答案。王朔在 1988 年四部小说被同时搬上银幕后声名鹊起,让他领教了影视媒介非凡的传播力和影响力。之后,他转战影视圈,与冯小刚等人合作,将京味调侃风格的影视剧推向全国。但随着《爱你没商量》等剧的失败,他转而成为大众文化的"主力打手"。有趣的是,跟着他一起栽过跟头的冯小刚,不但没有心灰意冷,反而深入体制内,携京味贺岁片重整旗鼓。王冯二人声势的此消彼长,取决于他们对影视媒介的了解程度和制作能力。大众媒介对大众文化的发展起着至关重要的作用:它不仅是大众文化外在的物质传输渠道,对大众文化的意义生成以及修辞效果的影响亦同样重要。由电子媒介主导的影像文化直接诉诸人的感官经验,呈现着梦幻般的现实。它对大众的审美方式、文化习性的塑造力都是空前的。难怪美国学者贝尔会发出这样的感叹:"当代文化正在变成一种视觉文化,而不是一种印刷文化,这是千真万确的事实。"在过去的几十年里,学者对传播媒介的各种表达机制、社会角色与权力,进行了广泛的研究。他们至少取得了一点共识,那就是媒介不仅是工具,还因自身的逻辑而深深影响了文化的进程。以电子媒介为代表的大众传播媒介,遵循着将一切图像化、即时化呈现的原则,尽可能地消弭与现实的距离感。而传统印刷媒介,则用文字制造了到达世界的障碍,读者在凭借记忆和想象实现跨越的过程,能够收获审美的享受抑或是个性反思的觉醒。这也构成了作家写作的动力。小说《你不是一个俗人》在被改编为贺岁片《甲方乙方》后,基本的人物关系、情节、语言风格得以保留,但价值立场已被根本改造,原著仅有的一点批判色彩,为温和的意识形态立场、对主流文化的认同所取代。《甲方乙方》作为京味贺岁片的开山之作,一举奠定了冯小刚在商业电影领域的地位。而此时的王朔,则渐渐淡出了公众的视线。影视等大众传媒在运行中所释放的巨大潜能,令王朔本人感到了一丝后怕:"你以为它读者多就影响大,你以为它能把你的东西传遍五湖四海,实际上它只是过眼烟云,一吹就散,它只是跟着哄,而且会在传播中不断地歪曲你、制造你、远离你,最后弄出个与你没什么关系的你。"的确,大众媒介所提供的已不是一种单纯的反应,而是一种超现实(hyperreality)。影视等大众传播媒介,盗取包括京味文学在内的一切可以利用的资源,通过模拟真实来生产超现实,最大限度地提供给消费者一个"使人洋洋得意的幻影和梦幻的世界"。在当代的文化语境中,京味文学的媒介化是不可避免的命运,而由此产生的各个变种,已不是老舍直至王朔所能认同的模样。

　　的确,大众传播媒介的介入,让更多的人等不到京味文学所散发的墨香了。但是,京味文学被今天各种形式的京味大众文化所取代,并不是什么坏事。过去,作家通过对北京人生存境遇的深刻描摹,缔造了一种别具风味的地方文学,也不自觉地实践着文化的保存。而今,媒介技术的进步,导致时空不断压缩,我们在陷入全球性境遇的同时,真正意识到确认地方性身份的重要。人们对"新北京,新奥运"(New Beijing, Great Olympics)的渴求,蕴含了一种被全球性所激发的地方性意识。那么,保存或见证自身的文化,就已不再是少数作家不自觉的行为,而需要全民的投入。我们看到,大众传播媒介正在极力地推动着眼下的京味文化热。《北京晨报》、《新京报》等报纸媒体,辟有《京味》、《北京地理》等专栏,《北京晚报》记者刘一达更是多年致力于京味文化的保存和整理,并培养了忠实的读者群。《大宅门》等影视剧的热播,显示了观众对于京味的兴趣。新华社记者王军近日出版的专著《城记》,激发了人们有关北京城市建设的新一轮讨论。大众传媒的迅速发展,极大地拓展了市民参与文化的能力,并使文化生产日益呈现出流行化、当下化、多元化的趋势。不会再有《四世同堂》、《安乐居》这样的文学经典诞生,或许是传媒时代京味文学的宿命。当下的北京,作为一个可视化的文本,正在被越来越多的文化精英、文化大众解读或消费。社会变迁与生活方式的改变,促使人们的都市体验随之而动,京味文化的生命力正源于此。在大众媒介纵横的时代,以表现日常和世俗为意趣的京味文学本身被日常化了,世俗化了。更多的人得到了表达的机会,他们的声音或许是稚嫩粗糙的,却又是如此真实和生动。与其为一种有形生命的结束祭奠,不如继续关注它借新媒介重生后的成长。

● 原文刊载于《求是学刊》2005 年第 2 期。
● 单智慧,北京师范大学文学院硕士研究生。

当京味成为大众文化

刘　苑

　　如果说,传统的京味文学是文人化了的平民艺术,那么毋庸置疑,当下在影视媒介中勃兴的京味热潮则俨然成为了大众文化之一种。老舍、邓友梅、陈建功等文学家的笔下,京味民间是浸润了知识分子心智、情感的乡土地,它是内敛的、自我的、投向历史的;而经由媒介重新打造的京味文学,则在立体多维的表现空间里,将民间进行了世俗的还原,它是日常的、开放的、指向现实的。无论是以京味调侃为特长的冯氏喜剧,以言语狂欢来消解生活苦难的电视连续剧《贫嘴张大民的生活》,还是根据刘一达的京味长篇《人虫儿》、《故都子民》、《胡同根儿》等改编而成的多部电视长剧,以及蜂拥而至的《人生几度秋凉》、《五月槐花香》、《瑞雪飘飘》等"京味大戏",都将京味拉回到日常与世俗情境中。显而易见的是,京味文学已经与传统发生了蜕变,媒介的力量改写了它的样式。"京味"一旦成为卖点,媒介恨不能将文学变成自己的介质,文本变脚本,从而披着文化的外衣大行其道。于是被吸纳为大众文化的京味文学,由经典叙事回落到了日常生活叙事。

　　一个不可否认的事实是,媒介是文学生存的场,这个场在消费时代已经变得异常重要。这个场如何对文学发生"磁化"作用？对于这个问题的考察,我们常常忽略了两者之间的关联物——文本,而直接将媒介的介入导向了文学的堕落,这也正是文学产生恐慌的原因。文本是文学的肉身,真正令文学尴尬的是,文学已经庇护不了自己的肉身。媒介对文本的"改写"权力以及由此带来的商业契机和经济利益,使得文学不得不让出其对文本的所有权。刘一达的京味小说在影视改编中颇为抢手,这不仅让他感受到媒体的狂热,也使他面临着不可避免的尴尬。为了迎合更广大的市场,他的小说原著《故都子民》、《胡同根儿》分别被更名为《似水浮生》和《众里寻她千百度》,这些似更诱惑而京味顿失的改写,使作家忿忿然而又无奈。毕竟,"嫁"出去的文本已经收不回来了。更何况,如果失去媒介场,文本就得不到消费,没有被消费的文本则没有生命。得不到媒介青睐的文本是"快乐"不起来的,这是投入媒介怀抱的必然代价。消费时代的任何一种艺术,都不得不寻找外放的形式,来呈现自我,吁请消费。同样的,文学也不再能置身于自足的世界,它很难从媒介场中剥离出来。

　　媒介场有不同类型的媒介,通常分为机械印刷媒介和电子媒介。如果从媒介的叙事角度考虑,我们可以明显地区分两种叙事方式:经典叙事与日常生活叙事。而媒介对文本的"改写"权力,正是从媒介的叙事功能中表现出来的。举刘一达的《人虫儿》为例。最初,《人虫儿》的雏形是刘一达发表在《北京晚报》上的系列纪实报道;后来经过艺术再创造,形成纪实文学《人虫儿》,以书籍的形式出版发行;引起社会反响后,吸引了电视媒介的参入,改编成21集电视连续剧《人虫儿——小人物的故事》(导演:陈燕民),在北京电视台和其他地方电视台播映;热播后,电视媒介趁热打铁,又推出了后继同类电视剧《再说人虫儿》;最后回归纸媒,《人虫儿》三次再版。值得注意的是,2001年版的封面上已然打出了"同名电视连续剧的纪实文学原作"这样的标题。一个小小的文本,在不同的媒介之间跳转,竟然构成了庞大的媒介叙事循环。首先,我们来看报纸,报纸无疑是一种时间性的日常生活叙事,它构成了对于连载文本最初的文化"尝鲜"行为,是叙事循环的开端;接下来,同样属于纸媒的书籍则是一种空间性的经典叙事,与报纸相比较,它是空间载体。买书、看书、藏书构成完整的"文化保存仪式"。书籍的空间性,使文本得以固化,从而超越日常,具有成就文学样式的意义,由此媒介迎来了第一个叙事高潮;晋身为经典叙事之后,文本再一次进入到日常生活叙事。这次媒介叙事发生了变调。电视是一种新型的日常生活叙事,与报纸相同,它也是日常生活的主要叙述者。但在个体家庭生活中,它取得了比报纸更为显要的位置。它有时构成家庭生活的背景,有时又是家庭生活的重要方式。如果说文学是将我们引领出现实世界,进入到"存在"的思考,那么电视则有力将我们拉回到日常生活中,它只要"现在",不用思考,它替你思考。相对而言,电视是不太厚道的,它在个体的私人空间里开辟了一个公共空间,不同的个体享受着同样的隐私揭秘生产的快乐。尤其是电视剧,它以收视率为导向,分割完整叙事,分解成一个个与日常生活平行,而且相对独立的叙事章节,今天叙事的结束开启了明日叙事的期待,首尾相接,将日常生活串连起来,让人无法逃避。此外,与文学相比,电视剧是更加意识形态化了的,意识形态性给电视剧着上了较重的教化色彩和煽情成分,使得文本越来越偏离文学的初衷。

遭遇了这种种媒介叙事的变迁之后,我们的文本已经认不出自己原初的样子,从日常生活叙事跳跃到经典叙事,实现了文学的企图;从经典叙事到日常生活叙事,成全了媒介的大众理想。于是,同一个文本在不同的媒介间传递,以各异的样式被反复消费。又一个大众文化的产物诞生了。

从文学到影视剧,进入到大众文化,京味变成了一种更易于消化的艺术。京味,尤其是京味语言,得到了更为直观的呈现,它自然地渗透到日常生活中,成为娱乐,它产生快乐的原因是它让民众发现了自己。这种原本就是来自平民生活的艺术,回归大众看起来似乎是不赖的选择。然而,我们有理由问的是,大众的是否就是合理的? 大众媒介打出"大众"的旗号,提前预设了大众的合法性。但在合法性与合理性之间,大众文化显然还有很长的路要走。大众化是必然的通俗化,而在通俗化的过程中,大众文化又很难避免粗鄙化、世俗化。媒介所做的一切都是为了市场,大众的导向就是消费的指针,有了消费才能刺激生产,于是商业运作的媒介以巨大的催生力量,疯狂地生产同一类文化成品,诱人的商业收益使它很难自我节育。一部京味影视剧热起来,就会有无数部京味影视剧跟上来,"超生"的队伍不断膨胀,"审美疲劳"之后,最终要倒掉观众的胃口。京味的余味还能持续多久,这成为大众化后京味文学面临的一大困惑与忧虑。一种文化骤然升温的时候,已然预示了它在未来某个时刻的冷寂。这就是媒介时代大众文化的运行规则。快速的"新陈代谢"是大众文化的共性。流行的必然不会恒久,媒介导演了流行文化的诞生,却又加速了它的死亡。

于是,我们很容易把一切罪过归结为"都是媒介惹的祸"。20 世纪 90 年代,商品经济浪潮刚刚袭来之时,高贵的文学也不得不低下它的头颅,谄媚世俗,知识分子猛然间感受到了"不能承受之轻","狼来了"的呼声一片。那个时代作出这样的忧愤之思尚且是可以理解的,他们是单纯而固执的。毕竟,无论何时,知识分子的批判精神都是时代警惕而明亮的眼睛。然而当媒介已经构筑起我们的生存世界时,如果依然在披着羊皮的狼,还是披着狼皮的羊这样的问题上纠缠不清,就显露出不合时宜的幼稚了。文学与媒介已经是不可分解的冤家,两者之间的关系也愈来愈暧昧,一方面文学警醒着不愿被媒介通俗演义,另一方面又禁不住"狼的诱惑",半推半就地领受媒介带来的消费欢愉。但是,文学与媒介的共谋是否将为文学指出一条光明的前路,现在下结论尚早。应该说,从经济体制转型以来,文学始终未能寻找到与媒介恰当的结合点,过密或是过疏都会引发文学的不安与惶恐。如何在出售肉身的同时,又守护好灵魂,是媒介时代文学永远的焦虑。

●原文刊载于《求是学刊》2005 年第 2 期。
●刘苑,北京师范大学文学院硕士研究生。

文艺学美学视阈中的视觉文化（笔谈）

●本专题特约主持人：中国传媒大学博士生导师张晶教授

●主持人话语：视觉文化既然已经成了我们这个时代最为主要的文化特征之一，自然构成了无法回避的学术命题。不言而喻，作为文艺学、美学或文化学研究的学者，都无法绕开这个敏感而带有普遍意义的问题。

视觉文化取代了印刷文化而成为一个时代的文化最为突出的现象乃至于模式，这在西方的一些著名学者如波德里亚、德波、詹姆逊、费瑟斯通等人那里都有了相当深刻的论述；我们国内的一些著名学者也在文化研究中将视觉文化作为其主要的研究内容。美学界近来引起广泛关注和热烈争论的"日常生活审美化"的命题，其实也是视觉文化所带来的审美方式的嬗变。关于视觉文化，已有了数量众多、影响广泛的论著，那么，我们这个讨论是否还有其独特的意义？我们谈论这个问题的出发点又在何处？

最近一段时间，关于文艺学的学科边界问题在文艺学领域产生了很多争议，再度成为一个备受关注的理论热点。其实，这正是与视觉文化问题有着密切关系的。视觉文化作为时代的文化模式，带来的是与文学颇为不同的审美方式，是渗透在日常生活的各个方面之中的，或者说是成为了消费社会文化的最重要的征兆，而原有的文艺学体系则是以文学理论作为基座的。有人甚至提出了"文学的终结"的严重话题，而文化研究中关于视觉文化和图像的论述，所涉及的对象几乎和原有的文学理论或经典文艺学相去甚远。我们应该看到的是，文艺学美学的发展，是无法离开当前的这种审美现实的,必须以一种"与时俱进"的学术态度和理论方法将视觉文化中的审美现象纳入自己的体系之中;而视觉文化研究也应该从文艺学和美学的立场上得到更为深入的开掘。

　　视觉文化作为一个重要的话题,出现在美学领域,其实可以说是题中应有之义,也体现了文艺学和美学发展的一个主要趋向。近一个时期的文艺学、社会学或美学论著,尤其是西方的后现代主义有关著作和文章,对于视觉文化多有涉及。这个现象理所当然地引起了学术界的关注。但是,目前的视觉文化理论更多的是泛文化性质的,而与文艺学和美学的研究差别很大。我们现在所见的视觉论著,更多的是持一种社会学或文化学的立场,而从文艺学和美学角度进行探讨还显得非常欠缺。在我看来,文艺学和美学在新的历史条件下的进展,恰恰应该以视觉问题作为一个突破点和生长点。我认为,一方面视觉文化本身的问题还需要从内部进行探究,另一方面视觉文化与文艺学和美学之间存在着内在关联,这两点是使这个问题得以向前推进的两个进径。我们无意于以某种夸张的姿态以求成为学界关注的"焦点",而是想以学理性的客观与平和来探索视觉文化在本体上的建构和文艺学美学方面的延展。这里的几篇文章,尽管角度各不相同,但基本上都体现了这样的初衷。

视觉文化的三个问题

周　宪

　　视觉文化是当前文化研究的热点问题之一。本文分别讨论视觉文化研究三个相关问题：视觉文化的问题结构、看的方式和视觉文化研究的反学科性。

一、视觉文化的问题结构

　　在视觉文化研究方面开风气之先的美国学者米歇尔认为，视觉文化研究主要关心的是视觉经验的社会建构。在他看来，视觉文化研究具有某种"非学科性"或"去学科性"，即是说，这是一个不同于以往学科结构（如艺术史）或学术运动（如文化运动）的新型研究。他在视觉文化课程大纲中，以关键词的方式详述了视觉文化研究的主要范畴和关键词：

　　视觉文化：符号，身体，世界

　　在这个视觉文化研究的关键词家族中，第一个术语是环绕这符号概念做文章的，但并不是为了把握某种视觉文化的符号学，而是要提出有关视觉符号的问题，也就是视觉的与阅读的东西之间的关系问题。这个概念旨在提供形象和视觉经验解释的工具，同时由视觉符号向社会、文明、历史和性别等范畴延伸拓展，视觉符号本身复杂的文化意义由此显露出来。假如说第一个概念是视觉文化研究的基础的话，那么，第二和第三概念则更多地涉及到形形色色的视觉现象与视觉经验。身体乃是主体性的标志，而世界则是对象世界，两者构成了复杂的相关性。从中可以看出米歇尔极力提倡的视觉文化研究决不囿于一个具体学科，而是学科间的，这就是他所说的"非学科性"和"去学科性"的意图所在。那就是用这些带有开放性和"家族相似"视觉文化关键词，来消解成型的学科及其方法对视觉文化的"曲解"和"限制",把视觉文化研究引向更加广阔的领域。

另一种看法认为,视觉文化研究集中在视觉性上。英国学者海伍德(Ian Heywood)和塞德维尔(Barry Sadywell)就提出,视觉性的研究可依据视觉现象的四个不同层面来分析:第一,在日常生活世界的意义实践层面。在构想"他者"的政治和伦理实践中,在每天的社会体验中,这种意义实践确立了我们的经验结构,也建构了从艺术、新闻到人文科学等活动中的视觉范式。第二,晚近出现的解释性问题结构(关于看的不同方式的种种理论叙事),它带有某种探索视觉秩序的社会学和政治的经验性承诺。第三,在反思这些问题和实践的社会建构中历史地形成的理论科学和批判思想的作用。第四,元理论层面,即关注质疑和解构视觉组织范式,以及使之合法化的实践、机构和技术的历史和意义。这一关于视觉文化研究的设想立足于某种视觉的解释学,更关注如何为视觉文化研究确立合理的理论范式和解释方法。另一些学者强调,视觉文化研究关心的是一系列的提问方式,我们正是依据这些提问方式才生存于并重塑了我们自己的文化的,只有我们自己的文化才能赋予视觉文化以本质。因此,视觉文化领域实际上至少是由三个要素构成的。第一是存在着各种各样的复杂形象,它们是多种常常充满争议的历史所要求的。第二是存在着许多我们视觉观看的机制,它们受制于诸如叙述或技术等文化模式。第三是存在着不同身份或欲望的主体性,我们正是以这些主体性的视角,并通过这些主体性来赋予我们所看之物以意义的。这种主张专注于形象或对象的接受而非生产问题上,并把它视为视觉文化最有意思的问题之一。

以下我们从两本比较有代表性的视觉文化研究的导论性著作出发,来看在西方学术界如何规定视觉文化研究的对象和范围的。纽约州立大学艺术史教授米尔佐夫的《视觉文化导论》(Nicholas Mirzoeff, *An Introduction to Visual Culture*, London: Routledge, 1999)由英国的罗德里奇出版公司于1999年出版,该书注重于讨论三大问题:第一个问题是视觉性,包括图像界定、摄影时代和虚拟性三个小问题;第二个问题是文化,包括超越文化、看性别等;第三个问题涉及到全球性和地方性,从戴安娜之死来看全球视觉文化等。另一本较有代表性的著作是美国学者斯特肯和卡特赖特所著的《看的实践:视觉文化导论》(Marita Sturken and Lisa Cartwright, *Practices of Looking: An Introduction to Visual Culture*, Oxford: Oxford University Press,2001),该书由牛津大学出版社 2001 年出版发行。该书分析了 9 个问题,分别是:(1)看的实践:形象,权力与政治;(2)观者制造意义;(3)观看,权力与知识;(4)复制与视觉技术;(5)大众媒介与公共领域;(6)消费社会与欲望的生产;(7)后现代主义与大众文化;(8)科学地看与看科学;(9)视觉文化的全球潮流。从这两本代表性的著作中我们大致可以看出,视觉文化研究所关心的问题集中在视觉性及其对人的社会文化影响。换言之,视觉文化就是要把视觉经验的社会建构过程当作基本主题。在西方学术界由于福柯等人的影响,视觉文化研究特别关注阶级、性别、种族等社会关系中所呈现出来的权力关系和身份建构。一言以蔽之,我们生活在一个视觉文化时代,视觉性对每一个人来说并不是一个自然而然的过程,而是一个渗透了复杂的社会文化权力制约过程。我们通过视觉来与他人和文化交往,交往过程中社会文化的种种价值观、权力/知识、意义理解便不可避免地进入个体不断内化的视觉经验之中。因此,对视觉经验的社会建构的分析始终是视觉文化研究的焦点。

二、看的方式

视觉经验的社会建构是一个研究的大致方向,具体说来,其中包括哪些内容是值得仔细辨析的。从历史角度说,视觉文化现象在不同的时代有不同的表征;从逻辑角度看,视觉文化变化着的内在"文化逻辑"乃是人们观看的方式。可以想象,视觉文化的不同历史最直观的是作为视觉对象的图像演变史。秦代石刻或汉代画像砖所传递的视觉信息,全然有别于宋元山水画和明清古家具。视觉文化的历史最直观地体现为视觉符号的转变,显然,视觉文化的历史考察离不开对这些变化着的视觉符号或图像资料的分析。然而,我想特别强调的是,客观的图像符号固然重要,但更重要的是导致这些视觉对象出现的主体视觉经验或视觉观念。显然,看的方式并不是孤立的抽象的范畴,眼光总是文化的,总是与被看的物像处在互动关系之中。视线与视像的互动表明一个辩证的关系:一方面,有什么样的视觉范式就会有什么样的图像类型,反之亦然。一方面,作为文化对象的图像类型要借助视觉范式来界定;另一方面,作为文化主体机能的视觉范式又必须通过客观的图像类型来规定。然而,正是这种循环过程中形成了图像与眼光之间复杂的互动关系。举电影为例,一方面电影艺术家创造了许多新的视觉形式或图像，另一方面这些图像又造就了与之适应的观众的眼光。电影史上有两个生动的例子，一是特写镜头的运用，一开始造成了使不习惯的电影观众感的恐惧。他们误认为这些突出和放大人物局部的画面是把人"肢解"了，比如手的特写似乎脱离人的身体而被"肢解"了。第二个例子是拍摄火车迎面呼啸而来的镜头，最初见到这样镜头的观众真的以为有火车迎面压过来，于是一个个心惊胆战地逃离了影院。如今，这样的镜头电影观众已是司空见惯，上述视觉误解不再会出现，原因就在于新的图像形式造就了观众相应的视觉眼光和理解。因此，在某种程度上说，眼光与图像的互动构造了一定时代的视觉文化范式，也构成了视觉范式的历史演变。由此可以推导出一个结论：视觉范式是一个关系概念，既包含了视觉主体眼光，又包含了与这样的眼光相对应的图像类型。所以说，视觉文化的核心问题乃是视觉经验的社会建构。伯格在谈到欣赏过去艺术品时说道："我们今天是以一种以前人没用过的方式去看过去的艺术品。实际上，我们是以一种不同的方式来欣赏过去的艺术品。"①显然，艺术品本身并没有发生变化，而我们观看过去艺术品的方式和观念却发生了变化，这就导致了对过去艺术品理解的历史差异。从这个角度看，我们有理由把不同时代人们的观看方式及其视觉观念当作视觉文化历史嬗变的逻辑线索。

所谓"看的方式"（ways of seeing），在伯格看来，就是我们如何去看并如何理解所看之物的方式。看所以是一种自觉的选择行为，伯格的解释是："我们观看事物的方式受到我们所知或我们所信仰的东西的影响。"②这就意味着，人怎么观看和看到什么实际上深受其社会文化的制约，并不存在纯然透明的、天真的和毫无选择的眼光。如果我们把这个结论与布尔迪厄（Pierre Bourdieu）的一个看法联系起来，便会不难发现其中的奥秘何在。布尔迪厄认为，每个时代的文化都会创造出特定的、关于艺术的价值和信仰，正是这些价值和信仰支配着人们对艺术品甚至艺术家的看法。他指出："艺术品及价值的生产者不是艺术家，而是作为信仰的空间的生产场，信仰的空间通过生产对艺术家创造能力的信仰，来生产作为偶像的艺术品的价值。因为艺术品要作为有价值的象征物存在，只有被人熟悉

---

① John Berger, *Ways of Seeing*, New York：Penguin, 1972, P16.

② John Berger, *Ways of Seeing*, New York：Penguin, 1972, P8.

或得到承认,也就是在社会意义上被有审美素养和能力的公众作为艺术品加以制度化,审美素养和能力对于了解和认可艺术品是必不可少的,作品科学不仅以作品的物质生产而且以作品价值也就是对作品价值信仰的生产为目标。"①这里,布尔迪厄实际上是告诉我们,艺术品的价值并不只在于它自身的物质层面,更重要的是关于艺术品的价值或信仰的生产。没有这种信仰的生产,没有对这种信仰的认可,就不可能接受或赞赏特定的艺术品以及艺术家。因此,对这种价值或信仰的分析才是关键所在。如果把这个原理运用到视觉文化的历史考察中来,那么,我们有理由相信,一个时代的眼光实际上受制于种种关于看的价值或信仰,这正是伯格"我们所知或我们所信仰的东西"的深义所在。

更进一步,这种带有特定时代和文化的眼光又是如何形成和如何作用的呢?贡布里希(E. H. Gombrich)从画家绘画活动的角度深刻地阐述出来。他写道:"绘画是一种活动,所以艺术家的倾向是看到他要画的东西,而不是画他所看到的东西。"②贡布里希认为,画家心中有某种"图式"制约着画家去看自己想看的东西,即便是同一处风景,不同的画家也会画出不同的景观,因为他们总是"看到他要画的东西"。假如说画家的眼光还有点神秘难解的话,那么,用库恩(Thomas S. Kuhn)的科学哲学的术语来说明便很简单了。库恩认为,科学理论的变革与发展实际上是所谓的"范式"的变化。在他看来,"范式一词有两种意义不同的使用方式。一方面,它代表着一个特定的共同体成员所共有的信念、价值、技术等等构成的整体;另一方面,它指谓那个整体的一种元素,即具体的谜题解答"③。这就是说,一个科学共同体的成员往往拥有相似的教育和专业训练,钻研过同样的文献,有共同的主题,专业判断相一致等等。"一个范式就是一个科学共同体的成员所共有的东西,而反过来,一个科学共同体由共有一个范式的人组成。"④说白了,范式也就是一整套关于特定科学理论的概念、命题、方法、价值等。而科学的革命说到底就是范式的变革,是新的范式代替旧的范式的历史过程。我以为,这个原理用于解释视觉文

① (法)布尔迪厄:《艺术的法则》,中央编译出版社2001年版,第276页。
② (英)贡布里希:《艺术与错觉》,浙江摄影出版社1987年版,第101页。
③ (美)库恩:《科学革命的结构》,北京大学出版社2003年版,第175页。
④ (美)库恩:《科学革命的结构》,北京大学出版社2003年版,第158页。

化的历史是相当有效的。在库恩的科学哲学意义上,我们把视觉文化中贡布里希所描述的"图式"就看作是一种视觉范式,亦即特定时代人们(尤其是那个时代的艺术家和哲学家)的"看的方式"。它蕴含了特定时期的"所知或所信仰的东西",包孕了布尔迪厄所说的"作为信仰的空间的生产场",因此而塑造了与特定时代和文化相适应的眼光。恰如科学的革命是范式的变革一样,视觉文化的演变也就是看的"范式"的嬗变。视觉文化史就是视觉范式的演变史。

三、视觉文化研究的反学科性

晚近视觉文化研究的兴起,原因很多,最直接的原因当然是视觉现象在当代文化中的崛起。但是,从知识的范式建构和转换的角度来说,视觉文化研究的勃兴还有更深刻的原因。首先,一个深层原因是文化研究本身的拓展。我认为视觉文化是广义的文化研究的一个部分,也是文化研究向新的领域拓展的一条路径。自法兰克福学派以来,文化研究已经形成了一些专门的领域,尤其是通俗文化和媒介文化。视觉文化作为一种形态,它超越了通常界划的通俗文化和媒介文化的边界,伸向了更加广泛的领域。于是,作为文化研究中一个更具包容性的范畴,视觉文化跨越了传统文化研究的边界,凸现了视觉现象和视觉的文化建构作用。借用马丁·杰(Martin Jay)的话来说,晚近发展起来的视觉文化研究,实际上是一个激进话语的"力场","是没有第一原理、公分母或一致本质的变化着的要素的并置,是各种引力和斥力的动态交互作用"。

其次,视觉文化研究本身又适应了当代学术的理论范式的转换,亦即多学科和跨学科研究。从目前视觉文化研究的参与者和学科形态来说,这一新的研究领域跨越了哲学、社会学、历史学、美学、文艺理论、比较艺术学、符号学、文化史、艺术史、语言学、大众文化研究、电影研究、媒介研究、传播学等诸多个学科,并与现代性、后现代主义、女性主义、后殖民主义等研究相交叉。我们还可以从相反的方向来理解,视觉文化研究的兴起,不单是诸多学科都开始关注视觉性问题,而是视觉性问题作为一个超越具体学科局限的新的研究对象,召唤着相关学科的介入。恰如一些学者所指出的,视觉文化研究的兴起,把过去那些分散的、局部的研究综合成一个新的整体。这也就是米歇尔所说的视觉文化的"非学科性"或"学科间性"。

最后,视觉文化研究不仅预示着由单一学科向跨学科的发展,而且有一个继承发扬批判理论传统的问题。在视觉文化研究中,我们注意到来自法兰克福学派、新左派、激进主义、女性主义、后殖民批判等不同思想传统的理论,都有一个共同的倾向,那就是对社会文化的批判立场。于是,正像一些张扬这一传统的人所主张的那样,视觉文化研究与其说是一种知识性和学理性的探索,不如说是一种文化"策略",一种借以批判当代资本主义社会的策略。米尔佐夫指出,视觉文化是一种"策略",借助它来研究后现代日常生活的谱系学、特性和种种功能,而且是从消费者的视角而非生产者的视角来考察。更进一步,由于视觉文化研究超越了具体的学科和大学体制的限制,进入日常生活的层面,成为一种"后学科的努力";作为一种策略,它更关注灵活的解释结构,关注个体和群体对视觉事件的反应和理解。在西方视觉文化研究中,激进的后现代主义所关注的三个基本问题——性、种族和阶级——都贯串的视觉事件的分析中,形成了对欧洲白人男性中心主义的视觉暴力的揭露和颠覆。比如,在视觉文化中如何由"良好的眼光"转向"批判的眼光",便是一个重要问题。诚如罗各夫(Irit Rogoff)所言:视觉文化研究就是要确立一种批判的视觉,进而重新审视人们观看的方式和表征的历史。这就把文化研究从传统的逻辑实证主义范式,转换为表征(再现)和情境认识等当代研究。所以,在某种程度上说,视觉文化研究既是文化研究中学科整合的体现,又是文化研究中研究细分和专题化的征兆。它提供了不同于单一学科(如哲学或社会学)的视野和方法论尝试。或者说,视觉文化研究为我们提供了一种进入当代日常生活批判的新路径。

●原文刊载于《求是学刊》2005年第3期。
●周宪,南京大学中文系教授,博士生导师。

视觉文化时代文学何为？

张　晶

求是文荟　《求是学刊》发刊200期

　　从人类对世界的把握方式来说,目前已进入一个视觉文化时代。视觉图像无所不在地包围着我们,使我们不知不觉地从以文学为主要的审美方式转变为以视像为主要的审美方式。后现代主义的思想家们甚至认为后现代文化也就是视觉文化,如尼古拉·米尔佐夫所说的现代主义的主要特征产生了后现代文化,当文化成为视觉性之时,该文化最具后现代特征。著名美学家艾尔雅维茨也断言道:"无论我们喜欢与否,我们自身在当今都已处于视觉成为社会现实主导形式的社会。"视觉文化作为当今整个世界的文化形态,已经得到更多人的认可。大众传媒是以视觉为其传播渠道的,按照周宪的说法是当代文化正在从"语言主因型"向"图像主因型"转变。丹尼尔·贝尔对于当今世界的视觉文化有着一个颇为明晰的概括,他说:"目前居'统治'地位的是视觉观念。声音和影像,尤其是后者,组织了美学,统率了观众。在一个大众社会里,这几乎是不可避免的。"①

　　时下盛行的文化研究,其主要的观念在于在目前的电子媒介取代了印刷媒介而居主导地位,以影视、广告等为代表的视像夺得了王冠,而文学则已成为"明日黄花",风光不再。艾尔雅维茨指出:"图像的显著优势,或曰'图画转向',有助于解释近年来在哲学与一般理论上的'语言学转向'。此外,这种优势似乎也暗示出某种其他内容:词语钝化。人们常说,宗教改革不仅引起了图像的世俗化,而且也使它们在社会上处于优势地位。然而,现代主义本身基本上说还是依赖于意识形态的、政治的和文

---

　　① （美）丹尼尔·贝尔:《资本主义文化矛盾》,赵一凡等译,三联书店1989年版,第154页。

学的话语。在后现代主义中,文学迅速地游移至后台,而中心舞台则被视觉文化的靓丽辉光所普照。此外,这个中心舞台变得不仅仅是个舞台,而是整个世界:在公共空间,这种审美化无处不在。"①国内的文化研究学者,也往往是对自己以前立命安身的文学理论持不以为然的态度,而以大量存在于日常生活的广告、时装、杂志等文化现象为其主要的研究对象。也有人干脆认为现在是"文学的终结"时代了。总之,似乎视觉文化是与文学互不搭界的,甚至是两不相容的。而正是在这个问题上,我要阐明自己的观点:在我看来,把视觉文化和文学截分两橛的看法是一种错觉或者说是误区!我们要正确判断目前视觉文化的发展趋势从而提倡一种健康的、升华的导向,文学在视觉文化中应该具有更为深刻的、更为重要的作用。

视觉文化作为一种时代的文化症候,其实有着深刻的商品经济的背景,大量的视像消费,正是后工业时代的逻辑发展。这也正是博德里亚提出"符号政治经济学"的前提所在。通俗地理解,博德里亚理论中的"符号",是视像化的。博氏结合麦克卢汉的媒介理论和当时兴起的消费社会的思想认为,当下的资本主义已经从生产时代走向了消费时代,走向了符号的再生产时代,这也是马克思意义上的生产终结的时代。这个时代已经是符号社会,是符号控制一切的社会,一切都按照符码的模式来再生产而已。可以认为,充斥在我们身边眼前的各种视像,来去匆匆,飘浮不定,其实在它们的背后是利润的无形巨手在操控着。勒斐伏尔提出了"让日常生活成为艺术品"的口号,费瑟斯通在他的《消费文化与后现代主义》中,以大量的篇幅阐述了"日常生活的审美呈现"这样一个时代性的命题,国内的文化研究学者也将广告、时装、大众传媒、名车靓女等及许多市井文化现象概而名之为"日常生活的审美化"。但是,我们不免有这样的疑问:难道这就是我们的审美生活的全部?美学的"飞入寻常百姓家"当然是一件好事,但是,我们的美学理论如果只是停留在这样的层次上,仅仅是对令人眼花缭乱的视像的说明,是否有些肤浅了?

后现代文化的浅表化、碎片式、去除中心等特征在当下的视像丛围中显得格外扎眼。在无所不在的各类视像中,真实的现实在很多情况下都被充盈于眼球的视像所遮蔽、所切割了。对于这种现象的定量分析当然

---

① (斯洛文尼亚)阿莱斯·艾尔雅维茨:《图像时代》,胡菊兰、张云鹏译,吉林人民出版社2003年版,第34页。

是很难做到的,但从感觉来说,大多数的视像是缺少意义和深度的。试想一下,商场里琳琅满目的展示无疑是可以满足人们的视觉快感的,但情人节、父亲节、端午节等洋的和土的节日里商场五光十色的视像除了引诱人们的眼球之外还有什么含义?电视广告除了对于品牌的宣传又有多少真实性可言?人们感到了视觉的充盈,而细想一下,当这些视像摄去了我们的大多数时间的同时,意义的匮乏则是一种客观的存在。我们不仅要问:视觉文化就只能如此吗?我们的审美生活只能停留在这个水平线上吗?

我们是在全球化的语境和中国传统文化的交汇点上,视觉文化虽然是由西方的理论家概括出来的,在中国的当下语境中也颇能体现出这种趋势。如果把日常生活中消费主义所津津乐道的视像景观都称之为"审美化"的话,那也只能算是审美的一个层面,而且是很浅表的一个层面。换一种说法,可以称之为"亚审美"或"泛审美"。而以视像的充盈来"挤兑"文学,则不但是浅薄的,而且恰恰是对视觉文化自身的戕害。人们的审美需要是多层次的,审美主体的趣味、水准和境界也是多层次的,如果仅以那些虚假而无意义的图像来吸引人们的眼球,那么,这种视觉文化的内涵也未免浅薄了些!

从共时性来看,中国人融入全球化的语境,虽然现在还很难说是消费社会,但是后现代的一些观念和视觉文化的趋势是与西方相通相融的,这是一个事实;但是,中国人自有自己的独特的审美需求和审美趣味,这也是无可避讳的事实。以象形文字为其艺术语言的中国文学,与视像有着内在的相通之处。中国古典诗歌的意境美、蕴藉性,对视像的创造有直接的补益。中国的叙事文学如章回小说,其情节之曲折,环环相扣,以及人物命运的未知性,都是中国人的审美习惯所延续下来的。适应于中国受众的视觉文化中的审美因子,不是排斥文学的,反倒是要依靠于文学的。视觉文化(以电视艺术为例)能否具有隽永的意味,精美的形式以及吸引人心的魅力,在相当大的程度上是要依重于文学的。目下视像制作中的浮泛、碎片化,恰恰是因了文学的"缺席",其实是因为从业人员文学素质的低下所致。

在电视的诸类节目中,最有观众缘或者说收视率最高的恐怕是电视剧。电视剧吸引人的重要原因,是它的故事性或者说是叙事品格。这种叙事品格无疑是归属于文学的。从中国人的欣赏习惯而论,情节的曲折、审美感受的惊奇以及人物命运的未知性,是最为能够引发人们的审美兴趣的。而这正是与中国的小说传统有着非常深厚的渊源关系。中国的电视连续剧的结构模式在某种意义上是脱胎于古代的章回小说的。对于中国的电视受众来说,真正能够锁住频道的艺术类节目,主要的还是电视剧,而且是长篇连续剧。为什么电视剧的规模一般都在二十集之上?就是因为只有这样几十集的容量才能充分展开故事情节的曲折与复杂。仅仅靠视觉艺术本身是根本做不到这一点的,它必须求助于文学的叙事结构和叙述方式。

视觉文化能不能具有长久的艺术魅力?从电视艺术的实践来看,语言和人物性格是其中的关键,而这必须凭借文学。如室内轻喜剧《编辑部的故事》、《我爱我家》等之所以令人百看不厌,令人忍俊不禁,语言的幽默与隽永是其成功的奥妙。盘点最受观众欢迎且最有艺术含量的电视剧,或是文学名著的改编,如《西游记》、《三国演义》、《水浒传》、《红楼梦》等;或是有很好的当代文学作品作为剧本的基础,如近期播出的《历史的天空》、《有泪尽情流》等电视连续剧,都是以很好的文学文本作为胚胎。

对中国人的审美兴趣来说,图像之美与其意境感有非常重要的关系。无论是电影,还是电视的画面,无论是刊物上的彩页,还是广告图像,画面的意境感是其艺术魅力的主要因素。这种意境感,是与中国古典诗歌有着与生俱来的内在因缘的。

视像的创造与欣赏,虽然是当下的、直观的,却不可能是与语言文字完全脱离的,反之却是密切配合的。图像的魅力,相当大的程度上是需要文学语言的穿透的。从对视觉作品的欣赏角度来看,人们习惯于从整体上进行把握,也即是许多图像连结为一个结构。从符号学的角度来看,艺术品以其独特的面目形成了一个完整的艺术符号,视觉艺术的整体性是显而易见的。苏珊·朗格指出了视觉艺术的这种整体感,她说:"如果一个艺术家要将'有意味的形式'抽象出来,他就必须从一个具体的形体之中去抽象,而这个具体的形体也就会进而变成这种意味的主要符号;这样一来,他就必须运用强有力的手段去加强和突出这个表现性的形式(使得作品成为符号的形式),这就是说,使这个形式揭示出来,使我们能够看到它,不是在多次重复出现的事物中看到它,而是在同一个事物中,即在同一个有机统一的空间单位中看到它。"①从对视觉作品的欣赏角度看，人们习惯于从整体上来把握，也即是许多图像连结为一个结构。同时，人们也乐于期待后面的变化，以其不可预知的惊奇感作为审美快感的由头。创作者依循于这个规律，用许多的画面来完成这个整体性结构，而这单纯靠视觉思维是远远不够的，必须通过文学思维进行运作。没有文学思维，是无法实现这种功用的。

视觉文化的积极发展与健康提升，应该更多地吸取文学的乳汁。我们在面对无所不在的视像时，当然不必取一种抵制或排斥的心态，而应该将视觉审美纳入到新的文艺学格局之中。文学之于视像也非异己的、消解的，恰恰是建构性的，它是使视觉文化走向深度，去除碎片化的最重要的因素。如果对文学采取一种排斥的态度，视觉文化必然会走向更为浅表、更为零碎的形态。而以文学作为视觉文化的内涵或灵魂，才是使中华民族文化走向更高审美境界的良谋。

● 原文刊载于《求是学刊》2005 年第 3 期。
● 张晶，中国传媒大学文学院教授，博士生导师。

---

① （美）苏珊·朗格：《艺术问题》，滕守尧、朱疆源译，中国社会科学出版社 1983 年版，第 32 页。

视觉文化时代的文学策略

张永清

    面对我们所处的社会文化现状,研究者给予了诸多命名,诸如读图时代、视觉文明、视觉文化、图像文化、影视文化、大众文化、文化工业等等。与此相应的是,文化研究的兴起、广泛传播及实践。毋庸置疑,在这些不同的命名中,潜含着共同的价值判断,即传统的文学及文学研究日趋式微乃至终结。需要指出的是,针对同一文化现象,各种概念的出现,一方面说明理论研究的活力与切入视角的多样性,另一方面也表明概念与术语的使用存在着某种程度的随意性。因此,在讨论问题前,就需要严格界定与规范某些概念的内涵与使用范围,比如图像文化与视觉文化,文学研究与文化研究等。我们将沿用视觉文化这一概念来指称我们目前的社会文化现实。我个人把当代的视觉文化理解为与传统的语言文化相对的影像文化,主要以电影、电视等艺术为代表。

    西方一些学者从不同的角度,把人类文化分成了几个大的历史阶段。主要有以下几种划分方式:第一种,口头文化、手写文化、印刷文化、虚拟文化。第二种,马克·波斯特所界定的口传媒介文化、印刷媒介文化、电子媒介文化。第三种,哈罗德·伊尼斯从媒介角度,把西方文化分为文字和印刷两个时期,又可细分为九个时期:埃及文明;希腊-罗马文明;中世纪时期(羊皮纸和抄本);中国纸笔时期;印刷术时期;启蒙时期(报纸的诞生);机器印刷时期(印刷机、铸字机、铅版、机制纸);电影时期;广播时期。第四种,巴拉杰在 20 世纪初的《视觉与人类》中,认为人类文化经历了视觉文化、读写文化,再到视觉文化这样一个螺旋式发展过程,我们的文化将重新迎来以"视的精神"取代"读的精神",以"视文化"取代"概念文化"的时代。与此密切相关的是,另外一些西方学者如尼克·史蒂文森则把从媒介角度进行文化研究诸多理论流派划分为三大方法：第一，各种批判的研究方法，如法兰克福学派，主要探讨对媒介进行意识形态歪曲的各种系统性形式以及媒介与更广泛的所有制、权力和权威体系的联系；第二，各种象征和文化的研究方法或受众研究，主要探讨媒介的符号丰富性等，主要体现在麦克卢汗、詹姆逊以及博德里亚等的相关研究中；第三，考察媒介本身对我们共同视野的影响。史蒂文森认为，这三种研究方法对我们理解现代电子文化、印刷文化和口语文化均有裨益。

问题的关键在于，我们如何从理论上来理解视觉文化以及它与传统的文学研究的关系。这个问题至关重要，这是因为不同的切入点、不同的研究重心势必导致不同研究格局的出现，以及迥然不同的理论思考。这里存在着相互联系又各有侧重的两个研究方向和领域。第一，把研究重心放在对传统文学艺术的研究上，主要考察它在视觉文化的时代语境中，从文学的生产、传播、文本到接受所发生的系列性嬗变，以及与此相应所产生的新的审美品格与艺术特性。第二，把研究重心放在以影视文化为代表的当代视觉文化上，主要考察作为其整个艺术重要元素的语言在影视文化中所体现出来的艺术功能、审美特性、叙述策略等。我个人以为，对前者的探讨更重要，也更迫切，这一理论需要我们来回答这样一个无法回避的问题：在一个越来越图像化、视觉化的社会，传统艺术尤其是具有高度抽象能力的语言艺术还有无生命力，是否就此终结？从现实情况看，文学的处境已经非常尴尬，而文化的图像化、视觉化才刚刚开始。语言艺术最终能消亡吗？如果回答是肯定的，那么就要从理论上说明由哪些因素促成了这一结果。如果回答是否定的，同样也要从理论上说明它在哪些方面进行变革才能应对视觉文化时代的严峻挑战，从而壮大繁荣文学自身。这些都需要研究者作出令人信服的回答。

视觉文化时代的传统文学研究应该开拓新的研究视角与方法，其中最重要的就是从媒介角度进行切入与突破。具体而言，要以历史的眼光来审视语言的媒介方式在人类技术演变过程中的更替以及对文学的生产、传播、文本结构及接受所产生的巨大影响。在传统的文学研究中，人们往往忽视了语言艺术的媒介自身所具有的审美属性，以及基于媒介自身特点所引发的传播方式、接受方式的深刻变化。这一方面最具代表性的是克罗奇的相关主张，他认为艺术活动与媒介无关。事实与此恰恰相反,媒介之所以如此重要,是因为艺术创造活动是一种技巧性很强的媒介活动,正如美学史学者鲍桑葵所说,任何艺术家都对自己的媒介感到特殊的愉快,而且赏识自己对媒介的特殊能力,艺术家靠媒介来思索,来感受;媒介是他的审美想象的特殊身体,而他的审美想象则是媒介的唯一的特殊灵魂。实际上,从媒介的角度来探究文学艺术早已有之,如亚里士多德在对艺术进行分类时就采用了媒介作为其中的一个标准,认为悲剧是对于一个严肃、完整、有一定长度的行动的模仿,它的媒介是语言。众所周知,媒介自身的历史性演变有赖于新技术的问世,而技术的影响不是发生在意识和观念的层面,而是要坚定不移、不可抗拒地改变人的感觉比率和感知模式。

对此问题,西方学者已作了富有成果性的理论探索,比如,麦克卢汉理论的核心在于,探究技术媒介影响人类感知的方式,这构成了今天媒介研究的最为重要的理论问题;与麦克卢汉在媒介问题上的乐观主义相反,博德里亚持悲观论,对拟像和超现实的探究是其理论的核心;哈罗德·伊尼斯其理论的独创性在于,探究其媒介西方文明兴衰过程中的作用,与麦克卢汉把媒介分为冷媒介、热媒介不同,他着重探讨媒介与空间、时间的关系,以及对人类文明与社会组织、结构的影响。对我们的文学研究而言,应该着重考察的是语言艺术在口传媒介、印刷媒介、电子媒介三大不同历史阶段的生产、传播、文本结构、接受方式等存在的诸多显著差异和内在联系。概而言之,从作为媒介的语言来看,口传媒介的文化主要是听觉文化或听说文化,听觉生活压制着视觉价值,比如,中世纪和文艺复兴时期的手抄本和早期的书籍是被用来高声朗读的,诗歌是被用来吟咏和歌唱,与音乐紧密联系在一起。印刷媒介的文化主要是一种读写文化。与口头传播时期通用的那种重复性的对话思维方式截然不同,印刷媒介能将事件以有序的、合乎逻辑的和客观的方式进行组织,促成了线性的、序列化的因果思维方式。此外,以页面文字所具有的物质性与口传文化中言辞的稍纵即逝相比,印刷文化以一种相反但又互补的方式提升了作者、知识分子和理论家的权威。印刷媒介也使文学生产与接受模式发生了巨大的变化,人们不再说书—听书,而是写书—读书,从而营造了一种更鼓励人们思考的文化环境,培育了自我反省的概念,书被静静阅读的过程中,审美静观、审美沉思的审美观念也得以形成。正如一些研究者所指出的那样,口头传统蕴涵的是精神,文字和印刷的固有属性却是追求物质,口头传统之式微,意味着对文字的倚重(因而倚重眼睛而不是耳朵)。

从印刷人到现代的图像人,完成这一重要转变的标志是照相术的发明。此后,随着技术的迅猛发展,电影、电视相继出现,同时也伴随着影视文化的蓬勃发展,昭示着我们社会进入了电子媒介文化阶段。电子媒介文化不是听说文化,也不是读写文化,而是视听文化或视看文化。而传统的读写文化如何在这一阶段生存与发展,则是需要我们格外关注的理论问题。语言艺术不仅可以使用纸质媒介,也可以使用电子媒介作为载体、传播方式等等,以及由此所表现出来的艺术特性与美学品格都发生了巨大变化,这就需要我们从理论上进行探究。这是因为,新媒介、新技术的问世,在改变人的存在方式的同时,也改变着人对世界、现实生活的感觉方式与审美心理,自然也就改变着对原有文学的认知模式,比如 19 世纪到 20 世纪小说叙事模式的深刻变革。现代人要求一种快捷、直观的生活节奏与方式,而这些与印刷文化所要求的宁静、平和形成鲜明的对比,对绝大多数现代人来说,即使阅读文字性的艺术品,也不可能像以往那样以一种悠然的心境咀嚼、品尝、沉思艺术,而是一种随意性的浏览、扫描,要求的不是永恒的审美体验,而是瞬间的心领神会。现代人的这种内在需求,必然导致文学书写模式、传播模式、接受模式等方面的变革,而文学研究则需要从当代视觉文化这一主导格局中来思考文学面临的挑战。

面对文学在视觉文化时代所遇的困境,文学研究者的应对策略不应是纷纷转向文化研究,甚至以文化研究取代文学研究,这样最终就取消了文学与文学研究;不应是只研究广告、服装、影视等流行文化。这些确实需要我们去研究,但目前更需要我们研究的是,文学研究如何面对视觉文化的全面挑战。文学研究要突破,一个可能的方向就是需要从媒介的角度来思考语言艺术在口传媒介、印刷媒介,尤其是电子媒介不同历史阶段的特征。语言艺术在每一阶段,其文学生产机制、传播方式、文本结构、叙事模式、接受方式等存在着根本性的差异,这就要求文学研究者的研究范式进行相应的改变,在以媒介因素为核心的前提下,充分考虑社会组织结构、社会制度等方面的因素,把文学研究提高到一个新的历史高度。

● 原文刊载于《求是学刊》2005 年第 3 期。
● 张永清,中国人民大学中文系副教授,文学博士。

主客反转与非切身性

——关于影像文化的两点思考

耿文婷

影像文化是"技术性观视"（本雅明语）的文化形态，它置换眼睛与真实景观发生的直接联系，使人类看到的东西总是透过某种技术手段呈现的"影像"——包括所有静止的画幅与流动的影像。影像文化一方面使人类面对铺天盖地的广告、电脑、影视图像大大开阔了视野，一方面却使人类越来越深地陷入"影像的牢笼"，感受到从未有过的漂浮失落感……那么，影像何以滋生此等特殊的现代人病症？影像的普泛化究竟为人类带来了哪些值得警觉的后果？要回答这些问题，我们就不能继续停留在外观描述的影像政治学和影像社会学层面，而必须立足于影像的本体进行分析。

一、影像文化：一种主客关系反转的文化

人类文化的历史形态可以从不同的角度划分与观照，加拿大传播学者麦克卢汉提出的媒介划分视角已经为我们所熟悉和掌握。我们这里则选取所谓的"主体性"视角加以划分和重新观照，将人类的文化形态划分为两大历史阶段——主体性文化与主客反转的文化。而能够将这一划分凸显为研究课题的标志，是"影像的普泛化"。

（1）影像的普泛化与主客体关系反转。鲍德里亚说："摄影是现代的驱妖术。原始社会有面具，资产阶级社会有镜子，而我们有影像。"影像世界"通过技术向我们强调它的存在。这个主客关系的反转发挥着惊人的、

不可轻视的作用"①。现实确乎如此,在汹涌澎湃的影画洪流中,我们感受到这股崛起的力量!作为客体的影像似乎已经反客为主,"边愉快地自我繁殖,边从所有方向涌来,向人类发动着永无歇止的攻击……与此相比,作为主体的人类面对强大的影像却手足失措、日渐衰微,越发显得被动无力……"

正是基于这种思考,我把当代这种方兴未艾的文化表述为影像文化,而没有沿用学界频繁使用的"视觉文化"概念。因为在我看来,"视觉"一词始终是主体性的,视觉文化作为从人类感官角度命名的文化形态必然是主体性的文化。这种文化形态与延续几千年的主体性文化已经不再保持质的同一性,所以,它只能是另一种文化,一种主客关系反转的文化。恐怕也正是出于这种认识,当代成就最为卓著的理论家鲍德里亚尽管对媒介文化有十分精深的洞见,却从未使用过视觉文化的概念,这与他始终强调当代文化的这种去主体性、这种主客体关系的反转是一脉相承的。

当电视等影像产品作为稀有之物诞生之初,人们对于它所带来的影像还是满怀新鲜激情的;但是到了影像无孔不入、人被影像围追堵截的当下环境,人类的感受就发生了质的变更——人们不再怀有往昔的主动激情,但影像却每时每刻执著地逼迫着你来看"我",因为既然"我"无处不在,我就仿佛是这世界的主宰——人被影像所逼,沦为影像的囚徒。

当然,这种与主体性文化相继的文化,并不就是非此即彼的客体文化。它只是主客体关系作相对运动的某种反转,人类的主体性虽然被削弱但并没有消失。只是在与影像客体的关系上,它不再是那种超然于外物之上的卓越主体,而是某种被动性的主体,某种被动的主体性。

(2)影像的欲望化叙事与欲望文化。影像文化既然是主客关系发生反转的文化,人类主体就不可避免地接受影像客体的广泛影响。这是影像文化的"形式结构"。那么,影像客体对于人类施加影响的内容又是什么呢?这就是人人都能感受到的欲望化叙事。在铺天盖地、包装精美的电视广告轰炸中,在美女与商品组成的街头巨幅宣传画的围困中,人类不知就里地变得愈加欲望化了,其中尤为突出的是物欲、性欲以及物品外观的欲望。人类无法逃脱来自影像的欲望化追击——想想当我们随意走在

---

① 罗岗、顾铮主编:《视觉文化读本》,广西师范大学出版社 2003 年版,第 76 页。

大街上,当抢眼的街头广告从四面八方于悄无声息中凸现出来吸引我们、逼迫我们进而诱惑我们,最终使我们不知不觉主动探寻的情形,我们就能够理解当下被影像包围的主体,是怎样由被动地看,到主动地欲求的。这期间,有个关节点是"逼迫"。在影像无所不在的时代,逼迫者显然指的就是"影像",影像以其"必须看我"、"必须接受我"的逼迫者地位迫使人们去接受。而且这个逼迫者有一种魔法,能够使人们对它的被动性转化成主动性,于是,在不知不觉中,在影像作为外部环境的倾力影响下,人类主体就变得越来越"欲望化"了。社会生活领域欲望的不断膨胀不能不说是影像对于人类实施潜意识主宰的伟大杰作。

二、影像文化:一种非切身性的文化

如果我们从"人与艺术现成品关系"的角度观照人类文化的历史分期,我们就会发现,影像又成为另外两种文化的分界点:切身性文化与非切身性文化。

(1)切身性与非切身性:关于人与艺术现成品的关系。关于人类与他所创造的艺术现成品的关系,在文艺学历史上从来没有凸现为一个问题,因为的确,在影像产品出现之前,人类与艺术现成品的关系始终保持着某种同一性,即人与其艺术现成品的关系是"切身性的"。所谓"'切身的'……并没有远离其日常的含义:'亲身的'、'真切的'。它特别被用来规定事物的直接被给予方式,也即以感知的方式被给予。'切身的'基本与'本原的'(original)概念同义,而'切身性'也就是指'本原的充实性'"。几千年来,无论传统艺术形式如何发展变化,但是在作为现成品与人类关系的角度,"切身性"却未曾有过任何改变,当人类读小说、品诗歌、观戏剧、赏雕塑的时候,人类与这些传统艺术现成品的关系是"亲身的"、"真切的"、"直感的",具有"本原的充实性"。所以文艺理论史上不会将这一问题主题化地上升为研究对象。但是影像的出现则不同,它使人类与其艺术现成品的关系不再是"切身性"的了。

影像作为当代普遍存在的艺术现成品,虽然所呈现的画面具有酷肖生活的直观性质,但是人类在进行欣赏中仍然知道它是影像画面而不是直接的原生态的生活本身,也就是说,影画不具有"本原的充实性"。所以人类在长时间地面对影画图像后,会莫名其妙地产生漂浮与空虚感,尤其对于整天挂在互联网上的"网虫们"感受会更深。

那么我们不禁要追问:影画文化何以令人类产生这种漂浮不定的空虚感?要解开这个谜团,我们必须沿着人与影画现成品的关系继续探索。于是我们找到了建构切身 – 非切身性关系的中心词"身体"。

(2)身体不在场:影像文化非现实感的根源。开启身体研究的现象学大师梅洛 – 庞蒂认为,"身体是我们与世界联系的中介","身体是我们和世界联结的唯一方式"。正是因为有身体在世间的存在,我们才获得对"自身存在"踏踏实实的确证感;正是因为有身体与世间其他存在的联结,我们才获得对"其他存在"的真实性确认。没有身体,人类将无法知道自己"身在何处",身体的"在"与"不在"关系着人类与所处世界的"关系"感受。正是有了身体的"在",我们对传统艺术的把握才那样真切,正是有了身体的"在",我们对传统艺术的情感才那样弥深。传统艺术的所谓"场效应",其实正是以我们身体的亲身在场为基本前提的。所以我们对传统艺术欣赏的认识,不能只局限于某种感官欣赏的狭隘视角,传统艺术现成品与人类的关系是某种真切实在的"身体性"联系,人们用眼睛、用耳朵欣赏艺术的同时,人们更是用全部身心去投入参与。以方兴未艾的网络小说为例,人们在网上阅读小说是否与从前在纸上阅读小说一样呢?从文字内容来看,二者无疑是一致的。但我们研究的是作为艺术现成品的"形式",因为形式作为文化存在的某种"结构",就会反过来对内容即主体的精神发生影响。运用梅洛 – 庞蒂的理论我们可以得出,人们阅读网络小说时,身体是无法参与其中的,身体以"不在"的方式外在于这种艺术现成品,它的出离最终将导致某种无奈的结果:主体精神的缥缈虚无、一种难以言传的漂浮感。

以上的分析有助于我们得出这样的结论:要对影像文化保持一定的距离感与批判意识,与其把影像文化作为人类学习的目的与内容,毋宁将其视为学习的工具与手段。在影像文化的发展中,永远不能失却人类宝贵的主体性,始终让影像文化为人类所用,为人类造福。

●原文刊载于《求是学刊》2005 年第 3 期。
●耿文婷,大连海军舰艇学院副教授,文学博士。

求/是/文/荟 OSWA 《求是学刊》发刊200期

文化维度的审美现代性（笔谈）

● 本专题特约主持人：南京大学博士生导师周宪教授

● 主持人话语：晚近国内学界关于现代性的讨论很是热烈。一方面，不少现代性的研究文献被译介过来，颇有启发；另一方面，透过现代性的视角来重新审视诸多社会文化问题，在不少方面多有推进。现代性作为一个核心概念，为我们思考社会文化的变迁提供了一个独特的角度，它就像一个宏大的历史叙事，不可避免地触及到诸多迫切而又复杂的问题。按照霍尔的说法，现代性是一个多重建构的历史过程，它至少包含了四个重要的层面：政治现代性、经济现代性、社会现代性和文化现代性。但在霍尔的现代性结构中，文化现代性只限于世俗文化、现代知识和认同等问题，艺术作为一个重要的维度显然被忽略了。这里集中刊出的三篇论文，从不同角度涉及到文化现代性问题，尤其是审美现代性。从现代性的发展历程来看，审美作为一个重要层面具有非常重要的功能，缺少这一维度，我们对现代性的理解将是片面的。

法国学者瓦岱说过，现代性就像拼图游戏或者迷宫一样，是一个很容易让人迷失方向的历史空间。这个历史空间遭遇了许多造访者，人们在其中寻找特定方向，拼出他们所看到的现代性"历史空间"。这里刊出的三篇文章，也可以看作是三张"拼图"，从三个不同角度来审视审美现代性问题。

《审美现代性的三重张力》，从卡林内斯库的一个论断入手，解析了审美现代性所包含的复杂三重张力，那就是审美现代性与传统之间的紧张关系,审美现代性与启蒙现代性之间的对立,以及审美现代性自身的矛盾。这三重张力构成了审美现代性自身的进程和面貌。第一重张力揭示了从传统向现代的深刻变迁;第二重张力揭示了现代性本身的复杂性,它蕴涵了多重社会、文化的指向;第三重张力则彰显出审美现代性内在的矛盾。透过这三个角度,可以说相当程度上展示了审美现代性的辩证逻辑。

《现代性视野中的艺术体制与艺术家》一文,则从一个特殊的角度,以及现代性所导致的现代艺术体制,来考察艺术活动的主体——艺术家。康德以来的哲学美学常常强调艺术家的天才、个性和主体性,但是如果从现代社会理论角度来审视,就会发现任何天才艺术家其实都是现代艺术体制中的一个元素,要受到艺术体制的制约。游离于体制之外并依赖于个人天才而获得成功的艺术家不过是一个神话。文章特别强调,随着现代性的发展,艺术家在现代艺术体制中也有不同的角色和功能。

《返归生活的先锋派》一文,探讨了审美现代性的一个难题,那就是在现代主义艺术强调自主性的主潮之外,先锋派作为一个独特的文化现象,具有反其道而行之地强调艺术返归生活的文化冲动。透过这一冲动,我们可以把握到审美现代性的内在矛盾。先锋派艺术与现代主义艺术之间的不同文化指向,可以说是从另一个角度解说了第一篇文章所讨论的审美现代性的自身矛盾张力。

论审美现代性的三重张力

李　健

在《现代性的五副面孔》一书中,卡林内斯库敏锐地指出:审美现代性应被理解为一个包含三重辩证对立的危机概念——对立于传统,对立于以工具理性为代表的启蒙现代性,对立于它自身。可以说,如果不能真正理解这一危机概念及其暗含的张力关系,将很难说明审美现代性的全部复杂性及其深刻内涵。为此,本文将借助于既有的现代性理论资源,对审美现代性所表现出的三重张力给予细致的说明,以期对其有一个更为全面而深入的认识和理解。

一

现代性作为一个问题的出现,首先就是在它与传统的复杂关系之中体现出来的。而作为现代性问题一个组成部分的审美现代性,也必须首先在这一关系中才能得到更好的说明。作为现代性的规范理论家,马克斯·韦伯就从宗教伦理的角度对这种关系给予了生动的说明。我们可以由此出发,深入了解现代性与传统之间难以调和的矛盾,进而理解审美现代性与传统所构成的张力关系。

根据韦伯的描述,西方的现代性进程是从 16 世纪的宗教改革开始初见端倪的。韦伯发现,通过宗教改革形成的新教伦理,不仅借助所谓合理化的途径将自己变成一种合乎理性的存在形态,获得了完全世俗化的宗教救赎力量;而且还在社会的各个领域推动了合理化进程的全面展开。占据了世俗生活中心的宗教伦理,并没有意识到这一进程对于宗教而言的严重后果。但对于韦伯来说,这恰恰是问题的关键所在。他在关于"世界诸宗教之经济伦理"的"中间考察"中明确地指出:宗教伦理自身合理化的发展及其所推动的世俗生活的合理化进程,最终令宗教与世俗陷入了激烈的矛盾之中。这种矛盾集中地体现在了宗教伦理与经济、政治、审美、性爱以及知识等一系列世俗生活领域之间难以调和的张力之中。

就我们关注的审美问题而言,宗教伦理所推动的合理化进程也带来了属于艺术自身的合理化进程。其结果是,长期以来使宗教成为艺术发展的一种永不枯竭的源泉的那些东西,对于艺术而言不再重要。因为艺术作为一种逐渐自觉的,独立的、被理解的内在价值的宇宙已经建立起来,并承担起一种将人从日常生活中解救出来的世俗救赎功能。这意味着,艺术已经具有了某种替代性的文化力量,能够在宗教伦理的规范性力量之外为个人生活提供意义。

宗教伦理对世俗的规范,从救赎的角度而言,实际上是在宗教的背景中为人的行动获得意义提供保证。为了这种规范能够真正成为世俗生活的保证,宗教伦理以一种合理化的方式,将这种规范内化为人们的日常伦理要求。但是宗教伦理的这种努力最终却只能以失败告终。一方面,宗教伦理越是具有影响力,也就越因为自身的出世本质,与世俗的要求处在一种紧张状态之中。另一方面,宗教自身的合理化,不仅通过对世俗的巨大约束力而全面地推动了合理化进程的展开,而且合理化本身又在世俗生活中培养出了强大的排斥宗教的颠覆性力量,进而造成了文化价值领域的不断分化。这种分化不仅是宗教与世俗之间一系列张力的必然体现,而且在韦伯看来,更是西方社会由传统走向现代的一个重要标志。当与宗教构成张力的世俗生活的各个方面都已获得自身合法性的时候,其存在价值就再也不需要由传统的宗教—形而上学世界观来提供了。

由此,一方面,宗教伦理由于价值领域的分化而失去了它在文化上曾经唯我独尊的绝对权威;另一方面,世俗生活由于其自身的合理化进程,只需要依据自己的合理性原则就能够获得前所未有的发展了。于是一个奇特的悖论在这里出现了:宗教伦理出于救世目的以合理化的方式走向世俗,成为指导人们生活的基本原则。但随着合理化世界的不断生成,最终以出世为终极目标的宗教不仅因为合理化而走到一种非理性的境地;更糟糕的是,它力图为这个世俗世界所提供的意义也由此而不断丧失,最终遭到了现代生活的无情抛弃。由此而言,现代性的基础实际上是一种根本性的悖论:西方世界对意义的追寻产生出一种理性化的、充满意义的秩序,而这种秩序却又毁灭了意义的可能性本身。新教伦理越是使世界理性化和理智化,就越是将意义从这个世界中清除出去,最终也清除了宗教的各项条件本身。

这一悖论,肇始于宗教的合理化然后终结于世俗的合理化,并最终宣告了宗教与世俗的彻底分离。社会生活也在这种分离中开始独自走向新的时代。这样一种宗教与世俗之间的张力及其合理化的悖论,因此并不仅仅只是意味着宗教与世俗的分离,它还更深刻地意味着:传统已经逝去,现代正在来临。

问题到了这里,我们不仅可以了解宗教与世俗之间不可调和的张力,而且审美现代性作为现代性的一个维度,它与传统的紧张对立关系也就包含在这种张力之中。因此,这一张力既标志了宗教与世俗的分离,说明了传统向现代的过渡,同时也是审美现代性获得其颠覆性力量的起点。这正是审美现代性必然对立于传统的依据所在。

二

作为现代性的一个维度,审美现代性与传统之间的对立及其紧张关系,是包含在作为整体的现代性进程之中的。而它与启蒙现代性之间的矛盾与对抗,则是表现在现代性内部的一组基本的张力关系。要深入理解这层张力关系,还要从启蒙运动的理性崇拜开始展开讨论。

康德在著名的《答复这个问题:“什么是启蒙运动”》一文中这样写道:“启蒙运动就是人类脱离自己所加之于自己的不成熟状态。不成熟状态就是不经别人的引导,就对运用自己的理智无能为力……要有勇气运用自己的理智!这就是启蒙运动的口号。”①为此,启蒙以一个对理性的追求和崇拜展开了它对人类未来的美好规划。然而,无论这些规划多么美好,无论人类在何种程度上实现了其想象中的文明,现代社会并没有真正抵达幸福的彼岸。这也正是弗洛伊德对现代文明的基本理解:人类因为通过科学进步控制自然的程度而感到自豪,但这种自豪却并没有增加他们希望从生活中得到的幸福感。对于一个身处现代社会生活中的个体而言,他或她只能像巴雷特所概括的那样:尽管现代生活的理性秩序极大

---

① (德)康德:《历史理性批判文集》,商务印书馆 1990 年版,第 22 页。

增强了,但是,在"合理的"这个词的人性意义上,人却丝毫没有变得更合理一些。完全的理性甚至并非与精神病毫不相容。甚至,精神病很可能就是完全由理性一手造成的。

这是因为,最终伴随着启蒙而充分滋长的,是代替了理性的其他可能性的工具理性。换句话说,启蒙时代在其通过理性手段实现其远大目标的过程中,不仅渐渐失去了它的航向,成为它的手段的奴隶,而且这种手段本身也渐渐地被简化为一种单一的理性形态——工具理性。启蒙对理性的颂扬,最终导致的不是理性的泛滥而是理性的萎缩。对于现代性的批判者而言,最无望的是,这种萎缩了的理性——工具理性作为启蒙现代性的成为现代社会运转的核心理性原则,已经成为整个现代生活无法逃避的根本特征。魏尔默在《坚持现代性》一书中所描绘的一切,便是对这种无望的绝妙注解:启蒙的规划,就像康德所构想的那样,它关心的是人性从"依赖的自我欺骗"条件下解脱出来。但是,到了韦伯的时代,这个规划已所剩无几了,除了不断发展的合理化、官僚化过程,以及科学侵入社会存在那冷酷无情的过程。

审美现代性作为一种文化力量,也就是在这个地方,表现出了完全区别于启蒙现代性的"他者"品质。如魏尔默所言:"这个现代世界已不断地揭示了它可以动员一些反抗力量来反对作为合理化过程的启蒙形式。我们也许应把德国浪漫主义包括在内,但也包括黑格尔、尼采、青年马克思、阿多诺、无政府主义者,最后是大多数现代艺术。"①所有这一切,成为构成现代性内在张力关系所必须的另一种对抗性力量。这意味着,启蒙现代性所代表的一个工具理性的世界,并不是现代性的全部内容。在这个世界之外仍然存在着另一种与之相抗衡的力量——一种主要由现代艺术所提供的文化力量。对于审美现代性而言,宗教和启蒙现代性都试图借理性的力量重新建构一个新的意义世界,然而它们却又都因为这种理性远离了自己的假想世界。这也正是弗莱在《现代百年》一书中所区分的两种"神话叙事"。无论是前者还是后者,都曾经或正在以理性的方式理解、建构或掌控这个世界。它们没有清楚地意识到,这种理性很可能只是生成性的或者只是片面的,它并不真的就有绝对的可靠性。审美现代

---

① Albrecht Wellmer, *The Persistence of Modernity*, Cambridge:MLT, 1991, P86.

性从自己的角度看到了这一点,看到了这其实就是弗莱所指出的将所有现代人都困囿其中的"幻觉的牢房"。

正因为如此,审美现代性必须时刻保持着与启蒙现代性的紧张关系。鲍曼在《现代性与矛盾性》一书中将其描述成这样一种"秩序的他者",它以混乱为自己的唯一选择,所有这些都是它要表达的:不可界定性、不连贯性、不一致性、不可协调性、不合逻辑性、非理性、歧义性、含混性、不可决断性、矛盾性。这意味着它的现代视野与作为它的对立面的启蒙现代性相去甚远。在巴雷特看来,它应该是这样一种觉察:这种觉察,与文艺复兴和启蒙运动用以消除中世纪黑暗,并且非常自信地致力于征服自然的陶醉感和力量感,相去甚远;与早期新教坚信自己的良心的真诚及其世俗伦理的绝对价值,相去甚远;也与资本主义宣布资产阶级文明的物质繁荣是它的正当理由和目的时所带来的胜利感,相去甚远。

问题到了这里,我们可以看到,当传统不得不走向现代之后,张力并没有伴随着现代性的进程而消失;相反,一种来自于现代性内部的冲突又重新构成了新的张力关系。简单地说,如果前一种张力是由宗教伦理对世俗的规范性力量与世俗生活的自身合法性所构成的;那么后一种张力则是由启蒙以来的工具理性社会,与同样来自现代性自身的文化质疑所构成的。如鲍曼所言,现代性的历史作为社会存在与其文化间充满张力的历史,不仅仅只是现代存在迫使其文化成为自己的对立面,而且这种不和谐也正是现代性需要的和谐。它意味着:只有在现代社会之外提供一种颠覆性的力量,才能始终保持着某种张力,以避免这个社会彻底沦为一个工具理性的世界——或者至少,可以为生存在这个世界中的人类提供一种救赎的可能性。

三

如果说审美现代性与传统以及启蒙现代性所构成的张力,已经揭示出了前者存在的深刻复杂性;那么它与自身对抗所构成的内在张力,则是这种复杂性最直接的反映。因此,要完整地理解审美现代性,就必须对来自于其内部的张力关系有一个清晰的认识。

具体而言,这一张力首先涉及到现代艺术作为一种文化颠覆力量的内在品质问题。就此我们可以波德莱尔为例予以说明。在他看来,面对现代生活的庸俗不堪,一方面艺术成为最后的救赎希望,另一方面作为救赎的艺术所依据的再也不是传统。这里蕴涵着一个重要的文化转变:从一种由来已久的永恒性美学转变到一种瞬时性与内在性的美学,前者是基于对不变的、超验的美的理想的信念,后者的核心价值则是变化和新奇。由此出发可以说,艺术家只有将全部的创造力投注到变化和新奇的艺术形式的建构中,才有可能通过对破碎世界的表达来抵抗生活中意义的消亡,也才有可能使人避免成为一种碎片式的存在。对于审美现代性而言,正是艺术的这种变化为它提供了反抗启蒙现代性的推动力。如卡林内斯库所言,现代性开启了走向反叛先锋派的门径。同时,现代性背弃其自身,通过视自己为"颓废",加剧了其深层的危机感。在这里,我们看到了变化与新奇、反叛与危机意识,正是艺术获得某种颠覆性的救赎力量的必然体现。

确切地说,这种变化与新奇、反叛与危机意识,实际上是对审美现代性所具有的差异性和反思性特征的一种说明。所谓差异性,既指出了现代艺术在获得自主性之后,对于艺术纯粹性的不懈追求;又意味着艺术本身的丰富性和多元性。一方面,这种追求正如波德莱尔所强调的,是对短暂的、转瞬即逝却不同凡响的美的颂扬。"差异"在这里可以看作是对现代生活的平庸化的反抗和拒绝。另一方面,丰富性与多元性也是其具有的内在特征之一。正如库恩在比较科学与艺术的区别时所看到的那样,艺术的历史就建立在它的无穷可能的丰富性之中。这意味着完美的艺术既不能用工具理性的尺度加以界定,也是在不断丰富的过程之中产生出来的。所谓反思性,正是对这种差异性自始至终的关注和自觉,也就是对工具理性和启蒙现代性追求同一性和秩序的警觉态度和批判立场。在卡林内斯库看来,审美现代性对立于自身,就在于它存在"把自己设想为一种新的传统或权威"的企图和欲望。所谓将自己设想为一种新的权威,从某种意义上就是针对其反思性的丧失而言的。这种丧失意味着,它将向自己曾经力图颠覆的工具理性缴械投降,以此换取建立权威的可能性。

由此我们看到,在现代艺术的内部实际上还存在着另一种相反的规训力量。迪基曾在关于艺术世界的讨论中强调,艺术品不是被某个作为整体的社会团体而创作的,而是被某种作为个体的艺术家创作出来的,其资格因此首先来自于它的创作者也即艺术家。迪基在他的阐述中忽视或者回避了这样一个棘手的问题:艺术世界作为一种制度性的存在,是否存在着一种对作为个体性存在的艺术家乃至评论家、艺术史家等等的压制呢? 对于审美现代性而言,这却是一个无法回避的关键性问题。这是因为,如果这样一个艺术世界只是让艺术身陷权力陷阱或者成为规训对象的话,那么我们在旧的权威一个个死去的过程中不断看到的,不过是新的权威的继续生成以及各种权力斗争的戏剧场面。艺术也将会因为一种来自内部世界的制度性压制,而不得不面对失去自身存在的本质意义的危险。事实上,现代艺术在其发展历程中,始终也没有真正摆脱过这种危险。那些曾经为现代艺术所依赖的"震惊、刺激、愤慨和决裂因素",常常就在这种压制中失去了它们的颠覆力量。其结果恰如沃林所言:一旦这些技巧被模式化,它们也就变成新的艺术惯例。从本质上说,新颖性本身也就成为传统了:成为新的美学经典。这意味着,在现代艺术内部不仅具有颠覆性的力量,还暗藏着另一种相反的因素。正如马尔库塞所言:"在新社会蓬勃兴起的时代,由于这些观念指示超越生存既存的组织的方向,它们是革命的;但它们在资产阶级统治开始巩固后,就愈发效力于压抑不满之大众,愈发效力于纯为掌握安慰式的满足。它们隐藏着对个体的身心残害。"比格尔也正是从这里看到:文学不再是解放的工具,而成为压迫的工具。

正是在此意义上,一方面,差异性与反思性作为审美现代性的基本品质,为艺术担当起某种世俗的救赎使命提供了内在依据;另一方面,审美现代性与自身所发生的龃龉则意味着:当它把自己想象成一种具有工具理性特征的规训力量时,实际上也就失去了自立的基本依据,最终不是投靠传统就是投靠启蒙现代性。为此,我们不仅需要理解审美现代性与传统以及启蒙现代性之间的张力关系,理解现代艺术本身所具有的那些颠覆性力量,还必须对审美现代性自身所呈现的复杂性有更充分的认识。这也是我们认清审美现代性内涵必须保持的态度。这一态度要求审美现代性具备一种自觉的矛盾意识,并始终在一种张力关系中保持着独立的批判立场。

●原文刊载于《求是学刊》2006 年第 1 期。
●李健,南京大学艺术教育中心副教授,文学博士。

返归生活的先锋派

周　韵

从古典艺术向现代艺术的转变,一个重要的表征乃是艺术获得了前所未有的独立自主性。用韦伯的术语来说,现代价值领域发生了分化,艺术作为一个独立自足的领域获得了自身的合法化,它不再需要依附于和服务于其他非艺术的功利目的。所以,"为艺术而艺术"、"审美价值"、"审美无功利性"这样的观念才出现在现代艺术潮流中。也正是在这样的文化背景下,现代艺术与现代生活实践之间出现了"鸿沟"。波德莱尔坚信,艺术是对平庸的中产阶级生活的背弃和颠覆;王尔德主张,艺术不同于生活,是对生活的改造,因此不是艺术模仿生活,而是相反,是生活模仿艺术;奥尔特加发现"新艺术"有意要"非人化",背离传统的写实原则;阿多诺则强调,现代艺术的典型特征就是站在现实生活的对立面。这类说法在现代美学中可谓不绝于耳。

这里,需要思考的问题是:艺术与生活实践在现代性条件下究竟存有什么样的关系?

在种种主张艺术颠覆、批判、超越生活实践的美学理念之外,我们注意到一种与这一主流看法不一致的"异端"声音,那就是德国学者比格尔的先锋派理论。他秉承了哈贝马斯的法兰克福学派传统,却又发展和深化了这一传统,在坚实文化社会学历史考察基础上,他发现现代艺术的发展过程实际是艺术在资产阶级社会不断体制化的过程,即不断获得自主性的过程。早期先锋派运动是这一发展过程的最后阶段,是对自主艺术体制的激进攻击,与以自主为原则的现代主义有着质的区别。比格尔特别区分了现代主义和先锋派的不同,在理论上更加明晰地界定了先锋派的概念,这就改变了在先锋派与现代主义两个概念运用上的含混与等同,

并把先锋派与后现代主义联系起来,为西方现代性和后现代性的讨论提供了新的路径。

我们要看到在比格尔那里,现代艺术呈现为两种形态:一是现代主义艺术,它主要以象征主义和唯美主义为代表;二是所谓的先锋派,它主要呈现为达达主义、超现实主义和俄国未来主义。比格尔的这个区分遭遇到许多学者的质疑,有一定局限性。但是,需要指出的是,正是在这样的区分中,比格尔独具慧眼地发现了两种形态的现代艺术其实有着许多美学观念上的巨大差异。在他看来,现代主义拒绝资产阶级的意识形态,力图摆脱资本主义商业化,避免艺术堕落到商品的地位,因而坚持艺术与生活实践决裂,与现代性世界处于看似对立的关系之中。现代主义一方面坚持艺术自主,对现代性世界持激进的否定态度,不断进行语言实验革新,将艺术从生活实践中孤立出来。另一方面,它又企图将现代性的碎片重新组织成意义的有机整体,在艺术中建立一个与现实社会不同的理想空间,这是个人在其中获得高度自由的、中立化的审美乌托邦。艺术实际成为资本主义物化世界的精神补偿,对资产阶级的政治意识形态起着肯定作用。毫无疑问,现代主义不可避免地处于内在分裂的状态,如托尼·平克尼所指出的,在《荒原》和《尤利西斯》等都市现代主义的伟大著作中,文本构成与结构之间,强烈的或病态的主体性与统治文本静止不变的专制神话之间,存在着严重的分裂。比格尔则认为,精神分裂的现代主义是无法质疑自己的自主性的,也无法认识到艺术自主性的意识形态意义。

而先锋派在比格尔看来则蕴涵了另一种导向或冲动,它不是强化现代艺术的自主性和自身合法化,不是与生活实践拉开距离,而是相反,先锋派的文化实践具有一种与生活实践和谐关系的指向。比格尔发现,早期先锋派不再专注于语言实验革新,而是攻击资产阶级的艺术体制,即"艺术生产和传播机制以及特定时期通行的决定作品接受的艺术观念",它一方面抨击艺术品所依赖的生产和传播机制,另一方面又否定艺术在资产阶级社会的自主地位。他写道:

欧洲先锋派运动可被界定为对资产阶级社会中艺术地位的攻击。它所否定的东西不是先前的艺术风格或形式,而是与人之生活实践相分离的艺术体制。当先锋派要求艺术再次变成实践性的,他们不是要求艺术品的内容变得具有社会意义。对艺术的这一要求不是在个体作品的内容层面上提出的,而是指向艺术在社会中的作用方式,因为这个作用过程和具体内容一样决定作品的效果。①

更确切地说,先锋派不同于现代主义的显著特征是其自身批判倾向。根据比格尔的看法,现代主义的语言形式实验是艺术体制内的"系统固有的批判",是对先前艺术即艺术与生活现实的统一观念的批判,而先锋派则不同,它与这两种敌对的观念都保持距离,是一种更加激进的批判,把整个艺术作为体制来批判,因而是真正的自身批判。

比格尔在解释中首先对艺术的自主性概念进行了历史研究,并赋予这一概念以意识形态意义。他认为,唯美主义之前,艺术的自主地位是相对的,即艺术和生活还保持一定的联系,起着生活现实的补偿作用,因为自主艺术被看作是合理化过程中所抛弃的一切生活体验因素的家园,现实生活中分裂的个人在其中可以获得完整的存在,日常生活中无暇顾及的幸福前景在其中可以得到补偿。但他发现,在唯美主义阶段,自主性概念的意义发生了变化,它被绝对化了,艺术与生活彻底分离,展现的是一个绝对审美的世界。比格尔强调唯美主义对早期先锋派的产生具有重要作用,从某角度看,早期先锋派就是作为一种对唯美主义的反动而出现的。这里,我们看到了现代艺术中的内在冲突和不同指向,也看到了先锋派之所以出现的深刻现实原因。因为只有到了唯美主义的阶段,即现代主义艺术发展的鼎盛时期,艺术自主性的理念才会彰显出来,艺术与生活实践的联系才会呈现出断裂。我们只要稍稍回顾一下王尔德的美学主张,便可以理解以唯美主义为代表的现代主义艺术的基本美学理念。王尔德把唯美主义概括为三大命题:第一,艺术除了表现它自己外不表现任何东西;第二,一切坏的艺术都是返归生活和自然造成的,并且是将生活和自然上升为理想的结果;第三,生活模仿艺术远甚于艺术模仿生活。这三大命题道出了整个现代主义艺术的基本导向,那就是把艺术变成为一个纯粹的乌托邦,进而在艺术和生活之间挖掘了一条鸿沟。这一点常常很容易注意到,但比格尔的独特之处在于,他发现早期先锋派出现的条件,恰恰正是唯美主义的这种艺术自主性观念;或者说,先锋派必须等到它的对立面——现代主义——出现时才应运而生。

----

① H. H. Gerth, C. W. Mills, from *Max Weber*: *Essays in Sociology*, NewYork: Oxford University Press, 1946, P85.

　　一些学者(如霍洛维兹)发现,这样绝对化的艺术自主性概念实际是一种意识形态假设,表达的是唯美主义对现实激进的否定态度。但问题是,唯美主义的否定无法遮蔽艺术与生活现实不可避免的联系,而且否定本身意味着对资产阶级社会现实的肯定。从唯美主义艺术实践看,艺术家们所期望的纯粹审美世界是艺术对生活现实的升华,是对理想生活——原初存在——充满想象的呈现,他们所生产出来的是自主艺术品。更进一步地说,唯美主义所谓的艺术与生活现实彻底分离的意图,不过是假设了一个乌托邦的审美世界,实际导致了艺术中"体验的萎缩",艺术家社会功能的丧失。根据比格尔的观点,早期先锋派正是看到了唯美主义否定策略的无效性,对自主艺术发起了攻击,激发了艺术与生活实践相融合的冲动。

　　先锋派艺术家提出艺术的扬弃——黑格尔意义上的扬弃:艺术不只是被简单地摧毁,而是迁移进生活实践,在那里艺术以变化了的形式得到保存。先锋派艺术家于是采用了唯美主义的一个基本要素。唯美主义把与生活实践的距离作为作品的内容,它所指涉的以及所否定的生活实践是资产阶级日常的工具目的理性。现在,将艺术融合进这一实践并非先锋派艺术家的目的。相反,他们同意唯美主义对世界及其工具目的理性的拒绝。与后者的区别是先锋派企图在艺术的基础上组织新的实践。也是在这一点上,唯美主义成为先锋派艺术家意图的必要前提条件。只有一种艺术,其个体作品的内容与现存社会的实践相分离,才能成为组织新的生活实践的中心和起点。

　　不言而喻,唯美主义和早期先锋派都是对生活实践即工具理性的否定,它们都发现"与资产阶级社会的工具目的理性最矛盾的东西就是变成生活实践的组织原则"。于是,两者都赋予艺术以重要的作用。但两者截然不同的美学理念在于,唯美主义坚持艺术与生活实践的彻底分离,高举"为艺术而艺术"的大旗,进而向往一个乌托邦的审美世界。而早期先锋派则反其道而行之,把艺术作为新的生活实践的组织原则,采取了艺术与生活实践相融合的路线。从这个角度来审视先锋派艺术,我们便不难理解许许多多看似费解的现象了。比如,法国艺术家杜尚的"现成物"艺术品,无论是《泉》,抑或是《断臂之前》,日常生活中的常见器物或器具进入艺术情境,这与表现主义所追求的那种抽象的、纯粹的和内在表现性的艺术冲动截然不同。从这一比较中我们可以瞥见比格尔所描述的两种艺术形态之间的深刻的美学观念上的差异。

就艺术与生活的融合而言,早期先锋派并没有摆脱唯美主义的思维模式:在拒绝屈从唯美主义的诱惑时,它仍然采用了唯美主义的否定策略——"在艺术的基础上组织新的实践"。本雅明早在 1929 年就看到巴黎超现实主义有把"诗歌人生"推向极致的趋势,同时提出超现实主义"在狂喜中寻找革命的能量"是一种"诗歌政治",对它能否把激进的自由体验与另一种革命体验联系起来颇为疑虑。沃林通过分析未来主义的艺术实践,明确提出早期先锋派的融合规划实际是一种审美规划,认为正是这样的审美规划使得一些先锋派具有了转瞬即逝的特征。在他看来,超现实主义久盛不衰的原因是,它自觉抛弃了现代主义的"美的幻觉",同时拒绝超越审美自主的界限,避免艺术落到"物中之物"的地步。在德贝尔雅克的解释中,早期先锋派将艺术融入生活的规划的失败被认为是资产阶级艺术自身发展逻辑所致。他认为,将艺术融入生活的先锋派规划,与现代主义坚持艺术与生活实践的完全分离一样,是另一种乌托邦理想。德贝尔雅克的理由是:早期先锋派企图融入其中的生活实践不是工具理性所控制的生活现实,而是由社会的、政治的和审美的实践所改变的、获得绝对自由的、新的社会空间。这个新的社会空间并不存在,它是个永远属于"未来"的社会理想。在德贝尔雅克看来,这也导致了先锋派的未来主义特征,对任何传统规范的质疑和颠覆倾向,同时造成早期先锋派和左倾政治实践的联盟以及这种联盟的短暂性的原因也就在于此。

事实上,比格尔也认为,早期先锋派的融合规划是不可能在资产阶级社会实现的,它从一开始就注定要失败,原因在于融合规划本身呈现为一种深刻的矛盾追求。他指出,对现实的批判性认识只有通过艺术与生活实践的分离才能获得,而艺术融入生活必然会导致艺术与现实之间距离的消解,艺术批判现实之能力的丧失。更进一步,在资产阶级社会,艺术与生活实践的分离是现代主义自主艺术的"专利",而艺术与现实的融合已经在文化产业中实现。在他看来,早期先锋派即便在晚近资本主义社会正在实现艺术与生活的融合,但那也只是虚假的融合——通俗文化和商品美学。在这一点上,比格尔继承了法兰克福学派所坚持的自主艺术对资产阶级社会具有批判功能的观点,在一定程度上仍然在与大众文化的对立中界定先锋派,以至于怀疑早期先锋派是否该摧毁自主艺术体制,艺术与生活的距离是否该消解。

但是,比格尔深刻地认识到,早期先锋派的融合规划虽然失败了,但它的失败也就是它的成功之处,这一规划对艺术领域产生了深远影响,不仅深刻地改变了艺术品的概念,而且更新了艺术体制。首先,在早期先锋派那里,艺术品不再是一种个体创造。杜桑选择了批量生产的现成物品,签上姓名(假名),送进展览会,此时不再有原创性的艺术品,艺术家也不再是天才。杜桑的"现物品"成为一种挑战宣言,是对艺术与生活相分离的自主观念的质疑。另外,先锋派还否定了个体接受的概念,达达派的诗歌集会所激起的骚动在本质上是集体的,超现实主义的自动写作文本具有"处方"的特征。它们不仅打破了艺术与生活的界限,而且模糊了作者和读者的区别。更进一步地说,这些概念在达达派和超现实主义的实践过程中失去了原有的意义,生产者和接受者不再存在,唯有把艺术当作改变生活工具的个体。

最重要的是,早期先锋派改变了有机统一艺术品概念,代之以非有机统一艺术品。比格尔认为,对于早期先锋派来说,非有机统一作品的形成和对艺术体制的攻击一样重要。在早期先锋派的作品中,各种不同的、毫不相关的现实碎片随意出现,这些碎片不再服从整体,也不是整体的必要因素,而是各自独立有效,这导致先锋派作品缺乏整体感,提供的意义常常指意义并不再存在。但作品对意义的拒绝导致震惊效果的产生,而震惊效果的目的是改变接受者的生活实践原则。在这一意义上,非有机统一作品也使得一种新的介入艺术成为可能。因为各个部分不再服从作品的整体,各自具有自身的有效性,所以作品政治意义的地位价值也发生变化,甚至各个部分的政治主题也不再服从整体作品,它和符号因素一样在审美方面具有自身的合法性。这样,"纯粹艺术"和"政治艺术"的界限被消除,政治和非政治的主题共存于一部作品中。比格尔认为,早期先锋派作品改变了艺术和现实的关系,现实穿透了作品,而作品也不再自绝于现实,用他自己的话说,早期先锋派摧毁艺术体制的期望在艺术品中实现了,对生活实践的革命成为对艺术自身的革命。

比格尔进而指出,资产阶级艺术是以艺术体制和个体艺术品之间的张力为基础的,早期先锋派的努力遭到了资产阶级艺术体制的抵制。杜桑的"现成物"最终进入了展览会和博物馆,成为自主的艺术品,这也就失去了反艺术的特征。换言之,先锋派还是被体制化了,它所发明的种种反艺术手段被用于艺术目标的实现,且获得了自主艺术的地位。依照比格尔的看法,尽管早期先锋派摧毁艺术体制的企图失败了,但它有力地揭示了艺术自主体制的问题,这就使得艺术体制及其对个体作品的影响变得清晰可辨。比格尔正是在这一点上超越了哈贝马斯,深刻地解释了先锋派对艺术体制攻击的历史和认知意义。

另一方面,比格尔认为,尽管早期先锋派无法摧毁艺术体制,但它们确实摧毁了既定流派宣布自己具有普遍有效性的可能,各种风格流派共存一域,艺术进入了后先锋(post avantgarde)的阶段。在这一阶段,艺术体制本身得到不断的更新、扩大,先锋派独占鳌头的景象成为大势所趋。贝尔认为,今天的先锋派已经取得全面胜利,"它在引导社会变革方面至高无上的地位亦获得了肯定的承认",自主文化开始转入生活领域,"后现代主义趋势要求以前在艺术狂想中已经耗尽的东西必须在生活中加以实现。艺术和生活没有区别。艺术所允许的事生活也会允许"。这样说来,早期先锋派艺术融入生活的规划比起比格尔所想象的要成功得多;艺术对社会的革新作用并非像比格尔所说的那样无效。如果联系当今后现代主义的"日常生活审美化"来考虑,艺术正成为"生活实践的组织原则"。简而言之,后现代主义正是扩展了杜桑的策略——沃霍尔彻底改变了现代艺术的边界,从而导致了艺术与生活界限的消解。菲德勒的口号从一个侧面点出了比格尔关于先锋派导向与后现代的复杂关系——"跨越边界,填平鸿沟"。

●原文刊载于《求是学刊》2006 年第 1 期。
●周韵,南京大学中文系博士生。

现代性视野中的艺术体制与艺术家

殷曼楟

一、艺术家身份的社会性

实际上,在现代艺术史上,艺术家身份的获得以及对艺术家地位的价值判断一直就与艺术所赖以存在的特定体制环境直接联系着。在这一问题上,波普艺术家沃霍尔的表述则更加直白,"你需要依靠一个优秀的画廊,如此'统治阶层'的人才会注意你,散布对你未来事业充满信心的议论,这样收藏者才会买你的作品,或 500 美元或 5000 美元。不管你是怎样优秀,如果开始就走错了,你的名字就会消失"①。可见,艺术品本身的美学属性并非是影响现代艺术家身份的唯一因素,它或许也不是决定性因素。相较而言,艺术体制,特别是在艺术体制中占据着重要的中介作用的艺术机构,如博物馆、画廊、艺术评论等,对艺术家身份的建构有着更为直接的影响。如果考虑到这一事实,我们对当代美学发展中出现的那一新思路——即抛开对艺术品本身美学属性的争论,选择从艺术体制、艺术界的角度来考察艺术的观点,就不能漠然视之。无疑,这一新的视角对于我们重新思考艺术家身份的问题是极为有益的。

1964 年和 1969 年,分析美学家丹托和迪基分别发表了文章《艺术界》和《何为艺术》,将"艺术界"(或称"艺术体制")这一概念正式引入了美学中,这就是在西方美学发展中产生了巨大影响的"艺术界理论",或又称之为"艺术的体制理论"。"把某物看作是艺术需要某种眼睛无法看到的东西——一种艺术理论的氛围,一种艺术史知识:这就是艺术界。"艺

---

① (美)沃霍尔:《沃霍尔论艺术》,人民美术出版社 2002 年版,第 111 页。

术品身份是由"代表某种社会制度(即艺术世界)的一个人或一些人授予它具有欣赏对象资格的地位"。艺术品资格的获得取决于其所处的艺术体制,是由艺术体制代理人——艺术家等——所赋予的,那么推而论之,艺术家身份的获得也是直接地取决于他所处的那一艺术体制。

这一看法貌似突兀,但却符合现代艺术史发展的实际状况。从系谱学上看,"艺术家"其实是一个现代概念,它是现代艺术体制的重要成果。在古希腊时代,并没有总体上的"艺术家"概念,当时的社会是根据作品所采用的媒介来指称其制造者的,如雕塑家、画家、歌手、诗人等等。这一情况直到16世纪才有所改变。据法国埃尼施的研究来看,自文艺复兴开始,为了提升自身的社会地位,那些"艺术家"通过将自己与其他的工匠相互区分,通过摆脱行会体系的控制,凝聚了最初的艺术"精英"——"艺术家"。在各种提高艺术家集体地位的策略中,尤以建立艺术机构这一策略最为有效,如成立美术学院和沙龙等。学院体系截然不同于传统的行会体系:其一,它选择的是道德优良且在行业内产生了杰出效应的人;其二,它以才华为标准;其三,学院直接依附于皇权,从国家获得经济和社会地位上的支持,因此它不再受制于行业利益;其四,学院体系以普及美术教育为目的,因而建立起一种更为规范化和理论化的模式。最后的这一点对于我们现在的艺术、美学发展,对于艺术家的自立都相当重要,它促成了内部专家之间的自主评判体系的形成,其最直接的成果就是"艺术评论"这一新形式的出现。由学院体系所派生出的沙龙作为专家内部彼此展示作品、进行纯粹艺术评论的重要场所,最终"造就出了一大批有艺术教养而又有威望的艺术家"。这一群人也正是哈贝马斯在讨论文学公共领域中所提到的"有教养的中间阶层"。总而言之,正是在当时的历史条件下,艺术界逐渐形成了自身的体制环境,并建构出"艺术家"这一社会身份。

因此,对于"艺术家",我们可以从两个角度加以理解。其一,正是那一特定的体制环境,构成了"艺术家"区别于一般工匠的、具有强大社会威望的这一社会身份,换而言之,"艺术家"也是一种社会等级,他使自身高于常人,并赋予自身某些特权,如他们有权以一种放荡不羁的方式生活、有权蔑视权威等等。其二,在建构"艺术家"这一特定社会身份的过程中,艺术体制在"艺术家"身上赋予了许多想象的成分,如艺术家具有凡人不可企及的天赋,他是超越了世俗经济和政治束缚的英雄,是无目的的、"为艺术而艺术"理念的贯彻者,等等。这一理想范型的树立,是通过将一系列的标准体制化实现的:如不再采取手工作坊生产模式中的评价标准,而是采用了一种非量化的指标;不像普通的专业领域那样强调制造者的专业技能,而是强调艺术家的创造天赋和个性特征(这典型地体现在艺术家大多否认或淡化学院训练在自己的艺术创作中所起的作用);重视延时性的成功,即历史评价中对某个艺术家及其作品价值的认可,而不是短期内社会的认可;提倡布尔迪厄所谓的"失败者获胜"(loser wins)标准,即艺术体制中的艺术家等人虽然在经济上是失败的,但是却在艺术场中占据了一定的位置,并获得了相应的权力;以及追求艺术的陌生化,艺术家不再追求一般受众的理解,而是以常人的看不懂为荣(这是许多先锋派艺术家的创作目标)。可以说,"艺术家"正是通过这些想象确立并巩固其社会地位的。

由上所述,艺术家身份的获得从一开始便带有浓厚的体制色彩。正是在这种体制环境中,艺术品本身的美学属性逐渐淡出了艺术体制的评判体系,尽管从形式上看,艺术家的价值仍然是因为其创造性和艺术技巧体现在其作品身上,而被人们所体会和承认。但是,在这一信仰的背后,却隐藏着体制化的艺术界中,围绕着各种形式的艺术机构所形成的"圈子"在赋予某人以艺术家身份中的决定性作用。简而言之,在很大程度上,我们对"某艺术家"的看法,是被这些评判体系告知的,而不是我们在欣赏其作品时看到的。

二、体制中的艺术家主体

艺术体制视角的引入为我们理解"艺术家"开启了另一条思路。"艺术家"身份与其他种种社会角色一样都是被社会建构而成的,某人是否能成为"艺术家"、他在艺术史上具有多大的价值,这都受制于他所处的那一客观的、遵循一定规范而运转的社会结构。这无疑沉重地打击了我们的"天才艺术家"的既定思维模式。然而当光芒消逝时,我们该如何看待艺术家在社会历史中的地位与价值?从艺术体制角度看待艺术家的一个重要危险是,它极有可能忽视艺术家主体能动性的那一面,从而否定艺术史中的许多艺术家身上都曾体现出的创造性和反抗性。这其实也就是关系到艺术体制中,我们对艺术家主体性与客观体制结构之间关系的理解。

如何正确看待艺术体制的客观结构与艺术家主体性之间的关系? 如果单纯地只看到体制控制艺术家的那一方面,或是仅仅只强调艺术家天马行空的自由,这都是一种片面的看法。对此,吉登斯的结构二重性原理应该可以给予我们很好的启发:结构二重性理论主张以一种辩证的方式看待社会结构与人类行为之间的关系,人类的能动作用造就了结构,而结构反之对人类的行为有约束性,换而言之,人类的行为虽然会受到结构的控制,但他也可以在其间自由行动,并实现对结构的改造和再生产。在这一理论中,最值得重视的是吉登斯对主体行为特征的认识:主体的行为即使会受到结构的约束,却仍有可能实现一种实践的自由,即以反思性为特征的行为①。如果从吉登斯的观点来看艺术体制,艺术体制就有着吉登斯所说的"结构"性特征,它并不外在于艺术家,而是内在于艺术家的创作活动和欣赏者的审美实践中。波兰社会学家什托姆普卡以"文化二重性"来指代包括了艺术在内的所有文化的这一特征。在他看来,文化一方面为主体的行动提供了"确立目标的价值,规定方法的规范,用意义装备的符号,表达认知内容的编码,理顺各部分的框架,提供连续性和次序的仪式,等等"。另一方面,主体的行动也"创造性地塑造和再塑造文化;文化不是上帝创造的不变之物,而应该被看成是以前的个体行动和集体行动的不断积累的产物或保留下来的沉淀物"②。艺术体制的特点则在于,这种"个体行动和集体行动的积累"更发挥了重要的作用,艺术活动由于极大限度地凝聚着艺术家的主体性和个性特征,从而进一步强化了体制的客观结构与艺术家能动性之间的张力。

对于艺术体制的这一特性,我们可以通过埃尼斯的"使命体制"有所了解。"使命体制"是一个与"职业体制"相对应的概念。艺术体制的这种二重性,就是由其"职业体制"与"使命体制"之间的相互对抗,而又相互依存、相互渗透的持续性的张力构成的。属于现实层面的、形式上较为严格的"职业体制"是一种正式的认可机制,它最初诞生于学院体系中,而随着市场制和后市场制阶段艺术市场的成熟,它又包含进了艺术市场体系的相关机制。"使命体制"相对来说则是指艺术家及其他艺术体制

---

① (英)吉登斯:《社会的构成》,三联书店 1998 年版,第 61~62 页。

② (波兰)什托姆普卡:《信任——一种社会学理论》,中华书局 2005 年版,第 4~5 页。

求/是/文/艺 《求是学刊》发刊200期

中知识分子的精神层面,反映了一种出现于正式体制边缘的新观念,它联系着灵感、天才等这一系列观念。当然,如果仅是简单地对艺术体制作这种二元划分,我们也无法很好地体会到艺术体制的这一内在张力为艺术家身份所带来的复杂性。我们必须注意的是,"使命体制"并不同于一般意义上的"使命感",当一种精神层面的因素逐渐演化而具有"体制性"时,它亦构成了"职业体制"的一个要素,即成为了艺术体制的具有约束力的客观结构的一个组成部分。这也就是布尔迪厄所说的"颠倒的原则",即在艺术体制中,一般性的主导原则,即经济原则和政治原则,被艺术的自主性原则所取代。对其自主性原则的信仰使艺术活动不同于一般性的文化生产活动,它的生产不再是为了大众的需要,而是针对同为艺术领域内的艺术家、美学家,因此它拒绝商品化、否定经济因素的控制。"颠倒的原则"的出现,意味在艺术体制中,艺术家个人的主体性已经渗入到了客观结构中,并在"体制化"的过程中,逐步地被合法化和客观化,成为人们意识深处的记忆或者说是信仰。因而,艺术体制是在学院体系和艺术市场体系的基础上,结合艺术家的主体性体制化所形成的一种客观结构,这一特征使艺术体制成为一个更为松散的社会结构。它极大地张扬了主体的能动性,并在此基础上建立了艺术体制独特的等级秩序——文化等级分层,和独特的原则——以否定为目的的原则。这就为艺术家的自我反思提供了体制性的基础。

三、艺术家与艺术体制的关系

上文中,我们对艺术体制二重性认识,以及对体制中的艺术家的主体性的认识,都要求我们重新梳理艺术家与艺术体制之间的关系。对于这一问题,布尔迪厄提供了逻辑上的基础。他在论及将知识分子作为"统治阶级中的被统治者"的身份时,已经切入了艺术家与艺术体制之间的这种张力:

在一个极端,存在着专家或技术人员的作用,他们为统治者提供象征性服务……在另一极端,则存在着自由的、具有批判意识的思想家,他们赢得了反对统治者的角色,他们是一些运用自己独特资本的知识分子,这些资本是他们依据自主性的力量而赢得的,并得到文化生产场的自主性

的庇护……①

布尔迪厄对两种极端形态的知识分子的论述对于我们的讨论有着很大的启发性,他揭示出了在两种极端情况之下,艺术体制内部两大力量之间的权力关系。

而另一位美国社会学家贝克也通过对艺术家的具体形态的划分,为我们的讨论提供了实例。他根据艺术家主体与艺术体制之间的亲疏远近,区分出四类"艺术家":专家、民间艺术家、叛逆者、无专业经验的艺术家,四类艺术家的身份是流动性的,这尤其体现在专家、叛逆者与艺术体制之间的关系中——今日的叛逆者极有可能就是明日的专家。这使得"艺术家"一词成为一个折射出多棱关系的术语。

参照布尔迪厄和贝克的上述见解,我们可以考虑将艺术家主体与艺术体制之间的关系划分为三种理想模型:

在艺术家与艺术体制的第一种关系模型中,艺术家主体性权威在艺术场中占据绝对优势,他们身上所突显出的创造性、个体主体性以及对"艺术"和"美"的无利害的追求都将这一群人塑造成了一个大写的"人"。历史地看,这其实是艺术体制自身合法化进程中的一种必然要求,艺术界要独立于其他社会领域的控制(如政治原则与宗教原则的控制),要制订自身的合法化准则(如艺术自主性原则),并赋予这些原则以意义与价值。这一切都依赖于艺术家及其他一些知识分子(如美学家、艺术批评家、艺术史学家)为其立言立法,鲍曼将这一特定类型的知识分子称为"立法者"。

艺术家与艺术体制之间的第二种关系模型则恰恰反映了相反的情况。艺术家并不可能一直都充当艺术界中"立法者"的角色,艺术家权威与艺术体制权威之间关系的微妙之处在于,一旦艺术家为艺术体制的合法化提供了基础,一旦他促成了体制化的实现,即艺术体制形成了"自我推动、自我维持、自我分裂、自我决定和自给自足的专家知识机制"②,艺术体制也就确立了它自身的权威性。而当这一体制化进程到达其顶峰时,它不但不再需要艺术家权威的支持,相反,艺术家主体的权威已经形

---

① (法)布尔迪厄:《文化资本与社会炼金术——布尔迪厄访谈录》,上海人民出版社 1997 年版,第 86 页。

② (德)比格尔:《先锋派理论》,商务印书馆 2002 年版,第 88 页。

成了对这一进程的威胁。在这一阶段,对艺术体制而言,自主的、特立独行的艺术家已经成了相对异己的力量。因此,艺术家权威与艺术体制权威之间不再是合谋的关系,由艺术家一手扶植起来的艺术体制正试图将艺术家吸纳进自己的系统中,并对其进行控制和规范。在这一情况下,艺术家或是被同化为体制的一部分,或是被排除于艺术体制之外,这无疑导致了艺术家权威在艺术体制中的失落。

当然,上述艺术家与艺术体制之间的关系,其实只是艺术体制内这两种力量对比处于极端状态时的现象。在多数的情况下,艺术家固然不可能是"上帝",他的行为必然会受到艺术体制中各种因素的限制;但是,他也不会是艺术体制控制之下被动的承受者。可以说,这正是以"使命体制"为基础所建立的艺术体制逻辑的必然产物。在这个行动者的主体性被极大张扬、甚至被体制化的社会领域里,它早已承认了主体对体制自身反抗和否定的合法性。这使得艺术家的艺术实践不断地以反思性反抗社会结构的控制,反抗体制本身权威的形式出现。因此,艺术体制的"进步"带来的是体制的总体利益与行动者的局部利益之间差异化进程的加剧,它造成了艺术体制的总体性权威与艺术家主体的权威之间的断裂。艺术家一方面固然需要通过遵循一定的原则来获得自身身份的合法性和个体的权威,另一方面却又在不断地否定和对抗中改造和重构着艺术体制本身。

可见,艺术家主体与艺术体制之间的关系是在相互对抗而又彼此合谋的状况中实现的一种动态平衡。艺术家总是在艺术体制的控制与自身的反控制要求中游移。这一认识无疑将进一步激发艺术家的自我批判精神。华康德在评价布尔迪厄的理论时,认为其理论的特色之一就是凸现出了对社会无意识和学术无意识的反思,从而我们可以发现这种"无意识"背后所携带的蒙蔽性和控制力。在这一方面,比格尔所指出的先锋派的历史意义也传达出相同的意味,"随着历史上的先锋派运动,艺术作为社会的子系统进入了自我批判阶段"。即历史上的先锋派所反对的正是孕育出它的那一艺术体制本身。就此而言,拉什(Scott Lash)将这种自我批判方式归纳为一种"自我监控"的方式,的确相当精到。

综上所述,我们无论是将"艺术家"视为"天才"的做法,还是将其视为被体制所控制的专家的做法,都具有一定的偏颇性。艺术体制的二重性决定了无论是艺术家的"天才"身份、还是"专家"身份,都只与特定社会—历史情境相联系。因此,我们既不需要追悼"天才"的逝去,也无需恐惧于"专家"的沦落。艺术家与艺术体制之间的关系其实相当复杂,艺术体制发展过程中所出现的上述三种关系,体现出反思性的艺术家与艺术体制之间持续的互动关系。正是这种艺术家与艺术体制之间的动态平衡构成了艺术体制不断自我变革的动力。

● 原文刊载于《求是学刊》2006 年第 1 期。
● 殷曼楟,南京大学哲学系副教授,文学博士。

都市文化学与中国文学研究（笔谈）

● 本专题特约主持人：上海师范大学博士生导师刘士林教授

●主持人话语：在经济全球化的背景下，依托于规模巨大的人口与空间、先进的生产能力及富可敌国的经济总量、发达的现代交通网络与信息服务系统而形成的都市社会正在成为当代人生存与发展的重要背景。我把"城市化进程"的当代形态称为"都市化进程"。在这个进程中，不是普通的"城镇化"或"城市化"，而是以建设"国际化大都市"或"世界级都市群"为发展目标的"都市化进程"，才构成了当代人类生存与发展最重要与最直接的现实世界。另一方面，"都市化"进程不仅在范围上跨越了民族—国家的边界，超出了一般的经济社会发展领域，也深刻地影响到精神生产、文化消费乃至于审美趣味等方面。在都市化进程中产生的各种文化与精神问题，不仅直接促使了人类传统生活方式与价值观念等方面的转型，同时也为当代中国文学学科提供了一个重要的研究对象与领域。

都市文学艺术与审美文化是都市文化生产与消费过程最直接、最重要的感性表现形态。与传统的模式与形态相比，当代都市文学与审美文化在审美经验、审美趣味、生产技术、消费模式、价值判断、人文理想等方面表现出非常多的新特点。对都市社会中产生的新文学样式、艺术类型、审美思潮等进行深入解读与理性阐释，既可以帮助当代人更好地理解他们的生活现实与内心世界，也可以为他们如何摆脱自身在都市社会中的异化提供重要的人文精神资源。需要特别提示的是，由于传统文学观念与理论体系主要是农业文明和现代工业社会的产物，其固有的概念、范畴、方法与理论体系已无法胜任解释与批判当代都市文学与审美文化的理论任务。在这个意义上,对当代都市文学与审美文化经验的关注与研究,不仅有助于推动传统美学、文艺理论等人文学术的学科更新与系统升级,同时也可以使"文学是人学"这个光辉理念更好地展示其时代意义。

与西方的相关研究主要隶属于社会学、人类学、地理学不同,中国都市文化研究在学术渊源上与中国文学学科有密切的关联。以西方的城市社会学与中国文学为双重资源进行都市文化学术研究与理论建设,可以为当代人提供一种具有人文理性内涵的方法、观念、理论与解释框架,用来整理他们在都市空间中混乱的内在生命体验与杂乱的外在社会经验,帮助他们在生命主体与都市社会之间建立真实的社会关系与现实联系,以及在真实的生活世界中去探索实现生命自由与本质力量的道路。这是我们推出这组笔谈的初衷,希望得到各位专家、学者的赐教与指正。

学科渊源与学术谱系

刘士林

　　都市文化学是在以"国际化大都市"与"世界级都市群"为中心的都市化进程中,通过人文学科(其核心是中国文学)与社会科学(其核心是城市社会学)的交叉建构、理论研究与实践需要的紧密结合而形成的一门世界性前沿学科。

　　都市文化研究在中国的发生,不仅有都市化进程这个重要的全球化背景,同时也有其自身独特的学科渊源与学术谱系,这是我们应予关注的一个重要方面。在某种意义上讲,当下都市文化研究与批评在理论基础上的薄弱以及在话语谱系上的杂乱,与中国本土社会学的学术范式与学科建设有重要关联。由于城市化水平低等现实原因,以费孝通先生的中国本土社会学理论与方法为代表,中国本土社会学的研究重心一直落在乡村与小城镇上。这是人们在解释中国城市化进程与当代都市现实时,既缺乏充足的理论资源(如西方都市群理论的译介就相当不足),又缺乏必要的价值支撑(如当下经常听到的"在中国,研究什么都市文化")的根本原因。但由于"城市化进程的飞速发展、大城市与都市群的风起云涌、人力资本与社会资源向都市空间的高度集中、都市群自身进入良性发展态势、辐射与带动力的提升,以及十一五规划的政策导向"等原因,中国各地已不同程度地融入席卷全球的都市化进程中,这是都市社会与文化研究在当下迅速升温并持续走强的根源。

　　目前与都市文化相关的研究,在中国主要有两大话语谱系:一是以经济学、社会学、地理学为核心的社会科学研究。这是由于受到西方都市群理论影响而在社会科学研究中开辟出的新方向。其好的一面是使都市文化的重要性开始进入中国社会科学的学术视野,而其问题则在于主要集中在经济社会发展、城市空间等方面,对其文化结构与人文精神层面基本上没有触及到。即使偶然有人注意到文化要素,但局限于社会科学的实证本性,一般也仅停留在文化产业、文化创意等实用与商业层面,对都市文化深层的价值结构基本上束之高阁。二是以大众文化、审美文化、文化批评为主流的人文学科研究。与前者不同,人文学科的主要精力集中在影视、广告、网络、流行文化与时尚等"都市审美外观"或"都市文化幻像"上。由于缺乏必要的、切入"都市社会现实"的城市社会学与政治经济学等理论与方法,它们往往割裂了都市的"审美文化外观"与产生它的"经济社会基础"的内在联系,只能抽象地炮制一堆又一堆的"泡沫"与"幻像",所以也根本不可能指望它们去完成"解释都市现实"乃至"批判都市存在"的理论与思想任务。进一步说,它们只是一种关于都市的"时尚化了的通俗知识生产机制",与一门严格的人文学科的学理标准与学科形态并无太大的关系。对于都市文化学科建设而言,关键在于如何在两者——以经济学、社会学、地理学为核心的社会科学研究与以大众文化、审美文化、文化批评为主流的人文学科研究——之间找到一座桥梁,打通社会科学与人文学科在分类框架与学术传统上存在的各种障碍。从中国当代人文学科与社会科学的实际状况看,中国文学学科中的文艺学、美学等,最适合做"社会科学"与"人文学科"之间的桥梁。

从原理框架的角度看,首先,中国文艺学从一开始就不是关于文艺原理与知识生产的"纯粹学术研究",它的一个具有基础本体论性质的命题即"文学是人学",并直接混淆了"文学"与"人学"在本体存在、知识谱系与学科形态上的巨大差异。以是之故,在文艺学近百年的学科建设与学术研究中,与"文学"关系最密切的形式、审美、文学语言、文本结构等纯粹学术问题始终是边缘化的,相反却是作为"人学"在文学艺术领域中直接表现的阶级性、社会性、意识形态、生产与消费等"外部研究"一直是主流。这种文艺学学科形态与学术传统,给中国文艺学赋予了相当浓郁的社会科学的属性与功能。由此带来的一个直接影响是,在文艺学与经济学、社会学之间并没有过于森严的学科壁垒,如在"文学是人学"这一基本命题中,"文学"的"文"在一定意义上已衍变为"都市文学"或"都市文化",而"人学"的"人"也在城市化进程中摇身变为与传统生命主体很不相同的"都市人",从中推论出"都市文化学是研究都市人的学问",是不存在任何学理问题的。其次,从美学学科的原型结构上看,在康德哲学体系中,审美(判断力)一直是被看作"知识"(纯粹理性)与"伦理"(实践理性)的桥梁。引申一下,如果说"纯粹理性"是一切社会科学最必要的主体条件,"实践理性"是一切人文学科最深刻的价值基础,就不难推出:以"判断力"为学术对象与逻辑起点的美学研究——它一方面与认识论框架中的概念、逻辑等有联系,另一方面又与伦理学领域中的欲求、价值等相牵连——正是关注价值问题建构的人文学科与注重经验事实阐释的社会科学之间最具合法性的中介与桥梁。以文艺学、美学为理论中介,在都市文化的学理架构中实现人文学科与社会科学的学科交叉建设,在充分保留前者的"人文价值"与后者的"科学精神"的基础上实现两者的互动,促进科学性、人文性、审美性三者的良性循环与学术互动,就完全可以催生出一门以当代国际化大都市及其文化模式为研究对象的具有重要理论价值与现实意义的人文社会科学来。这既可以直接满足当代人认识、阐释、批判都市文化的现实需要,同时也是文艺学、美学介入都市文化研究领域的合法性根据所在。

从经验研究的角度看,中国文艺学、美学与都市文化研究的学科"亲缘性"具有深厚的经验基础。在学理背景上,中国都市文化研究与西方有很大不同,西方都市文化研究主要隶属于社会学、人类学、地理学等学科。在中国,尽管在学科分类上都市文化学应纳入社会学之下的文化社会学或地理学之下的城市地理等,但由于中国学术研究与学科建设的特殊性,从一开始它就与中国文学、特别是其中的文学批评、文艺学、美学等结下不解之缘。一些西方的社会学、区域规划学者,之所以对中国文学学者研究都市文化想不通,原因也在这里。都市文化研究与中国文学的学科渊源,可以追溯到当代中国文学研究中的"文化研究"思潮。始于 20 世纪 70 年代末中国社会的改革开放是中国文学从"文学研究"分化出"文化研究"的直接原因。中国文学研究的"文化学转向",具体表现在三个方面:首先,它可以追溯到 20 世纪 80 年代中期文学创作中的"寻根"文学,对后者的阐释与评论直接导致了文学批评向文化批评的话语转型。文化批评更关注的是文学文本背后与外部的东西,如政治、经济、文化传统、人种与民族、深层心理结构、性本能等,它们极大地拓展了文学批评的理论思维空间与文本解读的可能性。其次,在西方文化研究理论的观念与话语引导下,文艺学、美学研究者不再满足于做基本理论与纯粹学术的研究,他们将文艺学、美学的基本理论运用于迅速发展变化着的现实生活,于是,非文本的影视网络、非文学的大众文化、非艺术的审美文化、非学理的文化消费与文化娱乐、非书斋的日常生活与超级市场,以及与经济学密切相关的文化产业、旅游文化等,或大摇大摆,或暗渡陈仓地成为文艺学、美学的研究对象。再次,它还具体体现在古典文学学科的"文化人类学"研究这一新方向上。作为中国文学研究的一个大本营,古典文学研究一向以老成持重、传承有序乃至相对保守为其基本特色。但受"文化学转向"的直接影响,这棵老树也开出了新花。如当代文学人类学派在"中国文化的人类学破译"的总名目下,对许多重要的中国元典进行了全新的阐释与评估。尽管这其中存在着不少问题,但在打破古典文学相对封闭的学术框架、丰富主体的学术观念与研究的技术手段等方面,公允地说,文学人类学是作出了很大贡献的。总之,中国文学在基本理论、古代文学与现当代文学中出现的"文化研究"方向,在促使文学研究转型、丰富研究内涵的同时,也悄悄地为都市文化研究的崛起提供了前提。

其实,受"文化学转向"这一学术思潮的总体影响,文学的"文化研究"并不局限在上述三门二级学科,其他如当代文学对"都市文学题材"的重视,现代文学对海派、京派文学的热忱,比较文学与世界文学界对上海与巴黎或其他国际化大都市的文学(文化)比较研究等,尽管道术各有不同,但殊途同归于都市文化本身,这也是应予以关注与思考的。进入21世纪以来,中国的现代化进程与城市发展更为紧密地联系在一起。随着对城市发展水平要求的不断提高,一般的城镇化与城市化开始淡出,而各种区域性中心城市、国际化大都市甚至是建设世界级都市群,开始成为中国现代化与经济社会发展的核心目标。在都市的新天地中,生存的"物质条件"与"精神环境"的巨变,直接推动了人们在思维方式、价值观念、行为方式、精神趣味等方面的变化。它们急切地呼唤与寻觅着一种可以认识与把握现实世界的"文化理论"与"解释框架"。但另一方面,都市文化研究本身在基本理论与学科体系上却是一片空白,无论是过于偏重"乡土中国"的本土社会学,还是在现代西方美学影响下过于关注文学文本的当代文论研究,都不可能承担起阐释与批判都市化进程的思想与理论任务。正是巨大现实需要与理论研究空白的现实处境,为在"文化研究"中已获得一定研究经验与方法工具的中国文学,率先介入都市文化研究这个新学科提供了社会条件与学理契机,因为这在逻辑上需要做的仅是把研究对象从"文化"进一步确定为"都市文化"。以文艺学、美学为例,一方面,它们在新时期以来一直是最富有现实感与人文精神的知识体系,对中国社会的现实与文化问题十分关注,并形成了一种开放型的学科框架;另一方面,近年来中国社会迅速的"城市化进程"及其新生的都市生活方式,则在审美经验、艺术生产、文化消费等方面提供了大量的感性材料与研究对象,为文艺学、美学介入不同于传统乡村或中小城市的"都市文化"提供了现实可能。由此可以得出,与西方的城市(都市)研究主要发生于社会学、人类学、地理学等不同,中国都市文化研究的学术渊源正在中国文学学科的当代形态之中。这既是中国当代都市文化研究与西方的一个重要区别,也是建设有中国特色的都市文化基本理论与科学体系的经验基础,同时还可以为世界范围内的都市文化研究与建设提供一种具有中国话语特色的理论形态与解释框架。

从文学学科背景出发去研究都市文化,只是晚近十年间才发生的学术事件,因而,现在从学术史的角度做任何评价都为时尚早。但有一点需要说明的是,这与西方城市社会学的历史与逻辑进程是相呼应的。与一些人对"中国都市文化本土话语"冷淡与轻视不同,在西方城市社会学的内在理路与历史变迁上,恰好可以发现一条"从实证走向人文"的思想进程。大体说来,这个内在进程主要经历了道德、科学与人文三环节,早期城市社会学研究的道德价值比较浓郁,如社区研究主要关注的是"与贫民有关的社会问题",其后则"转向以理论为基础的科学分析"[1],使城市社会学获得了更为严密的科学形态。但另一方面,实证哲学家孔德早就认为"社会学是一门人文科学",特别是二次世界大战以来,反对"社会学……以自然科学为其样板"[2]更是成为社会学的主流。这在某种意义上已经为人文学科介入城市研究提供了逻辑上的通道。进一步说,以"都市化"为典范形态的当代城市化进程,其范围不仅早已超出了经济社会与一般文化领域,同时也更多地与审美、文化消费、人的感性生存与精神生态等联系在一起。而解决这些问题也基本上不是传统社会学的长项。正

---

① 康少邦等编译:《城市社会学》,浙江人民出版社1986年版,第125页。

② (澳)马尔科姆·沃斯特:《现代社会学理论》,华夏出版社2000年版,第373页。

是由于社会学的理论转型与都市化进程的现实需要,为主要来源于文学学科的中国都市文化研究提供了巨大的学术研究与现实生长空间。就当代中国都市文化研究而言,尽管其缺点是研究主体缺乏社会学与人类学的专业训练,但其优点则是具有强烈的人文精神,这恰好可以弥补西方城市社会学的结构性缺陷。在这个意义上,有理由相信,以西方城市社会学与中国文艺学美学为双重资源进行都市文化基本理论与学科建设,可以为当代人认识他们在都市中的存在、把握他们生活的都市现实世界提供一种科学的思想武器。

●原文刊载于《求是学刊》2007 年第 3 期。

●刘士林,上海师范大学人文与传播学院教授,博士生导师。

都市文学：都市文化语境中的文学变革

钱文亮

在对大自然漫长的适应、改造过程中，城市是人类脱离原始蒙昧状态、进入文明历史的最重要空间标志；而文学与城市的兴起几乎如影随形，文学伴随着文明进程的每一步，及时反映、表现着人类不断更新和丰富的经验、感受与情感，城市的发展反过来又会促进文学的变革。

在世界各地区早期的文学中，都有关于城市的描述与想象。在中国，无论是先秦时期《尚书》对夏商周三代都城迁移和兴建情况的如实记载，《诗经·大雅》对周天子兴建丰、镐两城和东都洛邑过程的直接记述，还是汉代《两都赋》、《二京赋》、《三都赋》等以城市为题材的京都赋佳作的层见叠出，都证明了中国城市与文学的关系源远流长。不过，城市在早期中国文学中并不具有主体性。早期中国文学对城市的描写，或者是为了"润色鸿业"、歌功颂德，最终落实到政治与道德的讽喻上；或者是士大夫文人借城市兴废抚今追昔，寄托或抒发作者的个人情怀和政治抱负。直到唐代城市工商业发达起来之后，才终于出现唐传奇这种适应市民阶层文化生活、流露市民生活情调的新的文学体裁，并在宋元时期发展为以市井人民为主要听众的"话本"——白话小说，成为中国小说的主流。

作为一个重要的文学研究视角，"城市"为人们带来了崭新的视野。但国内近些年在对"都市文学"或"城市文学"概念的理解和使用上，同时也存在模棱两可、过于含混的问题。实际上，按照社会学和人类学等学科的观点，人们泛泛而谈的"城市"，严格地说，是"城市聚落"。虽然在地球上，人类从小自然村（hamlet）、村庄（village）、镇（town），到城市（city）、大都市（metropolis）、大都市区（metropolitan Area）、城市群（conurbation）和城市带或城市连绵区（megalopolis），营建过形态各异、规模不等的大小聚落,但根据基本职能和结构特点以及所处地域的差别,聚落在根本上可分为农村聚落和城市聚落这两种基本类型。而城市聚落因为历史发展阶段的不同又存在着不同的类型,比如,城市在前现代/农耕文明阶段便已存在,大都市却是工业化阶段人口和资本大规模聚集的产物,而大都市区、城市群和城市带的出现则更是 20 世纪 50 年代之后,人类进入后工业化阶段、信息社会之后的事情①。

城市聚落既然如此,"城市文学"的概念也需要进一步清理。首先,"城市文学"属于狭义的文学史概念,特指中世纪西方产生的一种与骑士文学相对立的市民创作。其次,"城市文学"是现代城市/工业文明的共生物。因为城市化运动的发生以至于普遍化,正始于资本主义的兴起及工业革命的加速。在以城市与第二产业为主导的现代文明阶段,城市成为现代历史的主体,这样才会有现代意义上的城市文学。而由于中国特殊的城市化历史,加之各地城市化的水平和程度不平衡,迄今为止,这一定义上的"城市文学"概念仍然具有相当普遍的适用性。不过,也正是因为这一点,考虑到城市化运动一开始就表现出都市化的特点,即使在现代工业文明阶段,真正对文学产生重大影响的,也只有那些国际性的大都市——例证是巴黎、上海、纽约与近现代文学的特殊关系,我们有理由将"城市文学"置换为"都市文学",将工业革命和城市化运动以后,以国际性大都市为写作背景、审美对象和想象范围的文学定义为"都市文学"。

"都市文学"的出现离不开现代大都市的崛起和都市意识、都市文化的发生。因为工业革命所引起的社会生产力惊人的飞跃,人口与资本向着城市大规模转移与聚集,城市的数量、规模、形态与功能因此而发生前所未有的变化。现代大都市很快取代乡村、城市而成为人类思想文化活动的起点与中心,文学想象的来源和焦点。现代都市的存在也极大地改变了文学的性质、功能及其形式,影响到文学生产、传播和消费流程的方方面面。自 19 世纪开始到现在,无论是浪漫主义、现实主义和自然主义文学,还是现代主义文学,无不受到现代都市的重大影响。尤其是现代派文学,几乎就是都市文学的代名词。

工业革命和城市化运动在使人类拥有强大的控制自然的能力的同

---

① 参见陈立旭《都市文化与都市精神》,东南大学出版社 2002 年版,第 10～11 页。

求是文荟 QWSD 《求是学刊》发刊200期

时,也打破了人与自然乃至人与人之间的和谐状态。在大都市,人的欲望无限膨胀,资本的贪婪无情地摧毁农耕时代自足宁静的田园生活,导致贫富分化、道德沦丧、精神堕落等一系列社会和心理问题。因此,在以雨果、巴尔扎克、左拉、狄更斯等为代表的作家笔下,作为工业文明象征的都市就往往呈现其负面价值。与前现代文明阶段文学对"城市"的审美和乐观不同,现代意义上的城市文学——"都市文学",正是从对资本罪恶、拜金主义、道德堕落与非人性的物化等都市社会问题的"审丑"开始的。到了20世纪卡夫卡、乔伊斯、萨特等作家那里,对"异化"的批判更加内在化也更哲学化,由非人格性的都市所导致的现代人精神异化的存在困境、时空错位和孤独、绝望的感觉等,成为现代主义文学所要表现的主要内容,在美学上也相应地表现出激进的实验气质。不过,进入后工业化阶段、信息社会以后,作家们开始认识到都市的多面性,文学对都市也不再一味拒斥、批判,在情感取向和价值态度上呈现出多元化。

就中国而论,"都市文学"的情况则要复杂得多。作为被迫开放通商口岸的一个结果,与西方都市文学对工业化、都市化进程的焦虑反应与人性批判不尽相同,中国现代都市文学表现出更多的政治化、伦理化倾向和强烈的民族国家意识,交织着中国人耻辱的殖民记忆及其对现代化的特别想象和期待。1949年以后,都市文学则被"工业文学"所取代。从20世纪80年代开始,中国重启城市化进程,城市生活开始恢复其多元特性。进入20世纪90年代以后,中国的城市化进一步加速,都市文化迅速兴起。前所未有的都市化浪潮极大地刺激和改变了文学,文学的都市化倾向也随之突现:都市题材风靡一时,酒吧、股市、网恋、跨国恋、同性恋、性超人等都市符号与表象不仅充斥于上海、北京、深圳和成都等地年轻作家的小说中,同时也极大地影响了其他城市的文学书写者,继台湾、香港等地之后,"都市文学"在大陆正表现出蓬勃发展之态势。

与现代都市文学相比较,当代都市文学发生了重大变化甚至革命。其中最重要的原因就在于,二者所依存的都市文化语境已经有了根本性的差异。如果说,现代意义上的都市文学是以作为经济实体的工业城市为审美视域与想象空间,在文化机制上带有现代资本主义性质、同时在后发展国家其叙事话语又受制于民族国家意识形态的话,那么,随着经济、文化全球化进程的加快和超越国家的全球性"都市"、"世界城市"的出现,特别是因为卫星技术、互联网、手机等高科技媒介的发展,都市文学的历史文化语境在今天已经发生根本性的变化,一种更为强调文化功能的国际性都市已经取代现代意义上的工业化大都市,一种具有后现代特征的"都市文化"已经深刻影响到社会生产与生活的方方面面,一种以信息化为标志的人类新文明已经开始。在此基础上,当代都市文学更大程度上成为后现代都市社会文化的集中体现,表现出与传统文学乃至现代都市文学相当巨大的审美差异。

第一,在审美观念和审美意识上,精神性、理想性、精英化与商品化、世俗化、大众化的差异。与传统的乡村社会不同,都市是劳动分工最复杂也最精细,因而也是商品生产与交换最频繁、最集中的人类聚落,具有强大的无可取代的人类思想文化集散地功能。在都市文化语境中,建立于交换基础之上的市场关系、经济—商业利益主导的价值观念,使得传统的明心见性、自志自娱的文学,转变为面向社会、面向大众、供人们挑选和购买的商品化的都市文学;而由于都市生活带有"超级民主"的浓重色彩,大众审美观念对文学的反馈与影响增强,整个社会的审美取向不再以文化精英的审美趣味为主导,不再表现出求虚求雅的精神性、理想性,反而是媚悦大众、转向世俗,成为都市文学的重要审美意识。

第二,在审美取向和美学趣味上,审美性、道德化、政治化与娱乐化、欲望化、个性化的差异。在传统社会,文学作为"载道"的工具发挥着强大的"诗教"功能和"兴观群怨"作用,表现出鲜明的道德化、政治化特征;而读者大众个体生命的感性欲望及其审美要求,在高雅的主流文学中长期被窒息。传统美学注重审美超越、关注精神活动,以无私无欲的宁静、安详与和平为最高境界。而在当代都市社会,由于打碎了桎梏个人的前现代社会的羁绊,从社会结构、价值观念和物质条件上为个体自由提供了基础,特别是因为平权观念的深入、大众文化审美趣味的渗透,当代都市美学比较注重感性层次的心理愉悦和自我满足、关注情感化的所谓"个性"选择等。

第三,在美学风格和审美境界上,和谐、精致、含蓄、淡远与紧张、快速、新颖、突兀的差异。与传统社会信仰确定、和谐悠闲的生活状态不同,在陌生人倏忽聚散的非人格化的都市社会,技术的发展促进了原始圆满境界的碎裂和丰富性社会关系的生成,一切都是快速、流动、紧凑,一切都与精致、和谐、优雅、含蓄无缘,其巨大的物质成就营造了一种单纯依靠外物的生活方式,都市人只能依靠"震惊"、新颖平衡心理。这种方式影响到都市文学的创作,艺术上求新求变的实验性与平面化,就成为都市文学的一种独特品格与审美表征。

第四,审美方式上,静观、冥想与"图像化"直观、技术化的差异。在大众传媒普及的都市社会,以影像为中心的感性主义文化形态正日益成为人们生存环境的更为重要的部分。都市社会,在某种意义上正成为由电影、电视、摄影等媒介的机械性复制以及商品化的大规模生产构筑而成的"仿像社会"①。人类把握世界的方式越来越依赖于图像而非文字,都市文学的审美方式也主要是视觉的图像的。在都市生活中,面对汹涌而来的视觉之流,大众根本不可能再以传统静观、冥想等方式去细细体悟对象,对"韵味"的审美追求更多地被"震惊"、"惊艳"的审美感受所代替。都市文学也越来越与影视等艺术形式相结合,通过改编、声像合成等手段,表现出综合性的艺术特征,以适应都市人群的生活方式与享乐主义的文化消费方式。

● 原文刊载于《求是学刊》2007 年第 3 期。
● 钱文亮,上海师范大学人文与传播学院副教授。

---

① 詹明信:《晚期资本主义的文化逻辑》,三联书店 1997 年版,第 37 页。

都市生活方式与都市审美文化

耿　波

　　审美文化是人类文化创造的基本形式之一，对于美的追求是人类永恒的天性，因此审美文化本身应该是无分都市与乡村的，然而，在当代，随着都市社会的崛起，审美文化在都市社会语境中却呈现出别样的意义，因此，都市审美文化之特质的探讨就成为一个必需的问题了。

　　要讨论都市审美文化，我们首先要分析都市生活方式，因为审美文化在根本上是对于整体性的社会生活方式的折射和再创造。在当代西方，随着城市消费研究的展开，生活方式在消费文化的意义上得到了进一步的拓展，关于生活方式的概念已经达到十几种之多①。在西方学术界关于生活方式的种种论述中还是存在着共识性的，那就是都认为生活方式是文化群体或个体与他人构成差异并以此确认自身身份的独特风格。生活方式作为一种与"他人"构成差异的风格特征，所以在具体的文化语境中某一文化群体或个体形式与之成对照的"他人"之间的关系是形成此一文化群体或个体之生活方式特征的决定因素。我们以此将生活方式分为两类，一类是整体化的生活方式，另一类是群落化的生活方式。

　　整体化的生活方式产生于乡土社会。乡土社会在经济上以小农经济为主，日出而作日落而息，循天而动的生产方式决定了在乡土社会中社会结构、文化形态以及价值标准都是相对统一的，人与人、群体与群体因为共同的社会认同和价值指向而产生了相互认同，这种相互认同产生了整体性的生活方式。乡土社会的整体化生活方式来自于乡土社会本身的稳定性，但乡土社会进入都市社会后，社会的各个方面，包括社会结构、文化

---

　　①　参见高丙中《西方生活方式研究的理论发展叙略》，载《社会学研究》1998 年第 3 期。

求／是／文／荟　《求是学刊》发刊200期

形态以及价值标准等各方面都发生了巨大的变化,社会的稳定和统一态势已是江河日下,挽而不返,这造成了都市社会的生活方式从整体化向群落化的变迁。

都市社会的巨变包括以下四个方面:第一,在经济上,在都市社会中产生了越来越细致的劳动分工,这使得人们在劳动合作上产生了一定的距离;第三产业逐渐取代了农业,这使得人们可以脱离土地的束缚,但同时也放弃了人们以土地为契机建立起来的稳定关系;消费经济的兴起使得人们在物质欲望的表达上更具有个体性。第二,在政权构成上,乡土社会中的宗族集权和传统社会中的政治集权全面崩溃,代之以民主制度,人人都被许以政治上的主人地位,这激发了都市社会中个体的自主精神。第三,在思想观念上,个体、自由、平等观念成为都市社会中文化精英们的口号和文化大众们的自觉意识,乡土社会中那种"君君臣臣父父子子"的观念在都市文化语境中已是风流云散。第四,在价值层面上,因为上面我们所指出的个体意识以及个体欲望的觉醒,最终导致了先前普适性的超验价值的全面破产,出现了个体化、感性化的价值。

都市社会的巨变导致了社会形态的群落化,原先那种以一元标准为核心的中心型社会已成历史,人人各行其是,各自认同于自己所从属的社会群落,是其所是,非其所非,而对于他人的价值标准始终保持拒斥和接受的权利。因此,与乡土社会相比,都市社会是一种群落化的社会,在群落化的都市社会中,"他人"的文化属性变得复杂起来,在乡土社会中他人是一个保持着亲密关系的朋友或兄弟,而在都市社会中,文化群体或个体与他人的关系是张力性的。这张力关系体现在以下两个方面:一方面,"他人即地狱"。存在主义哲学家萨特的名作《禁闭》是反思当代文化中他人哲学的最佳文本。在这部剧作中,描写了三个死后进入地狱的人,地狱是一个狭小的永远亮如白昼的封闭空间,而三个人都被去掉了眼皮而永远无法入睡,因此他们相互之间只能被迫地相互面对,在相互面对中交织着的是欲望、猜忌、仇恨,每一个人都是他人痛苦的来源,同时又从他人身上获得痛苦。"他人即地狱"在当代都市社会中有其现实正确性。都市社会是一个群落化的社会,每一个文化群落都各是其所是,都有一套自我合理化的价值标准,在这个意义上任何他人都是这一自我合理化价值的颠覆者和质疑者,是具有威胁性的和令人不安的来源。"他人即地狱"

说出了在都市社会中"他人"在文化属性上的陌生与疏远。另一方面,活在"他人的眼光"中。在都市社会中,他人一方面是疏远的,但这种疏远又绝不是老死不相往来,因为不管何种意义上的认同从根本上说都同时包含着自我认同和他人认同两个方面,都市社会群落之群落价值的自我认同使之疏远他人,但群落价值的他人认同又必然使之需要他人的协助性认同,因此,在都市社会中,群落化的文化群体或个体是无法避免生活在他人眼光中的命运的,因为只有在他人的眼光中才能完成自身的价值认同。

在都市社会中,文化群体或个体与他人既疏远又靠近的的关系所形成的生活方式,不是乡土社会中以"和"为内涵的整体性风格,而是以"炫耀"(conspicuous)①为内涵的群落化风格。从审美文化角度而言,在此以向他人"炫耀"为内涵的都市群落化生活方式中,都市审美文化一方面是都市群落化生活方式表达的载体,另一方面都市审美文化又在反向的意义上重新塑造着都市文化群落自身的认同。与传统社会中的审美文化相比,都市审美文化的一大特点就是审美的泛化。在传统社会中,审美文化本身是精英文化,审美文化的创造、品评以及传播只局限在少数人的圈子中,因此审美文化在形式表达以及内容主题上都是经典性的;而都市审美文化则是反经典的,这表现在都市审美文化在形式上已经大大跨越了"有意味的形式"阶段,而是以令人目不暇接的影像、网络以及多媒体形式表达着自身;在内容主题上,都市审美文化也已经大大突破了传统审美文化吟咏情性、讽喻美刺的文人倾向,而体现出向大众生活世界靠拢的审美民主化倾向。都市审美文化与传统审美文化相比所体现出的这些天翻地覆的变化可以做多方面的理解,但从生活方式的角度而言,全新的都市审美文化首先是全新的都市生活方式的表达,都市审美文化负载着都市生活方式的群落化意志,是都市群落认同自身区别他人的标志。比如我们以都市新生代小说为例,新生代小说与传统精英文学相比体现出非常强烈的"平淡叙事",在新生代小说中,历史失去了厚度,人物失去了激情,故事本身更多地变成了一层浮在文字表面的游戏。我们如何来理解新生代

---

① "炫耀"一词出自凡勃伦的《有闲阶级论》,他用"炫耀"来指一种微妙的差异性对比,在这种对比中,他人作为参照物具有存在的价值,但这价值也仅在于凸显参照者自身的存在或认同。

小说的这种"平淡"转向呢？原因当然是多方面的,但在根本的意义上,新生代小说的这种"平淡"风格首先是与传统的"深度"叙事构成了差异,而凭着这种"差异"新生代小说获得了对于本身独特生活方式的群落化表达。推广开来,都市审美文化的诸种形式事实上都包含着这种与他者构成"差异",完成自身认同的意义。

都市审美文化是都市文化群落认同自身,区别他人的标志,在这一层面上,都市审美文化是消极的;但都市审美文化对于都市生活方式而言还有积极的一面,那就是都市审美文化也在主动完成着都市生活方式的再创造,实现着都市生活方式的自我提升和完善。有一种错误的观念认为,都市生活方式是一种完全以他人意志为转移的、消极被动的堕落的生活方式,这是对于都市生活方式本质的深刻误解,这种误解掩盖了都市生活方式中人的再生产的积极内涵。我们不否认都市生活方式有其消极的一面,正如西方马克思主义所指出的,都市社会因为极度发达的物质生产和对于传统社会整体超验价值的摧毁,最终造成了人在都市社会中的物化,但问题在于:在都市生活世界中,人的物化只是都市生活方式的一方面,另一方面,人在都市社会中又从来没有彻底地被物化,而是积极地适应都市社会,在这种适应中同时积极建构着自身以及自己的生活世界,因此,因为人的积极性的发挥,都市生活方式体现出了再创造的意义。2004年,以擅长大场面电影出名的美国导演斯皮尔伯格拍摄了一部风格细腻的作品《幸福终点站》(The Terminal)。这部作品讲述的是一个斯洛文尼亚人为了逃避本国的战乱决定移居美国,但当他在美国肯尼迪国际机场下机后准备踏上美国国土的时候,他却被拦住了,因为他的国家已经发生政变,而新掌权者与美国是敌对关系,这个斯洛文尼亚人因此也成了美国的敌人,他被拒绝进入美国,变成了一个无国籍的人。于是他只好在肯尼迪国际机场住了下来。故事最终的结局是他脱离了困境,重新找回了自己的身份。这部影片相当明显地折射了当代人在当代都市社会中流离失所的生存状态。但这部影片更深沉的意蕴并不在于批判,而在于指出了在都市社会中来自于人的积极的生活世界的建构。在影片中我们看到,主人公维克多在明了了自己的处境之后并没有放弃,而是把这个强加于自身的并不理想的现实承担下来,然后在其中积极地展开自身活动,重建生活空间,最终在他的努力之下,原先那个与他无关的"肯尼迪机场"变成了他了如指掌的"家"。《幸福终点站》中所揭示出的人在都市社会中生活世界的积极重建可以说展开了都市生活世界中最有生机和活力的一面。

　　都市生活方式的再生产体现在都市社会生活的各个方面,而都市审美文化是其中最重要的一个方面。具体而言,都市审美文化对于都市生活方式的再创造体现在以下两个方面:第一,都市审美文化开辟了都市生活世界的自由空间。正如席勒在《审美教育书简》指出,游戏冲动是人的感性冲动与理性冲动的相互调谐,是实在与形式、偶然与必然的统一,这样的统一使人性得以圆满完成,而人性的圆满就是美。在都市社会中,都市审美文化在个体欲望和个体理性的两极之间使人保持着一种平衡,获得自由,积极表达自己,在人的物化日趋严重的城市生活世界中实现着都市生活方式的再创造。第二,都市审美文化为人们的都市认同提供了形象载体。都市生活方式在本质上是面向他人的群落认同,这种群落认同必然需要多种多样的认同媒介,成功的认同媒介能使群落认同焕发出积极的人的力量,而不成功的、虚假的认同媒介则会使群落认同走向失败。都市审美文化以其多姿多彩的形象创造为都市文化群落的相互认同和沟通提供了丰富的认同媒介,比如澳大利亚的悉尼歌剧院就是一个很好的例证。它为悉尼树立了鲜明的城市形象,使居住在这个城市中的都市人群以此为契机达成了一种价值认同。其他如巴黎埃菲尔铁塔、美国国会大厦、东京银座等莫不是以其形象性为第一位的,而这种丰富多彩的形象创造又都是都市审美文化和意识催生的产物。

●原文刊载于《求是学刊》2007 年第 3 期。
●耿波,中国传媒大学文学院博士研究生。

都市文化生产的主体阐释

曾　军

一

　　谁在生产都市文化？当我们提出这个问题的时候，其实包含着对"都市文化"和"文化生产"两个问题的前提预设。就"都市文化"来说，它包含着狭义的"都市性的文化"和广义的"都市中的文化"。就"文化生产"来说，它同样也包含着狭义的"将文化作为一种商品来生产"和广义的"将生产作为文化创造的隐喻性表达"。进而，在"谁"这个问题上，同样也包括着狭义的作为"创造者"的个人和广义的用以意指一个创造者群体的机构（institution）。这种前提性的区分在我们进入都市文化生产主体的讨论时非常重要，它包含着都市文化生产中某些根本性的特点。

　　人是文化生产的主体。都市中个体性的文化生产者有一个中西通用的称谓——"文化工作者"（cultural worker），其意义不仅指从事文化活动的人，更指将这种文化活动作为一种工作或职业来从事的人。在西方文化的语境中，"work 被用来专指'有支薪的工作'是资本主义生产关系发展的结果。'就业'（in work）或'失业'（out of work）与某些掌控生产资料的人有决定性的关系。于是 Work 的意涵有一部分从'生产劳力'转移到'支配性的社会关系'（predominant social relationship）"①。文化工作者与现代工业劳动者的这种工作性质的同源性，揭示出其"被雇佣"和"受制于文化工业"的特点。因此，都市中的文化劳动者，占绝大多数的其实是"文化工人"。在中国，文化工作者有一个更为地道的汉语词汇来表

---

　　① （英）雷蒙·威廉斯：《关键词：文化与社会的词汇》，刘建基译，三联书店 2005 年版，第 521~522 页。

达,这就是"文化人"。

作为都市文化的生产者,文化工作者的创造及其行为方式都受到都市空间对之的影响。在这个空间中,陌生人的大规模聚集增加了交往的难度和迫切性,都市社会严密的科层化和高度的组织化使得文化工作者被分配到文化生产机构的各个部门并受到相应规范的制约。真正能够成功逃离或者与之保持一定距离的文化工作者只能是少数——他们或是才华横溢而成为大家,或是为都市所不容而被埋没。爱德华·贝克尔将这些文化工作者区分为四种类型:整合的专业人士、特立独行者、民间艺术家和质朴的艺术家。文化生产者的这种"细分"一方面表现了都市空间中社会组织的"层级性"(特别是现代科层社会,使这一层级性变成了等级性);另一方面也表现出了"专业性"(在都市,"百科全书"、"无所不能"的文化生产者几乎不存在了,纯粹的"自给自足"、不与其他人打交道的"文化个体户"也难以维系自己的生存)。作为个体性的都市文化生产者尽管存在以上四种截然不同的类型,但其共同点仍然是存在的。第一,他们主要从事以"创意"为主的精神文化生产活动。第二,他们的文化生产活动具有"场域性"。这些"场域"包括哲学社会科学工作者、文学艺术家以及收藏家、中间人、美术馆长等一切与文化生产活动密切相关者,正是在这一点上,都市文化生产者有别于传统文化生产者的特点突显出来。第三,文化生产活动被纳入到整个文化生产、流通、消费环节之中,消费社会的文化逻辑对文化工作者产生明显的影响。

由此可知,关于谁在生产都市文化的问题,简单地认定是人,认定是都市中的文化工作者已经远远不够了。

二

都市空间使得文化生产在交往与合作上产生了特殊的需要,特别是随着工业文明对文化生产活动的渗透,社会分工更加细密,文化工作者日益被整合成专业人士,被分配到文化生产流水线中,成为"文化机器中的螺丝钉"。文化工作者在文化生产中的个性受到抑制,取而代之的则是在对某一总体风格的认同基础上的集体性生产。都市文化消费对数量的要求,也影响到那些以手工艺为主的民间文化产品的生产方式。在一些民俗文化村或民间工艺组织中,我们经常可以看到,民间艺人日复一日地重复进行某一特定风格类型的民间艺术产品的加工——在此,"重复的创造性劳动"成为这两种看上去迥然不同的文化生产方式的共同点,通过某一项目或机制将这些文化工作者凝聚起来一起从事文化生产的文化机构(Cultural Institution)扮演了文化生产主体的角色。

都市文化是现代文明的集中体现。它被纳入到整个现代工业文明的体系,文化生产不再是传统社会文人雅士的"闲情逸致"与"兴之所致"。当文化机构成为都市文化生产中更加活跃的主体时,它与传统社会文化生产主体的差异更加明显地体现出来:其一,基于合作基础之上的文化组织机构在都市文化生产中扮演了越来越重要的作用,从而导致了"集体主体"的诞生。由特定意义结构聚合起来的个人,构成了作为社会集团在场的集体主体。文化机构正是这样的都市文化生产的"集体主体"。在传统社会文化生产中个人主体所具有的个性、风格及创意等特征在这个"集体主体"中获得了体现,而其作为"集体主体"在进行文化生产时所拥有的分工与合作、自动化和可复制性等特点则使之成为现代工业文明的宠儿。其二,文化日益紧密地与政治、经济等因素联系起来。每个国家、每个城市都为当地文化制定了非常明确的规划,并进行着严格的管理。如负责韩国文化产业管理的政府部门主要是韩国的文化观光部,其主要的工作目标是为构筑21世纪"文化时代"、推动韩国文化发展,建设文化韩国奠定基础。文化与经济的关联同样构成了都市文化生产重要的方面。特别是在当前从工业社会向后工业社会迈进过程中,以文化产业为核心的创意产业已经成为一个国家或城市综合竞争力的重要标志。

都市文化生产因为政治与经济因素的介入出现分化,从而导致文化机构——这一都市文化生产的集体主体——也呈现出复杂的面貌。文化生产的经济逻辑以赢利为目的,在利润的驱动下,促使文化生产向大众文化方向倾斜——可复制的(因而是低成本的)、用以交易的(因而是有利可图的)、致力于满足大多数市民精神文化需要的(因而是市民性、大众性的)特点从而显现出来;而文化的政治逻辑则强调文化的社会功能,它需要这个文化能够成为民族独立、城市精神的体现(因而强调文化的独立性与差异化,进而是可识别的),它注重对民族文化、地域文化的持续、保护和发展(从而能够有效地抵御外来不良文化的入侵),它还需要满足普通市民娱乐、休闲、健身、求知、审美等精神需求(而这些往往是公益性的,不能带来丰厚经济利益的）。文化的经济逻辑与政治逻辑的分野，导致了截然不同的都市文化生产主体的产生——商业性的文化生产主体形成"文化产业机构"，而公益性的文化生产主体则形成"文化事业机构"。

文化产业机构是文化产业的生产主体，就其经济过程的性质而言，文化产业可以被定义为"按照工业标准生产、再生产、储存以及分配文化产品和服务的一系列活动"[①]，文化产业机构所从事的文化生产活动最大的特点就是它的商业性。通过文化产品的生产、销售而赢利是文化产业机构从事文化生产的首要目的，因此，以商品化、市场化为主导的经济逻辑构成了文化产业机构的运作方式。文化产业机构在运作方式上的特点是高度的组织化和社会化。在文化产业机构里，"文化工人在等级森严、有高度劳动分工的'职业'管理组织中工作"[②]，它的特点就是将个体的文化工作者整合进这一庞大的生产体系之中，其优点是具有极强的社会资源动员、组织和整合能力，从而能够高效生产、巨型生产、复制生产；而其缺点就是主导性风格，而绝大多数文化工作者只是作为生产环节而存在，是不需要个性的"文化工人"。

文化事业机构是从事文化事业活动和行动的主体。作为都市文化的重要组成部分，公益性的文化服务设施和机构有着非常特殊的地位。比如说图书馆、博物馆、纪念馆、展览馆、剧场、科技馆，乃至文化广场、教堂、寺院、历史文化遗址等，是一个城市文明的重要标志，也是市民满足日常文化需求的重要场所。它的使命就是承担城市公共文化服务职责。还有城市的历史文化遗迹，构成了这个城市的文化血脉，对于凝聚城市市民、培育城市精神、塑造城市形象具有非常重要的作用。但是这些文化服务设施和机构是很难产业化的，如果仅仅强调产业性质和经济效益，这些公益性的文化服务设施和机构就很难在都市里生根发芽。因此，中外城市发展过程中，当地政府都对这些公益性的文化服务予以特别的政策。以英国的文化艺术资助制度为例。它起源于 20 世纪 40 年代，当时英国政府成立了第一个扶持文化事业的国家组织——音乐和艺术激励委员会（CEMA）。后来，在凯恩斯的领导下，该组织于 1946 年演变成世界上第

---

① 于文：《关于发展文化产业的对话》，载《中国文化报》2001 年 10 月 15 日。
② （英）利萨·泰勒、安德鲁·威利斯：《媒介研究：文本、机构与受众》，吴靖、黄佩译，北京大学出版社 2005 年版，第 93 页。

一个保持"一臂之距"的分配政府资金的中介管理机构——大不列颠艺术委员会。而在中国,我们曾对文化机构都一概而视为"文化事业"而采取国家资助政府拨款的方式更为典型。

不过,政府资助型的文化事业机构只是都市文化事业机构的一种类型。还有一种超越"国家主义"与"市场主义"的"第三部门"也是文化事业机构的重要组成部分。当代第三部门组织机构往往强调其事业的非政治、非政党、非意识形态性,其运作模式基于"慈善"、"自愿"的原则,采取的是"民间"、"非政府组织"的形式。此外,在都市文化生产中,传媒生产占有非常突出的位置。但是,传媒作为都市文化生产主体的定位却存在问题。比如说报刊基本上只有私营和国有两种所有制形式,广播电视却有私营、公营和国有三种所有制形式。在不同的国家和地区,其传媒具体的运行体制和管理模式也存在很明显的差异。中国的传媒体制改革有很长一段时间一直纠缠于"产业"、"事业",而所谓"事业性质,产业运作"的双轨制并未能完全破解这个难题,也与传媒属性定位有密切的关系。

三

生活在都市中的人们往往被赋予"群众"、"市民"、"大众"的称谓,当他们被纳入到文化生产领域之中后,同样变成了文化产品的消费者。他们通过花钱购买所需的文化产品来打发时光、获得快感或者领悟意义。

在对待这些"群众"、"市民"、"大众"问题上,历来有两种态度。一种是将他们视为沉默的大多数,意识形态的被动接受者。另一种则相对中立一些,认为大众在接受文化产品和意识形态宣传时不是完全被动的,他们也在选择、对抗甚至利用现有的文化材料进行文化的再生产。通过对大众能动性的重视,我们可以发现,消费者自身也存在生产性的因素。在这里,马克思关于"消费从两方面生产着生产"的理论获得了新的延伸——消费不仅生产了生产的需要,而且还直接成为一种生产。为了与生产者的生产相区别,我们在此可以把消费者在消费中的生产定义为消费者的再生产。2005 年的"馒头事件"可以作为一个典型案例。在这一事件中,陈凯歌作为一个文化生产者,创造了文化产品——电影《无极》,而胡戈则作为一个文化消费者,利用这一文化产品为其提供的影像资源重新进行编辑加工(这是一个典型的文化再生产过程)而成为《一个馒头引发的血案》(这是一个新的文化产品,但这个文化产品包含了前一个文化产品中的许多成分)。由此可以看出,消费者进行了一次卓有成效的文化再生产活动。

　　在日常生活中,绝大多数消费者只是通过对文化产品的消费生产快乐、发现(创造)意义。因此,有必要从文化再生产性质和特点的角度对大众进行一些区分——普通人、迷和专家。作为普通人,他的消费习惯缺乏一种主动性,也缺乏持久性,是一时兴起,转瞬即逝的,是一种"适度的消费"。当普通人在进行文化消费时,只是满足于一种娱乐的需要——获得快乐。由于对更深意义追寻的放弃,对文化产品消费持久性的放弃,普通人的文化再生产能力也相应地打了折扣。"迷"是笼而统之的观众中的一种亚类型,"迷"不同于普通观众的最大特点就是"狂热"——即一种"过度性"。如果说普通观众是一些没有特别的爱好的适度的观者的话,那么,"迷"就是在某一点上的特别迷狂的"过度的观者"。"迷"的特质是行为的过度,狂热、过度,成为"迷"区别于"普通观众"的最明显的外在标志。鉴赏、批评以及在此基础之上的学术研究,也构成了都市文化生产中的重要组成部分。"专家"与"迷"之间最大的区别在于"距离感"。无论"专家"得多么专注而投入地面对他的研究对象,但他非常清楚自己的使命,他得刻意保持与对象的距离,可以说,"迷而不狂"应该是"专家"形象的基本特征。如果说"迷"是"过度而狂热的看客"的话,那么,"专家"则是"过度而冷静的迷"。在文化消费者中,最具文化再生产能力的正是专家。现成的显而易见的意义并不能满足专家的虚荣心。专家在批评中的意义生产和再生产是一种对"前所未见"的意义的生产,他要看到别人看不到的地方,要在别人都看到的地方看出另外的东西。

● 原文刊载于《求是学刊》2007 年第 3 期。
● 曾军,上海大学中文系副教授。

"艺术"与"工艺"

——关于艺术本质的对话

陈　炎，王祖哲

王祖哲(以下简称王)：陈老师，我知道您最近在研究"艺术"与"工艺"的关系，发表了一些很有意义的见解。我对这一问题也很感兴趣，觉得从这一问题入手，可以触及到一些我们长期以来视而不见或有意回避的关键问题，如人类的艺术能力和艺术制度的问题，艺术与工艺分离的问题，古典艺术与现代艺术的性质问题，以及艺术的本质问题。

陈炎(以下简称陈)：我知道你对上述问题有着长期的思考，我们可以逐一讨论一番。

王：首先是人类的艺术能力问题，我在那篇题为"论艺术的本质以及艺术在人类生活中的作用"的博士论文中曾有论证。我的基本看法是，应该把"艺术能力"与"艺术操作"区分开来：艺术能力是全人类共同具有的创造和欣赏艺术品的能力，这种能力是基因赋予的，因而不具有人类的历史性，基本上不随人类历史的发展而变化；而艺术操作是艺术能力的具体展现，在不同文化以及同一文化不同的历史阶段中，艺术能力的展现是不同的，因此艺术操作是具有历史性的。这一对概念，正如乔姆斯基对"语言能力"和"语言操作"所作的区别一样：全人类具有相同的语言能力，是非历史性的；每一种语言以及每一个人的语言行为，是共同的语言能力的具体展现，是历史性的。

陈：我基本上同意你的想法，这也是我作为导师同意论文答辩并授予博士学位的理由。但你说人类的艺术能力是生物进化的结果，是基因所赋予的，很多人就会指责你缺乏证据，并进一步谴责你违背了历史唯物主义的基本观点。

王：即便是生物学家，现在也分析不出人类的哪组基因负责想象力和创造力，从而使人类先天具有了艺术能力。但我可以反过来证明，除人类之外，任何动物都不可能超出其物种的本能之外去创造一个现实世界原本并不存在的作品并加以欣赏。这正如马克思在《资本论》中所指出的那样："蜘蛛的活动与织工的活动相似，蜜蜂建筑蜂房的本领使人间的许多建筑师感到惭愧。但是，最蹩脚的建筑师从一开始就比最灵巧的蜜蜂高明的地方，是他在用蜂蜡建筑蜂房以前，已经在自己的头脑中把它建成了。劳动过程结束时得到的结果，在这个过程开始时就已经在劳动者的表象中存在着，即已经观念地存在着。他不仅使自然物发生形式变化，同时他还在自然物中实现自己的目的。"①乔姆斯基认为语言能力是一种生物学能力，现在已经成了语言学家们的共识，尽管这一断言在目前也不可能得到生物学的精细证明，但人类的许多语言表现暗示这一断言是正确的。生物学家会理所当然地同意这种断言，而人文学者对社会达尔文主义心有余悸，对一切从生物学角度来理解人类本性的努力都几乎本能地怀疑甚至愤怒，但是因噎废食是不妥的。

陈：在你的那段引文的前面，马克思说"我们要考察的是专属于人的劳动"。人们一般将这段话理解为马克思对人类劳动能力而非艺术能力的阐发。

王：马克思和恩格斯确实说过："劳动创造了人。"但我们可以进一步发问："是什么创造了劳动？"或者换一种问法："人类的劳动能力包含了哪些必备的要素？"试想一下，一个原始的人如果不具备艺术的想象力和创造力，他怎么可能将一块顽石打磨成一把石斧呢？而当他千辛万苦地完成了这项工作之后，那把体现了其想象力和创造力、凝结了其心智和汗水的石斧不正是"艺术"和"工具"的统一体吗？在这一意义上，说"人类是能够创造和欣赏艺术的动物"与说"人类是能够制造和使用工具的动物"之间有什么矛盾吗？

陈：在人类的本质和起源问题上，我们确实不应该采取那种非此即彼的排他态度，而应该采取亦此亦彼的兼容态度。说"人类是能够制造和使

---

① 《马克思恩格斯全集》第23卷，人民出版社1972年版，第202页。

用工具的动物"没有错,说"人类是能够制造和使用符号的动物"没有错,说"人类是能够创造和欣赏艺术的动物"也没有错! 我们大可不必对从人类心智能力的角度来描述和探讨人性这一方法过分敏感,动不动就贬义地斥之为"唯心主义"。在我看来,自然界进化的终点正是人类历史的起点。如果我们不承认上帝造人的说法,就只能承认自然界在千百万年的进化过程中最终演变出了一个物种,这个物种具有了独特的想象力和创造力,既可以创造出世界上原本并不具备的作品,又可以创造出世界上原本并不具备的符号,还可以用这些作品来改造世界、用这些符号来传递信息,这个物种,我们称之为"人"。

王:这正是我的意思。承认人类的身体与心智能力都是进化的产物,这才是社会文化领域中的唯物主义基础。我说"人类是能够创造和欣赏艺术的动物",是为了强调想象力和创造力在人类生活中的重要性,而且正是因为人类先天具有唯物主义性质的、基因决定的想象力和创造力,人类的劳动才可能是"劳动",而非动物性的活动。

陈:回到我们的问题上来,与"艺术"相对应的是"作品",与"工艺"相对应的是"工具",而在古代社会,这二者原本是一回事儿。所以在古希腊,"艺术"这个概念"包括一切人工制作在内,不专指我们所了解的艺术"①。因为那个时代的制造业还没有复杂的工艺流程和大规模的批量生产,而是以手工艺为主。所以在古希腊人看来,制造就是创造,工艺就是艺术。在中国古代,从孔子时代的"六艺"和"游于艺"等用法来看,"艺"这个概念也有着相当广泛的内涵。"自从 17 世纪末,art 专门意指之前不被认为是艺术领域的绘画、素描、雕刻的用法越来越常见,但一直到19 世纪,这种用法才被确立,且一直持续至今。"②

王:是的,在古代似乎没有专门的"为艺术而艺术"的职业艺术家。达·芬奇既是一位思想深邃、学识渊博的学者,又是一位多才多艺的画家、寓言家、雕塑家、发明家、音乐家、医学家、生物学家、地理学家、建筑工程师和军事工程师;米开朗基罗不仅是伟大的画家、雕塑家,而且是著名的建筑师和诗人。中国古代的王维、苏轼们也都是琴、棋、书、画样样精通,可他们都不是专门的艺术家。另外,即便在分工精细的现代社会,工

---

① 朱光潜:《西方美学史》上卷,人民文学出版社 1963 年版,第 70 页。
② (英)雷蒙·威廉斯:《关键词:文化与社会的词汇》,巨流图书公司 2003 年版,第 14 页。

程师也仍然是艺术家,如汽车造型和建筑造型完全属于艺术范畴;仅仅因为工程师的工作量中的艺术比例相对较小,因此按照某种方便的分类法,工程师才不被认为是艺术家。

陈:是的,自从人类进入现代社会以后,随着社会分工的细化,那些在很大程度上单纯依靠经验的、机械的、重复性的劳动越来越多,因而普通人展现想象力和创造力所需要的空间受到了限制。在这种情况下,艺术活动便从工艺实践和日常生活中分离出来,成为一种专门的、超越功利需求的、实现人类想象力和创造力的活动。

王:从积极的意义上讲,这种独立将艺术从工艺原本所具有的直接的功利目的中解脱出来,就为想象力和创造力提供了一片自由的天地。或者从更为长远的目的看,艺术这种看似无目的的自由活动,事实上在为人类想象力和创造力的训练作着积极的准备。但是,从消极的意义上讲,这种艺术与工艺的分离,将人类的想象力和创造力从社会生活的有机体中割裂开来,将艺术家与普通人区别开来,好像艺术家具备常人完全不具备的某种能力;将艺术捧到神圣的象牙塔中,好像艺术是在根本上不同于人类生活现实的另外一种行为,从而造成了人们对艺术的迷信和误解。

陈:正是在这种环境下,康德出现了。大家都知道,"美学"一词是由德国哲学家鲍姆伽登创造的,但真正使美学成为一门独立学科的人是康德。因为在鲍姆伽登那里,审美还被视为认识活动的初级阶段,即"感性认识的完善";而康德则用"判断力"的方式为审美活动开辟了一个独立的情感空间。一方面,康德用"无利害的快感"来理解审美与功利实践活动的联系与区别;另一方面,他用"无概念的普遍必然性"来理解审美与科学认识活动的联系与区别。从一个角度看,康德美学是高明的;从另一个角度看,它又是武断的。其高明之处,就在于用"无概念"的方式强调了审美的形象性,用"无利害"的方式强调了审美的情感性,而形象性和情感性正是审美和艺术活动的关键所在;其武断之处,就在于用"单纯美"的方式将审美活动与人类的实践活动和认识活动绝然地区分开来,用"依存美"的方式再将二者统一起来,而这种既分又合的方式不仅无助于问题的解决,反而造成了很多的误解和混乱。

王:从历史的角度看,康德美学是"艺术"与"工艺"分离之后的必然产物。在此之前,人类的审美活动不见得与功利活动相矛盾。一把造型别致、装饰考究的宝剑,既可以取人性命,亦可以供人把玩;饰有饕餮纹样的青铜器,既可以煮饭盛酒、祭祀祖先,也不妨是一件艺术品;"米罗的维纳斯"在被搬进博物馆之前,是摆在神庙里供人膜拜的,但在膜拜之余,人们也不妨欣赏它,等等。人类的每一件实用的器具,就发生学的角度看,都是艺术的想象力和创造力取得的一次辉煌的胜利,都是艺术生养的漂亮女儿。不仅器物之"趣"是想象力的产物——康德看到了这一点,而且器物之"用"同样是想象力的产物——可惜康德不曾看到这一点,因此他把艺术与实用看做敌对的。他关于审美非功利性的奇怪想法,只能出现在艺术制度建立之后,出现在博物馆的墙壁把维纳斯的雕像从希腊宗教背景中隔离起来之后。对前人而言,这种想法是不符合事实的;对后人而言,这种想法是极容易产生误导的。

陈:康德美学的第一个误导,就是容易使人们将"美"和"艺术"等同起来。因为在康德美学出现以前,西方艺术的重要形态确实是美的,或最多再增加一些崇高的因素。因此在《判断力批判》中,康德只提到"美"与"崇高"这两个概念,仿佛人类的情感判断只涉及这两种类型,而不可能与"滑稽"、"荒诞",甚至"丑"相关似的。其实,鲍姆伽登所创造的Ästhetik 这个概念,本不应该像日本学者所翻译的那样叫做"美学",而应该翻译成"感性学"或"情感学"。由于那个时代人类感性或情感的主要兴奋点在"美",由于那个时代人类艺术的主要内容是"美",于是后人不仅把Ästhetik翻译成"美学",而且误以为艺术的本质就是"美"。

王:这个历史性的大误解使后来的艺术哲学深陷泥潭。其实,艺术和美的联系仅仅是历史性的巧合,是人类无限的"艺术能力"在这一历史阶段的"艺术操作"中所表现出来的有限形态和特别趣味。而当这一历史阶段过去之后,当"滑稽"、"荒诞",甚至"丑"以及其他一切艺术趣味和表现相继出现,并堂而皇之地走近艺术殿堂之后,那些把艺术理论和"美之学"等量齐观的学者们就傻眼了。他们或者将那些"滑稽"的、"荒诞"的,甚至"丑"的现象也称之为"艺术美",以编造出什么"现实丑转化为艺术美"之类的牵强附会的学说;或者干脆将这些作品斥之为堕落的艺术!

陈:康德美学的第二个误导,是容易使人们将"艺术"和"生活"割裂开来。在康德将审美与科学认识和功利实践区别开来之后,那些艺术理论家们便自然而然地要将艺术与认识和实践等其他活动区别开来。于是,"什么是艺术的本质?"便成了一个众说纷纭而又莫衷一是的问题。由于艺术与工艺之间的复杂关系,又由于人类艺术活动的漫长性和多样性,致使人们很难找到一个既能够包容所有作品又能够体现其纯粹品格的艺术概念。分析哲学出现以后,这个问题本身受到了批判,被视为既不能证伪又不能证实的"伪命题"悬置起来。有人放弃了这一努力,有人则以"家族类似"的方法进行搪塞,更有人采取了一种不同于本质主义的描述策略,如亚瑟·丹托有关"艺术界"的理论和乔治·迪基的"艺术习俗论"。这两位美国学者都企图抛开艺术本身而到艺术制度中寻找问题的答案,问题在于,这种将"艺术"与"工艺"区别开来的艺术制度恰恰是17至19世纪之后才逐渐建立起来的。不仅如此,他们都存在着循环论证的弊端:前者用"艺术界"来论证"艺术",再用"艺术"来论证"艺术界";后者用"艺术习俗"来论证"艺术",再用"艺术"来论证"艺术习俗"。这种循环论证的方法,并不能使原本复杂的问题变得简单,反而使原本复杂的问题更为复杂了。

王:"艺术是不是制度性的"这个问题本身是含混的。"艺术能力"断然不是制度性的,因为它是基因决定的,不因为人类自己的实践而受影响;"艺术操作"是具有历史与传统的,因此是制度性的。但这种制度的建立不仅有其社会的、历史的偶然性,而且具有人类的、本质的必然性。说到底,"艺术操作"的现实根据是"艺术能力",而亚瑟·丹托和乔治·迪基并没有看到二者之间的联系,他们认为不存在独特的"艺术判断"和"艺术欣赏";所谓"艺术判断"和"艺术欣赏"仅仅依赖于"艺术世界"中的"习俗"和"制度"。所以我认为,这两位大名鼎鼎的艺术哲学家根本就没有什么艺术哲学,他们的观点甚至算不上什么"理论",而只是关于现代西方艺术实践的描述和报道。他们忠实地描绘了那个名为"艺术世界"的制度中的艺术操作,至于这一操作是否合理,是否有意义,是否隐藏着巨大的骗局,他们则缄口不语。他们的学说又类似于行为主义的学说,这种学说仅仅注意可观察的人类的外在行为,至于这种行为是否与心智有关,则存而不论。于是乎,与这种学说相伴而生的,是那些五花八门、光怪陆离的所谓现代、后现代"艺术"。

陈:我看到了你刚刚翻译并由商务印书馆出版的以色列学者齐安·亚菲塔的《艺术对非艺术》,这或许是西方美学中第一本明确否定现代艺术的著作。作者认为,由于传统再现艺术的创造潜力已经耗尽,由于康德的哲学和印刷术、照相术等现代科技深刻地改变了人们的世界观,使得西方艺术家们不再满足于反映世界的表面现象,而试图创立一种超越再现艺术的新的艺术范式。不幸的是,现代艺术的始作俑者在博物馆的高墙内丢弃了人类艺术原有的想象力和创造力,而只把传统的形象艺术还原或者分解为其构成因素,如颜色、块面、线条,等等,或者干脆还原为真实的物件。这种实践,不仅没有建立新的艺术范式,反而失去了艺术的本质属性。与此同时,商业和媒体介入了艺术,从而使艺术的宣传和销售成为一种有利可图的行为。渐渐地,本来是为艺术寻找新范式的尝试,却沦落为一场可笑的骗局。

王:或许杜尚也偶尔读读艺术哲学的论文,他或许听说了那种对康德的普遍误解:艺术性总是和功利性矛盾的。因此,杜尚发了善心,他处心积虑地把一个小便器这种实用的、容易引起人们不快联想的物件,从功利主义的苦海中挽救了出来,这么一种"选择",照他自己的说法,是表达了一种思想。这样一来,小便器似乎就成了艺术品。这样的推理是简单而又明确的:你需要做的,仅仅是根据康德的暗示,把一个物件从功利性那里斩断联系,这个物件立刻就变成了一个艺术品。要斩断这种联系,所需要的不是什么了不起的想象力和创造力,而是需要一种蔑视传统美学的勇气,一种在原有艺术制度背景下的反叛姿态:在那个小便器上签上名字和日期,送到一个艺术博物馆中。所以,我赞同亚菲塔的观点,这些标新立异的现代艺术,其实在想象力和创造力方面并没有多少新意。

陈:很多肯定西方现代艺术的人都强调这些作品的思想性,认为它们有多么多么的深刻,如果你不喜欢它们,是因为你没有看懂。然而,在我看来,懂与不懂是一个认识论的问题,喜欢不喜欢才是一个美学问题,这两个问题是不应该被混淆的。还有人认为,西方现代艺术完成了由感性到理性、由形象向观念的历史性转折,从而应验了黑格尔有关艺术将让位于哲学的预言。然而,在我看来,艺术与哲学各有各的内容、各有各的形式、各有各的功能、各有各的意义,前者以具体可感的形象诉诸于人的感官,引发人的情感;后者以抽象思辨的概念诉诸于人的思想,引发人的思考,二者之间既不存在谁高于谁的问题,也不存在谁替代谁的问题。

王:我们不应该把认识论的问题与美学问题混淆起来,也不应该把艺术制度与艺术哲学混淆起来。艺术制度存在的目的,只是为了维护和保存最富于想象力的艺术家及其杰作,并不是为艺术哲学而创立的。我们不可以根据人类的艺术制度来理解艺术的本质,这正如我们不能把中药的概念局限在中药铺里一样。中药铺里的药草,通常是一些既有治疗作用又不容易找到的植物,也因此而具有比较大的商业价值。但是,如果我们在中药铺里找不到萝卜,这并不能否认萝卜也有治疗作用。如果我们把"具有治疗作用的植物"看做"中药"的定义,我们就应该肯定萝卜也是一种中药。同样,博物馆的存在只是为了保存那些最好的艺术品,并不能说明最好的艺术品只存在于博物馆里,更不能说明存在于博物馆里的东西就一定是艺术品!我之所以否定绝大多数的西方现代艺术,不是因为它们与人类的日常生活没有直接或间接的联系,也不是因为它们是否表达了崇高、荒诞,甚至丑,而是因为它们没有体现人类高水平的想象力:从单一颜色的"绘画"到没有声音的"乐曲",从沃霍尔的"包装盒"到杜尚的小便器,等等,这一切非但没有体现人类想象力的进步,反而显示了其创造力的贫乏。

陈:小便器究竟是不是艺术品?这里面至少有三重含义:第一,从发生学的角度上讲,人类发明的第一个小便器就像人类发明的第一把石斧一样,体现了人类的想象力和创造力、凝结了人类的智慧和情感,因而是"艺术"和"工艺"的统一体;第二,从日常生活的角度看,我们每天使用的小便器虽然也有光洁的外表和流畅的弧线,但是这种司空见惯的工艺已很难(即便并非完全不可能)引起我们的审美情趣,很少有人会在小便之后对其爱不释手,因而只具有"工艺"价值而没有多少"艺术"价值;第三,从艺术制度的角度看,一个被视为艺术家的叫做杜尚的人将他的名字签到一个小便器上并将它搬进了艺术馆里,我们必须承认这是人类艺术史上的一个"事件",但未必要承认这个小便器具有艺术价值。正如摆在中药铺里的秤砣不是中药一样,搬进博物馆里的小便器也不是艺术品。它无法诱发我们的审美情感,至多能引起我们对"艺术"这个概念的反思而已。

王:这就涉及到我们要讨论的最后一个问题,也就是艺术的本质问题了。其实在我看来,这个问题原本并不复杂,与是否实用、是否美丑也没有什么必然的关系。"艺术是什么"这个问题之所以变得那么复杂,是因为我们受了滥用词语的蒙蔽。比方说,"陈皮"不过是橘子皮在中医制度中获得的一个雅号；如果有人不知道"陈皮"是什么，这不是因为他们理解力弱，而是因为他们把陈皮误认为另外一种不同于橘子皮的东西。与此相似，"艺术"或许就是想象力的创造活动，而我们把它误认成了不同于想象力的创造活动的另外一种东西，如"再现"、"表现"或者"有意味的形式"，等等。这种误解是很有可能的，因为现代意义的"艺术"概念在西方的文艺复兴时期才开始存在，而艺术的历史或许和人类历史一样久远。在我看来，作为一个一般概念，即广义的艺术，不是别的，仅仅是想象力的创造活动；而现代意义的艺术，即狭义的艺术，是在一种社会制度的框架中进行的没有外在功利目的的、高水平的想象力的创造活动。亚瑟·丹托和乔治·迪基的理论仅仅把艺术看做制度的产物，却奇怪地无视艺术必须是一种具有高水平的想象力的创造活动，这就好像是声称某些植物之所以是中药，并不是因为这些植物本来就有明显的治疗作用，却仅仅是因为真正的医生或者骗人的郎中说它们是中药。

陈：这个观点我部分同意，但也需要补充。除了想象之外，我认为情感也很重要，甚至更为重要。从创作的角度来看，是情感推动着艺术家想象力的展开，因而没有情感的想象是贫乏的；从欣赏的角度看，人们通过作品的形象最终获得的是情感，因而没有情感的作品是空洞的。因此，对于艺术的本质而言，"情感"是较之"想象"更为内在、更为根本的内容。换言之，一部艺术品的美学价值，既取决于其"想象"的丰富程度，更取决于其"情感"的复杂程度。这就回到了康德美学中精华的部分，即不但要有"无概念的普遍必然性"（形象），而且要有"无利害的快感"（情感）。其实这两个判断之间是有着内在联系的，艺术情感的复杂性是无法用因抽象而具有普遍意义的概念来加以替代的，因而只能借助于具体而独特的形象来加以传达。从符号学的角度上讲，艺术形象也是一种符号，但这种符号不是抽象的、约定俗成的，而是具体的、富有原创性的。因此，它并不指向一种确定的、可供理解的思想内容；而是指向一种模糊的、可供感受的精神状态。这种可供感受的精神状态是无法用抽象的概念加以穷尽的，因而是只可意会、不可言传的。所以我坚持认为，表达观念是哲学家的工作，表达情感才是艺术家的事情。表达情感的艺术不可能替代表达观念的哲学，表达观念的哲学也不可能替代表达情感的艺术，所以也就不存在艺术与哲学孰高孰低的问题，所以也就不存在艺术让位于哲学的问题。

王:我把"想象"置于艺术的核心,甚至认为现代意义的艺术不过就是在一种制度框架内进行的高水平的想象力的操作,并不排斥"情感"甚至"理性"在艺术中的作用。另一方面,我同意陈老师关于哲学不可能代替艺术的看法,原因正如我们已经说过的,艺术能力是基因决定的,因此,人类这种至深的原始能力是不会因特殊的社会历史条件的变化而消失或衰亡的,也不可能变成别的东西。只要人类存在,艺术就永远存在。再说,哲学和科学这种体系性地表达观念的事业存在多时,现在有人突然声称艺术也成了这么一种东西,听起来也很奇怪。如果我们仔细考察一下现代艺术究竟表达了什么观念,我们就会发现它在观念上的贫乏一如其在想象力和创造力上的低下。现代艺术这种徒有虚名的现象,自我放逐于艺术的园地之外,怎么能指望哲学的殿堂会收留它呢?

● 原文刊载于《求是学刊》2010 年第 2 期。
● 陈炎,山东大学文艺美学研究中心教授,博士生导师;王祖哲,山东大学文学与新闻传播学院副教授,文学博士。

文学权力：文学的文化资本

朱国华

假如我们可以确认文学自身具有话语权力的性质，那么，要对此进行论证，我们就必须研究考察任何一种权力的根本条件即资本（这里主要采用了布迪厄的术语，有的社会学家例如吉登斯，则称之为资源）。这种考察除了必须证明文学文本自身构成生产和实现权力有效手段的可能性，从而使自己具有文化资本的属性（此方面已有专文讨论），还意味着讨论作为一种话语形式，文学在社会历史语境中所占据的地位及其意义。这显然是一个更大、更复杂的问题。但择其荦荦大者，我们或许可以从如下两方面进行探讨：其一，分析文学的符号资本的基本条件（符号资本即得到合法认同的资本，文化资本或社会资本一般是得到合法认同的，所以在本文中有时可以作为近义词而互换）；其二、考察文学的符号资本的实现方式。

一

"物以稀为贵"是经济学上的一项基本价值规律。资源的稀缺性可以说是经济学的逻辑出发点之一。经济学上的稀缺性是指相对于人类无限的需求而言，资源总是有限的，这种物质的不可获得性即为稀缺性。可以说，资本固然意味着积累的劳动，但从表现形式上来看，稀缺性也构成了它的条件：因为物质假如像通常情况下的空气或阳光那样容易得到，它就不会具有任何交换价值。所以，我们考察文学的文化资本，也可以从分析其基本属性即稀缺性这一角度入手。稀缺性尽管是经济学概念，我们仍然可以将它引入到我们的文学社会学的研究之中。显然，经济学的这一规律不仅适用于物质现象，也可以适用于精神现象。我们认为，作为一种文化资本,文学具有一种文化稀缺性,当这种稀缺性与一定的权力体制的合法认同结合在一起的时候,文学必然由于拥有一定的符号资本而表现为一定的符号权力。

我们这里说的文化稀缺性,首先当然是指就其存在形式而言。在大众媒介兴起之前,以手抄本或者书籍形式存在的文学文本都被垄断于少数权力精英手中;而在口传时代或是大众媒介时代,被我们称之为文学的东西总是和某种体制的合法认同联系在一起,无论哪一种情况,比较起人们的精神需要、比较起其他多如恒河沙数的随生随灭的话语而言,文学当然是稀缺的。但要将其意义具体化,从共时性维度来看,其含义主要包含至少以下三种情况:

其一是指作为文化能力的稀缺性。自古至今,人们普遍相信,与百工之技不同,文学作为一种父子兄弟无法相互传授的创造性能力,乃是不可以在后天习得的天赋。在这种信念的支配下,人们认为,这种才能几乎是检验一个人的全部智商的一项极为重要的标准。当康德和一些浪漫主义者谈到为自然立法的天才的时候,他们实际上就是指与生俱来的艺术天赋①。在一个政治上稳定的社会里,尤其是传统社会里,像李白或者歌德这样的天才,受到人们的顶礼膜拜并不足为奇。而更重要的是,在有些情形下,拥有这种文学才能的人不仅仅只是受到人们象征性的尊敬,他们还由于被推论为拥有处理实际事务的才能而被授予权柄。关于这一点,中国的科举制度提供了最典型的例证。何怀宏先生说:"在举贤时代,经学、文学稍稍分途,科举时代,两者渐渐合一,唐至宋初一段似以文学为主,表里皆文学;宋元以后渐渐是以经学为主,或者说以经学为里,文学为表,然而录取中式却往往还是不能不以'表'(形式)为定。作为经义应试文的八股在次一级的意义上仍然是经学与文学的一种结合,其内容是经学,形式则为文学。"②文学是科举考试的主要内容之一。文学这种在今天被认为主观性很强的语言艺术的存在,却长期被当成检验一个人资质高下的客观标准。即使是那些科举场上失意的文人,也常常被各级官员招为幕僚从而与那些达官显贵分享权力。

其二是指作为文化习性的稀缺性。所谓习性,简单地说,就是某种性

---

① (德)康德:《判断力批判》上卷,商务印书馆 1985 年版,第 154 页。
② 何怀宏:《选举社会及其终结》,三联书店 1998 年版,第 168 页。

情倾向。一方面,一个社会行动者(agent)的文化习性来源于他所遭遇的社会结构对自己的塑造;另一方面,文化习性作为可以辨识的特定社会阶层的身份标志,又决定了一个行动者在社会空间中实践活动的可能范围和限度。文学无疑是人类文明的最高标志之一,对于一个出身高贵或希望自己显得高贵的人来说,拥有一定程度的文学能力或文学知识,显然是一项使自己在社会空间尤其是上层社会里游刃有余的基本技能之一。在春秋时代,"不学诗,无以言"。一个外交官不会熟练地引用《诗经》是不可想象的。《诗经》后来被指定为儒家的基本经典,成为试图进入权力场的士子们的必读书。中国历代帝王,除了大多数开国皇帝外,罕有不能诗善赋的。在宫廷里,在饮宴中,在宦游生涯中,吟诗作赋乃是必不可少的应酬交际手段。在西方,情形也同样如此。特别是在文艺复兴时期,文人墨客可以凭着对荷马或古典文化的熟谙,成为意大利大大小小诸侯的座上宾。可以说,在许多社会历史语境中,一定程度的文学修养和文学能力,乃是一个人获得话语权的主要条件之一。文学趣味虽然在理论上属于所有人,但实际上却属于支配着社会的少数"权力精英"。从这种意义上,尽管文学本身并不构成现实的、操作意义上的权力,但是,由于"艺术和文化消费是被预先决定用来实现将社会区分合法化的社会功能"①,由于对文学艺术的推崇和迷恋在诸如教育、新闻媒体之类的社会体制中得到不间断的再生产和再确认,由于文学素养、文学气质、文学天赋被建构和认同为上流社会的自然特征,因此,文学具有符号权力也就是不言而喻的事了。

其三是指作为文化产品的稀缺性。文学作品固然是作为有限存在者的作家的精神创造,但另一方面,其又可以笔之于书,借助于语言符号而垂诸青史,古人将其列为三不朽之一:"太上有立德,其次有立功,其次有立言。虽久不废,此之谓不朽。"②贵为九五之尊的皇帝曹丕在一段不无伤感的话中把这一点说得很明白:"盖文章,经国之大业,不朽之盛事。年寿有时而尽,荣乐止乎其身,二者必至之常期,未若文章之无穷。是以古之作者,寄身于翰墨,见意于篇籍,不假良史之辞,不托飞驰之势,而声名

---

① Bourdieu P. , *Distinction*: *A Social Critique of the Judgement of Taste*, Routledge and Kegan Paul, 1984, P7.

② 《春秋三传》下册,中国书店 1994 年版,第 130 页。

自传于后。"①因此,文学的写作就具有了另一层含义:文学的叙事不仅仅可能影响着对一些当下事物的认识,而且可能支配着后人对这些事物的认识。陆游诗云:"死后是非谁管得,满村听说蔡中郎。"说的就是这层意思。在这方面,最明显的莫过于史书(古代的历史学家,必须首先是文学家)。有些人,介乎可以列入史传和不可以列入史传的范围之间。又有些人,肯定要上史书,但在史书上写得好写得坏,全系乎史官一念之间。所以历来传说着一些史官向传主及其后人索取润笔的丑闻,比如班固受金、陈寿求米之类。《魏书》的作者魏收曾经把话说得很露骨:"何物小子,敢共魏收作色? 举之则使上天,按之当使入地!"②纯文学领域可能显得隐蔽一些,表现形式也可能没有这么露骨,但性质则是一样的。我们不必说可以影射别人的小说,即使是诗文,花重金定购名家作品的,也大有人在。关于这一点,翻开中国古代著名文人的文集,看一看上面的应酬诗、碑文之类所占的比例,就可以一目了然。个中原因不难理解:花一点银两或送点东西作为润笔费,就有可能依傍文学家的生花妙笔而扬名千古,这原本是一本万利的买卖。

以上我们分别从三方面讨论了作为文学的文化资本根本属性的文化稀缺性。但文学的文化资本在不同的历史语境中具有不同的性质和意义,大体上说来,在前现代社会,文化能力、文化习性和文化产品的稀缺性与权力体制的同谋关系似乎是不言而喻的。但到了现代社会,随着识字人口的激增,媒介文化的兴起,人类表征领域极大的拓宽,文化能力普遍提高,文化习性不再是少数贵族精英的专利,文化产品也由稀缺变成了过剩,并出现了通俗文学与严肃文学的区分。这样,构成文学权力符号资本的文化稀缺性开始严重萎缩,从它以前所垄断的表征领域里渐渐退守到文学自身在场的纯粹场域。尽管严肃文学仍然继续获得权力体制的合法认可,但文学已经被报纸、广播、电视、电影等排挤到文化场的边缘地带,不再能够以全知全能的视角来俯瞰一切了。

二

从历时性的维度来看,在指物言事的表征领域,在一个相当长的历史

---

① 萧统:《文选》,上海古籍出版社 1994 年版,第 2271 页。
② 李百药:《北齐书》,中华书局 1987 年版,第 488 页。

阶段里,文学享有一种独一无二的稀缺性,甚至可以说是垄断性。由于它缺乏一个强有力的叙事话语形式的竞争者,因而得以在事实上进行话语垄断,而这也正是其符号资本的主要实现途径。

在前现代社会,无论是中国还是西方,由于语言文字被掌握在少数人手中,因此,语词就获得了某种不言而喻的神秘性甚至魔力。卡西尔在《语言与神话》中论述了这一关系,他指出:"赋予人类言语的语词中的神话创生力和人格力最初也给予了形象,也给予了每一个艺术的再现。尤其是在魔法领域内,语词魔力处处都由图像魔力陪伴着。同样,艺术形象也唯有当神话意识在他四周划下的那道魔圈被打破的时候,唯有当它不再被认作神话 – 魔法形式而被认作是一种特殊类型的表述时,才能获得其纯再现的,特别是'审美的'功能。"①这种神话 – 魔法形式使得诗人在社会生活中获得了一个支配性的地位。布罗姆菲尔德(Bloomfield)和丢恩(Dunn)研究了西方早期社会,特别是前基督教时期诗人的角色。在大量翔实的史实材料的基础上,他们指出:许多古代神话相信,诗人的灵感窃之于天国:"诗被魔术般发明出来;它发源于神;它依赖于由一种特别酿制的液汁(liquor)所带来的醉人的力量,并由此传布超越人类的智慧。某些具有中介性质的施予者(donor)也许会有意无意地将这一礼物赠给终有一死的人,而这些人因此获得了对于人类而言颇为独特的力量,借助于它,他们可以运用那种能够将部族的过去、现在和未来联系在一起的智慧。诗并不起源于人类;它是由人类通过包括诡计、欺骗和神偶尔赐予的恩典在内的一连串特殊事件的链条而获得的礼物。"②因此,获得诗的天赋的诗人就显得意义非凡了:"诗人的职责是令人敬畏的。他不仅必须学会掌握遵照韵律的严格规则和语言习惯的诗的艺术语言,而且,他还必须能够回忆过去,阐释现在,预言未来。并且,他在任何时期都被要求保存'真理'。"③这就是说,由于话语被诗人所垄断,他们因此就获得了非同寻常的权力:fili(按,意为诗人 – 先知)"当然除了操纵语词艺术来支持统治

---

① (德)卡西尔:《语言与神话》,三联书店 1988 年版,第 113 ~ 114 页。

② Mortonw Bloomfield, Charles W. Dunn, *The Role of the Poet in Early Societies*, D. S. Brewer, 1989, P91.

③ Mortonw Bloomfield, Charles W. Dunn, *The Role of the Poet in Early Societies*, D. S. Brewer, 1989, P48.

者之外还有其他功能:有时支持王权的软弱的要求;有时向宗族或统治者描绘蓝图,或为宗族或统治者抵御恶魔;他们有时通过歌唱来鼓励猎人或骑士;他们也许表现得像宗族的历史学家(并不仅宣扬统治者的权能)。这些诗人也控制过去的官方纪录……比上面所说的更重要的是,诗人最后使不同的人们和行事的成功成为可能。他祝福他们,正如祭司在渔船出发捕鱼之前祝福渔船。他为国王和其人民的形式带来超自然力量的支持。如果没有它的帮助,成功将是不可能的。除非宇宙力量站在人类或其行事的一边,否则无论是人类还是其行事均会失败。但没人能行的时候,诗人和智者却能控制这些力量"①。

由于"子不语怪力乱神"的"实践理性"立场,由于上古的对神话的历史化运动,中国保存下来的神话或口传文学是极其不完整的,除了诸如李白是"谪仙人",文人是天上的文曲星之类的说法,我们缺乏对于文学家的众所皆知的神秘解释。但其实,在夏商和西周之初,承担文化上叙事任务的是巫觋。巫觋在全社会的身份和 fili 是大同小异的:"其智能上下比义,其圣能光远宣朗,其明能光照之,其聪能听彻之,如是则明神降之,在男曰觋,在女曰巫。"②巫觋被认定拥有沟通人和神两个世界的超凡能力,拥有有关祭祀仪轨和宗法秩序的专门知识,因此也顺理成章地垄断了符号权力。换言之,他们负责判断事件的意义,指令人们该干什么,以及通过权威话语指出人们实际上已经干了什么。巫觋所做的祭祀降神的咒语歌诗如今虽然大抵湮灭失传,但从一些残存下来的吉光片羽上仍然可以令人慨想当初这些人的赫赫威势。由于相信语言的魔力足以改变现实世界,他们的一个基本做法是,通过祝盟、颂扬和诅咒来控制外在、异己的力量,从而使之臣服于自己的符号权力。例如伊耆(即神农)的祭八神祝词、舜的祠田文等,秦惠文王的诅楚文,均是希望借助于神的力量实现自己的愿望。《诗经》虽未必有很多作品出于巫觋之手,但颂的部分不能说与巫觋的文化习性毫无关系。实际上,有的学者就经过考证,指出了颂不

---

① Mortonw Bloomfield, Charles W. Dunn, *The Role of the Poet in Early Societies*, D. S. Brewer, 1989, P19.

② 《国语·楚语》,上海古籍出版社 1988 年版,第 559 页。

仅仅拥有象征权力，而且拥有事实上的权力①。虽然随着后来鬼神观念的式微，"敬德保民"观念的兴起，巫被史所取代，"诗亡而后春秋作"，但是，其垄断话语霸权的性质没有发生变化。史与巫觋、fili 一样，也善于利用语词的魔力为统治者提供合法化辩护。所不同的是，史不再主要诉诸鬼神的力量，而是诉诸善恶区分的信念，也就是孟子所谓"春秋作而乱臣贼子惧"。借助于对历史和现实这种二元对立的叙事，史控制了人们的信念。当然，巫史并非完整意义上的诗人②，但作为早期社会的文化精英，他们必然影响了上古文学的性质、倾向、范围、形式和内涵。因此，巫史的作用、功能及其角色身份也可以在某种程度上说明文学在中国早期社会中的权力性质。在《诗经》、《楚辞》中的许多篇目中，诗人们诉诸道德的力量，对祖先历史或社会万象或者颂扬，或者贬抑，充分说明了这一点。因为如果说权力的实施借助于资本的分配，那么诗人通过道德这一符号资本的奖惩与夺，成功地实现了这一点。

即使在后来的社会历史语境中，文学逐渐从巫、史、宗教、哲学、艺术等其他叙事中分化出来。文学尽管不再能全方位控制表征领域，但仍然可以通过在一定程度上控制公共舆论领域从而发挥其符号权力的功能。在这里，文学作为一种主要的民间话语形式，一方面隐然与主流话语遥相对抗，另一方面又是沟通庙堂和江湖的桥梁。中国古代许多文人社团的清议力量也许未必典型，但在 20 世纪的中国，从五四运动到 40 年代以及"文化大革命"以后的十年里，作家在社会上的活跃程度和影响力显然是与其临时承当公共舆论职能这一事实分不开的。在西方，哈贝马斯认为，资产阶级公共领域的形成与文学密切相连："在与'宫廷'的文化政治对立之中，城市里最突出的是一种文学公共领域，其机制体现为咖啡馆、沙龙以及宴会等。在与资产阶级知识分子相遇过程中，那种充满人文色彩的贵族社交遗产通过很快就会发展成为公开批评的愉快交谈而成为没落

---

① 葛兆光：《七世纪前中国的知识、思想和信仰世界》，复旦大学出版社 1998 年版，第137 ~ 138 页。

② 鲁迅先生说："巫史非诗人，其职虽止于传事，然厥初亦凭口耳，虑有愆误，则练句谐音，以便记诵。文字既作，固无愆误之虞矣，而简策繁重，书削为劳，故复当检约其文，以省物力，或因旧习，仍作韵言。"（鲁迅：《鲁迅全集》第九册，人民文学出版社 1991 年版，第 345 页）这里鲁迅先生实际上初步指出了巫史与后来的文学家的联系。

的宫廷公共领域向新兴的资产阶级公共领域过渡的桥梁。"①文学本身曾经构成一种对于舆论具有支配意义的公共领域,实际上,从伏尔泰到左拉,甚至到萨特和五月风暴,文学家不仅仅在舆论上引导民众,而且还运用这一符号权力在实际事务上干预社会。无论是被誉为"民族魂"的鲁迅,还是被称作"20 世纪人类良心"的萨特,其对社会之所以具有巨大的精神动员力量,是因为他们已经成为当时舆论的一个重要因素:鲁迅写得更多的是他刊登在报刊上的杂文而不是小说,萨特更热衷的体裁是戏剧而不是小说②,这并不是偶然的。

19 世纪下半叶以来,在报纸、广播、电视、电影等大众传播媒介大规模入侵话语场所带来的巨大压力下,文学对表征领域失去了支配性的控制力量。文学开始裂变为两类,其一是媚俗从众的大众文学,尽管在表征领域里仍然据有一席之地,但却由于文学性的匮乏以及与主流意识形态的同谋关系而失去符号信誉;其二是宣称纯粹写作的严肃文学,尽管在诸如作家协会、大学教材、研究机构、文学奖以及大众传媒等体制的担保下仍然享有符号信誉,并在语言系统的表征领域的金字塔顶端继续确定着文学的定义和真理,但却由于它丧失社会沟通功能而使自己的符号资本严重贬值。文学仍然维持着符号权力的特性,但其作用范围已经大大萎缩了。

三

以上我们论证了文学所赖以构成其符号权力的文化资本。但是,仅仅证明构成文学权力条件基础的文学的符号资本的可能性,并不是全部问题的解决,而只是在方法论意义上为文学社会学提供了另一个思考问题的基本出发点。要具体地测定文学权力的性质、范围、地位或意义,必须将它置于特定的社会历史语境中进行微观考察。这实际上就向我们提

---

① (德)哈贝马斯:《公共领域的结构转型》,学林出版社 1999 年版,第 34 页。
② 小说是私人阅读的,而戏剧则预设了一大批观众的存在。埃斯卡皮说:"有意义的是,让－保罗·萨特更喜欢用戏剧而不是小说来'表达'他的思想。原因在于在戏剧和书面文学之间存在着同诗歌和散文之间一样的不同之处。戏剧不是一种交流工具,它本身就是交流。"(埃斯皮卡:《文学社会学》,浙江人民出版社 1987 年版,第 120 页)另参见哈贝马斯对歌德《威廉·迈斯特》的有关分析。威廉相信,戏剧表演与公共表现有着等同的意义。参见《公共领域的结构转型》,第 11～14 页。

出了两方面的问题。第一,我们认为,文学权力的大小除了决定于作家的主观因素之外,更重要的是受制约于文学形式——特别是指作为传播手段的文学形式——在历史语境中演化(无论是主动的还是被动的)的可能性。具体地说,文学权力的重要性伴随着文学话语形式的改变而改变,而文学话语形式的变化除了遵循自身发展的逻辑外,又与其他作为表征的叙事话语形式(如口传文化的话语、报纸话语、电影话语、电视话语)的兴衰演变密切相连,或者更确切地说,也可以被理解为与其他叙事话语形式相互挤压、竞争、斗争的结果。那么,这一切是如何发生的?我们需要借助于经验材料对此进行比较细致的研究。当然,需要澄清的是,尽管我们是从形式的角度切入文学权力的,但我们并不是形式主义者,因为我们认为,文学形式并不直接决定文学权力的性质和大小,其重要性仅仅在于它作为一种内在因素,构成了建基于其上的文化资本的可能限度,换言之,文学话语由于其形式的规定性而被确立了其话语场上的地位和比重。

第二,文学的文化资本的现实性毕竟还取决于一定的社会空间,取决于权力场的其他场域,取决于它与政治资本、经济资本、宗教资本、军事资本、教育资本等其他资本之间的相互依赖、较量、角逐的种种复杂的互动关系和具体情境。事实上,在一定意义上可以说,文学权力本身就是上述资本文学化了的化妆表演。尽管考虑到这种观念已经被作为文学社会学的基本常识所广泛接受,在本文中,我们似乎没有必要对此进行进一步展开论证和强调,但是,我们仍然不能不回答,上述资本是通过什么方式,以及在什么意义上来形塑文学,并使文学臣服于自己的意志的。

通过这两方面的有机结合,我们不仅可以建立一个文学的文化资本具体运作的大致的分析框架,再由此出发,通过一些文学事实或文学现象的个案研究,探索文学权力作为话语实践的可能规律,并以此推动文学社会学的发展;而且,我们还可以在一个宏观视野里,最终揭示文学由传统社会的中心走向现代社会的边缘、文学权力由兴盛而逐渐走向衰亡,从而失去社会学意义上合法性的内在秘密。但这是本文的篇幅所不允许的,只能留待另文详及了。

●原文刊载于《求是学刊》2001年第4期。
●朱国华,华东师范大学中文系教授,博士生导师。

斯皮瓦克和她的后殖民女权主义批评

于文秀

在后现代主义标举差异、解构中心的文化语境下,一些边缘文化和弱势话语纷纷异军突起,其中后殖民批评是呼声最高、最为引人注目的。印度裔美国女学者加亚特里·斯皮瓦克则是当今著名的后殖民批评家,被誉为后殖民批评"神圣的三剑客"(罗伯特·扬语)之一。在后殖民理论阵营中,"三剑客"各有自己的特色和所长。如果说赛义德的理论有强烈的意识形态和政治批判色彩,霍米·巴巴对殖民话语的解构和颠覆往往通过模拟和戏仿来实施,那么斯皮瓦克的理论则带有鲜明的女权主义和解构主义色彩,而且在后殖民理论阵营中,只有斯皮瓦克真正愿意将自己标榜为"后殖民知识分子"①、"后殖民妇女知识分子"②。具体来说,斯皮瓦克的后殖民批评的最大特色,一是理论与方法上的异质性,二是对双重权力话语即帝国话语和男权话语的反击与批判。

一、理论归属的异质性特征

在后殖民理论家中,斯皮瓦克的文化批评是颇有分量和挑战性的,同时也最难捉摸、最为复杂,这使她在后殖民批评领域的学术影响仅次于赛义德,但却是最具有争议性的,其著述的晦涩艰深也是人们公认的。斯皮瓦克理论晦涩难懂的原因除个人文风所致之外,还在于理论归属上的极

---

① (美)斯皮瓦克:《属下能说话吗?》,参见《后殖民主义文化理论》,中国社会科学出版社1999年版,第134页。

② (美)斯皮瓦克:《属下能说话吗?》,参见《后殖民主义文化理论》,中国社会科学出版社1999年版,第140页。

为复杂,她在著作中常将多种方法整合一处,"她拒绝在排斥其他学派的前提下信奉任何一种批评学派或文化/政治的主导叙述方法"①。她的理论立场亦闪烁不定,比如她一面在《在他者的世界里》承认德里达的影响,不止一次将德里达称为自己的老师,同时她又坚持认为"我不是一个解构主义者"。她与马克思主义的关系也同样难以确定,她一面表白"我不是一个真正的马克思主义文化批评家",另一方面她又对罗伯特·扬宣称"我是个旧式的马克思主义者",说自己是进入"马克思理论深处"的人②。斯皮瓦克在理论归属上的不确定性、模棱两可性甚至"充满异质性"的特征,与她的批评信念有直接的关系,因为她坚持认为批评家必须在"没有一个总体的分析立场"的情况下从事批评③。同时,这也是对她所青睐的标举差异与异质的解构主义理论精神的张扬所致,她曾宣称:"至于矛盾……我并不担心它们",并主张"一个文本中的矛盾、不和谐之处有可能是对后来的知识型或开创型著作最有启发的地方"。因此她一直坚持认为理论和实践应该彼此把对方引入有积极意义的危机之中。正如德里达在《论文字学》中所说的那样,"解构的事业以某种方式往往成为自己著作的牺牲品"④。在这方面,斯皮瓦克著作颇具典型性。

尽管她的理论方法多样并且她也拒绝坚持单一立场,但通过分析考察,还是不难看出她的理论中浓厚的解构主义的底蕴。与赛义德相比,应该说他们对西方马克思主义理论都同样重视,如斯皮瓦克的"属下"一词便直接来源于葛兰西的文化领导权理论,但在后结构主义领域他们则各有侧重,如果说赛义德极力追随的是福柯,那么斯皮瓦克则更钟情于德里达。斯皮瓦克的成名与德里达有直接关系。当时曾在一所名气不大的大学任英文系教师的斯皮瓦克,通过翻译介绍德里达及其后结构主义理论一下出了名,并从此一发而不可收,从解构主义到女权主义再到马克思主义,最后成为后殖民主义理论的大师级人物。德里达的解构语言学理论登陆美洲大陆后形成巨大影响,"耶鲁四君子"(即耶鲁学派)当推头功,但少壮派乔纳森·卡勒对解构理论的阐释和斯皮瓦克的翻译亦功不可

① (英)巴特·穆尔－吉尔伯特:《后殖民理论》,南京大学出版社2001年版,第97页。
② (英)巴特·穆尔－吉尔伯特:《后殖民理论》,南京大学出版社2001年版,第97~98页。
③ (英)巴特·穆尔－吉尔伯特:《后殖民理论》,南京大学出版社2001年版,第98页。
④ 王宁:《后现代主义之后》,中国语文出版社1998年版,第126页。

没。斯皮瓦克不仅是德里达著作的主要翻译者,而且也是对德里达思想把握最为准确的研究者之一,这主要体现在她为德里达的代表作《论文字学》撰写的那篇长达80页的"译者前言"以及其后发表的一系列论文中。

正因为对德里达有深刻的理解,她才反对英国学术界普遍流行的一种模式化看法,即认为"福柯研究真正的历史、真正的政治、真正的社会问题;德里达是无法理解的、神秘的和文本化的"①。英国马克思主义文化批评家特里·伊格尔顿也认为德里达的作品"大体上是非历史的,政治上难以捉摸的"②。但斯皮瓦克却不认同这种具有普遍性的说法,即认为德里达的著作只具有形式的意义和作用。在斯皮瓦克看来,德里达文本的政治效应不容忽视,她说:"我发现德里达的形态学比福柯和德鲁兹对比较'政治'的问题的直接和本质的参与……更加棘手和有用,这种参与使其对美国学术界激进派的影响更加危险。德里达标志着对通过同化而占有他者的危险的激进批判。"③她认为,德里达的理论内蕴着反对普遍性和同一化霸权的思想,而这对后殖民理论中的作为霸权的对立面而存在的他者的研究,极富启发性,包含着对种族中心主义的批判,并将种族中心主义称作欧洲普遍危机的一个表征,同时,德里达反对"让别人为自己说话",并提出"完全的他者"的概念④。德里达的批判"暗示对他者构成中的欧洲种族中心主义的批判"⑤,"这些方面对第一世界之外的人民具有长久的用途"⑥。由上述观点可以看出,斯皮瓦克对德里达的思想的确有透彻而独到的理解,但她也认识到了,来自西方并把西方作为思考重心的德里达,在思想上并未完全跨出西方视点和西方意识形态的拘囿,因此

---

① (美)斯皮瓦克:《属下能说话吗?》,参见《后殖民主义文化理论》,中国社会科学出版社1999年版,第130页。

② (美)斯皮瓦克:《属下能说话吗?》,参见《后殖民主义文化理论》,中国社会科学出版社1999年版,第130页。

③ (美)斯皮瓦克:《属下能说话吗?》,参见《后殖民主义文化理论》,中国社会科学出版社1999年版,第157页。

④ (美)斯皮瓦克:《属下能说话吗?》,参见《后殖民主义文化理论》,中国社会科学出版社1999年版,第134页。

⑤ (美)斯皮瓦克:《属下能说话吗?》,参见《后殖民主义文化理论》,中国社会科学出版社1999年版,第133页。

⑥ (美)斯皮瓦克:《属下能说话吗?》,参见《后殖民主义文化理论》,中国社会科学出版社1999年版,第131页。

求/是/文/荟 《求是学刊》发刊200期

她表示要"运用并超越德里达的解构方法"①。

总体看来,斯皮瓦克的立场是灵活多变的,她能够随着西方文化批评的主导线索不断调整自己的批评方法和批评策略,曾分别在解构主义、女权主义和马克思主义鼎盛和复兴之时伫立潮头,叱咤风云。但这种批评的灵活的立场和对策也使她的理论具有缺乏体系和一贯性的缺陷,并招致各种异议,正如她所说,由于她本人位置的灵活,所以"马克思主义者认为我太代码化了,女权主义则嫌我太男性化了,本土理论家认为我过于专注西方理论了"②。应该说,当代文化研究所涉及的性别、阶级、种族(有人也将这三者称为"文化研究"批评的"三剑客")三种批评领域和批评范式,斯皮瓦克都已涉足其中,并作了富有挑战性的研究和批评,但这一切都有一个最终着陆点,即对帝国与男性的霸权话语进行解构性的质疑和批判。

二、后殖民女权主义批评:反击双重的话语霸权

虽说和赛义德的东方主义和文化帝国主义批判理论的系统性、庞大性相比,斯皮瓦克的著作和思想都无法企及,但她在后殖民批评中却引进了性别(女性主义)视角,并进行了富有深度和创见的阐释,这是赛义德所缺乏的。正如一位西方研究者所指出的,"《东方主义》书中在涉及殖民分野的两边时很少注意妇女的地位,《文化与帝国主义》也基本上仍停留在一个男性/男性主义概念的视野内,但性别问题在斯皮瓦克整个经历以及她全部的兴趣范围内都是她著作的焦点"③。正因为如此,斯皮瓦克的理论在女性主义领域占重要的一席之地,有"学院派女性主义者"之称④。

斯皮瓦克的批评之所以被称为后殖民女权主义批评,主要是由于她既是一个后殖民批评家,同时也是一个女性主义者,她的理论批评既反对帝国的殖民话语,又反对男权中心话语。在斯皮瓦克的后殖民女权主义批评中,她主要集中对第三世界妇女因受双重权力话语的压制而成为沉

---

① (美)斯皮瓦克:《属下能说话吗?》,参见《后殖民主义文化理论》,中国社会科学出版社1999年版,第157页。

② 王宁:《后现代主义之后》,中国语文出版社1998年版,第126页。

③ (英)巴特·穆尔‐吉尔伯特:《后殖民理论》,南京大学出版社2001年版,第95页。

④ 王宁:《后现代主义之后》,中国语文出版社1998年版,第138页。

默的群体以及西方白人女性主义对第三世界妇女的妖魔化塑造和殖民主义叙事等进行了揭示,这些批评在当今学术界产生巨大的反响,同时也成为她的后殖民理论的主要组成部分。从斯皮瓦克的现有著述来看,她的最有影响的后殖民女性主义批评主要体现在两篇长论文之中,即《属下能说话吗?》和《三个女性文本和一种帝国主义批评》。

由于来自第三世界的身份背景,斯皮瓦克对"贱民"或称"属下"①等非主流文化与政治群体给予了积极的关注,这个群体是附属于殖民地宗主国的第三世界受压迫的下层与边缘群体。斯皮瓦克指出在这属下与边缘性群体中,第三世界的妇女无疑是属下的属下、边缘的边缘,因为妇女由于经济和性别的从属性而被双重边缘化。正如斯皮瓦克所说的:"在属下阶级主体被抹去的行动路线内,性别差异的踪迹被加倍地抹去了……在殖民生产的语境中,如果属下没有历史、不能说话,那么,作为女性的属下就被更深地掩盖了。"②在斯皮瓦克看来,"妇女受到双重掩盖"③。

斯皮瓦克关于第三世界妇女的丧失话语权的分析,以其论文《属下能说话吗?》最为著名。在她看来,第三世界妇女受到双重权力话语或文化霸权的压制,一是男性中心主义(或称菲勒斯中心主义),二是白人中心主义。作为后殖民批评家,她尤其反对和抵制女性理论中的白人主义的话语霸权。

斯皮瓦克作为有解构派倾向的后殖民批评家,她极力地反对西方女性主义理论中的本质主义特征,即将妇女这一群体建构为同质化的所在,而忽视种族和民族差异性的存在。斯皮瓦克认为历史上和文学中的"第三世界妇女"已经打上了父权制和殖民化过程的烙印和标记,从而在男性意识形态和西方意识形态的双重建构下,成为非真实的虚构性和想象性的"他者"。作为"他者"的第三世界妇女已成为一种理论的虚构。

---

① "属下"一词直接源自葛兰西的《狱中札记》,在这本书中葛兰西用以指农村劳动力和无产阶级等。斯皮瓦克对此进行了扩展,用它来称呼社会地位更低下的社会群体。从她后来的一些论述可以归纳出这样的结论,她所谓的属下更多的是指没有自己话语权或不能表达自己的文化群体。在她看来属下如果能够说话,那么属下就不是属下了。

② (美)斯皮瓦克:《属下能说话吗?》,参见《后殖民主义文化理论》,中国社会科学出版社1999年版,第125页。

③ (美)斯皮瓦克:《属下能说话吗?》,参见《后殖民主义文化理论》,中国社会科学出版社1999年版,第126页。

斯皮瓦克曾回忆说,她作为一名研究生刚到美国时曾对"国际女性主义"特别感兴趣,但很快就对它产生了怀疑,原因在于"国际女性主义"理论不仅把女性作为一个普遍的类别加以论及,而且西方女性主义在代表和干涉属下妇女时的"直率"也令斯皮瓦克难以接受。因此,她提醒西方的女性主义者在对待第三世界妇女问题时要消除自觉或不自觉的特权意识,"第一世界的女性主义者必须学会放弃做女人的优越感"①。

在《属下能说话吗?》和《三个女性文本和一种帝国主义批评》两篇文章中,斯皮瓦克通过对一个印度的传统习俗和三篇西方女性所写的小说文本分析中,揭示了西方对东方的强制性而又充满优越感的话语灌输和西方白人女性对第三世界妇女的妖魔化塑造,批判了帝国的霸权意识和殖民主义的叙事。

在《属下能说话吗?》一文中,斯皮瓦克通过对印度古老习俗——寡妇殉身的分析,对西方帝国话语和本土男权话语都进行了批驳,认为二者都是对殖民地妇女的话语权力的侵犯。寡妇殉身指的是印度寡妇登上已故丈夫的火葬堆自焚。以身殉夫,这个习俗在印度并非普遍流行,同时也不固定于哪个种姓或阶级。英国将印度占为殖民地后从法律上废除了这个习俗,这种行为被斯皮瓦克用话语表达为"白人正从褐色男人那里救出褐色女人"。在西方与这一习俗的关系中,斯皮瓦克认为英国的殖民主义话语霸权主要表现在对寡妇一词的翻译的讹误和讹误之中夹杂着意识形态意指。梵语"寡妇"一词的传统写法是"sati",而早期英国殖民者却将其改为"suttee","sati"的原意是"好妻子",而"suttee"则是"忠诚"的自焚殉夫的仪式之意。对此,斯皮瓦克激愤地指出,"白人,在试图从褐色男人手中拯救褐色女人时,通过在话语实践中绝对地把好妻子与在丈夫的火葬堆上的殉身认同",这无疑是给印度妇女(尤其是寡妇)以一种话语纵控和女性主体建构,实质上这是"一种更大的意识形态的限制"②。同时,在这种误译中,殖民主义者还将专有名词变成了普通名词,斯皮瓦克认为,"再没有比把专有名词变成普通名词、将其翻译过来用作社会学证据

---

① (美)斯皮瓦克:《在国际框架里的法国女性主义》,参见张京媛《后殖民理论与文化批评》,北京大学出版社 1999 年版,第 80 页。

② (美)斯皮瓦克:《属下能说话吗?》,参见《后殖民主义文化理论》,中国社会科学出版社1999 年版,第 152 页。

更危险的消遣了"①。殖民主义者的语言误译中凸显出来的是"男性帝国主义意识形态结构"②,这里面透射着帝国话语和男性话语的双重霸权,从语言的所指、意义对主体性所具有的质询和模塑功能看,误译的语词无疑对女性的行为产生一种误导,即只有自焚殉夫才是忠诚的,这样久而久之则会形成一种先在的结构,从而操纵并作用于人的思想观念,进而形成一种"帝国主义的主体生产"。斯皮瓦克对殖民主义者在语言的误译中表现出的主观臆断性和随意性而给第三世界妇女造成一种话语的压抑,表示出极大的不满和反抗,同时她对殖民者在印度风俗中所表现出的方式上的干涉主义和居高临下姿态亦耿耿于怀,认为他们的话语和行为是带有"野蛮的精神分析"性质的③,粗暴的干涉方式表现出的是帝国的自大与优越。

在《属下能说话吗?》一文中,斯皮瓦克还对印度本土在"寡妇殉身"这一习俗上所表现出宗教的桎梏性和男权中心主义作了批判。一种传统的带有宗教色彩的印度本土话语认为,女人如果在丈夫逝世时不进行火中自焚,她的肉身就将在生死轮回中永远不得解脱,只有能到丈夫的火葬堆自焚,女性才能在轮回中杀死自己的肉身。因为在宗教教义看来拥有女性肉身是异常不幸的,由此可以明晰地看到宗教话语对妇女所施予的精神统治与胁迫。印度的本土精英的男性中心立场在对"寡妇殉身"所表现出的"自我牺牲的妇女的纯洁、力量和爱的民族主义浪漫描写中暴露出来",这其中印度大诗人泰戈尔所写的古诗中歌颂了"自我献身的孟加拉祖母",还有作家库马拉斯瓦米也把"suttee"誉为"身体与灵魂的完美统一"的最后象征。对此,斯皮瓦克指出,性别的意识形态建构一直是以男性为主导的,男性将女性行为阐释为英雄主义,那么在故事流传中这种男性意识形态将会作用于主体和意识形态的再生产。斯皮瓦克在文中流露出对印度本土的精英人物的讽刺态度并在立场上与他们保持距离,因为在自诩为后殖民妇女知识分子的斯皮瓦克看来,印度的精英"是为对他

---

① (美)斯皮瓦克:《属下能说话吗?》,参见《后殖民主义文化理论》,中国社会科学出版社1999年版,第153页。

② (美)斯皮瓦克:《属下能说话吗?》,参见《后殖民主义文化理论》,中国社会科学出版社1999年版,第138页。

③ (美)斯皮瓦克:《属下能说话吗?》,参见《后殖民主义文化理论》,中国社会科学出版社1999年版,第139页。

者声音有兴趣的第一世界知识分子提供材料的当地人"①,他们或在有意或无意中有充当了帝国话语的配合者之嫌。

在对殖民话语和本土传统作分析批判后,斯皮瓦克认为,在双重的权力话语的压制和模塑下,第三世界的妇女,只被自我牺牲的意识形态所迷惑和占有,从而发生了严重的自我错置和误认。对此,斯皮瓦克总结说:"在父权制与帝国主义之间、主体构成与客体形成之间,妇女的形象消失了,不是消失在原始的虚无之中,而是消失在一种疯狂的往返穿梭之中,这就是限于传统与现代化之间的'第三世界妇女'错置的形象。"②在殖民主义与男权主义的双重压制下,属下妇女无疑成了哑言主体,不存在受种族与性别歧视的属下主体可以说话的空间,即"属下不能说话"。她在后来的《在国际框架里的法国女性主义》(1981年)一文中继续论说道,属下依然还要通过非属下的中介才能被听到,或者说在属下能说话时西方人会选择不听,再或者说属下说的话可能是被多种因素决定的,即被帝国与男性话语进行了重新编码,因而不能恢复"纯粹"形式的属下意识,不能发出真正的自己的声音。

在《三个女性文本和一种帝国主义批评》中,斯皮瓦克通过对夏洛蒂·勃朗特的《简·爱》、简·里斯的《藻海无边》和玛丽·雪莱的《弗兰肯斯坦》三个女性小说文本的后殖民解读,得出了别具新意的结论,即认为这些文学文本在人物塑造上都不同程度地流露或复制了帝国主义的意识形态话语和殖民主义倾向的叙事,从而使女性文本与帝国主义的权力话语形成共谋关系。这三个文本中,斯皮瓦克对《简·爱》的解读尤为具有反叛性和创新性。在以往的文学批评中,一般有两种观点,一种传统的普遍的观点是,《简·爱》主要表现了一种理想的爱情:它超越一切等级、美貌和财富等外在因素,追求灵肉一致的两性精神之爱,即简·爱和罗切斯特经过重重阻力苦难,摆脱罗切斯特前在的与疯女人伯莎·梅森的婚姻的束缚,终于结合在一起;另一种观点是出自女性主义视角的解读,这种观点以桑德拉·吉尔伯特和苏珊·格芭的《阁楼上的疯女人》为代表,

---

① (美)斯皮瓦克:《属下能说话吗?》,参见《后殖民主义文化理论》,中国社会科学出版社1999年版,第120页。

② (美)斯皮瓦克:《属下能说话吗?》,参见《后殖民主义文化理论》,中国社会科学出版社1999年版,第154页。

即把简与疯女人梅森解读为一个女性的两面,即疯女人梅森所具有反抗与报复强力正是简·爱身上潜隐的对男权中心主义的反抗的可能性。疯女人是简·爱的另一面,同时也是被压抑的女性创造力的象征,这之中寄寓着对有史以来男权社会对女作家创造力的贬低和歧视的回应和抨击。这种解读无疑强化了《简·爱》作为女性小说文本所蕴涵的反抗和消解菲勒斯中心的思想内蕴,这在当时的评论界引起不小的震动。但斯皮瓦克认为这两种解读角度非常单一,她自己的解读无疑更为深刻和更有新意,她认为作者在对简·爱和疯女人梅森的描写中,无疑对前者大加称扬,而对后者则进行了妖魔化处理,如在梅森形象的塑造上,人与兽的界线变得不确定,她爬行、嘶叫、抓扯,像马鬃一般蓬乱的深灰色的头发遮着头和脸。《简·爱》之所以如此描写梅森,斯皮瓦克认为,最根本的原因在于她是牙买加人,是帝国的"他者",是作者即白种女人的文明/野蛮的二元对立思维在起作用,即这里面包含着法侬所说的"善恶对立寓言",是欧洲人对"尚未人类化的他者"①的一种充斥着种族偏见的描写,在某种程度上正是这种帝国偏见成为小说的叙事动力,同时也使简从"反家庭的地位走向合法家庭的地位","是活跃的帝国主义意识形态"为简的行为提供了合法化的确证②。而在另两个小说文本中,《藻海无边》暗示了"即使个人或人的身份这样隐秘的事情,也可能由帝国主义政治来决定"③,《弗兰肯斯坦》则"在不经意中也流露出不少帝国主义情感",如小说中的一个人物亨利·克勒弗要掌握东方的各种语言、熟悉东方的一切,目的是为"欧洲殖民主义和贸易事业尽力"④。斯皮瓦克认为,第一世界女性小说文本中所体现出的对第三世界妇女形象的建构无疑也体现了一种帝国的话语霸权,而这种"文学的霸权主义产生于帝国主义的历史",因此文学批评家必须转向帝国主义的统治档案,否则很难找到帝国主义

---

① (美)斯皮瓦克:《三个女性文本和一种帝国主义批评》,参见罗钢、刘象愚《后殖民主义文化理论》,中国社会科学出版社 1999 年版,第 163 页。

② (美)斯皮瓦克:《三个女性文本和一种帝国主义批评》,参见罗钢、刘象愚《后殖民主义文化理论》,中国社会科学出版社 1999 年版,第 163 页。

③ (美)斯皮瓦克:《三个女性文本和一种帝国主义批评》,参见罗钢、刘象愚《后殖民主义文化理论》,中国社会科学出版社 1999 年版,第 166～167 页。

④ (美)斯皮瓦克:《三个女性文本和一种帝国主义批评》,参见罗钢、刘象愚《后殖民主义文化理论》,中国社会科学出版社 1999 年版,第 173 页。

的"知识暴力的意识形态的线索"①。斯皮瓦克认为自己的这种后殖民解读是对文本进行的"政治性的有益的阅读",而且是某种"无功利"的阅读,其目的是为排斥其他的霸权式阅读。斯皮瓦克上述从种族和性别的双重视角所进行的分析不仅对后殖民理论有独特的贡献,同时也使她成为后殖民女权主义阵营最重要的代表之一。

三、新锐与困境同在

后殖民女权主义是第三世界女性主义的理论劲旅,也是整个后殖民理论的一个分支,在女性主义理论中,它的政治性和对抗性是最为浓郁和激烈的。后殖民女权主义理论也致力于对帝国与殖民的霸权和男性霸权的解构与反击,即反对白人中心主义和男性中心主义,而且由于受到福柯等人的后现代话语理论即知识与权力之间的关系的影响,它主要侧重于从话语层面尤其是文本层面反对对第三世界女性再现与阐释中的权力关系。正如一位后殖民女权主义学者所指出的:"通过不同再现话语(科学的、文学的、法律的、语言学的、电影的)来建构的一个文化和意识形态的复合他者之女性(Woman)——同作为她们自身集体历史的真实的、物质的主体之女性(Women)之间的关系,正是女性主义学术实践力图提出的关键问题之一。作为历史主体的女性和霸权话语生产的女性再现之间的关系并不是一种直接的同一关系,也不是一种对应或简单的暗示关系,而是一种建立在特殊文化和历史语境中的任意关系。"②后殖民女权主义批评是后殖民主义和女性主义直接对话的结果,应该说,它不仅拓展了女性主义的批评空间,修正了以往女性主义的疏漏和不足,而且也丰富和发展整个后殖民理论,使理论界开始关注和正视第三世界女性的真实存在状况、应有的权力及女性自身的复杂性。但我们同时也看到,后殖民主义与女性主义本身的对接并非一拍即合,二者之间更多的是充满激烈冲突和对抗的。当后殖民主义抨击和揭示女性主义尤其是西方白人女性对第三世界女性所存在的白人中心主义权力话语和拯救者的姿态时,女性主

① (印)莫汉蒂:《在西方的注视下:女性主义与殖民话语》,参见罗钢、刘象愚《后殖民主义文化理论》,中国社会科学出版社 1999 年版,第 172 页。

② (印)莫汉蒂:《在西方的注视下:女性主义与殖民话语》,参见罗钢、刘象愚《后殖民主义文化理论》,中国社会科学出版社 1999 年版,第 417 页。

义则批评后殖民主义不能正确处理女性解放和民族独立两个政治诉求之间的关系。应该说,西方女权主义在女性解放中无疑追求的是一种宏大叙事,它的初衷与最终目的都应得到肯定和认同,但在对第三世界女性解放的探求中的确忽视了由于种族、阶级的不同所造成的实际差异,以致有居高临下的甚至殖民主义的倾向。这是应该予以检省和批判的。第三世界女性要求突现自己本真的生存需要,反对西方白人女性的主观化和不公正亦是合理的,但她们也容易出现民族主义立场或民族保守主义倾向,从而在话语实践上甚至现实政治中造成种族对抗,这都是一种错误和极端的表现。

其实,后殖民主义和女权主义在当今文化研究视野中都属于反对文化霸权、维护弱势与边缘群体的少数话语,它们的目的与理想是一致的。后殖民主义从单一的民族文化(东西方)来反霸权,女权主义从单一的性别视角来界定霸权,二者各有侧重,也各有局限。二者不应各执一词,形成偏执对偏执的对抗,"它们之间有效合作的基础恰恰是:相互承认对方的合理性和自己的局限性"①。

后殖民女权主义批评无疑是二者联合的有意义的探索,它反对颠覆双重的话语霸权无疑使二者的局限在一定程度上得到了克服。但后殖民女权主义仍有自己的困惑和难点,那就是在抨击和解构了帝国与男性的双重权力话语之后,如何确立和建构适应第三世界妇女文本的新的理论范式和阐释策略,即在反霸权话语之后如何建立自己的话语。后殖民女权主义者也在努力地进行寻找与探索,但成果并不显著,往往提不出能得到理论公认和经得起现实检验的理论和观点。她们对权力话语的批判往往是犀利有加,但在能够与权力话语形成有效对抗的新话语的建构上力不从心,而这不仅是后殖民女性主义的困境,也是第三世界女性理论甚至是他者妇女理论的共在性问题。

应该说,斯皮瓦克的后殖民女权主义的批评视点和批评思维是十分专注而执著的,这甚至使她在批评中表现出抓住一点、不及其余的特征。她的后殖民视点使她在对帝国的话语权力的批驳和解构中不遗余力、异常猛烈,对帝国主义的深刻抵牾情绪有时不免使她的立场陷入偏狭,认为

---

① 陶东风:《破镜与碎影》,云南人民出版社 2001 年版,第 59 页。

欧洲人在殖民地所做的一切都是对第三世界人民的误解和干涉。对此有些研究者进一步推导出,她对西方近代以来现代性的价值拒不承认,以致将资本主义的自由、平等、民主也视为文化渗透而不情愿接受,这使原本反对本土主义的斯皮瓦克看起来"离本土至上主义并不遥远"①。斯皮瓦克的偏执态度在她的《在教学机器之外》一文中也有明显的流露,她认为"后殖民性"就是"存在于世界其他地区的帝国主义的遗产"。在她看来,诸如"国家地位,合宪法性,公民权利和义务,民主,社会主义,甚至文化主义,无一不被默认为是帝国主义遗产本身所固有的……它们所指涉的合适对象,从历史的角度来看,是不会产生于后殖民地区的"②。对此另一位印度的后殖民批评家阿赫默德指出,这样"把欧洲看作铁板一块,认为那里的全体人和物都是帝国主义的","把一切源出欧洲的东西都片面地划入'帝国主义的遗产'似乎也不合适"。所以他批评说,持有这种观点的斯皮瓦克有"如履薄冰"的危险,因为她"无意中重复了印度右翼分子历来所说的话"③(印度右翼分子是极端的本土主义者和极端的宗教主义者——笔者)。

但无论如何不能否认,斯皮瓦克理论的片面性与新锐性是纠结在一起的,她的后殖民女性主义批评堪称独辟蹊径、独树一帜,她往往能在人们浑然不觉中发出意想不到的批评之光,这批评之光照彻和穿透弥漫于社会和文本之上的话语迷雾,揭穿殖民主义的话语霸权,正是在这个意义上,她的著作才被认为是"后殖民形式文化批评最有分量、最有创造性的贡献之一"④。

●原文刊载于《求是学刊》2005年第4期。
●于文秀,黑龙江大学文化哲学研究中心教授,博士生导师。

---

① 陈晓明:《文化研究:后—后结构主义时代的来临》,载《文化研究》第1辑,天津社会科学出版社2000年版,第23页。
② 阿赫默德:《文学后殖民性的政治》,参见罗钢、刘象愚《后殖民主义文化理论》,中国社会科学出版社,1999年版,第255页。
③ 阿赫默德:《文学后殖民性的政治》,参见罗钢、刘象愚《后殖民主义文化理论》,中国社会科学出版社,1999年版,第258页。
④ 王宁:《后现代主义之后》,中国语文出版社1998年版,第92页。

"现代性的中国式诉求"与西方影响

——试论 20 世纪 80—90 年代中国文艺理论中的西方影响问题

王德胜，杨 光

求/是/文/艺

《求是学刊》发刊200期

一

毋庸置疑，20 世纪 80—90 年代中国文艺理论深深浸染了 20 世纪以来西方文艺理论的影响。这些西方文艺理论大略有：以弗洛伊德、荣格为代表的精神分析学文论；以克罗齐、科林伍德为代表的表现主义文论；以弗莱为代表的神话 - 原型批评；以胡塞尔、英迦登和杜夫海纳为代表的现象学理论。此外，还有两个组成成分较为复杂的流派，一个是西方马克思主义文艺理论，其代表有第一代的卢卡奇、葛兰西以及第二代的法兰克福学派；另一个是解释学文论以及与之有密切联系的接受美学、读者反应理论，代表人物有伽达默尔、姚斯、伊塞尔和海德格尔。由于这些西方文艺理论流派总体上非常注重文艺的人文特性，故可将其视为一个大的文艺理论思潮系统。同时，进入中国文艺理论研究者视野的，还有另一个大的思潮系统，即将自然科学研究精神引入文艺领域而产生的各种理论，其中在新时期中国文艺理论界产生相当影响的，主要有以什克洛夫斯基、雅克布森等人为代表的形式主义文论，以格雷马斯、列维 - 施特劳斯以及罗兰·巴特前期文论思想为代表的结构主义文论以及英美新批评，这一流派人物众多，较为中国学者重视的有韦勒克、燕卜逊、兰色姆和瑞恰兹等人。

目前，在中国文艺理论界，以"人文主义"和"科学主义"分别指称上述两大文艺理论思潮,似已成为普遍共识。如白烨在《西方现代文论在新时期的绍介与引进》①一文中就采用了这一认识方式,而朱立元在其主编的《当代西方文艺理论》中同样如此②。不过,从本文的研究对象看,完全套用这一认识方式尚存在一些问题。有一点,虽然上述曾在 20 世纪 80—90 年代中国文艺理论界产生重要影响的西方文艺理论流派,确乎可用"人文主义"和"科学主义"的标签加以区别,但进入 90 年代,那些对中国文艺理论产生重大冲击的西方文艺思想和理论,如德里达的解构主义与耶鲁学派文学批评、后期罗兰·巴特解构主义思想、女性主义文学批评、后殖民主义文学批评、文化研究的文学批评、西方马克思主义第三代的杰姆逊、伊戈尔顿、哈贝马斯的文艺批评,以及精神分析学文论在法国的代表拉康,还有形形色色后现代主义文艺思想家如福柯等,又都明显呈现出跨学科、综合性的学术风格,很难再继续沿用以上划分来简单定位。此外,对 20 世纪 80—90 年代中国文艺理论产生影响的西方文艺理论思想和理论也并不局限于 20 世纪的思想流派,那些近代西方文艺思想如黑格尔、康德、叔本华、克罗奇、尼采等,也对新时期中国文艺理论保持着持续的影响力。因此,讨论西方文艺思想和理论的影响,其基本路径宜以 20 世纪 80—90 年代中国文艺理论的自身演进过程为中心。这显然是一种以"我"为主的立场。由此出发,则我们可以根据中国文艺理论所遇到的关键性问题,深入考察西方文艺思想和理论对这些问题的提出、探讨和解决发挥了什么具体作用,以及中国文艺理论对这些关键性问题的探索与其所受到的西方影响之间又呈现出什么样的具体关系?

　　20 世纪 80—90 年代中国文艺理论中出现的较大论争,主要有关于主体性的讨论、现代主义的讨论、文学研究方法论的讨论、"文化热"的讨论、"失语症"的讨论、"人文精神失落"的讨论、后现代主义的讨论、当代形态马克思主义文艺理论体系建构的讨论、商品社会中文学出路的讨论、文化研究与文学研究关系的讨论以及中国文论现代化转化的讨论。透过这些论争可以发现,20 世纪 80—90 年代中国文艺理论中最关键的问题,其实就是现代性的中国式诉求;而建设现代中国人文精神的强烈诉求及其所遭遇的挑战,是贯穿这一时期中国文艺理论的根本线索。正是在此

---

① 白烨:《西方现代文论在新时期的绍介与引进》,载《文艺理论研究》1996 年第 4 期。

② 朱立元:《当代西方文艺理论·导论》,华东师范大学出版社 1997 年版。

过程中,西方近现代各种文艺思想和理论纷纷以其各自的现代性或反思现代性的特征,为中国学者所关注、借鉴,并进而对当代中国文艺理论发生具体影响。

就历史分期看,20世纪80—90年代以来中国文艺理论之现代性的中国式诉求过程,大致分为两个时期:第一个时期是1978年以后到80年代末、90年代初,这也是中国文艺理论"向内转"的时期。经由"工具论"向"自律论"、认识论向本体论的转向,主体性的观念在当代中国文艺理论中逐步得以确立,而这也正是现代人文精神诉求走向成功的一个标志。其中,近代的康德哲学美学思想、西方心理学美学、科学主义和人文主义思潮统摄下的各种西方现代文艺思想,从各个层面为中国文艺理论主体性观念的确立提供了有力支持。第二个时期则是20世纪90年代初至今,中国社会主义市场经济的高速发展,商业社会的迅速到来,使得中国社会文化状况发生急剧转型,曾经在20世纪80年代热情高涨的启蒙理性话语逐渐淡出。表现在文艺理论上,刚刚立定脚跟的主体性观念受到商业文化观念、大众文化观念的直接挑战,现代性的中国式诉求遭遇反思现代性的中国式质疑。在这一过程中,西方的各种"后"学既为现代性的反思质疑们提供了必要的理论武器,同时也面临现代性的中国式追问。这一过程至今还在进行,我们很难准确为其定性。但总体上,目前西方"后"学对中国文艺理论的影响主要还是观念层面和思维方式的,尚未真正深入参与具体的理论建设。

二

20世纪70年代末到90年代初,中国文艺理论尚处在现代性的中国式诉求力图挣脱过去、展现自身的过程之中。这一过程又可以1982—1985年间发生的有关现代主义、方法论以及文学主体性问题的大讨论为界而分为两个时段。

(一)文艺美学学科的提出及其意义

第一个时段是1978年到1982年。在"拨乱反正"、"改革开放"政治气氛的催生下,中国社会开始逐渐走出"政治挂帅"、阶级斗争的意识形态氛围。文化语境的转变,同时也在文艺理论领域产生了一些新的"声音"。人们开始寻找不同于"文艺为政治服务"等所代表的文艺观。而

"改革开放前的中国,是政治统帅一切,改革开放,首先就是突破政治统帅一切。什么是最少政治性而又最有正当性的思想呢？美学"①。由此,从美学角度思考文艺理论问题,以审美感性作为文学艺术的根本特性,开始受到人们普遍关注。其在文艺理论建设中的一个突出表现,当数"文艺美学"的提出。

本文的任务不在于详述文艺美学的产生和发展,而是追问文艺美学的提出与西方理论影响之间的关系。然而,当我们涉及这个问题时,却发现很难具体地指明文艺美学的提出究竟与哪些西方文艺理论有着直接渊源。虽然近几年一些学者在讨论文艺美学学科定位问题时对此有所涉及,不过,就笔者所及,目前大陆学界还没有出现细致深入地分析20世纪80年代文艺美学的提出与西方理论影响的相关成果。其原因在于:一是文艺美学在20世纪80年代中国的提出,确在相当广泛的程度上受到西方文艺理论影响,只是这一问题仍有待进一步探究;二是文艺美学的提出主要不是受西方文艺理论的影响,它根本上是上个世纪80年代中国文艺理论自身建设的需要和必然。而从当时中国文艺理论界刚刚走出"文革"时代这一历史背景来看,后一种可能性更大。当然,这并不意味着它与西方文艺理论毫无关联。文艺美学在中国的诞生,其所具备的三个特点,正表明了西方影响在20世纪80—90年代中国文艺理论中的实际存在:

第一,文化先锋。从近几年学术界围绕文艺美学学科定位问题所展开的讨论中可以看到,已经进入国家体制并作为文艺学二级学科下一个重要研究方向的文艺美学,竟然在学理上还存在诸多含糊不清的问题。但这决不说明当初文艺美学的诞生只是一个"美丽的错误"。这正如张法所认为的,文艺美学在中国的崛起与中国内地的学术转型密不可分,其以学科面目出现的文化意义大于学术意义;它使得文学理论回归本位,从而在20世纪80年代中国文化转型初期具有文化先锋作用②。可以认为,文艺美学的提出及其得到的积极响应,表明中国学者开始充分意识到这一新的人文学科对于文艺研究摆脱泛政治化不良影响、政治意识形态束缚而走入新的历史阶段所可能产生的重大突破作用。现实的发展也有力地证明了这一点。当人们普遍以审美话语阐释文学艺术问题时,原先由

---

① 张法:《中国语境中的文艺美学》,载《浙江学刊》2004年第3期。

② 张法:《中国语境中的文艺美学》,载《浙江学刊》2004年第3期。

政治意识形态主导的文艺理论话语被冷落了,进而也为以后西方近现代文艺理论进入中国文艺理论建设行列提供了特殊契机。这个契机,就是文艺美学所倚重的美学视角。

第二,审美转向。"文艺美学在文化转型中产生,无论从学术的严格性上有着怎样的概念含混,但在具体的文化语境中却恰好最有利于文学理论自身的学科转型。与政治意识形态关联最密切的文艺理论,要摆脱与自己的学术本性无本质关联的政治性,回归自己的学科本性,文艺美学的提出,确实名正言顺,文学的本性就是它的审美特征。让文学理论从政治学回到美学正是中国 20 世纪 80 年代以来文学理论学科转型的主要轨迹。"①文艺美学之于文艺审美特性的特别关注,一方面可视为当时中国文艺理论研究"向内转"的先声,由此到 20 世纪 80 年代中期,出现了"文艺是审美意识形态"②这一观点。另一方面,以美学视角切入文艺研究,实际又为当时中国文艺理论研究找到了一个与西方理论接轨的重要结合点。事实上,20 世纪以来,艺术问题日渐成为西方美学的核心。20 世纪 80 年代初期,中国的文艺美学之于文学艺术审美特性的揭示,主要从康德、黑格尔等西方近代哲学家的艺术观念中得到启发,而西方现代文艺理论的发展则恰恰是从康德、黑格尔起步的,由此也就为日后中国文艺理论大规模地面对西方现代文艺理论提供了一个理解基点。

第三,提倡多元。文艺美学在其诞生之初就初步具备了研究方法的多样综合特性。用哲学美学理论来对文学艺术进行研究,其本身就是一种综合性、跨学科的研究。进一步,文艺美学的这一特性不仅是研究方法的进步,更体现了与其文化先锋性相一致的包容精神和开阔视野。这种精神随着文艺美学研究的逐步展开,也逐渐被中国文艺理论界所接受,从而使得相对陌生的西方现代文艺理论在进入中国学者视野之时变得顺利了许多,尽管它不可避免地带来对形形色色西方理论缺乏深入辨析的缺陷。

---

① 张法:《中国语境中的文艺美学》,载《浙江学刊》2004 年第 3 期。
② 这一观点的代表人物是童庆炳先生,并最终进入其主编的《文学理论教程》。该教材 1992 年由高等教育出版社初版、1998 年再版,已被众多高校采用。

（二）现代西方理论在中国文艺理论现代性精神诉求展开过程中的影响

第二个时段是从 1982 年到 20 世纪 90 年代初。如果说，20 世纪 80 年代初文艺美学学科的提出预示了中国文艺理论之现代性诉求的起步，那么，这一时段的中国文艺理论则进入了一个全方位的现代型文艺理论建设时期。文艺主体性问题的提出，使得以审美活动为中心的文艺研究更为明确并日渐深入人心。科学主义 – 人文主义思潮下的多种西方现代文艺理论思想，在各个层面上为这一时期中国现代型文艺理论建设提供了重要推动力。这也意味着，在西方看似对立的科学主义和人文主义思潮，当其进入中国文化语境时，却成了一个战壕里的亲密伙伴。科学主义的独立理性精神和人文主义的批判反思立场，成为中国文艺理论现代性追求的力量来源。值得注意的是，这一十分有趣的现象，同时也表明了中国文艺理论现代性诉求绝非完全在西方思潮单纯影响下产生的，而是要到中国文论自身的历史中去寻找。

（1）主体性：文学向自身本位的回归。1982—1986 年，结合当时文艺创作出现的新动向，中国文艺理论界展开了几次大规模论争。其中，对于 20 世纪 80—90 年代中国文艺理论意义最重大的，当推发生于 1986 年有关主体性、文学主体性的论争。虽然从时间上讲，它迟于 1982 年有关现代主义、1985 年关于文学创作方法的讨论，而与"文化热"几乎同时。但在理论建设意义上，主体性、文学主体性是最能突显现代性人文精神的范畴，具有其他论争所不具备的理论深度和标志性意义。"文学主体性理论的提出、阐发和由此引起的热烈争论，是 80 年代最惹人注目的学术景观之一，是新时期文艺学自身学术发展链条上既无可回避，也抹杀不掉的重要一环，或者可以说它是新时期文艺学历程中标志着学术研究转折的一个关节"①。

在这场论争中，有三个重要人物不可不提：钱谷融、李泽厚和刘再复。早在 1957 年，钱谷融就发表了《论"文学是人学"》，明确提出"文学的对象，文学的题材，应该是人，应该是时时在行动中的人，应该是处在各种各

① 张婷婷：《中国 20 世纪文艺学学术史》第四部，上海文艺出版社 2001 年版，第 136 页。

样复杂的社会关系中的人"①。等到"文革"结束后,随着"伤痕文学"等一系列体现鲜明人道主义色彩的创作将"人性"、"人的尊严"置于阶级斗争、政治斗争之上,突出了"尊重人同情人"的主题,"文学是人学"的命题也在逐步走出"文革"阴影的中国文艺理论界再次受到关注。1980年,钱谷融发表《〈论"文学是人学"〉一文的自我批判提纲》②,再次强调了文学以人为对象并以人性为基础的人道主义文艺观点。从学理角度看,坚持把"人"作为文学创作核心,实质上为文艺研究把目光转向文学审美活动、文学中人的内在精神表现以及脱离文艺研究的泛政治化,提供了一个有力的理论起点。这一对"人"的主体地位的一般肯定,成为后来文学主体性观念的某种先声。当然,在钱氏那里,"人"还是一个相当宽泛的概念,其"文学是人学"命题的基础是所谓"普遍的人性",而"普遍的人性"本身模糊不清的存在性质,则决定了文艺理论的发展需要更为牢固的基础。

对"人"的主体地位的一般肯定加以进一步深化的,是李泽厚和刘再复。李泽厚对于主体性的哲学阐发,结合了《1844年经济学–哲学手稿》(以下简称《手稿》)而批判性地发挥了康德主体性哲学。他在《批判哲学的批判》与《康德哲学与建立主体性论纲》中强调"康德哲学的功绩在于,他超过了也优越于以前的一切唯物论者和唯心论者,第一次全面地提出了这个主体性问题"③,抓住了"人类主体性的主观心理建构"。李泽厚并从认识论、伦理学和美学三个层面详细阐发了康德主体性哲学,提出"今天要为共产主义新人的塑造提供哲学考虑,自觉地研究人类主体自身建构就成为必要条件"④。不过,李泽厚对康德主体性哲学的阐发,实际上是"借他人酒杯浇自身块垒",意在提出自己的主体性理论主张,即"'主体性'概念包括有两个双重的内容和含义。第一个'双重'是:它具有外在的即工艺–社会的结构和内在的即文化–心理的结构面。第二个'双重'是:它具有人类群体(又可区分为不同社会、时代、民族、阶级、阶层、集团等等)的性质和个体身心的性质。这四者相互渗透,不可分割。而且

---

① 钱谷融:《论"文学是人学"》,载《文艺月报》1957年第5期。
② 钱谷融:《〈论"文学是人学"〉一文的自我批判提纲》,载《文艺研究》1980年第3期。
③ 李泽厚:《批判哲学的批判》,人民出版社1983年版,第436页。
④ 李泽厚:《批判哲学的批判》,人民出版社1983年版,第57页。

每一方又都是某种复杂的组合体"①。在这里,李泽厚明确强调了个体与人类群体、自然与人的同一。由此,他对于"人性"范畴也作了较钱谷融更为明确的界定。正像有学者指出的,李泽厚对康德主体性思想的阐扬,明显受到马克思《手稿》的启发,其主体性概念仍从属于实践美学总体框架之中。当然,从他有关主体性概念的定义中,我们还是可以看到心理学和结构主义思想的影子。

刘再复则在文学理论领域直接探讨了主体性问题,在 1985 – 1986 年发表了一系列文章专门讨论文学主体性问题,并由此引发了文艺理论界的大讨论。他承续钱谷融、李泽厚的观点,认为"应当把人作为文学的主人翁来思考,或者说,把主体作为中心来思考"②。不同的是,刘再复把李泽厚的哲学主体性理论具体引入文学创作和文艺研究,不仅对"文革"时期"机械反映论"文艺理论产生了重大冲击,同时也拓展了其时中国文艺理论的视野,使主体性理论在 20 世纪 80—90 年代的文艺研究中切实发挥了作用。而与钱谷融所不同的是,刘再复对文学主体性的界定更为清晰和系统,"文学主体包括三个重要的构成部分,即:其一,作为创造主体的作家;其二,作为文学对象主体的人物形象;其三,作为接受主体的读者和批评家"③。显然,刘氏之于文学主体性的认识,与艾布拉姆斯提出的世界、作品、艺术家、欣赏者四因素框架已十分接近④。而若以韦勒克提出的有关文学内部研究与外部研究的区分来看,刘氏的认识更多属于文学的内部研究范畴。这样,其文学主体性理论便成为当时中国文艺理论研究"向内转"的一面旗帜。在这面旗帜下,人的内心精神世界、文学作品语言形式的独立价值以及文学创作、接受主体的特殊性等问题,在文艺理论中逐一呈现。

可以认为,主体性讨论的根本意义,是使中国文艺理论界达成了这样的普遍共识:文艺理论应以文艺审美活动为核心,以探究文艺活动审美规律为根本。正是在此基础上,现代西方的文艺理论和思想因其各自特色而被

---

① 李泽厚:《李泽厚哲学美学文选》,湖南人民出版社 1985 年版,第 164 页。
② 刘再复:《文学研究应以人为思维中心》,载《文汇报》1985 年 7 月 8 日。
③ 刘再复:《论文学的主体性》,载《文学评论》1985 年第 6 期。
④ (英)M. H. 艾布拉姆斯:《镜与灯——浪漫主义文论及批评传统》,郦稚牛等译,北京大学出版社 2004 年版,第 4 ~ 5 页。

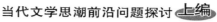

中国学者所借鉴,进而全面介入20世纪80—90年代中国文艺理论之中。

（2）西方影响之一：文艺心理批评。作为文艺主体性理论的重要方面,心理批评很早就成为20世纪中国文艺理论的一个重要方向。有学者总结认为,文艺心理批评曾在20世纪中国文艺理论界产生了四波冲击,而20世纪80年代中国文艺心理批评的复兴正属于第四波①。20世纪80年代初,以王蒙为代表的一部分作家借鉴西方意识流小说方法创作了以人物心理描写为主的新小说,朦胧诗派的一些诗作也展现了人们内心世界的种种微妙性。新的文艺创作现实提出了新的阐释要求,而当文艺审美活动作为文艺研究核心的观念在当时中国文艺理论界成为普遍共识,文艺创作者的创作动机、文学作品的成因、作品人物性格品质分析、审美心理特性等则需要进一步加以探讨。在这些方面,弗洛伊德、荣格精神分析批评和格式塔心理学都对中国学者有相当大的启发。

文艺创作与人的心理之间的关系是精神分析批评提供最多理论资源的方面。弗洛伊德的无意识理论、"力比多"升华、白日梦、俄狄浦斯情结等理论都与此有关。当然,弗氏精神分析批评之于文学批评实践的作用,比其在文艺理论中的影响要大得多。这一点在中国也一样。其对于20世纪80—90年代中国文艺理论的启发意义主要在于：第一,无意识理论展示了人的心理的复杂性和层次性,引导人们去注意发掘自身精神世界的丰富内容,从而为人们从心理角度分析作品、作者和读者提供了一种依据。第二,"力比多"升华和白日梦理论客观上证明了文艺作品象征、想象等特殊性存在的合理性,这对于进入20世纪80年代以后的中国文艺理论打破机械反映论、关注文艺审美活动的内在特性有很大帮助。第三,"俄狄浦斯情结"等术语被中国文艺批评广泛借用,完全进入中国当代文艺理论话语并得到进一步丰富。

不过,弗氏精神分析批评的泛性论倾向和极端非理性,一定程度上限制了其被中国文艺理论接受的程度。而荣格以"集体无意识"为基础的精神分析批评在20世纪80年代以后在中国受到重视,可视为对弗洛伊德思想的补充。荣格不认同无意识是非理性的性本能,而强调许多人类精神心理现象源于原始社会的集体经验,由此做出了"个人无意识"和

---

① 汝信、王德胜：《美学的历史——20世纪中国美学学术进程》,安徽教育出版社2000年版,第230~237页。

"集体无意识"的区分。在他那里,"集体无意识"是人类自原始社会以来世代的普遍心理经验的积累,是一个保存在整个人类经验中且不断重复的非个人意象领域。在荣格看来,文艺创作不完全受作者自觉意识的控制,而经常受到作者无意识的集体经验影响。显然,荣格对弗氏无意识理论的发展,在于其"集体无意识"消除了无意识理论的非理性的甚至有些神秘的色彩,将看似个人的心理反应与群体文化心理经验的历史遗存联系了起来。这对于一直具有文化文学观、社会群体意识十分强劲的中国文艺理论界显得更具有"亲和力"。

(3)西方影响之二:文艺形式批评(形式主义、新批评、结构主义)。可以认为,西方文艺形式批评进入中国文艺理论的直接原因,在于20世纪80年代初中期一批力求在语言和写作技巧方面有所突破的小说和诗歌创作的出现,以及由此引发的文艺理论界对于文学创作方法的讨论。但如果仅仅以为其只是在方法层面对20世纪80—90年代中国文艺理论有所启发,显然是不全面的。当我们把西方文艺形式批评的观念置于中国文艺理论的现代性诉求之中时,则将发现它在本体论层面上为文学主体性讨论的深入展开所提供的资源,似乎更为重要。

在俄国形式主义那里,"文学性"概念被特别地提了出来。雅各布森就强调,文学科学的对象不是文学,而是"文学性",即使一部作品成为文学作品的东西。对于俄国形式主义者来说,这种东西也就是文学作品对语言的独特运用,由对语言的独特处理所产生的便是什科洛夫斯基所谓的"陌生化"效果。文学作品尤其是诗歌,通过对语言的非日常性运用而将人的情感感受进行创造性重现,使熟悉的情感体验重获新鲜感,文学作品的美感由此产生。英美新批评进一步深化了俄国形式主义理论,细读、反讽、复义等概念的提出,既给文艺形式批评带来了相当切实的可操作性,也使得文艺研究的科学性更为突显。

在"方法论"讨论热潮中受到中国学者重视的俄国形式主义和英美新批评,显然是以那种近似于自然科学的研究方法对文学作品进行详细分析、分类的可操作性,首先吸引了中国学者的目光。与此同时,在对其理论的译介和不断熟悉过程中,与方法问题相关联的文艺形式批评观念也一并进入中国学者的视野。事实上,正是基于对文学本体的认识,才出现了形式主义和新批评研究文学的具体方法。即如在英美新批评那里,形式就是内容,诗歌存在的现实、诗歌文本就是文学研究的"本体",而文学研究就是以诗歌文本为主体的批评。因而,当中国学者开始采用这些具体方法时,其文学本体观也必然渗透其中,成为追求文学主体性的中国文艺理论可资借鉴的理论支撑。

至于结构主义文学批评,国内研究一般将其与俄国形式主义、英美新批评看作一个系列,以为三者都以文学艺术作品"文本"为核心,并共同推动了20世纪80年代后期中国文艺理论界的"语言论转向"。而深究下去,作为思潮的结构主义的共同特点,其实在于结构主义者们往往以索绪尔、雅各布森等人看待语言的方式来看待他们自己的研究对象,以语言学的术语和方法切入各自感兴趣的领域。而语言是文学的一个基本因素,衷情语言学理论的结构主义者涉入文学语言的研究便也顺理成章。所以,结构主义文学批评关注文艺作品文本的根本动因,正在于其是以语言学理论为基本的研究方法。这与俄国形式主义和新批评对"文学性"、诗歌文本作为文学本体的关注是有区别的。在文学研究方面,结构主义把语言学的术语和方法运用于文学研究,寻求思维的恒定结构,强调作品的整体分析,探悉结构的隐性模式,突出研究中的叙事学,并在某些方面进行定量分析,所有这些都深化了文学内部规律的研究。更为重要的是,以语言学理论进行文学研究的结构主义文学批评把文学的语言特性放在最突出位置上,语言在结构主义中具有类似本体的意味。于是,结构主义文学批评实际上把对文学本体的认识推进到了语言本体的维度。

以语言为文学本体,结构主义文学批评似乎在一定程度上取消了文学的主体性。但有意思的是,结构主义文学批评在中国语境中恰恰起到了相反的作用,其推动的"语言论转向"及其以语言为文学本体的观念,使人们把注意力更多地集中在文学作品尤其是文学语言本身,反而更有力的推进了对文学主体性和独特性的探讨。对于结构主义固有的取消主体倾向,中国学者"更愿意这样认为:与其说在'语言'之外存在着一个不受语言污染的'原生'的主体,毋宁说'主体性'正在于主体与语言互相生成与不断龃龉的永无止境的冲突中"①。

看起来,对于俄国形式主义、英美新批评和结构主义在20世纪80—

① 南帆:《二十世纪中国文学批评99个词》,浙江文艺出版社2003年版,第327页。

90 年代中国文艺理论的文学主体性追求中的影响,《西方文学批评在中国》的评价应该说很到位。该书在谈到结构主义的时候提出,它"不仅仅是一种借用来的文学研究方法,其更为重要和深远的意义是通过这种对文学研究的定位,和新批评、俄国形式主义一道突出了文艺作品自身的价值,实际上是确立了文学的独立品格,以之打倒传统的庸俗社会学的文学思想和批评模式"。"在这个意义上说,结构主义批评在中国的意义首先体现在对整个文学观念的革新上,这种文学观念的革新促进了文学研究的现代性。"①这样一种对结构主义的评价,又何尝不能适用于俄国形式主义和新批评在新时期中国文艺理论建设中的情形呢?

(4)西方影响之三:读者批评(阐释学、接受美学、读者反应批评)。在刘再复对文学主体性三个组成部分的把握中,作为接受主体的读者和批评家占有重要一席。尽管他本人在读者批评理论方面没有详细的阐述,但显然已认识到读者或接受者是文学主体研究不可或缺的一项。事实上,在 20 世纪 80—90 年代中国学者的文学理论建构中,以姚斯为代表的接受美学、伊瑟尔为代表的读者反应批评提供了最为丰富的资源,它们的一些概念如"前理解"、"期待视野"、"文本的召唤结构"、"空白点"、"视阈融合"等等,被中国学者普遍运用。

接受美学和读者反应批评与现象学、阐释学有着密切联系。阐释学主张以创造性的发现和中介性的机制,从作品与读者的关系上去认识文学的精神价值,强调读者及批评主体与文学及历史存在经由"理解"而不断互相融会。接受美学在此基础上进一步走向读者接受过程的纯粹研究,并以关注文学文本理解的历史性、重视读者在揭示作品意义上的重大作用等理论追求,形成了以读者为核心的文学观和文学史观。而接受美学和读者反应批评在中国的兴起,其原因则诚如有的学者指出的:一是其对旧有文学研究范式的挑战姿态,与 20 世纪 80 年代的中国社会文化普遍的变革、开放精神具有契合性;二是理论取向上的社会历史倾向和马克思主义倾向,与中国学者的知识和理解结构具有对应性;三是中国古代文论重视鉴赏体会的历史遗产,与读者中心论批评范式的内在精神具有一定联系和相互启发作用。②

---

① 陈厚诚、王宁:《西方当代文学批评在中国》,百花文艺出版社 2000 年版,第 280 页。

② 陈厚诚、王宁:《西方当代文学批评在中国》,百花文艺出版社 2000 年版,第 364~365 页。

　　至于读者批评理论在 20 世纪 80—90 年代中国文艺理论之现代性诉求中的影响，与结构主义有些类似。在西方语境中，以读者为中心的文艺理论是继作者中心和作品中心批评范式之后兴起的，也是对前者的反拨。当这一历时性理论发展以共时性面目在中国出现时，却削弱了它们之间的对抗意味。作者中心、作品中心、读者中心诸理论全部统合在 20 世纪 80 年代中国的文学主体性问题之中，从不同侧面支持了文学主体性观念在文学研究中主导地位的建立。在这个意义上，西方读者批评理论的意义，在于它使中国学者得以全方位地建立起关于文学主体研究的理论系统。

　　（5）西方影响之四：文艺的文化批评和社会批评。20 世纪 80 年代前，中国文艺理论几乎是对前苏联文艺社会批评理论的全面复制，工具论、认识论文艺观长期占据主导位置，在学理上属于广义文艺社会批评且有着严重的庸俗社会学倾向。故而，20 世纪 80 年代后中国文艺理论转向对文学主体性的全面探索，便具有相当鲜明的理论反驳特色。借助文学主体性认识的不断深入，中国学者通过重新解读马克思主义来辩证认识文学自律性与他律性的关系，由此也发展壮大了 20 世纪 80—90 年代中国的文艺社会批评。而对这一中国新文艺社会批评理论影响最大、最全面的，无疑是西方马克思主义。"西马"第一代的卢卡奇、第二代的法兰克福学派的文艺社会批评思想，成为当时中国文艺理论界借重的思想资源。同是这一时期，以弗莱为代表的神话－原型批评则以文化人类学的广阔视野为中国的文艺社会批评提供了新颖的审视方式。

　　具有兼顾文学个体与文学整体的研究特色的"神话－原型批评"，给中国文艺理论界带来的是一种与旧有文艺社会批评全然不同的整体批评观。首先，其文化人类学的基础和重视原始文化心理积淀的特色，远离了政治意识形态色彩；其次，其中贯穿的人类历史发展逻辑与文艺发展逻辑的互动性，成为对机械反映论文学理论的有力超越；再次，神话－原型批评的目的，在于从文学传统或文学整体中认识作品的背景和相应位置，它不局限于文本研究和作家研究，具有广阔的社会、文化视野。上述三点对于中国文艺理论界具有相当大的亲和力，人们得以用更具包容性的整体人类文化史取代以往狭隘的社会整体，从而既改造了旧的文艺社会批评，又不放弃中国学者熟稔的"宏观"视野。最后，"神话－原型批评"与 20 世纪 80 年代后期中国文学创作中兴起的"文化寻根"热，有着明显的直接对应性。在被批评家们普遍借用来分析中国文化寻根小说的过程中，"神话－原型批评"也不断启发着中国学者对中国传统文化精神的挖掘，并将丰富的传统文化精神资源是否能被纳入中国文艺理论的现代性精神诉求过程、中国文化的主体性等问题提到理论建设日程之上，进而丰富着20世纪90年代前期中国文艺理论界对文学主体性的认识。

当然，对于20世纪80—90年代的中国文艺理论界来说，没有任何一种西方理论能在深度、广度和时间跨度上与"西马"文艺批评理论的影响相提并论。在这里，"西方马克思主义文艺批评理论"本身是一个十分笼统的提法，它是从西方学者对马克思主义的重新阐发中生发出来的相应的文学艺术理论和美学理论，其组成结构很复杂，代表人物众多，学术界一般按时期把它分成三代：第一代以卢卡奇、葛兰西为代表；第二代以法兰克福学派为代表，其中又以本雅明和阿多诺的文艺、美学理论为重点；第三代包括杰姆逊、伊格尔顿、哈贝马斯等人。尽管"西马"第三代的文艺理论早在20世纪80年代就译介到中国，但其实际产生影响却在90年代。这里，我们主要讨论第一和第二代"西马"文艺理论对中国文艺理论的影响。

作为中国国内最早研究"西马"的学者之一，徐崇温曾指出，"西马""在主观上希望发展马克思主义，对于这一点我们不能随便怀疑"①。这也正是20世纪80—90年代中国文艺理论何以如此青睐"西马"的第一个原因，因为无论如何，20世纪80年代以后中国文艺理论之于"文革"的反拨，是以坚持和发展马克思主义为基本宗旨，在动机和愿望上与"西马"相一致，而且两者都首先在重新解读、发掘马克思主义思想方面做文章，希望能够真正回到马克思。这一点，最明显地表现在对《手稿》的讨论上。卢卡奇通过解读《手稿》，在其《历史与阶级意识》等著作中强调了马克思主义的人道主义精神，并以此批判前苏联社会主义文学批评模式对人的忽视。而20世纪80年代伊始，中国文艺理论界则展开了一轮《手稿》讨论热潮，同样认为人道主义精神是马克思主义的基本精神之一。这对其后有关人的文学、文学主体性等讨论显然是有开启意义的。

原因之二，"西马"文艺理论之所以成为一个繁复的组合体，与其兼收并蓄的学术态度有很大关系。在"西马"中，就有结构主义的马克思主

---

① 徐崇温：《"西方马克思主义"论丛》，重庆出版社1989年版，第4页。

义、存在主义的马克思主义、弗洛伊德主义的马克思主义等。这种开放姿态与 20 世纪 80—90 年代中国文艺理论力求革新、博采众长的时代追求十分合拍。而"西马"文艺理论家如何将其他文艺理论思想与马克思主义相互联系的方式,也为中国学者处理各种外来理论与中国马克思主义文艺理论建设的关系提供了一些有益的范例。

原因之三,文艺与社会的关系问题是"西马"长期关注的核心。在"西马"看来,文艺是以充分发挥自身审美特性的方式与社会发生关联的,其对社会的作用更主要地存在于意识形态等精神领域。也因此,"西马"反对前苏联文艺社会批评理论把文艺当作直接介入社会生活和政治活动的那种工具论文艺观,因为这样一来便很轻易地取消了文艺的独特性。就此,重视文艺自身特性的"西马"文艺社会批评,在寻找突破的 20 世纪 80—90 年代中国文艺理论界遇到了众多知音。卢卡奇对文学作为意识形态特殊性的揭示,葛兰西对意识形态的新解读,阿多诺对文艺自律性与他律性关系的否定辩证认识,以及伊格尔顿关于审美意识形态的论述等,都向这一时期的中国文艺理论提供了重要启示。对于"西马"来说,意识形态是一个大的中介,是人类社会物质活动和精神活动的"巨型中转站"、社会精神产品的原料生产地,也是各种思想、观念相互争夺的精神阵地。而文学艺术正以其审美特性成为社会意识形态之一,并与整体社会的各层面发生着种种关系。在"西马"的意识形态观下,文艺的社会性与文艺的独特性得到了较好的统合。因而,20 世纪 80 年代后期,"文学是审美的意识形态"这一观点被中国文艺理论界普遍接受。

"西马"文艺理论对 20 世纪 80—90 年代中国文艺理论的启发,不仅表现在对文学意识形态性的认识上。在有关现代主义与现实主义关系、艺术生产等问题的讨论中,都存在着"西马"文艺理论的影子。而如果我们从这一时期中国文艺理论的现代性精神诉求来看,"西马"有关文艺与社会关系的理论成功地帮助中国的文艺社会批评实现了转向:文学与社会的关系没有因为文艺理论研究"向内转"而被遮蔽,文学主体性讨论最终没有走向极端而成为对文学作品的单纯研究。

三

进入 20 世纪 90 年代,中国文艺理论似乎一夕间进入了"全球化"。

在杂语共生的理论语境中,那些"现代"的西方文艺理论仍与世纪末的中国文艺理论深度联系,而一些20世纪七八十年代才在西方崭露头角、具有"后现代"色彩甚或"后现代之后"的文艺理论,也几乎同步进入中国文艺理论界,这些形形色色的后现代文艺理论,对之前的西方文艺理论有所继承,但更多却是对此前的批判和超越。这些理论本身在西方仍处于激烈争论中,而作为与西方异质的中国文艺理论在面对它们之时,也就更多了一分迷茫。

（一）西方"后"理论的观念冲击

由于后现代和"后现代之后"的西方文艺理论大多是以挑战现代观念之重视本质、深度、中心和整体性、历史性的姿态出现,这就令从现代西方文艺理论中受益颇多的中国学者产生了一种无所适从的感觉。本以为很有价值甚至是真理性的现代西方文艺理论,原来还有如此多的致命缺陷,而这些缺陷有的已在20世纪90年代的中国有所暴露。那么这些"挑战者"就一定完美吗？如果有缺陷,那它们又在哪里？即便找到了这些缺陷,又如何在对其"中国化"的过程中加以弥补？面对众多疑问,20世纪90年代以后的中国文艺理论界更加明确了坚持自身立场、坚持中国文艺理论建设主体性问题的重要性。在"以我为主"的原则下,中国学者并不急于纳入西方的"后"理论,而是先以分析鉴别为主,因而各种西方"后"理论在20世纪90年代中国文艺理论观念层面所产生的影响,似乎要大于其在具体理论构建中所发挥的作用。一方面,中国学者借助"后"理论对现代文艺理论的批评,深入反思20世纪80年代的中国现代性文艺理论建设;另一方面,注重从中国现实出发,对已经借用的理论进行深入剖析(包括20世纪80年代的现代西方文艺理论和种种"后"学)。同时,人们将目光转向本土传统的文艺思想和马克思主义文艺理论,呼吁实现中国传统文艺理论的现代转型,构建当代中国的马克思主义文艺批评体系,以期最终建立起具有鲜明中国特色的当代中国文艺理论。

（二）从解构到其他

具体而言,20世纪90年代,西方各种"后"理论对于中国文艺理论的观念冲击,主要通过其对现代西方文艺理论观念的颠覆而间接产生作用。

（1）解构主义:对文学形式本体观的拆解。后现代主义是一个既复杂又很有讨论余地的现象,不仅有着复杂而多元的内涵和外延,而且仍在发展中的后现代主义的不稳定性和变异性更加剧了其含义的多样性。不过,对本质和整体的"嘲弄",是后现代主义思潮的一个显著特征。就此而言,解构主义在西方后现代主义思潮中是较有代表性的,它在文艺理论领域对文学形式本体观的拆解,就是一种较为典型的后现代文艺理论现象。如果说,俄国形式主义、英美新批评和结构主义文艺理论曾向中国文艺理论揭示了形式作为文学本体的重要性,那么,在从结构主义内部变革中产生的解构主义那里,"所有的语言意义和本文意义本质上都是境域性的,既然境域是无可逃避地变化着的,本文的意义也就无法通过可信的读解来确切地挖掘",把文学语言和文本结构看作文学本体的观念正是所谓"逻格斯中心主义"的产物。通过对索绪尔语言学理论的申发,解构主义文艺理论"强调语言的意义不是生发于先验的外在于语言的实在或固定的本质,而是语言系统各种因素之间差异性关系的产物,这种语言系统向新因素敞开,因而不断改变着自身,语言以差异为根,是变动着的'差异的系统游戏',其展示出不可化约和不断增生的多样性"①。这意味着,文学作品并没有一个内在的中心或结构,没有决定作品终极意义的绝对真理。无论文本还是语言都不具有恒定不变的性质,结构主义所揭示的文学文本的"隐藏结构"本质也不过是人们的幻觉而已。

解构主义对文学形式本体的拆解,影响及于中国,便构成了对文学主体认识上的挑战,但它同时也给 20 世纪 90 年代以后中国文学批评带来了更大发挥余地。中国的文学批评者们更多将其当作一种批评策略加以运用。而且,由于解构主义强调了文本的互文性、语言符号能指的滑动性,这一批评策略在中国学者手中不仅被用于对文学作品的语言分析,也使得文学批评的触角进一步伸向了影视等更为广阔的文化领域。

(2)女性、后殖民、新历史主义:对文艺主体性观念的冲击。从西方女权主义社会运动发展而来的女性主义文学批评,以性别角色的社会历史建构性观念为出发点,质疑现有文艺传统观念中的男性霸权主义。女性主义文学批评者通常以政治性、颠覆性的眼光看待文艺。在她们那里,过去的文学艺术更多体现了男性霸权,而现在她们要通过对文艺的批评和对女性文学传统的发掘来反抗男性社会、消解男性霸权意识,为女性争

---

① 陈厚诚、王宁:《西方当代文学批评在中国》,百花文艺出版社 2000 年版,第 399 ~ 400 页。

得一片文化阵地,借此提高女性的社会地位。这也就意味着,在根本上,文学的主体性在女性文学批评那里不是重要的问题,关键在于对待文艺的性别视角是什么的问题。

20世纪80年代后期,后殖民批评在西方学术界兴起,随即进入中国文艺理论界。大体而言,后殖民批评是一种关于欧洲帝国主义在文化、政治、经济方面对旧有殖民地采取不同以往的殖民方式的理论研究。作为文学批评,"后殖民批评与我们惯常熟悉的文学研究不同。它的视野已经不再仅仅局限于文学文本中的'文学性',而是将目光扩展到国际政治和金融、跨国公司、超级大国与其他国家的关系,以及研究这些现象是如何经过文化和文学的转换而再现出来的"①。在赛义德的《东方主义》一书中,他从西方如何看待东方的角度,批判西方文学作品中所体现的所谓"东方情调"和东方的野蛮落后形象正是"西方中心主义"的产物;这一东方主义的审美观,实质是西方世界以自己的审美观对东方进行文化殖民的产物。显然,在后殖民批评那里,文学艺术并不具备真正独立的价值,而是在一个更大的国际政治文化视野下的观念反映体。但后殖民批评所具有的"全球化"时代的理论品性,同样十分吸引中国的文艺理论家。尤其是在中国文艺理论的民族特色备受关注的20世纪90年代,在如何处理"民族性"与"世界性"关系问题上,后殖民批评被中国文艺理论界大量借用。

新历史主义作为对专注于纯粹形式分析而忘却历史的西方社会科学取向的一个有力反拨,其核心观点是"历史的文本性",即认为人只有通过历史话语才能把握历史,历史文本是诗性的、语言学的,像文学一样具有语言的虚构性。"把文本的写作、阅读以及传播的过程看作是受历史决定并影响历史的文化活动形式,致力于开掘文学文本与其他社会活动、行为和机构之间无比复杂而易变的关系"②,是新历史主义文学批评的显著特点。但新历史主义文学批评在共时性地确定互文系统的文本的同时,忽略了对文学史文本的历时性考察,其中完全没有对作者个性、文学自身特性规律的研究。这一彻底抛弃审美批评的方法,受到文艺理论界的普遍质疑。对于20世纪90年代以后中国文艺理论界来说,新历史主义文

---

① 张京媛:《后殖民理论与文化批评·前言》,北京大学出版社1999年版。
② 陈厚诚、王宁:《西方当代文学批评在中国》,百花文艺出版社2000年版,第466页。

学批评的吸引力在于其打破了文学与历史的隔膜,使得所谓"传统"的权威性受到消解,从而开拓了"文化诗学"这一新的研究领域,推动了文艺研究由文学外部走向内部、再由内部走向外部的螺旋式辩证发展。可以认为,在中国文艺理论由文学视角向文化视角的转换中,新历史主义起到了一定的推波助澜作用。

●原文刊载于《求是学刊》2007 年第 5 期。
●王德胜,首都师范大学文学院教授,博士生导师。
●杨光,首都师范大学博士研究生。

现代性与中国的诗性浪漫主义

杨春时

　　中国浪漫主义是西方浪漫主义在中国的传播形式,也是中国文学汇入世界文学的表现形式之一。因此,中国浪漫主义与西方浪漫主义具有本质的同一性。同时,中国浪漫主义又受到一些独特因素的影响,具有自己的本土特性。影响它的独特因素有:第一,中国浪漫主义是在中国社会文化的土壤上发生的,受到中国文学传统的影响。第二,浪漫主义是对现代性的反动,而中国现代性具有自己的特殊性,因此中国浪漫主义是对中国特殊的现代性进程的反映。第三,由于中国社会发展进程的相对滞后性,在中国浪漫主义发生的时代,西方已经有现实主义、现代主义等多种文学思潮发生;而且中国的浪漫主义是与启蒙主义、新古典主义、现代主义同时并存的,因此,中国浪漫主义也受到多种文学思潮的影响。总而言之,中国浪漫主义具有特殊的历史条件,具有不同于西方浪漫主义的特性,如果用一个概念来表达,这就是"诗性浪漫主义"。为什么以此命名呢? 我们可以与西方浪漫主义进行比较。西方浪漫主义是以中世纪文化为思想资源的,它从宗教神秘主义中寻求对抗现代城市文明和工具理性的精神力量,从而继承了中世纪文化的神秘怪诞的风格,因此可以把它称为神性浪漫主义。而中国浪漫主义受到中国传统的理性主义的影响,它的思想资源是道家、禅宗思想等,而且继承了中国山水田园诗歌的传统,以讴歌自然人性之美,来对抗现代城市文明。它不是走向非理性,也没有神秘怪诞的风格,而是走向诗性,是一种诗性的浪漫主义。

一、对现代性和现代民族国家的双重逃避

　　浪漫主义是文学对现代性的第一次反叛,主要是对工具理性、工业文

明以及世俗化的反叛，是自由精神的体现。中国的浪漫主义也与西方浪漫主义一样，发生于现代性确立初期，它的思想动力同样是对现代性束缚的反抗、对精神自由的追求。但是，与西方不同的是，中国浪漫主义不仅仅是对现代性的反抗，而且也是对现代民族国家历史诉求的逃避；它不仅仅反抗启蒙理性，也逃避政治理性。

中国的封闭性的传统社会在鸦片战争以后，被西方资本主义打开大门，资本主义经济获得了一定的发展。20世纪初期，一定规模的现代工业出现，一定数量的现代城市形成，一定程度的现代科学被引进，中国开始变成一个半封建、半资本主义的社会。特别是在五四以后，在国民党的官僚资本主义体制下，经过"十年建设"，经济文化都有了较大的发展。同时，五四新文化运动摧毁了天人合一的儒家文化，引进了科学民主的西方现代文明，开始了"脱圣入俗"的世俗化进程。这就是说，在中国，尽管现代性的发展水平非常低下，但是毕竟发生了。对这种畸形的、未获得充分发展的现代性，引起了文学不同的反应。一种是争取全面现代性的启蒙主义文学，它继承五四启蒙主义文学传统；一种是反对这种现代性的新古典主义文学，主要是引自苏联的"社会主义现实主义"；还有相对微弱的反现代性的文学思潮——现实主义、现代主义以及浪漫主义。现代性的产生，冲击着传统的社会生活，加速了传统文明的衰败；特别是中国的现代性是伴随西方资本主义侵略而来的，意味着西方文明将取代中国文明，而文化转型也带来了道德混乱，这引起了一部分知识分子的反感，他们痛感于现代城市文明带来的堕落、冷漠，怀恋传统乡村文明的美好、温馨；不满于西方世俗功利的文化入侵，主张回归圣俗合一的传统文化。沈从文说："'现代'二字已经到了湘西。""农村社会所保有的那点正直素朴人情美，几乎快要消失无余，代替而来的却是近20年实际社会培养成功的一种唯实利庸俗人生观。敬鬼神畏天命的迷信固然已经被常识所摧毁，然而做人时的义利取舍是非辨别也随同泯灭了。"[①]新时期后期，市场经济崛起，标志着现代性正在感性层面生成。张承志、张炜面对市场经济带来的世俗化，奋起"抵抗"。他们把文人的媚俗、堕落视为"汉奸"，不惧自己的"无援"，而以"举世皆浊我独清"的孤傲寻求"清洁的精神"。张承

---

① 沈从文：《沈从文文集》第7卷，花城出版社1983年版，第2页。

志面对城市化的浪潮时说道:"这是一场真正的战争。一方是权力和金钱,一方是古老的文明。我们已经看见了城市的废墟。它们就是覆盖一切的混凝土方块,就是那些怪兽般的商厦,就是那些永世也嫌不够、拆又修的汽车道。"①张炜也说:"大地会惩罚这种罪孽。那些没有根基的楼堂、华丽的宫殿会倒塌,那刺耳的音乐会也会中断。一个民族如果走入不幸的狂欢是非常可怕的。"②这种文化心态反映在文学上,就产生了浪漫主义文学思潮。它以回归传统,讴歌自然以及寻求超越对抗现代性。这种对现代性的反抗,不具有西方浪漫主义的强度,而表现为一种田园牧歌和城市传奇式的乌托邦幻想,因此更多的是一种逃避。

中国浪漫主义发生的动因,除了反现代性这个中西共同的原因之外,还有与西方不同之处,那就是对现代民族国家的逃避。建立现代民族国家是与实现现代性并存的历史任务。在欧洲,建立现代民族国家的雏形即吉登斯所谓的"绝对主义国家"的运动产生了新古典主义文学思潮。而中国建立现代民族国家的革命运动产生了革命古典主义。欧洲浪漫主义虽然在艺术上反对新古典主义,但它发生在启蒙运动之后,与建立现代民族国家的运动不具有同时性,因此在思想倾向上没有直接体现为对现代民族国家的反叛,而是体现为对启蒙理性的反动。中国的社会性质使争取现代性与建立现代民族国家的运动同时出现,因此,中国浪漫主义不仅体现为对现代性的反叛,也体现为对现代民族国家的逃避。中国浪漫主义对兴起的社会革命运动避而远之,以回归内心世界、寻找信仰逃避革命理性。废名、沈从文在革命运动风起云涌的时代,根本不去反映这种历史变革,而是以无限留恋的心态描写自己的超脱的内心世界或者湘西古老宁静的传统文明。沈从文宣称自己"不能成为某种主义下的信徒","更不会因为几个自命'革命文学家'的青年,把我称为'该死的'以后,就不来为被虐待的人类畜类说话"③。徐讦的作品多表现对政治斗争的疏离,像他的最早的成名作《鬼恋》以及后期代表作《江湖行》都写革命者的失望和逃避。徐讦的《风萧萧》、《灯》等作品表现了抗战的国家理性与爱的个体追求之间的冲突,以及它所导致的爱的牺牲和沦陷。他坚定地认

---

① 张承志:《以笔为旗》,中国社会科学出版社 1999 年版,第 53 页。
② 张炜:《纯美的注视》,上海远东出版社 1996 年版,第 86 页。
③ 沈从文:《沈从文文集》第 1 卷,花城出版社 1982 年版,第 345～346 页。

为,个体的爱是更永恒的、不可替代的。无名氏也在《北》、《塔》等作品中表现了抗战洪流中个体的悲剧。在《无名书》中,作者让主人公印蒂像浮士德式地寻找人生的意义:他首先是一个社会改造主义者,参加北伐革命,追求"神圣的正义"、"神圣的流血"、"神圣的暴力"。而最终,他对这种社会革命怀疑了,超越了革命的政治理性,而走向了宗教信仰,以"基督的道路"超越"恺撒的道路",以"星球主义"超越"国家主义"。这种对现代性和现代民族国家的双重逃避是中国浪漫主义的基本性质。

中国浪漫主义对以争取现代民族国家为目标的革命古典主义也采取疏远的立场,在文学观念上不予认同。革命古典主义主张以政治理性来改造现实,提出了以"塑造典型环境中的典型性格"为核心的形式规范。而浪漫主义却回避政治理性,以自然人性来反叛现实,以自由的想象和抒情来突破理性规范。废名认为文学是"梦梦",他说:"创作的时候应该是'反刍'。这样才能成为一个梦。"①沈从文也曾经说道:"我要写我自己的心和梦的历史。"②"一是社会现象,是说人与人之间的种种关系;一是梦的现象,便是说人的心或意识的单独种种活动……必须把人事和梦两种成分相混合,用语言文字来好好装饰剪裁,处理得极其恰当,才可望成为一个小说。"③而徐讦也有他的"梦":"每个人都有他的梦,这些梦可以加于事,也可以加于人,也可以加于世界。"④

二、两次中断的历史进程

中国浪漫主义的历史不是连续发展的,而是两次中断的历史。由于中国现代性的发展被建立现代民族国家的运动打断,形成了新古典主义的霸权,因此,作为对现代性的反叛的浪漫主义也就失去了连续性。

浪漫主义是对现代性的第一次反抗,因此排除了所谓五四浪漫主义的传统说法。传统文学史认为,存在着以郭沫若、郁达夫为代表的五四浪漫主义。其实,五四文学是争取现代性的启蒙主义文学思潮,其中创造社代表的文学流派也不是浪漫主义,而是启蒙主义的另一种形态。中国浪

---

① 废名:《冯文炳选集》,人民文学出版社 1985 年版,第 322 页。
② 沈从文:《沈从文文集》第 10 卷,花城出版社 1984 年版,第 273 页。
③ 沈从文:《沈从文文集》第 12 卷,花城出版社 1984 年版,第 114 页。
④ 徐讦《风萧萧》,东方书店 1944 年版,第 6 页。

漫主义发生于五四启蒙运动之后，即20世纪20年代末期至30年代中后期（抗日战争爆发）。这是第一阶段的浪漫主义思潮，是以废名、沈从文为代表的一种田园牧歌型的浪漫主义。这种浪漫主义以"回归自然"为宗旨，而所谓自然既是指外在的乡村文明，也指内在的精神境界，像废名所说的带有禅意的"自心"，沈从文所说的带有道风的理想人性。

废名深受佛禅的影响，他逃避现实，崇尚魏晋风度，追求"明心见性"，塑造出一幅幅心造的幻影。他的早期小说《桥》描写了他的淡淡的"梦梦"，这种描写与现实并不对应，充满了禅味的诗情画意。他在这首虚幻的田园诗中，体验了无限、永恒的人生意义。他的《莫须有先生传》更深化了禅意，莫须有先生成为作者理想的体现。他回归内心，回归平淡，在日常人生中寻找到了人生的真谛，即精神的自由和生命的永恒。这种人生意义的追求是与那个时代格格不入的，与启蒙理性、革命理念疏远的，毋宁说是对时代精神的一种逃避，而逃避就是一种消极的反抗。

沈从文是中国浪漫主义的最有成就的大家。与废名不同之处在于，他不仅仅回归内心，而且面向社会，反叛现实，以写实的笔法提出了与时代精神不同的社会人生理想。他以纯洁的乡村文明抵制现代城市文明的污染，以传统道德抵制现代文明对心灵的侵蚀。他的《边城》描绘了一幅与污浊的城市不同的清新的人生图画，这幅图画既是对逝去的文明的怀恋，也涂上了理想化的色彩。他刻意回避了湘西社会中黑暗、残酷的一面，而放大了其美好、温情的一面。在他的笔下，人物个性纯真，善良，如翠翠、三三、夭夭、老船夫、傩送、阿黑、五明等；即使那些妓女、强盗等人物，也不乏人性的光辉。他在自己的理想化的乡村文明的怀想中，体现了"回归自然"的追求。这既是一种抵制现代文明缺陷的人生理想，也是一种人格追求。他的自然人性是未受现代文明污染的童心，是原始质朴的生命，是世俗生活中的神性追求。这种人生境界出自对精神自由的执著，沈从文不肯为历史发展（现代性和现代民族国家）出让自己的理想，而宁肯守护纯真的人性，为行将逝去的文明，献上一首美丽而凄婉的挽歌。

中国浪漫主义的第一阶段发展被抗战所打断，浪漫主义消融于被民族革命战争所强化和普遍化的革命现实主义。抗战是建立现代民族国家的救亡运动，在这个运动中，政治理性建立了绝对化的权威，强化了的革命古典主义（即所谓打着各种旗号的"现实主义"，其实都是革命现实主义的变种)一统天下,而建立在个人主义、自由精神的基础上的浪漫主义与其他文学思潮都失去了生存的空间,最后都悄然消逝了。

在抗战后期至建国前,即20世纪40年代,不仅有沈从文的传人汪曾祺的浪漫主义小说,也发生了"后浪漫主义"(也有人称之为"新浪漫主义"),这是浪漫主义发展的第二个阶段。后浪漫主义的代表是徐讦和无名氏,他们创造了与30年代的田园牧歌型的浪漫主义不同的城市传奇型的浪漫主义。后浪漫主义除了对现代城市文明的反抗之外,也突出体现了对残酷的"民族革命战争"的逃避心态,对革命政治理性的疏离,对盛行的"革命现实主义"的逆反,以及对人生意义的思索。新浪漫主义取材城市生活,讲述奇情、奇恋、奇遇,以逃避现实,获得心灵的慰藉。同时,它受到现代主义的强烈影响,具有现代主义的因素。徐讦的《鬼恋》、《荒谬的英法海峡》、《精神病患者的悲歌》和无名氏的《北极风情画》、《塔里的女人》等,充满了诡异的幻想,表现了对人世的失望、感伤和幻灭情绪。他们都一定程度上带有宗教情怀,特别是无名氏的《无名书》更突出了对生存意义的质疑,并以宗教信仰为归宿,带有更多的现代主义因素。

中国浪漫主义第二阶段的历史在建国后被打断,受到国家意识形态支持的革命古典主义排除了其他一切文学思潮。浪漫主义的第三阶段历史是在新时期后期和后新时期。20世纪80年代的思想解放运动,是恢复现代性建设的启蒙主义运动,新启蒙主义文学思潮成为主流。随着启蒙理性的确立,对它的反拨发生了。新时期后期,张承志、梁晓声、史铁生等知青作家开启了浪漫主义的滥觞。这些知青作家在文革结束后返城,发现了城市生活的世俗、残酷,于是就怀念起文革中下乡知青的理想浪漫的生活。这样,知青文学由控诉文革和伤悼青春的启蒙主义基调转化为对青春理想的颂歌,以对抗世俗化的城市生活。特别是后新时期,市场经济兴起后,产生了对现代性的反弹,形成了以张承志、张炜为代表的浪漫主义。他们在市场经济和世俗化背景下,守护理想主义信念,抵制现代性对人性的污染,在农村、历史和宗教中寻求"清洁的精神"。张承志浪迹内蒙草原、天山南北和西北高原,最后在伊斯兰教的哲合忍耶中找到了精神的归宿。其代表作《心灵史》描绘了被宗教清洗净化了的理想化的人生、人性和心灵。张炜的《我的田园》、《柏慧》、《家族》、《外省书》等体现了道德理想主义的立场,营造了像"葡萄园"、"野地"等意象,逃避现代文明和寻求精神世界的净化。

三、中国浪漫主义的诗性特征

中国浪漫主义文学思潮从国外引进,与西方浪漫主义有基本的共同点,这就是对现代性特别是工具理性和工业文明的反叛。但是,由于中国特殊的文化传统和历史条件,中国浪漫主义有不同于西方的本土特性——诗性。

第一,不同于西方浪漫主义的彼岸追求,而体现出一种现实关怀。西方浪漫主义对现实的反叛,表现为放弃现实关怀,表达对彼岸世界的追求,体现一种宗教情怀,或者是皈依上帝,或者是对自然的神秘信仰。这与西方浪漫主义的中世纪传统相关。基督教认为人世是罪恶的,只有天国才是美好的。这种意识体现在浪漫主义文学中,成为批判现代性的思想资源。因此,西方浪漫主义带有强烈的宗教意识,它提出了"回到中世纪"的口号,以信仰来对抗启蒙理性和现代文明,在彼岸世界寻求精神家园。也有的作家推崇自然,在"回到自然中去"的口号下逃离现实,寻找彼岸的归宿。中国宗教传统薄弱,因此中国浪漫主义缺乏宗教传统的思想资源,也缺乏宗教意识,而更多的是从传统文化特别是庄老佛禅中汲取思想资源。中国传统文化是"一个世界"即天人合一的、圣化的世俗社会。庄老逃避现实,但没有彼岸世界的追求,只是对社会人生的退避。佛禅虽然是宗教,但已经中国化了,世俗化了,它没有离开此岸走向彼岸,而只是以彼岸观照此岸,获得一种精神的解脱。中国浪漫主义对现代性的反叛并不表现为或者较少表现为彼岸世界的追求,而表现为或者较多表现为一种现实关怀。徐訏说:"最想逃避现实的思想与感情正是对现实最有反应的思想与感情。"①中国浪漫主义同样认为现代文明带来的是自然的毁灭、人性的扭曲,但它不沉浸于宗教情怀,而是诉诸人性,讴歌自然的人性之美,以对抗工具理性的禁锢和城市文明的腐蚀。特别是沈从文,没有宗教诉求和彼岸理想,而是讴歌原始、自然的人性,以抗议现代性对人性的戕害。总之,他们更关心的是现实人生,是生命的真实意义。

中国浪漫主义也受到宗教的影响,有信仰主义的倾向,其中的代表是

---

① 徐訏《门边文学》,南天书业 1971 年版,第 5 页。

20 世纪 40 年代的无名氏、徐讦，以及新时期的张承志等。徐讦后期皈依宗教，宗教思想在创作中也有所体现，正如他在《吉普赛的诱惑》中说的："我们是上帝的儿女，不是皇帝的奴隶。"无名氏的代表作《无名书》展示了主人公印蒂对生存意义的追寻历程，最后在宗教中找到了灵魂的归宿。张承志在伊斯兰教的哲合忍耶派中找到了对抗世俗社会的精神武器，也找到了自己的精神家园。但是，他们的精神追求与其说是宗教的，不如说是道德的；与其说是彼岸的，不如说是此岸的。他们把信仰看做最高的道德，企图在宗教信仰中寻找道德的源泉，进行精神的净化。而且，他们在关注自己的精神世界的同时，更加关注社会现实。他们不是通过信仰逃避世俗社会，而是要通过信仰拯救世道人心，改造世俗社会。在他们信仰追求的后面，实际上是一种道德理想主义。徐讦的宗教情怀并没有泯灭他的现实关怀，他的信仰实际上落脚于"爱"。他的《月亮》中，少女"月亮"的爱的表白让闻天微笑而死去，而"月亮"也认为这是一种可以代替天国的"永生的信仰"。无名氏服膺柏格森的"生命哲学"，他的宗教诉求是融合了儒、道、耶的现实人生的理想。他的理想国是一种"大同世界"，而不是宗教的彼岸世界。在《创世纪大菩提》中，印蒂在她的"地球农场"中实践了这种理想。张承志赞扬伊斯兰教的信仰，但其之所以如此，却是因为在信仰中发现了保持人性的崇高的根据。他的作品深深地体现了对人的精神世界的关怀，对美好人性的肯定，对"清洁的精神"的执著，而不是对现实人生的否定。归根结底，这是一种现实关怀，而不是一种彼岸追求。

第二，不同于西方浪漫主义的幻象世界，而创造了一种理想化的写实意境。西方浪漫主义为了反抗现代文明，逃避现实，创造了一个幻象世界。它描写幻想中的异域风光、世外桃源，塑造理想化的人物形象，与庸俗的现实世界和平庸的现实人格进行鲜明的对照。西方浪漫主义的幻想性受到中世纪文学传统的影响，宗教奇迹以及传奇故事都是幻想的产物。浪漫主义继承了中世纪的幻想文学传统，逃离、反叛现实，对抗古典主义的理性规范。中国浪漫主义也不乏想象力，它也力图通过对理想世界的创造，来逃离、反叛现实。但它不是创造一个虚幻的世界，而是以理想化的手段描写现实，特别是乡土社会，为即将逝去的农业文明唱一首凄美的挽歌。但是，这种写实不同于古典主义以古典理性矫饰现实，也不同于启蒙主义的启蒙理性观照下的写实，也不同于现实主义的批判视角下的写实,这种写实带有理想化的色彩和抒情的成分,它选取生活和人性中的美好、理想、光明的一面,特别是美化传统农村生活,讴歌理想人性,而放弃了批判的视角。因此,中国浪漫主义的笔下,传统文明是一幅优美的田园风光,传统的人性是淳朴的、健康的。这反衬了城市文明的病态、污浊。例如,沈从文笔下的湘西不是虚幻的世界,而是实在的世界,只是它被理想化了,诗意化了,用以反衬城市文明的堕落。刘西渭评论道:"他对于美的感觉叫他不忍心分析,因为他怕揭露人性的丑恶。"①张承志的草原和黄土高原也是写实的世界,而不是虚幻的世界。徐讦和无名氏的世界,虽然不乏传奇色彩,但大体上还是以现实世界为底色的,它不是没有时代背景的幻境,而是渗透了理想主义的现实人生。张承志和张炜的世界,虽然被道德理想主义所折射,也都是在现实和历史中有迹可寻的,而不是虚无缥缈的。

第三,不同于西方浪漫主义的颓废病态情绪和神秘怪诞风格,而体现为一种积极健康心态和明朗和谐的风格。西方浪漫主义是对启蒙理性的反叛,它继承了欧洲希伯来文化传统和中世纪文学的神秘、怪诞风格,体现了一种病态的、颓废的思想情绪。而中国浪漫主义则不同,它受到了中国理性传统的制约以及古典文学中和之美传统的影响,也受到五四启蒙精神的熏陶。因此弃绝了颓废、病态的情绪以及神秘、怪诞风格,表现了一种明朗的、和谐的风格,体现了健康的、积极的思想情绪。沈从文主张优美、健康、自然而不悖乎人性的人生形式。他的笔触所至,呈现出一幅朴素、宁静的田园风光。废名的文风富有诗意,他把生活艺术化,形成了简洁、抒情、清丽典雅的风格。受到现代主义影响的徐讦、无名氏的作品,虽然有诡谲的情节、异国风情,富有传奇色彩,但其基本气质是健康、明朗的,没有那种神秘主义和颓废病态情绪。特别是无名氏,他的《无名书》中的主人公有点像启蒙时代的浮士德,在积极地寻求人生的意义,表现了一种进取的、乐观的情怀。徐讦虽然有时流露出失望和伤感,但还有对爱的追求与执著,因此仍然是一种健康的、明朗的心态。而新时期的张承志和张炜,更是高扬起道德理想主义的崇高旗帜,像现代的堂·吉诃德,向整个世俗世界挑战,完全与颓废病态的情绪无缘,也与神秘怪诞的风格无缘。

---

① 刘西渭:《咀华集》,文化生活出版社 1936 年版,第 101 页。

第四,不同于西方浪漫主义的贵族精神,而体现为一种平民意识。浪漫主义是对现代性的反动,而现代性是一种平民精神,它的"科学"(工具理性)和"民主"(价值理性)主要体现了第三等级的思想观念。因此,贵族精神成为浪漫主义反现代性的思想资源。西方浪漫主义体现了一种贵族精神,它反感于现代性体现的平民主义,如平等民主的政治理念、世俗功利的价值观念、科学主义的思维方式、工业文明的生活方式等,而怀恋中世纪的贵族社会,推崇精英主义、追求精神自由、讴歌自然的生活。中国浪漫主义有所不同,其思想倾向不是贵族精神,而是平民意识。中国传统社会不同于欧洲,秦朝以后不是贵族社会,而是平民社会(官僚地主不是贵族而是平民),因此,贵族文化传统薄弱,而平民文化传统强固。这样,中国浪漫主义对现代性的反叛,就很难从贵族精神中汲取思想养料,而多从平民文化传统中寻找思想资源,如废名的传统士大夫的隐逸精神,沈从文的乡村纯真人性,张承志的民间宗教信仰。西方浪漫主义描写的人物也多为贵族气质的理想人物,即使描写民间人物,也是理想化的、贵族气的"高贵的野蛮人",而不是真实的平民形象。中国浪漫主义描写的是"真实的"民间人物,虽然也被理想化了,但并不是一个披着平民外衣的贵族,而是地道的平民。在他们身上,体现了平民的美好品格,寄托了作者的平民化的人生理想。沈从文就说:"我是个乡下人,走到任何一处照例都带一把尺,一把秤,和普遍社会总是不合。"①"乡下人"的尺度,也就是平民意识。即使鄙视一切世俗意识的张承志,也是从民间道德、民间信仰和民间历史传说中寻找精神的家园,从而打上了平民主义的文化印记。他的美好的人物形象都是淳朴的农民、牧民和虔诚的伊斯兰教信徒,在他们身上,作者寻找到了美德的所在。

第五,中国浪漫主义继承了古典理性传统。欧洲浪漫主义继承了中世纪希伯来非理性文化传统,对抗古希腊为源头的古典理性传统,因此它是反对新老古典主义的。与欧洲浪漫主义有所不同,中国浪漫主义没有反对古典理性,它直接反拨启蒙主义,而不是直接反拨新老古典主义。这是因为,中国浪漫主义不具有欧洲的彼岸性追求,虽然也有宗教思想倾向(如徐讦、张承志),但其价值取向却是此岸的,充满了现实关怀;它不是

① 沈从文:《沈从文文集》第10卷,花城出版社1984年版,第271页。

宗教的信仰主义,而是道德的理想主义。这样,古典理性就可能成为浪漫主义的思想资源,而不是反拨对象。20世纪30年代的浪漫主义(如废名、沈从文)没有反对古典理性,而是继承了中国古典文学的道德理想主义精神,创造了山水田园诗般的意境。新时期浪漫主义继承了革命古典主义的理想主义精神,形成了浓烈的道德理想主义色彩。梁晓声的知青情结,张承志的"红卫兵"情结以及他们作品中体现的崇高的理想主义精神,都与革命古典主义有某种渊源关系,只不过把革命古典主义的政治理想主义转化为道德理想主义。

第六,受到其他文学思潮的影响,而具有了多元混杂的风格。西方浪漫主义是一个独立的历史阶段,因此形成了自己比较单纯、确定的风格。而中国浪漫主义发生于西方现实主义、现代主义产生之后,而且与国内的启蒙主义、新古典主义、现实主义、现代主义同时存在,这样,它就不可避免地受到其他文学思潮的影响,甚至主动吸取多种文学思潮的因素,从而具有了多元混杂的风格。其中对浪漫主义影响最大的文学思潮是启蒙主义、现实主义和现代主义。例如,沈从文对湘西社会的描写,虽然具有理想化的倾向,对它的黑暗面有所淡化,有所回避,但也没有像西方浪漫主义那样完全理想化,而是有一定程度上的暴露和批评,这不能不说是五四启蒙主义的影响所致。而20世纪40年代的徐讦则靠近现实主义,他坦言"参考一点写实小说艺术的手法",使其作品具有了传奇性。同时,他也受到了现代主义的影响,如其作品中体现的无家可归的流放感,对于生存意义的虚无主义,以及意识流手法、精神分析手法、非理性的知觉体验等。无名氏更多地受到现代主义的影响,在其《无名书》中,表现了他对生存意义的质疑,并且导向了信仰主义,这无疑与现代主义的价值取向有一定关联。张承志和张炜的现实主义影响也是显而易见的,他们的写实风格与西方浪漫主义有很大的不同。但是,尽管中国浪漫主义不那么"纯粹",混杂了多种文学思潮的元素,但它的主旨是反对工具理性和工业文明以及政治理性,因此仍然要归结于浪漫主义的范畴之中。

●原文刊载于《求是学刊》2009年第1期。

●杨春时,厦门大学中文系教授,博士生导师,华侨大学特聘教授。

媒体于丹：审美祛魅时代的一抹暖色

戴阿宝

2007 年，中国文化界出现了一件与媒体密切相关的大事：文化与媒体的持续嫁接，终于生产出了众望所归的媒体文化明星。由央视《百家讲坛》推出的"学术百家"，打造学术之"星"的活动有声有色地推动起来，也使得文化软实力的培育和"繁荣"找到了一个坚实的落脚点。关于当代媒体制造的奇观事件，大家已耳熟能详，甚至它的轰动效应也已今非昔比。道格拉斯·凯尔纳曾这样来描述媒体社会的魅力："媒体文化会继续成为新千年社会变革的主要记忆之一，其影响力比以往任何时候都大得多。媒体文化为性别文化、社会认可的行为、生活方式和时尚提供范式，它也制造出一个又一个时代的偶像。这些媒体的神祇集金钱、美貌、名誉和成功于一身，是大千世界中芸芸众生理想和目标的化身。"①当我们在这样一个媒体奇观的意义上来认识中国文化之"星"的诞生，从媒体文化的本体存在来理解这种造"星"的意义，就不难思考在一个审美祛魅时代呼唤文化明星的任何可能，它固然会如凯尔纳所说的实际上是在生产一个全新世界的超级感觉，但仔细打量，它的"全新"却也是别有一番滋味，别有一番境界。

一、身体与身份编织中的温馨

在文化明星出现之前，中国公众对明星的认识主要源于媒体大量传播的演艺明星和体育明星，中国的明星文化伊始也是由他们与媒体联合

---

① （美）道格拉斯·凯尔纳：《媒体奇观·英文原版前言》，史安斌译，清华大学出版社 2003 年版，第 8 页。

打造的。这种媒体明星的最大特点是,他们具有不同以往的新型的偶像内涵。现代媒体打造的明星偶像与传统中国社会中的政治伦理意义上的家国偶像相去甚远,不仅在崇拜的形式上,而且在崇拜的内容上。简言之,前者的崇拜实际上是在消费社会里的消费型崇拜,它既具有魔幻的形式,又具有现实的利益,也就是说,这种偶像既可崇拜又可消费,而最佳的境界就是在崇拜中消费,在消费中崇拜。所以,媒体明星偶像是一种文化资本或者说是一种文化资本权力倾心打造的具有高度消费性的文化产品。资本参与所留下的痕迹就是给观众一种消费中的强烈愉悦感和满足感,这样的明星偶像具有非常世俗的存在价值,既新潮时髦,又具有软性亲和力,非常容易与大众零距离接触。也只有这样,消费社会的明星偶像才可以不断地延续资本,操控消费者的意识形态讲述的力量,也才可以不断把资本利益不露声色地输送到大众的身边,输送到整个社会的大众意识中,而把利润法则神不知鬼不觉地操控在自己的手里。而中国传统文化中的政治伦理偶像崇拜是不可能有消费观念和资本权力的介入和浸润的,其自身的纯粹性、神圣性足以摄取人们的魂魄,其自身的威严远大于消费文化打造偶像的人为制造的效果,他们高高在上所要求的绝对服从性,使得崇拜者的崇拜投入缺乏身心愉快,而常常是在一种被动和麻木的状况下获取虔诚的心灵裹胁甚至恐惧。

说到演艺明星和体育明星,他们的公众形象是以"星"来标榜的,对他们的制造首先以"星"这一称谓来加冕,然后再用比较有特色的形容词打扮一番,以标示明星的不同特质和地位差异。应该说,演艺明星和体育明星崇拜主要还是身体崇拜,以及由身体构造的明星光环的崇拜,它包括对明星身体各个细部的迷恋,对明星的发型、声音、眼神、身材、服饰、肢体、动作等的心仪,再就是对明星作为一个有血有肉的活生生的生命体的把玩,这样的崇拜是投射式的、模仿性极强的,容易形成偶像崇拜的迷狂性,表现出的是感情更执著,心里更专注,爱意更浓郁。此外,消费文化中媒体明星的外在环境营造也十分重要,比如出场前的打理就是一项繁重而艰巨的任务,其中的消费要件,样样不可缺少,它必须在最大限度上符合消费群体的审美预期。无论是化妆、服饰,还是灯光、布景,外在的造型和适当的氛围是媒体明星偶像的一个最基本方面,也只有在这样一种精心安排和足够热烈的场面中,媒体明星的直观身体才会焕发出前所未有的诱惑力,也才可能真正与现场粉丝的崇拜之心相吻合,在幻觉中强化粉丝崇拜的陶醉感和幸福感。

文化学者作为新型的媒体明星,他的消费侧重点显然具有完全不同的表现形式,其主打不是身体的直观造型,不是现场感的活生生的身体热力的迸发,不是面对面投射式的狂热煽情,而更多的是获得了某种程度积淀的讲述内容、文化气质、风度涵养和学理态度等。文化学者的出场并没有采用制造消费明星时使用的必要手段,无论是外在的场所、布景,还是明星本人的表情、动作,都与演艺、体育造星术不尽相同,也形成了预期中难以想象的形式反差。同样是媒体的包装和播散,文化学者固然也需要认真对待外在的装扮,也需要有适当的环境,尤其是与听众互动的环境,但他强调的似乎是在身体之外的身份内涵的呈现。

文化明星的公众聚焦点显然在"文化"二字。一位文化学者在大众传媒的聚光灯下登台亮相,他是否能够成为观众喜欢的一个明星,除了具备一些基本条件外,比如高超的技艺、有魅力的外形、富于感染力的神情,他还具备娱乐、体育明星所不具备的对于文化明星似乎是更重要的内容,那就是身份——附加在身体之上的层层光环。当然,从直观的现场和具体的场景中,一般观众无法了解和探测这种身份的存在,也比较难以理解这种身份所赋予文化明星的内蕴。但是仔细观察就可以明了,文化明星的身份一方面可能通过明星自己的言谈透露出来,而更多的是通过媒体广告、短小的宣传片或者是节目主持人的现场介绍,轻松地就可以使观众了解到这位文化明星的不同一般人之处。文化明星的身份大致可指涉几方面内涵,它们在身份功能的发挥中具有不同的呈现形态,同时也会与他所传播的思想和理念密切相关。

首先是性别身份。这里的"性别"并不是简单地指男女生理上的性别,媒体呈现的文化明星,他的性别实际上是模糊的,是需要说明的。性别身份不仅仅是指性别事实,还意味着他的性别立场是怎样的,秉持怎样的一种性别态度,这在媒体呈现上非常关键。性别立场决定文化学者是以怎样的面目出现在媒体上,出现在观众面前,尤其是生理上的女性学者,她们作为文化学者的性别立场具有非常重要的影响力,是她们成为文化明星的基本条件之一。受当今西方女性主义思潮的影响,中国女性文化学者的自我意识获得了极大的增强,她们对男权社会的批判,对父权主义的批判,极大地提升了她们自身作为文化学者的地位和分量,而且她们在各种公共场合对自身外观的重新包装使得一种强女人意识透露在表情、举止的方方面面。这样的性别改造和潜意识里的男性化倾向,导致女性文化学者时刻流露出一种女性另类的自大和自恋,通过摒弃女性气质而达到女性解放的实现。通常意义上,这样的性别定位和角色扮演,完全不同于一般娱乐、体育明星的造"星"之途径,它在相当程度上违背了大众消费文化的基本特质,也难以成为易于消费的文化明星,因为她们在相当程度上远离了大众的消费趣味。作为女性学者来说,人们首先还是要消费这个"女"字,女性身份的游移所造成的直接后果是,观众传统的性别意识的错乱和对新的消费对象的性别表演的无所适从,它从根基上颠覆了消费者内在的性别预期,但也恰恰就在这样的一种有意无意的颠覆中,观众的消费指向出现了意想不到的变化,女性消费期待的降低使得其他的消费内容登上台面。

其次,身份如何与身体进行有效的互文,这也是媒体文化明星"登堂入镜"策略的主攻方向。不同的职业应该具有自己外在的身份特点。在中国过去的革命宣传画时代,职业特点曾经非常鲜明,比如工人总是与安全帽、铁锤联系在一起,农民总是与白毛巾、麦穗联系在一起,解放军总是与钢枪、戴领章帽徽的军装联系在一起,这些要素实际上已经成为鉴别身份的重要符号。这样的符号化生存,在不同的时代有着不同的表现。一般来说,人们喜欢在真实而具体的日常生活之上把生活内容加以符号化,这成为人们表达自己的日常感受的一种基本方式。符号化实际上是"物化"的变种表达。通过联想和虚拟,把某物与意象、观念联系起来,具体之物抽象为符号之物,它不再仅仅具有物的使用价值,或者不再仅仅通过使用价值来判断物的有用性,而是通过抽象后的物的符号价值来达到传情达意的目的。戒指不再仅仅是金属类的装饰制品,它更重要的是说明一个人的生活状况。房屋不再仅仅是用来遮风挡雨的居住之所,它还是趣味、地位和财富的象征。观察的视野如果再扩展一步,还需要指出的是,这样的物的符号化已经形成了一个覆盖整个社会的网络,也就是说,符号化网络实际上管理和控制着日常生活的各个层面,一个人的生活状况和社会价值无疑会被纳入其中加以评估。身份犹如符号,它可以单独地也可以复合地附加在身体之上,从而使身体不再仅仅是生理之物,而成为文化之物。附加在身体上的符号越多,它的文化内涵就越丰富,社会化程度就越高,它在符号网络中的影响力就越大。

媒体于丹造"星"术的成功秘诀,首先在于她作为女性学者的外在表现。大家通常会注意到,中国媒体所打造的文化明星一般都是与中国传统文化密切相关的学者,或者说是中国传统文化的研究者。从这一意义上,他们的身上或多或少都会带有中国传统文化的气息,这一点非常重要,因为这样的公共文化形象会给当下在西方文化和消费大潮冲击中艰难跋涉的中国知识分子和公众一种天然的亲切感和依托感。媒体于丹的亲近感也同样来自内在于自身所具有的中国传统文化的背景和气质,而这一符号内涵对单纯性别的改造是不能不考虑的成功要素之一。需要指出的是,中国社会在妇女解放这一话题上,经历了两个阶段并累积成为两个层面,一是现代革命时期妇女的思想解放,一是当下消费社会妇女的身体解放,而两者的结合,使得中国妇女的解放可谓是彻底的解放——从心灵到肉体。媒体于丹在进入中国当下的符号化网络社会之时,既要面对一个大的妇女"解放"的氛围,又要把自己对于妇女解放的理解和实践带入媒体公众的面前。所以,作为媒体打造的文化明星,如何表现妇女解放和女性主义思潮下的身份要求,如何在这两种解放与中国当下所提倡的传统文化的夹缝中获得一种观众认可的合情合理的平衡,这对任何一位女性文化学者而言都是不小的难题。

媒体于丹少见有裙装出场,通常是下身着黑色的长裤,上身则搭配色调比较明快、鲜亮一些的有领有袖的正装,除了项链之外,身体的其他部分没有更多的装饰,脸上的妆容也格外淡,不经意间几乎难以察觉,头发是短短的那种,短到几乎像男性发式,但前面的刘海儿却有几多分离和游动,让人感觉到面部打扮上的些许变化。媒体于丹在镜头前的坐姿显得比较随意,但内含着相当程式化的规训痕迹——流行的内敛式的女性双腿并拢的坐姿,说话时面部表情并不丰富,反倒显得相当含蓄,说到情绪高昂处,眉目间也似或稍有舒展、紧绷、蹙额、笑靥之状,面色健康,符合大众内心的标准,面色的光泽也表示出内心深处的某种宁静和思考状态,肢体语言不是很多,手势也是有限度的。观媒体于丹之外表,一种无须多言的含蓄随处可见,与中国传统文化保持了一种不易察觉的互文,但与此相关的另一面——开放与展览的意味又是十分的浓烈。她会用自己说话的节奏控制着场面的松弛,更会用带有自身体温感悟式的机智(警句)来推动一个个小小的波澜,举手投足间也会让人领略到她的女性体能的动感活泼。

要解释媒体于丹公众形象在符号化社会网络中的成功打造,还需要从充满镜头感的身体与身份的互文过渡到对身份加以确证的符合大众审美趣味的文化诠释。极致化公众形象符号离开市场化的精心包装是难以完成的。

二、经典解读与大众故事中的温存

如果随意采访一个喜欢媒体于丹的观众,你问他喜欢媒体于丹的什么,我想尽管答案会不同,甚至大相径庭,但有一个事实恐怕是大家都会认同的,那就是媒体于丹是一个出色的说故事者。在中国传统意义上,说故事一般有两类人,一是说评书者,这类人的社会角色十分固定,通常是在茶园、酒搂、戏院,甚至露天地,为观众说书讲史。而作为一种曲艺形式,随着在当代的不断发扬光大,20世纪80年代的说书热和听书热,给人们留下了极其深刻的印象。当然,这时的说书更多的是借助广播、电视等现代传媒,通过电波传导而深入千家万户。二是民间的讲故事能手,家里的老人尤其承担了这样的一个角色,他们的故事大都是祖辈口口相传下来的,内容未必完整,人物未必丰满,情节未必合理,但这样的故事应该说秉承了中国传统故事的一贯风格,不仅奸忠、善恶分明,而且教育意义极强,勉励后代发奋有为,明断大是大非,为国尽忠为家尽孝等。可以想见,能在日常生活中给大家说故事,给大家增添劳作之外的人生乐趣,同时给人以生活中的教益,自然会受到大家的爱戴。

媒体于丹作为一个说故事者与传统的说故事者不同,这首先表现在,传统的评书是真正的一段段故事,所说的内容大都由小说改编而来,其特点是好讲好听,有情节,有人物,有矛盾,有冲突,有跌宕起伏,有波澜不惊,有嬉笑怒骂,有金戈铁马,人物的命运成为故事的主线,故事的曲折成为吸引人的磁石。当年的刘兰芳、田连元、单田芳等都是大家耳熟能详的讲故事能手,而由他们播讲的评书《水浒传》、《杨家将》、《隋唐演义》等更是家喻户晓、妇孺皆知。而媒体于丹所讲述的故事却完全不同,无论是《孔子》还是《庄子》,其实都难与评书、小说一类联系起来,也难与故事讲述联系起来,因为它们本身既没有感天地泣鬼神的故事情节,也没有活灵活现的故事人物。我在这里之所以强调媒体于丹是在讲故事,恰恰是看到了一位女性文化学者能够成为媒体明星的独到之处,或者说是在尝试深入揭示媒体于丹作为文化之星的聚焦点。

要把不是故事的东西讲述为故事,要把中国的传统文化典籍变为大众喜闻乐见的通俗读物,这正是媒体于丹完成的一种另类的文化选择和文化生存诀窍。

从中国传统的文献分类看,经史子集四大类中,"史"是普通百姓接触最多的内容,"子"由于内容偏重哲理而不易为大众接受,日常生活中仅呈现以少量的警句或格言,而媒体于丹偏偏取"子"舍"史"。据说,于丹本人自有家学,从小就被引导背诵一些中国古代典籍中的重要内容,完成了她在她这一代人中不俗的知识积累。几十年过去了,这些早期的记忆开始复活。当然,每个人复活记忆的方式各不相同,媒体于丹是通过讲述——在故事中追求讲述的效果。值得注意的是,讲述与研究根本不同,它们在重构"子"的记忆中有着不同着力点。前者侧重呈现的是风格性记忆,是个体的情怀式表达,是寓教于乐的生动性和通俗性。从这个意义上说,讲述是选择性的,是感悟为基础的;后者则更多地关注研究对象的确切含义,并尽最大可能而无遗漏地发掘出原文的微言大义,它所采用的方式是考据、比较、推理和反思。其实,就"子"本身而言,后者的观照方式无疑更符合对象的特点,也更符合现代人对这一对象把握的习惯。在媒体于丹之前,应该不夸张地说,大量研究者为"子"提供了自己的皓首穷经的诠释和思考,也难怪在媒体于丹的"不入流"的关于"子"的讲述出现在公众视野之后,立即遭到学术"卫道士"的几乎众口一词的反对。北京大学有十名博士兴师动众地打出讨伐媒体于丹的旗帜,说她的讲述是对中国传统文化的践踏和毁灭云云。由此可见,如何进入传统,如何讲述传统,如何承继传统,前人已经给你准备了相当充分的资源供你挑选,前人也给你提供了必经之途让你前往,而任何偏离乃至背离的行为必然会遭到批判甚至诅咒。

我无法判断媒体于丹的行为是否是一种阐释传统文化的策略,但我更愿意相信媒体于丹是在用一种非学术性、非学理化的体验方式来完成自己心目中的"子"。"子"本身并不具有故事性,那么,如何把自己关于

求／是／文／荟　《求是学刊》发刊200期

"子"的一己之"心得"传递给大家？如何让传统经典被消费社会中的大众所欣然接受？这需要对"子"的讲述进行必要的合理化设计。媒体于丹的匠心独运之处在于,她把经典充分故事化和身边化,或者说她尝试用故事性稀释传统经典的哲理浓度和语言涩度,用简明活泼的语言把其中的道理放在大家身边。

首先来看媒体于丹的关于经典身边化的诠释方式。这里可以举几个例子说明媒体于丹的具体做法和特点。媒体于丹在《〈论语〉心得》的开场处断言：

大家别以为,孔夫子的《论语》高不可及,现在我们必须得仰望它。

这个世纪上的真理,永远都是朴素的,就好像太阳每天从东边升起一样,就好像春天要播种,秋天要收获一样。

《论语》告诉大家的东西,永远是最简单的。

《论语》的真谛,就是告诉大家,怎么样才能过上我们心灵所需要的那种快乐的生活。

说白了,《论语》就是教给我们如何在现代生活中获取心灵快乐,适应日常秩序,找到个人坐标。

它就是这么一本语录。①

这种关于《论语》是怎样的一本书的介绍,以及《论语》在现代日常生活中的大众化意义,让你能够非常清晰地感觉到,不需要思考,也不需要绕圈子,直截了当,明白无误,而且仔细琢磨,这里的话都是有所指的,它们的道理浅显但具有现实针对性。

媒体于丹想要告诉大家的是,如果你把经典想得太高,想得距离你的日常生活太远,那你未免迂腐不堪,从某种程度上放弃了与"圣人"接触的机会。其实,"道不远人",经典就在你的身边,它时常会与你缠绕在一起,它不露痕迹地存在于你的身边,如同太阳每天的起落,如同春天的播种、秋天的收获,自然而然,实实在在;而且,经典不是高深的学问,不是需要深厚的修养才能参悟获得的学问,实际上,真正的经典是非常朴素的,几乎每一个人都不会为能否获得经典而烦恼,关键在于,你是否意识到经典言说的道理就在你身边,是否意识到应该把经典存放在心里,落实在行

---

① 于丹:《于丹〈论语〉心得》,中华书局 2006 年版,第 5 页。

动上。经典是通人情懂人性的，是日常生活中潜移默化地滋润人的心灵的东西，最为重要的是，经典是要教给人们日常规范，它所建立的日常秩序为人们的行为提供准则，提供为何这样而不那样的理据，而经典这样做的根本目的是要帮助你尽可能寻找生活中的快乐，使你的生活时刻充满阳光。

在完成经典的"身边化"铺垫之后，媒体于丹似乎是在不经意间开始了她的《论语》讲述——"心得"。"心得"二字既是媒体于丹处理经典的一种手段，也是她的经典讲述有别于其他（男性）研究者的地方。"心得"从表面上看是随意性的，因为是一"心"之得，所以可以天马行空独来独往，也可以笃思慎言循规蹈矩，但又毕竟是用心之得，如同吃草的牛，经过了自己胃的消化再把它"吐"（讲述）出来给大众，道理说得浅显易懂，不时还杂有机智与顿悟。

首先，媒体于丹的"心得"选择性很强，这一目了然地呈现在她的《于丹〈论语〉心得》的目录上，整个目录有七个标题："天地人之道"、"心灵之道"、"处世之道"、"君子之道"、"交友之道"、"理想之道"、"人生之道"。这七个标题划定了"心得"的范围。如果把这七条与孔子《论语》比较一下，就会清楚地发现，媒体于丹之"心得"完全无法与孔子之"心得"相提并论。媒体于丹只是抓住了与日常生活关系密切的人之为人的道理（"天地人之道"、"心灵之道"、"理想之道"、"人生之道"）和人之生活的道理（"处世之道"、"君子之道"、"交友之道"）这两个最一般也是最基本的方面，结合孔子的思想来阐发自己的体会。这一"心得"的前一部分，在我看来具有两种潜在的思想来源，或者说思想模式的来源，一是于丹这个年龄段所可能耳濡目染的（"文革"时期的）"革命理想"模式，一是随之而来的相当一段时间里（比如20世纪80年代）哲学（理）层面上出现的对人生意义的思考模式，这两种模式内化于心，再使之与中国学界对孔子《论语》或者说儒家人格乃至入世理想的阐释结合起来，只不过它们经过媒体于丹之"心"的过滤，在风格上显得更加个人化，是属于于丹个人的"心得"的，因为媒体于丹把对人的意义的思考身边化、情理化、人际化了，实际上，是把人的意义问题最大限度地落实在了她所关注的第二个层面——人之生活的道理。媒体于丹舍弃了孔子哲学中宏大的仁政核心观念①——它的积极入世的谋求功名的内容。这样的一种对孔子《论语》的阅读,已经从传统的《论语》和儒学研究中走出来,而成为一种带有强烈个人情调的经典讲述。

而经典的故事化更使得一己之得的讲述具有了活的语言依托和新的趣味转换。媒体于丹的经典故事化讲述模式被人(中国学界)所"耻笑",因为它在某种意义上会被认为是由于缺乏起码的经典阐释能力的一个结果,显然不具备经典阐释的资格,从而使中国传统经典在诠释中被漫画化和"儿科化",但是,媒体于丹没有回避这样的问题,没有顾及可能出现的这样的指责。之所以如此,我以为她的内心潜在地珍藏着一种女性探视生命价值的热情,她的立足点不在死板的传统经典,而在活生生的日常生活内容。媒体于丹或许是以社会对女性学者的宽容为自己出场的基础的,或许就是在心里打定主意,要在男性统治的经典阐释领域,以一个女性学者的身份到场,要以故事替代推理、以心得替代论辩、以感性替代理性、以风格替代规范,最终打造出一部女性视野下的儒家经典阐释的故事化版本。

我们可以进一步浏览媒体于丹是怎样讲述她的"心灵之道"的。在这一节里,媒体于丹想要告诉大家的是:"每个人的一生中都难免有缺憾和不如意,也许我们无力改变这个事实,而我们可以改变的是看待这些事情的态度。《论语》的精华之一,就是告诉我们,如何用平和的心态来对待生活中的缺憾和苦难。"这就是她所谓的心灵之"道"——努力改变自我对待世界的态度,而不是改变世界本身。不是男性的强力介入,而是女性的曲意迎合,不是男性的改造世界,而是女性的改变自我,不是男性的自我中心,而是女性的他者中心。媒体于丹在这一段的讲述中安排了四个故事:一报刊登载的英国著名网球明星的故事、一则外国寓言、一个苏轼的故事、一个(来自铃木大作书中讲述的)日本茶师的故事。媒体于丹尝试用它们分别来说明:(1)不要随便接受生活中的缺憾,否则会导致不良后果;(2)用什么心态对待缺憾很重要,心态不同,生活质量甚至会完全不一样;(3)不幸降临时,要尽快让其过去,这样才会有好的心情;(4)

---

① 罗钢、王中忱主编:《消费文化读本》,中国社会科学出版社2003年版,第16页。

一个人心里有什么,就会看到什么。四个故事到底能说明什么问题,或者说这样的例子是否能有效地传达媒体于丹想要告诉大家的"心灵之道",或可暂时先不考虑①,这里的问题关键在于,利用故事讲述道理的这样一种形式,是最普通的人群都可以接受的,它在说明道理上具有直观和感性的成分,这也是媒体于丹讲述"心得"的独特的处理技术。讲故事与讲道理,两者在中国古代传统文化的讲述中是普遍存在的一种形式,所谓的"寓教于乐"就是这个意思。把深奥的道理浅显化,把复杂的道理简单化,把严肃的道理轻松化,把精英的道理大众化,是需要一个有效的转换途径的。尤其是在当下快节奏的消费文化时代,在人们最后一抹历史的记忆尚未完全消失而有可能被勾起回忆之时,用一种温存的形式面对大众比用一种精致的说教面对大众更有可能被接受,更有可能获得高的接受率和感染率。媒体于丹的成功也就在这一层面上充分地表现出来。

媒体于丹关于"心灵之道"的讲述实际上是一种充满人情化和生活化的体悟。当然,媒体于丹还引用了孔子《论语》里的五段话来尝试作为佐证,这里不妨一一陈列如下:

司马牛忧曰:"人皆有兄弟,我独亡!"子夏曰:"尚闻之矣:死生有命,富贵在天。君子敬而无失,与人恭而有礼,四海之内,皆兄弟也。君子何患乎无兄弟也?"(《论语·颜渊》)

子曰:"君子道者三,我无能焉:仁者不忧,知者不惑,勇者不惧。"子贡曰:"夫子自道也。"(《论语·宪问》)

子曰:"鄙夫可与事君也与哉?其未得之也,患不得之;既得之,患失之。苟患失之,无所不至矣。"(《论语·阳货》)

子曰:"道不行,乘桴浮于海,从我者,其由与?"子路闻之喜。子曰:"由也好勇过我,无所取材。"(《论语·公冶长》)

子曰:"可与言而不与之言,失人;不可与言而与之言,失言。知者不失人,亦不失言。"(《论语·卫灵公》)

这五条,媒体于丹用来作为她的"心灵之道"的经典来源,也就是说她认为这些语录是孔子谈论"心灵之道"的名言。我们可以一目了然地

---

① 两性对待世界的不同态度,是一个非常复杂的问题。于丹通过对主观改变的强调,而不是通过强调对象的改变来达到主体与客体的的统一的目的,在一定程度上与他的女性身份密切相关,也是女性更加善于调整人际关系、更加善于适应自然和社会的一种表现。

看到:第一则谈论的是如何对待别人(身边人,朋友),如何通过调整人与人之间的关系,以达到增进关系密切性的目的;第二则谈论的是君子应该具备的最基本的素质,包括"仁"(仁德)、"知"(智慧)、"勇"(勇敢)三个方面,这有点类似于现在所说的德智体("勇"替代了"体")全面发展的要求;第三则谈论的是侍奉君主的态度和做法,批评有那样一些人总是患得患失,为了个人利益甚至会无所不用其极;第四则谈论的是人应该有勇气,勇气是做任何事情的一个非常重要的条件;第五则谈论的是如何做一个聪明人,那就是既不要面对人才视而不见,又不要随便说错话、犯低级错误。这些就是媒体于丹在谈论"心灵之道"时所引用的《论语》内容,但奇怪的是,这些《论语》原典却并没有进入媒体于丹的书写正文,而是作为"边注"出现在书页两边的空白处,占据的位置并不显眼。如果要尝试把这样的五则语录与媒体于丹触及的"心灵之道"联系起来,看看它们到底为"心灵之道"填充了哪些内涵,其实是比较困难的,因为它们似乎并没有直接说到媒体于丹意义上的"心灵"问题,其中的两则涉及奉君,两则涉及与人交往,一则涉及自我修养,它们更多涉及的是做人的日常生活技术。如果按照"半部《论语》治天下"的流行说法,或按照李泽厚提过的儒家特点在于以"仁"释"礼"、内圣外王的论述,显然与媒体于丹的"心灵"之说相去甚远,也就是说,媒体于丹要想在孔子《论语》中寻找她所谓的"心灵"内容,并不是一件易事。当然,媒体于丹的特点或许就在这里。她从看似不能之处进入,从个体而不是集体的、从心理的而不是社会的、从鲜活的而不是死板的、从大众的而不是精英的诸种意识出发,不按传统套路和逻辑规范出牌,把《论语》变成为她讲述"心得"的引擎。

媒体于丹尝试把经典日常化、人情化、感性化的做法,固然引起中国学界的不满,但指责媒体于丹把经典连环画化实际上缺乏深入体察这一文化现象的现实意义。关键的问题在于,我们把传统与现代转换的立足点放在何处?媒体于丹是在寻找某种与她的讲述符合的、对她的感悟有所帮助的微言大义,只不过她的手段已经完全不同于中国传统的经学研究,而被消费社会的理念所深深地裹胁了。于是,媒体于丹的消费者或崇拜者在她那里获得了消费社会里难得的消费经典的快感,当然,大众所消费的经典实在是媒体于丹包装之下的具有她本人体温的经典"心得"。

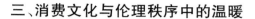

三、消费文化与伦理秩序中的温暖

中国在经过三十年改革开放、经济获得高速发展之后,一个比较显著的结果是,大中城市中的消费社会形态已经初步建立起来。在人们的日常生活中,消费的观念已经深入人心。消费时代之到来,意味着消费已经成为日常生活事件,成为值得关注的社会内容。

消费文化不排斥任何文化,它的强大的消费逻辑可以导致任何文化形态在扭曲中服从于消费。一般认为,消费文化直接承载的是一种颠覆的、破坏的、前卫的、感性的、刺激的、无厘头的、搞笑的、怪诞的、反讽的、戏仿的等拥有诸多反叛内涵的文化,也可以说是一种反文化的文化。消费文化尝试建立的是一种与消费社会相匹配的文化行为,使文化景观化、娱乐化、时尚化、身边化。布尔迪厄所分析的文化需要是培养和教育的产物而不是天然的禀赋或习得的产物的观点,在消费社会里进一步获得了验证,也更加具有合理性,因为"关于鉴赏力和文化消费的科学始于一种违反,这种违反根本不关乎审美观:它必须取消使正统文化成为孤立领域的神圣疆界,以便找到明白易解的各种联系来统一那些表面上不可比较的'选择',比如对音乐与食物、绘画与娱乐、文学与发型的偏好。将审美消费置于日常消费领域的不规范的重新整合,取消了自康德以来一直是高深美学基础的对立,即感官鉴赏与反思鉴赏的对立,以及轻易获得的愉悦——化约为感官的愉悦——与纯粹的愉悦——被净化了快乐的愉悦——的对立,纯粹的愉悦天生容易成为得到完善的象征和衡量升华能力的标准"①。这种消费文化逻辑正是文化资本参与消费社会运作的一个结果,文化必须使自身达到日常消费的需求才能成为资本增值的源泉。

从这一意义上说,中国传统文化要想在消费社会中生存,甚至要想占有一席之地,首先就要抛弃自身的文化正统的面具,从姿态上降低自己的身价,把自己的新鲜存活的可能性依赖于文化明星的鼓吹和宣讲。"修身、齐家、治国、平天下"的中国儒家文化传统理念必须脱离开它的政治轨迹(诡计),脱离开它的宏观地把个体与国家联系起来的内在精神,而把它的伦理价值一面凸显出来,并进一步把这样的一种伦理价值落实到具

---

① 罗钢、王中忱主编:《消费文化读本》,中国社会科学出版社 2003 年版,第 49 页。

体的日常生活中。

伦理原则作为处理人与人之间关系的模式,是任何一个社会都需要的,消费社会也不例外。而中国传统文化的创造性转化最直接地涉及到一种伦理原则的建立,它对人与人之间伦常关系的规范和秩序化也最适合家庭关系的稳固和朋友关系的协调。女性在这一方面显然具有天然的性别优势和亲和力,也就是说,具有创造性转化中国传统文化的基本素质。媒体于丹作为消费社会的文化明星,这一身份会把消费社会中文化衍生能力与消费能力非常值得关注地结合起来,从而使中国传统文化在消费逻辑的包装下展现出既熟悉、和蔼又陌生、新奇的两面性。

如何在消费文化中植入伦理浓郁的身边故事,或者说,如何把中国传统文化的精神与消费文化时代人们的心灵空寂和消费欲望结合起来?我们在这里看到了媒体于丹讲述诸"子"时所表现出的范导性价值。媒体于丹显然不是一个书斋里的学者,她更是消费社会培育出来的适应媒介场域的一颗明星。媒体于丹的复杂性就在于,她首先是文化明星,是大众"情人",其次又是一个中国传统文化的创造性讲述者和诠释者。她与其他的消费文化的引领者不同的是,她没有选取女性通常扮演的诸如时装、整容、美食、休闲(健身)等的消费文化的主打项目的代言人形象,而是独辟蹊径地把中国传统文化这一国人既熟悉又陌生的文化产品作为自己推向消费市场的主打产品,而她的讲述场所的开放性和讲述的故事性,使她成为了中国传统文化创造性转化以适应消费社会的非常有力的推动者,她的中国文化代言人的角色使得她把公共空间的相当一部分填充以中国传统文化的内容。可以这样说,通过故事化讲述,媒体于丹在消费文化与中国传统文化之间建立了一个通道,本来两者是风马牛不相及的东西,现在开始彼此需要,开始走向融合。中国传统文化也由此具有了它的新面孔、新生机和新使命。

其实,媒体于丹的真功夫在于面对消费社会时对中国传统文化的撕裂。在提倡中国传统文化的创造性转化中,男性学者的最大企图是,把中国传统文化完整地搬进当下日常生活之中,通过对中国传统文化的传播和弘扬,改造现代人的生存状态,改造被现代文明高度污染的现代人的生活,尤其是现代人所表现出来的越来越深重的精神危机。男性学者的经典阐释的着眼点在于"治天下",从经史子集中寻找微言大义,用以接续后来在中华文化中产生深远影响的儒家和儒学,这是一条中国学人提炼中国文化独特性的安身立命之途,也是中国学界寻求价值立场的宿命性心理支点。当然,在中国传统文化的现代性改造(转换)中,更多的是在强调,中国传统文化的再生能力以及它的内在合理性,也就是说,以中国传统文化作为标尺来衡量违背这一文化的现实,从而构成对现实的合理性批判。对于真正提倡中国传统文化创造性转化的学者来说,他们大都认可其中含有的基本的伦理观念和价值取向,需要"创造性转换"的只是在"术"的层面,也就是说,用什么样的手段来落实中国传统文化精神,弘扬中国传统文化。实际上,这样的一种观照中国传统文化的方式是不考虑对象的,它是改造性的,是教育性的,是自上(精英)而下(大众)的启蒙性的。这样说来,媒体于丹走的则是一条截然相反的路,是一条消费社会和消费文化共同作用而形成的全然不同的转换之路。消费文化确切地说是一种快餐文化,也是一种资本文化、情欲文化、个体文化,它的任何行为都是要把整个社会的规范和秩序抛弃在一边,从而为消费的空前高涨而扫清道路。媒体于丹的策略恰恰就是充分迎合消费文化的这样一个特点,努力尝试在中国传统文化新包装中打造出符合日常生活消费大众心理的特色,从而成功地把经典与消费结合起来,从消费物品到消费记忆、消费文化。

这里要再次提到,媒体于丹作为女性的说故事者的形象,实际上暗含着一种母亲讲述故事以拳拳之心教子的行为,她以母仪天下的心态,把自己心中的经典理念整理为一段段浅显而动听的故事,并把它认真而细致地交给广大的民间大众,使他们在获得经典的同时,也理解了经典对于他们的日常生活的意义。大家为什么能够听进去媒体于丹的故事会,或者说在这样一个休闲、娱乐多样化的日常生活中,积极参与到媒体于丹举行的故事仪式中,就是在寻找一种童年记忆中母亲讲述故事的那种温暖,它既是中华母体所散发出来的温暖,也是通过媒体于丹的女性身体所散发出来的温暖,而媒体于丹十分巧妙地把两者结合在一起。在消费社会的空寂而飘忽的心灵中,需要一种神圣而亲切的力量带给人以一种生存的温暖。这一温暖不仅是女性(母性)的温暖,同样也是一种来自中国传统伦理秩序和观念中的温暖。对于消费社会的消费大众来说,物品的消费固然是重要的,它显示出消费者的地位和品位,也是快乐和情感的宣泄,但是,如果把一种民族的文化记忆(母亲讲故事的记忆)一同放进日常消费的清单上,它使大众在亲切的消费中,找回了昔日日常生活中伦理秩序的安全感和贴心感,也在传统价值流失中唤起了那份弥足珍贵的维系家庭和社会的伦常习惯。媒体于丹把这一切合乎情理地演绎了出来。

消费文化对中国传统伦理观念的运用或借用,在媒体于丹那里达到了一种比较奇幻的具有中国特色的消费文化与传统文化结合的日常效果。媒体于丹也就在这一效果中获得自己的消费社会的明星地位和值得关注的文化推销能力,同样,中国传统文化也就在媒体于丹的代言中以前所未有的形式走向了千家万户,走向了一种在消费中国传统文化的人情和人际关系的和谐中透露出来的人间温暖。

● 原文刊载于《求是学刊》2010 年第 1 期。
● 戴阿宝,中国艺术研究院《文艺研究》编审。

中国古代文学研究新视界

下编

导读

DAODU

　　作为一门传统学科,中国古代文学始终是当代文学研究的重镇之一,在坚守学科性质与发扬光大文化传统方面,是不可小觑的真正文化软实力。尽管与文艺学、现当代文学等学科相比,中国古代文学对新的学术观念与方法表现的略微迟疑,然其始终保持了与时代文化的互动,并因之而具有了新的学术质素与发展的动力,丰厚的成绩实在是可圈可点。开设"古代文学研究新视界"栏目的最初设想就是基于这样一种考虑。在几近二十年的时间里,大量优秀的古代文学研究成果从这里走进公共视野,几代学者的心血与汗水共同完成了这一平台的构建。这个平台是开放的,追求文化的互动与学术观点的切磋、认同;这个平台又是伸展的,保持优势,扬弃不足,关注动态,坚守前沿。这里奉上的一簇选粹,既是关于古代文学研究领域成绩与缺失的探求,也有意昭告我们的编辑宗旨与学术诉求,同时,表达我们的一份感动与感谢。

生命张力形成的曲线美

——"夭、乔"文学内涵探源

李炳海

　　夭、乔,在《说文》均属夭部,其含义有相通之处,又不完全一致。夭、乔及由它们所构成的词语,经常用来描绘和修饰文学作品的表现对象。探讨夭、乔的原始内涵及其文学功能,对于研究中国古代文学范畴的生成、演变,是一个重要的切入点。

一

　　夭,在《诗经》中或单独出现或重叠使用,先后出现在三首诗中。首见于《周南·桃夭》,全诗共三章,均以"桃之夭夭"起兴。毛传:"桃有华之盛者,夭,其少壮。"《邶风·凯风》有"棘心夭夭"之语,毛传:"夭夭,盛貌。"《桧风·隰有苌楚》称"夭之沃沃",毛传:"夭,少也。"以上三首诗都是用夭、夭夭来形容植物,描绘桃、棘、苌楚的具体形态。毛传对于夭、夭夭从两方面加以解释,一指幼嫩,二指盛壮,是充满生命活力的样子。

　　《说文》:"夭,屈也,从大,象形。"段玉裁注:"象首,夭,屈之形也。"他在引述《诗经》所出现的夭字及毛传后又写道:"此皆谓物初长可观也,物初长者,尚屈而未申。"段玉裁的解释触及到了夭字的本义,但没有作深入的阐述,显得过于简略。夭字从大,"从字源学来说,'大'就是取类于'人',甲骨文、金文中的'大'字形体,就是成年人的正面伸展开来的形象"①。古文,大作大,是人的四肢舒展之象,用以表示成年人。夭,古文

---

　　① 臧克和:《汉字单位观念史考述》,学林出版社 1998 年版,第 49 页。

作夭,与大字极其相近,只是头部作屈曲之状。成年人比儿童高大,故古文在字形上以大和夭相区别。夭,指的是未成年的少儿,这是它的原始内涵。少儿虽然没有发育成熟,却蕴藏着巨大的生命潜能,是生命力日益旺盛的阶段,因此,夭又有盛壮之义。夭为幼少、为盛壮,这两种意义叠合在一起,就构成了它的基本含义。

夭的原始内涵指的是少年儿童,它的这种意义在先秦两汉典籍中不时可以见到。《庄子·大宗师》:"善妖善老,善始善终,人犹效之,又况万物之所系,而一化之所待乎?"妖,又作夭,二字通用。这里的妖和老、始和终都是作为反义词出现的,显然,妖指的是幼少,是年龄很小的阶段。《史记·周本纪》称,周厉王时,龙漦化为鼋,入于后宫,使女童怀孕,生下一子,弃置路上,即文中所说的"弃妖子",妖,通夭,指的是婴儿。

夭字取象于人形,本来指的是少儿。后来,它的应用范围进一步扩大,凡是动物、植物的幼龄者皆可称为夭。《礼记·月令》称,孟春之月,"毋覆巢,毋杀孩虫、胎、夭、飞鸟,毋麛、毋卵。"孔颖达疏:"胎,为在腹中未出者;夭,为生而已出者。"这里列举的禁猎对象是各种初生的飞禽走兽以及胎卵,是保护生态的重要措施。《礼记·王制》亦称:"不杀胎,不妖夭。"郑玄注:"少长曰夭。"正处于生长期的幼龄禽兽称为夭,是蕴含着巨大生命潜能的机体,具有继续发育的能力。

夭,它在用于描写植物时,也取其少壮之义。《尚书·禹贡》提到扬州地区时称:"厥草维夭"。孔传:"少长曰夭。"这和用于指代飞禽走兽时的内涵是一致的。夭在用于修饰树木时,又作枖,《说文》:"枖,木少盛貌。"段玉裁注:"按:夭,下曰'屈也'。屈者大之反,然屈者大之兆也,故枖字从夭。"段玉裁的解释颇中肯綮,他从幼龄树木的屈曲状态中感觉到生命的张力。树木在幼龄阶段尚未充分舒展开来,但却是充满生机和活力的阶段,有着无限美好的未来。夭,指的是有生之属朝气蓬勃的幼龄阶段,无论用它来修饰人本身,还是用于形容植物,这种意义是一以贯之的。

了解到夭字的上述基本含义,那么,它在文学作品中所构成的意象也就不难破译了。先看《诗经·周南·桃夭》:

桃之夭夭,灼灼其华。之子于归,宜其室家。

桃之夭夭,有蕡其实。之子于归,宜其家室。

桃之夭夭,其叶蓁蓁。之子于归,宜其家人。

《礼记·月令》记载：仲春之月，"始雨水，桃始华"。《周礼·媒氏》称："中春之月，令会男女。"仲春二月，桃树开花，古代婚礼往往在此期间举行，《桃夭》反映的就是这种习俗。正值桃花盛开的季节，一位妙龄女子出嫁，于是，诗人唱出这首祝福的歌。"桃之夭夭"，是说桃树正当少壮阶段，它的枝条虽然还没有像鼎盛期那样充分舒展开来，甚至有些屈曲，但却生机勃勃，充满活力。夭夭，指桃树的少壮，用以象征新婚女子正当妙龄，刚刚进入青春期，生命力极其旺盛。桃树少壮，故"灼灼其华"，花朵鲜艳，火红耀眼，用以象征新婚女子生机勃勃的美貌、红润的面容、洋溢着青春的活力。桃树少壮，故"有蕡其实"，果实繁盛，暗示新婚女子具有很强的生殖力，会生出众多健壮的子女。桃树少壮，故"其叶蓁蓁"，叶片密集，预示新婚女子将使夫家人丁兴旺，子孙满堂。这是一首新婚贺诗，也是献给妙龄期桃树和新婚女子的一曲赞歌。"桃之夭夭"是桃花鲜艳、果实繁盛、叶片密集的根源，它所体现的是对原始生命力、自然生殖力的崇拜。而生物的少壮期正是原始生命力、自然生殖力最旺盛的阶段，因此，"桃之夭夭"成为诗人反复赞美的对象。夭夭，是自然形态的美，是青春活力的美，它还有丰富的潜能可以继续释放，是生命上升期闪耀的光彩。

再看《诗经·邶风·凯风》，首章如下："凯风自南，吹彼棘心。棘心夭夭，母氏劬劳。"这是儿子献给母亲的颂歌，同时作者带有自我忏悔之意，因未能对母亲尽孝道而内疚。凯风是南风，用来象征母爱的温暖，而把自己和同胞兄弟姐妹比作在南风吹拂下茁壮成长的树芽，即诗中所说的"棘心夭夭"。对此，毛传云："棘心，难长养者。夭夭，盛貌。"陈奂《诗毛氏传疏》卷三的考证更为深入：

棘心，对下棘薪言，谓棘之初生萌蘖，故云难长养者。棘心至于夭夭然盛，则母氏之劬劳可知矣……《野有死麕》传："朴樕，小木也。"《尔雅》："朴樕，心。"是心有小义。《园有桃》传："棘，枣也。"枣丛生，故丛生之木皆得称棘。

马瑞辰《毛诗传笺通释》卷四写道：

《释名》："心，纤也。"《易·说卦》："坎，其于木也为坚，多心。"虞翻注："坚多心者，枣棘之属。"盖枣棘初生皆先见尖刺，尖刺即心，心即纤小之义，故难长养。

棘心是枣树初生的幼芽，非常娇嫩，很容易受到伤害，诗中用来指代

求／是／文／荟 OSWH 《求是学刊》发刊200期

人的婴孩期。在母亲的精心呵护下,婴孩茁壮成长,犹如枣树幼芽在温暖南风的吹拂下日益旺盛,生机勃勃。"棘心夭夭",指的是枣树嫩芽尚未充分舒展开,但却充满生命活力的状态,是以屈曲之形蕴藏着继续扩展的张力。诗人对母亲的感激之情,通过形象的比喻表达得极其充分,也非常深沉。诗的第二章开头两句是:"凯风自南,吹彼棘薪。"毛传:"棘薪,其成就者。"陈奂《诗毛氏传疏》卷三:"棘长成薪,故传云:'棘薪,其成就者。'"这是说在慈母的哺育照料下,孩子们都长大成人,犹如枣树幼芽变为成材。棘心、棘薪,指枣树生长的不同时段,用以象征子女的婴孩期和成熟期。"棘心夭夭",道出了子女婴孩期良好的身心状态,夭夭的意义和《周南·桃夭》所赋予的内涵是一致的。

夭字还出现在《诗经·桧风·隰有苌楚》中,该诗首章如下:"隰有苌楚,猗傩其枝。夭之沃沃,乐子之无知。"其余两章基本是反复吟唱,第二句都是"夭之沃沃"。毛传:"夭,少也。沃沃,壮佼也。"马瑞辰《毛诗传笺通释》卷十四:"《禹贡》:'厥草惟夭',通作枖。《说文》:'枖,木少盛貌。'引'桃之枖枖',是草木之盛通得名夭。"对于知字,郑玄笺:"知,匹也。"《桧风·隰有苌楚》是一位青年女子向她爱慕的对象唱出的情歌。隰,指低湿之地。苌楚,指猕猴桃,又名羊桃。青年女子以湿地的羊桃自喻。夭是羊桃幼壮之态,羊桃是蔓生植物,屈曲延伸,往往附着在其他树木上。夭,指的就是在屈曲状态中呈现出的旺盛活力、勃勃生机。湿地水分充足,因此,羊桃枝叶茂盛,沃沃,润泽之状。"夭之沃沃",显示出羊桃幼壮期充满朝气的生命力,也把女子的青春活力展现得极其充分。她在炫耀自己青春活力的同时,庆幸她的意中人还没有成家,可以和自己结为配偶。

夭,本指人在幼壮期的旺盛状态,在《诗经》中或单用,或叠用,用以描写植物,表现它们生命的活力。这些植物也都处于幼壮期,是作为人的象征物而出现的,是为衬托人而预先设定的。这样一来,夭的意义就又指向人本身,可以看作是对它原始内涵的回归。《诗经》中出现的夭、夭夭,其直接修饰对象是植物,是用植物来象征人,从而为比兴手法的运用提供了契机,使这两种表现方式可以充分发挥自己的功能,产生强烈的艺术效应。

《论语·述而》写道:"子之燕居,申申如也,夭夭如也。"这是把申申和夭夭作为反义词运用,申申,舒展之状;夭夭,屈曲之状。这是说孔子在闲暇之时,屈伸得中,既严肃庄重,又轻松自如,二者相得益彰。夭夭,主

要取其屈曲之义，用以表现人的内敛自律，有一种旺盛的精神力量灌注其间。

《文选》卷十九所载宋玉《高唐赋》在描绘巫山顶部的景色时写道："薄草靡靡，联延夭夭。"李善注："靡靡，相依貌；夭夭，少长也。"这里出现的夭夭，兼有屈曲和幼壮之义。薄草相依，必然是屈曲之状。然而，幼草虽然相互依傍，却又生机勃勃，充满活力。

综观上述作品中所出现的夭、夭夭，它们所显示的都是屈曲状态所蕴涵的生命的张力，这类生物以少壮期居多。古人在进行注释时，往往专注于夭、夭夭的少壮、旺盛的意义，而忽视了它们所包含的屈曲之义，这样一来，对文学作品的解读就很难十分到位，其中的委曲奥妙丢失许多。

二

乔，《说文》属夭部。关于它的含义，《尔雅》反复作了解释。《释诂上》："乔，高也。"乔，谓伟岸高大，这是它的一种意义。《释木》："句如羽乔，下句曰朻，上句曰乔，如木楸曰乔。"郭璞注："树枝曲卷，似鸟毛羽。楸树性上竦。"《释木》又称："小枝上缭为乔。"郭璞注："谓细枝皆翘缭上句者，名为乔木。"郝懿行义疏："盖木之乔者，其细枝皆翘缭上竦。"乔为树枝向上屈曲，这是它的第二种含义。《说文》："乔，高而曲也，从夭，从高省。"段玉裁注："《尔雅·释诂》、《诗·伐木、时迈》传皆曰：'乔，高也。'……会意，以其曲，故从夭。"《说文》对于乔字兼取高大、屈曲二义，是对《尔雅》各种解释的综合。了解到乔字的这两种含义，有助于辨析《诗经》中出现的乔木、桥松意象。

《周南·汉广》首章如下："南有乔木，不可休思；汉有游女，不可求思。汉之广矣，不可泳思；江之永矣，不可方思。"毛传："兴也。南方之木美，乔，上竦也。"这是一首男子求偶不得的感慨之词，因为他所迷恋的汉水游女可望而不可及，只好面对江水乔木叹息。游女无法相求，正像乔木不可休息、江水难以横渡一样，三者属于同类，都是诗人无可奈何的对象。俗语云：大树底下好乘凉，乔有高大之义，乔木是大树，为什么诗人无法在树下休息呢？这与乔木的形状有关，毛传对此已经有所触及，乔木枝条向上屈曲，这是诗人无法在树下休息的原因。《淮南子·原道训》写道："是故有以自得之也，乔木之下，空穴之中，足以适情；无以自得也，虽以天下为家，万民为臣妾，不足以养生也。"高诱注："乔木，上竦少阴之木也。空穴,岩穴也。唯处此中,夫自得者足以适其情性。"乔木之下、空穴之中,指的都是简陋、艰苦的场所。乔木因其枝条向上弯屈,故树阴小,不适于乘凉休息。《周南·汉广》对于乔木兼取高大屈曲之义,用以暗示汉水游女美丽动人,却不肯袒露情怀。

乔木,又见于《诗经·小雅·伐木》:"伐木丁丁,鸟鸣嘤嘤。出自幽谷,迁于乔木。"毛传:"幽,深也;乔,高也。"诗中的乔木,指高大的树木。从幽谷迁于乔木,是去低就高。对于乔字,主要取其高大之义。《孟子·滕文公上》:"吾闻出于幽谷,迁于乔木者,未闻下乔木而入于幽谷者。"孟子对于幽谷乔木,着眼于高下之别,和《小雅·伐木》的视角是一致的,这里的乔,指的是高大、伟岸。

乔,用以形容树木时又作桥,《诗经·郑风·山有扶苏》提到桥松,那么,桥松是什么形状的松树呢?这要解读全诗才能辨析清楚:

山有扶苏,隰有荷华。不见子都,乃见狂且。

山有桥松,隰有游龙。不见子充,乃见狡童。

《诗经》有多处山、隰对举的句式,都和男女恋情相关,山及其所生长的植物代表男性,隰及其所生长的植物象征女性。《郑风·山有扶苏》采用的就是这种笔法。关于扶苏,毛传:"扶苏,扶胥,小木也。"诗中把山上的小树和湿地的荷华对举,形成极大的反差。青年女子犹如湿地的荷花,美丽鲜艳;男士则如山上的扶苏,矮小卑微,不堪入目。因此之故,女方称"不见子都,乃见狂且"。子都是美男子的代称,狂且,马瑞辰《毛诗传笺通释》卷八写道:"且,当为伹字之省借。《说文》:'伹,拙也。'《广韵》作'拙人也'。《广雅》:'伹,钝也。'《集韵·类篇》:'伹,音疽。'狂且,谓狂行拙钝之人。"狂且是贬义词,诗中以矮小的树木作喻,和湿地荷花的对比极其鲜明。

再看第二章的"山有桥松,隰有游龙":马瑞辰《毛诗传笺通释》卷八:"桥松,亦言其大。"从诗的实际蕴涵考察,这里的桥松不是突出松树的高大,而是强调它的屈曲。郑玄笺:"游龙,犹放纵也。红草放纵枝叶于隰中。"马瑞辰《毛诗传笺通释》卷八:"《尔雅》:'红茏古,其大者茝。'龙即茏之省借。红,即今名水荭者。游龙,盖状其疏纵之貌。"龙,指水荭,枝叶舒展,正与桥松屈曲之状构成反向对比。这是女子嘲笑男士畏缩不前,胆怯拘谨,不如自己那样自由放松,无所顾忌。她认为男士是故作矜持,故称其为狡童。桥表示屈曲,这种用法在先秦两汉典籍中经常可以见到。

《吕氏春秋·介立》在引述介子推自己所作之诗时称:"有龙于飞,周遍天下。五蛇从之,为之丞辅。龙反其乡,得其处所。四蛇从之,得其露雨。一蛇羞之,桥死于中野。"龙,指公子重耳,即后来的晋文公。蛇,指跟随公子重耳在外流浪的辅弼之臣。"一蛇羞之,桥死于中野",谓介子推在重耳返回后拒绝受赏,甘愿死于中野。桥死,指蜷屈身体而死。后人不知桥有屈曲之义,怀疑桥死当作槁死,是一种误解。桥指屈曲之状,还见于《说苑·反质》:"为机,重其后,轻其前,命曰桥。终日溉韭,百区不倦。"桥,这里指的是桔槔,又名吊杆,是一种原始的提水工具。用一横木支着在木柱上,轻的一端用绳挂水桶,另一端系以重物。横木称为桥,上下运动汲取井水。这里的桥,取其上下俯仰、屈曲变化之义。正如《庄子·天运》所言:"且子独不见乎桔槔者乎?引之则俯,舍之则仰。"这就是把吊杆称为桥的缘故。《礼记·曲礼》:"奉席如桥衡。"坐席柔软,所以,双手奉席,务使席的中间部分隆起,如拱桥形;而不能两手相距过远,以至于席子中间部分下挠。桥有屈曲之义,《郑风·山有扶苏》中的桥松,指的是枝条卷曲之松,象征男子的拘束矜持。

乔,兼有高大和屈曲二义,《诗经》中出现的乔、桥,或取其高大,或取其屈曲,有时二者兼取,阅读作品时需要加以仔细分辨。

三

夭,本指人的幼壮状态,一方面尚未充分舒展开来,同时又充满生机和活力,是原始生命力所呈现的曲线美。由此而来,夭经常作为形容美好事物的词语出现。久而久之,夭的意义也被抽象化,成为美的同义语,不少辞书都以美、妍一类词语来解释夭的含义。《广雅·释诂》:"妖,巧也。"《方言》卷七:"吴越饰貌为立句,或谓之巧。"把这两个词条联系起来加以考察,妖字的意义就不难理解了,它指的是经过修饰的容貌,是姣美的样子。《广雅·释训》:"夭夭,容也。"妖,指的是仪容可观的的盛美之象。《一切经音义》卷一引《三苍》:"妖,妍也。"这是直接释妖为美丽。在上述词条中,夭的原始意义已经隐蔽,展示的是表象的层面,变得抽象普泛。

夭,最初表示人的幼壮阶段,展示的是以屈曲状态呈现出来的充满生命张力的美。夭与其他词语组合在一起时,往往仍然保持它的这种原始意义,所出现的物类事象所显现的依旧是生命张力构成的屈曲之美。《诗经·陈风·月出》共三章,末章是这样的:"月出照兮,佼人燎兮。舒夭绍兮,劳心惨兮。"诗的作者在描绘月光下的美女时,除用了夭绍外,前两章还有窈纠、忧受两个词语。马瑞辰《毛诗传笺通释》卷十三写道:"窈纠,犹窈窕,皆叠韵。与下忧受、夭绍,同为形容美好之词。"马瑞辰认为这三个词的意义与窈窕相同,他的解释是正确的。窈窕,字形从穴,都有幽闲文静之义。既然幽闲文静,就难免带几分矜持,而不可能充分舒展开来,是一种屈曲之美。夭为屈,绍也有这种意义。《说文》:"绍,继也;从系,召声。一曰:绍,紧纠也。"段玉裁注:"紧者,缠丝急也。纠者,三合绳也。"许慎著《说文》时,对于绍字就有两种解释,后一种解释道出了绍字的原始意义。既然绍字是缠丝紧纠之象,当然具有屈曲之义。夭绍组合在一起,指的是屈曲之状。夭指幼壮,绍为接续,寓含着初始之义。夭绍,谓幼壮。窈窕读音从幼、从兆,然而,幼、兆不仅是音符,而且是意符。幼,字形从幺。《说文》:"幺,小也,象子初生之形。凡幺之属皆从幺。幼,少也,从幺、力。"段玉裁注:"《释言》曰:'幼、鞠,稚也。'又曰:'冥,幼也。'《斯干》毛传亦云:'冥,幼也。'幼同幽,一作窈。"由此看来,窈有幼小之义。《说文》兆在卜部,段玉裁注:"《玉篇》卜部之外别为兆部,云:'兆,事先见也,形也。'",兆有初始之义,与幼字的意义有相通之处。由此看来,窈窕从幼、从兆,又包含幼小之义,所以,《诗经·周南·关睢》用窈窕来形容青年女子,展示的是青春美,《陈风·月出》中的夭绍也是这种含义。不难发现,夭绍包含两层意义,一指屈曲之形,二指幼壮,是以屈曲之态蕴涵幼壮期的生命张力,窈窕在这两层意义上都与夭绍相通。

夭、乔最初都有屈曲之义,它们所修饰的对象具有曲线美,而这种屈曲之状又都是出于自然。夭乔组合在一起时,它所修饰的对象也往往以屈曲的形态显露自己的天性。《史记》卷一一七所载司马相如《上林赋》在列举天子苑囿繁多的树木之后写道:"于是乎玄猨素雌,蜼玃飞鼯,蛭蜩蠼猱,獑胡縠蛫,栖息乎其间,长啸哀鸣,翩翻互经,夭蟜枝格,偃蹇杪颠。"蟜,从乔,夭蟜即夭乔。《史记正义》引郭璞注:"皆猨猴在树共戏恣态也。夭蟜,频申也。"《文选》卷八亦收录此文,李善注:"《埤苍》曰:'格,木长貌也。'《说文》曰:'杪,末也。'"以上一段文字是描写猿猴鼠蝉等动物在树上活动玩耍的场面,因树枝柔弱,承载的重量有限,所以,在枝条上活动的禽兽唯恐坠落下来,不得不蜷伏躯体,作屈曲之状。《庄子·达生》称:

"王独不见夫腾猿乎？其得楠梓豫章也,揽蔓其枝而生长其间,虽羿、蓬蒙不能眄视也。"司马相如所描写的上林苑是各种动物的乐园,所展示的正是《庄子·达生》篇提到的场景。《上林赋》把"夭蟜枝格"和"偃蹇杪颠"对举,夭蟜,偃蹇含义相同,都是屈曲之状。《广雅·释训》:"偃蹇,夭挢也。"夭挢,即夭蟜。王念孙注:"夭挢谓之偃蹇,故屈曲亦谓之偃蹇。"郭璞释夭蟜为频申,把意思完全颠倒了。夭蟜是各种飞禽走兽在树上活动时作出的屈曲之状,它们虽然怀着恐惧,却是顺应天性,夭蟜是它们自然本能的一种显露形态,和这个词语的原始含义是一致的。

夭乔是以屈曲形态蕴藏着生命的张力,包含着巨大的潜能,随时准备释放出来。汉代神游赋的主人公,往往用夭蟜来形容自己漫游时的自由自在、所获得的强大推动力。《史记》卷一一七所载司马相如的《大人赋》有如下一段文字:"驾应龙象舆之蠖略逶丽兮,骖赤螭青虬之蚴蟉蜿蜒。低卬夭蟜据以骄骜兮,诎折隆穷躩以连卷。"文中连续用了一系列表示屈曲之状的词语,除夭蟜外还有蠖略、逶丽、蚴蟉、蜿蜒、低卬、诎折、连卷。作品主人公漫游时如飞龙,如尺蠖,经常以屈曲的形态出现。推动主人公漫游的外在能量,有赖于屈曲之态的蓄积。《文选》卷十五收录了张衡的《思玄赋》,其中有如下文字:"倚招摇、摄提以低徊剹流兮,察二纪、五纬之绸缪遹皇。偃蹇夭矫娩以连卷兮,杂沓丛悴飒以方骧。"李善注:"剹流,缭绕也……绸缪,连绵也。遹皇,往来貌也……连卷,长曲貌。"这里也是连续运用一系列表示屈曲之状的词语,是以同类词语群体构成的屈曲意象。正是从这种意义上夭矫和其他许多同类词语相沟通,显示出中国古代词汇的丰富。在《上林赋》和《思玄赋》中,夭蟜、夭矫和其他同类词语都用于动态描写,表现的是作品主人公在神界行进过程中所获得的强大驱动力量,他的自由自在。

夭蟜,有时也用于静态描写,《文选》卷十一所载王延寿《鲁灵光殿赋》写道:"层栌磥垝以岌峩,曲枅要绍而环句。芝栭攒罗以戢孳,枝棠杈枒而斜据。傍夭蟜以横出,互黝纠而搏负。"这段文字用了多个表示屈曲之状的词语,除夭蟜外还有要绍、环句、黝纠。其中要绍、环句用于形容曲枅,即宫殿梁柱上的曲形横木。夭蟜、黝纠,则是描绘宫室建筑结构的总体特点。宫殿的不少建筑部件具有屈曲之美,同时又显示出巨大的张力,所谓"傍夭蟜以横出,互黝纠而搏负",就是把屈曲之状和扩张之力有机地结合在一起,是在静态中显示出飞动的气势。文中出现的要绍、黝纠,就是《诗经·陈风·月出》用于形容月下美人的夭绍、窈纠,音近义同。《文选》卷十一所载何晏《景福殿赋》亦有"栾栱夭蛴而交结"的话语,采用的是《鲁灵光殿赋》相同的修饰笔法。对于这两篇赋中出现的夭蛴一词,李善或注为"特出之貌",或释为"长壮之貌",他已经不理解夭蛴包含的屈曲之义,难以作出确切的注释。

夭最初作为美的符号出现,是先民生命哲学的艺术显示,是对生命幼壮形态的充分肯定,他们从屈曲形态中感受到旺盛的生命张力,于是加以赞美讴歌。老子作为道家的创始人,也领悟到人生婴儿期屈曲形态所蕴藏的活力,因此,《老子》第五十五章赞美婴儿的"骨弱筋柔而握固",婴儿双拳紧握,那是因为原始生命力极其旺盛,没有任何流失。在现实生活中,许多能量都是在屈曲形态中蓄积的。弓只有拉开才能产生动力,所以,《老子》第七十七章称:"天之道,其犹张弓与?"《孟子·尽心上》也写道:"君子引而不发,跃如也。"老子和孟子,一个是道家宗师,一个是儒家亚圣,他们都从拉开的弓弦中找到了自己所追求的力量、所期待的生存状态,是对屈曲之美的肯定。《周易·系辞下》写道:"尺蠖之屈,以求信也;龙蛇之蛰,以存身也。"信,通伸。这是从处世哲学的角度认定屈曲状态的必要,在某些情况下只能以屈求伸,而不能一味伸展。先民充分认识到屈曲有时是必须选择的生存方式,同时找到了能屈能伸的象征物,那就是尺蠖、龙蛇。古代文学作品在表现屈曲之美时,往往把龙作为载体,前面提到的《大人赋》、《思玄赋》就是如此。在古代社会生活中,先民从不同渠道都体验到屈曲之美,《老子》第四十五章则提到形而上的高度看待屈与直,认为"大直若屈",把屈曲说成是道的基本形态。

夭作为屈曲之美的符号,最初是在先民对人的幼龄生命的观照中感受到的,它从一开始就与生命的张力,勃勃的生机紧密联系在一起。古代文学作品以夭乔描绘的正面意象,都有充沛的气势,蕴涵着活力和能量。屈曲形态一旦失去内在的潜能,就会变成一具空壳,不再会激发起人的美感。夭有时指短命,成为不祥之语,就在于生命能量的彻底丧失。

●原文刊载于《求是学刊》2001 年第 6 期。
●李炳海,中国人民大学文学院教授,博士生导师。

论诗纬

徐公持

　　无经不成纬,纬依经而立,这是纬之性质所决定,所以诗纬必定与《诗经》存在密切关系。不过纬书毕竟非经书,二者的差异也是不能忽视的,它们事实上保持着相当的距离,有一种若即若离的关系。自今所见诗纬《诗含神雾》、《诗推度灾》、《诗泛历枢》等残文来看,在不同的纬书以及同一纬书的不同部分,与经书的关系都可能不一致:有的比较密切,有的比较疏远,还有的可能了不相关。具体而言,纬的内容大体上有三种情况,一是说经,二是依经而说天象人事,三是完全离开经而说灾异祥瑞,可以说情形相当复杂,诗纬的情形大体如此。正因此,需要我们去仔细辨别和研究,而不是略而不论或者一概抹煞。古代宗法时期因其与经义相悖谬而予排斥,近代以来则因其语涉荒诞多说祥瑞迷信而予否定,此皆无助于认识其本来真实面貌。本文分别论述诗纬在内容及形式上的基本特点,及其在经学、文献学、文学上的意义。因纬书冷僻稀见,仅存辑本,一般人少有接触,研究者亦鲜有涉及,故论述时略举其例,以免抽象谈论难得要领。

一

　　说经是诗纬的主要义指。诗纬说经,又可细析为总说诗义、分说诸国风、分说章句等部分。先述总说诗义,以下三段文字值得注意:

　　诗者,天地之心,刻之玉版,藏之金府,君德之祖,百福之宗,万物之户也。①

---

① 《太平御览》,涵芬楼 1935 年影印本,第 3572 页。

求／是／文／荟　OSHW　《求是学刊》发刊200期

诗者持也,谓以手承下而抱负之。①

诗者持也。在于敦厚之教,自持其心。讽刺之道,可以扶持邦家者也。②

在此三则文字中,前一则说诗之性质,所谓"天地之心"云云,强调诗之崇高性、神圣性。搬出"天地"、"君德",这是从天人合德的伦理角度来肯定诗的无尚尊贵。诗本是古代典籍,是人文作品,而这里的阐述,则赋予它以神格地位。这是诗纬的独特说法,完全不同于毛诗说,也有异于三家诗说。在此表现了纬学的共同特征,即给诸经罩上一圈神学光环,同时也显示汉代经学在内涵上的扩充,即扩大到"万物之户"的范围,诗便成了包容天地人神的大学问。比较而言,《毛诗序》中的论述就显得相当传统,"诗者,志之所之也。在心为志,发言为诗。情动于中,而形于言;言之不足,故嗟叹之;嗟叹之不足,故咏歌之;咏歌之不足,不知手之舞之,足之蹈之也。"基本思想皆自孔、孟、荀等先秦儒家而来,以诗为艺术之一种,其功能也基本上只是扩展到政教领域,即所谓"先王以之经夫妇,成孝敬,厚人伦,美教化,移风俗"云云。当然,毛诗也并不那样"纯粹",它也有"动天地,感鬼神"等言论,这就已经越出了正统儒家的思想,与"子不语怪力乱神"殊不相合。但是与诗纬在整体上的神学性格相比,差异十分明显。一般论者认为,汉代存在经学上的两大营垒,即所谓今文学派和古文学派,前者带有较多战国至秦汉间从方士到黄老学派的杂学色彩,三家诗即是;后者则杂学色彩稍淡,毛诗即是。前者体现董仲舒改造后的儒学主张较多(以《春秋公羊传》为代表),也就是说天人合德思想比较浓厚;后者虽也受到董仲舒的相当影响,但继承了较多先秦儒学的内涵。这样的划分虽有一定道理,应当说尚不够全面,因为两大营垒之外,还有纬学在。这是"专门"的天人之学,但又与经学脱不开关系,所以不能将它排斥在外,要承认它是另一个营垒,是第三个营垒。纬学与董仲舒在基本思想理路上存在相近之处,只是纬学比今文学派在贯彻天人合德方面做得更加彻底。董仲舒说孔子与天命鬼神之关系是:"故圣人于鬼神也,畏之而不敢欺也,信之而不独任,事之而不专恃。"③这已经是对孔子的曲解,因为

---

① 《十三经注疏》,中华书局 1980 年版,第 1469 页。
② 《毛诗注疏》,商务印书馆《国学基本丛书》本,第 2 页。
③ 《春秋繁露》,四部丛刊本。

孔子于天命、鬼神，分而论之，其谓"畏天命"，未曰畏鬼神；孔子只是说"祭神如神在"，董仲舒却说孔子"信之"，"如"与"信"的含义当然不能混淆。但董仲舒说"信之而不专恃"，毕竟还留有分寸，并未将孔子说成纯粹的神学家。而纬学却以专门贯彻天人合德神学为己任，将儒家经典神学化，甚至将孔子本人也神格化。诗纬所说"天地之心"云云，其实质正是如此。

后二则说诗之功能。所谓"诗者持也"，情况有些复杂。首先，"诗"与"持"之间的联系，只能是文字构造上的，《说文》："持，握也；从手，寺声。"同书"诗，志也；淙言，寺声。"二字皆从"寺"声而已。朱骏声释"诗"曰："假借……为侍，或为持。"①是属于同部假借。"持"的本义为"握也"，是一种手部动作。所以《礼记·内则》疏引《诗含神雾》"谓以手承下而抱负之"，又是对"持也"的进一步解释。从基本意义看，尚未脱离"握"之义。不过《诗谱序》疏所引《诗含神雾》另一节文字，意义显然已有所变化，由"持"物变为"持"心，由对物体的"握"变为对精神的"持"，成了维持、扶持、坚持某种操守或准则之意，所以说"自持其心"，"扶持邦家"。在此，可以看出诗纬不但使用"诗"的假借义"持"，而且将"持"的含义进一步加以发挥，使用到精神伦理的领域，如"扶持邦家"之类，由此显示出诗纬在说诗场合不守家法而多有发挥的特性。但无论如何，"诗者持也"在诗经学史上是增添了一种重要的说法。

孔颖达以总结性的语气说：

名为"诗"者，《内则》说负子之礼云："诗负之"，注云："诗之言承也。"《春秋说》题辞云："在事为诗，未发为谋，恬淡为心，思虑为志。"诗之为言志也。《诗纬·含神雾》云："诗者持也。"然则"诗"有三训：承也、志也、持也。作者承君政之善恶，述己志而作诗，为诗所以持人之行，使不失队，故一名而三训也。②

"承也、志也、持也"，这里对"诗"字的三种解释，是作为后世学者的孔颖达对汉人多种说法的概括。其中第二种说法"志也"是毛诗之说，是《毛诗序》"诗者志之所之也，在心为志，发言为诗"的扼要表述，这应当认为是"诗"的功能义；另两种说法则是诗纬之说，是"诗"的假借义和引申

---

① 《说文通训定声》，商务印书馆 1937 年版，第 642 页。
② 《毛诗注疏》，商务印书馆《国学基本丛书》本，第 2 页。

义。然而最后在阐释"三训"时("作者……"以下诸语），孔颖达又加入己意，作了发挥。首先，"作者承君政之善恶"，这又是扩大了"承"的使用范围，《内则》郑注"言承也"，仍是一种手部动作，是"承接"物件之意，孔疏"承君政之善恶"，将它解释到政治行为上去；又改"承接"为"禀承"，这是对诗纬的原意又作了改变。而"为诗所以持人之行"云云，则与《诗含神雾》"自持其心"、"扶持邦家"等的表述亦基本相符；可见所谓"三训"，既包括了"诗"的本义和假借义，又代表了各家派的异说，包含了汉代古文经学与纬学的两种不同说诗观念，它们之间实际上并无意义上的必然联系，对于它们，既不能混为一谈，也不能强作串连。孔颖达在此不顾"三训"之间的巨大差别，努力将它们串连成文，企图说成一个完整的"话语系统"，这就使其论述显得颇为牵强，缺乏应有的内在逻辑；同时他又对"三训"的原义随意改易发挥，混淆了诸说原有的面貌和彼此界限。

撇开孔颖达的发挥，就诗纬对于"诗"义的假借与引申而论，表现了一种说诗问题上很强的主观性，或曰随意性。其实这种随意性，也正与董仲舒的思想作风相近。他曾说："所闻诗无达诂，易无达占，春秋无达辞，从变从义，一以奉人。"①此是夫子自道，"从变从义，一以奉人"，说出他心中的解诗奥妙，"从变"的含义，即是说诗"人"一己之体会及不同场合的需要；"从义"的含义，即是从"宜"，是权宜。诗纬出现时间晚于董仲舒，它们在思想方式上与董仲舒学说的关连是不能否认的。所以诗纬的"以手承下而抱负之"的说法，也是一种"从变从义"的说法，它利用"诗"与"持"在字源上的关系，作了大胆引申，意思是将"诗"奉为神明，下民应当承受而且"抱负之"，从而给"诗"注入明确的神学含义。这种解释，看似牵强，在前汉时期，却并非毫无依据，类似的说法如《仪礼·特牲礼》："诗怀之"；注："犹承也。"《礼记·内则》："诗负之"，注："诗之言承也。"都与诗纬的说法有某种关联。不过在这些说法中，说的最为明确和直截了当的还是诗纬，它无疑是向着提出一种新说跨出了一步。"诗者持也"，无论其意蕴是否合理恰当，这是齐、鲁、韩、毛之外的汉代一部分说诗者对"诗"的理解。所以它在诗经学史上，以及在诗学史上，都占有一席之地，而应给予相当的重视。

---

① 《春秋繁露》，四部丛刊本。

二

今存诗纬,在分说诸篇章(以国风为主)方面,占有较大比例。如:

齐地处孟春之位,海岱之间,土地淤泥,流之所归,利之所聚。律中太簇,音中宫角。陈地处季春之位,土地平夷,无有山谷,律中姑洗,音中宫徵。曹地处季夏之位,土地劲急,音中徵,其声清以急。①

秦地处仲秋之位,男懦弱女高瞭,白色音中商,其言舌举而仰,声清而扬。②

唐地处孟冬之位,得常山太岳之风,音中羽,其地硗确而收,故其民俭而好蓄,此唐尧之所起。魏地处季冬之位,土地平夷。③

邶、鄘、卫、王、郑,此五国者,千里之城,处州之中,名曰地轴。④

邶国为结瑜之宿,营室之精也。⑤

以各国之地域,与季候节气方位相对应,又与音律相对应,论其民风习气,同样是典型的天人合德思维方式。至于说邶、鄘、卫、王、郑五国为"地轴",确是一种全新提法。古代一般以昆仑为"地轴",如"夫昆仑为地轴,其山根连延起顿,包河南,接秦陇,直达长安南山"⑥,又如鲍照《芜城赋》"轴以昆岗"亦是(《文选》李善注曰"昆岗,广陵之镇平也",误。)。而昆仑山脉既然"连延"到"包河南","直达长安南山",亦即将今秦岭也包括了进去,则今河南省境崤山、伏牛山等无不是秦岭的余脉,称之为"地轴"似乎勉强也可以。而且上述五国地域,皆在黄河中游两岸,汉代属河南、河内郡,确实"处"于"禹贡九州"之中央部位。当然,地理上的说法并非诗纬主要着眼点,这里所谓"处州之中",其用意主要还在提出阴阳五行的思路,以东南西北中与五德终始相对应。在五行学说中,"中"的方位属"土德",此名曰"地轴",实为土德之一种叫法而已。至于所说各国形胜,颇符合于实际情况,对各国地形,地形与节气之关系,各国音乐等等的描述,在其他文献(如《左传》、《战国策》、《礼记·月令》等)中多类似

---

① 《太平御览》,涵芬楼1935年影印本,第92页。
② 《太平御览》,涵芬楼1935年影印本,第115页。
③ 《太平御览》,涵芬楼1935年影印本,第123页。
④ 《太平御览》,涵芬楼1935年影印本,第761页。
⑤ 乔松年:《纬捃》卷四,山右丛书初编本。
⑥ 《山海经注疏》,商务印书馆《国学基本丛书》本。

说法,这里只是作了部分整合而已。总之,诗纬的这些说法,包含了若干对于各地山川地理民风艺文实际情况的描述,但基本还是围绕阴阳五行原理展开,目的当然是为了圆其五行之说。

在诗纬中,尚有单独解释各篇作品之部分。如:

《关雎》,知原冀得贤妃,正八嫔。①

复之月,鹊始巢。②

鹊以复至之月,始作室家;尸鸠因成事,天性如此也。③

《蒹葭》,秋水,其思凉,犹秦西气之变乎!④

阳气终,白露凝为霜。⑤

《大明》在亥,水始也;《四牡》在寅,木始也;《嘉鱼》在巳,火始也;《鸿雁》在申,金始也。⑥

这些对诗三百篇义的解说,从文义上看有各种情况。第一种情况是与毛诗之说相仿佛。如《关雎》,"冀得贤妃,正八嫔",此与毛诗序所谓"后妃之德也","乐得淑女,以配君子"义近。可知诗纬与毛诗亦有一致之处。毛诗本来就是汉代产物,故而此种一致现象,并不可怪。第二种情况是与毛诗不同。如《鹊巢》,关于鹊筑巢时间,毛传无注,而郑玄笺曰:"鹊之作巢,冬至架之,至春乃成。"孔颖达疏亦曰:"言维鹊自冬历春功著,乃有此巢窠。"皆以为鹊筑巢时间在冬至春;而诗纬却说时在"夏之月",与郑、孔之说全然不同,又一说"复至之月",所谓"复至"何义?疑有误字,"复"或当是"夏"。据《礼记·月令》:"十二月,鹊始巢。"知郑、孔所说与《月令》同,而揆诸事实,诗纬似误。孔颖达对此早有看法,说:"此与《月令》不同者,大率记国中之候,不能不有早晚。诗纬主以释此,故依而说焉。"

关于《大雅·灵台》的诗纬,今存有四则:

作邑于丰,起灵台。⑦

① 《太平御览》,涵芬楼 1935 年影印本,第 706 页。
② 《十三经注疏》,中华书局 1980 年版,第 1383 页。
③ 《诗经注疏》,商务印书馆《国学基本丛书》本,第 78 页。
④ 《说郛》,四库全书本。
⑤ 《太平御览》,涵芬楼 1935 年影印本,第 61 页。
⑥ 《毛诗注疏》,商务印书馆《国学基本丛书》本,第 753 页。
⑦ 《毛诗注疏》,商务印书馆《国学基本丛书》本,第 1418 页。

伐崇作《灵台》。①

《灵台》参天意。②

《灵台》，候天意也。经营灵台，天下附也。③

这是诗纬说诗材料比较集中之例，因此值得作较详细分析，从而窥见诗纬说诗在内涵方面的特征。这四则的情况也不一，析而言之，则一、二两则说出了"灵台"的地点（在"丰"）及时间（"伐崇"之时），这是毛传及郑笺都未曾提供的信息。度其内容，则基本合理，因灵台既由文王所作，其时间应在文王时，地点应在文王所居地；而这两点在《诗经》中存在内证："既伐于崇，作邑于丰。"（《大雅·文王有声》）可信其所说的确实无误。所以在关于《灵台》的解释方面，诗纬有优于毛诗以及三家说之处。对此孔疏颇引述其说，表明在孔颖达眼中，诗纬作为《诗经》解说的资源，是颇受到重视的；其中不乏一些独到的见解，为齐、鲁、韩、毛四家所无。

至于第三、四两则所谓"参天意"、"候天意"之说，看似无理，实则同样不谬。按毛传对此未作解释，故孔疏曰："传唯解'灵'之名，不解名台为'灵'之意。"对于毛传有所不满。至于郑笺，虽解释了"名台之意"，但其解释并不完满："观台而曰'灵'者，文王化行，似神之精明，故以名焉。"并未说出名"灵"的本意。再看"三家诗"对此如何说：

文王志之所在，意之所欲，百姓不爱其死，不惮其劳，从之如集。诗曰："经始灵台，经之营之。庶民攻之，不日成之。经始勿亟，庶民子来。"文王有志为台，今近境之民闻之者，裹粮而至，问业而作，日日以众，故弗趋而疾，弗期而成。命其台曰"灵台"，命其囿曰"灵囿"，谓其这可得曰"灵沼"，爱敬之至也。④

贾谊所习，属鲁诗系统。这里的解释，颇含民本思想，可以见出"鲁诗"系统自孔、孟承传而来的痕迹。其所解释《灵台》主旨，全自君民关系角度言，谓文王得民心，百姓"爱敬"文王；但未涉及灵台的性质，也未说明为何命名曰"灵"。属于鲁诗系统的尚有赵岐之说：

诗云："经始灵台，经之营之。庶民攻之，不日成之。经始勿亟，庶民

① 《毛诗注疏》，商务印书馆《国学基本丛书》本，第1418页。
② 《文选》，商务印书馆《国学基本丛书》本，第1218页。
③ 《太平御览》，涵芬楼1935年影印本，第2423页。
④ 《新书》，四部丛刊本。

子来。"《诗·大雅·灵台》之篇,言文王始初经营规度此台,众民并来,始作之而不与之相期日限,自来成之,文王不督促使之亟急。众民自来赴,若子来为父使之也。①

作为汉末的著名儒生,赵岐的说法与汉初的贾谊如出一辙,可见其家派承传的严格。而对于为何称"灵台"则未置一词。可知无论毛诗或三家诗,对于"灵台"的解释皆未能令人满意。而诗纬的"参天意"、"候天意也"之说,却不能不承认有其合理性,证据是许慎《驳五经异议·公羊说》中的一段话:

天子三台,诸侯二。天子有灵台,所以观天文,有时台,以观四时施化,有囿台,以观鸟兽鱼鳖。诸侯当有时台、囿台,诸侯卑,不得观天文,无灵台。皆在国之东南二十五里。

此外还有班固所撰《东都赋》中的"登灵台,考休徵"等描写,亦可作证。可见灵台就是用以"观天文"的,诸家皆未说及,唯有诗纬说对了。"参天意""候天意",这是典型的诗纬式的说法,贯穿了天人合德神学观念,但恰恰是这一说,道出当时文王欲夺取全国政权的用心,道出了商周时期早已存在于统治者意识中的天人思想。

《兼葭》、《大明》二篇,诗纬的说法全都围绕阴阳五行原理措辞。水火金木土,东南西北中,各自对应,相生相克,这在"古文学派"的毛诗中绝少,而在今文学派的三家诗说中则时有所见,已如前述。

以上为说篇义。此外又有说章句者;此类诗纬材料多半因残佚太甚,而致仅余零散文字。然而其所说对象虽较狭窄,且甚具体,但在对原诗字句的解说中,亦可看出诗纬特性来。如说《召南·驺虞》"彼茁者葭,一发五豝"句:"孟春兽肥草短之候也。"②这也是从天候的角度说的,归根到底还是阴阳五行观念的衍化。又如说《大雅·棫朴》"济济辟王,左右奉璋"句:"王者受命,必祭于天,乃行王事。"③按原诗句并未涉及祭天事,"左右奉璋",只是说群臣来贺,而诗纬竟说到"受命"、"祭天"等事上去,显然还是"天人"之学在引导其思路。又如说《小雅·巷伯》"哆兮侈兮,成是南箕。彼谮人者,谁适与谋"四句:"箕为天口,主出气;尾为逃臣,贤者叛;

---

① 《孟子》,四部丛刊本。
② 《说郛》,四库全书本。
③ 《说郛》,四库全书本。

十二诸侯列于庭。"①按原诗只是比兴,仅具比喻或象征意义,所以朱熹指出其为"比也",并解释道:"哆侈,微张之貌。南箕四星,二为踵,二为舌,其踵狭而舌广,则大张矣。适,主也。谁适与谋,言其谋之閟也。"解释基本妥当。诗纬的说法全从天人感应着眼,所说虽具体,却嫌发挥过当,甚至已经脱离原诗。这些解诗章句之例,由于神学色彩嫌浓,与原文多少存有距离,所以只能算是对《诗经》的借题发挥。

不过也有对《诗经》章句作有意义解说者。如关于《豳风·七月》:

天霜树落叶,而鸿雁南飞。②

蟋蟀在堂,流火西也。③

古之火正,或食于心,或食于味,以食内火,故味为鹑火,心为大火。④

此三节文字,虽有往天人关系方向解释的意图,但并未脱离诗句的实际内容,应当说对于理解原诗是有助益的。如"天霜"云云,说《七月》诗中季候,不但所说确切,而且具有描绘意味。"蟋蟀"云云,也是解释季候的,所述"流火西也",为指出秋天星象。至于"古之"云云,则是具体解释"七月流火"的天文依据,说明火星在不同季候不同时间的位置。同为汉人之说,诗纬的说法比毛传、郑笺都要详细。毛传仅"火,大火也;流,下也"寥寥数字;郑笺亦仅谓"大火者,寒暑之候也;火星中而寒暑退,故将言寒先著火所在"等,语焉不详。诗纬之说不特详尽,且具专门知识价值。

又说《小雅·十月之交》一节文字稍长,引述于下:

十月之交,气之相交。周之十月,夏之八月……及其食也,君弱臣强,故天垂象以见徵。辛者正秋之王气,卯者正春之臣位。日为君,辰为巨,八月之日,交卯食辛矣。辛之为君,幼弱而不明;卯之为臣,秉权而为政。故辛之言新,阴气盛而阳微生,其君幼弱而任卯臣也。⑤

此为对《十月之交》首二韵之解说。原诗作"十月之交,朔月辛卯。日有食之,亦孔之丑"。毛传对此解释极简单,仅曰"之交,日月之会。丑,恶也"。郑玄笺文稍多,谓:"周之十月,夏之八月也。八月朔若,日月

① 《太平御览》,涵芬楼 1935 年影印本,第 27 页。

② 《说郛》,四库全书本,第 998 页。

③ 《说郛》,四库全书本,第 998 页。

④ 《说郛》,四库全书本,第 998 页。

⑤ 《诗经注疏》,商务印书馆《国学基本丛书》本,第 998 页。

交会而日食,阴侵阳,臣侵君之象。日辰之义,日为君,辰为臣。辛,金也。卯,木也。又以卯侵辛,故甚恶也。"(皆见《毛诗正义》)应当说,原诗以日蚀为"丑",在自然现象中注入社会价值评判,本来即寓有天象人事互相关连之意,表现了传统天命观念在上古时期早已存在。而郑玄对此有所阐述,认为日蚀即是"阴侵阳,臣侵君之象"。而在汉代三家诗方面,也有类似之说。如翼奉谓:"臣奉窃学齐诗,闻五际之要,《十月之交》篇,知日蚀地震之效,昭然可明。"①又丁鸿亦谓:"臣闻日者阳精,守实不亏,君之象也。月者阴精,盈亏有常,臣之表也。故日食者臣乘君,阴凌阳。月满不亏,下骄盈也。昔周室衰季,皇甫之属专权于外,党类强盛,侵夺主势,则日月薄食,故诗曰:'十月之交,朔月辛卯,日有食之,亦孔之丑。'"②翼、丁二人所习皆齐诗,所说与郑玄略同。由以上诸家所说观,汉人对于《十月之交》为代表的一些《诗经》作品的看法,有着若干基本的相同面。在此类问题上,诗纬与诸家诗说法相通,不存在歧义。由此亦可知,诗纬并非在一切问题上都是"异类",作为汉代说诗家派之一种,它必定会体现某种属于时代的一些"共同的"观念特征,无论这些观念是"正统的"还是"非正统的"。当然,在《十月之交》的问题上,诗纬仍然有一些独特的说法,如所说"以卯侵辛"即是,其他家派对此的解释至多是将其含义引申到以"木"侵"金",认为是"甚恶"之象,而诗纬却进一步解释作"辛之言新",义为政权更新,利用同音假借,进入另一意义范畴去了。这种以天人之学为内容特色,以神灵之学为基本思路的"异想天开"式的联想方式,就是它的独特性所在,或许其书名"含神雾"、"推度灾"等,正是其独特性的最佳概括。

三

以上主要指陈诗纬的特征,及其在经学(《诗经》学)上的意义;接着再论诗纬的价值。由上可知,诗纬并非一无是处,过去一般论者以"神学迷信"为由予以轻忽,或者全盘否定,无助于如实认识其真面目。自以上内容及方法特征的分析中,已经显示了不少诗纬的可取之处,甚至优于其他《诗经》家派的说法也是有的,尽管这种情况不是很多。此外,从文献

---

① 《汉书》,中华书局 1962 年版,第 3173 页。
② 《汉书》,中华书局 1962 年版,第 1265 页。

学的角度看,诗纬也有其不可替代的价值。具体言,在今存的零章剩句中,我们可以发掘到一些值得重视的材料。此举一例:

有娀氏女曰简狄,浴于玄丘水。出《诗纬》。①

此与殷先祖起源事相关。关于此问题,汉诸家说法不一。主要有两说,一为毛传之说:

汤之先祖,有娀氏女简狄,配高辛氏帝,帝率与之祈于郊禖而生契,故本其为天所命,以玄鸟至而生焉。②

这是汉代古文学派之说。另外就是属于今文学诸家之说,首先是司马迁的说法:

殷契,母曰简狄,有娀氏之女,为帝喾次妃。三人行浴,见玄鸟堕其卵,简狄取而吞之,因孕生契。③

司马迁习鲁诗;稍后有《史记》补写者褚少孙之说:

《诗传》曰:汤之先为契,无父而生。契母与姊妹浴于玄丘水,有燕衔卵堕之,契母得,故含之,误吞之,即生契。④

又《楚辞·天问》中有句云:

简狄在台,喾何宜? 玄鸟致贻,女何喜?

这里也涉及简狄吞玄鸟卵故事。而王逸注曰:

简狄,帝喾之妃。玄鸟,燕也。简狄待帝喾于台上,有飞燕堕遗其卵,喜而吞之,因生契也。⑤

又《淮南子·修务训》高诱注亦提及此事:

契母,有娀氏之女简翟也,吞燕卵而生契……

又郑玄笺毛诗时有云:

天使鳦下而生商者,谓鳦遗卵,娀氏之女简狄吞之而生契。⑥

以上皆汉代或汉以前人所说,按其所说事项内容多寡分析,大约可分四类:一为毛传之说,不涉及任何吞玄鸟卵等情节;二为《淮南子》、郑玄所说,言及吞卵生契一事,而不及其他情节;三为屈原、王逸所说,言及

① 《史记》,中华书局,1959 年版,第 506 页。
② 乔松年:《纬捃》卷四,《山右丛书初编》本,第 975 页。
③ 《史记》,中华书局 1959 年版,第 91 页。
④ 《史记》,中华书局 1959 年版,第 505 页。
⑤ 《楚辞补注》,中华书局 1957 年版,第 174 页。
⑥ 《毛诗注疏》,商务印书馆《国学基本丛书》本,第 1925 页。

"（帝）喾"及，"玄鸟"（即吞卵）二事，而不及其他情节；三为司马迁所说，言及帝喾、行浴、吞卵三事；四为褚少孙所说，言及行浴（玄丘水）吞卵生契二事。在诸家之说中，毛传不言及任何传说事项，表现出"不语怪力乱神"的倾向，显然其理性的成分太多，对古代传说作了过多的改造，不能保存传说原貌。而司马迁之说所含事项最多，共三项。然而从事理观之，则事项最多者未必最为合乎古代传说原貌；尤其所言"帝喾次妃"事，不可尽信，因既为"帝喾"之妃，即难以解释为何要"三人行浴"。在此问题上，倒是褚少孙之说更加合乎情理，即不但写到吞玄鸟卵生契，而且有"浴于玄丘水"情节。按照文化人类学的原理，以及上古时期人民风俗习惯，可以判断"行浴"情节是比较符合当时生活实际，最为符合原始"文本"。所以最早的传说应当是如褚少孙所记述的情节，"浴于……"一事，实不可少。而正是在此点上，诗纬作了有力的佐证，为印证上古传说中的一个重要情节起到作用。

从文学角度观，诗纬中也有一些颇为精美的文字，可供欣赏。如关于《王风·君子于役》"日之夕矣，羊牛下来"句，诗纬解释曰：

梅柳惊春，羊牛来暮。①

这里的特点倒不在于阴阳五行思想，而是其文笔之精致优美。"梅柳惊春"四字所包含的意蕴相当丰富，一个"惊"字，更是关键，它不单是写景，而且将人的主观感受写了出来：看到梅树发芽，柳枝飘荡，惊奇于春天到来之快，亦惊奇于春天之美好。此相当于后世诗话家所谓"诗眼"。"羊牛来暮"，也很好地概括了原诗中的意境，写出农家晚景，生活气息甚浓。更令人惊异者，此二句声调，竟暗合于后世的平仄对偶规律，显得节奏铿锵，音调和谐。要之，诗纬文字中竟有此绝佳之句，实出意料之外。想执笔之人足非等闲辈也。又如关于前述《十月之交》中的相关文句，诗纬释曰：

挠弱不立，邪臣蔽主，则白虹刺日；为政无常，天下怀疑，则蜺逆行。②

百川沸腾众阴进，山冢卒崩人无仰。高岸为谷贤者退，深谷为陵小加大。③

---

① 《五礼通考》，四库全书本。
② 《太平御览》，涵芬楼1935年影印本，第3903页。
③ 《毛诗注疏》，商务印书馆，国学基本丛书本。

其内容不脱天象人事互为感应之论,固不待言。就写法论,前则为规整的对偶文,可与魏晋骈文媲美。后则更是精彩,简直就是一篇七言作品;虽叶韵方面略逊,而文字之严整,在汉代可以不让一些诗家了。

要之,诗纬为汉代特有的一种《诗经》解释学,其基本性格以天人感应为核心,具有浓厚的神学色彩。诗纬虽已残佚,但其中也不乏一些可取的见解,包括对《诗经》的整体理解和对篇义及章句的解释。另外,诗纬中也存在一些有价值的文献,以及富含文学性的精警文字。

●原文刊载于《求是学刊》2003 年第 3 期。
●徐公持,中国社会科学院文学研究所研究员,博士生导师。

"清"复义说

张安祖,杜萌若

　　在中国文艺批评史上,"清"是一个具有多层面丰富意蕴的核心审美概念,实用语境中的"清"的义项构成有着异常复杂而微妙的变化,各个意蕴层面或者同形异质、貌合神离,或者复合叠加、一体涵融。对于汉语语词的"复义"现象,钱钟书在《管锥编》中作出了精辟的阐发:

　　象曰:革,水火相息;《注》:"变之所生,生于不合者也,息者,生变之谓也",《正义》:"燥湿殊性,不可共处。若其共处,必相侵剋。既相侵剋,其变乃生。"按王弼、孔颖达说"息"字,兼"生变"与"侵剋"两义。《汉书·艺文志》论诸子十家曰:"辟犹水火,相灭亦相生也……相反而皆相成也",正《易》语之的诂。①

　　不仅一字能涵多意,抑且数意可以同时并用,"合诸科"于"一言"。②

　　令人遗憾的是,迄今为止,"清"的概念复义性问题尚未在学术界得到应有的理解和关注,这在相当程度上导致了一系列相关概念范畴界定的含混与错乱,使得现有关于中国古典美学思想发展脉络的历史描述建立在极不牢靠甚至是错误的理论基础之上。我们必须重新找到正确的理论起点,细致耐心地进行基本概念的澄清工作。

一

　　首先,我们需要确定的是"清"的概念的意蕴来源。

　　《说文·水部》:"清,朖也,澄水之貌。"从文字形义学的角度分析,

---

① 钱锺书:《管锥编》第一册,中华书局1979年版,第28～29页。
② 钱锺书:《管锥编》第一册,中华书局1979年版,第1页。

"清"的最基本的鲜明澄澈的含义引申于水,《山海经·西山经》"丹木五岁,五色乃清",郭璞注:"言光鲜也",《世说新语》中习见的"日月清朗"、"冰清之姿"、"清心玉映"诸语中"清"的所指均为这层含义。

相对而言,引申于气的"清"的概念与诸多重要的哲学概念范畴密切相关,具有多重意蕴,含义较为复杂。"太清"一词在汉晋文献中体现出两种不同的含义,这一现象可以作为我们考察"清"的概念复义性问题的理论出发点。

《淮南子·本经训》:"太清之始也,和顺以寂寞,质真而素朴,闲静而不躁。"这种"太清"说可以与同书《原道训》中的相关论述联类比证:"所谓天者,纯粹朴素,质真皓白,未始有与杂糅者也……是故圣人守清道而抱雌节,因循应变,常后而不先,柔弱以静,舒安以定。"溯其渊源,显然是与《老子》"清静为天下正"(第45章)的思想一脉相承的。

《抱朴子·杂应》:"上升四十里,名为太清,太清之中,其气甚刚,能胜人也。"这种"太清"说与《淮南子·本经训》"太清"说的区别在于强调了"太清之中,其气甚刚"的特点。

《抱朴子·畅玄》:"玄者,自然之始祖而万殊之大宗也……沦大幽而下沈,凌辰极而上游,金石不能比其刚,湛露不能等其柔。"又《塞难》:"浑茫剖判,清浊以陈,或升而动,或降而静。"这是"太清之中,其气甚刚"之说的同书本证,"清"者为"金石不能比其刚"的"升而动"之气,"浊"者为"湛露不能等其柔"的"降而静"之气,而自然元气"清刚"与"浊柔"剖判对立的观念则与《易传》的概念范畴密切相关。《易·系辞上》:"天尊地卑,乾坤定矣。卑高以陈,贵贱位矣。动静有常,刚柔断矣。""乾坤"即阴阳两仪,二者在先秦以降的元气理论中表现为"清阳"与"浊阴"的对立范畴。

《黄帝内经·素问·阴阳应象大论》:"清阳为天,浊阴为地。"《淮南子·天文训》:"元气有涯垠,清阳者薄靡而为天,重浊者凝滞而为地。"《说文·土部》:"地,元气初分,轻清阳为天,重浊阴为地。"《抱朴子·杂应》的"太清"说就是从"清阳为天"的方面取义的。《易·文言》:"乾元用九,乃见天则。"王弼注:"九,刚直之物,唯乾体能用之,用纯刚以观天,天则可见矣。""清阳"、"纯刚"与"守清道而抱雌节"是"太清"二说含义分别的关键所在。

《老子》中"柔弱胜刚强"(第36章)、"弱者道之用"(第40章)的刚柔之辨很容易造成一种错觉,似乎老子的贵柔就是崇尚阴柔美。敏泽的观点代表了目前学术界在这个问题上的普遍共识:"由于他受殷文化中重阴、重母性的思想影响,他所取于'自然'以为范式者,只是'自然'之中一个方面的现象,即阴柔方面的现象,或对这种现象的主观理解。"①这种观点的错误根源在于概念范畴对应上的错乱,事实上,《老子》中的雌雄、母子、牝牡同阴阳并不是同一意蕴层面上的概念范畴。

《老子》第28章:"知其雄,守其雌,为天下谿。为天下谿,常德不离,复归于婴儿。"第52章:"天下有始,以为天下母,既得其母,以知其子,既知其子,复守其母,没身不殆。"很明显,"知雄守雌"与"知子守母"的所指是一致的,而"天下母"实际上就是"道":"有物混成,先天地生,寂兮寥兮,独立不改,周行而不殆,可以为天下母,吾不知其名,字之曰道。"(第25章)"先天地生"的"道"是万物之根本:"夫物芸芸,各复归其根,归根曰静。"(第16章)与"玄牝之门,是谓天地根"(第6章)、"牝常以静胜牡"(第61章)等说法联系起来看,《老子》中的"牝"、"母"、"雌"等概念所表示的均为"玄之又玄,众妙之门"(第1章)的太初源始境界。

《老子》第42章:"道生一,一生二,二生三,三生万物,万物负阴而抱阳,冲气以为和。""牝"、"母"、"雌"属于"营魄抱一"、"专气致柔"(第10章)的"道生一"的概念范畴,必然不能等同于"一生二"之后衍生出的"阴"的概念,与之相应的"柔弱"也无疑不能被解释为阴柔的意思。

《易·系辞上》:"易有太极,是生两仪。"《老子》中的"牝"、"母"、"雌"大体上相当于《易传》中的"太极"。《文选》卷34曹植《七启》:"夫太极之初,浑沌未分,万物纷错,与道俱隆。"李善注引《春秋纬说题辞》曰:"元清气以为天,浑沌无形体。"又引宋均注曰:"言元气之初如此也,浑沌未分也,言气在《易》为元、在《老》为道,义不殊也。"《淮南子·本经训》所谓"太清之始"正是就浑沌无形体的"自然元气"而言的。班固《典引篇》:"太极之原,两仪始分,烟烟煴煴,有沉而奥,有浮而清。"(《后汉书·班固传》引)《抱朴子·杂应》所谓"太清之中,其气甚刚"显然是指二仪剖判而成的清阳之气。

张衡的自然哲学论文《灵宪》极为清晰地揭示出了"清"的概念的这

---

① 敏泽:《中国美学思想史》第一卷,齐鲁书社1989年版,第226页。

两层意蕴："太素之前,幽遣玄静,寂漠冥然,不可为象……道干既育,有物成体,于是元气剖判,刚柔始分,清浊异位。"(《续汉书·天文志上》刘昭补注引)《广雅·释天》："太初,气之始也,生于酉仲,清浊未分也。太始,形之始也,生于戌仲,清者为精、浊者为形也。太素,质之始也,生于亥仲,已有素朴而未散也。三气相接,至于子仲,剖判分离,轻清者上为天,重浊者下为地,中和者为万物。"我们发现,在汉魏之际的元气理论中,"清浊"这对概念范畴实际上也存在着双重意蕴层面,第一层面上的"清浊"意蕴有"精"、"形"之别,但同为"太始"阴阳未剖的混成之物。《春秋繁露·通国身》:"气之清者为精,人之清者为贤。""清"即精纯,"浊"是驳杂不纯的意思,二者之间的褒贬抑扬色彩比较鲜明。第二层面上的"清浊"意蕴是从天地分离、阴阳剖判的方面立论的,具有刚柔强弱因素的对比。

　　干宝《搜神记》:"天有五气,万物化成。木清则仁,火清则礼,金清则义,水清则智,土清则思。五气尽纯,圣德备也。木浊则弱,火浊则淫,金浊则暴,水浊则贪,土浊则顽。五气尽浊,民之下也"。袁准《才性论》:"物何故美? 清气之所生也。物何故恶? 浊气之所施也。"这两处例证中的"清浊"所表示的都是第一层面的意蕴。《抱朴子·尚博》:"清浊参差,所禀有主,朗昧不同科,强弱各殊气。"这里的"清浊"显然表示第二层面的意蕴。在中国文艺批评史上,尤其是魏晋南北朝时期,批评家对"清"的概念的使用往往在其鲜明澄澈的基本含义基础上复合了引申于气的其他概念意蕴。由于与气相关的"清"的概念有多重意蕴,因此辨析"清"在具体语境中的意蕴来源便自然成了我们首要而基本的任务。

二

　　曹丕《典论·论文》:"文以气为主,气之清浊有体,不可力强而致。"郭绍虞主编的《中国历代文论选》中的有关注释和说明在"清浊"和"刚柔"两对概念范畴之间建立起了对应关系:"清浊,意近于《文心雕龙·体性》所说的气有刚柔,刚近于清,柔近于浊……清是俊爽超迈的阳刚之气,浊是凝重沉郁的阴柔之气。"[①]这种看法是否符合曹丕的原意呢?《典论·论文》:"应瑒和而不壮,刘祯壮而不密。"曹丕对举这两种风格类型,

---

　　① 郭绍虞主编:《中国历代文论选》第一册,上海古籍出版社 1979 年版,第 162 ~ 163 页。

语气上未存任何褒贬抑扬色彩，应该是将二者都列入气清的范畴的，然而，"和而不壮"却很难与阳刚之气联系到一起。曹丕《槐赋》："伊暮春之既替，即首夏之初期，天清和而温润，气恬淡以安治。"这里的"清和"、"恬淡"无疑正是"和而不壮"之的诂。任继愈主编《中国哲学发展史》（魏晋南北朝卷）从"气之清者为精"的意蕴层面对《典论·论文》之"清"提出了新的解释："'清'即清和之气。《人物志》说：'聪明者，阴阳之精，阴阳清和，则中睿外明。'（《九征》）阴阳之精即阴阳清和之气，禀阴阳清和之气而生者则聪明；阴阳清和之气又称平淡之气或恬淡之气。"①这种观点在思路上是正确的，但把"清"局限于清和恬淡之气则又无法涵括"壮而不密"的风格类型，显然有失偏颇。

罗宗强《魏晋南北朝文学思想史》对这个问题的认识是比较明通的："曹丕论及徐干、刘祯、孔融等人的不同情性，谁属于清气之所生，谁属于浊气之所施，他都未加以说明。从他的评点看，似只论情性之特点，无关乎情性之好恶。对此，或可理解为均为清气中之不同类型。"②曹丕认为"建安七子"在体裁及创作风格方面互有短长，但是都可以划入"人之清者为贤"的行列，他所说的"清"并不标示审美趣味的刚柔取向。

《文选》卷42 曹丕《与吴质书》："公干逸气，但未遒耳……仲宣独自善于辞赋，惜其体弱，不足起其文，至于所善，古人无以远过。"李善注："气弱谓之体弱。"尽管曹王对王粲禀气嬴弱的特点持批评态度，但与《抱朴子·尚博》"清浊"与"强弱"范畴对应的情况不同，在曹丕看来，王粲的"气弱"与刘祯的"未遒"及徐干的"时有齐气"（《典论·论文》）一样，都是在气清的大前提下所存在的偏失。《典论·论文》所谓"清浊"不是从阴阳刚柔的角度立论的，与《抱朴子·尚博》的"清浊"论貌同心异，气之强弱并不构成决定气之清浊的必要条件。

王运熙、杨明《魏晋南北朝文学批评史》的观点代表了目前学术界在这个问题上长期流行的"常识性"共识："从曹丕的批评徐干'时有齐气'和王粲'体弱'、应玚'不壮'以及赞美刘祯'壮'、'有逸气'看来，他崇尚的是壮大有力的风格。"③这种似是而非的推论的错误根源仍在于概念范

① 任继愈主编：《中国哲学发展史》（魏晋南北朝卷），人民出版社1988年版，第295页。
② 罗宗强：《魏晋南北朝文学思想史》，中华书局1996年版，第30~31页。
③ 王运熙、杨明：《魏晋南北朝文学批评史》，上海古籍出版社1989年版，第32页。

畴对应上的错乱。曹丕"气之清浊有体"说之"清"取"气之清者为精"的含义，如果将其理解成轻清阳刚之气，当然是南辕北辙、去真弥远了。

三

与轻清阳刚之气含义相关的"清"的概念在魏晋南北朝人物品藻及文艺批评的风骨论中有最典型的体现。

《世说新语·赏誉》刘注引《晋安帝纪》曰："羲之风骨清举也。"又注引《文章志》曰："羲之高爽有风气，不类常流也。"《轻诋》："旧目韩康伯将肘无风骨。"注引《说林》曰："范启云：'韩康伯似肉鸭。'""风骨清举"义同于"高爽有风力"，"清"与"爽"都兼包骨气洞达与澄明朗澈的意蕴，同"肉鸭"般缺乏风骨的状貌形成鲜明比照。徐复观指出，魏晋人物品藻中常用的"骨"字，"都是形容某人由一种清刚的性格，形成其清刚而有力感的形相之美，当时即把用在人伦鉴识上面的评语转用到文学艺术上面，《文心雕龙·风骨篇》之骨亦由此而来"①。

《文心雕龙·风骨》：

结言端直，则文骨成焉；意气骏爽，则文风清焉。若丰藻克赡，风骨不飞，则振采失鲜，负声无力。是以缀虑裁篇，务盈守气，刚健既实，辉光乃新。其为文用，譬征鸟之使翼也……若能确乎正式，使文明以健，则风清骨峻，篇体光华。

刘勰的"风骨"论会通了"清"的多重义项，典型地体现出了"清"的复义性用法。下面，我们将逐层剖析"风骨"论中"清"的概念内涵构成因素。

"缀虑裁篇，务盈守气，刚健既实，辉光乃新"的说法把孟子的"养气"说与《易传》的"阴阳刚柔"说融为一炉。《孟子·公孙丑上》："曰：'我知言，我善养吾浩然之气。''敢问何谓浩然之气？'曰：'难言也，其为气也，至大至刚，以直养而无害，则塞于天地之间'。"《易·大畜·象传》："刚健笃实，辉光日新其德。"这二者均为阳刚之气。

"其为文用，譬征鸟之使翼也"典出《礼记·月令》："季冬之月，征鸟厉疾。"孔颖达《正义》："征鸟谓鹰隼之属也，时杀气盛极，故鹰隼之属，取鸟捷疾严猛也。"所谓"杀气盛极"是指秋冬肃杀之气。

---

① 徐复观：《中国艺术精神》，春风文艺出版社 1987 年版，第 142 页。

《春秋繁露·王道通三》：“天与喜气为暖而当春，怒气为清而当秋……是故春气暖者，天之所以爱而生之；秋气清者，天之所以严而成之……阴，刑气也；阳，德气也。阴始于秋，阳始于春……所好之风出，则为暖气而有生于俗；所恶之风出，则为清气而有杀于俗。”四时节气意义上和泽阳春与爽气高秋的阴阳与刚柔的范畴对应往往同天地乾坤阳刚阴柔的组合相背反。《文赋》：“遵四时以叹逝，瞻万物而思纷。悲落叶于劲秋，喜柔条于芳春。”《文心雕龙·物色》：“盖阳气萌而玄驹步，阴律凝而丹鸟羞……是以献岁发春，悦豫之情畅……天高气清，阴沉之志远。”钟嵘《诗品》评刘祯诗曰：“仗气爱奇，动多振绝，真骨凌霜，高风跨俗。”与《文心雕龙·风骨》中“鹰隼乏采，而翰飞戾天，骨劲而气猛也”的描述形容可以联类比证，这里的“气”并不是阳刚之气，而是“阴律凝”的秋冬肃杀之气。

刘勰抓住了清阳之气与清秋之气刚健的共性而加以扬弃，融合成“风清骨峻”的风格论，这里所说的“清”兼包澄明、阳刚、劲爽等多重含义。

《庄子·刻意》：“水之性，不杂则清。”“清”即澄明，是单一义项的用法，《文心雕龙·宗经》“风清而不杂”一语则与《风骨》的“风清骨峻”含义相通，“清”的用法具有复义性，联系上下文语境来看，内证是比较确凿的：

自夫子删述，而大宝咸耀，于是《易》张十翼、《书》标七观、《诗》列四始、《礼》正五经、《春秋》五例，义既极乎性情，辞亦匠于文理。故能开学养正，昭明有融。然而道心惟微，圣谟卓绝，墙宇重峻，而吐纳自深。譬万钧之洪钟，无铮铮之细响矣。

“昭明有融”和“譬万钧之洪钟，无铮铮之细响”构成了“风清而不杂”、“辉光”与“刚健”的复合义蕴。

《文心雕龙·体性》：“才有庸俊，气有刚柔，学有浅深，习有雅郑，并情性所铄，陶染所凝。”郭绍虞认为“气有刚柔”“即是后人所说的阳刚阴柔之美”，[①]但是考察上下文，与“刚柔”相并列的“庸俊”、“浅深”、“雅郑”都是褒贬立场非常明确的对立范畴，刘勰扬刚抑柔的审美取向至为明晰。《檄移》：“故其植义飏辞，务在刚健。插羽以示迅，不可使辞缓；露板以宣众，不可使义隐。必事昭而理辨，气盛而辞断，此其要也。”“气乃力也”（《论衡·儒增》），“气盛”则“刚健”，“刚健”则“风清”，“风清”即蕴

---

① 郭绍虞：《中国文学批评史》，上海古籍出版社1979年版，第78页。

涵着力量的轻清阳刚之气。《封禅》："至于邯郸受命,攀响前声,风末力寡,辑韵成颂,虽文理顺序,而不能奋飞。"可见,刘勰所谓"柔"就是"风末力寡"的意思,不是指阴柔之美。

王运熙、杨明对刘勰"风骨"论的理解也代表目前学术界在此问题上的"常识性"共识:"《风骨》所谓'风清骨峻'、'文明以健',清、明是指风,峻、健是指骨"①这种观点显然忽略了"风骨"论中"清"的概念气中包力的内涵。蒋寅《古典诗学中"清"的概念》一文更加肯定地认为"'清'是与'浑厚'相对的一种审美趣味"、"清直接给人的感觉就是弱,②这种认识上的偏差是极其严重的。

宗白华对魏晋美学中"清"的概念复义性问题有着直觉式的体认:"晋人以虚灵的胸襟,玄学的意味体会自然,乃能表里澄澈,一片空明,建立最高的晶莹的美的意境……晋人之美,美在神韵(人称王羲之的字韵高千古)……美之极,即雄强之极。王羲之书法人称其字势雄逸,如龙跳天门、虎卧凤阙……力就是美。"③由于缺乏深入细致的概念构成解析工作,宗白华的表述形式不免给人以突兀、生硬之感,但他深刻的洞见仍可作为我们进一步考察"清"的概念复义性问题的宝贵指南。

四

在《文心雕龙·风骨》之外出现的"清峻"一词,与同出其他语境下往往也有不同于"风清骨峻"的意蕴,情况相当复杂,有必要加以深入辨析。

《文心雕龙·时序》:

于时正始余风,篇体轻淡,而嵇、阮、应、缪,并驰文路矣……简文勃兴,渊乎清峻。微言精理,函满玄席,淡思浓采,时洒文囿……自中朝贵玄,江左称盛,因谈余气,流成文体。是以世极迍邅,而辞意夷泰,诗必柱下之旨归,赋乃漆园之义疏。

晋简文帝是玄风大畅之际积极的预流者,《晋书·简文纪》称其"清虚寡欲,尤善玄言","尤善玄言"的评价与《时序》"微言精理,函满玄席"的描述可以相互印证,但是,如何理解"清虚寡欲"与"渊乎清峻"的关系呢?

---

① 王运熙、杨明:《魏晋南北朝文学批评史》,上海古籍出版社 1989 年版,第 447 页。
② 蒋寅:《古典诗学中"清"的概念》,载《中国社会科学》2000 年第 1 期。
③ 宗白华:《论世说新语与晋人的美》,载《艺境》,北京大学出版社 1987 年版,第 78 页。

求/是/文/荟 《求是学刊》发刊200期

《世说·文学》:"简文称许掾云:'玄度五言诗,可谓妙绝时人。'"刘孝标注引《续晋阳秋》曰:"正始中,王弼、何晏好老、庄玄胜之谈,而世遂贵焉,至江左,李充尤盛,故郭璞五言始会合道家之言而韵之。询及太原孙绰转相祖尚,又加以三世之辞,而《诗》、《骚》之体尽矣。"简文帝所称许的许询五言诗就是"《诗》、《骚》之体尽矣"的玄言诗。

《诗品》评王济、杜预、孙绰、许询四家诗曰:"永嘉以来,清虚在俗,王武子辈诗贵道家之言,爰洎江表,玄风尚备。真长、仲祖、桓、庾诸公犹相袭。世称孙、许弥善恬淡之词。"《诗品序》总括了永嘉玄言诗风与"建安风力"尖锐对立的情况:"永嘉时,贵黄、老,稍尚虚谈,于时篇什,理过其辞,淡乎寡味。爰及江表,微波尚传。孙绰、许询、桓、庾诸公诗皆平典似《道德论》,建安风力尽矣。"简文帝崇尚"建安风力尽矣"的玄言诗风,这就意味他根本不可能被刘勰视为"风清骨峻"的典型,也就是说,"渊乎清峻"与"风清骨峻"形似而质异,二者所包孕的含义必然有着本质上的区别。

理解"渊乎清峻"的含义,应从道家哲学和魏晋玄学的立场出发。《老子》第15章:"古之善为士者,微妙玄通,深不可识……敦兮其若朴,旷兮其若谷,混兮其若浊。孰能浊以止,静之徐清?"通过"反者道之动"(第40章)的辩证阐发,"清"的澄清本义在老子哲学中被融人了"明道若昧"(第41章)的哲理内涵。王弼《老子指略》:"玄也者,取乎幽冥之所出也。""清"的存在是以浑沌幽远为前提条件的,在这个义蕴层面上颇近于《老子》第21章中"精"的概念:"道之为物,惟恍惟惚。惚兮恍兮,其中有象;恍兮惚兮,其中有物。窈兮冥兮,其中有精。"王弼注:"窈冥,深远之叹。深远不可得而见,然而万物由之。"汉魏之际"清"、"玄"融通的用法比较常见。高彪《清诫》:"退修清以净,存吾玄中玄。澄心剪思虑,泰清不受尘。恍惚中有物,希微无形端。"(《艺文类聚》卷23引)王粲《七释》:"恬淡清玄,浑沌淳朴。"刘勰评价简文帝"渊乎清峻"正是从"清"的这层含义着眼的,"峻"在这里取"高山峻原"(《国语·晋语》)的高远之义,"清"、"峻"形成近义并列组合,与郭象《庄子序》"绵邈清退,去离尘埃而返冥极者也"的说法义蕴相通,和《晋书·简文纪》"清虚寡欲"的评价也是相契合的。

《文心雕龙·明诗》:

及正始明道,诗杂仙心,何晏之徒,率多浮浅,唯嵇志清峻、阮旨遥深,故能标焉……江左篇制，溺乎玄风，嗤笑徇务之志，崇盛忘机之谈，袁、孙已下，虽各有雕采，而辞趣一揆，莫与争雄，所以景纯仙篇，挺拔而为俊矣。

我们现在所面临的是这样一个问题：本文中的"嵇志清峻"究竟是从"建安风力"的角度理解为"风清骨峻"，还是从"正始明道，诗杂仙心"的角度理解为"渊乎清峻"呢？

詹瑛《文心雕龙义证》的释意是颇有见地的："清是清远，峻是峻烈。所谓清远，就是一种空灵高洁的境界，从《赠秀才入军十九首》之十六及《酒会诗七首》之一这两首中可以看出来。峻烈的诗可以《幽愤诗》为代表，这一篇是他入狱所作，心境愤慨，情不能已，秉笔直书，自然就脱去清远之气，而入于峻烈一途了。"①这种看法注意到了"清峻"一词在这里所存在的复义性现象，不过在思路上仍然未达一间。

首先，从本文语境来看，与"清峻"并言的"遥深"和对言的"浮浅"都是就纵深感的强弱而言，并由近义词素并列组合而成的，因此，"清峻"理应具有"绵邈清退"的含义，向秀《思旧赋序》对嵇康"稻志远而疏"的评价是一个有力的旁证。

但事情远非如此简单，下文"景纯仙篇，挺拔而为俊矣"的说法显然与《风骨》"相如赋仙，气号凌云，蔚为辞宗，乃其风力遒也"的论断同出一辙，《体性》中亦有"叔夜俊侠，故兴高而采烈"的说法，所以，"嵇志清峻"也必然包含"风清骨峻"的含义。《诗品》评嵇康诗曰："过为峻切，讦直露才，伤渊雅之致，然托喻清远，良有鉴裁，亦未失高流矣。"《文心雕龙·明诗》所谓"嵇志清峻"参合了"清"的"清玄"与"风清"二义以及"峻"的"峻切"与"高远"二义，是典型的"合诸科于一言"的复义用法。

五

在盛唐李白、杜甫的诗论中，作为核心审美概念的"清"多与魏晋南北朝的"风骨"论义脉贯通，具有复义性。

李白"蓬莱文章建安骨，中间小谢又清发"（《宣州谢朓楼饯别校书叔云》）的论断表明他对于魏晋南北朝的尚"清"美学思想具有深湛的理解，他所倾心的谢朓诗歌的"清发"之美不仅包含"清水出芙蓉，天然去雕饰"

---

① 詹瑛：《文心雕龙义证》（上），上海古籍出版社1989年版，第200页。

（《经乱离后天恩流夜郎忆旧游书怀赠江夏韦太守良宰》）的清朗明洁的含义，还兼有"风骨"论"风力遒"的内蕴。①《诗品》对谢朓诗有"奇章秀句，往往警遒"的评价，又谓"朓极与余论诗，感激顿挫过其文"、"子阳诗句清拔，谢朓常嗟颂之"，可见谢朓的诗风与诗学思想同建安风骨有着直接的承传关系。《诗品》评刘琨、卢谌诗"自有清拔之气"、评戴逵诗"虽嫩弱，有清上句"，与《诗品序》"郭景纯有隽上之才，变创其体；刘越石仗清刚之气，赞成厥美"的论断联系起来看，"清拔"、"清上"、"隽上"、"清刚"诸语都具有"风清骨峻"的内涵，"清发"一词也显然应被容纳进这个意蕴集合体之中。

杜诗之"清"大多是取义于清秋之气的，有的着眼于空阔澄鲜的意境，如"洒落惟清秋，昏霾一空阔"（《七月三日……戏呈元二十一曹长》）、"爱汝玉山草堂静，高秋爽气相鲜新"（《崔氏东山草堂》）、"露下天高秋气清，空山独夜旅魂惊"（《夜》），有的则重在表现高烈劲爽的骨气，如"高标跨苍穹，烈风无时休……羲和鞭白日，少昊行清秋"（《同诸公登慈恩寺塔》）、"高堂见生鹘，飒爽动秋骨……写此神俊姿，充君眼中物"（《画鹘行》）、"魏侯骨耸精爽紧，华岳峰尖见秋隼"（《魏将军歌》），后一种情况下"清"的"风清骨峻"的复义性用法非常清晰。

杜甫在《春日忆李白》一诗中追溯了李白诗歌的六朝渊源："白也诗无敌，飘然思不群。清新庾开府，俊逸鲍参军。"所谓"清新"、"俊逸"与"清发"相仿，都体现出"风骨"论的内涵，王运熙、杨明指出："杜甫诗论中的清或清新，泛指爽朗新鲜，不易一一确指为柔美或壮美，但结合盛唐不少诗人力追建安风骨的倾向来看，其所谓清或清新，一部分当与风骨相通。"②应该说，这是一个相当精细的辨析，实际上已经在相当程度上触及到了杜甫诗论中"清"的复义性的核心，但是令人遗憾的是，由于王运熙、杨明没能从整体上把握"清"的复义性原理，所以他们对以"清"为核心所形成的复合概念的认识还是出现了重大偏差："'清'字与其他字搭配，可以形成各种不同的风格，有偏于柔美的，也有偏于壮美的，清浅、清便，均

---

① 李白《古风》其一："自从建安来，绮丽不足珍。圣代复元古，垂衣贵清真。"这里的"清真"是一个具有浓厚道家哲学意味的概念，与《淮南子·本经训》"太清之始也，和顺以寂寞，质真而素朴，闲静而不躁"的说法义蕴相合，不同于与魏晋南北朝"风骨"论密切相关的"清"的用法。

② 王运熙、杨明：《隋唐五代文学批评史》，上海古籍出版社 1994 年版，第 296 页。

属柔美一类……清峻、清拔、清刚,均属壮美一类。"①这种看法显然忽略了"清"的意蕴复合体在复合概念形成时的主导功能以及诸多意蕴层面之间的分合关系,仿佛复合概念的内涵定位决定于与"清"相搭配的各个概念。蒋寅一方面把"清"的美学特质确定为"形象鲜明、气质超脱而内涵相对单薄",认为杜甫"并不以清见长",另一方面则提出:

> 清又可以向不同风格类型延伸,与别的诗美概念相融合,形成新的复合概念,就像原色与其他色彩融合形成间色一样,比如向雕琢炼饰方面发展,就形成南宋"永嘉四灵"辈的"清苦之风"(《沧浪诗话·诗辨》),而向刚健延伸就产生清刚、清壮,向空灵延伸就产生清虚、清空,向圆熟延伸就产生清厚、清老,向典雅延伸就产生清典、清雅……②

这种逻辑关系颇为混乱的认识集中地反映出了目前学术界在"清"的概念理解上所存在的理论误区。

全面理清中国古典诗学诸多审美概念衍生、发展的历史脉络是一项艰巨而庞大的理论工程,我们对于"清"的概念复义性的考察只是为这项理论工程的建设提供了一个新的起点,但我们相信这是奠定正确理论方向的坚实的一步!

● 原文刊载于《求是学刊》2003 年第 5 期。
● 张安祖,黑龙江大学文学院教授,博士生导师;杜萌若,黑龙江大学文学院教授。

---

① 王运熙、杨明:《隋唐五代文学批评史》,上海古籍出版社 1994 年版,第 296 页。
② 蒋寅:《古典诗学中"清"的概念》,载《中国社会科学》2000 年第 1 期。

求/是/文/荟 QSWH 《求是学刊》发刊200期

陶渊明隐逸的精神史意义

蒋 寅

一、遁世观念的由来及其实践

陶渊明(352—427)在我们的文学史叙述中常让给人与时代风气格格不入的印象,因为不处在文坛和人们关注的中心,边缘化的位置很容易让人误解他是个远离时代、与时代精神背道而驰的人。当我们看到钟嵘《诗品》列他于中卷,还会觉得他是个被忽视的诗人,不能体会到"古今隐逸诗人之宗"是个多么崇高的赞美。

读陶渊明集,确实看不到他与当时的文坛有什么关系:他的诗文中没有一首与当时的著名文士有关,仿佛是一个穷乡老儒和普通的隐士,独自写他的与一时文学风气殊无联系的诗文。然而我们不能忘记,隐与仕自古就是士大夫生活的两极,隐遁和逃世一直是中国古代人生观的重要内容。且不说"不事王侯,高尚其事"从《周易》起就得到肯定;就是仕于王侯的人,也像郭象所说的"夫圣人虽在庙堂之上,然其心无异于山林之中"①。历史上的隐士,从传说中帝尧时代的高士许由,商周之际不食周粟的伯夷、叔齐,春秋时代的长沮、桀溺和楚狂接舆,直到秦末避世商山的"四皓",向来就是人们心目中仅亚于圣贤的偶像人物。后来甚至连"庄周偃蹇于漆园,老莱婆娑于林窟,严平澄漠于尘肆,梅真隐沦乎市卒,梁生吟啸而矫迹,焦先混沌而槁杭,阮公昏酣而卖傲,翟叟遁形于倏忽"(《晋书·郭璞传》)这些畸行异士也都被视为小隐或大隐的高人。其见于古

---

① 郭庆藩:《庄子集释》,中华书局 1961 年版,第 28 页。

史记载、诸子叙述的零星事迹,到魏晋之际被编纂为《圣贤高士传》(嵇康)、《高士传》(皇甫谧)、《至人高士传》(孙绰)等书,从一个侧面折射出那个时代的社会风气。从东汉到魏晋之间,正是隐逸之风最盛行的时代,陶渊明也可以说那个时代风气孕育出的精神偶像。

隐逸作为文化现象可以无穷追溯久远。从社会阶级分化,开始出现权力阶层,有机会做官而不做的人便可称为隐士。尧以天下相让而不受的许由,或许就是古书记载的第一位隐士吧。孔子曾说过:"危邦不入,乱邦不居。天下有道则现,无道则隐。"(《论语·泰伯》)隐士因隐伏不出,也称处士。《荀子·非十二子》曾为处士下过定义:"古之所谓处士者,德盛者也,能静者也,修正者也,知命者也,著是者也。"庄子还具体描写了隐士的生活:"就薮泽,处闲旷,钓鱼闲处,为无而已矣。此江海之士、避世之人,闲暇者之所好也。"(《庄子·刻意》)但隐逸作为引人注目的思想意识,则要到东汉才凸显出来。

《后汉书·逸民传序》论隐士不仕的动机,说"观其甘心畎亩之中,憔悴江海之上,岂必亲鱼鸟与林草哉?亦云性分所至而已"。这是将隐逸倾向归结为某些人的天性,一如朱子所说,"隐者多是带气负性之人为之"①。但从历史记载看,汉代的隐逸似乎多出于政治原因。《后汉书·逸民传》载:"汉室中微,王莽篡位,士之蕴藉义愤甚矣。是时裂冠毁冕、相携持而去之者,盖不可胜数。"②余英时通过仲长统《乐志论》分析汉代以前的隐逸思想,认为已包含这么几层意思:(1)避世思想;(2)养生修炼;(3)经济背景;(4)山水怡情。③ 魏晋之际愈益险恶的政治环境和崇尚玄远之谈的玄学,更从生存体验和思想意识两方面强化了士大夫阶层的隐逸风气,隐遁不仕成为一种令人尊敬的品德。名士戴逵兄弟出处不同:"戴安道既厉操东山,而其兄欲建式遏之功。谢太傅曰:'卿兄弟志业,何其太殊?'戴曰:'下官不堪其忧,家弟不改其乐。'"④这一忧一乐中明显是有高下之分的,戴逵自嘲之余也不无以乃弟为骄傲之意。陶渊明《桃花源记》中的那个刘子骥,即当时著名隐士刘驎之,从文献记载看不出有什么

---

① 黎靖德编:《朱子语类》卷一四〇,中华书局 1986 年版,第 3327 页。
② 《后汉书》卷八十三,中华书局校点本,第 2756 页。
③ 余英时:《汉晋之际的新自觉与新思潮》,载《新亚学报》第 4 卷第 1 期,1959 年 8 月版。
④ 刘义庆:《世说新语·栖逸》。按:此事亦见《晋书·谢玄传》,而以遁为戴逵弟。

过人才能,但就因为有高隐之名,格外为当世所重。《世说新语·栖逸》载其事曰:

> 南阳刘驎之,高率善史传,隐于阳岐。于时苻坚临江,荆州刺史桓冲将尽訏谟之益,征为长史,遣人船往迎,赠贶甚厚。驎之闻命,便升舟,悉不受所饷,缘道以乞穷乏,比至上明亦尽。一见冲,因陈无用,翛然而退。居阳岐积年,衣食有无,常与村人共,值己匮乏,村人亦如之。甚厚为乡闾所安。

既然隐士因名声就有厚币网罗的必要,那么资助隐士而成其美名岂不是更有品味的方式?当时确实就有一些乐于资助隐士的达官,如同见于《栖逸》记载的郗超:

> 郗超每闻欲高尚隐退者,辄为办百万资,并为造立居宇。在剡,为戴公起宅,甚精整。戴始往旧居,与所亲书曰:"近至剡,如官舍。"郗为傅约亦办百万资,傅隐事差互,故不果遗。

郗超官至司空左长史、散骑常侍而能热心资助隐士,足见一时风气以隐为贵,权臣资助隐士也颇似与有荣焉。

个人与社会的关系,或者换个角度说立身处世的姿态,无非是顺适、逃避和对立三种。在凶险横生的浊世,顺适是积极迎合主流社会,意味着同流合污;逃避是无奈的消极策略,力求保守最有限的清白;对立则是顽强的反抗,公然地坚持自己的价值。三种姿态的结果不用说也知道,"竹林七贤"便是现成的例子:顺适的王戎、向秀最终腾达,官居高品;阮籍借酒自汙,涠沦逃世;嵇康傲世独立,不假司马氏辞色,结果与倡言名教即自然的何晏同一下场。严格地说,持对立姿态的人是很少的,用古龙式的语言说就是对立的都是死人,而死人是不可能对立的。然则生当浊世,士大夫可选择的生存策略其实只有两种,顺适或逃避。《世说新语·言语》载:

> 嵇中散既被诛,向子期举郡计入洛。文王引进,问曰:"闻君有箕山之志,何以在此?"对曰:"巢、许狷介之士,不足多慕。"王大咨嗟。

这一段可以和同篇另一段李喜与司马师的对话参读①,向秀的对答

---

① 《世说新语·言语》:"司马景王东征,取上党李喜,以为从事中郎。因问喜曰:'昔先公辟君不就,今孤召君,何以来?'喜对曰:'先公以礼见待,故得以礼进退;明公以法见绳,喜畏法而至耳。'"

也就是李喜的意思,不同的是李喜软中带硬,语含讥讽;向秀则故作正经,适以自嘲。读到这里,我不由得猜测,司马昭咨嗟什么呢?是欣赏向秀的乖巧善对,还是忿叹:你们这帮家伙,非走到这一步,才识相啊!总之,我感觉司马昭的咨嗟是不无猫玩耗子式的快感的。

向秀这种顺适的选择比较简单,只须趋炎附势即可,选择逃避则面临三种不同的方式。阮籍是一种,比较痛苦,并且不是什么身份的人都能仿效;谢灵运也是一种,比较快乐,但更不是普通人所能够仿效;陶渊明既没有阮籍那么高的官职和才名,也没有谢灵运那么显赫的封爵和门第,他不过是官职卑微的小人物,曾祖陶侃的勋业除了提升他一点自尊,在现实生活中已没有实际意义。于是在对仕宦感觉屈辱和厌倦后,他只能义无反顾地选择辞官归隐的道路。《宋书》本传这样叙述他挂冠归隐的经过:

> 复为镇军、建威参军。谓亲朋曰:"聊欲弦歌,以为三径之资,可乎?"执事者闻之,以为彭泽令。公田悉令吏种秫稻。妻子固请种粳,乃使二顷五十亩种秫,五十亩种粳。郡遣督邮至,县吏白应束带见之。潜叹曰:"我不能为五斗米折腰向乡里小人。"即日解印绶去职。赋《归去来》。

正如前人已看出的,陶渊明在精神上最近屈子①,其人格之峻洁,绝不能苟且于世。只不过在个人与集体的一体化关系解除、导致自杀的心理障碍克服后,即便理想与现实的冲突达到不可调和的地步,他也不至于要像屈原那样要走向自我毁灭,还可以选择逃离现实一途。当然,以他所处的地位,不要说像谢灵运那样绝世高蹈殊无可能,就是像阮籍那样沉酣酒麹、长醉不醒也未必可行,他也决不会那么隐忍苟活——能忍受如此的精神痛苦,还不能忍受一个督邮?幸好时代毕竟不同了,他得以逍遥归去,骨子里和《离骚》相通的精神也由逃避世俗而变其面目,最终达成诗意的超越。

二、隐逸的文学化

"隐逸"二字一般用于指称隐士的生活情调,"逸"字含有令人羡慕的

---

① 施补华《岘佣说诗》云:"陶公诗一往真气,自胸中流出,字字雅淡,字字沈痛。盖系心君国,不异《离骚》,特变其面目耳。"参见丁福保辑《清诗话》下册,上海古籍出版社1978年版,第977页。

放适无拘的意思。自古以来,典籍中记载的有隐逸情调的作品都与隐者联系在一起,无论是后人假托的帝尧时代的《击壤歌》、伯夷、叔齐的《采薇歌》、商山四皓的《采芝歌》,还是《诗经》中被认为歌咏"贤者隐处涧谷之间"的《卫风·考槃》、写"隐居自乐"的《陈风·衡门》①,莫不如此。到东汉初年,开始出现崔篆《慰志赋》、冯衍《显志赋》、张衡《归田赋》等士大夫歌咏隐逸之乐的作品。魏晋之际阮籍、嵇康、张华、张协、潘岳、左思、陆机等人,更一致宣扬隐逸的志趣,描写隐遁出世的种种逸乐。其中两位作家的作品最值得注意,一是何晏的《拟古》:

> 双鹤比翼游,群飞戏太清。常恐失网罗,忧祸一旦并。岂若集五湖,顺流唼浮萍。逍遥放志意,何为怵惕惊。

他本是国戚,又官居极品,但因反对曹魏政权的法家刑名之治,崇尚道家的无为,很遭当政者忌恨,他的诗能让人感觉到作者惶惧不安的心态。二是嵇康的《述志诗二首》其二:

> 斥鷃擅高林,仰笑神凤飞。坎井蝤蛭宅,神龟安所归。恨自用身拙,义誉非所希。往事既已谬,来者犹可追。何为人事间,自令心不夷。慷慨思古人,梦想见容辉。愿与知己遇,舒愤启其微。岩穴多隐逸,轻举求吾师。晨登箕山颠,日夕不知饥。玄居养营魄,千载长自绥。

同样崇尚老庄、秕糠经典的嵇康,因谊属曹魏姻亲,且恃才傲物,也颇遭司马氏忌恨。他常恐不能见容,耿耿隐忧,诗中多有出世之想,而最终竟与何晏一样不免于祸。回顾汉代以来的历史和文学,士大夫阶层的隐逸志向始终就停留在口头上,相反留恋爵禄倒有各种借口,以致唐代灵澈上人有"相逢尽道休官好,林下何曾见一人"②的讥诮。在这种情形下,陶渊明的决然辞官归隐,极为引人注目。

其实陶渊明绝不是第一个勇于和官场决裂,放弃仕宦的高士,在他之前起码还有个被秋风吹动莼鲈之思的张季鹰,他的归隐显得比陶公更倜傥旷达。陶渊明所以成为心态史上的一个典型,完全在于他意识到"今我不述,后生何闻哉"(《有会而作》序),因而将自己弃官归隐、躬耕自足的实际生活和感受记录于诗篇,使自己的归隐行为具体化和文本化,自我塑造为历史上第一位真正将隐逸付诸实践的诗人。钟嵘称陶渊明为古今隐

---

① 朱熹:《诗集传》,上海古籍出版社1980年版,第35、第82页。
② 灵澈:《东林寺酬韦丹刺史》,《全唐诗》卷八一〇。

逸诗人之宗,而不是古今隐逸之宗,正是着眼于他的诗人身份。陶渊明以自己的诗作,使"不事王侯,高尚其事"的抽象道德变成了活生生的实践行为。诗中描绘的由仕到隐的心路历程,就像是心灵痛苦得到净化的仪式。正是借助于文本的这种叙事功能,陶渊明令人信服地证实了一个官人向隐士的彻底转化。

萧统对陶渊明的隐逸书写还是从传统的"高尚其事"的角度去肯定的,实则经过儒、道学说的理论化之后,隐逸已不再是单纯的避世行为,它有时可以理解为一种具有道德批判性的政治姿态,也可以代表一种人生理想的索求。[①] 后人每认为,陶渊明的不为五斗米折腰,其实只是个借口。吴名凤专作《陶彭泽折腰论》,阐明陶渊明"固先有去志,适触于折腰之事,而决于行焉,初非因折腰而始去也"[②]。而所谓去志,就是不肯屈身事宋。"陶桓公有大功于晋,渊明不忘厥祖,耻复屈身异代,故曰识迷途其未远,觉今是而昨非。—抗心怀葛、高并夷齐是其解组之由,别有深意。即无折腰之来,亦必挂冠而去,谓渊明为傲上不恭者非也,谓渊明为孤高自好者亦非也"。从宋代开始,在陶渊明评价的伦理层面,就开始强调传记中提到的不书刘宋年号而书甲子一点。朱子《通鉴纲目》于宋文帝元嘉四年(427 年)特书"晋处士陶潜卒",明显是有意强调其遗民身份。虽然将隐逸与遗民联系在一起,自古就有伯夷、叔齐的例子,但这种刻意强调还是显示出将个人选择与一种普遍道德联系起来,将归隐的个人行为加以政治伦理化的意识。后来江湜也有诗说:"渊明亲在时,曾作州祭酒。欲为弦歌资,亦绾彭泽绶。适逢晋祚移,脱然归田亩。折腰向小儿,此言乃藉口。孰云忠孝殊,一人不兼咎。"[③]这种解释在后代(比如元代)会成为士人拒绝政治认同、以遗民身份自居的启迪和楷模,但更多的时候人们并不追究陶渊明归隐的真实动机,而只欣赏归隐行为本身。在这种时候,陶渊明诗歌的意义就显得更为重要了,因为它们从观念上赋予归隐行为以更人性化的解释——对身心自由的葆全。这是比政治认同更超脱的回归于人性本身的追求,更容易引起广泛的共鸣。

陶渊明的传记只记载了诗人的两度辞官和不应征辟,但他的诗文却

① 参看王国璎《中国山水诗研究》,联经出版事业公司 1986 年版,第 101 页。
② 吴名凤:《此君园文集》卷八,道光二十一年(1841 年)刊本。
③ 江湜:《论古五首》之二,《伏敔堂诗录》卷一,上海古籍出版社 2008 年版,第 4 页。

告诉我们作者平生曾有三仕三隐的经历。① 第一次是二十岁开始谋仕，两年后归告。这段经历《饮酒》第十首曾提到："此行谁使然，似为饥所驱。倾身营一饱，少许便有余。恐此非名计，息驾归闲居。"第二次是二十九岁初仕州祭酒，不肯为五斗米折腰，未几辞归。《饮酒》第十九正是回忆这段经历："畴昔苦长饥，投耒去学仕。将养不得节，冻馁固缠己。是时向立年，志意多所耻。遂尽介然分，拂衣归田里。"第三次是五十三岁起为镇军将军刘裕参军，有《始作镇军参军经曲阿作》诗云："投策命晨装，暂与园田疏。眇眇孤舟逝，绵绵归思纡……望云惭高鸟，临水愧游鱼。真想初在襟，谁谓形迹拘。聊且凭化迁，终返班生庐。"翌年又有《乙巳岁三月为建威参军使都经钱溪》诗云："伊余何为者，勉励从兹役。一形似有制，素襟不可易。园田日梦想，安得久离析？"因而任彭泽令八十余日即以奔妹丧辞官，从此绝意仕途。《归去来辞》小序反思自己的出处之迹，道是"质性自然，非矫励所得；饥冻虽切，违己交病"。相比贫困来说，仕宦之违背本性更让他不堪忍受，于是辞官归隐就仿佛"久在樊笼里，复得返自然"（《归田园居五首》其一），那种身心无比舒适的感觉，凡读过《归去来辞》的人无不能切身体会。再看《答庞参军》叙述的隐居之乐，更洋溢着享受田园生活的喜悦和满足：

衡门之下，有琴有书。载弹载咏，爰得我娱。岂无他好，乐是幽居。朝为灌园，夕偃蓬庐。

我们有理由充分相信，归隐对于陶渊明意味着自由人性的复归，意味着一种理想生活状态的实现。从精神史的角度说，这些摅写归隐心态的诗文要比他的归隐行为本身意义更为重要，它们使隐逸的政治内涵得到消解，而突出了其自我实现的人生意义。有学者称之为人生的理想化②，我认为是很有道理的。

从陶渊明诗文中我们看到，归隐后他像普通农民一样过着躬耕自食的生活，"贫居依稼穑，努力东林隈"（《丙辰岁八月中于下潠田舍获》）。可以想象，务农肯定不是他力所胜任的，尽管"躬耕非所叹"，但"耕植不足以自给"（《归去来辞》序），生计贫乏，终究是难免的。这就使他作品中描写的自我形象，除了隐士之外，同时还是一个贫士。历来

---

① 陶渊明事迹据袁行霈《陶渊明年谱汇考》，参见《陶渊明研究》，北京大学出版社 1997 年版。
② 蔡阿聪：《人生的理想化》，载《漳州师院学报》1994 年第 1 期。

人们都只注意到他隐士的一面,而很少注意贫士的一面。其实隐士是诗里的老角色了,贫士倒是一个新的角色。虽然古籍里也不乏颜渊一箪食一瓢饮而不改其乐,原宪桑枢瓮牖、匡坐弦歌的记载,但是在陶渊明以前,诗歌中还未出现过贫士形象,更没有像《咏贫士》七首、《乞食》这样具体描绘贫士生活的作品。陶渊明是第一位自己充任主角,用诗歌搬演贫士生活情景的诗人。

风雨纵横至,收敛不盈廛。夏日抱长饥,寒夜无被眠。造夕思鸡鸣,及晨思乌迁。(《怨诗楚调示庞主簿邓治中》)

凄厉岁云暮,拥褐曝前轩。南圃无遗秀,枯条盈北园。倾壶绝馀沥,闚灶不见烟。诗书塞座外,日昃不遑研。(《咏贫士》七首其二)

代耕本非望,所业在田桑。躬亲未曾替,寒馁常糟糠。岂期过满腹,但愿饱粳粮。御冬足大布,粗絺已应阳。正尔不能得,哀哉亦可伤!人皆尽获宜,拙生失其方。(《杂诗》其七)

自从孔子强调"君子固穷",尤其是孟子说"天将降大任于斯人也,必先苦其心志,劳其筋骨"后,贫寒就与一种有高远追求的志节联系在一起。西方谚语说富人难进天堂,那么贫士当然更容易成道。陶渊明的贫士形象其实是部分地与士人的自我实现联系在一起的,"高操非所攀,谬得固穷节"(《癸卯岁十二月中作与从弟敬远》)两句已暗示了贫困体验与实现人格节操的关系。马斯洛的人本主义心理学,将人的需要分为八个层次,最高级的需要就是自我实现。光有对自由价值的肯定,归隐还难以避免个人主义式的自私的非难。而有了忍受贫寒的衬托,"宁固穷以济意,不委曲而累己"(《感士不遇赋》)的归隐就被打上积极的理想色彩,与更高同时也更抽象的玄学理想结合起来。

这样来看,陶渊明的创作就明显具有两个方面的倾向:一方面以自传式诗歌对日常性的发掘和纪实性的高扬,塑造了诗人的自我形象;一方面又以理想性的虚构,营造一个幻想的理想国,这个幻想的世界弥补了现实中的某些缺憾,满足了他精神遨游的快乐。这两种创作手法的交相运用,不仅在文学领域开创一种新颖的诗歌风格,同时也革新了文学的精神。方薰《静居绪言》云:"靖节人与诗俱臻无上品,生非其时,而乐有其道;与世浮沈,涅而不缁,自得之趣,一寓于诗,故其诗多未经人道语。"①新颖的写实风格塑造了陶渊明平凡的隐士形象,而理想性又提升了他的精神品格。以诗传人,复以人传诗,两者互动互济,逐渐将陶渊明推到一个殿堂级的偶像位置,同时也赋予了陶诗的平淡趣味以最高的艺术品格。

三、高士形象的成立及对后世的启示

意大利作家卡尔维诺在小说《寒冬夜行人》里借一个人物之口说:"假若写作能够超越作者个人的局限性,那么写作的意义仍旧在于它的作品要经过读者个人的思维回路得到阅读。只有作品得到某个读者的阅读,才能证明该作品具备了作者赋予它的功能。"②质言之,一个文学文本,只有通过读者的阅读才能实现其文学意义。因此也可以说,文本出于作家之手,而作品则成于读者之手。用陶渊明的例子来说,光靠他那些诗文并不足以使他成为古今隐逸诗人之宗——如果他的作品不幸失传,或是到今天才被发现,那他就会成为另一个王梵志,一个待论定的作家。使陶渊明成为陶渊明的,正是萧统、钟嵘以降的无数批评家和读者,在他们的批评和接受中,陶渊明被经典化为不可企及的崇高偶像。这个问题在近年的接受美学研究热潮中,已有多种论著专门阐述,毋须赘论。我想继续就陶渊明隐逸的文本化及由此引发的问题再作一些讨论。

正像文学史上其他伟大的作家一样,陶渊明的经典化过程也不是水到渠成、毫无波折的,中间还是出现过一些异样的声音。最典型的议论集中于陶渊明的隐遁是否放弃了士人的社会责任。明代胡直《书陶靖节集后》肯定陶渊明"几于道",而且"明三才之中,重鲁叟之思,乃出于道丧世衰之余,若是乎勤且笃也"。但又遗憾"渊明以彼其资,乃终逃于酒,弗能大有明于斯道,岂亦未有以参三才之学告之者欤? 噫,使斯人果与闻于学,则冉、闵俦矣"③。这其实是责以士人的社会责任,以社会意识来衡量他出于个人意识的避世行为。不过这种意见很难得到认可,因为人们普遍认为陶渊明的辞官归隐是由于世道污浊,不能有所作为。自古以来人们对隐士就是这么看的,《庄子·缮性》早已为隐士的遁世提供了权威的

---

① 郭绍虞辑:《清诗话续编》第三册,上海古籍出版社1983年版,第1633页。
② (意)卡尔维诺:《寒冬夜行人》,萧天佑译,译林出版社2001年版,第155~156页。
③ 胡直:《衡庐精舍藏稿》卷十八,影印文渊阁四库全书本。

解释：

古之所谓隐士者，非伏其身而弗见也，非闭其言而不出也，非藏其知而不发也，时命大谬也。当时命而大行乎天下，则返一无迹；不当时命而大穷乎天下，则深根宁极而待：此存身之道也。

蒙叟此言与孔子"危邦不入，乱邦不居。天下有道则见，无道则隐。邦有道，贫且贱焉，耻也；邦无道，富且贵焉，耻也"（《论语·宪问》）其实是道理相通的。后人一般都认同这样的说法："古之隐士虽高尚其志，不事王侯，而推原其心，未必生而甘隐、无心于世者也。大都因道之不能行，名之不能立，遂别由一途焉。韩子所谓有所托而逃者也。"①因而也认为"渊明隐居不仕，非无康济之心，其所以放怀乐道，躬耕自资者，乃欲有为而不得也"②。这种看法无疑是很有普遍性的，但很少有人意识到它完全出于自己的主观解读，或者说我们谈论的只是一个被文本化的陶渊明。就像陶渊明是否为不肯事宋而归隐的问题一样，陶渊明真实的动机究竟如何，人们根本就无法知道，也不太关心。

其实我们有关陶渊明的印象，有多少是出自可靠的历史记载呢，大概都是听他夫子自道吧？所以研究陶渊明的专家也认为"真实的陶渊明也许不完全是这样，我们不能排除后人对他的认识有理想化的成分"③。比如传记并没有提到他的个性，但鲁迅却说"除论客所佩服的'悠然见南山'之外，也还有'精卫衔微木，将以填沧海，形天舞干戚，猛志固常在'之类的'金刚怒目'式，在证明着他并非整天整夜的飘飘然。这'猛志固常在'和'悠然见南山'的是一个人，倘有取舍，即非全人，再加抑扬，更离真实"④。钱穆更进而断言陶渊明"诗像是极平淡，其实他的性情也可以说是很刚烈的，他能以一种很刚烈的性情，而过这样一种恬淡的生活，把这两者配合起来，才见他人格的高处"⑤。两家的论断无非是根据陶渊明读《山海经》所发的一点感慨，而一时的感慨又在多大程度上能传达真正的性情？由此断言他有很刚烈的性情，恐怕靠不住吧？

---

① 林钧：《樵隐诗话》卷一，光绪间林氏广州自刊巾箱本。

② 俞俲：《生香诗话》卷二，道光七年自刊本《生香花蕴合集》。

③ 袁行霈：《论和陶诗及其文化意蕴》，载《中国社会科学》2003年第6期。

④ 参见《鲁迅全集》第6卷之《且介亭杂文二集》和《题未定草（六）》，人民文学出版社2005年版。

⑤ 钱穆：《谈诗》，《中国文学论丛》，三联书店2002年版，第122页。

由此我们忽然发觉,对陶渊明经典化过程的追溯,开始转回到陶渊明的诗歌本身。历来所有的评价和解释的分歧其实都表明,陶渊明的归隐及其意义无非是文本的建构。这一点前人多没有意识到,但经过无数的模仿和揣摩,到清代终于有人发现,隐逸作为一种生活方式,经常是通过文学而现实化同时扩大其影响的。范恒泰说:"人贵自树立,文章其虚车耳。夫树立不在文章,而文章者树立之影,则树立又即文章而见。"他举出历史上的例子来说明,身当盛世自可以功业表见,若"生晚近,处末造,于庙堂经济生民理乱之故了了于胸中而无所施,即不得不发抒于文章以自表见"。又说严首升"自处于山林遗逸,且惟恐人之不与山林遗逸同类而共视者,此先生之苦心也,此先生之诗与文之所自出也,此其初即不欲以文见而不得不以文自见也",就正属于这种情形。也就是说,隐士只有靠文本化的自我表现才能真正为人们所认识,所肯定。乔亿将这一点阐发得更为透彻:

渊明人品不以诗文重,实以诗文显。试观两汉逸民若二龚、薛方、逢萌、台佟、矫慎、法真诸人,志洁行芳,类不出渊明下,而后世名在隐见间。渊明则妇孺亦解道其姓字,由爱其文词,用为故实,散见于诗歌曲调之中者众也。①

袁嘉谷更推其意而广之,说:"古今隐逸多矣,渊明尤著;忠烈多矣,信国尤著;武将多矣,武穆尤著:皆文彩之故也。"②在他们看来,文本对于道德名节的表现和传播是至关重要的,如果没有诗文,陶渊明乃至文天祥、岳飞都不至于如此有名,妇孺皆知。

这么说当然有一定道理,那么其他人是不是也可以通过模仿前贤来进行自我塑造呢?由传统的"文如其人"的信条来看,显然又不可以。正像清人刘绎说的:

言为心声,声肖心而出也。顾或谓文如其人,是将以其性情为肖乎,抑并其面貌举止而肖乎?乃前人论王半山之文之诗,则又不然。夫文与

---

① 乔亿:《剑溪说诗》卷下,载郭绍虞辑《清诗话续编》。
② 袁嘉谷:《卧雪诗话》卷六,载《民国诗话丛编》第2册,上海书店2002年版,第425页。

诗本乎学,学焉而各得其性之所近。惟诗为更真,岂矫揉造作而然耶?①

因此宋代作家就认识到,要想写出陶渊明那样的诗文,首先必须具备陶公的胸襟。柴望《和归去来辞》小序云:

陶靖节辞岂易和哉!《归去》一篇,悠然自得之趣也。无其趣,和其辞,辞而已。坡仙之作,皆寓所寓,各适其适,有趣焉,不为辞也。余动心忍性,于归田之后,视得丧荣辱若将脱焉。暇日趺坐柳阴,吟咏陶作,与滩声风籁互相应答,知山水之乐,不知声利之为役也。悟而得焉,遂和其韵。②

后代作家更明确断言:"后人学陶,不学其人而学其诗。夫陶公之诗,岂学其诗所能学者哉?"③这话是说到点子上了,但要说学其人,又谈何容易?并不是什么人都能视功名如敝屣、能轻易弃官归隐的,那陶渊明岂不是很少有人能学了?其实不然。因为人们最终体会到,陶渊明隐逸的核心精神在于心灵的超越,即陶诗所云"心远地自偏"。只要一念超俗,就在精神上与陶公同一,出处行迹的异同倒是次要的。王棨华《远心斋序》写道:"人能无欲,无有不足。朝市山林,莫非乐地,顾用心何如耳。盖忧喜悲欢,皆所自为,境遇岂能困人?陶彭泽云'心远地自偏',余深有味于斯言,故取以名吾书屋。"④既然如此,学陶就成了一件说难很难,说容易也很容易的事,关键就在于有无超越的胸襟。明白这一点,学陶的门槛就降低了许多,人们可以轻松地放弃步躚弃官归隐的念头,而只追慕陶渊明的超脱襟怀。其实那种胸次也不容易企及,于是模仿的重心往往就落在风格上,演变成话语的模仿和艺术风格的步趋。学陶后来成为诗歌史上一大派,或许仅次于学杜吧?不要说布衣韦带之士,就是公卿士大夫也不乏以学陶相尚的,岂不就因为所有的人都可以用"心远地自偏"来解脱或自欺欺人?

四、陶渊明与中国古代隐逸传统的形成

陶渊明在梁代获得"古今隐逸诗人之宗"的尊号后,其作品在唐宋之

① 刘绎:《何司直诗序》,载《存吾春斋文钞》卷二,同治刊本。前人有关"文如其人"的见解,可参考蒋寅《古典诗学的现代诠释》第十一章"文如其人——诗歌作者和本文的相关性问题",中华书局2009年增订本。
② 柴望:《秋堂集》卷二,影印文渊阁四库全书本。
③ 魏际瑞:《示子》,《魏伯子文集》卷二,宁都三魏文集,道光二十五年谢若庭绥园书塾重刊本。
④ 王棨华:《妄谈录》,同治十三年(1874年)刊本。

际广为传播,并为诗人们不断模仿。宋代蔡宽夫曾说:"渊明诗,唐人绝无知其奥者,惟韦苏州、白乐天尝有效其体之作,而乐天去之亦自远甚。"①后来钱钟书先生缕举唐人学陶之迹,以见唐人对陶渊明只是视为高士,仰其志节,并不重其诗文。② 然而最近的研究表明,张九龄就开始奉陶诗为毕生师法的楷模,在诗歌主题、意象、结构、语言和风格上全面发挥了陶渊明的人格和艺术精神。③ 到韦应物则公开打出学陶的旗号,并在艺术精神上达到与陶诗神似的境界。迄宋代,苏东坡对陶诗的高度评价与和陶诗,更将陶渊明推上诗歌艺术殿堂的最高位置,成为一种艺术精神和审美趣味的典范。此后陶渊明集被大量翻刻,雕版和评注本之多,大概仅次于杜甫。白衣送酒、东篱采菊、弹无弦琴、羲皇上人、五柳先生这些典故和语词在后人诗文中频繁运用,显示出陶渊明作品入人之深。还有层出不穷的和陶诗,不仅布衣之士和意和韵,将陶公作为自己的精神偶像④;甚至达官贵人也以虚拟面目和陶,以寄托自己精神上与陶渊明的共鸣,或标榜志趣以满足虚荣心,更是典型地反映出随着时代的推移,陶渊明日益被偶像化的趋势。正如袁行霈先生指出的,"和陶这种文学活动所标示的主要是对完美人格的向往和追求,表达了保持人之自然本性维持真率生活的要求","因为有了大量的和陶诗,陶渊明作为一种文化符号的意义更加鲜明了。陶渊明不断地被追和,说明这个符号在中华文化中不断地重复,不断地强化"⑤。对于后代诗人来说,陶渊明已远远不止是一个隐士,一个诗人,一种风格类型,在他身上集中了士大夫阶层的诸多理想和情结。⑥ 他们的价值观、生命情调和美学趣味,许多地方都可以溯源于陶渊明,而隐逸乃是陶公在中国人生活趣味中打下的最深的烙印。

不过陶渊明对后代隐逸之风及其观念的影响也是很耐人寻味的。在通常的意义上,隐逸就是逃世,逃避官场,逃避社会生活,躲避到一个相对

① 《蔡宽夫诗话》,参见胡仔辑《苕溪渔隐丛话》上册,人民文学出版社 1962 年版,第 22 页。

② 钱钟书:《谈艺录》,中华书局 1984 年版,第 89 页。亦可参见李红霞《论陶诗在唐宋的传播机制》,载《江汉论坛》2006 年第 9 期。

③ 余祖坤:《唐宋作家与唐前经典》第二章"张九龄与陶渊明",北京师范大学博士论文,2009 年。

④ 张廷银:《从家谱文献看民间对陶渊明的接受与批评》,载《南京师大学报》2007 年第 6 期。

⑤ 袁行霈:《论和陶诗及其文化意蕴》,载《中国社会科学》2003 年第 6 期。

⑥ 高文:《论中国封建士大夫"陶渊明情结"的十种境界》,载《湖湘论坛》2007 年第 3 期。

封闭的个人生活空间里,因此隐逸也可以同无为划等号。历史上的隐者都是这样被理解的,隐逸等于无为。但到陶渊明这里不一样了,因为他本是有淑世之志的,因难以忍受官场或不甘屈事新朝而归隐,他的隐逸有一种被迫和不情愿的意味,因此他的诗歌就很容易被从悒悒不甘的心境去解读。鲁迅对《读山海经》的解释就是一个典型的例子。既然隐逸出于被迫和无奈,它和古代高士无心世事的不作为就不可同日而语了,它变成一种潜虬的蛰伏、倦狮的休眠,一旦风云际会,就会东山再起。虽然陶公归田园后诗文中不再挂怀世事,但在后人看来,他的退隐就仿佛是一种等待腾跃的蜷缩,只要世道更替,时来运转,他随时都可以复出。

　　法国作家蒙田(Montaigne)曾说:"与隐逸最相反的脾气就是野心。光荣和无为是两种不能同睡一床的东西。"①在他看来,隐逸与进取绝对是水火不相容的东西,无法相提并论。这或许是西方传统中的情形,中国的情况绝非如此。中国的仕和隐存在着奇妙的两面性和相互转换的可能,就像明代李攀龙《咏古》诗所说的,"因知沮溺流,用即社稷臣"②。由于陶渊明辞官的被动性被强调,其归隐就一变隐逸固有的消极色彩,而具有了一种积极的反抗意味。它不再是无奈的逃避,而成为明智的选择。在王夫之看来,历史上的豪杰之士,或出或处,或达或隐,只不过是遭逢世道不同因而有相应的选择,易时易地而处,结局会很不一样:

　　　　得志于时而谋天下,则好《管》、《商》;失志于时而谋其身,则好《庄》、《列》。志虽诐,智虽僻,操行虽矫,未有通而尚清狂,穷而尚名法者也。管、商之察,庄、列之放,自哲而天下且哲之矣。时以推之,势以移之,智不逾于庄列、管商之两端。过此而往,而如聩者之雷霆,瞽者之泰华,谓之不愚也而奚能? 故曰哲人之愚,愚人之哲也。然则推而移嵇康、阮籍于兵农之地,我知其必管、商矣;推而移张汤、刘宴于林泉之下,我知其必庄、列矣。王介甫之一身而前后互移,故管商、庄列道歧而趋一也。一者何也,趋所便也,便斯利也。③

　　这么说来,隐逸和仕宦根本就没有不可逾越的鸿沟,今天的隐士可能就是明日的达官,而此时的簪缨或许就是日后的布衣。仕和隐的界线常

---

　　① 蒙田:《蒙田随笔》,梁宗岱、黄建华译,湖南人民出版社1987年版,第136页。
　　② 李攀龙:《沧溟先生集》卷三,上海古籍出版社1992年版,第63页。
　　③ 王夫之:《诗广传》卷四,中华书局1981年版,第135页。

很模糊,仕的理想不是仕,隐的理想也不是隐,仕中有隐,隐中有仕。仕中有隐就是后面将要专门讨论的吏隐,而隐中有仕则如李二曲所说:

> 隐居求志,斯隐不徒隐;行义达道,斯出不徒出。若隐居志不在道,则出必无道可达。纵有建树,不过诡遇,君子不贵也。①

隐居的目的乃是求志,具体说就是"脱迹纷嚣,潜心道德经济;万物一体,念切世道生民。此方是隐居求志。苟志不出此,徒工文翰以自负,悠游林壑以遣日,无体无用,于世道无所关系,以此为隐,隐可知矣"。这种隐居求志,求的不是自适或自足的志,而是有朝一日要"行义达道"、见诸实事之志,也就是诸葛孔明的志——"当其隐居之日,志未尝不在天下国家,经世事宜,咸体究有素,故一出而拨乱返治,如运诸掌"。李二曲自己本是隐居讲学的高士,但这段话表明他隐居的志向决不在隐本身,相反他倒是反对"徒隐"的。

如此说来,"隐居求志"与居官如隐就正好构成了士人生活理想的两极。其界线就在一念之间,其融通就在心灵的超越。基于这种理解,清初潘江将隐逸区分为心隐和迹隐两类:

> 今夫人澹于荣利,不务表襮,皆得以隐目之。顾有无其迹而有其心者,有有其心而并有其迹者。无其迹而有其心,虽身都贵显,而敝屣千乘,脱然尘壒之表,张子房、李长源是也;有其心而并有其迹,既已隐鳞戢羽,即泥途轩冕,至于友麋鹿侣猿鹤,槁死林薄而不悔,沮、溺丈人之类是也。②

心隐、迹隐之别实际是将传统的隐逸作风概括为意识化的和行为化的两种类型。这一区分有助于从仕宦的角度看待吏隐,理解吏隐就是心隐,但却不足以说明陶渊明的归隐行为,事实上陶渊明与长沮、桀溺之类古隐士的遁世是有很大差别的,应该说他为隐士增添了一种新的类型。明末的徐石麒因此由隐逸的动机着眼,将隐士分为这样三类:

> 有待世之隐士焉,有观世之隐士焉,有忘世之隐士焉。伊尹不遇成汤,终身一田父;太公不遇西伯,终身一渔夫。然而得时而出,天下不足平也。此《易》所称潜龙是矣。若黄石公,造就一张良,庞德公出脱一诸葛亮,皆具大匠手段,指挥在我而不亲斤斧之劳,虽上逊伊、吕,然而过忘世

---

① 李颙:《四书反身录》卷六,蒋氏小娜嫏嬛山馆重刊本。
② 潘江:《木厓文集》卷一《小隐轩记》,民国元年梦华仙馆上海排印本。

者远矣。外此而世治无所建明,世乱无所补救,既不能奋志功名,复不能振励风俗,惟耽泉石之乐以傲王侯,是天下一惰夫,卑卑不足道也。①

即便这么分类,陶渊明在三类隐士中也没有一个恰当的位置,他既无伊、吕之遇,复无黄、庞之识,要说介乎待世和观世之间也很勉强。但他肯定不会被目为忘世的惰夫,则是不用怀疑的。正像鲁迅从陶诗中读出"金刚怒目"式的猛志,古人也从陶诗中读出悒悒不甘的情怀,所以都希望为陶渊明的隐遁寻找一个冠冕堂皇的解释。果然,在冯景《旅堂遗稿序》中,我们看到"忘世"有了新的解释:

> 士必志在用世而后可以忘世。忘世者迹,用世者心也。(中略)故士之行遁者,其中必有大不释然于天下之故。方其尘垢六合,粃糠万物,疑若与人世一无用情,及深惟其心,固未尝一日而忘天下。身虽隐矣,其文终不可磨灭。

这就是说,忘世的前提是用世,忘世之迹隐含着用世之心。同样是"心"和"迹"两个概念,如今却不是在隐遁的意义上沟通,而是在用世的意义上沟通了。这真是很耐人玩味的,其间究竟隐含着什么样的意味呢?

我们发现越到近世,人们对于隐逸的观念越排除其中的消极遁世意味,认为即便是隐逸之士也不能放弃人固有的社会责任。也就是说,隐士不能光凭不仕就赢得人们的尊敬,他还必须是人伦道德的代表和优秀实践者,同时造福桑梓,有贡献于社会。明白这一点,我们看到徐石麒对隐士的要求才不会觉得奇怪:

> 隐士有三大功业,曰教育英才,曰表正风俗,曰著书立说。是故德重则不嫌于名高,道通则不嫌于言满。君子居一乡而乡人化之,交一仕客而法言道貌足以为人景仰,虽不仕于朝而未尝不有益于天下。斯其为圣贤之隐也矣。若止于廉静自好,读书安贫,犹恐不为圣贤所许,而况谄缙绅、盗虚声者,不几为名教之罪人哉?②

对照这里说的三大功业,我们发现难以归类的隐士陶渊明,他的日常行为倒恰好与之相符。不仅如《感士不遇赋》所云"奉上天之成命,师圣人之遗书,发忠孝于君亲,生信义于乡闾",举凡诗文所见课子、劝农、敦睦

---

① 徐石麒《坦庵枕函待问编》卷三,《传砚斋丛书》本,光绪年间吴丙湘刊本。
② 徐石麒:《坦庵枕函待问编》卷三,《传砚斋丛书》本,光绪年间吴丙湘刊本。

求/是/文/荟 QSWH 《求是学刊》发刊200期

邻里,相与切磋学问等,都属于"虽不仕于朝而未尝不有益于天下"的品德,这些品德在明清两代更适应乡绅社会的需要。

明清两代的社会相比唐宋已有了很大的变化,逐渐形成以乡绅为主体的社会形态。学界对"乡绅"的定义,历来有不同意见,寺田隆信说明清时代的乡绅指"具有生员、监生、举人、进士等身分乃至资格、居住在乡里的人的总称"①,大致是不错的。由于仕宦被局限于科举一途,而科试录取名额与人口的增加、教育的发达远不成比例,因而社会上就衍生大量的应试不第的生员,他们享有准官僚的待遇而无功名,而中式举人、进士也有许多不出仕的,加上告假、休致的官员、捐纳的虚衔以及知书达礼的商贾等等,就形成一个庞大的乡绅社会,士—商—宦的角色愈益模糊不清。这些人在陶渊明的时代就是隐士,而陶渊明若生活在明清两代也就是乡绅。潘江《小隐轩记》让我们清楚地看到这两个身份之间的关系:

> 予非生而隐者也,盖尝奔走科举,以希世资而谋禄养,迨老而无成,不得已筑一亩之宫,思以避喧嚣,娱衰暮,隐且不敢居,何有于"小"?②

他因为从事举业,有生员身份,虽说迄老无成,也愧不敢以隐士自居,故而曲为解嘲。实则他这样的乡绅也就是古代的隐士,徐石麒所谓隐士的三大功业,说穿了就是此辈乡绅的义务和责任。而既有这等道义和贡献,隐士就等于有名无实了。所以著名学者焦循特作《非隐》一篇,论"隐"这个词的悖谬。在他看来,"人不可隐,不能隐,亦无所为隐。有周公、孔子之学而不仕,乃可以隐称。然有周公、孔子之学,则必不隐"。隐者如被褐怀玉,是怀其才学而不用的意思,不学无识者就像樗散之木,人本弃之,何有于隐? 而抱才负学如周公、孔子那样的圣人,则必起而济世,不甘于隐。因此他对巢父、许由以降的高尚其事,都认定是"自知其智不能益人家国,故托迹山林以藏其拙。其独行矫世则有余,出而操天下之柄则不足。故耕而食,凿而饮,分也;出则为殷浩、房绾,贻笑天下"。最后他断言:"宜于朝则朝,宜于野则野。圣人之藏所以待用也,无可用之具而自托于隐,悖也。"③由此我们不难理解,陶渊明作品之所以广为社会各阶层

---

① 寺田隆信:《关于"乡绅"》,载《明清史国际学术讨论会论文集》,天津人民出版社 1982 年版,第 114 页。
② 潘江:《木厓文集》卷一,民国元年梦华仙馆上海排印本。
③ 焦循:《雕菰楼文集》卷七,道光四年阮福刊本。

所喜爱,除了田园生活的讴歌抒发了人们对精神自由的向往,他对日常生活的叙述也在隐逸的名义下实践了乡绅的道义,超前地表达了乡绅阶层的特殊感觉,因而能引发广泛的共鸣。从这个意义上解读陶渊明,可以体会到其隐逸异于传统理解的另一种经典性。

● 原文刊载于《求是学刊》2009 年第 5 期。

● 蒋寅,中国社会科学院文学研究所研究员,博士生导师。

从选本看元和诗歌在唐宋金元的传播接受

——以元和十大诗人作品入选率及其变化为中心

尚永亮,洪迎华

与作家的诗文别集、专集相比,选本对诗作的收录是一种更富时效性的传播方式。就编选诗集的选家来讲,选本的收诗倾向不仅反映出他个人的文学爱好,也折射出其所处时代的审美趣味;就被选的诗人而言,其诗入选与否、入选数量的多少,都直接体现出其诗在那个时代的传播接受境遇。

韩愈、孟郊、李贺、贾岛、白居易、元稹、张籍、王建、刘禹锡、柳宗元,是中唐元和时期十位最具代表性的诗人。其中韩孟李贾与白元张王,向被称为韩孟诗派和元白诗派,在当时和后世具有广泛影响;刘禹锡、柳宗元二位虽未入流派,却是公认的诗坛大家。对这十位诗人作品在后世诗歌选本中的入选量予以统计,借以考察其被选家接受的程度,无疑是有意义的。

一、中晚唐诗歌选本对元和诗歌的选录

在唐代选本中,选录元和十大诗人诗歌的选本有两种,即晚唐、五代之际的《又玄集》和《才调集》。在此之前,大中时人顾陶在编选《唐诗类选》时,曾考虑到元稹、白居易和刘禹锡的诗歌。此书已佚,今存顾氏《唐诗类选后序》云:"若元相国(稹)、白尚书(居易)擅名一时,天下称为元、白,学者翕翕,号'元和诗'。其家集浩大,不可雕摘,今共无所取,盖微志存焉。所不足于此者,以删定之初,如相国令狐(楚)、李凉公(逢吉)、李淮海(绅)、刘宾客(禹锡)、杨茂卿、卢仝、沈亚之、刘猛、李涉、李璟、陆畅、章孝标、陈罕等十数公,诗犹在世,及稍沦谢,即文集未行,纵有一篇一咏

得于人者,亦未称所录。"①据序中解释,不选刘诗是因其"文集未行",担心所见不全导致选录不公;而不选元、白诗,盖因二人"家集浩大,不可雕摘",若有不慎,恐妨真貌。至如《姚氏残语》所说:"顾陶为《唐诗类选》,如元、白、刘、柳、杜牧、李贺、张祜、赵嘏皆不收,姚合作《极玄集》亦不收杜甫、李白,彼必各有意也。"②可能是未曾细审顾陶在后序中的有关交代所致。

据统计,《又玄集》和《才调集》收录元和诗歌情况如表一:

表一

选本	收诗总量	韩愈	孟郊	李贺	贾岛	白居易	元稹	张籍	王建	柳宗元	刘禹锡
《又玄集》	297	2	1③	3	5	2	2	2	–	–	3④
《才调集》	1000	–	1	1	7	27	57	7	13	–	17⑤

从表一中数据看,《又玄集》对各家的采录较为均衡,虽有王建、柳宗元两家诗未收,但其他入选者一般也才二三首,最多的贾岛亦只收录了五首。这和此书的选录宗旨不无关联。其序云:"故知领下采珠,难求十斛;管中窥豹,但取一斑。自国朝大手名人,以至今之作者,或百篇之内,时记一章,或全集之中,唯征数首。但掇其清词丽句,录在西斋;莫穷其巨派洪澜,任归东海。总其记得者,才子一百五十人;诵得者,名诗三百首。"⑥可见,韦氏选诗的目的是以采撷才子名篇为主,而不求完备和周全,所以唐代诗人中他所记得又以为才子者,即"采其玄者"数篇而收录。从"才子一百五十人","名诗三百首",也就是每位诗人的平均选量为二首这个数目来看,贾岛以五首诗入选其中,不仅说明了韦庄对贾诗的喜爱和推奖,也反映了贾岛在晚唐诗坛的影响力。

而《才调集》中各家的收录状况则有很大的落差,比《又玄集》更明显、直接地反映出选者的诗学倾向和当时的诗坛趣尚。其中,元白诗派四大家皆入选,总计一百余首(其中元白二人即达84首),不仅以绝对的数

① 《文苑英华》,中华书局1966年版,第3687页。
② 陈振孙:《直斋书录解题》,上海古籍出版社1987年版,第441页。
③ 原选一首《岁暮归南山》,实为孟浩然之作。
④ 原选3首,实为2首。
⑤ 原选17首,实为16首。
⑥ 《唐人选唐诗》,上海古籍出版社1948年版,第348页。

量优势领先于其他元和诗人,而且在全集中也占有十分之一强的比例。由此见出韦縠对元白诗派特别是元白诗歌的看重和偏爱。《才调集叙》云:"暇日因阅李杜集、元白诗,其间天海混茫,风流挺特。遂采摭奥妙,并诸贤达章句,不可备录,各有编次"①,明确指出了他对李杜、元白四家诗的推崇和景仰。他的选录,不仅具体体现了其趋向元白一派的诗学观念,而且也佐证了元和体诗在晚唐时期蔚为流行的接受境遇。尤其是元稹,他的艳情诗正好迎合了晚唐五代流丽浮艳的诗歌风气,所以在这种诗歌风气的直接产物《才调集》中,其诗以 57 首的入选量高居十大诗人之首。而与元白诗派形成对比的是,韩孟诗派仅入选九首,其中贾岛一人即占七首。这说明,作为一个诗人群体,韩孟诗派在晚唐的影响远不及元白诗派,此其一;其二,若不以整体论,贾岛在晚唐诗坛的影响远远超过了韩孟及这个诗派群体,成为一种独特的文化现象,这和《又玄集》的编选情形是吻合的。

若撇开诗派界限,就元和十大诗人来看,以上数据反映出,元稹、白居易、贾岛在晚唐最受欢迎,而韩愈、柳宗元这两位以古文齐名的大家却遭遇了冷落。柳宗元一首未选,韩愈也只在《又玄集》中入选两首,这显然与他们在古今文坛的盛名不符。究其缘由,大概一方面是因为晚唐五代古文低落、骈文回升,波及和影响了时人对其诗歌的接受;另一方面,则与他们诗歌自身的情感内涵、美学特质和所用诗体密切相关。相比其他诗人,坎坷不遇、积怨深重而性情激切刚烈的韩柳,在诗歌创作中更注重抒写主观自我、宣泄其内心"不平"的情感,并多选最宜于表现这种情感的古诗体裁,这固然加强了其诗歌的抒情深度,但同时也与倾心诗艺、热衷近体的晚唐读者拉开了一定的心理距离。另外,与元白相比,韩柳二人在创作中的自觉传播意识也稍逊一筹,特别是柳宗元因南贬遐荒的遭际,使其诗难以广泛传播,从而客观上抑制了中晚唐读者对其诗歌的接受。

刘禹锡诗在两个选本中分别入选三首和 17 首,这一数量虽不及元白,却远超韩柳。细究起来,其缘由应该排除不了以下因素:一是相比起韩柳等人,刘禹锡存世时间较长,其生活和创作已由中唐步入晚唐时期;二是他在晚年与白居易等人诗酒唱和,文雅风靡天下,这在很大程度上激

① 《唐人选唐诗》,上海古籍出版社 1948 年版,第 444 页。

扬了其诗名，也促进了其诗歌的传播。如《又玄集》所收《寄乐天》(原题《苏州白舍人寄新诗有叹早白无儿之句因以赠之》)、《和送鹤》(原题《和乐天送鹤上裴相公别鹤之作》)两首，虽不是刘禹锡最有代表性的佳作，但《寄乐天》中"雪里高山头白早，海中仙果子生迟"一句曾被白氏激赏，谓之："真谓神妙，在在处处，应当有灵物护持。"①而《和送鹤》及误系于刘禹锡名下的《鹦鹉》一诗皆为刘、白唱和之作，可见韦庄选录刘诗时不仅以刘白唱和诗为主要的取材范围，而且在刘诗价值的取舍上也受到了当时享有盛名的白居易的影响。

除以上两种选本，晚唐张为作《诗人主客图》(诗句选本)，将中晚唐诗人分为不同流派，并以主、客编次。其中，白居易为"广大教化主"，元稹为其"入室"；孟郊为"清奇僻苦主"；李贺为"高古奥逸"主孟云卿之"入室"；张籍、贾岛分别为"清奇雅正"主李益之"入室"和"升堂"；刘禹锡为"瑰奇美丽"主武元衡之"上入室"。这样一种划分，一方面说明了这些诗人特别是白居易在张为心目中的地位，另一方面也展示了张为本人所具有的流派意识。图中对诗人诗歌、诗句的收录(计有白诗五、句四；元诗一、句二；李句三，张句四，贾句五，孟句三，刘诗二、句二)，无疑也以选本的形式推动了作品的传播；而韩、柳不在其列，又进一步说明了二人诗歌在晚唐的实际境遇。

二、关于王安石与《唐百家诗选》

北宋王安石编撰的《唐百家诗选》是我国古代著名的诗歌选本，也是北宋留存至今的少有的一个选本。其书 20 卷，共选唐代诗人 104 家，诗歌 1266 首。王安石在序中说：

> 余与宋次道同为三司判官时，次道出其家藏唐诗百余编，委余择其精者，次道因名曰《百家诗选》。废日力于此，良可悔也。虽然，欲知唐诗者，观此足矣。②

一个"足"字，似乎很权威。可是，唐代的一些大家名家如李、杜、王维、元、白、刘、柳、韩愈、杜牧、李商隐等都阙而未选，故后人对此一选本争

---

① 《刘白唱和集解》，参见《白居易集》，中华书局 1979 年版，第 1452 页。
② 王安石：《临川先生文集》，四部丛刊本，卷八十四。

议很大。宋人主要集中对王安石如何参与该书编选的问题发表不同看法①,之后论者则转向评论荆公选诗的眼光及诗歌选本的质量。严羽在《沧浪诗话·考证》中指出:"前卷读之尽佳,非其选择之精,盖盛唐人诗无不可观者。至于大历已后,其去取深不满人意。"究其原因,大概是"荆公当时所选,当据宋次道之所有耳"。果如是,则其序言所谓"'观唐诗者观此足矣',岂不诬哉!"②清人何焯《跋王荆公百家诗选》则云:"荆公之意,以浮文妨要,恐后人蹈其所悔,故有'观此足矣'之语,非自谓此选乃至极也。后来讥弹之口,并失其本趣。"③总之,众说纷纭,至今也没有一个令人信服的说法。

在元和十大诗人中,韩愈、孟郊、李贺、白居易、元稹、张籍、柳宗元、刘禹锡八人皆不入选。关于韩、柳,严羽认为"以家有其集,故不载"④是可信的,因为王安石曾编过一部《四家诗选》,集中选录李白、杜甫、韩愈、欧阳修四家诗,并把韩愈置于李白之前、杜甫之后,可见其推重程度。在不选诸大家的同时,《唐百家诗选》却收录贾岛诗23首、王建诗92首,而且王建是全集中入选作品数量最多的诗人。由于此集选诗的艺术旨趣王安石并未言明,加上集中所选并非都是精品,作品的风格亦不甚统一,所以很难从选诗的动机和诗学倾向上给出一个合理的解释。《四库全书总目》谓"是书去取,绝不可解"⑤。清人沈德潜曾在《说诗晬语》中说:"《唐诗选》自殷璠、高仲武后,虽不皆尽善,然观其去取,各有指归。惟王介甫《百家诗选》,杂出不伦。大旨取和平之音,而忽入卢仝《月蚀》;斥王摩诘、韦左司,而王仲初多至百首,此何意也? 勿怖其盛名,珍为善本。"⑥但今人又有为其辩护者,谓"《唐百家诗选》的选诗旨趣实际并非'绝不可解',而是确有深意存焉"。其深刻意义即在于:"其选诗风格是'杂出不

---

① 主要有三种说法:其一,晁公武认为,《唐百家诗选》为宋敏求编次,"王介甫观之,因再有所去取,且题云'欲观唐诗者,观此足矣',世遂以为介甫所纂"(《郡斋读书志》卷四下,四部丛刊本);其二,陈振孙认为:"荆公所选,特世所罕见,其显然共知者,固不待选耶?"(《直斋书录解题》卷十五,上海古籍出版社1987年版,第441页)其三,邵博认为:"今世所谓《唐百家诗选》,曰荆公定者,乃群牧司吏人定也。"(《邵氏闻见后录》卷十九,中华书局1983年版,第147页)

② 郭绍虞:《沧浪诗话校释》,人民文学出版社1983年版,第244页。

③ 何焯:《义门先生集》卷九,清道光三十年(1850年)姑苏刻本。

④ 郭绍虞:《沧浪诗话校释》,人民文学出版社1983年版,第244页。

⑤ 永瑢等:《〈唐百家诗选〉提要》,参见《四库全书总目》(下),中华书局1965年版,第1693页。

⑥ 沈德潜:《说诗晬语》卷下,上海古籍出版社1999年版,第556页。

伦'。这正体现出王安石对欧阳修所倡的'意新语工',不主变化的诗歌风格的直接承继。"①这一解说看似有理,却难以令人信服。然而可以肯定的是,王建、贾岛二人诗歌大量入选的本身,一方面说明了王氏对其创作艺术的欣赏和推崇,另一方面,也间接反映了王、贾二人在北宋前期的影响,并一定程度地提升了其诗史地位。

三、南宋金元诗文选本对元和诗歌的选录

进入南宋,选编诗文集出现了一个热潮。据张智华《南宋人所编诗文选本在中国学术史上的地位》②统计,南宋人所编诗歌选本有 124 种;孙琴安《唐诗选本六百种提要》认为古代唐诗选本的第一次高潮就出现在南宋时期,并统计出南宋人所编唐诗选本 29 种。诸如洪迈所编《万首唐人绝句》、赵师秀所编《众妙集》、谢枋得所编《千家诗》、周弼所编《三体唐诗》等,即其中较著名者。据此而言,南宋唐诗选本不仅在数量上比北宋时猛增,而且在形式结构、内容质量、理论批评上均有大的突破和进展,成为该时期传播、接受前代诗文的一个重要组成部分。到了金元时期,唐诗选本持续发展,出现了元好问所编《唐诗鼓吹》、方回《瀛奎律髓》、杨士弘《唐音》等优秀选本,在当时和后世均具较大影响。这里,我们择其要者,对元和十大诗人在南宋金元时期选本中的入选概况作一统计,见表二(附于本文文末)。

表二所列共八种,都是现存并颇具影响力的唐诗选本,其对元和十大诗人诗歌的选录,颇能反映元和诗歌在南宋金元时期传播和接受的状况。通过对表格中不同选本选诗数据进行分析,可以得出以下认识。

首先,元白诗派诗歌的总入选量最高,达到 1740 首,而且整体入选率也较高,八种选本中,白、元、张、王分别有六次、四次、六次、七次入选。表面看来,该派诗人具有较高的接受度。但细加分析,又有两点值得注意:一是白元张王四人的高入选量主要是由南宋前期和金元之际的两三种选本抬起来的,如《万首唐人绝句》即选录四家 1386 首诗,《瀛奎律髓》、《唐音》各选 202、118 首诗,其总数已达 1706 首;而在南宋中后期之《众妙

---

① 邹云湖:《中国选本批评》,上海三联书店 2002 年版,第 77～78 页。
② 文载《北京师范大学学报》2000 年第 5 期。亦可参见其专著《南宋的诗文选本研究》第一章,北京师范大学出版社 2002 年版。

求 / 是 / 文 / 荟　HMSD　《求是学刊》发刊200期

集》、《三体唐诗》至《唐诗鼓吹》五家选本中,总入选量仅 34 首。由此见出,元白诗派在南宋时期主要受到个别选家的重视,而尚难说明其广受欢迎。相较而言,给予他们更多关注的倒是元代选家。二是就白、元、张、王四家在不同时期选本中的地位而言,又是有着明显的升降变化的。由于晚唐五代诗风趋向凄迷、浮艳一路,以艳情诗闻名的元稹在晚唐选本中最受青睐,而到了宋元之际,元氏在选家心目中的地位大幅下降,不仅低于白居易,而且与张、王二家相比,其诗的入选率(四次)最低,仅入选量(248 首)稍高于张籍(240 首)(按:此与《万首唐人绝句》但求数量完备的选诗旨趣相关,说详后)。与之相应,白居易、张籍、王建的地位则分别上升,白氏以最高的入选量(912 首)位居其首,王建不仅入选率(七次)最高,而且诗选量(340 首)亦大大超过张籍和元稹。由此可见,在宋元之际的选本中,白居易诗受到的关注度最高,王建、张籍诗次之,而元稹诗已被选家严重忽视。

其次,韩孟诗派在宋元选本中的接受境遇总体上仍然尴尬,韩、孟、李、贾四人的诗歌入选总量(391 首)和平均入选率(三次、三次、二次、七次)不仅远逊于元白,而且低于柳、刘(447 首、五次、八次)。当然,这种情形一定程度上也与韩孟等人多工古体,而以上宋元选本则以近体诗为主有关。至于其诗派成员,则要具体分析。韩愈作为诗派之首,在选本中的地位并不居于首位。他的诗歌入选量(121 首)虽然高于孟、李,但在元和十大诗人中不高,入选率也仅为三次。贾岛的诗歌依然备受关注和欢迎,在韩孟诗派中以 144 首的入选量和七次的入选率独占鳌头,与晚唐选本的接受状况大体一致。这种情况说明,贾岛诗在唐宋诗坛的影响并不亚于韩愈,甚至更有风行之势。孟郊和李贺在宋金选本中的接受境遇较为低迷,其诗歌的入选量(58 首、68 首)和入选率(三次、二次)均为元和诗人中最低者。但李贺诗在《唐音》中被选录 23 首,位居韩孟诗派之首,孟郊次之,入选 19 首,这说明二人在元代后期的接受境遇又是颇有提升的。

进一步分析可以发现,在元和十大诗人中,以上选本之诗歌入选率最高的不是中唐时期影响最大的白居易、韩愈等人,而是风格卓异的刘禹锡(八次)。这些选本以近体诗为主,而刘氏在创作中也以近体诗居多,由是二者遂得相合。尤其是《众妙集》、《千家诗》、《章泉涧泉二先生选唐人绝句》、《唐诗鼓吹》等选本,在刘诗的选录上表现出特别的偏重。《章泉涧泉二先生选唐人绝句》以晚唐诗歌为主,集中未选柳诗,而收刘诗达 14

首,并将其置于卷首,可见赵、韩二人对刘禹锡七绝的喜爱。从所选作品来看,大都为刘氏七绝名篇,如讽刺诗《自朗州承召至京戏赠看花诸君子》、《再游玄都观》,咏史怀古诗《石头城》、《乌衣巷》,还有民歌体七绝《踏歌词》、《杨柳枝词》等。集众家名篇的《千家诗》选录刘禹锡《玄都观桃花》、《再游玄都观》、《乌衣巷》三首七绝,益发确立了这些名篇的历史地位。《唐诗鼓吹》专选唐人七律,刘禹锡不仅入选最多,而且被置于卷首的位置。可以说,刘氏七律和七绝在中唐诗坛的卓越成就和代表地位,在宋元选本中已得到充分的体现。另外,亦需提及的是,南宋郭茂倩所编《乐府诗集》收录了刘禹锡《竹枝词》、《杨柳枝》、《踏歌行》、《浪淘沙词》等76首乐府诗,从而更从乐府歌诗的角度促进了刘诗的传播。

与刘禹锡有着多重相似并同样不入流派的柳宗元,在选本中的接受境遇却不及刘氏,而同韩愈类似,二人的诗歌入选量(95 首、121 首)相差不多。究其原因,一方面是因为柳宗元和韩愈一样工于古体,另一方面是柳宗元的存诗量在十大诗人中最少,从而一定程度上限制了其诗的入选量。当然,如果从其存诗160 余首的基数来看,柳宗元在宋元选本中的入选指数则要比韩愈高很多。而且值得注意的是,越到后来,选家对柳诗越为重视,如《唐诗鼓吹》、《瀛奎律髓》两种选本特别表现出对柳氏七律等诗体的推许;《唐音》是这一时期现存诗选中唯一非专选近体诗的唐诗选本,正由于各体皆选,它也是以上八种诗选中收柳诗与刘诗持平的一种。在其所选29 首柳诗中,五古 14 首、七古四首,占近三分之二;余则七律二首、五绝四首、七绝五首。杨氏在五古下说:"中唐来作者多,独韦、柳追陶、谢,可与前诸家相措而观,故取之,通二人,共诗五十九首。"① 由此可见他对柳宗元五古之推崇。

四、余论

通过以上对唐宋金元选本收录元和诗歌的数据分析,我们还可将话题稍作引申,得出若干规律性的认识。其一,选本中诗人地位的升降变化能够反映诗歌风气的变迁。这可从元稹、孟郊、李贺诗歌的入选窥见一斑。晚唐五代时期,诗风华丽浮艳,元稹的艳情诗正好顺应了这种时代风

---

① 杨士弘编选:《唐音评注》,张震辑注,河北大学出版社 2006 年版,第 72 页。

气,所以在《才调集》中,其诗入选量以高出其他诗人很多的优势遥居十大诗人之首,而到了宋代,其入选量及入选率都非常低。这种情况的出现,一方面与宋人重道德节操、鄙薄元稹后期"挠节速化"①、"遂党中人"②的政治表现相关,另一方面,则与苏轼提出的"元轻白俗"论的影响有关,而且由于元稹品节的问题,其诗之"轻"更甚于白诗之"俗"。如张戒《岁寒堂诗话》虽对元、白、张籍诗均有批评,但又区别对待之:"白才多而意切,张思深而语精,元体轻而词躁尔。"③叶梦得《避暑录话》卷下则针对杜牧作李戡墓志诋毁元白"淫言媟语,入人肌骨"的言论说:"元稹所不论,如乐天讽谏、闲适之辞,可盖谓淫言媟语耶?"④叶梦得只为白居易辩诬,而将元稹排除在外。刘克庄跋《宋氏绝句诗》谓:"余选唐人及本朝七言绝句,各得百篇,五言绝句亦如之。今锓行于泉州、于建阳、于临安。元白绝句最多,白止取三二首,元止取五言一首。"⑤据此,不难看出选家对元诗的基本态度。

至于孟郊、李贺,除在《万首唐人绝句》中入选数十首外,在从《众妙集》到《瀛奎律髓》的六种选本中,几乎被剃了光头(仅《瀛奎律髓》选孟诗一首),而到了元代杨士弘《唐音》那里,他们的入选指数迅速上升,并超越了贾岛。特别是李贺,由长期的不受重视跃升为诗派中入选量第一的位置,变化尤为显著。这种情形,盖与宋元读者在评论视野及创作实践中对孟、李的接受情形基本一致。长期以来,宋代文人对孟郊的寒苦、李贺的奇诡持不喜和不满的态度⑥,但到了元代,对孟郊特别是李贺的态度发生了极大的转变,诗坛掀起了以"铁崖体"为代表的学习李贺诗歌的风习和高潮。所以,李贺诗歌在选本中的变化正说明,入选量的大小不仅是诗人在选家

① 陈振孙:《白氏文公年谱》,参见《北京图书馆藏珍本年谱丛刊》,北京图书馆出版社 1999 年版,第 421 页。

② 刘克庄:《后村诗话·新集》,中华书局 1983 年版,第 241 页。

③ 张戒:《岁寒堂诗话》(卷上),参见《历代诗话续编》(上),中华书局 1983 年版,第 460 页。

④ 叶梦得:《避暑录话》(卷下),丛书集成初编本,第 66 页。

⑤ 刘克庄:《后村先生大全集》卷 101,四部丛刊初编本。

⑥ 如孟郊的怨激、清苦诗风,被苏轼嘲之为"寒虫号";金代元好问《论诗三十绝句》评孟郊云:"东野穷愁死不休,高天厚地一诗囚。"李贺在宋代大部分时间里处于被冷遇的状态,北宋诗坛名家欧、梅、王、苏、黄等人都很少论及李贺。评论者如张表臣《珊瑚钩诗话》云:"李长吉锦囊句,非不奇也,而牛鬼蛇神太甚,所谓施诸廊庙则骇矣。"(《历代诗话》上册,中华书局 1981 年版,第 455 页)

心目中地位的直接反映,也是时代文学思潮的风向标,而选本对作家作品的取舍态度,则反映出该作家地位与声望在文学史不同历史时期的盛衰起伏。

其二,选本的收录在一定程度上反映出作家在传播接受史上的实际影响。在元和十大诗人中,贾岛身为韩孟诗派成员之一,其诗歌的入选量和入选率均甚为突出,在诗派中远超韩、孟,位居首位。这和唐宋文学史发展的实际是相吻合的。晚唐五代之际,幽独凄清、苦吟瘦硬的贾岛诗深得末世士人的喜好;宋初诗坛,以学习贾岛、姚合为主的晚唐体诗也盛行一时;南宋后期,学贾岛诗的风气再次兴起,这既与偏安一隅的社会氛围和诗人们抑郁隐晦的群体心态有关,也成为时人力求摆脱江西藩篱、回归唐音的一条求变门径。如赵师秀代表的"永嘉四灵"选择贾岛、姚合作为艺术典范,就是不满体现着典型宋调的江西诗风,从而又回到了宋初崇尚晚唐体的老路上去。赵师秀《众妙集》未收贾诗,但有《二妙集》专选贾岛、姚合二家作品。最能从韩愈、贾岛之比较中看出贾诗在宋元流行之势的,是方回《瀛奎率髓》对其诗歌的收录。方回推崇江西诗派,并在这一流派的系统总结中提出了著名的"一祖三宗"说。韩愈作为江西诗派所学习的诗人,当然深得方氏推许,他认为韩愈是诗派盟主并突出其"自得者不用力"、高出众人一筹的地位。他曾经说过:"唐诗前以李杜,后以韩柳为最。姚合而下,君子不取焉。"①但在《瀛奎律髓》中,贾岛诗的入选量明显高出韩愈许多。这是因为方回极力推崇贾岛诗中的瘦硬高古之风,并将之作为入杜门径。他在《瀛奎律髓》卷二十七贾岛《病蝉》诗后评曰:"贾浪仙诗得老杜之瘦而用意苦矣",又在卷二十三姚合《题李频新居》后说:"老杜如何可学?曰:自贾岛幽微入,而参以岑参之壮,王维之洁,沈佺期、宋之问之整。"②在《春半久雨走笔五首跋》中,方氏称自己诗中也"有浪仙之蔽"③。这一夫子自道,既说明他对贾诗的偏爱,也可间接看出贾诗在宋元诗坛的影响。如此看来,《瀛奎律髓》独选贾诗 67 首,比韩孟诗派其他三人之和还多数倍,正一定程度地反映出贾岛在文学史上的地位和影响。

其三,选本对诗人的收录有时也呈现出与该诗人实际地位不相称的

---

① 《历代诗话续编》(下),中华书局 1983 年版,第 1236 页。

② 方回选评:《瀛奎律髓汇评》,李庆甲集评校点,上海古籍出版社 1986 年版,第 1157、第 960 页。

③ 方回:《桐江续集》卷 27,清文渊阁四库全书本。

一面,而选本中的选诗量,也不是衡量诗人受接受程度的唯一指标。从唐宋选本对元和诗歌的收录来看,韩孟诗派尤其是韩愈在选本中的诗歌入选情况是不尽如人意的,这与韩愈在中唐诗坛拓新求变并对宋诗颇具影响的大家地位颇不相称。这种情况,从原因而言,自然与前述韩愈多作古体诗,而宋元选本多选近体诗有关,与杨士弘《唐音》因韩集流行颇多而未录韩诗有关,也与韩诗着力创变所形成的陌生化有关;从结果而言,则似乎说明,在创作领域、评论界中产生重大影响的诗人,在选本中不一定受到欢迎。

此外,某些选本的选诗量,未必能准确表现选家的态度,也未必能真实反映出诗人的受接受程度。典型的例证是洪迈的《万首唐人绝句》。该书在当时和后世虽享大名,却殊欠精审。洪迈先是"取诸家遗集,一切整汇"①,接着为了向朝廷进献,"又复搜讨文集,傍及传记、小说,遂得满万首"②。正如论者批评该书所谓:"期在盈数。随得随录……不复诠次,一人三四见者有之。"③"洪容斋所选唐人绝句,不择美恶,但备数耳。"④正因为该书在编选过程中以求全、求博为务,没有什么特定的择取标准,故仅依据其诗歌入选数量进行分析,便容易误入歧途,而得出与实际不相符合的结论。

● 原文刊载于《求是学刊》2010 年第 5 期。

● 尚永亮,武汉大学文学院教授、博士生导师;洪迎华,武汉大学文学院博士研究生。

---

① 霍松林:《万首唐人绝句校注集评》,山西人民出版社 1991 年版,第 1565 页。
② 霍松林:《万首唐人绝句校注集评》,山西人民出版社 1991 年版,第 1566 页。
③ 霍松林:《万首唐人绝句校注集评》,山西人民出版社 1991 年版,第 1570 页。
④ 《历代诗话续编》(下),中华书局 1983 年版,第 1161 页。

附：表二

选本	时代	编撰者	内容说明	韩愈	孟郊	李贺	贾岛	白居易	元稹	张籍	王建	柳宗元	刘禹锡	所据版本
万首唐人绝句	南宋	洪迈	专选唐人绝句	105	38	45	58	767	230	125	264	43	222	文学古籍刊行社 1955年版
（小计）				246				1386				265		
众妙集	南宋	赵师秀	专选唐人律诗，以五律为主	-	-	-	-	-	-	3	-	-	8	四库全书本
（小计）				-				3				8		
千家诗	南宋	谢枋得（王相注）	专选唐末七律和七绝	3	-	-	1	1	-	-	1	-	3	山西古籍出版社 2003年版
（小计）				4				2				3		
章泉涧泉二先生选唐人绝句	南宋	赵蕃 韩淲	专选唐人七言绝句	-	-	-	1	1	-	1	1	-	14	谢叠山先生评注四种合刻本
（小计）				1				3				14		
三体唐诗	南宋	周弼	专选唐人七绝、七律	-	-	-	8	3	4	7	7	3	9	四库全书本
（小计）				8				21				12		
唐诗鼓吹	金	元好问	专选唐人七言律诗	-	-	-	1	-	-	-	5	10①	15	海文明书局 民国八年印
（小计）				1				5				25		
瀛奎律髓	元	方回	专选唐末五、七言律	13	1	-	67	127	8	47	20	10	54	上海古籍出版社 1986年汇评本
（小计）				81				202				64		
唐音	元	杨士弘	各体兼收	-	19	23	8	13	6	57	42	29	29	河北大学出版社 2006年版
（小计）				50				118				58		
总计				121	58	68	144	912	248	240	340	95	354	—
（小计）				391				1740				449		

① 原选柳宗元10首，刘禹锡15首，实各选诗9首、16首。此处按原选录入。

金人使宋行为的文学观察

胡传志

　　宋金交聘本是宋金双方的外交行为,但由于使节中有许多高水平的文人,这一外交行为因而有了文学意义。南宋使金文人的创作因为其突出的爱国情感、因为范成大等人的感人诗篇而引起了广泛关注,学术界多有探讨。与之相应的金国出使南宋的文人,却无人问津。无论是对使节个体还是对使节群体的文学活动,都缺少论述。原因主要在于使宋金人传世作品少,标志性的作家和作品更少,加之受正统观念的影响,人们习惯上总是更多地从宋代文学的立场上思考问题,所以没有给予使宋金人应有的注意。使宋金人的创作成就固然无法与范成大比肩,但自有其独特处,表现出与南宋使金文人不同的特质,自有其研究价值。研究它,可以了解使宋金人的创作概况、特殊心态,还能了解南宋接送伴使的一些创作,有助于我们深入探讨南北文学的关系。

　　在宋金对峙期间,金共向宋派遣使节 130 次,每次均是百人左右的代表团,其中有多少文人,具体数字不得其详,目前有姓名可考的在百人左右,其中包括金王朝的许多大臣名流。① 这些文人从燕京或汴京出发,远赴南宋杭州,一路观光、应酬,少不了即兴创作,或附庸风雅,或流连光景。其创作总量应该少于南宋使金文人。一是因为使宋金人整体水平低于使金宋人,使宋途中所受刺激与创作激情都低于重回故国的南宋文人,二是因为金国没有要求使节必须写作出使"语录",所以使宋金人基本上没有这类创作。有个别使节记录行程见闻,当是出于个人爱好。如天德二年

---

　　①　赵永春:《金宋关系史研究》,吉林教育出版社 1999 年版,第 331 页。

（1150 年）萧颐、王竞出使南宋，萧颐作《西湖行记》（已佚），王竞有《奉使江左读同官萧显之西湖行记因题其后》诗传世。

使宋金人创作量相对较少，自是一缺憾，更大的遗憾是这类作品严重散佚，连一些见诸记载、为人称道的优秀诗篇也不免失传。邢具瞻皇统元年（1141 年）出使南宋，途中有首题金山寺的诗作，魏道明《明秀集注》卷二还特意提到这首诗："将命江南，题诗金山寺，脍炙人口。"可这首脍炙人口的诗作现已不存。又如，大定十四年（1174 年）刑部尚书梁肃与赵王府长史蒲察讹里剌使宋，蒲察讹里剌在淮上打猎，猎杀一虎，随行的文人宋楫特意写下一首《猎虎诗》记咏其事，元好问评价这首诗"语意俊拔"，泗州太守还将它刻石于镇淮堂。① 这首诗成了宋楫的代表作。很多年后，宋楫族孙宋子贞（字周臣）生子，元好问还借此诗勉励宋家后代："玉季金昆世共贤，天将文笔付家传。清新未要梅花赋，射虎留看第二篇。"元好问诗后自注："乡先生宋济川，以《射虎诗》著名。"②可惜《中州集》没有收录这首诗。进入元代，著名文人姚枢（号雪斋）曾手书这首诗，墨迹为宋楫曾孙宋衜所收藏，王恽在宋衜家见到这首诗，并写下《跋雪斋书宋孟州猎虎诗卷后》一文：

昔兴陵选庭臣奉使江左，须得才辩有闻望者可，若宋孟州《射虎诗》清雄振厉，远而有光华，大定人文之盛概可见矣。雪中展观于曾孙秘监处，令人三复，清兴四发。今秘监以学问德艺，又为青官所宾礼，所谓黄门有父风者也。③

据《元史·宋衜传》，宋衜至元十八年任秘书监、二十年任太子宾客，所以该诗当写于至元二十一年（1284 年）前后。但是，就是这样一首再三受人称赞的名作，从此就消失于天壤之间。名作尚且如此不幸，还有多少普通之作湮没不传？

使宋金人的作品严重散佚，让我们无法还原历史，幸存的零星材料就更加珍贵，能够帮助我们走近历史。

---

①　元好问：《中州集》，中华书局上海编辑所 1958 年版，第 404 页。

②　元好问：《元好问全集》，山西古籍出版社 2004 年版，第 305 页。

③　王恽：《秋涧集》卷二十，影印文渊阁四库全书本。

一、异样的南宋风光

南宋使金文人的创作，基本上是两大主题，一是抒写重回故国所激起的爱国之情，二是记录沿途民俗风光，写景抒怀。两大主题中，前者比例更大，地位更加突出。使宋金人的创作与此不同。无论是汉族士大夫还是少数民族官员，出使南宋一般不会激发出爱国之情，即使有少数汉族士大夫进入赵宋政权心有所感，也不会轻易流露出来。他们的创作中最突出的主题是写景纪行。

金人使宋，途经盱眙、淮阴、高邮、镇江、苏州等地，他们渡过淮河，进入宋国境内，南方风物给北方人以新鲜感，沿途名胜更是激起文人的游览兴趣。党怀英《过棠梨沟》作于今江苏淮阴境内："地僻人烟少，山深涧谷重。坡陁下长坂，迤逦失诸峰。问俗知怀土，听歌识相春。几家茅屋外，田亩自衡从。"苏北安宁质朴的乡村风光，被他写得古澹遥远，静穆如画。当他转入高邮，看见冬日南国天空，感觉到与北方不同的另一世界：

野雪来无际，风樯岸转迷。潮吞淮泽小，云抱楚天低。蹚嗒船鸣浪，联翩路牵泥。林乌亦惊起，夜半傍人啼。——《奉使行高邮道中二首》

雨雪天气，南方天空开阔低垂，水道曲折平缓，道路泥泞，船行缓慢，深夜还能惊动河畔的乌鹊。"潮吞"两句景象阔大，句式精工。离开洪泽，党怀英到达镇江，登上途中最著名的景点——金山，写下一首纪游长诗《金山》：

我从渡淮涉高邮，雪风连日吹行舟。维扬地西闻夜色，星月隐见边城楼。晴光破晓射瓜步，照耀玉宇开琼州。冯夷收威浪妥帖，容我一到金山头。金山胜概冠吴楚，万础蟠峙江中流。平生梦寐不到处，乃以王事从私游。钟山雨花落眼底，海门鹤崖波际浮。川开林阔望不极，但见远色明轻鸥。风烟渺漭异吾土，行役有程难久留。一杯未举帆影转，已看浙树稍旗旒。

该诗按时间、空间顺序一路写来，从高邮风雪行舟到扬州夜色城楼，天气日渐晴好，写景也渐入佳境。中间部分写登高览胜的喜悦之情，然后顺势而下，写远处景色，展望行程，抒写留恋之情。全诗叙事、写景、抒情，畅达自如，处处突出异乡人的新鲜感。

使宋途中，苏州则是另一番景象。在很多北方人看来，苏州是典型的南方水乡，苏州女子更是国色天香，柔情似水。任询在苏州宴会上看见一群与北方很不相同的苏州歌女,情不自禁,写下了名为《苏州宴》实为歌咏苏州女子的诗歌：

苏州女儿嫩如水,髻耸花笼青凤尾。十二红裳酽梳洗,植立唱歌烟雾里。一人丰秾玉手指,袖挽翠云弹绿绮。落花一片天上来,似欲随人波江水。曲终宴阑歌一舫,行人南游道路长。明日松江千万顷,烟波云树春茫茫。

苏州歌女皮肤白皙娇嫩,歌声软绵甜蜜,舞姿轻盈曼妙,着装鲜艳华丽,像是空中落花,像是凌波仙子。全诗以水为主脉,水一样的女子,水一样的离情,突出了苏州女子水灵的特点,强化了作者的惜别之情。

按照外交礼仪,金国使者到达杭州之后,会安排一些游览杭州名胜的活动,如天竺寺烧香、玉津园躬射、游览西湖、浙江亭观潮等。[①] 其中西湖、钱塘江潮是最具吸引力的两大景点。随着柳永《望海潮》(东南形胜)、苏轼《饮湖上初晴后雨》等诗词的远播,这两大景点早已深入人心。相传施宜生使宋时,完颜亮暗中派遣几位画工随行,目的是要"图临安之城邑及吴山、西湖之胜以归",完颜亮看后更加坚定了"垂涎杭越"的野心。[②] 所以,使宋金人一般都喜欢游览这两个景点。在为数不多的使宋金人诗歌中,至少有三首直接描写西湖的作品。任询的《西湖》正面写西湖之景：

西湖环武林,澄澄大圆镜。仰看湖上寺,即是镜中影。湖光与天色,一碧千万顷。堤径截烟来,楼台自昏暝。

开头点出西湖山水相依的地势、类似圆镜的形态,然后围绕"镜"来写其湖光山色,烟雾楼台。党怀英则舍弃西湖山水美景,别具怀抱,专写秋菊：

重湖汇城曲,佳菊被水涯。高寒逼素秋,无人自芳菲。鲜飚散幽馥,晴露堕余滋。蹊荒绿苔合,采采叹后时。古瓶贮清沚,芳樽湔尘霏。远怀渊明贤,独往谁与期。徘徊东篱月,岁晏有余悲。——《西湖晚菊》

菊花并非西湖的特色,除第一句具有杭州西湖的特征之外,其他诗句都不见西湖背景。党怀英借咏秋菊来抒写高洁孤清之情怀,别有怀抱。党怀英于繁华富庶的热闹之处,为何偏偏钟情偏僻幽清的菊花？现已不可知。他的这种举动,令人想起他的同学辛弃疾的名句："蓦然回首,那人

---

① 吴晓萍:《宋代外交制度研究》,安徽人民出版社 2006 年版,第 160 页。
② 岳珂:《桯史》,中华书局 2005 年版,第 95 页。

却在灯火阑珊处!"

杭州的另一名胜钱塘江潮以壮观而享有盛名,任询的《浙江亭观潮》写得气势逼人:

海门东向沧溟阔,潮来怒卷千寻雪。浙江亭下击飞霆,蛟鼍争驰奋鬐鬣。巨鹿之战百万集,呼声响震坤轴立。昆阳夜出雨悬河,剑戟奔冲溃寻邑。吴侬稚时学弄潮,形色沮懦心胆豪。青旗出没波涛里,一掷性命轻鸿毛。须臾风送潮头息,乱山稠迭伤心碧。西兴浦口又斜晖,相望会稽云半赤。诗家谁有坡仙笔,称与江山作勍敌。援毫三叫句不成,但觉云涛满胸臆。

一开篇就是大潮涌起,汹涌澎湃,蛟鼍奋驰,随后高潮骤至,如同巨鹿之战,百万雄兵,呼声响震天地,又如昆阳夜战,暴雨倾盆,刘秀大败王寻、王邑。在这大潮中,有异常勇敢的弄潮儿,手执青旗,出没于波涛之中。接着江潮退去,恢复往常的平静,但诗人心灵大为震撼,仍然心潮起伏。全诗每四句一层,变化多端,抑扬顿挫,描写形象生动,是金代七言古诗的杰作。

南宋的风光给金人留下美好而深刻的印象,直到归国之后,他们还回忆起南国风光。任询在济南看到类似江南的烟水之景,情不自禁地回忆起使宋经历:

满目江南烟水秋,济南重到忆南游。便欲移家渔市侧,轻蓑短棹弄扁舟。绿柳桥边簇锦鞍,红纱影里照烟鬟。归来书几高烧烛,浑似江乡一梦间。

——《济南黄台三首》

赞美济南黄台美如江南,也就是怀念江南秀美景色。

使宋金人的上述写景诗,选择的主要是南宋独特的名胜,与北方不一样的南国风情,从中折射出金人的新鲜与好奇的眼光。党怀英的《过棠梨沟》、《金山》,任询的《浙江亭观潮》、《苏州宴》等颇具艺术性,其水平不亚于南宋同类诗歌。金人使宋,客观上扩大了金人的视野,丰富了金代诗歌的创作,让金国其他文人对南宋也能有更多的了解。

当然,并不是所有使宋金人对南国风光都感兴趣,都有诗人的艺术感觉,尤其是少数女真族官员,不懂山水,不解文学,还妄自尊大。天德二年(1150 年),完颜思敬与翟永固出使南宋,南宋按照惯例,请他们观看钱塘江潮。完颜思敬不识高低,拒不观看,还以金国的江水与钱塘江潮相比,说什么"我国东有巨海,而江水有大于钱塘者"①。他回金后,竟然还升任尚书右丞,又是不可思议之事。

二、多样化的使宋心态

众所周知,南宋使金文人有许多屈辱、辛酸,而与之相应的使宋金人又是怎样的心态,则鲜为人知。他们的作品为我们了解其心态提供了宝贵的材料。

国家实力决定了外交的资本,决定了外交官的心态,古今中外,莫不如此。在金与南宋交往中,金占据了军事与外交的优势,南宋向金称臣、称侄、纳贡,很容易助长金国使节的优越感。我们从有关史料中不时能看到金国使节倨傲的言行。天眷元年(1138 年),右司侍郎张通古以诏谕江南使的身份出使南宋,与南宋议和,到达南宋朝廷,拒不向宋高宗北面称臣,并发表一通宏论:"大国之卿当小国之君。天子以河南、陕西赐之宋,宋约奉表称臣,使者不可以北面。若欲贬损使者,使者不敢传诏。"②宋高宗不得已作了让步。一般情况下,金国使节会受到南宋的礼遇和厚待。皇统三年(1143 年),完颜晏赴南宋贺正旦,南宋赏赐大使金 1400 两,副使金 880 两,还有衣帛杂物。这种丰厚的赏赐后来成了惯例,明昌年间,路伯达使宋,回金后捐出部分赏赐,用来"佐军",路伯达去世后,金章宗将其捐助归还。路伯达的夫人又把它捐给州学,"买上田二千亩有奇"③。可见出使所得是多么丰厚! 对许多金人来说,出使南宋是难得的美差。大定六年(1166 年),魏子平第二次出使南宋,金世宗特意对他说:"使宋无再往者,卿昔年供河南军储有劳,用此优卿耳。"④在这种利好的背景下,金人常常以得意扬扬的姿态出使南宋,这在现存的文学作品中有不同程度的体现。

金国使节普遍有一种身份自豪感。贞元元年(1153 年)冬,蔡松年以贺正旦使身份出使南宋,其子蔡珪随行,蔡珪写下《撞冰行》:

船头傅铁横长锥,十十五五张黄旗。百夫袖手略无用,舟过理棹徐徐

---

① 脱脱等:《金史》,中华书局 1975 年版,第 1625 页。
② 脱脱等:《金史》,中华书局 1975 年版,第 1860 页。
③ 元好问:《中州集》,中华书局上海编辑所 1958 年版,第 405 页。
④ 脱脱等:《金史》,中华书局 1975 年版,第 1976 页。

归。吴侬笑向吾曹说,昔岁江行苦风雪。扬槌启路夜撞冰,手皮半逐冰皮裂。今年穷腊波溶溶,安流东下闲篙工。江东贾客借余润,贞元使者如春风。

寒冬季节,江面结冰,需要有破冰船开道。蔡珪这首题为《撞冰行》的诗歌,不写破冰之举,而是从反面写不需破冰。由于当年气温偏高,河道没有结冰,水波溶溶,破冰工和破冰船都闲置一旁,使节的船队畅通无阻,蔡珪心情舒畅。结尾两句将破冰工的安闲自在归之为"借余润",仿佛是他们的到来给南宋带来了温暖、给破冰工带来了幸福。蔡珪自称贞元使者,突出金国使节身份,其实他刚二十岁左右,应该只是三节人从,却有着如沐春风的良好感觉。党怀英的《奉使行高邮道中》也是写冬天出使,重点在写沿岸景色:

细雪吹仍急,凝云冻未开。牵闲时掠水,帆饱不依桅。岸引枯蒲去,天将远树来。行舟避龙节,处处隐渔隈。

写景精工如画,次联摹写尤为细致。尾联叙写其他船只避让的情形,在平静叙述中隐含自豪,自称"龙节",也是强化其大金国使节的身份。

金代后期对宋的优势已经大不如前,金人的自豪感随之逐渐削弱。元好问《题张彦远江行八咏图》与上引王竞诗歌是类似题材:"楚江平浸楚山流,放眼江山得意秋。一寸霜毫九云梦,合教轰醉岳阳楼。"据题下自注:"奉使时所见。"该画是当时文人张彦远出使南宋之作。① 元好问夸赞张彦远的绘画才华,同样是胸怀云梦,却不再是"了西湖",而是"轰醉岳阳楼",更能看出文人的浪漫情怀和时代的差异。

正大七年(1230年),蒙古大兵压境,金人为避免南北受敌,不得不与南宋议和,这时议和的主动权转入南宋人手中,出使南宋的任务就不再轻松,愿意承担任务或者能够胜任出使的人寥寥无几。朝廷物色王渥出使南宋,王渥三次到达扬州,与南宋谈判,最后以失败而告终。有人在驿亭题诗嘲笑他一事无成:"来往二年无一事,青山也解笑行人。"王渥作诗回应:"二年奔走道途间,知被青山笑往还。只向江南南岸老,行人应更笑青

---

① 据题下自注:"奉使时所见。"此张彦远则非唐代画家之张彦远,《江行八咏图》则是这位金代文人使宋途中所见景象。元好问另有《太原赠张彦远》诗,可见金代确有一位太原人张彦远。该诗曰:"因君夜话吴江春,酒杯激滟金杯滑。"说明张彦远有过去南宋的经历。元诗自注另有一本作"奉试时所见"。若此,张彦远则是唐代画家,疑误。

山。"①自嘲中有许多无奈。他在战火纷纭之际,敢于去敌国前线地区,表现出相当大的勇气,虽没有完成任务,却不妨碍其职位升迁,他还因此赢得南宋人的尊敬,元好问说"宋人爱其才,有中州豪士之目"②。

除了时代因素之外,不同的使节受不同因素的影响,其心态又会有一些个性化的变化。

党怀英在自豪的同时,又有莫名的幽恨。上文曾征引其《西湖晚菊》,借深秋菊花抒写个人孤寂情怀。他的《西湖芙蓉》所写的倒是西湖十景之一的荷花,但不是表现荷花的富丽之美,立意不同于柳永的"三秋桂子,十里荷花"、杨万里的"接天莲叶无穷碧,映日荷花别样红":

林飚振危柯,野露委荒蔓。孤芳为谁妍,一笑聊自献。明妆炫朝丽,醉态羞晚困。脉脉怀春情,悄悄惊秋怨。岂无桃李媒,不嫁惜婵媛。悠哉清霜暮,共抱兰菊恨。

党怀英笔下的西湖荷花像是一位美艳的怨妇,一腔深情,却不遇知音,无处诉说。他的这种写法,是单纯的咏物还是别有寄托? 按照中国文学香草美人的比兴传统,这样感情色彩强烈的诗歌应该别有所指,只是我们现在不清楚党怀英使宋的具体时间和背景,无法考知其详情。党怀英年轻时曾与辛弃疾一同讨论过投奔南宋之事,这时他以金国使节身份到达南宋,是否会想起他在南宋的同学辛弃疾呢? 是否想起自己当年投奔南宋的念头? 这些都已不得而知了。

对南宋还怀有一丝感情的是由宋入金的施宜生。施宜生在宋已有科名及官职,因参加农民起义而被捕,逃往伪齐,再由齐入金,历任礼部郎中、翰林直学士、礼部侍郎等职。正隆四年(1159 年),完颜亮正在筹划南伐,任命 69 岁的施宜生为贺宋正旦使。施宜生"自以得罪北走,耻见宋人。力辞,不许"。到达杭州之后,南宋特意让他的同龄故人、吏部尚书张焘担任馆伴使。据《建炎以来系年要录》、《夷坚志》、《程史》等多种史料记载,张焘"以首丘桑梓语之",所以为之所动,"颇漏敌情",各家记载多有出入,兹引《金史·施宜生》如下:

宋命张焘馆之都亭,因间以《首邱》风之。宜生顾其介不在旁,为庾语曰:"今日北风甚劲。"又取几间笔扣之曰:"笔来,笔来!"于是宋始警。

---

① 元好问:《中州集》,中华书局上海编辑所 1958 年版,第 331 页。
② 元好问:《中州集》,中华书局上海编辑所 1958 年版,第 327 页。

副使耶律离剌使还以闻,坐是烹死。①

施宜生泄露敌情之事,辗转流传,真真假假,互异其辞,"坐是烹死"云云,属道听途说敷衍而成。② 但施宜生老来回乡,故乡之念自然难免,借隐语泄露金国南伐意图,当是可能。

施宜生使宋期间留下两首诗歌,一首是《题将台》:

梅花摘索未全开,老倦无心上将台。人在江南望江北,征鸿时送客愁来。

前两句写落寞心情。寒冬季节,梅花还没有全开,景色灰暗,自己年迈,已经无心无力攀登将台山,眺望钱塘江和西湖。后两句抒写客愁,意味复杂。作为金国使节,客居江南异乡,不免滋生客愁,思念北方,这是表层意义;作为南宋的游子,江南是其故乡,北方是他的客居地。自己身在江南,却不能终老故土,落叶归根,这可能才是诗人真正要表达的内在意义。之所以写得这么隐晦,当与他的双重身份相关。另一首诗歌是《感春诗》:

感事伤怀谁得知,故园闲日自晖晖。江南地暖先花发,塞北天寒迟雁归。梦里江河依旧是,眼前阡陌似疑非。无愁只有双蝴蝶,解趁残红作阵飞。

诗中江南、塞北对举,当是有过塞北经历、身在江南时所作,也就是作于出使南宋期间。诗人老来因公回到故乡,感慨良多,开篇即言"感事伤怀谁得知",这种无人理解的伤感并不是简单的感春伤春,而是"感事",有感于南北奔波的人生。眼前的江南春意浓郁,当然远比自己定居的塞北要美好,多来年,故乡一直让他魂牵梦萦,如今身处故乡又恍如梦寐,似是似非,因为故乡难以久留,所以让他感到非常忧愁。施宜生的这两首诗与一般的思乡诗不同,一般的思乡诗是身在他乡思念故乡,而他的这两首诗是身在故乡思故乡,是游子对故乡的留恋,同时,他的这种思乡之情还与感春伤时、非客非主的两难身份相结合,从而表现出一种微妙复杂的人生况味。这是他这位使宋金人独特的心态。

三、接送途中的文学活动

我们考察使宋金人的文学活动,不应局限于他们有限的创作,还应该兼顾到与他们相关的文学活动。他们出发前,有送行,到南宋境内,有接伴馆伴送伴陪同;离开时有饯行,所存诗歌虽然不多,却构成了较为完整

---

① 脱脱等:《金史》,中华书局 1975 年版,第 1787 页。
② 王庆生:《金代文学家年谱》,凤凰出版社 2005 年版,第 108 页。

的出使文学系列。

出使南宋既是美差,又是长途公差,所以在金国境内,总会有些亲友相送,也就会有一些送别诗歌。明昌四年(1193 年)七月,董师中出使南宋,冯璧为他作诗送行,董师中特别高兴:"喜见颜间。诗四韵,每诵一句,辄为一举觞。"①冯璧这首诗现已不存,但存下了另外一首《送人出使》:"阳春有脚苏疲瘵,水镜无心照洁污。九道澄清天意切,人才一一似君无。"送别对象不明。张汝霖(字仲泽)大定十三年(1173 年)出使南宋,郦权作《留仲泽》诗为他送行:

朝衫酒湿紫宸霞,暂辍锦旗拥使华。驰马弯弓真将种,载书囊笔自名家。江湖万里春回雁,燕赵千林月满花。明日升沉便宵壤,更留玉树倚兼葭。

该诗作于承平时期,写得富贵堂皇,既称赞了对方的文武才华,又祝愿对方升迁,达到了联络感情、增进关系的目的,是比较典型的应酬之作,其文学意义则较有限。

金国使者入宋之后与宋人交往,至少有两方面的文学意义。

一是激发南宋人的爱国感情。按照外交礼仪,南宋要派接伴使去边境迎接。杨万里于淳熙十六年十一月至绍熙元年二月(1189—1190)曾充任接伴使、送伴使,至边境迎接贺正旦使裴满余庆一行。杨万里沿途写下了 350 多首诗,收在他的《朝天续集》中,其中最著名的当是《初入淮河四绝句》,这是他到达边境的感受。在其他诗中,还有"白沟旧在鸿沟外,易水今移淮水前"(《题盱眙军东南第一山》)、"不去扫清天北雾,只来卷起浪头山"(《嘲淮风》)等爱国诗句。客观上,是金人使宋行为激发了杨万里的爱国情感,推动了南宋爱国主义诗歌的创作。周汝昌先生说:"诚斋此一行,写出了一连串极有价值的好诗,甚至可以说在全集中也以这时期的这一分集(《朝天续集》)的思想性最集中、最强烈。"②莫砺锋先生比较杨万里九部诗集的作品量、时间跨度,计算出平均每年作诗的数量,结论是迎送金使这一年作诗量最大,按十个月计算,平均一年达 484 首。③ 如果按照迎送金使来回实际不足四个月时间来计算,年平均创作量将超过到 1500 首,这无疑是杨万里创作的年最大数量。这说明,接送金使的活

① 元好问:《中州集》,中华书局上海编辑所 1958 年版,第 282 页。
② 周汝昌:《杨万里选集》,上海古籍出版社 1979 年版,第 18 页。
③ 莫砺锋:《论杨万里诗风的转变过程》,载《唐宋诗歌论集》,凤凰出版社 2007 年版。

动大大激发了他的创作热情。其他接送伴使也有少量爱国诗作,如曹彦约《陪使者护客晚发京口》也是不堪迎送金人的爱国诗篇:

拖船鸟惊兽骇奔,追夫雷动云作屯。前日生辰使者去,贺正又出丹阳门。
欲上未上军人马,似响不响县官喏。穷冬闸闭水不行,深夜火明山欲赭。
尚书太尉传语来,夫船未足官须催。敌使三节能几耳,客载万舸何为哉?
甘心事仇谁作俑,耻不自羞犹怵惕。古来秦祸不须胡,蒙恬斥外斯高宠。

该诗是作者护送金国使者回程时的作品,具体时间和护送对象不详。这首诗十分珍贵,形象地向我们展示了金国使者对南宋构成的沉重负担。送别阵容宏大,场面热烈,来来往往,络绎不绝。连军马都派上了用场,沿途县官更是要恭恭敬敬、唯唯诺诺地迎来送往。为了使节的航行,闭闸蓄水,这时再开闸放水,夜晚用火把照明,火光映红了两岸山峦。朝廷大员还要求,如果船只不足,各级政府还要加大催征船只的力度。其实,金国使团三节人等并不多,为什么要动用许多船只?无非是送给他们的财物太多太多,使团俨然成了庞大的商队。诗人对此厌烦至极,最后义愤填膺地质问谁是甘心事仇、恬不知耻的始作俑者? 自古以来,灾祸都源于内因,都是放逐忠良宠信小人的结果。全诗言辞激烈尖锐,将矛头直接指向了宋王朝的最高统治者,真实地抒发了作者的爱国之情。

二是促进了南北文学的交流。南宋根据金使情况,精心挑选接伴使、馆伴使、送伴使。施宜生使宋,南宋安排张焘做馆伴使,可以看出南宋的用心。大定二十八年(1188年),田彦皋出使南宋。田彦皋此前担任过范成大的接伴使,南宋人对他有所了解,知道他颇读诗书,周必大特意上奏朝廷,要求"须择得一知书者,准备应酬"①。南宋的这些接伴、馆伴、送伴使与金人朝夕相处,除了外交公务之外,也会交流其他信息。杨万里担任接送伴使时,就了解到新即位的金章宗的一些政策:"臣近因接送北使,往来盱眙,闻新酋用其宰臣之策,蠲民间房园地基钱,又罢乡村官酒坊,又减盐价,又除田租一年,窃仁义,假王政,以诳诱中原之民,又使虚誉达于吾境,此其用意不可不察。"②他们既然能交流敏感的政策,就更能展开文学交流了。杨万里诗中有陪金使上元节观灯、游惠山等记录,可惜杨万里接待的正使是没有文学特长的女真人裴满余庆,有文学修养的汉族副使现

---

① 周必大:《文忠集》卷一五二,影印文渊阁四库全书本。
② 辛更儒:《杨万里集笺校》,中华书局2007年版,第2949页。

已失考,但可以推测,他一定亲眼目睹了如日中天的诚斋体,一定会珍惜这难得的机会增进对诚斋体的了解。诚斋体传入北方,是否与此经历有关? 不无可能。其他诗人在迎送途中,也会有相关之作,如虞俦有《往瓜洲护使客回程》一诗,说明迎送途中常伴有文学活动。

需要说明的是,南宋文人与金国使节之间的文学交流总体有限,我们现在还没有发现南北文人次韵唱酬的作品(仅有南宋使金文人与金国接伴使之间的唱和)。由于敌对政权,不同身份,他们之间的感情距离较大,难以结下友情。绍熙二年(1191 年),袁说友充当金国贺生日使接送使,最后为金使饯行,有《饯金使出北关风雨大作》传世:

出郭初行十里赊,狂风急雨闹田家。香秔饱熟云翻浪,荞麦新开雪作花。浅水半村环野趣,好山一带接京华。晚来踏尽临平路,风脚全收雨脚斜。

饯别对象当是女真人完颜充一行。[①] 与一般饯别诗不同,该诗没有抒写常见的惜别之情,而是着力描写夏秋间乡野丰收喜人景象以及诗人送别金使之后的轻松喜悦心情。这种欢快格调的饯别诗,可谓别具一格,因为饯别的对象是让南宋人厌烦的金使,送走他们,是件快事。所以,这种饯别诗不太可能与金人交流,因而也就失去了文学交流的意义。

● 原文刊载于《求是学刊》2010 年第 3 期。
● 胡传志,安徽师范大学文学院教授,博士生导师。

---

① 脱脱等:《金史》,中华书局 1975 年版,第 1459 页。

试论郝经文学创作的渊源与造诣

钱志熙

  明代学者陶自悦的《陵川集序》对郝经在学术及文学上的渊源及成就,曾作过如下的评论:

  当干戈俶扰之秋,齐盟早渝,邾莒不狃,宁复知有通经学古之事? 先生蒙难艰贞,不夷其明,蕴酿载籍,发为赡博宏肆之言。理性得之江汉赵复,法度得之遗山元好问。而独申己见,左右逢源,固自有其文。以之骖驿前哲何愧? 嗣后姚氏燧、虞氏集、揭氏傒斯、戴氏表元、黄氏潜、柳氏贯、欧阳氏玄、吴氏莱,咸以其文成一家言,有名元代。非先生导其先路哉?①

  陶氏论郝经,一是指出其师承之正,即"理性得之江汉赵复,法度得之遗山元好问"。二是赞扬其造诣之高,即"而独申己见,左右逢源,固自有其文"。师承正而又能够自得,这是一个文学家取得杰出成就的重要的两个方面。在"理性"之学与诗文艺术方面分别对郝经产生影响的赵复与元好问,一为来自南宋的理学家,一为金元之际的文学巨匠。可见郝经在学术与文学方面,同时接受了南北两朝主流思想与文学的影响。这正是郝经能够在金元、宋元之际的文学发展历史中占有主流的、承前启后的地位的原因。清代学者章学诚揭橥学问之精义云"辨章学术,考镜源流"②,陶自悦之论郝经,正是如此。陶氏所论着重于师承,但一个真正有成就的学者与思想家,除了得师承之正外,还要有深广的渊源,也就是说一个杰出的有成就的文学家,不仅要接受其当代的主流的思想与文学的影响,而且要进人更广阔的文学传统,也即接受文学史的广泛的影响。陶氏所说

---

① 郝经:《陵川文集》,秦雪清点校本,山西古籍出版社 2006 年版,第 3 页。
② 《文史通义校注》,中华书局 1985 年版。

的"左右逢源",其实已经包括了这样的意思在内,只是引而未发。这当然是古人论文体制所限。本文拟在陶氏等古人评论的基础上,尝试对郝氏文学创作与学术思想之渊源作进一步的探索,并尽可能地对其自得的造诣作出恰当的评价。

一

郝经虽然是入元后成名的文人,但其文学的根抵是在金代培养出来的。元朝灭金,继而灭南宋,在文学方面,同时也接受了金、南宋两方面的遗产。这其中到底是南宋文学的影响重要,还是金代文学的影响重要,我觉得是很值研究的问题,也可能不同的人会有不同的看法。一种看法重视金代文学对元代文学的影响:"世多以金偏安一隅而国祚稍促,遂谓其文不及宋元,不知有元一代文章,皆自金源启之。无论遗山老人才力沉雄,超出南宋诸公之上,即如赵闲闲、王滹南等,视虞范辈何多让焉。"①郝经祖父为郝天挺,师为元好问,正是金元之际文统中的重要人物。金代与南宋对峙,其文学也每以唐与北宋为渊源,与并时的南宋对峙,形成中国文学史上新的南北朝文学的局面。郝经本人,是金源文统的宏扬者,其论文学也明显是重金源而轻南宋的。这种批评倾向,并不始于郝经,随着金朝文学的发展,金代文学家在创作与评论上已经开始自觉树立本朝文学的独立统系。其中郝经的老师元好问就是在理论上确定金代文学独立统系的重要人物,其论云:

国初文士如宇文大学、蔡丞相、吴深州(激)之等,不可不谓之豪杰之士。然皆宋儒,难以国朝文派论。故断自正甫为正传之宗,党竹溪次之。礼部闲闲公又次之。自萧户部真卿倡此论,天下迄今无异议云。②

郝经继萧真卿、元好问等人之后,继续阐扬金代的文统,《陵川集》中有关金代文学之论述甚多。《陵川集》卷九《书蔡正甫集后》:

哀哉萧闲蔡丞相,崔浩幸免门房诛。文采风流今尚存,笔力矫矫钟遗孤。中朝尚文属安治,儒雅柄用软诗书。扬厉传绩加润色,铺张鸿休尊典谟。共推小蔡燕许手,金石瑰奇近世无。森森凡例本六经,贯穿百代恢规模。追琢山岳砻琬琰,郊庙祠宇神兔墟。断鳌立极走四夷,铭功颂德流八

① 张金吾:《金文最·谭宗浚序》,光绪乙未刻本。
② 《翰苑英华中州集》卷1,四部丛刊初刻本。

区。煎胶续弦复一韩,高古劲欲摩欧苏。①

蔡正甫(硅)为蔡松年之子,元好问《中州集·蔡松年》:"二子硅字正甫、璋字特甫,俱第进士,号称文章家。正甫遂为国朝文宗。"②郝经之所以注意到蔡硅并以其为努力学习的对象,正是因为其"国朝文宗"地位。诗中还表示了要钻研蔡氏文学并从之取法的意思:

> 昨从张公借书读,文府武库浑不殊。堆山叠岸乱策中,烟煤一书缠网蛛。为读忽见文正宗,归来抚券为嗟吁。规矩准绳有大匠,自视所作何粗疏。乃今政须日一通,深探海底寻骊珠。更书卷尾记年月,龙集己酉八月初。

郝经于金亡后,徙居顺天(今河北保定),家贫好学,于铁佛寺苦读五年,后归于顺天守贾辅、张柔家,得以博览二家藏书。他这里所说的"昨从张公借书读"正是指借张柔家书的事情。可见张、贾二家书中多有金朝诸家文集,郝经在金亡后的苦读岁月中,对金代作家的诗文有过认真的学习。这也是继承其师元好问重视金代文献的精神。诗中以蔡氏文章为"正宗"之说,正是衍承元好问之论。又其《陵川集》卷九《读党承旨集》,也认为党怀英为金朝文派的奠定者:

> 金源文物纂辽宋,国初尚有宣政风。世宗大定三十年,师干不试信命通。藻饰皇度议事典,培植教养王化隆。胜残去杀于乎仁,继以泰和尤昭融。中间承旨掌丝纶,一变至道尤沉雄。肖然度越追李唐,诚尽简质辞雍容。斫雕剥烂故为新,畅达明粹理必穷。汉火百炼金源金,周制一用中华中。混然更比坡仙纯,突兀又一文章公。自此始为金国文,昆仑发源大河东。③

这里郝经指出金元文学承辽与北宋的统系,最初尚染北宋末徽宗朝宣和、政和文学风气的影响。但至大定年间,朝廷的政治由武功转向文治,以党怀英等人为代表的金代文豪,不仅可以媲美北宋,而且可追李唐,至此才形成金源独立的文学,即所谓"自此始为金国文"。

郝经认为,金源的文学之所以取得这样高的成就,是与其金源政治与文物制度之盛有关的。他在谈及金代的文化与人物时,毫不掩饰赞美与追怀之情,充分表现了郝经金元文化本位的立场。他的老师元好问在金元之际也表现出对金源历史与制度、文学的维护的热情,郝经在《遗山先

---

① 郝经:《陵川文集》,秦雪清点校本,山西古籍出版社 2006 年版,第 109 页。
② 《翰苑英华中州集》卷 1,四部丛刊初刻本。
③ 郝经:《陵川文集》,秦雪清点校本,山西古籍出版社 2006 年版,第 108 页。

生墓铭》中说元氏"每以著作自任,以金元氏有天下,典章法度,几及汉唐,国亡史兴,己所当为。而国史实录在顺天万户张公府,乃言于张公,使之闻奏,愿为撰述。奏可,方辟馆,为人所沮而止。先生曰,不可遂令一代之美泯而不闻。而为《中州集》百余卷,又为《金源君臣言行录》。往来四方,采披余逸,有所得,辄为寸纸细字亲为记录,虽甚醉不忘。于是杂录近世事至百余万言,捆束委积,寒屋数楹,名之曰'野史亭',书未就而卒"①。郝经显然受到元好问的影响,也继承了元氏这方面的学问。

郝经与元好问都重视金源文化与文学延承北方正统的地位。在褒扬金代文化时,郝经尤其重视金代文学在地缘上与唐宋文学的承传关系。他认为金源之所以能够成为文化之正统,除了政治上的成功外,还跟其踞于前代晋唐及北宋之旧地的地缘有关。《琼花岛赋》中云:"楛矢飞燕,辽倾宋奔。中夏壮观,萃于金源。"《静香亭二首》之二诗中赞扬燕地风俗云:"人物风流还似晋,衣冠儒雅尚如唐"。他还对这两句诗特意作注说明:"燕自两河之战,遂非唐有,荐罹辽金几四百年。然而不渐宣政佻靡之化,豪劲任侠,浑厚敦雅,犹有唐之遗风焉。故是诗有衣冠儒雅尚如唐之句。"②客观上说,金代的文化与文学,当然不能与晋唐相比,其成就当然也逊于北宋。他认为金元在文化上,继承的不仅北宋治世的规范,而且还能远溯唐世之风。郝经所自觉继承的就是这个金源的文统。受金代中期"国朝文派"越宋宗唐的倾向的影响,郝经对北宋文学也是有所贬抑。但客观上,无论是金代作家还是元好问、郝经,都深受是北宋庆历至元祐的文学与理学的影响。

可见,郝经是金元之际"国朝文宗"论的主要人物,而"国朝文宗"也构成郝经文学最重要、最直接的渊源。还有,我们必须看到,郝经等人所谓"国朝文宗"的真正的意义,并非如我们今天的文学史家在理解这个词时那样,仅仅只是强调金代文学的独立性,而他们更重要的意图与观点是强调金代文学的正统性,含有贬抑同期的南宋文学的意思。后来《四库全书》提要的作者赞郝经"其文雅健雄深,无宋末肤廓之习"③,扬郝经而抑宋末,在评价倾向上其实与提倡"国朝文宗"的一派有渊源关系。

---

① 郝经:《陵川文集》,秦雪清点校本,山西古籍出版社2006年版,第478页。
② 郝经:《陵川文集》,秦雪清点校本,山西古籍出版社2006年版,第189页。
③ 《钦定四库全书总目》(整理本)卷166,中华书局1997年版。

二

在郝经的观念里,金源文学以地缘之关系,继承了辽与北宋的文学,并在此基础上发展为"金源百年富诗文"①的"国朝文派"。因此,郝经自觉探索的文学渊源,是由金源而上溯辽、北宋。他也与大多数古人一样,将北宋之灭亡归结为王安石变法与徽宗君臣的失政,因此其政治观念上,也是完全站在旧党一派的,而对旧党受到压制的徽宗时代政治与文学,采取批判的态度,称之为"宣政佻靡之化"。认为金代文学,最初犹染"宣政风",但很快就将之革除。郝经这样的文学史观,是颇为耐人寻味的。从南宋文学的角度来看,虽然南宋与北宋的文学之间,有很大的变化,但通常总是视为一朝文学的两个发展时期。但从金元文学家郝经的角度来看,北宋文学则是一种已然结束的前朝文学,唐宋文学的发展规律,都是初期沿承前朝之风,经过一段时间的发展逐渐革除前朝文学之积弊,形成本朝文学的盛世气象。元好问、郝经等人认为金代文学可以媲美唐宋,所以也要为金代文学找到一个否定前代的新起点。这个作为否定对象的前代文学,当然不可能是整个北宋文学;于是郝经着眼于对"宣政之风"的批判,同时也对继承"宣政之风"的金初宇文虚中、吴激、蔡松年等人的创作有含蓄的贬抑。由于客观上与金代文学并行的南宋文学成了文学史的主流,所以后来的文学史家在叙述北宋文学与金代文学的关系时,并没有采用郝经等人的史观。但是郝经本人,也许还包括其他的金元文学家,却是将他们正面继承的文学史确定在"宣政"之前。这对于我们理解金元文学史的发展进程,可能是很重要的一个线索。

从与北宋文学的关系来看,郝经最推崇的以苏黄为代表的元祐文学。《遗山先生墓铭》云:

诗自三百篇以来,极于李杜。其后纤靡淫艳,怪诞癖涩,寝以驰弱,遂失其正。二百余年而至苏黄,振起衰踣,益为瑰奇,复于李杜氏。金源有国,士务决科干禄,置诗文不为,其或为之,则群聚讪笑,大以为异。委坠废绝,百有余年而先生出焉。当德陵之末,独以诗鸣,上薄风雅,下规李杜,粹然一出于正,直配苏黄氏。②

---

① 郝经:《陵川文集》卷8《读麻征君遗文》,秦雪清点校本,山西古籍出版社2006年版。
② 郝经:《陵川文集》,秦雪清点校本,山西古籍出版社2006年版,第478页。

　　郝经的文学理论,其实论其渊源,正是出于北宋庆历至元祐欧、梅至苏黄一派。其根本宗旨是以道德为根本,文章为枝叶,认为儒者所务首先是道德行为,道胜则文不难自工。其《儒行序》就集中反映了这种文学思想:

　　世之所谓儒者,文章而已矣。父师以之垂训,学者以之为务。有司以之进退多士。是以翕然相尚,炳然相辉,而儒之为儒,不复古矣。盖文章者儒之末,而德行者儒之本也。务其本而末自从,有诸内则必形诸外。韩之所谓根之茂者,其实盛;膏之沃者,其光晔。仁义之人,其言蔼如也。则谓之儒者,可工于文章而已矣乎? 文章工矣行如之何。秦君道隆,志乎古者也。欲学之知所先务,乃取《儒行》一篇并其传注,锓木而版行之。庶几天下不独以文章为儒,以德行者为儒也。人之去浮华、植本根、革浇讹、尚忠信、雍雍皞皞,复古之治,其张本于兹乎。岁辛亥夏五月甲戌陵川郝经序。①

　　郝氏论诗,则一重政教,一重情性,其宗旨与中唐至北宋诗文革新者最为接近。其《五经论·诗》云:

　　昔者圣人惧民情之塞而弗通也,于是乎观乎诗。诗者述乎人之情者也,情由感而动,故喜怒哀乐随所感而发。感之浅也,或默识之而已,或形乎言而已。感之深也,言之不足,长言之,长言之不足咏歌之。诗之所由兴也。喜而为之美,怒而为之刺。其哀也为之闵,其乐也为之颂。美而不至于谀,刺而不至于訾。哀之也而不至于伤,乐之也而不至于淫。己不能尽,而托之于人;人不能尽,而托之于物。物不能尽,而归之于天。上焉公卿大夫,下焉薪翁筍妇,有所感而必有所作。君而知之天下之情,无不通矣故,致治之君观乎人情也必于此乎取之……至矣哉,诗之于王政如是之切也,于人之情如是之通也,于治乱如是之较且明也,故有国君人者不可以不读诗。②

　　又其《与撖彦举论诗书》云:

　　经白:昨得足下诗一卷,瑰丽奇伟固非时辈所及。然工于句字,而乏风格。故有可论者,诗文之至精者也。所以歌味性情以为风雅,故摅写襟素,托物寓怀。有言外之意,意外之味,味外之韵。凡喜怒哀乐,蕴而不尽发,托于江花野草,风云月露之中,莫非仁义礼智喜怒哀乐之理。依违而

---

① 郝经:《陵川文集》,秦雪清点校本,山西古籍出版社2006年版,第416页。
② 郝经:《陵川文集》,秦雪清点校本,山西古籍出版社2006年版,第278页。

不正言,恣睢而不迫切。若初无与于己,而读之者感叹激发,始知己之有罪焉。①

　　郝经的上述诗学观点乃至其论说的方式,都与黄庭坚十分接近,其中以性情为体,比兴为用,都是黄庭坚所强调。黄庭坚论诗,重风雅及盛唐建安,轻晚唐,强调取法为上,不为"后世辞人"之语,重风格而不徒尚辞句之工等理论,郝经基本上都继承了。② 最后郝经明确提出取法于三百篇及汉魏诸人,于唐宋则仅取李杜苏黄。这正是郝氏自己所选择的取法对象。可以说,郝氏诗歌的正抓,正是由元好问而上溯以苏黄为代表的元祐诗风,再上溯以李杜为代表的盛唐诗风,进而上溯汉魏,以至上摩风雅体。他的创作,就是在这样的渊源中展开的。

三

　　郝经的文学创作,是建立在博通经史和文学史源流的基础上的,是典型的学者型作家。《四库全书总目》对其作了很高的评价:"其生平大节,炳耀古今,而学问文章亦具有根柢。如太极先天诸图说、辨微论数十篇、及论学诸书,皆深切著明,洞见阃奥,《周易》《春秋》诸传,于经术尤深。故其文雅健雄深,无宋末肤廓之习。其诗亦神思深秀,天骨秀拔,与其师元好问可以雁行,不但以忠义著也。"③郝经继承唐宋文道之说,讲究以道德为根据,经学为渊源,为人为文,都是有根柢有枝叶。他正是按照唐宋文道思想来历练人格与文章,所以他的作品中充满了理性的光辉。但是郝经并不简单地将文学视为载道明志的工具,而是凭借其博学的功底,深探诗文的艺术传统,重视文学的创作规律。从郝集的体裁使用情况来看,郝经不但效法汉魏以下的多种诗体,而且写作不少古赋。诗文方面也是各体兼重,尤重古诗与歌行。这些方面,都显示郝经在创作上努力追效唐宋各大家,规抚其体制与法度。他的文学特点,可以说是理正而气盛,这一点当时的人就已看到,如与郝经同时被奉使南宋、同被羁留真州的门生苟宗道就这样评论其诗文成就:"其文则涵养蕴蓄之久,理足而气有余,盖

---

　　① 郝经:《陵川文集》卷24,秦雪清点校本,山西古籍出版社2006年版。
　　② 参见钱志熙《黄庭坚诗学体系》(北京大学出版社2003年版)中《贰·情性说:诗歌本体论》、《叁·黄庭坚的兴寄观和黄诗的兴寄精神、兴寄方法》两部分的有关论述。
　　③ 《钦定四库全书总目》(整理本)卷166,中华书局1997年版。

有激于中,则吐而为之辞,如长江大河,有源有委,下笔数千百言,不求奇而自奇。无意于法而皆法,纯乎理性而不杂,故能自成一家之作。其诗则气韵高远,止乎礼义,得诗人忠厚之意,故撼写至理,吟咏性情,不为尖新切律之语,亦足以自成一家。"①所谓"理"是根植于郝经的理学家人格修为与学养,而"气"则是其追求文学的艺术性的一种表现。这后者正是郝经不同于以往理学家文学的地方,理学家仅以文学为载道之具,郝经则在载道之外,自觉追求文学本身的审美功能。

宋金两朝,都以诗赋取士,所以北宋与金代的文学家都擅长赋体,其基本风格有两类,或骈俪声律,称骈赋或律赋,或趋于散文化,称为文赋。郝经的赋作,多属骈俪之体,风格壮丽沉雄,气势奔遁,具有较高的艺术价值。他不仅吸取北宋、金源辞重视思理、兴比的特点,表现出很强的思想性,同时又学习汉魏六朝辞赋的修辞与风格,像《哀三都赋》这样的作品,明显受到庾信《哀江南赋》影响,可以看出郝经对于六朝骈俪之赋的深造有得,其造诣在宋金元赋家中可以说一流的。其他如《泰山赋》、《怒雨赋》都堪称杰作。马积高先生的《赋史》注意到郝赋的成就,"如《冠军楼》、《泰山》、《牡丹菊》、《幽诉》、《秋风》等确都有雄壮之气,《怒雨》一篇尤有壮彩"②。但对于郝氏在辞赋史上的地位,似乎还是评价不够。我认为郝氏的作品中,就艺术的价值来看,应以辞赋、歌行为最高,足以证明他虽然是一位学者型的作家,却具有很高的文学天赋。

郝经的古文风格雄深,雅健中有纤舒之感,立论新而不怪,奇不伤雅,其风格近于欧阳修、苏轼,《四库全书总目》说"其文雅健雄深,无宋末肤廓之习",乃符合实际的评论。南宋的古文,较之北宋诸家,总的趋向是应用性增强而古文的艺术性有所下降,如其时的文体普遍趋于浅易,并且不少作品有冗长敷衍之弊,如人物传记类的墓志铭、行状,越来越趋于程式化。同时受到讲学、科举应试的影响很大,议论空疏,的确有《四库全书总目》所说的肤廓之习。郝经的古文思想,主要表现在《文弊解》③、《文说送孟驾之》④两文,其基本宗旨仍属于文以明道一派,以六经为文之极至,而

---

① 郝经:《陵川文集》,秦雪清点校本,山西古籍出版社 2006 年版,第 22 页。
② 马积高:《赋史》,上海古籍出版社 1987 年版,第 491 页。
③ 郝经:《陵川文集》卷 20,秦雪清点校本,山西古籍出版社 2006 年版。
④ 郝经:《陵川文集》卷 22,秦雪清点校本,山西古籍出版社 2006 年版。

以后世韩、欧、苏诸人为能继之。在《文说送孟驾之》中正面提出"文乎理"的主张,而在《文弊说》则提出文是"实"的表现看法。初看其文论,似乎有故作高论的嫌疑,但联系他的古文乃至诗赋创作,就可知其努力以六经义理为宗旨,而以中唐、北宋诸家为楷模。虽然其创造性不及唐宋八大家,但尚未沦于时文之风。我们看他的各种文体,如论、说、记、传,不仅文体多样,而且各篇的章法也力求变化。这正是古文家的遗风,后来的明清古文流派如桐城派等,更明确地提出"义法"这一范畴。"义法"之外,郝经古文还有一个显著特点,就是因事寓意,继承唐宋古文家的比兴之道,而应用较唐宋古文家更广。其诸台室厅堂之记,如《芦台记》、《容池记》、《江石子记》①,都是作于出使南宋被拘于仪真馆时,托意于微物而寄幽忧愤慈之情,可以说有柳宗元永州八记之遗韵。然与柳宗元相比,郝氏文体稍显冗繁。另外柳文每于逼真传神之外,寄托遥情;郝氏则生动精彩不足,并且每多议论。这也是郝氏古文整体上不如唐宋诸大家的原因所在。因为时代之下降,文体的日渐繁芜,文风之多歧,文用之日繁,南宋、金源的文章,整体的艺术水平都在下降。郝经虽然明确地意识到这一点,努力追抚唐宋诸大家,但其创造性毕竟在减少。

郝经的古诗,多有效法魏晋古风的,如《寓兴》②、《和陶诗》③这两个大型的组诗,多效以阮籍、陶渊明为代表的诗风。它的特点是杂用抒情、说理比兴之体,所写内容多为天人之际、古今之变。郝氏治义理之学、性理之学,所以这类古体的体制与传统,正与他的治学倾向符合。清人朱樟说郝经"诗文词赋,亦不肯作秦汉以下语",这个说法有所夸大,但郝经的诗文辞赋创作上具有复古倾向是毋庸置疑的事实。另外郝经的诗歌具有摅写幽索、捐除愤感的功能,他处干戈抢掠、世变频仍的时代,又经历着使宋长期被拘这样的不幸,采取了以诗歌吟咏性情来达到心理平衡的治养心性的方式。其拘禁仪真馆时期,潜心学术以求立言之功,同时多赋古诗以摅幽怀,以写愤懑,使他很自然地进入了魏晋古诗的传统中。本来这类五言古风体,在宋金时代已经不流行,郝经大量创作,正是其潜心古学的治学风格在其诗学中的反映。这些诗中,有大量的平典之体,但也有精致

---

① 郝经:《陵川文集》,秦雪清点校本,山西古籍出版社 2006 年版。
② 郝经:《陵川文集》卷 2,秦雪清点校本,山西古籍出版社 2006 年版。
③ 郝经:《陵川文集》卷 6,秦雪清点校本,山西古籍出版社 2006 年版。

的哲理诗,如:"天容恒青青,日月自昏晓。此心本澄净,万事空纷扰。日月不变天,万事不变心。洞观天人际,一理神几深。"(《寓兴》)有些诗,效汉魏晋比兴寓意之体,艺术较为成功。如下面这首诗:"昂昂两飞鸟,不知何许来。结巢黄金殿,弄语登瑶台。吾民竞奔走,恍惚为惊猜。或为鲁鸡鸨,拜祀祈矜哀。或为长沙鹏,与世生殃灾。岁久卵翼繁,百千为朋侪。山水割膏腴,构宇凌天街。遂令周孔徒,冻馁缠霜埃。"(《寓兴》)这首诗中的双鸟,实指佛、道两教,诗中写佛道两教为统治者所崇侫,因此愚民的思想,造为寺宇,壮丽崇宏。周孔之徒为其所挤压,冻馁霜埃之中。此诗立意,实出陈子昂《感遇》其十九"圣人不利己"(《全唐诗》卷83)一首和韩愈的《双鸟诗》(《全唐诗》卷340),《双鸟诗》的主题向有多说,一为韩孟自指,一为佛老两教,笔者曾著文讨论。① 从郝经这首诗中,可知郝经是将韩氏《双鸟诗》中的"双鸟"理解为佛老两教的。

　　郝氏的长篇歌行,是他各体诗作中造诣最高的一体。郝氏承宋金诗风,以笔力、气格见长。又其人学问渊源、阅历丰富,才思壮健,所以在诸体中,最擅长于歌行体,郝氏歌行,于唐宋诸家如李杜、苏黄及至江西诗派体,多有取法。其咏宋金人物,如苏轼、司马光、党怀英、蔡正甫、元好问等人,多用长篇歌行体,其整体的风格,与苏、黄及江西诗派接近。总的来看,其风格以雄奇劲健为主。章法则取转折遒峭,句法矫健有力,如《白沟行》:

　　西风易水长城道,老汀查牙马频倒。岸浅桥横路欲平,重向荒寒问遗老。易水南边是白沟,北人为界海东头。石郎作帝从珂败,便割燕云十六州。世宗恰得关南死,点检陈桥作天子。汉儿不复见中原,当日祸基元在此。沟上残城有遗堞,岁岁辽人来把截。酒酣踏背上马行,弯弧更射沟南月。孙男北渡不敢看,道君一向何曾还。谁知二百年冤孽,移在江淮蜀汉间。岁久河干骨仍满,流祸无穷都不管。晋家日月岂能长,当时历数从头短。日暮途穷更着鞭,百年遗恨入荒烟。九原重怨桑维翰,五季那知鲁仲连。只向河东作留守,奉诏移官亦何疚。称臣呼父古所无,石郎至今有遗臭。②

　　此诗感慨石敬塘割燕云十六州与辽史事。由于作者处身的历史时代,使他能够从一个大的背景中分析评价这个事件。郝经虽然处金元本位,但在感情上,对北宋王朝是相当认可的。此诗中其实隐约流露出北宋

---

① 钱志熙:《也说韩愈〈双鸟诗〉的寓意》,载《古典文学知识》1996 年第 5 期。
② 郝经:《陵川文集》,秦雪清点校本,山西古籍出版社 2006 年版,第 94 页。

遗民的心理,反映出郝经在族群与王统认同上的复杂性。

郝氏歌行,笔力奇劲,尤长于起句。它的开头,经常有一种"笔落惊风雨"的感觉,突然横出,奇侧而复稳健。如《入燕行》的开头:"南风绿尽燕南草,一桁青山翠如扫。骊珠昼擘沧海门,王气夜塞居庸道。"①《华不注行》:"昆仑山巅半峰碧,海风吹落犹带湿。意气不欲随群山,独倚青空迥然立。平地拔起惊屠颜,剑气劲插青云间。济南名泉七十二,会为一水来浸山。"②《宿铁塔寺》:"西风萧萧暮烟湿,满袖青携乱山人。枯云黯惨忽蔽空,未及黄昏陡昏黑。"③郝氏歌行中,也时有哀感顽艳的体制,略近于李贺,但未能神似。他有《长歌哀李长吉》一诗,有句云:"元和比出屠龙客,三断韦编两毛白。黄尘草树徒纷纬,几人探得神仙格。"④歌颂李贺的天才,显见其歌行风格,除了学习宋金诸家外,对中唐李贺、卢仝的尚奇与顽艳,也有过效法。如《宣和内人图》咏宋徽宗宫女图,寄寓了一定的历史感慨,《怀来醉歌》写胡姬之美与文士掠艳之态:

胡姬蟠头脸如玉,一撒青金腰线绿。当门举酒唤客尝,俊入双眸耸秋鹘。白云乱卷宾铁文,腊香一喷红染唇。据鞍侧鞚半林鬣,春风满面不肯嚬。系马门前折残柳,玉液和林送官酒。二十五弦装百宝,一派冰泉落纤手。须臾高歌半酡颜,貂裘泼尽不觉寒。谁道雪花大如席,举鞭已过鸡鸣山。⑤

此诗造语颇为奇隽,并且富有谐婉之趣,显示郝氏作为诗人的本色。另外,从这类以唐人的风格为范的诗作中,也可看出金、元之际诗风由宗宋向回复唐风的转变迹象。郝氏的近体诗,造诣远不及元好问,与他自己的古风、歌行也不能相比。其律诗略工,绝句则拗硬,缺少神韵,与后来虞、扬、范、揭诸家不能相比。总的看来,郝经的诗歌创作,从诗史的脉络来看,是处于宗宋的金源诗风向宗唐的元代诗风转变的前期。基本上是属于北宋、金源诗风的范畴的。以上主要通过郝经本人的自述及其对文学史及重要作家的自述,简单地钩沉其文学创作的渊源,并且通过对其辞

---

① 郝经:《陵川文集》卷9,秦雪清点校本,山西古籍出版社2006年版。
② 郝经:《陵川文集》卷10,秦雪清点校本,山西古籍出版社2006年版。
③ 郝经:《陵川文集》卷10,秦雪清点校本,山西古籍出版社2006年版。
④ 郝经:《陵川文集》卷8,秦雪清点校本,山西古籍出版社2006年版。
⑤ 郝经:《陵川文集》卷10,秦雪清点校本,山西古籍出版社2006年版。

赋、古文、古体及歌行方面的代表作品的评点,分析其在文学方面的深厚的功底与较高的悟性。整体上说,他的文学,是沿着唐宋诸大家的文道相结合、文以明道的道路进行的,是典型的儒家文学。金元之际其实存在一个儒学家文学的群体,郝经可以说是他们的代表。这种儒家的文学,在个性与创造性方面,比起唐宋诸大家的文学要弱一些,但其对文学艺术性及作品的艺术价值的重视,又远远超过两宋理学家。他们规抚唐宋诸大家文学,更加突出道之文的意义,但对艺术的形式与风格,也有相当的深入的探索。郝经可以说是这一派文学家的代表。

郝经是一个很值得深入研究的作家,也是文学史上一个很复杂的个案。他实际是处于多重的文学与文化背景、并且也处于多重的政治与族群的背景中的一个作家。就文学背景来讲,郝经所接受、面对的是北宋、金源、南宋、元初等多个文学背景,这些文学背景又与复杂的族群政治矛盾纠葛在一起,使郝经不可能完全超越于政治与族群的矛盾之上。所以郝经在面对上述王朝文学体系时,在接受与评价上表现出很多的矛盾,这些矛盾也反映在他的创作中。可以说,他所面临的文学背景与思想抉择,比他的老师元好问要复杂得多。但是郝经找到了一个对于他的人生及文学都极为关键的一个体系,这个体系就是儒家的思想体系以及中唐至北宋崇尚文道合一的文学体系。尤其是前者,对于郝氏来讲,是一个无可置疑的大前提,是凌驾于所有的复杂政治与族群矛盾之上的一个大前提。这也可以说郝经还有与其处境相似的文学家、思想家的安身立命之处。我觉得这才是郝经研究中最值得探索的问题。从这个意义上,本文还只是在比较浅表的层面上,对郝经所面临的复杂的文学背景及其接受的情况进行了一些探索。

●原文刊载于《求是学刊》2007 年第 4 期。
●钱志熙,北京大学中文系教授,博士生导师。

首脑智慧的深层较量

——《三国演义》用人之道比较谈

刘敬圻

"得人者昌,失人者亡。"一切大大小小的首脑型人物,往往把这句话挂在嘴边。

认同与领悟之间,挂在嘴上与身体力行之间,不存在天然等号。于是,关乎国家、集团、家族之盛衰荣辱成败存亡的惨烈较量,天天在继续着。

《三国演义》①并不是一部讨论人才问题的理性读物,它只是一部历史小说。不过,它提供的人才现象却空前繁富、多元、开放,足够一代又一代首脑型人物和华夏子孙无穷无尽地咀嚼下去。

那里面有永远的用人之道。它的正面与反面经验,决不因时空的转换与流变而稍有淡化或消解。

清人毛宗岗对这部大书的用人艺术多有精致的点评。②

20 世纪八九十年代出版的相关著作中,也有系统、精微甚至竭泽而渔式的解读。③ 拙文仅选择一个侧面,从梳理文本入手,对曹操、刘备、孙权(而不是二袁、二刘、二张、一韩们)在人才大战中的智商与情商,进行冷静拷问与客观评说。

---

① 《嘉靖本三国志通俗演义》,人民文学出版社 1975 年版。

② 《增像全图三国演义》,中国书店 1981 年版。

③ 如胡世厚、卫绍生著《三国演义与人才学》,巴蜀书社 1993 年版;胡世厚、卫绍生著《人才与谋略》,中州古籍出版社 1989 年版;霍雨佳著《三国演义谋略新探》,海南人民出版社 1988 年版;霍雨佳著《三国演义用人艺术》,海南人民出版社 1986 年版;陈辽著《三国谋略成功术》,中国台湾海风出版社 1995 年版。

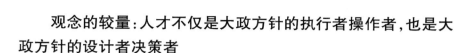

观念的较量：人才不仅是大政方针的执行者操作者，也是大政方针的设计者决策者

有位大思想家说，路线确定以后，干部是决定因素。这话无疑是正确的。不过，《三国演义》的人才现象还一再告诉人们，路线确定之前，干部（即为你的事业效命的人才，尤其高层次人才）也是决定因素。

换言之，不拥有经天纬地的高层次人才，难以确立改天换地的可行性路线，难以实现惊天动地的绚烂目标。

矢志开天辟地的首脑型人物，万万不可只相信自己的大脑。曹操、刘备、孙权的创业总设计，无一不是身边的大谋士首先提出而得以上下呼应的。只是三人并不同步。

在人才与路线的互动关系上，在三位"有包藏宇宙之机，吞吐天地之志"（曹操语，见《三国演义》第21回）的大人物中，唯刘备觉醒得最晚。[①]他为他观念的滞后付出了代价。他蹉跎，他狼狈，他像"困龙"一样长期干涸而不得入水。

熟读《三国演义》的人，大都注意到以下现象：在曹、刘、孙三人中，刘备出场最早，而且从小顽童的时候起，就做着皇帝梦了。可是，当全书演绎了近三分之一篇幅，曹操、孙权他们已成大气候了，刘备依旧惶惶然奔波于各路诸侯之间，没站稳一块立锥之地。用他自己的话说，是"命途多蹇"；用司马徽的话说，是"落魄不偶"；用一句俗话说，他白白折腾了20多年[②]。

何以如此？司马徽一语破的——"盖因将军左右无人耳"。这一诊断，不只对刘备是当头棒喝，对一般读者说来，也颇有刺激性。

不过，只要逐回逐节逐句地阅读文本，不难发现，邂逅司马徽之前，刘备的人才观念一直处于蒙昧状态，他的主要兴奋点是韬光养晦，以小事大，"屈身守分，以待天时"（刘备自语，第15回）。他先后17次投奔过16个山头；他夹着尾巴周旋于吕布、曹操、袁绍、刘表之间；他历练出一整套

---

① 胡世厚、卫绍生著《三国演义与人才学》较早地指出了这一点。参见该书第92页，巴蜀书社1993年版。

② 从灵帝光和末年黄巾起兵、中平元年刘焉招募义兵引刘备出山，到建安十二年冬邂逅司马徽，方知"左右无人耳。"前后22年。

无与伦比的自我保全、辨识风向的人生经验,等等。但还不是一个以善于识才用人为特长的精明政治家。

考察大人物们的人才观念,自有更严苛的具有历史浑厚性的测试天平。在这个天平上,在相当长的岁月中,刘备与他的主要对手相比较,有点失重。

他的头号对手曹操是第 1 回登场,第 3 回才正式亮相,到第 14 回便在人才大战中独占鳌头。

先是荀彧、荀攸叔侄来投。"操与语大悦,曰:此吾之子房也!"从那一刻起,曹操便自信地宣称,他拥有了张子房(旺汉 200 年的张良)一般的超一流谋士,并采纳了荀彧设计的"深根固本"、"奉天子以令诸侯"的战略思想。

尤具震撼力的是,曹操并不以拥有了张子房型的高参而陷入盲目性。在平袁绍、定辽东以前,他的"唯才是举"是一曲不绝于耳的高亢恒久的咏叹调。

早在青州时期,他身边的高层次人才已形成相互举荐、相互推重、源源不绝的良性循环态势。荀彧上任伊始,便推荐了"兖州贤士"程昱;程昱推荐了"当今贤士"郭嘉;郭嘉推荐了"汉光武嫡派子孙"刘晔;刘晔又推荐了满宠与吕虔;满宠吕虔又推荐了毛玠……一个不断完善的多元开放的高层智囊团就这样构建而成。到第 14 回,曹操一方就呈现出"文有谋臣,武有猛将,翼卫左右,共图进取"的优化组合格局。

刘备的另一个对手孙权是第 29 回才崭露头角的。他继承父兄基业后的第一件大事,便是向周瑜讨教守业之策。周瑜的回答字字千钧:

自古得人者昌,失人者亡。为今之计,须求高明远见之人为辅,然后江东可定也。

当即举荐了临淮义士鲁肃。自此,孙权便拥有了自己的"荀彧"。"鼎足江东以观天下之衅"的战略性决策,正是鲁肃送给孙权的见面礼。

鲁肃上任之初,便推荐了博学多才的诸葛瑾;刚刚由京返吴的张又推荐了蔡邕门徒顾雍;加上孙策留下的两大支柱周瑜与张昭,少年孙权登场之初便酿造了选贤授能的良好气候。到第 38 回(即刘备"三顾"那一回),他在"广纳贤士"方面竟然一发而不可收:

连年以来,你我相荐。时有会稽阚泽……彭城严峻……沛县薛综……汝阳程秉……吴郡朱桓……陆绩……吴人张温……乌伤骆统……乌程吾粲……汝阳吕蒙……吴郡陆逊……琊徐盛……东郡潘璋……庐江丁奉……文武诸人，共相辅佐。由此，江东称得人之盛。

司马徽对刘备用人症结的诊治，正是发生在如此激剧的人才争夺战的背景之上。刘备的"困龙"状态，正是其人才观念长期懵懂所引发的冷峻严酷的格局。

司马徽的儆示让刘备幡然醒悟。尽管迟了很多年，但毕竟推出了"人才史"上最精彩的礼贤下士范例"三顾茅庐"；获得了"创业史"上最精湛的设计蓝图"隆中策"；拥有了"辅宰史"上最精忠的军师和贤相诸葛亮。诸葛亮为他赢得了荆州，"困龙"终于得以入海①；诸葛亮为他赢得了益州，称王称帝梦终于得到补偿；诸葛亮还为巩固与发展刘蜀的基业八面应酬，七擒孟获，六出祁山，殚精竭虑，呕心沥血，肝脑涂地，鞠躬尽瘁，直至病逝北伐前线。

"三顾"的灿烂，足以使刘备在中国的用人史册中吐气扬眉。只可惜，"三顾"的辉煌并没有得到延续。刘备没有抓住孔明出山的契机，扩大战果；没有策划与吸引人才的大动作；没有像曹、孙两方那样出现高层次人才互荐、互补、良性循环的大好走势。

刘备被"三顾"的光芒迷惑了眼睛。

刘备太满足于和孔明的"如鱼得水"。

刘备的政治、外交、军事，以及战略、战役、战术设计，主要忙活孔明一个人了。

孔明不只以一当十，他甚至以一当百了。

这是人才观念的又一次落伍。

尽管刘备的某种特独、可贵的个人魅力（见后文）也为他吸引了若干贤士英才，如赵云、伊籍（他又推荐了马良）、张松、马超等，但在整体上，在刘备的生前与生后，其左右始终没有形成优化组合的高层次智囊团。

一个诸葛亮，总会捉襟见肘。

荆州的失守，猇亭的惨败，都与诸葛亮分身无术，即没有诸葛亮辅弼有直接关系。让人困惑的是，关羽失荆州、走麦城，父子双亡，刘备屯兵于

---

① 《三国演义》第56回，曹操曰："刘备，人中之龙也……今得荆州，是困龙入大海矣。"

包原隰险阻,被火烧连营七百里,都是由十分低级的错误引发的。

诸葛亮离开荆州的那一瞬间,已发现他的继任者关羽有两大致命弱点。一是动辄"除死方休",而不是如何"竭力保守此地";二是对"北拒"、"东和"的大政方针缺乏起码的认识。"欲待不与,其言已出",尽管千叮咛万嘱咐,但毕竟没有层次较高的谋士留在关羽身边。诸葛亮离去的时候必有忐忑不安。想当年,许田射猎,见关羽拔刀欲斩曹操时,有刘备在旁当即制止了他;而今孙权遣使求结秦晋之好以抗曹操,关羽竟"勃然大怒",辱骂孙权,还想"立斩"来使……如此荒诞无知的思维方式和行为惯性,却因左右无人(连刘备这种层次的智囊也没有)而得不到匡正。于是,发生了孙权与曹操联手夹击荆州的惨剧。从这种意义上说,关羽和荆州不是被孙权断送的,是关羽自己断送的;进一步说,也不是关羽自己断送的,而是刘备和诸葛亮分身无术,任用不周所断送的。

以上或令人愉悦或让人遗憾的现象,对后世创业者不能不多有启迪:

人才,不只是首领人物的手或脚,更可以充盈首领人物的大脑。如荀彧郭嘉程昱们之于曹操,鲁肃周瑜们之于孙权,诸葛亮之于刘备。此其一。

可以充盈大脑的高层次人才,也不宜一花独放。要营造立体的多元互补的开放的流动的高层人才良性循环态势。有没有这种群体优势,是大不一样的。此其二。

即使拥有了高层人才团队优势,也不可些许淡化持续参与人才大战的热诚与韧性。创业,没有止境;"三顾"精神,有必要承传、深化、花样翻新,并走向永恒。此其三。

政策的较量:为人才提供足够开阔的舞台,为其纵横驰骋排除人为的屏障

人才不是陈列品,其价值不在于收藏或观赏。招纳人才的唯一目的,是"用"。被招纳者的共同希冀,是被重用。

《三国演义》、《水浒传》、《西游记》、《儒林外史》、《红楼梦》、《聊斋志异》等超一流大作品中,无不密切关注、展示、探究着大男人们的生存状态与人生价值,还往往由此而陷入观念冲撞、答案难觅的困惑之中。

在上述人才命运协奏曲中,《三国演义》几乎是唯一的例外。虽说它

也展现了多幕特色人才走向陨落的悲剧①,但其基调却是讴歌成功,一大批具有进取精神、勇武精神、献身精神的智者在不同层面不同领域的成功。

曹操、刘备、孙权自然是成功男人之最。而他们独具魅力的人才政策,又为他们吸引了足够三分天下的忠勇智慧之士,还为后者的建功立业提供了宏大辽阔的舞台。曹操一方的人才储备,甚至为魏晋后来的一统天下做了铺垫。

他们政策的优异,主要体现为不拘一格,唯才是举,人尽其才,各得其所,从而与最有实力的河北、荆州、益州三家老牌诸侯判然有别。有别于袁绍的"外宽内忌,用人而疑"(第18回),有别于刘表的"善善而不能用,恶恶而不能去"(第35回),有别于刘璋的"禀性弱,不能任贤用能"(第60回)。其余如袁术、张绣、张鲁、韩遂之辈,更难以望其项背。在"得人者昌,失人者亡"的无情法则拷问下,东汉末年逐鹿中原的赢家,已成定局。

曹刘孙三方用人政策的显性特征有五。

其一,用人不论资考。

资考,资历与出身也。宋代杰出的文豪欧阳修有感于朝廷用人因拘泥资历与出身而败事,曾不厌其烦地上书,曰:"革去旧例,惟才是择"(论契丹侵地界状);"用人不限资品,但择有才"(论学士不可令中书差除札子);"不限资考,但择才堪者为之"(论台官不当限资考札子);"有贤豪之士,不须限于下位;有智略之才,不必试以弓马;有山林之杰,不可薄其贵贱"(准诏言事上书);"限以资例则取人之路狭,不限资例则取人之路广"(再论台官不可限资考札子)。这种智慧闪耀在《三国演义》的字里行间,而以曹操为最佼佼者。②

慧眼识关羽。当年十八路诸侯会盟讨卓,董卓爱将华雄连斩盟军将领三名,形势紧迫,"众皆失色"时,曹操便慧眼识英雄,力排众议,不拘一格,支持无名小卒马弓手关羽迎战董卓大将华雄。出马之前送上热酒一杯,获胜后又"使人赍牛酒抚慰"。其远见卓识已初露端倪。毛宗岗是铁杆反曹派,但在这一事件中,他也按捺不住对曹操的赞赏和对袁绍兄弟"拘牵俗见,不能格外用人"的蔑视。他还借题发挥说:"甚矣,目前地位

---

① 如效忠吕布的陈宫,效忠袁绍的田丰、沮授、审配,效忠刘璋的王累,等等。还有一些出于复杂的主客观原因而中途夭折的人物,如祢衡、孔融、崔琰、杨修、许攸、张松等。

② 《欧阳修文集》,参见《全宋文》卷663～763,巴蜀书社1991年版。

不足量英雄也！……英雄不得志时，往往居人背后，俗眼不能识。"曹操之不俗，已是定论。

擢拔山野壮士。初识典韦，曹操便十分喜爱，称其为"古之恶来"（商纣臣子，极有勇力），任命为"帐前都尉"，"解身上锦袄，及骏马雕鞍赐之"，立功后，又任"领军都尉"。初见许褚，便喜其武勇，诈败俘获后，"亲解其缚，急取衣衣之"，"拜为都尉，赏劳甚厚"，称其为"吾之樊哙（刘邦勇将）也"。不拘资例的擢拔信用，极大地激发了典韦、许褚的忠勇精神，在曹操平生最为狼狈的关头，如濮阳攻吕布、宛城战张绣、渭水遇马超之时，均得二人死命向前，舍身救主，使曹操绝处逢生。

史书中说曹操"识拔奇才，不拘微贱"[①]；"拔于禁、乐进于行陈之间，取张辽、徐晃于亡虏之内……其余拔出细微，登为牧守者，不可胜数"[②]（武帝纪裴注）；并非溢美之词。

其二，举才不论亲疏。

祁奚荐贤"外举不弃仇，内举不失亲"[③]（《襄公二十一年》），已成千古佳话。《三国志》又高扬起"苟得其人，虽仇必举；苟非其人，虽亲不授"（蜀书·许靖传）的大纛，将用人选才的公正与公道表白到极致。《三国演义》开卷不久，出现了一位仁者陶谦。他本有两个儿子，可病危之际，却偏偏三让徐州于刘备，理由只有一条："二子不才，不堪国家重任。"因刘备总是推来推去，陶谦最后以手指心而死。毛宗岗在"夹批"中写道："陶恭祖……其名曰谦，其字曰恭，其人则让，可谓名称其实。"毛评并没有点到要害处。陶谦的可贵不在其谦恭礼让，而在其用人不论亲疏而以国家为重。陶谦的风范，在曹刘孙的用人过程中也时有体现。

刘备与关羽、张飞情同手足。用关羽的话说："朋友而兄弟，兄弟而主臣也。"五伦中一下子就占去了三伦，是三重保险的关系。可是，诸葛亮一来，刘备便觉得"如鱼得水"，待之如师，"食则同桌，寝则同榻，终日共论天下之事"，以致"关张二人不悦"。"博望坡军师初用兵"之后，关、张才懂得了诸葛亮的价值，看准了诸葛亮的加盟对他们大家都有好处。于是，理解了新来乍到的孔明何以一下子成了刘备身边的一号人物。

---

① 司马光：《资治通鉴》，中华书局 1956 年版。
② 陈寿：《三国志》中华书局 1959 年版。
③ 《左传》，中华书局 1981 年版。

刘备去东吴招亲,是一步险棋。说好听了是将计就计,说难听了是明知陷阱却偏偏硬着头皮往下跳。派谁护卫刘备前往?赵云。选赵云而不选关或张,是再正确不过的了。关羽刚愎自用,张飞粗率鲁莽,都不适宜单独一人承担如此复杂艰险旷日持久的外交使命。在这项任务面前,非赵云莫属。孔明的倡议,刘备的认同,赵云的默契,确保了三条锦囊妙计在既定时间既定场合发挥出它既定的威力。不费一兵一卒挫败了东吴的美人计,让对手赔了夫人又折兵。这是用人不论亲疏的又一范例。

刘备一方也曾因任人唯亲,引发了难以弥补的灾难。在此类过失中,以"关羽守荆州"为最荒唐,其损失也最惨重。

诸葛亮为什么偏偏选任关羽而不是选任赵云(赵云当时也在荆州任上)留守荆州?结论已被他当众挑明:

主公书中虽不明写其人,吾已知其意了……今交关平赍书前来,其意欲云长当此重任。云长想桃园结义之情,可竭力保守此地。

一次以揣测领导意图为出发点的错误选择。

用人的失误,又加上关羽观念上的谬误,共同酿就了荆州悲剧。在荆州事件中,诸葛亮与刘备的过失,远比失街亭严重。试想,倘带领关羽进军益州,肯定屡立战功,威震西川,关羽与荆州悲剧都不会发生。

"任人之长,不强其短;任人之工,不强其拙。"①(《内篇问上二十四》)这是关羽失荆州走麦城事件留给后人的又一教益。

其三,举才不论长幼。

《三国演义》在这一方面的正反经验,也让人过目难忘。

在曹操的智囊团中,可谓群贤毕至,少长咸集。其中最年少的郭嘉最被曹操看好。平袁绍后,定辽东前,郭嘉于征途病亡。他染病养病之际,曹操已颇内疚,"泣曰:因我欲平沙漠,使公远涉艰辛,以至染病,吾心何安?"待远征乌桓回兵之日,郭嘉已死,亡年38岁。曹操"大哭曰:奉孝死,乃天丧吾也!"毛宗岗于此有一夹批:"前哭袁绍是假,此哭郭嘉是真。"曹操亦不讳言,他的至为悲痛,是因为郭嘉最年少欲托以后事而不得的缘故。

诸葛亮27岁充任军师,让刘备的基业从无到有,由弱到强,兼跨荆

---

① 《晏子春秋》,中华书局1982年版。

求/是/文/艺 HQSWH 《求是学刊》发刊200期

益,三分天下。刘备的五虎上将,也是老少咸集的优化组合。可是,当他在错误的时间发动了那场错误的猇亭大战的时候,他的人才评估准则也连续发生了大的误差。先是侮慢"昔日诸将皆老迈无用",致令黄忠发愤出阵,又斩敌立功心切,以致阵亡;继又歧视"年幼多才"的东吴主帅陆逊,蔑称"黄口孺子";更自诩"用兵老矣","颇知兵法",调兵安营的一应布局皆随心所欲,甚至拒绝向孔明讨教。轻老,蔑少,独断专行,难怪孔明叹曰:"汉朝气数休矣!"

在这场战事中,与刘备成反照的是孙权。刘备亲率70万大军征吴之初,也曾气势逼人:他"威声大振",使"江南之人,尽皆胆裂,日夜号哭"。孙权也曾为此而"举止失措"。但当有谋臣举荐"擎天柱"小将陆逊之后,他当即清醒。顶着疑惑、惊诧、不平、"愤愤然"等舆论压力,命人连夜操办了一系列拜将程序,并将"所配剑"赠与陆逊,赋予他"先斩后奏"之权限,令掌六郡八十一州兼荆、楚各路军马。对陆逊的选择在文武百官中多有异议,直到决战与决胜前夕,仍有人怀疑他的战略部署与决策能力。在如此背景上选择小将陆逊,尤其显现出孙权的超拔不俗。

纵观《三国演义》三大战役,有两个意味深长的共同点。一是以至弱胜了至强;二是相对年轻的主帅打败了有身份有声望的疆场老将。这种现象的背后,不是有诸多规律可资探寻么?

其四,举才不论急缓。

用人者对人才的珍视程度与对人才的急需程度是成正比的。当天寒地冻衣不蔽体时,人人渴望着"雪中送炭";当风格日丽而又衣衫完好时,却不一定需求"锦上添花"。假如仅仅从生活质量着眼,满足于雪中有炭而不羡慕锦上有花者,倒也不失为一种品位;可一旦赋予这两个成语以哲理意蕴,比如借它们比喻首脑人物的用人政策时,其是非褒贬贤愚正邪便泾渭分明了。曹操慢待张松,孙权拒纳庞统(此乃孙权用人进程中唯一的过失),正是这一较量中的反面教材。

孙权嫌庞统貌丑且话不投机,便断然拒绝了他。孙权的偶而糊涂虽说失去了一位高参,但对东吴的现状与未来还不至于招致遗恨终生的麻烦。曹操就不同了。曹操慢待张松,失去了进兵西川统领益州的大好时机,从而客观上把西川拱手送给了刘备。

史书对曹操这一历史性失误,已有定评。如《资治通鉴》卷65转引晋人习凿齿论曰：

昔齐桓一矜其功而叛者九国，曹操暂自骄伐而天下三分。皆勤之于数十年之内而弃之于俯仰之顷，岂不惜乎！

习氏对曹操排拒张松的过失、心理背景和永久遗憾，说得再明白不过了。《三国演义》借助艺术想象，将史书中简约的文字铺展转换成载沉载浮、远奥隽永的情节场面；曹操雄踞北方之后，头脑膨胀、踌躇满志、骄横自矜、忘其所以，以至与益州失之交臂的浅陋和愚蠢，跃然纸上。

顺便说一下，在张松事件中，与曹操成强烈反照的是刘备。刘备与孔明密切窥测张松动向，伺机而迎候之，礼遇之，泣送之；特别是"欲得西川，却又假意推托"，"极欲买是物，偏故作不欲买之状，直待卖者求售，然后取之"（毛本第 60 回评语）的政治智慧，令人叹为观止。这一举措，足可与"三顾"相辉映了。礼遇张松的成功，一方面冷峻地揭示了求贤若渴的功利性以及由此派生的某种姿态性、作秀性，另一方面，却又是对"得人才者得天下"这一永恒真理的绝妙补充。

其五，举才不念旧恶。

不念旧恶，又分两种情景。

一种是，为我所用之前，已有某种劣迹（或口碑欠佳），但确有特长者，则用之。另一种是，已经为我所用，却又二三其德者，也要体谅宽容，并继续信用之。后者尤为不易。在这一点上，曹操的眼光和胸襟，又在各路诸侯之上。史书所载其《求贤令》（之二）曾宣告："夫有行之士未必能进取，进取之士未必能有行也。陈平岂笃行？苏秦岂守信邪？而陈平定汉业，苏秦济弱燕。由此言之，士有偏短，庸可废乎！"[1]（武帝纪）对此，小说中多有展现。

不杀陈琳。陈琳曾奉袁绍之命，草檄讨伐曹操，"数曹之恶"，且辱及其祖、父。平定袁绍后，陈琳被俘，"左右劝操杀之"，曹操非但不杀，反怜其才华横溢，"命为从事"（亲随僚属）。[2]

礼遇张辽。张辽原为吕布勇将，被俘前曾与曹操直面厮杀，被俘后又与其直面冲撞，说"可惜当日火不大，不曾烧死你这国贼！"曹操知其忠

---

① 　陈寿：《三国志》中华书局 1959 年版。
② 　不杀陈琳一事，乃毛本增写，见《三国演义》第 22、第 23 回。毛宗岗增写陈琳草檄（并收入檄文）的主观命意是强化曹操"奸雄"性格，与拙文的解读有别。参见毛本第 22 回总评。

义,终"亲释其缚,解衣衣之,延之上坐","拜为中郎将,赐关内侯"。

尽焚部属私通袁绍之书。平定袁绍后,发现"许都及军中诸人与绍暗通之书"。左右曰:"可逐一点对姓名,收而杀之。"曹操则曰:"当绍之强,孤亦不能自保,况他人乎?"遂命尽焚之,更不再问。明嘉靖本《三国志通俗演义》于此引"史官"诗曰:"尽把私书火内焚,宽洪大度播恩深。曹公原有高、光志,赢得山河付子孙。"(毛本已删)

安抚张绣。张绣第一次降曹后,因曹操私通邹氏(绣之寡婶),怒极而反,夜袭曹帐,欲置之于死地。在此次突发性恶战中,曹之长子、爱侄及虎将典韦皆死于非命,他自己右臂中箭,坐骑阵亡。这是曹操征战史上屈指可数、至为狼狈的遭遇之一。然时过境迁,又有谋士谏其招安张绣,曹竟慨然应诺。当张绣消解了"与操有仇,安得相容"的疑虑,"赴许都投降"之际,曹操不仅尽释前嫌,而且不无歉疚地"执其手曰:有小过失,勿记于心"[1];封张绣为"扬武将军"。

恢廓大度的政策,源于气壮山河的目标。正像张绣谋士贾诩所言:"曹公王霸之志,必释私怨,以明德于四海。"《三国志》曾转录曹操答袁绍的一段话,可作为解读"不念旧恶"现象之旁证:

当今天下土崩瓦解,雄豪并起,辅相君长,人怀怏怏,各有自为之心,此上下相疑之秋也。虽以无嫌待之,犹惧未信;如有所除,则谁不自危?且夫起布衣,在尘垢之间,为庸人之所陵陷,可胜怨乎!高祖赦雍齿之仇而群情以安,如何忘之?(武帝纪,裴注)

必须补充的是,曹操的"不念旧恶"有个最低档,即下线:绝不接纳、不宽谅一切卖主求荣者。即便勇武盖世所向披靡的超级战将,或者曾经与他里应外合、破敌建功的内线人物,也绝不饶恕。吕布、苗泽、杨松的"恶",就属于被拒绝范畴。

个人魅力的较量:良禽相木而栖,贤臣择主而事;用人者的风神气度直接作用于人才走势

观念的较量,政策的较量,说到底还是用人者个人魅力公开透明的竞赛。

---

[1]　毛宗岗于此处有夹批曰:"乱其叔母,乃曰小过失,亏他一副老脸皮。"(毛本第23回)拙文解读与之有异。

魅力，是一种综合效应。一个人的魅力，是其自然属性、社会属性相互推动下生发的、独具特色的、相对恒定的、难以抗拒的吸引力。

成功人物的个人魅力，往往透过表里贯通的独特风神和兼容并包的恢弘气度展现出来。比如，曹操的魅力得益于他的雄才大略，刘备的魅力得益于他的宽仁厚德，孙权的魅力得益于他的坦诚磊落；而三位神采各异的风流人物却共同拥有一种海纳百川的博大胸襟气度。于是，自然而然，他们成了大动荡年代吸引各方人才的大赢家。

宽仁厚德，是一种永远的魅力。这是刘备留给后人的经验和财富。

或出于先天秉赋，或出于后天教养，或出于秉赋、教养与人生经验的合一，刘备自始至终高扬着一面旗帜：温良恭俭让。"操以急，吾以宽；操以暴，吾以仁；曹以谲，吾以忠；每与操相反，事乃可成耳。"这是刘备的著名宣言。尽管这一宣言的内涵丰厚而复杂，尽管从宣言中可以嗅到浓浓的策略性、手段性、面具性味道，但它毕竟是很打动人的；再加上他在"三辞徐州"、"携民渡江"、"不夺刘表（荆州）"、"摔阿斗"等场面中那些不乏真诚的精彩表演，刘备的独特魅力已显而易见，并形成一种强大的舆论力量。以至于连他的政敌也不能不承认他是"宽以待人，柔能克刚，远得人心，近得民望"（第60回）的无敌英雄。

赵云投奔他，是看中他宽仁厚德，是"用人之人"（第28回）。

徐庶投奔他，是看中他"仁德及人"（第35回）。

庞统投奔他，也是看中他是"宽仁厚德之主"，"必不负平生所学"（第57回）。

张松投奔曹操受挫后，转投刘备，同样是看中他"仁义远播"，"宽仁爱客"（第60回）。

有论者说，刘备对人才的吸引，与标榜"大汉宗亲"有关；作家、作品对他的"汉朝苗裔"与"皇叔"身份异乎寻常的在乎。

这是无庸置疑的事实。书中动辄挑明刘备的汉家血统（少说65次以上吧），刘备自己亦动辄抛出"汉室末胄"、"汉朝苗裔"、"汉室宗亲"这张王牌（有时恰到好处，有时画蛇添足，有时则浅陋可笑之至）。凡此，均与作者、修订者的正统观念脱不了干系。

当袁绍让手下人为刘备"取坐"并"命坐"的时候，当陶谦病重之际想将徐州托付给刘备的时候，当徐庶之母痛斥徐庶不该进曹营的时候，当诸葛亮力排众议舌战群儒的时候,当乔国老动员吴国太招刘备作女婿的时候,当刘备的谋士们朋友们为他招徕人才的时候,都不约而同,亮出刘备"乃汉室宗亲"(或皇叔)这张牌。

然而,这毕竟不是最打动人和最基本的因素。否则,就无法解释,同是"汉室宗亲"、而且"名称八俊,威震九州"的刘表,还有资历、实力远在刘备之上的刘璋,何以后院起火,众叛亲离?何以被曹操斥之为"虚名无实"、"守户之犬"?又何以眼睁睁丢掉了经营已久的偌大地盘?

要之,刘备的魅力主要不来自血统,而来自一种独特的、恒久的、浓浓的亲和力,一种毕生不曾放弃的、既是伦理追求又是伦理面具的宽仁厚德风神。

雄才大略,也是一种永远的魅力。这是曹操留给后人的经验和财富。如果把刘备的魅力简称为道德魅力,那么,曹操的魅力则可以简称为才智的魅力。是一位气壮山河、才具众长的大创业者对人才的呼唤和吸引。

诸葛亮在"隆中对"中对曹操有一中肯评价:"自董卓造逆以来,天下豪杰并起。曹操势不及袁绍,而能克绍者,非惟天时,抑亦人谋也。"荀彧、郭嘉虽为曹操效力,但皆非阿谀之辈,他们在不同场合对曹操与袁绍的优劣,作出过十分精当的概括,著名的"十胜十败"说,可为代表(第18回)。曹操异乎寻常的才略以及由此激活的生机勃发的风采是有目共睹的。

曹操的这种魅力在不同阶段上又有不同的亮点。

早期,即会盟讨伐董卓时期,突出展现其勇武精神和组织能力;中期,即除袁术、破吕布、灭袁绍、定刘表时期,突出展现其进取精神和乐观情绪;后期,即大宴铜雀台、战马超、平汉中时期,突出展现其中庸精神与清醒头脑。

前两个时期的曹操,无疑洋溢着无可争议的雄才大略风神(姑从略);后期的曹操,已历练成一个恪守中庸精神的智者,这是其雄才大略在特殊阶段上的延伸。

正如他在大宴铜雀台时所坦言:他的人生价值追求是逐步升级的。"始举孝廉",只想避乱读书,以待天下清平而后仕。被朝廷召"为典军校尉"后,便萌发了"为国家讨贼立功,图死后得题墓道曰:汉故征西将军曹侯之墓"的念头,即渴望青史留名。没想到事情越做越大,戎马关山,东征西讨,一统了三分之二天下,"身为宰相,人臣之贵已极"(说到这儿,抑止不住志得意满情绪）；"如国家无孤一人，正不知几人称帝，几人称王"（假如沿着这种情绪膨胀下去，就果真要萌发不臣之心了。然而，曹操毕竟不是王莽，他毕竟没有篡汉。毛本于此处增补白居易《放言五首》之三半首："周公恐惧流言日，王莽谦恭未篡时。向使当初身便死，一生真伪复谁知！"不伦不类）。曹操还特意告诉对他"妄相忖度"，疑他"有异心"的人，他们的担忧是多余的。他从不曾产生过篡位改元的打算。不过，想让他怯于流言，委捐兵重，乖乖地蛰居一隅，也是万万不可的："诚恐一解兵权，为人所害"；而且"孤败则国家倾危"；绝不扮演"慕虚名而处实祸"的笨伯。临终前不久，他还告诉那些怂恿他"早正大位"受命称帝的人，他绝不会利令智昏，把自己架到炉火上去烤，绝不会做出授人以柄，"必起兵端"的蠢事。

这正是中庸精神。是儒家政治、哲学思想主要支撑点之一。其核心是处事待人不偏不倚，无过无不及。《论语·雍也》说："中庸之为德也，其至矣乎。"何晏《集解》说："庸，常也，中和可常行之道。"李大钊《民彝与政治》说："判其曲直，辨其诚伪，校其是非，必可修一中庸之道。"这是中庸精神的本义。把中庸解读为平庸、妥协、保守、不求进取，是后来的事。曹操后期，不畏人言，不惮风险，也不利令智昏，不篡汉改元，恰恰是其智商情商及其意志力①超群绝伦之处。

尽管人生路上，有某些特色人才先后弃他而去（如陈宫、孔融、崔琰等），还有两位功勋卓著的战略性人才（荀、荀攸）因谏阻其封公封王而遭冷遇，甚至悲剧性地死去，但他还是众望所归，"才"源滚滚。有志于建功立业者纷至沓来，在三方三国中构建了最雄厚最灿烂的人才星系。

有论者说，曹操的魅力，很大程度上是因为他"名为汉相"，"奉天子名号"的缘故。

这也是无庸置疑的事实。当年荀为曹操设计的"不世之略"的重心，便是"奉天子以从众望"（第14回）；程昱劝谏曹操时也强调说，"明公所以能威震四方，号令天下者，以奉汉家名号故也"（第24回）；张昭劝孙权降曹时，亦以"曹操挟天子而征四方，动以朝廷为名"作说词（第44回）；

---

① 2002年9月上旬，郭英德教授应邀在哈尔滨两所高校讲学时，曾这样评价小说中的曹操："他不是不想当皇帝，他不是不能当皇帝，可是他始终没有当皇帝。他的意志力是惊人的，可赞叹的。"

关羽走投无路、暂且降曹时,也郑重表白"吾与皇叔设誓,共扶汉室,吾今只降汉帝,不降曹操",这种自相矛盾语无伦次的声明,客观上也把曹操和汉室掺和到一块去了(第25回)。"奉天子以从众望"的设计,确实帮了曹操的大忙。

然而,这毕竟不是曹操足以永远吸引人才的基本点。否则,就无法解释,在漫长的历史进程中,在战乱纷争的年代里,拥有曹操般社会名分的人比比皆是,可是,如同曹操那样,"凭借天下之智力,以道御之",除残去秽,定乱扶衰,统一大半个中国并为后人的一统九州准备下一大批人才者,何以如此稀罕? 在《三国演义》中,在曹操权倾朝野之前,也曾出现过董卓挟天子、李郭汜挟天子的局面,他们又何以不能凭借权位优势成就一番让人赞叹让人诅咒让人争议不休的业绩,却在短暂得不能再短暂的日子里,烟消云散,化作无声无嗅的历史垃圾?

毛宗岗在抨击曹操的时候,曾作出如下精微判断:

历稽载籍,奸雄接踵,而智足以揽人才而欺天下者,莫如曹操。听荀勖王之说而自比周文,则有似乎忠;黜袁术僭号之非,而愿为曹侯,则有似乎顺;不杀陈琳而爱其才,则有似乎宽;不追关公以全其忠,则有似乎义。王敦不能用郭璞,而操之得士过之;桓温不能识王猛,而操之知人过之……窃国家之柄而姑存其号,异于王莽之显然弑君;留改革之事以俟其儿,胜于刘裕之急于篡晋。是古今来奸雄中第一奇人。

毛宗岗执著地把曹操定位为"奸雄"的同时,也不得不痛苦而清醒地欣赏其雄才大略,欣赏他"知人","得士","不弑君,不篡汉"的超级智慧与清醒头脑。

如同刘备的宽仁厚德一样,曹操的魅力也是独特的、个性的、恒定的,并不是有了权柄和名分的人物,都可以应运而生。

磊落坦诚,更是一种永远的魅力。这是孙权留给后人的一种经验,一种财富。如果说,刘备的魅力主要是道德魅力,曹操的魅力主要是才智魅力,那么孙权的魅力则主要是人格魅力。或许历史上的孙权果真这样,或许因为作家过分地注意了刘与曹而忽略了孙权,孙权的性格构建比曹刘二人单纯明净了许多。受此制约,在用人上虽然没有落入尽善尽美的俗套,但确实少有曹操的权谋和刘备的伪善,而透发出浓浓的浩然之气。其显性特征有五。

孙权出场最晚（第29回才第一次登场），也最年少，但吸纳人才的自觉程度与增长速度，却十分惊人。孙策26岁病逝之日曾安慰其母曰："弟才胜儿十倍，足当大任。"此话并非敷衍之词。孙权受命后第一次与周瑜对话的主题，正是事业与人才的关系；他做的第一件大事，正是以滚雪球形式组建高层智囊团；他还创造性地开设"宾馆"，派高级谋士专职"延接四方宾客"，等等，从而，迅速出现"江东称得人之盛"的局面。毛宗岗于此处有一夹批：

方写玄德得一贤（指孔明出山），接写孙权得多士。程普、黄盖、周泰、韩当则孙坚所得，周瑜、张昭、张，虞翻、太史慈等则孙策所得，若鲁肃、诸葛瑾、顾雍则孙权初立时所得，今阚泽、吕蒙等数人（此处新增14人——笔者注）又独后至。

也可谓慧眼识孙权了。

更重要的是，在用人的全过程中，在选才、用才、识才、惜才的各个环节上（除误拒庞统外），孙权从未发生过大的失误。

再换个角度看。全书最引人瞩目的三大战役，即官渡之战、赤壁之战、猇亭之战中，有两次战役是孙权所任用的统帅导演了中国古代战争史上最辉煌戏剧，留下了以至弱当至强、以少胜多的精彩战例。仅次于三大战役的荆州之战中，又是孙权信用的吕蒙吸收了陆逊等的集体智慧，战胜了神勇将军关羽，动摇了诸葛亮"隆中对"所设计的一统天下的根基。

尤为感人的是，孙权与部属之间已形成一种本真自然、同声同气的莫逆关系。他听聪，视明，公正，敦大，即使偶而作出一时糊涂的用人决策，也能兼听而不惑，将失误化解在萌动之初。如荆州决战前夕，他曾召吕蒙商议，让吕蒙与孙皎（孙权堂弟）"同引大军"，共同指挥战局。此意向被吕蒙断然拒绝：

主公若以蒙可用则独用蒙；若以叔明（孙皎）可用则独用叔明。岂不闻昔日周瑜、程普为左右都督……颇不相睦，后因（程普）见瑜之才，方始敬服？今蒙之才不及瑜，而叔明之亲胜于普，恐未必能相济也。

吕蒙的坦直，让原本磊落的孙权当即"大悟"。为避免内耗与扯皮，遂"拜吕蒙为大都督，总制江东诸路军马"，而令孙皎"在后方接应粮草"。有容乃大，无欲则刚。孙权的风神怎能不激发部属的知遇之感与效命精神？

此外，与周瑜之间一生一世的亲密无间；与鲁肃"同榻抵足而眠"的和谐与随意;以及抚周泰之背、"泪流满面"地让他将"如同刀剜,盘根遍体"的枪伤"与众将观之"、"一处伤令吃一觞酒"的款款深情等,无不真挚可信。

一个有趣的现象也请稍加留意。孙权在世之时,江东的文臣与武将、老臣与小将、重臣与偏将之间,在内外决策中也出现过大大小小的分歧,有时甚至关系到生死存亡大计(如赤壁战前的那场大辩论),然而,却始终不曾出现过一个谗邪之徒。这一现象,或许是作家不自知的疏忽而失于简单化,但从某种意义上说,是否与孙权坦荡磊落的人格魅力有某种关联?

成功人物尽管风神各异,但往往有一个共同点:气度恢弘。一种海纳百川的博大派头。

气度恢弘的人,大都用人不疑,从而让部属有安全感。如刘备之于赵云(第41回),孙权之于诸葛瑾(第82回),等等。

气度恢弘的人,大都能从谏如流,从而使部属有成就感。如曹操之于荀彧(封魏公前)、郭嘉、程昱,刘备之于诸葛亮(征吴例外),孙权之于周瑜、鲁肃、吕蒙、诸葛瑾,等等。

气度恢弘的人,大都能宽以待人,推功揽过,既保护了部属的参与意识又激励了其使命感。如曹操远征乌桓凯旋归来,重赏先曾谏阻其远征者(第33回),等等。

气度恢弘的人,大都能体恤人才,允许其来去自由,从而使离去的人怀有眷恋感。如刘备泣送徐庶,感动得后者终生不为曹操出谋划策;曹操礼送关羽,从而酿就了义释华容的动人故事(嘉靖本《三国志通俗演义》特引《三国志·武帝纪》裴注中一段话:"曹公知公不留,而心嘉其志,去不遣追,以成其义……此实曹公之休美。"),等等。

气度恢弘的人,大都不是绝情之人。对曾经奉献过才智与生命的部属,没齿不忘,从而,让活着的人会永远感动。如刘备之哭关羽(征吴的决策失误另当别论);孙权之哭周瑜,哭太史慈,哭陈武、董袭;曹操之三祭典韦,三哭郭嘉,等等。

毛宗岗对曹操的惜才爱将一贯持保留态度。他说"操之哭典韦,非为典韦哭也。哭一既死之典韦,而凡未死之典韦,无不感激"。毛氏或许自以为是诛心之论,其实,是他自己把大人物的情感流动看简单了。关羽死节之后,刘备痛不欲生,不惜以"万里江山"为代价,倾全国之兵为关羽复仇。这里面,除了尽义于桃园誓词之外,难道丝毫不包含着"失荆州"的憾恨与创痛? 世上本来没有无缘无故的爱。郭嘉和典韦对曹操及其事业的不可或缺,与曹操痛失他们的情真意切,存在着必然的同一性。在这类现象中,人情味与功利心,怀念亡灵与渲泄自我,实已难解难分。退一步说,一位成功的创业者对已逝功臣的持续不断的缅怀中,即使掺杂了做给活人看的"故意"动机,并由此激起生者的献身热诚,那也是无可指责的,甚至是可尊敬可宝贵的。

敬请纠谬。

● 原文刊载于《求是学刊》2002 年第 6 期。
● 刘敬圻,黑龙江大学文学院教授,博士生导师。

百回本《水浒传》的文本构成与意义诠释

王 平

一、问题的提出

按照诠释学的理论,文本意义的实现有赖于理解和诠释,诠释是文学作品的存在方式。如同伽达默尔所说:"谁通过阅读把一个本文表达出来(即使在阅读时并非都发出声音);他就把该本文所具有的意义指向置于他自己开辟的意义宇宙之中。"①这种观点虽有一定的道理,但也有其片面之处。文学作品既是读者阅读的对象,同时也对阅读、诠释有着客观规定性。《水浒传》作为一部优秀的古代文学作品,有着十分广阔的诠释空间,但是,这种诠释空间又不是无限的和不确定的。以往研究者对《水浒传》的诠释可谓众说纷纭,莫衷一是,甚至相互辩难,歧见迭出。在读者与文本的互动中,其意义被不断发现、不断丰富、不断扩大、不断更新,充分体现了诠释的多样性、历史性和时代性。然而对诠释的客观规定性却重视不够,因而导致了对其意义诠释的主观随意性,似乎《水浒传》可以根据主观理解和时代政治的需要而任意解读,以至于违反了作品文本自身的客观规定性,造成了对《水浒传》的误读和曲解。

文学作品的客观规定性包含着众多因素,文本构成则是众多因素之一。《水浒传》的成书过程比较复杂,在文本最终被写定之前,已经有史书、野史、笔记、话本、戏曲及传闻对其故事作了种种不同的描述。因此不少学者认为,《水浒传》的文本是由民间创作与文人加工共同完成的,或

———————
① (德)伽达默尔:《真理与方法》,洪汉鼎译,上海译文出版社1999年版,第649页。

主张集体创作说,或持文人写定说。早在 20 世纪上半叶,鲁迅、胡适、李玄伯、俞平伯等学者都对此作过深入研究,鲁迅先生就小说中的征辽情节指出:

> 然破辽故事虑亦非始作于明,宋代外敌凭陵,国政弛废,转思草泽,盖亦人情,故或造野语以自慰,复多异说,不能合符,于是后之小说,既以取舍不同而分歧,所取者又以话本非一而违异,田虎王庆在百回本与百十五回本名同而文迥别,迨亦由此而已。①

这段话有三层意思:其一,有关梁山好汉的故事在社会上流传甚广;其二,《水浒传》的文本因写定者取舍的不同而产生分歧;其三,文本的构成直接决定着文本的意义。

胡适先生根据他当时所掌握的资料,认为最早的本子大概是"招安以后直接平方腊的本子,既无辽国,也无王庆田虎,这个本子可叫做'X'本……也许就是罗贯中的原本"。这一认识来源于有关宋江的早期记载,如《大宋宣和遗事》等。胡适又说,后来有人"硬加入田虎王庆两大段,便成了一种更长的本子……这个本子可叫做'Y'本。""后来又有一种本子出来,没有王庆田虎两大段,却插入了征辽国的一大段。这个本子可叫做'Z'本。"②这就是说,《水浒传》文本因写定者取舍增删的不同而出现了种种不同的版本。胡适先生进而认为,明嘉靖年间武定侯郭勋家中传出的本子是假托郭勋之名,此本"虽根据'X''Y'等本子,但其中创作的成分必然很多。这位改作者(施耐庵或汪道昆)起手确想用全副精力做一部伟大的小说,很想放手做去,不受旧材料的拘束,故起首的四十回,(从王进写到大闹江州)真是绝妙的文字……但作者到了四十回以后,气力渐渐不佳了,渐渐地回到旧材料里去,草草地把他一百零八人都挤进来,草草地招安他们,草草地送他们去征方腊。这些部分都远不如前四十回的精采了。七十回以下更潦草的厉害,把元曲里许多幼稚的《水浒》故事,如李逵乔坐衙,李逵负荆,燕青射雁等等,都穿插进去。拼来凑去,还凑不满一百回。王庆田虎两段既全删了,只好把'Z'本中篇幅较短的征辽国一段故事加进去。"③胡适认为,尽管百回本《水浒传》的前四十回、中间三

---

① 鲁迅:《中国小说史略》,东方出版社 1996 年版,第 114 页。
② 胡适:《中国章回小说考证》,上海书店 1979 年版,第 119~120 页。
③ 胡适:《中国章回小说考证》,上海书店 1979 年版,第 125~126 页。

十回和后三十回存在着艺术上的明显差异,但却完成于一位写定者之手。造成这种现象的主要原因,胡适认为是写定者"渐渐地回到旧材料里去"。这就是说,由于部分情节源于已有故事,因此造成了全书文本构成的不平衡。至于写定者为何要"草草地招安他们",为何要"草草地送他们去征方腊",为何要把王庆田虎两段删掉,又为何要把征辽故事加进去,胡适先生没有作进一步的分析。

这一观点被后来许多学者所认可,同时也认识到了文本构成的差异所造成的各部分意义的不同。但也有不同见解出现,如侯会先生推测:"《水浒传》最精采的前半部(大致为前四五十回)当由一位才华横溢又愤世嫉俗的下层文人独立创写;小说不同凡响的思想艺术成就,也是由这前半部书奠定的。至于小说后半部的续写整理,则很可能如某些学者所说,是由郭勋门客之流接笔完成,时间当在嘉靖初年,要迟于天才作家的早期创写。"①这就是说,文本完成于不同编写者之手。要之,《水浒传》的文本整体与部分之间、部分与部分之间存在着明显的差异,从而导致文本构成的复杂化并影响着对文本意义的诠释,只有对《水浒传》的文本构成有一个正确的认识和把握,才能够对其意义作出合乎实际的诠释。

实际上,无论百回本《水浒传》是出于一位写定者之手,还是出于众人之手,为了寄托自己的理想情怀,最后的写定者对原有的记载、故事均作了必要的取舍、修改。将百回本《水浒传》与此前正史、野史、笔记、话本、戏曲中的有关记载进行比较,辨明《水浒传》对原有故事作了怎样的取舍和加工改造;原有故事在写进全书后发生了什么变化,写定者为何要作这种加工改造,这些取舍和修改如何影响着小说的文本构成等等,对于理解把握小说的文本意义具有重要作用。金圣叹在《水浒传》第一回回前评中曾慨叹道:"吾特悲读者之精神不生,将作者之意思尽没,不知心苦,实负良工。"②或许有些研究者不同意这种观点,认为小说写定者的意图不能限定小说文本的意义。但不可否认的是,小说写定者的良苦用心直接决定着文本的构成,因而应成为对作品诠释时的重要依据。

---

① 侯会:《疑水浒传前半部撰于明宣德初年》,载《文学遗产》2005 年第 5 期。
② 《水浒传》,山东文艺出版社 1995 年版,第 2 页。

二、关于前十三回

侯会先生通过对《水浒传》人物出场诗的考察，得出一个很有启发性的看法："前十三回(严格地讲是十二回半)的内容，是由另外的作者补写的；十二回以后的部分，才是《水浒》的原始面貌。试将前十三回删掉，我们会发现，摆在人们面前的仍是一部完整的《水浒传》。"①这一问题，聂绀弩先生也曾提出："最早的《水浒》本子，当只有宋江、晁盖等人的故事，很可能就是从时文彬升厅开始的。以前的那些人物：林冲、鲁智深、史进，甚至杨志在内，都和晁盖、宋江他们没有关系……所以以前的差不多十三回，都可能是后加的。"②只要把《大宋宣和遗事》与百回本《水浒传》稍作比较，可以发现这一说法有一定道理。《大宋宣和遗事》"元集"开头即写杨志卖刀，接下来便是智取生辰纲，晁盖、宋江早早便已出场。③ 百回本《水浒传》却在此前加上了王进、史进、鲁智深、林冲等人的故事，从而使文本显得十分独特。这样一种文本构成，实际上对全部文本的意义都有着重要影响，值得认真推敲。

《水浒传》前七十回主要叙写众好汉上梁山的过程，但在此之前，却先写了一位为躲避高俅迫害而私走延安府的禁军教头王进。对此，胡适先生作出了如下解释："郭本的改作者却看中了王庆被高俅陷害的一小段，所以把这一段提出来，把王庆改作了王进，柳世雄改作了柳世权，把称王割据的王庆改作了一个神龙见首不见尾的孝子，把一段无意识的故事改作了一段最悲哀动人又最深刻的《水浒》开篇。"④王进的故事是否确如胡适所说，是由王庆改编而来，姑且不论。但胡适从文本的构成入手，意识到了这种开篇"最悲哀动人又最深刻"，却很有道理。至于其深刻表现在何处，值得人们深思。王进与后来同样遭到高俅迫害的林冲不同，他没有投奔梁山，而是"私走延安府"。因此，王进的故事不在于揭示"官逼民反"、"乱自上作"的旨意，因为他既没"反"，也没"乱"。王进之所以要去

---

① 侯会：《水浒源流新证》，华文出版社 2002 年版，第 279～280 页。

② 聂绀弩：《论水浒的思想性和艺术性是逐渐提高的》，载《中国古典小说论集》，上海古籍出版社 1981 年版。

③ 朱一玄：《明清小说资料汇编》，齐鲁书社 1990 年版，第 275～281 页。

④ 胡适：《中国章回小说考证》，上海书店 1979 年版，第 125 页。

延安府,小说交代得很明白:一、"那里是用人去处,足可安身立命";二、"那里是镇守边庭,用人之际,足可安身立命"。王进三番五次强调去延安府的理由,就是要镇守边庭,这与后来梁山好汉接受招安、"奉诏破大辽"用意一致。可见小说的写定者在小说的开篇就为全书的意义定下了一个基调,这一基调不是"赞美农民革命",也不是鼓吹"官逼民反"、"乱自上作",而是避开当道的奸佞,去寻找自己的用武之地,为国家效力。

王进故事结束后,接下来是史进的故事。龚开《宋江三十六赞》"九文龙史进"的赞语为:"龙数肖九,汝有九文。盍从东皇,驾五色云?"①胡适认为其中含有"希望草泽英雄出来重扶宋室的意思"②。《大宋宣和遗事》中也有九纹龙史进之名。值得注意的是,《水浒传》中的史进开始时专与盗贼为敌。他指斥陈达说:"汝等杀人放火,打家劫舍,犯着弥天大罪,都是该死的人。"陈达回答:"四海之内,皆兄弟也。"史进却说:"什么闲话!"竟将陈达活捉了,准备"解官请赏"。朱武、杨春为解救陈达,双双来到史进庄前,表示愿与陈达一起"就英雄手内请死"。史进寻思道:"他们直恁义气!我若拿他去解官请赏时,反教天下好汉们耻笑我不英雄。"又对他们说道:"你们既然如此义气深重,我若送了你们,不是好汉。"不仅不将三人解送官府,反而与三人结为朋友。当官府闻讯前来捉拿陈达等人时,史进表明了"若是死时,与你们同死,活时同活"的决心。四人杀死仇人和前来拘捕的都头后,来到少华山寨,朱武等要挽留史进,史进说道:"我今去寻师父,也要那里讨个出身,求半世快乐。"史进与师父王进的想法一样,也要在边庭上"讨个出身"。金圣叹对此评道:"可见英雄初念,亦止要讨个出身,求半世快乐耳。必欲驱之尽入水泊,是谁之过欤?此句是一百八人初心。"由此可见,史进与王进一样,也不愿落草为寇,也想去边庭立功,同时在王进故事的基础上,又增加了对"义气"的推重。

高俅逼走王进后,又将林冲逼上了梁山,其用意或如金圣叹所说,是为了表明"乱自上作"。但有趣的是,在高俅设计迫害林冲之前,小说讲述的却是鲁智深的故事,从而使小说的文本结构与"乱自上作"之间再次产生疏离效应。按照小说的情节进展,并非没有鲁智深出场便引不出林冲的故事,这就不能不引起人们的思考:在鲁智深的故事中,小说写定者

---

① 朱一玄:《明清小说资料汇编》,齐鲁书社1990年版,第269~272页。
② 胡适:《中国章回小说考证》,上海书店1979年版,第15页。

又寄予了怎样的用意呢？在宋元梁山好汉的有关资料中，鲁智深是一个比较活跃的人物。南宋罗烨《醉翁谈录》记载的宋代话本小说名目中就有《花和尚》①，龚开《宋江三十六赞》中"花和尚鲁智深"的赞语是："有飞飞儿，出家尤好。与尔同袍，佛也被恼。"《大宋宣和遗事》三十六位将领中也有"花和尚"鲁智深，当其他三十三人都已聚齐时，鲁智深和张横、呼延灼尚未加入进来。然后说"那时有僧人鲁智深反叛，亦来投奔宋江"。现存二十二种元杂剧剧目中虽然没有以鲁智深为主角的戏，但在康进之的《李逵负荆》中，鲁智深被歹徒冒名顶替，并与宋江一起下山对质。元明间杂剧无名氏所撰《鲁智深喜赏黄花峪》（存）、《鲁智深大闹消灾寺》（佚）都以鲁智深为主角，前者剧本保存在《孤本元明杂剧》中，写鲁智深投宿黄花峪云岩寺，正值梁山好汉追拿的歹人蔡衙内躲避在此，鲁智深将其擒获，带往梁山处死。另一剧《梁山五虎大劫牢》中鲁智深是次要角色，第三折他的上场诗曰："敢战官军胆气粗，经文佛法半星无。袈裟影里真男子，削发丛中大丈夫。"②

在上述故事中，鲁智深"路见不平，拔刀相助"的特点还不是那么明显，然而在《水浒传》中，鲁智深最突出的性格特征便是急人所难，无拘无束。为救助素不相识的金老父女，他三拳打死了镇关西，又大闹了五台山。为救助林冲而不惜得罪高俅，最后无处安身，只好去二龙山落草。因此鲁智深的落草便与林冲有所不同，他的落草实在有些"好汉做事好汉当"的味道，是江湖义气促使他最终走上了梁山。也就是说，通过鲁智深的故事，小说肯定赞美的是他那"禅杖打开危险路，戒刀杀尽不平人"的英雄豪气。一部大书，以王进、史进和鲁智深三人的故事开篇，强调的是到边庭立功即"忠于朝廷"和对义气的推崇。显然，传统伦理道德观念中的"忠义"，成为百回本《水浒传》前数回要表现的主要内容。

在现存梁山好汉的各种资料中，尚未发现林冲独自一人被逼上梁山的故事。龚开《宋江三十六赞》中没有林冲的名字，《大宋宣和遗事》中林冲是十二指使之一，与杨志等结义为兄弟，后一起去太行山落草为寇。在宋江得到的九天玄女娘娘的天书中，有了林冲的姓名及绰号。在现存二十余种元杂剧的剧本或剧目中，均未见关于林冲的剧目。只是在元明间

---

① 朱一玄：《明清小说资料汇编》，齐鲁书社1990年版，第268页。
② 《孤本元明杂剧》（三），中国戏剧出版社1957年版。

无名氏《梁山七虎闹铜台》中林冲作为配角出现,并有一首上场诗:"从在东京为教首,今来山内度时光。银甲金盔光闪烁,青骢战马紫丝缰。"①林冲的身份是"东京教首",与小说中林冲的身份极为相似。但他在该剧中的作用却微乎其微,其地位并不多么重要。

然而在小说《水浒传》中,林冲却成为举足轻重的人物,小说写定者将其故事置于全书前面,当然有其深刻用意。学界的普遍观点是,林冲是被高俅逼上梁山,因此体现了"官逼民反"、"乱自上作"的用意和题旨。但认真分析,林冲初上梁山并未受到应有的欢迎,反而受到气量狭小的山寨头领王伦的刁难。小说写定者安排给他一个重要任务,即火并王伦。在除掉王伦之后,吴用要扶林冲为山寨之主。林冲大叫道:"我今日只为众豪杰义气为重上头,火并了这不仁之贼,实无心要谋此位。今日吴兄却让此第一位与林冲坐,岂不惹天下英雄耻笑!……今有晁兄,仗义疏财,智勇足备,方今天下,人闻其名,无有不伏。我今日以义气为重,立他为山寨之主,好吗?"十一位头领排好座次后,晁盖命大伙"竭力同心,共聚大义"。"自此梁山泊十一位头领聚义,真乃是交情浑似股肱,义气如同骨肉。"因此小说写定者编撰林冲故事的用意,一是感叹英雄处处被人欺侮、乃至于无立足之地的不幸与悲哀,揭露嫉贤忌能的社会现实;二是通过林冲火并王伦,体现梁山英雄的义气。

三、"智取生辰纲"与晁盖

"智取生辰纲"是《水浒传》的大关目,这一故事在《大宋宣和遗事》中也是比较重要的内容,将两者作一比较,可以看出小说写定者的用意。《大宋宣和遗事》中,"北京留守梁师宝,将十万贯金珠、珍宝、奇巧段物,差县尉马安国一行人,担奔至京师,赶六月初一日为蔡太师上寿"。小说中则首先交代梁中书乃蔡京之婿,为感谢蔡京的提携之力,准备将十万贯钱的金银珠宝送给蔡京祝寿,这就把祝寿与朝廷奸佞的勾结联系了起来。《大宋宣和遗事》对晁盖等八人的来历未作任何交代,他们劫取生辰纲就是为了劫财。被官府发现后,他们认为"劫了蔡太师生日礼物,不是寻常小可公事,不免邀约杨志等十二人,共有二十个,结为兄弟,前往太行山梁

---

① 《孤本元明杂剧》(三),中国戏剧出版社1957年版。

山泊去落草为寇",使用的是中性话语。小说则不然,智取生辰纲成为一曲江湖义气的赞歌。先写晁盖"祖是本县本乡富户,平生仗义疏财,专爱结识天下好汉,但有来投奔他的,不论好歹,便留在庄上住;若要去时,又将银两赍助他起身",可见晁盖是一位声名远扬的义士,并非重财之人。再写晁盖认义东溪村,救下刘唐。其中出现的两个都头朱仝和雷横,皆以"仗义"闻名。刘唐认为生辰纲乃"不义之财,取之何碍。便可商议个道理,去半路上取了,天理知之,也不为罪"。突出了劫取生辰纲乃正义之举,因此金圣叹连连赞曰:"可见是义旗。"

第十五回"吴学究说三阮撞筹"最能见出智取生辰纲的义气。阮氏弟兄先是说梁山"几个贼男女聚集了五七百人,打家劫舍,抢掳来往客人",因此"绝了我们的衣饭"。继而又羡慕他们"不怕天,不怕地,不怕官司,论称分金银,异样穿绸锦,成瓮吃酒,大块吃肉,如何不快活!我们弟兄三个,空有一身本事,怎地学得他们!"当吴用说明来意后,他们又说:"这腔热血,只要卖于识货的!"然后公孙胜前来应"七星聚义"。可见智取生辰纲是出于对生活现状的不满,是出于对当政者榨取民脂民膏的义愤。他们显然不是被逼上梁山,而是主动出击。正如李贽所评:"晁盖、刘唐、吴用,都是偷贼底。若不是蔡京那个老贼,缘何引得这班小贼出来?"着重强调的是他们的"义气"。

与此相关的是晁盖在梁山上的地位和作用,侯会先生指出:

> 在《水浒传》的众多谜团中,晁盖之谜最不易解……他一出场,小说作者便介绍他"人物轩昂,语言洒落"(第十五回),分明是一派领袖风度,很像要率领众人大干一场的样子。可是他后来的表现却令人失望,不过是结交了七八条好汉,劫了一宗财货。此后又火并王伦,杀了一个虽说胸襟不宽、却也是绿林朋友的白衣秀士王伦。至于与官军、土豪等恶势力的直接对抗,晁天王却总显得力不从心……奇怪的是,对这位才具一般、功劳有限的前任寨主,宋江等人却奉若神明……这个原型人物,应即洞庭义军开山领袖钟相。①

实际上,晁盖之名虽不见于史乘、笔记,但在龚开《宋江三十六赞》和《大宋宣和遗事》中,却是地位十分重要的人物。《宋江三十六赞》中,宋

---

① 侯会:《水浒源流新证》,华文出版社 2002 年版,第 46～47 页。

江位列三十六人之首,晁盖位列倒数第三,绰号"铁天王"。《大宋宣和遗事》中,宋江得到了九天玄女的天书,三十六人中没有宋江,吴加亮在首位,晁盖位列最后。宋江到梁山时,晁盖已死,众人共推宋江做了首领。吴加亮向宋江道:"是哥哥晁盖临终时分道于我:'从政和年间朝东岳烧香,得一梦,见寨上会中合得三十六数。若果应数,须是助行忠义,卫护国家。'"由此可见,在百回本小说《水浒传》成书之前,有关晁盖的故事已经广为流传,百回本《水浒传》的写定者既采用了已有的故事,又做了两点非常明显的改动。

其一,从吴加亮的介绍可以得知,晁盖为梁山确定的方针是"助行忠义,卫护国家",是忠义并行。但小说写定者却再三突出他的"义",却不提他的"忠"。小说在晁盖出场时便为他定下了基调:一是"仗义疏财",二是"最爱刺枪使棒"。而宋江除了"仗义疏财"、"爱习枪棒"外,又多了"孝敬"一条。最为明显的是晁盖主持的梁山议事处是"聚义厅",而宋江坐了第一把交椅后的第一件事就是将"聚义厅"改成了"忠义堂"。因此,李贽在第六十回回后评中说"改聚义厅为忠义堂,是梁山泊第一关节,不可草草看过"。

其二,小说还尽量写出晁盖的许多弱点与不足,以烘托宋江的智慧与肚量。在《大宋宣和遗事》中,是晁盖主动邀了杨志等人去梁山落草为寇。但小说中却写晁盖在生辰纲事发后,茫然不知所措,一切皆听命于吴用。第四十七回,杨雄、石秀火烧祝家庄后来投奔梁山,晁盖听说事因时迁偷鸡而起,不禁勃然大怒,喝命将两人斩首。其理由是"这厮两个,把梁山好汉的名目去偷鸡吃,因此连累我等受辱"。宋江则赶忙出面相劝。通过一系列描写,使"晁盖虽未死于史文恭之箭,而已死于厅上厅下众人之心非一日也"[①]。可见小说所做的这两点改动,其用意是以晁盖单一粗豪的"义"来烘托宋江更为全面细心的"忠、孝、义"。

四、关于宋江及其结局

宋江不仅是《水浒传》中梁山好汉的首领,而且也是性格最为复杂的人物。将百回本《水浒传》中的宋江与各种正史、野史、笔记、话本、戏曲

---

① 《水浒传》,山东文艺出版社 1995 年版,第 1013 页。

等资料中的宋江作一比较,可发现一些有趣的变化,从这些变化最能看出小说写定者的意图。关于宋江落草为寇的起因,《大宋宣和遗事》讲述得比较简略:晁盖因劫取生辰纲被官府捉拿,宋江星夜报知晁盖。为答谢宋江相救恩义,晁盖让刘唐把一对金钗酬谢宋江。宋江将金钗"与那娼妓阎婆惜收了;争奈机事不密,被阎婆惜得知来历"。后来宋江见"故人阎婆惜又与吴伟打暖,更不采着。宋江一见了吴伟两个,正在偎倚,便一条忿气,怒发冲冠,将起一柄刀,把阎婆惜、吴伟两个杀了",并在墙上写了四句诗,明白说道:"要捉凶身者,梁山泺上寻。"官府前去捉拿宋江,宋江在九天玄女庙中躲过,得到天书,上有三十六将的姓名。于是,宋江带领朱全等九人直奔梁山,这时晁盖已死,众人推让宋江做了首领。元杂剧《黑旋风双献功》中的宋江说:"因带酒杀了阎婆惜,被告到官,脊杖六十,迭配江州牢城。因打此梁山经过,有我八拜交的哥哥晁盖知某有难,领喽啰下山,将解人打死,救某上山,就让我坐第二把交椅。"可见在小说成书之前,宋江上梁山的过程实在是非常简单。但在《水浒传》中,宋江上梁山的道路却比任何人都更加艰难。

首先,当他听到晁盖劫取了生辰纲时,便认为是"犯了弥天之罪",认为上梁山"于法度上却饶不得",对晁盖等人"落草为寇",他既吃惊又惧怕。其次,他杀死阎婆惜,不是情杀,而是因为阎婆惜口口声声要到公厅上相见,他害怕犯下背叛朝廷的罪名。再次,宋江宁愿担惊受怕,也拒绝落草为寇。"大闹清风寨"后,宋江已无路可走了,这才与众好汉一起投奔梁山。但接到父亲病故的消息后,他撇下众弟兄,要回家奔丧。被官府捕获,刺配江州牢城,路经梁山泊,晁盖等人劝他留下,他说:"哥哥,你这话休题! 这等不是抬举宋江,明明的是苦我……小可不争随顺了哥哥,便是上逆天理,下违父教,做了不忠不孝的人在世,虽生何益。"最后,"浔阳楼题反诗",被判了死刑,梁山好汉劫法场将他救出,这才被逼上了梁山。《水浒传》所作的这番改动,显然是要突出宋江的忠孝。

小说对宋江结局的安排,更可见出小说写定者的用意。南宋王偁的《东都事略》是较早记述有关宋江事迹的一部野史,后来脱脱等修撰《宋史》时基本采用了这些记述。《东都事略》卷十一《徽宗本纪》称"(宣和三年)夏四月庚寅,童贯以其将辛兴宗与方腊战于青溪,擒之。五月丙申,宋江就擒。"卷一百零三《侯蒙传》云:"宋江寇江东,蒙上书陈制贼计曰:

'宋江以三十六人，横行河朔、京东，官军数万，无敢抗者，其材必过人。不若赦过招降，使讨方腊以自赎，或足以平东南之乱。'"卷一百零八《张叔夜传》云："叔夜募死士千人，距十数里，大张旗帜，诱之使战。密伏壮士匿海旁，约候兵合，即焚其舟。舟既焚，贼大恐，无复斗志，伏兵乘之，江乃降。"①以上三条或云宋江就擒，或云宋江投降。但所谓招降讨方腊，只不过是侯蒙的建议，是否实现，不得而知。据方勺《泊宅编》卷五记载，平定方腊之乱的是"童贯、常德军节度使二中贵，率禁旅及京畿、关右、河东蕃汉兵"②。南宋范圭《宋故武功大夫河东第二将折公墓志铭》云："宣和初年，王师伐夏，公有斩获绩……方腊之叛，用第四将从军……公遂兼率三将兵。奋然先登，士皆用命。腊贼就擒，迁武节大夫。班师过国门，奉御笔：'捕草寇宋江'。不逾月，继获，迁武功大夫。"③根据这一记载，宋江是在方腊被平之后，才被朝廷捕获，根本不可能参与平方腊之役。

但在有些书中，又确切地记载了宋江曾参与平方腊之役。如李埴《十朝纲要》卷十八称："宣和元年十二月，诏招抚山东盗宋江……（宣和三年二月），知州张叔夜招抚之，江出降……（三年六月），辛丑，辛兴宗与宋江破贼（指方腊）上苑洞。"④徐梦莘《三朝北盟会编》卷五十二引《中兴姓氏奸邪录》称："宣和二年，以贯（指童贯）为江浙宣抚使，领刘延庆、刘光世、辛企宗、宋江等军二十余万往讨之。"⑤杨仲良《续资治通鉴长编纪事本末》卷一百四十一云："三年（宣和）四月，戊子。初，童贯与王禀、刘镇两路预约会于睦、歙间，分兵四围，包帮源洞于中，同日进师……王涣统领马公直并裨将赵许、宋江既次洞后。"⑥元无名氏所辑《大宋宣和遗事》称："朝廷无其奈何，只得出榜招谕宋江等。有那元帅姓张名叔夜的，是世代将门之子，前来招诱宋江和那三十六人归顺宋朝，各受武功大夫诰敕，分注诸路巡检使去也。因此三路之寇，悉得平定。后遣宋江平方腊有功，封节度使。"

除了野史、正史的记载之外，民间也流传着关于宋江及三十六人的故

---

①　朱一玄：《明清小说资料汇编》，齐鲁书社 1990 年版，第 261 页。
②　朱一玄：《明清小说资料汇编》，齐鲁书社 1990 年版，第 262 页。
③　朱一玄：《明清小说资料汇编》，齐鲁书社 1990 年版，第 274 页。
④　何心：《水浒研究》，上海古籍出版社 1985 年版，第 2 页。
⑤　何心：《水浒研究》，上海古籍出版社 1985 年版，第 3 页。
⑥　何心：《水浒研究》，上海古籍出版社 1985 年版，第 3 页。

事。南宋龚开曾说："宋江事见于街谈巷语,不足采著。余年少时壮其人,欲存之画赞……于是即三十六人,人为一赞,而箧体在焉。盖其本拨矣,将使一归于正,义勇不相戾,此诗人忠厚之心也。余尝以江之所为,虽不得自齿,然其识性超卓,有过人者。立号既不僭侈,名称俨然,犹循轨辙,虽托之记载可也。古称柳盗跖为盗贼之圣,以其守一至于极处,能出类而拔萃。若江者,其殆庶几乎。"龚开肯定了宋江的"义勇"、"立号而不僭侈"、"守一至于极处",在"呼保义宋江"的赞语中又说:"不假称王,而呼保义。岂若狂卓,专犯忌讳。"在其他人物的赞语中,也多次提及"义勇",如"大刀关胜":"大刀关胜,岂云长孙? 云长义勇,汝其后昆。"再如"赛关索杨雄":"关索之雄,超之亦贤。能持义勇,自命何全?"可见当时人们对宋江及三十六人的主要评价是其"义气",这也正是小说中梁山好汉的突出特征。

不同的记载同时存在,关键在于百回本《水浒传》的写定者作何选择。显然这位写定者没有选择宋江被擒或投降等记载,而是选择了宋江受招安、平方腊,并在此基础上作了重要改动:首先,宋江不是被动接受招安,也不是在走投无路的情况下接受招安,而是在节节胜利、大败官军的情况下主动争取朝廷招安;其次,宋江接受招安后,成为朝廷的一支重要军事力量,是征辽、平方腊的主力军;再次,宋江屡立战功,结果反被朝廷奸佞毒害而死。这些改动尤其是最终的悲剧结局,寄托着小说写定者的深刻用意。写定者的特定立意是通过文本的特定结构安排表达出来的,不顾及这一点就很难对《水浒传》作出合理的诠释。被朝廷视为盗贼的梁山好汉,在宋江的带领下,打出了"替天行道,护国安民"的旗号,一心要归顺朝廷,为国效力。在征辽、平方腊的大小战役中,实现了"护国安民"的心愿。结果不但没有得到应有的封赏,反而惨遭毒害。这种文本构成不仅从客观上否定了接受招安,也不仅表现了忠奸之争,而且从本质上揭示了社会现实的残酷。这种揭示体现了《水浒传》写定者对社会现实的清醒认识,具有超越时空的普遍意义。

五、关于受招安与"征四寇"

百回本《水浒传》第七十二回至第八十二回写聚义后的梁山好汉接受招安的过程,除七十回本外,这一内容在各本《水浒传》中大致相同。

值得注意的是,元杂剧《黑旋风负荆》、《黑旋风乔断案》被改写为第七十三回"梁山泊双献头"、第七十四回"李逵寿张乔坐衙"。按照《水浒传》的结构方式,李逵的个人事迹本应安排在排座次之前,小说写定者对有关李逵的元杂剧十分感兴趣,但又无法安排在前半部分,只好将能够表现李逵忠义的有关内容插写于此。接下来"两赢童贯"、"三败高俅"写梁山事业蒸蒸日上,势不可挡。但正是在节节胜利的情况下,梁山好汉全伙接受了招安。这样一种文本构成是以往任何有关水浒故事所没有的,因而也最可看出小说写定者的意图。无论是宋人的野史、笔记,还是元人修的正史,无论是民间传闻,还是元杂剧,宋江一伙或是被擒,或是投降,或是无奈接受招安,但都没有在大胜官军的前提下主动争取招安。再看一下紧接着的第八十三回"宋公明奉诏破大辽,陈桥驿滴泪斩小卒",小说写定者的意图非常明确,即肯定梁山好汉接受招安是为了"护国安民",以梁山好汉的委曲求全来反衬朝廷奸佞的可憎可恨,从而突出了忠奸之争。

百回本《水浒传》没有征田虎、征王庆的故事,明天都外臣(汪道昆)在《水浒传序》中说:"故老传闻:洪武初,越人罗氏,诙诡多智,为此书,共一百回,各以妖异之语引于其首,以为之艳。嘉靖时,郭武定重刻其书,削去致语,独存本传。余犹及见《灯花婆婆》数种,极其蒜酪。余皆散佚,既已可恨。自此版者渐多,复为村学究所损益。盖损其科诨形容之妙,而益以淮西、河北二事。赭豹之文,而画蛇之足,岂非此书之再厄乎!"①按天都外臣的说法,田虎、王庆事乃"村学究"所加。但明袁无涯在《忠义水浒全书发凡》中却说:"古本有罗氏致语,相传《灯花婆婆》等事,既不可复见;乃后人有因四大寇之拘而酌损之者,有嫌一百廿回之繁而淘汰之者,皆失。郭武定本,即旧本,移置阎婆事,甚善;其于寇中去王、田而加辽国,犹是小家照应之法。不知大手笔者,正不尔尔,如本内王进开章而不复收缴,此所以异于诸小说,而为小说之圣也欤!"②按袁无涯的说法,田虎、王庆事则原来就有,征辽事反而是后来所增加。要之,百回本《水浒传》去田虎、王庆而存征辽、平方腊,其用意值得研究。

胡适先生研究《水浒传》有一个十分明显的思路,即把梁山故事的变化与时代特点相结合。早在 20 世纪 20 年代,他就指出:

① 朱一玄:《明清小说资料汇编》,齐鲁书社 1990 年版,第 313 页。
② 朱一玄:《明清小说资料汇编》,齐鲁书社 1990 年版,第 326~328 页。

元朝的梁山泊强盗渐渐变成了"仁义"的英雄。元初龚圣与自序作赞的意思，有"将使一归于正，义勇不相戾，此诗人忠厚之心也"的话，那不过是希望的话。他称赞宋江等，只能说他们"名号既不僭侈，名称俨然，犹循故辙;"这是说他们老老实实的做"强盗"，不敢称王称帝。龚圣与又说宋江等"与之盗名而不辞，躬履盗迹而不讳"。到了后来，梁山泊渐渐变成了"替天行道救生民"的忠义堂了! 这一变化非同小可。把"替天行道救生民"的招牌送给梁山泊，这是《水浒》故事一大变化，既可表示元朝民间的心理，又暗中规定了后来《水浒传》的性质。①

他又说:"宋元人借这故事发挥他们的宿怨，故把一座强盗山寨变成替天行道的机关。明初人借他发挥宿怨，故写宋江等平四寇立大功之后反被政府陷害谋死。明朝中叶的人——所谓施耐庵——借他发挥他的一肚皮宿怨，故削去招安以后的事，做成一部纯粹反抗政府的书。"②按照胡适先生的思路，宋江最终的悲剧结局乃明人为讽刺明统治者杀害功臣而写。尽管这一结论可能还不够准确，但却指出了《水浒传》包括田虎、王庆在内的四寇的用意。

再来看前人的论述，明李贽《忠义水浒传序》曰:"《水浒传》者，发愤之作也……施罗二公身在元，心在宋，虽生元日，实愤宋事。是故愤二帝之北狩，则称大破辽以泄其愤;愤南渡之苟安，则称灭方腊以泄其愤。敢问泄愤者谁乎? 则前日啸聚水浒之强人也，欲不谓之忠义不可也。"③李贽将小说的文本构成与所指意义密切相联，明确地指出了百回本《水浒传》为何要写征辽、平方腊。按照李贽的说法，破大辽、平方腊是生活在元代的施罗二人由于"实愤宋事"才编写出来。这一观点似乎很有说服力，但认真想来，既然已生活于元代，为何又"实愤宋事"呢? 实际上百回本《水浒传》的写定者去田虎、王庆而存破辽、平方腊，目的只有一个，就是强调梁山好汉以"护国安民"为宗旨，并且将之付诸实际行动。

总之，《水浒传》的文本构成直接决定着其意义。应当说金圣叹早就发现了这一点，他之所以腰斩《水浒传》，正是基于这一点。他在第七十回的批语中说:"后世乃复削去此节，盛夸招安，务令罪归朝廷而功归强

---

① 胡适:《中国章回小说考证》，上海书店1979年版，第24～25页。
② 胡适:《中国章回小说考证》，上海书店1979年版，第58～59页。
③ 朱一玄:《明清小说资料汇编》，齐鲁书社1990年版，第317页。

盗,甚且至于衰然以忠义二字冠其端,抑何其好犯上作乱至于如是之甚也!"按照金圣叹的意见,让梁山好汉接受招安、破辽、平方腊,就是"罪归朝廷而功归强盗",就是宣扬强盗也有忠义,这是决不能允许的,因此他要将七十回之后的内容全部删掉。也就是说,要想改变百回本《水浒传》的题旨,必须改动其文本,这不恰好说明了百回本《水浒传》的文本构成与其意义之间有着密切的关联吗? 这种关联可以归纳为两个方面:其一,对已有故事即各位好汉上梁山的行迹,写定者竭力强化其义气的内涵,或纳入英雄豪杰屡遭嫉妒迫害的框架之内;其二,对全书的文本构成,写定者鲜明地以"忠奸之争"作为贯穿始终的线索。尽管这两个方面磨合得还不那么理想,以至于造成了对其意义诠释的分歧和争议,但只要经过认真的分析和比较,其文本的构成与意义之间的联系还是不难把握的。

●原文刊载于《求是学刊》2007 年第 4 期。
●王平,山东大学文学院教授,博士生导师。

论《金瓶梅》的结构方式与思想层面

张锦池

一、小引

"说不尽的《金瓶梅》"①,我赞同这一说法。不言而喻,《金瓶梅》所以说不尽,当首先是在其思想与艺术的巨大成就上。

然而,百年来国内的研究状况又如何呢? 正如徐朔方和刘辉先生所说:"它究竟是我国第一部文人创作的长篇小说,抑本是民间集体创作而后由文人作家写定? 它的主题是'指斥时事',有着深刻的寓意和寄托,抑为暴露文学的杰构? 它是一部现实主义的伟大名著,抑是缺乏美学理想,有着严重自然主义缺陷的小说? 它是一部淫书,抑为个性解放之产物? 与此有关,自然主义、现实主义、暴露文学三者在理论上有何关联或区别? 全书有关性行为描写应予肯定或否定? 此类描写是大胆探索,抑是低级趣味的病态发作? 不仅没有得出共同的认识,甚至还没有展开认真的讨论。"②还有,关于这部"奇书"的艺术结构问题,"以西门氏的盛衰为主线的网状结构"说,虽是时下几成研究者的共识,而实际上却是片尚有待开垦的处女地。

正因如此,我不揣谫陋,拟对《金瓶梅》的结构方式作番研讨,从而谈谈小说的思想层面和创作本旨,兼及上述某些问题,聊充引玉之砖。

---

① 宁宗一:《说不尽的金瓶梅》,天津社会科学院出版社1990年版。
② 徐朔方、刘辉:《金瓶梅论集·后记》,人民文学出版社1986年版,第250页。

求是文荟 QSWH 《求是学刊》发刊200期

二、以"悌"起,以"孝"结

如果说《红楼梦》是将人生有价值的东西毁灭给人看的时代悲剧,那么《金瓶梅》则是将人生无价值的东西撕破给人看的人间喜剧。① 斯宾诺莎说得好,一切的"否定"皆意味着"肯定"。《金瓶梅》作为"讽世"之作,从哲理层面上说,它的"肯定"又是什么呢? 作者以小说的开头和结尾两个遥相辉映的故事作了点睛式的回答,只是研究者未予品评而已。

关于《金瓶梅》的创作,百年来有成说,就是"依傍"说。该说认为《金瓶梅》之"蓝本"为《水浒传》②,其"内容,只是取了《水浒传》的关于武松杀嫂故事为骨干而加以烘染与放大"③。理由是:《金瓶梅》第一回至第六回所写武松故事与百回本《水浒传》第二十三回至第二十七回,不只情节基本相似,而且语言亦颇多雷同。假若将这一现象仅仅放在《水浒传》和《金瓶梅》间去考察,那我认为这一"依傍"说并非毫无道理。假若将这一现象转而放到中国小说发展史上去考察,那我认为这一"依傍"说是失之毫厘而差之千里。何以言之? 要知道,我国古代小说虽与史传文学同源,而在发展过程中又深受史传文学的影响,所以小说又称为"野史"或"稗史"。"正史"的编撰既然可以择裁陈编,"稗史"的撰写当然也可以择裁前人作品中的情节。是以嘉靖本《三国志通俗演义》题"晋平阳侯陈寿史传,后学罗本贯中编次",而谁也不会否认《三国志通俗演义》是罗贯中的创作。是以"二拍"的撰写虽"取古往今来杂碎事,可新听睹佐谈者,演而畅之",而谁也不会否认"二拍"乃凌濛初自著总集。纵览明清小说的创作,此等"拿来主义"在作者的笔端可谓屡见不鲜,而观其与前此文义之相殊,即知其为后来作者之创意。足见,从其他作品中借用素材乃中国古代小说的创作方法之一。《金瓶梅》之或择裁素材于《水浒传》,或择裁素材于话本小说,或择裁素材于"正史",或择裁素材于散曲,一一与时代和社会的世态人情织成云锦,我认为亦应作如是解释。

但是,说兰陵笑笑生对《水浒传》中的武松故事特别垂青倒是真的。论原因主要有三:一是旨在假宋徽宗年间的国政弛废和权奸们的祸国殃

---

① 张锦池:《红楼梦考论》,黑龙江教育出版社 1998 年版,第 404 页。
② 徐朔方、刘辉:《金瓶梅论集》,人民文学出版社 1986 年版,第 39 页。
③ 郑振铎:《插图本中国文学史》,人民文学出版社 1982 年版,第 921 页。

民以"指斥时事";二是旨在假西门庆和潘金莲作为自己笔端的主人公以褒贬世情;三是旨在假武松回籍省亲期间的所作所为以寄托自己的伦理哲学。这后一点又何以言之?我们知道,《水浒传》乃"乱世忠义的悲歌"①,所以施耐庵将一座官府心目中的"强盗山寨"写成"替天行道"的"仁义"机关;所以梁山好汉中"风高敢放连天火,月黑提刀去杀人"者有之,却无"不孝不悌"之人。其中,以"孝"论,当首推宋江,故乡里称之为"孝义黑三郎";以"悌"论,当首推武松,故我们可以称之为"悌义武二哥"。岂敢故作惊人之语,书中施墨原本如是。盖武大者,人皆贱之哂之者也,而武松却尊之敬之爱之助之,直至为之血刃仇人以告在天之灵而后已。则施耐庵写武松甫悉所打"本处机密"并"不曾死",便"回乡去寻哥哥",其意明矣。则兰陵笑笑生采之以作为词话本《金瓶梅》的开篇,赫然写着"景阳岗武松打虎,潘金莲嫌夫卖风月",其旨亦明矣。诚然,奇书本《金瓶梅》之修改者,将第一回改为"西门庆热结十兄弟,武二郎冷遇亲哥嫂";然而,张竹坡说得好,"冷遇哥嫂文中,乃一云'嫡亲兄弟',再云'是我一母同胞兄弟',再云'亲兄弟难比别人',句句是武二文字,却句句是敲击十兄弟文字也"②。由此可见,结论只能是:"第一回弟兄哥嫂,以悌字起"。

　　然而,词话本《金瓶梅》虽以武松"回乡寻哥哥"开篇,却以孝哥儿托身空门作结。这是否意味着儒释二教思想在作者头脑中斗争的结果,是使他一归于释呢?恐怕不能这么说。照普静法师的点示:孝哥儿是西门庆的"托化",而由于西门庆生前的"造恶非善",倘吴月娘不把孝哥儿舍予佛门,则孝哥儿将"倾覆其产业,临死还当身首异处";吴月娘将为势要者霸占为妻,贞节不保;西门庆的亡灵,将永世"项带沉枷,腰系铁索",不得超生。显然,兰陵笑笑生这么写,明面上似乎是在宣扬"到头一梦,万境归空",而骨子里却是在鼓吹"以孝化百恶",其宗教光环中所孕含的依然是儒家的伦理哲学,而这也就是"孝哥儿"这一艺术命名的隐喻性深层含义,所以张竹坡说:"官哥之孽报,同孝哥之幻化,见官多有孽,孝可通神也。"③所以张竹坡又说:"《金瓶梅》以空结,看来亦不是空到地的,看他以

---

① 张锦池:《中国古典小说心解》,黑龙江人民出版社 2000 年版,第 130 页。
② 《金瓶梅》,香港天地图书出版社 1998 年版,第 55 页。
③ 《金瓶梅》,香港天地图书出版社 1998 年版,第 2070 页。

孝哥结便知。然则所云的幻化,乃是以孝化百恶耳。"①由此可见,结论只能是:"(第)一百回幻化孝哥,以孝字结。"②

《论语·学而篇》云:"孝悌也者,其为仁之本欤!"《金瓶梅》这种以"悌"起、以"孝"结,实集中反映了兰陵笑笑生用以"讽世"的主要思想武器是"仁";反映了以"仁"批判"不仁",以"天理"批判"人欲"横流,是作者的创作宗旨;反映了"仁"与"不仁"的矛盾,"天理"与"人欲"横流的矛盾,是作品的基本矛盾和思想线索。在兰陵笑笑生看来,其为君当如尧舜而不应如宋徽宗之流,其为臣当如曾孝序而不应如蔡京之流,其为子当如李安而不应如王三官之流,其为弟当如武松而不应如韩二捣鬼之流,其为友当如黄通判而不应如应伯爵之流,其为仆当如安童而不应如苗青之流,其为巨富当如苗员外而不应如西门大官人之流,则天下治矣。书中既有忠臣曾孝序、孝子李安、悌弟武松、益友黄通判、义仆安童、乐善好施的巨富苗员外在,谁谓一片淫乐世界中无天命民懿!谁谓作者无美学理想和社会憧憬!兰陵笑笑生其所愤者,只是正不压邪而反为邪所压而已!其所哀者,只是面对"人欲"如出笼的猛兽,与之相拒的"天理"与"仁"已成"银样镴枪头"而已!是以"仁"和"天理"在罗贯中和施耐庵的笔端呈现为一弯初月,而在兰陵笑笑生的笔端却变成了如磐夜色中的点点萤火。谁对"仁"和"天理"的认识更深刻些呢?显然不是罗贯中和施耐庵,而是兰陵笑笑生。因为他再往前迈一步,将是对"仁"和"天理"的失望和怀疑,从而更上一层楼寻找新的思想武器。这一层楼,是由《红楼梦》作者曹雪芹以其由李贽的"童心"说和冯梦龙的"情教"说发展而来的"意淫"说作思想武器批判封建宗法的思想和制度本身而宣告登上的。

实际上,《金瓶梅》所写的"人欲"横流,是属于在商品经济刺激下人性原始冲动的一种自我释放,其中既含有动物性的称雄占有欲及其宣泄,亦含有所谓的"个性觉醒"。盖个性的觉醒在当时虽有历史进步性,但其本身并没有道德意义上的善恶,关键是看它和什么思想结合。假若和人文主义思想相结合,则是善;假若和极端利己主义思想相结合,则是恶。尽管在动摇封建宗法的思想和制度方面二者可以殊途同归,但一是主观上的斗争,一是客观上的挖墙脚。呈现于西门庆之流身上的"人欲"种

---

① 《金瓶梅》,香港天地图书出版社 1998 年版,第 2124 页。
② 《金瓶梅》,香港天地图书出版社 1998 年版,第 2112 页。

种,虽属于后者,可在特定时期内却是推动历史前进的杠杆之一。① 其可匡范之者,只有那符合社会发展要求而逐渐完善的"法治"(这在那个时代是不可能做到的),而兰陵笑笑生却想以即将过时的"天理"和"仁"之类的孔孟之道"德治"去匡范之,又焉能不哀叹自己所使用的武器却原来是个"银样镴枪头"!

既然词话本《金瓶梅》是以"悌"起、以"孝"结,以"仁"与"不仁"、"天理"与"人欲"横流的矛盾作为思想线索,那么,兰陵笑笑生在以"天理"批判西门庆之流的"欲念"时,又为什么不时流露出一种欣赏态度呢? 实事求是地说,书中着重批判了西门庆之流的三种欲念,一是对金钱的贪叨,二是对权势的贪求,三是对声色的贪婪,从而指斥了他们的蝇营狗苟,造恶非善,祸国殃民。兰陵笑笑生不时流露出一种欣赏之情,主要反映在对西门庆之流的男欢女爱的描写上。论原因,当由于:存在于显意识中的所谓"天理人欲之辨",决定了他对西门庆之流的男欢女爱必然报以冷嘲热讽;存在于潜意识中的所谓"性本能"和人性的原始冲动,又决定了他因投合"时尚"而在对西门庆的男欢女爱作穷形尽相描写时不能不心存艳羡。这种自觉的"冷嘲热讽"与不自觉的"欣赏"之畸形的结合与融会,便成为词话本《金瓶梅》之对西门庆之流男欢女爱描写的总体特点。那么,这类男欢女爱的描写究竟是非文学的,还是文学的呢? 论者多认为是"非文学的",我认为应从两个方面看问题。首先应看到这类描写有助于刻画人物、反映时风、寄寓褒贬,因而是文学的。这一点,张竹坡《金瓶梅读法》有段话可谓得其中三昧:"《金瓶梅》说淫话……至百般无耻,千分不堪,有桂姐、月儿不能出之于口者,皆自金莲、六儿口中出之。其难堪为何如? 此作者深罪西门,见得如此狗彘,乃偏喜之,真不是人。"②其次应看到这类描写,就其单个镜头来说,没有一幅是有机融入作品情节的类似《幽窗听莺暗春图》的画面,几乎都是些卖弄式地贴在作品情节上面的"春宫画",因而也就多少损害了整个作品的美学价值。这又不能不说是对想以"存天理,制人欲"观念为武器去批判"皮肤滥淫之蠢物"而自己却未能从"性本能"和人性的原始冲动中获得更高的精神升华、且又不无媚俗之意的作者兰陵笑笑生的一种惩罚,即诫淫反生诲淫嫌。如果说是一

---

① 张锦池:《红楼梦考论》,黑龙江教育出版社 1998 年版,第 404 页。
② 《金瓶梅》,香港天地图书出版社 1998 年版,第 2124 页。

种"大胆探索",这种写法也是类乎以"毛毛虫入画"而已,是无从言美的。

三、以"金"兴,以"瓶"盛,以"梅"衰

兰陵笑笑生以"金瓶梅"作为这部小说书名是别具匠心的,其寓意有二:一是思想意蕴方面的,一是艺术结构方面的。盖"金瓶梅"者,合而言之,乃富贵的象征,即所谓"香焚古鼎,梅插金瓶"是也。分而言之,假若以"金"喻指财富,以"瓶"①喻指权势,以"梅"②喻指女色,则以"金"兴,以"瓶"盛,以"梅"衰,谓该书主要是写破落户西门庆,是如何以发了几笔横财而"兴",又如何以金钱换得权势而"盛",又如何凭钱权贪淫纵欲而"亡",致"树倒猢狲散":这是思想意蕴方面的寓意,且有点睛的作用。假若以"金"指代潘金莲,以"瓶"指代李瓶儿,以"梅"指代庞春梅,则以"金"兴,以"瓶"盛,以"梅"衰,即随着这三位女主人公与男主人公西门庆及其"影子人物"陈经济关系的变化,又构成了西门氏之兴衰史的三个横断面:这是艺术结构方面的寓意,且具提摄的作用。其"附辞会义,务总纲领"如是,这就形成了作品"著此一家,即骂尽诸色"(鲁迅语)的社会层面,从而再现了作者对世态人情的观照。

这一点,我在拙作《从〈金瓶梅词话〉的命名说开去》③一文中已作了比较详尽的阐释,兹略述如下,并予补说,以清眉目。

书中写潘金莲之成为西门庆第一宠爱的女人时,是西门氏家族的兴起期。占书十九回,即第一回至第十九回。这十九回书的基本结构方式,不是网状的,是"彩线贯珠",只不过穿插神妙而已!"彩线"是西门庆其人,"珠"是与之有关的几个颇类短篇的财色故事。这当是出于作者旨在将孟玉楼、潘金莲、陈经济、李瓶儿等几个主要人物先后一一送入西门府的艺术构思。由此也就决定了这十九回书的叙事视角和总体写法是由远及近、由外及内写西门氏,从而写出清河县之世态即西门氏之时尚。

说具体些,这十九回书它写出了西门庆固然好色,但更贪财,其未娶

---

① 兰陵笑笑生于第十回介绍李瓶儿的出身时,言其"因正月十五日所生,那日人家送了一对鱼瓶儿来,就小字唤做瓶姐"。盖"鱼瓶儿"者,"富贵有余"之义也;且作者既说她曾是梁中书的妾,又说她曾是花太监最宠爱的侄媳,也分明是在点染"权势",故云。

② 李渔《十二楼·拂云楼》释作为丫环之通称的"梅香":"梅传春信,香惹游蜂。"以此说"庞春梅"一名的含义,窃以为甚确,故云。《十二楼》,上海古籍出版社1986年版,第140页。

③ 张锦池《中国古典小说心解》,黑龙江人民出版社2000年版,第290~304页。

潘金莲而先娶富孀孟玉楼便是明证,这正反映了一个封建市侩的本质特征。它又写出了西门庆所以由破落户一变而成富甲一方的富豪,主要是由于他得了三笔不义之财,一是孟玉楼的,二是陈经济的,三是李瓶儿的,而尤以得李瓶儿的为巨。它还写出了西门庆是个十足的恶霸,又有一帮痞子为之帮闲,平素勾结官府,包揽词讼,无所不为,但其权势与其暴发后的财力相比,却是虚弱的,因而如何找个过硬的政治靠山,便成为他想要解决的问题。其遣"来保上东京干事",只不过是次投石问路和"急来抱佛脚"而已!

凡此说明,《金瓶梅》不是一般的世情小说,还含有抨击时政的底蕴,是以一开始便将批判的矛头直指当朝宰相蔡京。

书中写李瓶儿之成为西门庆第一宠爱的女人时,是西门氏家族的全盛期。占书六十回,即第二十回至第七十九回。这六十回书是小说的主体部分,其结构方式不是"彩线贯珠",是网状的,但不是由一根根彩线织成的云锦,而是由一个个与西门庆有关的"倚官仗势,倚财为主"故事编就的珠衣。这当是出于作者的"著此一家,即骂尽诸色"的艺术构思。由此也就决定了这六十回书的叙事视角和总体写法是以西门庆的私人生活和社会活动为核心,将府内府外相结合而以写府内为主,从而也就使这部小说成为中国小说史上家庭小说的鼻祖与经典性之作。

兰陵笑笑生写西门庆的社会活动,主要分两个方面,一是官场上的钱权交易,一是商场上的投机买卖,二者是相辅相成的,而以写前者为主。其钱权交易的主要对象是蔡京,举凡一次次在府中盛宴招待达官贵客的场面,以及平日交通州县官吏的情节几乎莫不与此挂勾;至于斯人在商场上如何驰骋牟利,则以其于交通官吏中不时峥嵘一露而表现之。那么,西门庆在钱权交易上往往不惜一掷千金,其目的又是什么呢? 难道是想飞黄腾达于仕途? 否! 他与蔡蕴之流的思维方式和价值观念倒是两股道上跑的车。一个是:金钱—权势—更多的金钱。一个是:权势—金钱—更大的权势。因此,西门庆作为一个官吏,虽不比一般贪官坏,与之投资相比,他和蔡京之流的钱权交易做的倒是"赔本买卖";但作为一个商人,却比一般商人狠和门路多,别人不敢放的高利贷他敢放,别人无法漏的税项他能漏,别人不敢做的生意他敢做,别人批不来的官府控制的货物他立马可取。其所以然? 盖以其手中有实权背后又有当朝宰相作后台而在商场上可以为所欲为也。要特别指出的倒是：这种假"官场"之"雷"而"雨"下"商场"，其所反映者正是当时方处于萌芽状态的官僚资本的远祖何以会在权势和金钱上"弄一得双"，从而也就为我们提供了一幅官场百丑图。这一官场百丑图，就其思想性质与艺术成就而言，是有迈前人的，几令施耐庵笔端所写相形逊色。

兰陵笑笑生写西门庆的私人生活，主要是写他除了金钱和权势之外，贫穷得几乎一无所有，乃至只能以金钱和权势作诱饵，将妇女的脐下三寸作为自己的精神家园，以满足其猴王般的以性服群雌为威的欲念与本能，这就引出了一场群妇间的鸡争鸭夺。一则由于西门庆与李瓶儿之渐生恩爱，二则由于潘金莲的好"咬群"，所以这场群妇间的鸡争鸭夺，主要是写潘金莲因妒而与李瓶儿的争宠，举凡西门庆的偷鸡摸狗、吴月娘的左冲右突、妓女们的争风吃醋、奴僮们的勾心斗角、帮闲们的插科打诨等情节，以及侫佛宣经、生日宴饮、节日赏灯等场面，几乎莫不与此相关连。而如果说，潘金莲对宋惠莲的"忌"是她对李瓶儿的"忌"之蓄势，那么潘金莲对如意儿的"忌"则是她对李瓶儿的"忌"之余波，从而也就将潘金莲和李瓶儿之间的矛盾分成三个阶段，其第二阶段乃西门氏的鼎盛期，即第三十回至第五十九回。① 这场鸡争鸭夺的结果，是宋惠莲死矣，宋父死矣，官哥儿死矣，李瓶儿死矣，西门庆亦带着对李瓶儿的哀思魂断潘金莲脐下三寸之地矣！这就不只写出了西门氏这一恶霸、商人、官僚、地主家族是如何浊气冲天，血腥逼人，还为人们绘制了一幅市井的百丑图，活现其上者则有媒婆、妓女、暗娼、姑子、帮闲等等犹如尾随鲨鱼左右觅食的各类鱼虾般人物。而此等市井风俗画及其成就是鲜见于中国小说史的，以古今独步称之，恐亦不为过。

由此可见，《金瓶梅》不只是一部杰出的世情小说，它还是一部"秉持公心，指摘时弊"的杰构。

书中写庞春梅之因祸得福成为周守备第一宠爱的女人时，是西门氏家族的败落期。占书二十一回，即第八十回至第一百回。这二十一回书的结构方式，严格说来，不是网状的，亦非"彩线贯珠"，而是以陈经济与庞春梅的离合为躯干、以陈经济与吴月娘的纠葛和庞春梅与吴月娘的恩

---

① 张锦池：《中国古典小说心解》，黑龙江人民出版社 2000 年版，第 297 页。

怨为两翼所形成的辫状,陈经济成为作品情节结构的中心人物。这当是出于作者的艺术构思是不只旨在写西门氏的"树倒猢狲散",而且旨在写西门氏的一些主要成员流落社会后的遭际。由此也就决定了这二十一回书的叙事视角和总体写法是由近及远,由西门氏府内而写向社会,从而写出钱权交易的社会是个暗无天日的社会,是个人心唯危的社会,是个肉欲横流的社会,其祸可致国破,岂一室而已。这就极大地深化了作品的主题。岂敢危言耸听,且看这辫状结构的"义脉"。

西门庆尸骨未寒,便出现了陈经济的"画楼双美"。这就导致了吴月娘以此作把柄,卖掉了庞春梅和潘金莲。这就又导致了陈经济想向吴月娘索回"先前寄放的金银箱笼",并休掉西门大姐而赎娶潘金莲作为妻室。兰陵笑笑生以此作为情节线索,不只一一交待了李娇儿、潘金莲、西门大姐,以及吴典恩、汤来保、平安儿、云离守等一些人物的结局,而且还写出了西门氏的如何气息奄奄,以及吴月娘的如何左支右绌:"死了汉子,败落一齐来",眼睁睁看着府中上下,"嫁人的嫁人,拐带的拐带,养汉的养汉,做贼的做贼,都野鸡毛儿零挦",却束手无策。

庞春梅在贪淫上虽走了潘金莲的道路,却是个"恩怨分明"的女人。谁昔日对她好,她会奉还;谁昔日对她不好,她会加倍奉还。个人的恩怨成了她判别是非和待人接物的惟一标准,这有她对因与奸夫私奔而被官卖的孙雪娥之蓄意凌辱和对已成为武松刀下之鬼的潘金莲多所缅怀为证。可说也奇怪,她对吴月娘却以德报怨,认之为"亲路"!然而,知否,知否?兰陵笑笑生以此作为情节线索,其所写出者,是庞春梅志得意满、东风拂艳之日,正是西门氏仰人鼻息、秋叶飘零之时!以至面对吴典恩诱平安儿诬之与玳安有奸情以勒索钱财时,百口难赎的吴月娘不能不恳求薛嫂去求助庞春梅这个昔日卖出的奴婢今日之守备夫人予以周全,则西门氏已成秋后寒蛰,亦可知矣!

陈经济作为西门庆的"半子",与西门氏家族的盛衰实际上是同运的。斯人有西门庆的癖性,却无西门庆的能耐。当其投入"守备夫人"庞春梅的怀抱以前,可谓一步一个跟斗,以致不得不去当小道士,不得不去民夫中混迹,不得不去冷铺里寄身,以靠满足他人的龙阳之兴免成饿莩。当其投入"守备夫人"庞春梅怀抱以后,可谓"否极泰来",诸事顺遂,直至成为堂堂守备府的参谋,临清谢家大酒楼的老总,俨然是个"小西门庆"。

兰陵笑笑生以此作为情节线索,不只一一交代了潘金莲、西门大姐,以及汤来保等人物的结局,而且一一交代了孟玉楼、孙雪娥、陈经济、庞春梅,以及应伯爵、黄四、李三、张胜、韩道国夫妇和韩爱姐等人物的结局,同时还勾勒了民夫等底层社会的生活状况与宋室在金国入侵下风雨飘摇的景象,并交代了蔡京等权臣和翟管家等鹰犬的结局,从而也就将西门氏的盛衰与蔡京等权奸们的荣辱作了一笔关锁。

要特别注意这"一笔关锁"。因为,它集中反映了"言政"乃兰陵笑笑生艺术构思固有的重要组成部分,是小说思想意蕴的深层内涵。如果忽略了这一点,也就失去了《金瓶梅》。

四、以西门氏盛衰为明线,以权奸们荣辱为暗线

《金瓶梅》是部以写商品经济刺激下的"人欲"横流的世相与钱权交易的罪恶为其深层底蕴的人间喜剧,一以贯串全书的主线有二:明线是西门庆的盛衰,暗线是权奸们的荣辱,二者又是相辅相成的。而如果说,西门庆其人其事的印迹是前者的缩影,那么,蔡京其人其事的印迹则是后者的缩影。一言以蔽之,西门庆和蔡京是兰陵笑笑生笔端的一对为非作歹的孳生子,一明一暗的两个中心主人公,其对金钱、权势、女色的贪婪虽一,而一个是"钱"的象征,一个是"权"的象征。富豪傍宰辅,宰辅傍富豪,这就形成了作品的以钱权交易为核心的政治层面。无视这一点,也就失去了《金瓶梅》的创作本旨和艺术构思,而有意无意地将之视为自然主义的淫秽小说,尽管又无法否定其在文学史上的价值。

不言而喻,上述所谓以"金"兴,以"瓶"盛,以"梅"衰,是就西门氏的兴衰过程而言的。然而,如果我的这一看法不无道理,还比较符合作品的实际,则合而言之,说西门氏的兴衰是一以贯串《金瓶梅》全书的明线,也就获得了论证。而前面已经言及,在此需予补证的,乃是权臣们的荣辱何以是条一以贯串《金瓶梅》全书的暗线及其与西门氏的盛衰之关系。这,可以从如下几个方面看问题:

其一,西门氏是以间接交通蔡京而兴,其办法是利用其复杂的社会背景人托人。

小说于第二回说西门庆:"原是清河县一个破落户财主,就县门前开着个生药铺……近来发迹有钱,专在县里管些公事,与人把揽说事过钱,

交通官吏。"这"交通官吏"是因,"发迹有钱"是果,而他所交通的官吏,其中随后便有蔡京其人。何以见得?这有两个清正的府尹对两个案子的审理可证。一是武松为兄复仇而误杀李外传案:写东平府府尹陈文昭想为武松平冤,"着落清河县添提豪恶西门庆,并嫂潘氏"一干人;西门庆知道了,忙央亲家陈洪的心腹下书与陈洪的亲家杨提督,求杨提督转央当朝太师蔡京予以周全,蔡京果然"下书与陈文昭,免提西门庆、潘氏";陈文昭乃蔡京的门生,又见杨提督乃朝廷面前说得话的官,焉有不照办之理,结果是只免去了武松的死刑而将其刺配孟州,已人情两尽矣!二是花氏兄弟状告花子虚独吞乃叔花太监巨额遗产案:写开封府尹杨时想为花子由等主持公道,捉拿了其兄花子虚;西门庆应李瓶儿之求,央亲家陈洪的心腹下书与陈洪的亲家杨提督,求杨提督转央当朝太师蔡京予以周全;蔡京果然又下书与杨时,让其开释花子虚;杨时乃蔡京的门生,又见杨提督乃当道时臣,焉有不给面子之理,结果是导致了"花子虚因气丧生,李瓶儿迎奸赴会",西门庆财色双收。这就告诉我们:由于权奸当道,是以当恶霸易,当清官难。

由此可见,清河县满县人所以都惧怕西门庆,甚至堂堂县令亦惧其一二,不只由于他秉性刁恶和手里有钱,更由于他社会背景复杂,是个能通过亲家陈洪的亲家杨提督求动当朝太师的人。

正因如此,所以,当西门庆得知"宇给事劾倒杨提督"时也就遑遑不可终日,除了急遣"来保上东京干事"以外,不仅令正在修建的花园立即停工,对已整装待嫁的李瓶儿亦不敢去迎娶。这一笔是不可忽视的,它明确无误地点明了西门庆之与权奸们是如何休戚相关、荣辱与共。是以"宇给事劾倒杨提督"一案,实乃一部大书之深层意蕴的总纲。

其实,杨戬又何曾真的倒台,蔡京又何曾伤了半根毫毛!兰陵笑笑生只不过是在借西门庆的这场惊恐和"来保上东京干事",对君侧的黑暗和朝政的腐败已经到了不可救药的地步作一总体写照而已。而这一写照,却不只是一以贯串这十九回书的暗线,也是一以贯串整个作品的暗线,这后一点"且看下回分解"。

其二,西门氏盛于和蔡府连络有亲,其诀窍是以金钱铺路,并巴结蔡府的总管翟谦。

西门氏的交通蔡府,实际上是始于"来保上东京干事"。因为,这次去的不是陈府或杨府,而是径投蔡府。需知,来保先找的是翟谦,可见西门庆已在这位总管身上下了工夫,彼此已结成神交。因翟总管跟蔡京上朝未回,所以来保便由小管家高安领去见蔡京之子蔡攸。来保"向怀中取出揭帖递上,蔡攸见上面写着'白米五百石'",遂欣然收下,应其所求。来保这次"干事"的结果,不只使西门庆摆脱了厄运,也为西门庆的直接交通蔡京打开了门路。此后,但凡需要蔡京予以周全的重大而棘手的词讼等等,西门庆就无须人托人,蔡府的后门是向他开着的,禀告者是与之称兄道弟的翟总管。赃银似乎是对半开,比如赵四峰盐案,就是西门庆得赃银两千两,蔡京得赃银一千两,外加一份厚礼。翟总管呢? 拿个零头也就满足,奴才终归是奴才。

然而,与其说西门庆更看中蔡京手中的权,毋宁说蔡京更看中西门庆手中的钱,是以便出现了堂堂宰辅"礼贤下士"讨好"一介乡民"的"怪现象"。这在兰陵笑笑生笔端有三次泼墨描写:一见于第三十回"来保押送生辰担",写蔡京不仅破格亲自接见了押送生辰担的来保和吴主管这两个西门府的下人,还平地选拔西门庆当上了"山东理刑副千户",而这是西门庆意想不到的。一见于第五十五回"西门庆东京庆寿旦",写蔡京不只有求必应地认携千金而至的西门庆为"义子",还在正日那天亲自单独设宴为之洗尘,却将前来贺寿的满朝文武百官弃于一旁,而这是西门庆所不敢想象的。一见于第七十回"西门庆工完升级",写蔡京又设法调走夏提刑,将西门庆晋升正职,而这并非出于西门庆的谋求,因为他对跻身仕途并无多大兴趣,投靠蔡京只不过是想为自己的不法商业经营找个过硬的政治靠山而已,是以他所孜孜以求者是当上蔡京的"干儿子"。那么,蔡京又为什么要对西门庆如此厚爱有加呢? 需知,"理刑"一职是个比京官来钱的"肥缺"。因此,合乎逻辑的解释只能是:蔡京把西门庆作为自己的财源之一了。是的,当社会失范时,唯有"金钱才是金科玉律";"权"在蔡京及其徒子徒孙们手里只不过是谋取金钱的工具而已!

一则由于西门庆手中黄的是金,白的是银,二则更由于西门庆获得了蔡京的格外青睐,成为当朝太师的"义子",所以西门府也就随之而成为达官贵客们的出入之地,其见诸小说场面描写者,便有"西门庆结交蔡状元"、"西门庆迎请宋巡按"、"宋御史结豪请六黄"等等章回。这类自州县至朝廷的各级官员,是捧场来的,也是打抽丰来的,而尤以蔡状元蔡蕴最赤裸裸。这种府外的群蝇逐臭与府内的群姬争宠，在兰陵笑笑生的笔端是相映成趣的，甚至前者所暴露的灵魂比后者还丑恶。二者相辅相成，共同展现的是晚明社会已经失范到了何种地步！

还是张竹坡说得好，小说写西门庆"到人家饮酒，临出门时，必用一人或一官来拜、留坐，此又是生子加官后数十回大章法。"①需予补说的是，这"一人"，一般是帮闲篾片应伯爵之流，而这"一官"却是形形色色的。兰陵笑笑生这么写，其用意是包孕着冷嘲的，想告诉人们的是：篾片们乃西门庆的"帮闲"，而官僚们则是西门庆的"帮忙"。正因为西门庆的经营既有"帮忙"的作靠山，又有"帮闲"的帮吆喝，所以赚钱特别大胆，花钱也格外大方。既然如此，反过来又怎叫帮忙官僚和帮闲篾片们对这位"仗义疏财"之人不趋之若鹜呢？则权奸们的荣辱乃一以贯串这六十回书的暗线，亦明矣。

凡此说明：兰陵笑笑生笔端的西门庆和蔡京这一明一暗两个主人公，一个是"钱"的符号，一个是"权"的符号，是以他们之间的钱权交易，便成为"罪恶"的符号。而如果说，西门庆官居"理刑副千户"（第三十回"西门庆生子喜加官"），商人和官僚一身而二任焉，是标志着西门氏的由"盛"而走向"鼎盛"（第五十五回"西门庆东京庆寿旦"），那么，他由认蔡京为父而官居"理刑正千户"（第七十回"西门庆工完升级"），便是西门氏由"鼎盛"转衰而"回光反照"的标志。这就又将西门氏的以"瓶"盛时期分为三个小的发展阶段，且和上述潘金莲与李瓶儿的争宠过程是一致的；从而也就更好地说明了这一家族从根本上就是个罪恶的家族，不惟其调笑无厌，云雨无时而已。

其三，西门氏的败落之日，就是权奸们覆灭之时，其原因是恶有恶报。

真可谓"世情看冷暖，人面逐高低"：西门庆一死于潘金莲的脐下，蔡京即弃之如敝履，西门府就再也没有达官贵客临门。那么，权奸们的荣辱这一暗线是否就由此中断了呢？否，兰陵笑笑生以其别具匠心的应接法写出了它对作品的贯串作用，且与西门氏的盛衰这一明线是相映成趣的：

其始也，写西门庆刚刚入土，韩道国夫妇即倚势拐财，一下拐走了西门氏白银一千两，事见第八十一回。韩道国夫妇倚的是谁的势呢？蔡京

---

① 《金瓶梅》，香港天地图书出版社1998年版，第2110页。

求/是/文/荟　《求是学刊》发刊200期

的总管翟谦! 王六儿不是说么:"莫不他七个头八个胆,敢往太师府中寻咱们去?"这是对第三十六回"翟谦寄书寻女子"和第三十七回"冯妈妈说嫁韩氏女"的应接。"韩氏女"即韩道国夫妇的女儿韩爱姐,是西门庆将这个十五岁的少女送给翟谦当小老婆的,西门庆不是自食其果而何?

其继也,写落魄后的韩爱姐告诉西门庆的"影子人物"陈经济:"朝中蔡太师、童太尉、李右相、朱太尉、高太尉、李太监六人,都被太学国子生陈东上本弹劾,后被科道交章弹奏倒了,圣旨下来,拿送三法司问罪,发烟瘴地面永远充军。太师儿子、礼部尚书蔡攸处斩,家产抄没入官。"事见第九十八回"陈经济临清开大店,韩爱姐翠馆遇情郎"。这是在写权奸们的下场及其咎由自取。其应接的是:第十七回"宇给事劾倒杨提督"、第十八回"来保上东京干事"、第四十八回"蔡太师奏行七件事"、第七十回"群僚庭参朱太尉"等章回。比如,以第十八回"来保上东京干事"来说,将人犯名单上的"西门庆"改为"贾庆"者是右相李邦彦,而令小总管高安引来保去见李邦彦者是礼部尚书蔡攸,他们一得西门庆"五百两金银",一得西门庆"白米五百石",而这只是其罪证中不足道者之一而已!

其终也,写由于权奸们的贪赃枉法,唯金钱是从,无恶不作,祸流四海,致金人于灭辽后乘胜南下,百姓流离失所,徽钦二帝北狩,赵构仅能保住半壁江山,事见第九十九回和一百回。知否,第十七回写宇给事对蔡京和杨戬之流的参劾,便主要是说他们"树党怀奸","招夷虏之患",却未获得正确的处理。今果见其害,则二者之间的应接关系,明矣! 则"宇给事劾倒杨提督"一案,其总纲作用,亦明矣!

要之,假若将《金瓶梅》的情节比为变幻莫测的云海,则以蔡京为代表的权奸们的荣辱便是条横穿云海的蜃龙,乃时隐时现的,所以可以称之为一以贯串全书的暗线,它与明线西门氏的盛衰是相辅相成的。从而,也就形成了作品的政治层面。质之方家,以为何如?

五、结论和余论

《金瓶梅》是人间喜剧,可以称之为对晚明的"社会研究"。因此,是"横看成岭侧成峰"的:

其哲理层面是:面对肉欲横流的世道,虽已察知"天理"和"仁"是个"银样镴枪头",而仍操之以批判"人欲"之横流和种种"不仁"。盖由于作者未能找到新的思想武器,而仍将儒家的仁政思想作为其正面追求也。

其社会层面是:绘制一幅在金钱刺激下的世相百丑图,并无情地撕毁给人看。当意在说明:"一家仁,一国兴仁;一家让,一国兴让;一人贪戾,一国作乱:其机如此。"①

其政治层面是:揭示钱权交易的罪恶,及其所为近在一身而祸流四海的危害:不诚其意,不正其心,不修其身,不齐其家,又焉能治国平天下!

与此相关联,其艺术结构的主要特点亦有三:

从小说开头和结尾的故事之寓意来说,是以"悌"起,以"孝"结。

从西门氏的盛衰之过程来说,是以西门庆对潘金莲的宠爱有加为标志写西门氏的"兴",以西门庆对李瓶儿的宠爱有加为标志写西门氏的"盛",以西门庆死后庞春梅的被卖和得意周府为标志写西门氏的"衰"。这三个阶段的结构形态是有变化的,但就其主体部分来说,乃网状结构。

从一以贯串全书情节结构的主要线索来说,明线是西门氏的盛衰,暗线是权奸们的荣辱,二者是相辅相成的;西门庆和蔡京是小说的两个中心主人公,一明,一暗,一个是金钱的象征,一个是权势的象征,他们之间的钱权交易,便成为罪恶的象征。

要特别注意的是,兰陵笑笑生最后不只以西门氏之盛衰与权奸们之荣辱作关锁,还将吴月娘之以玳安继承西门氏之残业与金廷之以张邦昌②承继北宋半壁江山相映照,显然是有深意的。当旨在说明:不以"天理"制"人欲"而任其横流,则必导致人对物欲和淫乐的贪求,导致官场的黑暗,导致时风的颓败,而"富贵必因奸巧得,功名全仗邓通成"的结果,是于国则破,于家则亡,于个人则难以逃脱自我毁灭的命运。这一曲终奏雅,我以为也就是作品的创作本旨,其所言钱权交易的罪恶,足可警世!唯其如此,所以,这不是一般的"指斥时事",乃作品之深层"义脉",具有总结历史的经验教训的用意。

国际著名的《金瓶梅》专家魏子云教授认为:"《金瓶梅》是写'财'与'色'的社会文学。"③我想补说一句:《金瓶梅》其写"钱"与"色"的交易之罪恶也,是浅层面的;其写"钱"与"权"的交易之罪恶也,是深层面的。说得更明

---

① 朱熹:《四书集注·大学章句》,岳麓书社 1987 年版,第 14 页。
② 我在《从〈金瓶梅词话〉的命名说开去》一文中不慎误作"刘豫",兹于此更正,心甚愧焉。
③ 陈益源:《小说与艳情》,学林出版社 2000 年版,第 44 页。

确一点:《金瓶梅》是以写财色交易之罪恶为表,钱权交易之罪恶为里的社会文学,乃举世鲜匹的"人间喜剧"。当然,能否这么说,还请方家定谳。

正是基于这些方面,我认为《金瓶梅》是部现实主义的杰作,尽管在写及某些人物的"性饥渴症"和"性虐待症"时不无自然主义的缺失。①

美籍学者浦安迪教授的《中国叙事学》是部有影响的学术著作。该书云:"《水浒传》、《西游记》和《金瓶梅》的早期版本,大致都分成十卷,每卷十回。这个看来是出于偶然的版本学细节,其实暗蕴明清文人小说布局的一个重要秘密。我们一旦看破奇书文体由'十'乘'十'的叙事节奏组成——即小说叙述的连续统一性被有节奏地划分为十个'十回'的单元——全书的整体结构模型就了然在目了。"且云:"细心的读者不难发现,(《金瓶梅》)这种以十回一'卷'为单位,而把特别重要的或有预示意义的故事情节总是穿插在每个'十回'的第九与第十回之间的结构方法,其实是贯串全书核心章法。"②这一发现,我以为是有价值的。需略予补说的是:《金瓶梅》,第一回是全书故事的发端,第一百回是全书故事的结穴,皆具寓意性。其他九十八回,逢"九"多属重要关目,要么是写本"十回"主体故事的基本结局,要么是含有对尔后情节发展或人物命运有预示意义的故事;逢"十"多属本"十回"主体故事的余波或下一个"十回"主体故事的开端,兼而写之形成"文字过峡"者尤多。这是作者的叙事板定大章法,也是一以贯串全书的核心大章法。一察《金瓶梅》的百回回目便知,是无须赘述的,而从本文所提及的章回亦可以见其大略。如果我这一看法是大致符合作品实际的,那么这段余论可标识为"书中逢'九'多属重要关目"。

● 原文刊载于《求是学刊》2001 年第 1 期。
● 张锦池,哈尔滨师范大学文学院教授,博士生导师。

---

① 客观地说,书中有关性行为的描写,多数并未深入情节,是游离于情节之外的,所以删去亦不影响作品的完整,这一点当专文另说。

② 浦安迪:《中国叙事学》,北京大学出版社 1996 年版,第 62～64 页。

明代复古派的文学本体论

孙之梅

　　明代文学的复古运动发轫于南宋,明代得到了完整的展开。从时间上,经历了明初的整合期,明中叶的高涨期,明末清初的创获期,从而成为有明一代持续时间最长、阵容最大的诗文流派。何以如此? 窃认为一个重要的因素是复古派立足于文学本体,始终着眼于文学本体论的确立,使诗与非诗、诗与文剥离开来。

一

　　我们知道从严羽到高棅都在辨体上下过大工夫,做到了辨诗如辨苍素。他们辨体的背景是尊唐抑宋,因而主要着眼于诗歌时代之差别,在唐诗初、盛、中、晚论题的确立方面做了有力的论证。辨体的理论意义还不在这里,更重要的是通过辨体,确立诗文各自的本体特征。辨体在文学史的演进中有重要意义,郭绍虞《中国文学批评史》指出《后汉书》中《冯衍传》、《崔骃传》、《蔡邕传》举其著述时分类十分烦琐。魏晋时期文体学愈加自觉,曹丕的《典论·论文》、陆机的《文赋》、挚虞的《文章流别论》对文体的分类进行过梳理。这种趋势影响到萧统《文选》的分类,以至分出 39 类之多。《文心雕龙》对文体进行了理论概括,将繁多的文体按"文"与"笔"区分开来,且对各种文体的渊源、演变、特点进行了论述。郭绍虞评价道:"就文体的研究而论,《文心雕龙》也可以说是集以前之大成了。"①但是以"文"(有韵者为文)和"笔"(无韵者为笔)区分,仍有夹杂不清之

---

　　①　郭绍虞:《中国文学批评史》,上海古籍出版社 1979 年版,第 65 页。

处。例如诗和骈文同是有韵之文，在词语技法上有相同之处，但归属却大不相同。再例如骈文本是一种美文，但在六朝、隋唐是功用之文，在职能上又与诸子之文和史传之文混为一谈。于是以韩愈、柳宗元为首的古文运动确立古文的概念，贬斥功用范围骈四俪六的泛滥。他把文分为"著述"和"比兴"两种，并指出它们在功能、风格、作者才性上的差异，明确地把文分为文和诗两大类。

古文运动之后，古文成为社会生活运用最泛的文体，其文体特征和诗歌几乎犹如楚河汉界一样不可移易。但是在文体的流变中，却经常发生"陈仓暗渡"的情况，杜甫、韩愈已有以文为诗之意，宋诗更是把以文为诗成就为宋诗的诗体特征。正是由于有宋诗这一段插曲，从严羽以来复古派的辨体就显示出特别的意义。明代复古派的辨体主要着眼于两个方面，一是诗文之辨和诗体本身诗与非诗的差别，一是诗歌不同时代之辨。

李东阳"留心辨体"，他的辨体首重诗文之别。《沧州诗集序》说："诗之体与文异……盖其所谓异于文者，以其有声律风咏，能使人反复风咏以畅达情思，感发志气，取类于鸟兽草木之微，而有益于名教政事之大。"《麓堂诗话》开篇就针对"以文为诗"为诗体正名："诗在六经中别是一教，盖六艺中之乐也。始于诗，终于律，人声和则乐声和……后世诗与乐判而为二，虽有格律而无音韵，是不过为排偶之文而已。使徒以文而已也，则古之教，何必以诗律为哉？"又云："诗与文不同体。昔人谓杜子美以诗为文，韩退之以文为诗，固未然。然其所得所就，亦各有偏长独到之处。近见名家大手以文章自命者，至其为诗，则毫厘千里，终其身而不悟。"诗与文判然为二体，显著外部特征是有无声律。李东阳着眼于声律论诗文之差异是不争的事实，但仅停留于此又不免过于简单化了李东阳的思维，因为他论述的是一个人人皆知，一目了然的问题。李东阳的诗文辨体应包含两方面的意义。其一，诗歌声律的本体意义。从发生学的角度看，"文者言之成章，而诗又成其声者也"；从声律的演变看，音律始于诗，终于律。但是有声律未必一定是诗。李东阳说："古律诗各有音节，然皆限于字数，求之不难。"[1]他认为在字数之内求音节是不可取的，批评道："今泥古诗之成声，平侧短长，句句字字，而摹仿而不敢失，非为格调有限，亦无以发人之情性。"[2]由于受到摹仿对象

① 李东阳：《麓堂诗话》，载丁福保《历代诗话续编》，中华书局1983年版，第1270页。
② 李东阳：《春雨堂稿序》，载蔡景康编选《明代文论选》，人民文学出版社1993年版，第88页。

的限制，不能自由地抒发性情。那么是否可以不要声律的束缚？李东阳总结古今诗歌云："今之歌诗者，其声调有轻重、清浊、长短、高下、缓急之异，听之者不问而知其为吴为越也。汉以上古诗弗论，所谓律者，非独字数之同，而凡声之平仄，亦无不同也。然其调之为唐为宋为元者，亦较然明甚。此何故耶？大匠能予人规矩，不能使人巧。律者，规矩之谓，而其为调则有巧存焉。苟非心领神会，自有所得，虽日提耳而教之无益也。"①显然，律诗中字数相同，平仄相同，但仍然寄托着时代地域的风格，其中起作用的是调。所谓调即五声。《麓堂诗话》一则说自己对五声的体会：

陈公父论诗专取声，最得要领。潘祯应昌尝谓予诗宫声也，予讶而问之。潘言其父受于乡先辈，曰："诗有五声，全备者少，惟得宫声者为最优，盖可以兼众声也。李太白、杜子美之诗为宫，韩退之之诗为角。以此例之，虽百家可知也。"予初欲求声于诗，不过心口相语，然不敢以示人。闻潘言，始自信以为昔人先得我心。天下之理，出于自然者，固不约而同也。

李、杜、韩的诗，有时代之差异，也有风格之差异，还有技法之差异，但李东阳认为是声调之不同。如何体会和把握诗歌中的声调？实际仍是一个比较玄妙的问题，应该说李东阳作了比较具体的阐释。他认为，从情感的层面看，不是所有讲究声律的都是诗，诗的声律要具备陶写性情的功能。《麓堂诗话》第一则说完诗是"六艺中之乐也，乐始于诗，终于律，人声和则乐声和"后，接着说："又取其声之和者，以陶写性情，感发志意，动荡血脉，流通精神，有至于手舞足蹈而不自觉者。后世诗与乐判而为二，虽有格律而无音韵，是不过为排偶之文而已。"乐与诗的结合有多种情况，而只有"声之和者"，对人的情感、志意、血脉、精神发生激动作用的才可称为诗歌的声律。《诗话》说："诗必有具眼，亦必有具耳。眼主格，耳主声。闻断琴，知为第几弦，此具耳也；月下隔窗辨五色线，此具眼也。"声之和者即"具耳"，诗之动人者即"具眼"。《诗话》还有一则讲乐府的声律："惟乐府长短句，初无定数，最难调叠。然亦有自然之声，古所谓声依咏者。谓有长短之节，非徒永也，故随其长短，皆可以播之律吕，而其太长太短之无节者，则不足以为乐……若往复风咏，久而自有所得，得于心而发之乎声，则虽千变万化，如珠之走盘，自不越乎法度之外矣。"乐府为长短

① 李东阳：《麓堂诗话》，载丁福保《历代诗话续编》，中华书局1983年版，第1379页。

句,既可吟咏,又可播之律吕,还要合于自然之声。概括起来看,李东阳的声律论,即诗歌的声律乃可以往复风咏,可以播之律吕,还可以激动人的情感志意的自然之音。李东阳的声律论在继承《毛诗序》"情发于声,声成文,谓之音"的观点的同时作了调整,他在声律的外壳里装进了"陶写性情,感发志意,动荡血脉,流通精神"的内涵,抒情性、个性、感染性、想象性的诗歌声律本体得到了突出。因此,李东阳的声律论一方面区分了诗文之别,更重要的是区分了诗歌声律与非诗歌声律的差别,在诗歌的苑地里剔除了押韵的学问诗、议论诗、性气诗之存身之所,可以说是釜底抽薪之举。

事实上,写学问诗、议论诗、性理诗的宋代,也有兴象意趣类唐的诗,如果细加区别,宋诗将会分为两个体系,而在理学被当作官方哲学并被全社会普遍接受的的明代,却只接受宋代诗的一个体系。明成、弘年间,诗坛盛行台阁体和性理诗。朱彝尊《静志居诗话》卷十"李梦阳"条云:"成、弘间,诗道傍落,杂而多端,台阁诸公,白草黄茅,纷芜靡蔓……理学诸公,'击壤''打油',筋斗样子。"而"台阁体""大都词气安闲,首尾停稳,不尚藻饰,不矜丽句,太平宰相风度可以想见,以词章取之则末矣"[1]。不讲辞采,没有激情,安闲的词气表现心理感悟,说到底还是一种理学诗。虽然在明前期尊汉唐是诗坛主流,但由于明代理学高涨,以议论、押韵为诗的性理诗还有相当的影响,陈献章和庄昶是这方面的代表。他们的诗宗法邵雍《击壤集》,自成一系。钱谦益论陈献章诗云:"借诗讲学,间作科诨帽桶脚,有类语录。"[2]论庄昶诗云:"多用道学语入诗,如所谓'太极圈儿,先生帽子','一壶陶靖节,两首邵尧夫'者,流传艺苑,用为口实……此等谬种,流入后生八识田中,真所谓下劣诗魔,能断诗家多生慧命,良可惧也!"[3]杨慎《升庵诗话》卷七《陈白沙诗》条评其七言近体:"简斋、康节之渣滓,至于筋斗、样子、打乖、个里,如禅家喝佛骂祖之语,殆是《传灯录》偈子,非诗也。"卷九《庄定山诗》条记载其诗坛笑话:"庄定山早有诗名,诗集刻于生前,浅学者相与效其'太极圈儿大,先生帽子高',以为奇绝。又有绝可笑者,如'赠我一壶陶靖节,还他两首邵尧夫'。本不是佳话,有滑稽者,改作《外官答京宦苞苴诗》,云:'赠我两包陈福建,还他一匹好南京。'闻者捧

① 钱谦益:《列朝诗集小传》,上海古籍出版社1983年版,第162页。
② 钱谦益:《列朝诗集小传》,上海古籍出版社1983年版,第265页。
③ 钱谦益:《列朝诗集小传》,上海古籍出版社1983年版,第267页。

腹."在这种诗学背景下,尊唐抑宋已然是力度不够,辨别诗与文的差别以及强调诗的本体特征都不够振聋发聩,断然否定宋诗就成了复古派的题中之意。李梦阳《缶音序》把宋诗与当时的性理诗联系在一起,并不留余地地把宋诗置于死地。他从三个层面贬斥宋诗:第一,宋诗不能被之管弦,不仅丢弃了古调,连唐调也不复存在。李梦阳秉承乃师李东阳的声调论,把被管弦看作诗的生命要素。不具备此要素,其诗就犹如土模形骸。第二,宋诗没有遵循诗歌表达感情志意、流动血脉精神的规矩,违背了"比兴"和"假物"的表现手法。第三,宋诗专作理语,《河南程氏遗书》卷十八,程颐批评杜甫"穿花蛱蝶深深见,点水蜻蜓款款飞","如此闲言语道出作甚。某所以不常作诗"。宋代理学家以文载道,即使作诗也多言性理,影响所及以至明代。显然明前期黄草白茅的诗坛始作俑者是宋诗,宋诗自是诗歌振兴的大敌,搬除宋诗,就是为当时的诗歌恢复大雅披荆斩棘,清除道路。李梦阳的辨体直指根源,彻底打倒宋诗,建立诗歌的新体系。

严羽提出"入门须正,立志须高,以汉魏盛唐为师,不作开元天宝以下人物"的师学源流,李梦阳发展了这一观点,他进一步从诗体上来界定体系。其《潜虬山人记》云:"山人商宋、梁时,犹学宋人诗。会李子客梁,谓之曰:'宋无诗。'山人于是遂弃宋而学唐。已问唐所无,曰:'唐无赋哉!'问汉,曰:'无骚哉。'山人于是又究心骚赋于汉唐之上。"他认为宋无诗,因此诗学唐以上。具体地说,近体尊盛唐,古体尊汉魏。《刻阮嗣宗诗序》说:"夫三百篇虽邈绝,然作者犹取汉魏。予观魏诗,嗣宗冠焉……予观陈子昂《感遇》诗差为近之唐音泅泅乎开源矣。"[1]何景明《海叟集序》明确地说:"盖诗虽盛称于唐,其好古者自陈子昂后莫若李、杜二家,然二家歌行、近体诚有可法,而古作尚有离去者,犹未尽可法也。故景明学歌行、近体有取二家,旁及唐初、盛唐诸人,而古作必自汉魏求之。"[2]也就说,以严羽"第一义"为依据,四言诗学《诗经》,五言古诗学汉魏,七言歌行学汉魏兼及盛唐,近体学初盛唐。如此类推,文自应以秦汉文为宗。后七子的领袖李攀龙编选《古今诗删》三十四卷,从古逸诗选到唐,直接明诗,独不选宋元,宋元诗被完全屏弃到诗歌体系之外。复古派的辨体不仅是诗文和时代之辨,还有地域和诗体内部各体的分辨,而诗文之辨,诗和

① 蔡景康:《明代文论选》,人民文学出版社1993年版,第110页。
② 钱谦益:《列朝诗集小传》,上海古籍出版社1983年版,第118页。

非诗之辨,以及时代之辨则是理论核心。

二

从李东阳论声律的观点,我们已知他非常强调诗歌的抒情功能,这一意见在评论其他人诗也时有表现。《诗话》说林鸿的《鸣盛集》专学唐,袁凯的《在野集》专学杜,"盖极力摹拟,不但字面句法,并其题目亦效之。开卷骤视,宛若旧本。然细味之,求其流出肺腑,卓而有立者,指不能一再屈也"。评古歌辞《大风歌》《易水歌》,"其感激悲壮,语短而意长。"《弹铗歌》"自有含悲饮恨之意"。都是强调真情实感在诗歌中的地位。但他很少如此直接叙述,常以"性情"或"意"来表达。如"诗贵意,意贵远而不贵近,贵淡不贵浓","作诗不可以意徇辞,而须以辞达意。辞能达意,可歌可咏,则可以传"。"性情""意"既有明初理学的痕迹,但更多的还是他对诗歌情感的理解。他为了说明何为达意,举了王维的"阳关无故人"之句,说:"唐以前所未道。此辞一出,一时传诵不足,至为三叠歌之。后之咏别者,千言万语,殆不能出其意之外。必如是方可谓之达耳。"可见意是对原始情感的升华。又说"诗贵情思","情思"也非直接宣泄的情感志意,而是经过诗化的感情形态。《诗话》云:"长歌之哀,过于痛哭,歌发于乐者也。,而反过于哭,是诗之作也。七情具焉,岂独乐之发哉? 惟哀而甚于哭,则失其正矣。善用其情者,无他,亦不失其正而已矣。"长歌之哀源于痛哭,而又过于痛哭,则是因为痛哭之情经过整理合乐,使其哀之情形态化,它在表达哀情时更深刻、更感人、更长久、更具有回味性,也就是说它是痛哭之哀的艺术化的表现。从七情到"情思""意"、"性情"有一个比较复杂的过程,李东阳拟之于酿酒,云:"京师人造酒,类用灰,触鼻蛰舌,千方一味,南人嗤之。张汝谓之'燕京琥珀'。惟内法酒脱去此味,风致自别,人得其方者,亦不能似也。予尝譬今之为诗者,一等俗句俗字,类有'燕京琥珀'之味,而不能自脱,安得盛唐内法手为之点化哉?"这里虽是讲摹拟脱略痕迹,但用来说明诗歌情感的澄滤也是恰当的。他还说:"文章如精金美玉,经百炼历万选而后见。""诗之为妙,固有咏叹淫佚,三复而始见,百过而不能穷者。"①李东阳反对在诗歌中直接宣泄感情,也反对

① 李东阳:《麓堂诗话》,载丁福保《历代诗话续编》,中华书局 1983 年版,第 1378 页。

摹拟前人而为文造情,应"善用其情",使情感美学化。实现"意"、"情思"的形态化则要通过比兴的手法,"所谓比与兴者,皆托物寓情而为之者也","有所寓托,形容摹写,反复风咏,以俟人之自得"。诗歌是抒情的,在李梦阳那里得到了系统深入的论述。其《与徐氏论文书》云:"夫诗,宣志而导和者也。"①《叙九日宴集》云:"天下百虑而一致。故人不必同,同于心。言不必同,同于情。故心者,所谓欢者也;情者,所谓言者也。"②《缶音序》否定宋诗的一个理由是缺乏"感触突发,流动情思"的诗质。《梅月先生诗序》进一步从创作心理的角度分析情的发生、情在写作中的作用,云:

情者,动乎遇者也。幽岩寂滨,深野旷林,百卉即痱,乃有缟焉之英,媚枯、缀疏、横斜、嵚崎、清浅之区,则何遇之不动矣。是故雪益之,色动,色则雪;风阐之,香动,香则风;日助之,颜动,颜则日;云增之,韵动,韵则云;月与之,神动,神则月。故遇者物也,动者情也。情动则会,心会则契,神契则音,所谓随遇而发者也。梅月者,遇乎月者也。遇乎月,则见之目怡,聆之耳悦,嗅之鼻安。口之为吟,手之为诗。诗不言月,月为之色;诗不言梅,梅为之馨。何也?契者会乎心者也,会由乎动,动由乎遇,然未有不情者也。故曰:情者动乎遇也。③

李梦阳在这里讲了三层意思:一是自然景物的互动。"缟焉之英"的各种形态因为有了雪、有了风、有了日、有了云、有了月而平填了色、香、颜、韵、神。二是感情和自然景物互动。感情由于景物的触动而具体化,"情之动乎遇者也"。三是说不管景物之互动,还是情景之互动,动的原初动力是情。景物之互动是因为有情,才会从中体会到色、香、颜、韵、神;情景之互动,情为关键,"情动则会"。"会由乎动,动由乎遇,然未有不情者也。"李梦阳不是讲情的发生,而是讲情由于遇而得到了触动,找到了表达的寄托之物,即"遇者因乎情,情者形乎遇"。物因为有了寄托,在诗人眼里变成了审美对象,它和其他景物的互相联系变成了诗意的关系,和诗人的情、心、神也是一种诗意的关系。统领这三点的是"遇"。较之其他诗论家,李梦阳讨论情的突出特点是他总是在考察情的运动状态。《鸣春集序》云:"窍遇则声,

---

① 蔡景康:《明代文论选》,人民文学出版社 1993 年版,第 108 页。
② 蔡景康:《明代文论选》,人民文学出版社 1993 年版,第 110 页。
③ 蔡景康:《明代文论选》,人民文学出版社 1993 年版,第 112 页。

情遇则鸣。吟以和宣,宣以乱畅,畅而咏之,而诗生焉。"《刻戴大理诗序》云:"情感于遇,故其言人人殊。"情是永恒的,情也是多样的,但诗歌的抒情是一个复杂的心理过程,并不是有情就可成为诗人,也不是可以随时随地都可宣泄其情。感情的抒发需要机遇,这就是"遇"。"遇"本身就是一个运动状态,但这只是起点,在"遇"的激发之下,才会产生创作心理的一系列运动。"遇"还是主客观的契合,也就是情和境象的珠联璧合,水乳交融。这里的论述与《缶音序》中"感触突发,流动情思","比兴错杂,假物以神变"仍在一个思维圈子里,情在写作中的作用得到了强调。《诗集自序》把这一理论推进了一步。序文先引曹县王叔武话云:"夫诗者,天地自然之音也。今途谔而巷讴,劳呻而康吟,一唱而群和者,其真也,斯之谓风也……今真诗乃在民间。而文人学子,顾往往为韵言,谓之诗。"李梦阳由崇拜汉魏盛唐诗转而崇拜民歌,重要因素之一是民歌情之真。

三

复古派的诗歌本体论湮没到大量的诗法论述中,但统领诗法论的理论核心是比兴论,诗歌的表现方法用比兴和模写形容。严羽在《沧浪诗话》里所说的"妙悟"、"兴趣"、"当行"、"本色"都包含着比兴手法的运用。李东阳明确提出比兴是诗的主要表现手法。《诗话》云:

> 诗有三义,赋止居一,而比兴居其二。所谓比与兴者,皆托物寓情而为之者也。盖正言直述,则易于穷尽,而难于感发。惟有所寓托,形容摹写,反复风咏,以俟人之自得,言有尽而意无穷,则神爽飞动,而手舞足蹈而不自觉,此诗之所以贵情思而轻事实也。

赋比兴三义宋诗充分发挥了赋的手法,忽视了比兴手法,李东阳认为用铺陈直述之法,难以引发读者的共鸣,只有比兴手法的运用才能感动作者,也感动读者。关于比兴,他有具体的界定:"有所寓托,形容摹写,反复风咏",贯穿寓托之物,摹写之情景,风咏之音节的是"情思"。李东阳这段话是复古派论述比兴的纲领性文字,李梦阳、何景明等人论述比兴大致不出这一范围。李梦阳《缶音序》云:"夫诗,比兴错杂,假物以神变者也,难言不测之妙。感触突发,流动情思,故其气柔厚,其声悠扬,其言切而不迫。故歌之心畅,而闻之者动也。""诗有六义,比兴要焉。夫文人学子,比兴寡而直率多。何也?出于情寡而工于词多也。夫途巷蠢蠢之夫,固无文也。乃其讴也，谣也，呻也，吟也，行咕坐歌，食咄而寤嗟，此唱而彼和，无不有比兴焉，无非其情也，斯足以观义矣。故曰：诗者，天地自然之音也。"对比兴手法的重视，是李梦阳推崇民歌的又一个理由。比兴手法在创作和理论体系中的作用逐渐为复古派所认识，最终成为他们重要的批评武器。何景明早年七言歌行学杜甫，其名篇《岁晏行》、《玄明宫行》是典型的杜甫风格，后学初唐四杰，遂改弦易辙，写了《明月篇》、《流萤篇》、《昔游篇》等。《明月篇序》陈述了这种转变背后诗学观念的变化，他说始读杜甫七言歌行体，"爱其陈事切实，布辞沉著"，后来读了汉魏以来以及初唐四杰歌诗，知杜甫诗"辞固沉著，而调失流转，虽成一家语，实则诗歌之辨体也。夫诗本性情之发者也。其切而易见者，莫如夫妇之间，是以《三百篇》首乎《雎鸠》，六义首乎风，而汉、魏作者义关君臣朋友，辞必托诸夫妇，以宣郁而达情者焉，其旨远矣。由是观之，子美之诗博涉世故，出于夫妇者常少，致兼《雅》、《颂》而风人之义常缺"。杜甫诗除了"调失流转"外，更重要的是不符合"风人之义"。所谓的"风人之义"就是以夫妇托寓君臣朋友之义，也就是比兴手法。七子中的另一个人物王廷相在《与郭价夫学士论诗书》也批评杜甫等人叙事诗"漫敷繁叙，填委事实，言多趁贴，情出附辏，此则诗人之变体，骚坛之旁轨也"。提出："夫诗贵意象透莹，不喜事实粘著，古谓水中之月，镜中之影，可以目睹，难以实求是也……言征实则寡余味也，情直致而难动物也，故示以意象，使人思而咀之，感而契之，邈哉深矣，此诗之大致也。"①这里的"意象"不是我们现代文艺理论所说"意象"的含义，主要是指比兴手法的运用。复古派的文学本体论具有重要的意义，为诗歌创作脱离宋诗和性理诗的影响澄清了是非，也对后来的诗歌发展产生了深远的影响。清初遗民诗的高涨，与比兴说为遗民诗人所认同有直接的关系。清代神韵说、格调说、性灵说，都与复古派理论有不同程度的联系。但是明代复古派的理论仍然是不完善的，例如限隔时代的文学史观，模拟汉魏盛唐的格调论。入清后伴随着康乾盛世的到来，沈德潜的格调论继承了明代复古派的理论，还对复古派理论的一些弊端作了拨正。

● 原文刊载于《求是学刊》2003 年第 4 期。
● 孙之梅，山东大学文学院教授，博士生导师。

---

① 袁震宇、刘明今：《明代文学批评史》，上海古籍出版社 1991 年版，第 157 页。

汪道昆与嘉、万时期文坛的复古活动

——以汪道昆与七子派关系考察为中心

郑利华

在明代嘉靖至万历时期文坛,汪道昆称得上是位有着重要影响的文学人物,他甚至被视为与当时后七子领袖李攀龙、王世贞并驾齐驱而主持坛坫的一名文界主将。毕懋康《太函副墨序》云:"国朝文章家斌斌代起,若搴大将旗居然主坛坫者,则历下、弇山、太函其雄也。"①自隆庆四年李攀龙去世后,汪、王更是成为词人墨客主要的归附对象,所谓"海内之山人词客,望走噉名者,不东之娄东,则西之魏中"②。他们居处的吴中和徽州地区,尤其是因为二人的关系,也变为文人士子趋附的集结中心。王曾于万历十五年被推补为南京兵部右侍郎,汪则于隆庆六年升任兵部右侍郎,万历三年以兵部左侍郎致仕,人因其名望相当以"两司马"称之。事实上,汪道昆不仅拥有与李、王近似的文学声誉,而且和七子派尤其是后七子成员及其从事的复古活动关系密切,由此被纳入后七子羽翼群体之一——"后五子"之列。本文选取汪道昆与嘉、万时期复古活动作为考察视角,旨在探讨汪氏与七子派的文学关系,以及他在建构徽州地区和当时由后七子所主导的文坛复古思潮之间关系上所发挥的重要作用,并借此究察嘉、万之际复古思潮流延的某种趋向。

一、早年文学习尚及与后七子成员关系的建构

汪道昆,字伯玉,徽州歙县人。嘉靖二十六年进士。初任义乌知县,

①　汪道昆:《太函副墨》,明崇祯刻本。
②　钱谦益:《列朝诗集小传》下册,上海古籍出版社1983年版。

历官武选司署郎中事员外郎,襄阳知府,福建按察使,福建、郧阳、湖广巡抚等职,仕终兵部左侍郎。考察汪氏和嘉、万时期文坛复古活动的关系,首先不能不注意到,他早年相关的学古经历在一定意义上为他以后关注与投入古业铺垫了基础。和众多传统士人一样,汪道昆早年曾汲汲于科举之业以博取功名,但在学习举业之际已表现出对古文词的浓烈兴趣,其《副墨自序》云:"幼受业先师,喁喁慕古。既卒业,退以其私,发箧遍读藏书。即属辞,壹禀于古昔。师弗善也,则以告家大夫:'孺子嘐嘐而务多闻,将害正业。'家大夫敬诺,箧中非博士业,悉迁之"①。虽然当时家中对他不务"正业"而嗜好古文词的做法多加限制,却丝毫未削弱他的兴趣。这在习举业成风的士人中间,算是脱俗的另类之举了。中进士之后,随着科试压力的消除,他始将更多精力用在修习古业上。特别是他后来担任京职,在文士云集的京师与诸位志同道合的文友专习古文词。如嘉靖三十三年始,汪道昆由兵部职方司主事升任武库司员外郎,遂借职事之便"数从诸郎攻古文词"②。可说是他早先习举业之际对古文词已有旁骛的一种继续。

汪道昆和后七子领袖人物之一的王世贞为进士同年,世贞进士登第后初官刑部,嘉靖二十七年经濮州人李先芳绍介,结识同官刑部的李攀龙,着手在京师创建盟社,伸张声势,七子成员相继加入其中。也许当初疏于往来联系,相知未深,加上道昆考取进士后当年即除义乌知县,直至嘉靖三十年才入京任户部江西司主事,中间被遣往外地任职,与京师诸子联络交往自有诸多不便。所以在"王、李七子起时","尚未得与其列"③。不过,面对李、王诸子作为一支新兴文学势力,步武以李、何为首的前七子而突进嘉靖中叶文坛,以及伴随文学圈内逐渐弥漫开来的复古气息,时以"修古"自勉的汪道昆还是强烈感受到了,企慕诸子的心向亦随之而生,他后曾分别致信李、王二子,吐露了对他们怀有的向往之情。如谓攀龙:"足下主盟当代,仆犹外裔,恶敢辱坛坫哉!顾喁喁内向,业已有年。"④谓世贞及其弟世懋:"顾于公家伯仲,独向往勤勤,无亦里耳期于阳春,肉眼

---

① 汪道昆:《太函集》卷22,明万历刻本。
② 汪道昆:《太函集》卷85,明万历刻本。
③ 沈德符:《万历野获编》第25卷,中华书局1959年版,第630页。
④ 汪道昆:《太函集》卷97,明万历刻本。

期于国色,此心终不能忘耳。"①

　　说到汪道昆对于李、王诸子复古举措的积极反应,除缘于他早先根植内心的"慕古"热情,还应注意到他和曾与李、王诸子有着较密联系的孝丰人吴维岳之间的特殊关系。道昆为吴氏嘉靖二十六年礼部会试校阅试事所举通《戴记》士子之一,算起来出于吴之门下。吴氏本人是位"遑遑师古"②之士,张翀序其诗集《天目山斋岁编》,评述他诗文取向,说吴自弱冠举进士第,"下笔数千言,追先秦、两汉之作,而诗则颇颇盛唐"③(张翀《天目山斋岁编序》),多少能从一个侧面窥见他诗文学古取法的特点。吴氏中嘉靖十七年进士,除江阴令,后应召入为刑部主事。官刑部期间与临海王宗沐、华亭袁福徵等人相约结社。王世贞在中进士的次年即嘉靖二十七年除刑部主事,一度曾入其社中,是吴较早接触到的一位后七子成员。王世贞为吴文集所撰序提到,当初他官刑部结识李攀龙切磋古业,"它同舍郎弗善也",然吴维岳"一见而内奇之,因折节定交"④。虽在后面有关论述中能看出其和李、王学古态度尚有分歧,但据上所述,他对于李、王的学古意趣显然采取基本趋从的立场,也因此得到了诸子的认可,被纳入所谓"广五子"之列。从汪道昆出其门下这一层关系来看,吴个人秉执的文学立场,多少会影响到汪对待李、王等人学古的态度。

　　虽说后七子结盟之初汪道昆未能参与其中,但出于他本人"慕古"的意向和对这一新兴文人复古群体的热切关注,还是格外注意同七子盟社成员接通声气,尤自嘉靖末期至隆庆之初,汪道昆始和诸子接触联络,这为他逐渐接通与后七子阵营交往的路径,乃至跻身主导复古坛坫之位,打开了局面。嘉靖四十年汪道昆出任福建按察副使,后升任按察使、福建巡抚,时值后七子阵营成员余曰德也在福建"同官"任上。余和李、王关系亲善,称为二人"石友",王世贞作《重纪五子篇》,登之于"后五子"之列。生平刻励为诗,而于李攀龙最为敬慕,汲取尤多。其诗特别是七律深受李赞赏,称之"大江以西一人"⑤。当初余入李、王之社,汪道昆已得"私识"

---

① 汪道昆:《太函集》卷95,明万历刻本。
② 汪道昆:《太函集》卷41,明万历刻本。
③ 吴维岳:《天目山斋岁编》,明嘉靖刻增修本。
④ 王世贞:《弇州山人续稿》卷51,明刻本。
⑤ 李攀龙:《沧溟先生集》卷30,明隆庆刻本。

之,在闽期间借"同官"之便,与余有较多接触。七子之一的吴国伦自称受知汪道昆"甚深",嘉靖四十二年由建宁府同知擢邵武知府,和时官福建的道昆有机会往还,期间二人曾相与论诗并以诗相唱酬,增进了彼此的了解和契合程度。日后汪道昆以所编文集《副墨》寄示吴国伦,向对方宣达见知求教之意,吴阅览后"时时玩不去手"①,所为篇翰颇称其意。隆庆二年,已罢福建巡抚而回籍听调的汪道昆开始他的一次东游历程,期间相继联系或探访了李、王等人,这也可说是其接触联络后七子成员一次十分重要的游程。是年春,他抱着"以讲业往"的意图,至吴中拜访了被其奉为"嘉隆中兴""命世之作者"②之一的王世贞及其弟世懋,"相与纵谈皇王帝霸之略、阴阳消息之妙,探坟索,穷六艺,下至《齐谐》、虞初之所不载者,靡不抵掌而尽之"③。又致书与时在家乡长兴而未及相闻的七子成员徐中行相约,希望借东游之近便晤面一聚。当然,他更没有忘记乘此次游历之机,与他所敬尚而方在浙江按察副使任上的李攀龙取得联系。嘉靖四十二年,时任济南知府"后五子"之一的魏裳为李刊刻《白雪楼诗集》,汪从吴国伦处获取此集,"投戈所至,日与之俱",感慨和李"生则同时,居则异地"④。所以,他此时给李去信,除了表达"喁喁内向"的企仰之意,还期望"或得把臂湖山间",以成就与李结交往还的宿愿,又以"拙稿三册,谨译而奏之,乞解其椎结,破其侏离"⑤,还为其已亡故的祖父母求请墓铭,有心就诗文创作问题向李求教,这也标志着他与李攀龙正式联络的开始。事后攀龙为其祖父母撰写了墓铭,算是对他主动示好一种积极友善的回应。

李、王诸子之中,汪道昆和王世贞关系最为契密。有一种说法,以为道昆后得到世贞称赏和援引,主要是基于同年进士张居正的缘故,钱谦益就曾表示:"万历初,江陵为权相,其太公七十称寿,朝士争为颂美之词。元美、伯玉皆江陵同年进士,咸有文称寿,而伯玉之文独深当江陵意,以此得幸于江陵。元美乃迁就其辞,著于《艺苑卮言》曰:'文繁而有法者,于

① 吴国伦:《奉汪伯玉司马书》,载《甔甀洞稿》卷50,明万历刻本。
② 汪道昆:《太函集》卷76,明万历刻本。
③ 王世贞:《弇州山人续稿》卷34,明刻本。
④ 汪道昆:《太函集》卷95,明万历刻本。
⑤ 汪道昆:《太函集》卷97,明万历刻本。

鳞;文简而有法者,伯玉。'伯玉之名从此起矣……元美晚年,尝私语所亲:'吾心知绩溪之功,为华亭所压,而不能白其枉,心薄新安之文,为江陵所胁,而不能正其讹,此生平两违心事也。'"①这里说王世贞迫于权相张居正的压力,违心地对汪道昆"迁就其辞",为之张扬,纵使非属有意扭曲之辞,也多少失之臆断。张居正于隆庆元年入阁预机务,明穆宗去世后又逐高拱代为首辅,威权显赫一时,然王世贞本为"强项"之士,尽管张居正权重位贵,却未屈从其势,相反倒是因为个性强直,导致他和张居正之间关系不谐,所谓"为江陵所胁"以至"迁就其辞"之说,实不足信。事实上在此之前汪、王已通音讯,始有接触,特别是道昆论诗之见与作文之法引起世贞的关注,他在《答汪伯玉》信中说:

> 不佞向者不得数数奉颜色,然一再从友人壁间见公文,心窃慕好,以为世人方蝇袭庐陵、南丰之遗,不则亦江、庾家残沈耳,公独厌去不顾,顾为东西京言。自仆业操觚,睹世所撰撰,入班氏室者唯公,而于鳞与不佞亦窃幸同所嗜……乃者复从顾圣少集读公序,则雅以诗道见属,仆自怪何所得此于公也。②

此信作于嘉靖四十二年前后③,其谓"复从顾圣少集读公序"云云,时当在嘉靖三十九年至四十年间④。汪道昆序顾圣少诗集说到,当初圣少"避地燕赵间",赵王门客为绍介言之王所,王命其赋诗,"诗奏,坐客皆惊,即习有名者争下圣少"。序谓"王郎(案,指王世贞)生吴中,雅不喜吴语。一见圣少,愕然曰:'……自吴苦兵,公幸而北。使公不北,日与乡人俱,即能言,直吴歈耳。将靡靡然求合于里耳,恶能操正音邪?'"又言其后圣少自赵之楚,往谒"高阳生"(案,汪道昆自谓),"高阳生言与王郎合",以为"若陟冥山,徐迪功先登,王郎绝尘而出其上矣。顾迪功名以弘

---

① 钱谦益:《列朝诗集小传》下册,上海古籍出版社 1983 年版。
② 王世贞:《弇州山人四部稿》卷 118,明万历刻本。
③ 郑利华:《王世贞年谱》,复旦大学出版社 1993 年版,第 146 页。
④ 王世贞:《读汪襄阳作顾季狂诗叙有感》诗曰:"自余遭家祸,戢身一茅茨。"(《弇州山人四部稿》卷十五,明万历刻本。)所谓"家祸",即嘉靖三十九年十月世贞父王忬以滦河战事失利被杀,同年世贞兄弟扶榇归里,为亡父服丧,参见拙著《王世贞年谱》,复旦大学出版社 1993 年版,第 137~138 页。又汪道昆于嘉靖四十年由襄阳知府升任福建按察副使,参见徐朔方《汪道昆年谱》,载《徐朔方集》第四卷,浙江古籍出版社 1993 年版,第 26 页。则王世贞当于嘉靖三十九年归里服丧后至四十年汪道昆任福建前读到其为顾圣少所作诗序。

治诸君子,王郎名以历下生,圣少名以赵客,凡此皆北游者友也"①。由此可看出,汪道昆自称在诗重北方尤其是中原"正音"而轻"吴歈"问题上,与王世贞的意见不谋而合,且以"诗道"属意对方。这些显然引发世贞的注意乃至好感。所以,他在《读汪襄阳作顾季狂诗叙有感》诗中说:"谓余旧有赠,迪功乃其师。左祖在中原,江左良见嗤。"②特别标示汪序圣少诗集的大旨,细味之下能品出蕴涵其中的理解相许之意。在上引书信中,王世贞还更在意汪道昆为文取向,说他脱却世人蝇袭欧、曾等人之好能为"东西京言",已难掩赏许意味,说自己和李攀龙"幸同所嗜",则把道昆看成了学古趣味相投的同志。这也表明,汪、王之间关系的建立,最为主要的还是基于他们互通的诗文理念,特别在学古取向问题上双方具有的某种共识性。

二、与后七子阵营联系的加强和徽州盟社的经营

万历三年,身为兵部左侍郎的汪道昆陈情告归回到故里。自始,其与时以王世贞为中心的后七子阵营的联系,在前一阶段的基础上趋向密切。

隆庆末万历初以来,主导当时文坛的后七子阵营活动情势发生明显变化。隆庆四年,后七子巨头之一李攀龙去世,原先和李共同主持文盟的王世贞独自操持文柄,成为新的"文章盟主",意气声望笼盖整个文学圈,"一时士大夫及山人、词客、衲子、羽流,莫不奔走门下"③。伴随王世贞新盟主地位的确立,以及他此后较多时间在吴中及邻近一带地区居处与活动,后七子阵营活动重心逐渐集中在以吴中为中心的南方地区④,这相应增加了该阵营对包括汪道昆所处在地徽州等南方区域影响辐射的强度。徽州地区本是一个商业氛围相对浓厚的区域,大量徽商外出经营,不仅激活了该地区的商业活动,而且也为它和其他区域的多重交流乃至接受异质文化的浸润铺展了一条通途,有助于强化它文化思想的开放度。早在弘治、正德年间,徽州的一些文士与商贾作家如王寅、郑作、程诰、佘育等人,就曾和前七子领袖人物李梦阳发生联络交往,或谒访求教,或及门受

① 汪道昆:《太函集》卷20,明万历刻本。
② 王世贞:《弇州山人四部稿》卷50,明万历刻本。
③ 张廷玉:《明史·王世贞传》第287卷,中华书局1974年版,第7381页。
④ 郑利华:《后七子文学阵营的形成、变迁及其活动特征》,载《中国文学研究》2000年第2期。

求是文荟 QSWH 《求是学刊》发刊200期

业,成为该地人士突破自身地域界限,同于时崛起而担当先锋角色的中原复古势力展开交流乃至融合其中的一个缩影,由此也给该地区感受与亲和作为一支新复古势力的后七子阵营此际在南方地区逐渐增强的文学影响,植下了内在基础。

对于汪道昆而言,万历之初告归回乡,虽然意味着仕宦生涯终结,但同时改变了他因宦务而"用志既分,卒鲜专一之效"①的境况,使他在接下来的时间里能更专注于修古之业,与后七子阵营增强联络交往,加深认知。先看他自是以来和王世贞私人关系的发展及对李、王复古地位的认知态度。万历三年至四年,王世贞督抚郧阳,间以诗文集《弇州山人四部稿》属梓人刊刻,五年汪道昆欣然为之作序,将李梦阳比拟于贾谊以明其开"修古"风气而起"嚆矢"作用之同时,以李攀龙、王世贞比拟于继谊后起的司马相如与司马迁,实视他们为李梦阳"修古"大业的接续者,置之于开导文坛风气的引领与主盟者地位。序又比较李、王,认为他们在学古方面虽各有所当,但细味其意,显然更属意继李攀龙之后独主文盟的王世贞,谓称诗著书不仅"力敌于鳞",而且"富倍之矣",为李之所不及。又说世贞"膂力方刚","绰有前途",寄予这位新盟主以厚望。应当说,此序既在体察李、王学古作为基础上认肯二子接续李梦阳等人"修古"大业之功,难怪在王世贞看来,它不失为熟谙他们所业作出的合乎实际情势的笃论,故他在读到此序后致信对方,称"执事文美矣,尽善矣,论笃矣"②;又其中于王世贞个人的称扬,显示了序者对此时以世贞为中心的后七子阵营切近的心态。

万历十一年,汪道昆携其弟道贯和从弟道会再度来吴中拜会世贞。如果说初会"讲业"标志着他们正式建立私人联络关系,那么此次再晤更增进了双方的了解和感情,汪道昆留驻七日而始发,王世贞兄弟亲自祖送于昆山。时道昆期待后年再赴吴中,为世贞年届六十称寿,世贞名之曰"来玉",表示将"虚上座以待"③。虽然万历十三年汪道昆因弟病屡未能成行,然至次年他偕龙膺等人三访王世贞于吴中,算是一次践履前约之行。对于"来玉"之约,世贞事先精心安排,专修"来玉"之堂以待,与道昆

---

① 汪道昆:《太函集》,明万历刻本。
② 王世贞:《弇州山人续稿》卷185,明刻本。
③ 汪道昆:《太函集》卷76,明万历刻本。

等来访者欢宴相聚。此会情形，汪道昆后在哀悼王世贞祭文里记述道：
"长公雅谓不佞：'平生知我者三，始则于鳞，终则伯玉，方外则先师。相
知贵相知心，故知己视感恩贤矣。余何能修古？夫夫掖之相之，趋则让
趋，步则让步，左提右挈，相与狎主齐盟，则于鳞之为也。余何能当作者？
或任耳而曹视之，夫夫为我张皇推毂无两，遂令鞬櫜之士左次而避中原，
则伯玉之为也……昔在丙戌（案，指万历十四年），长公祖不佞于昆山，申
以前言，痛哭流涕。"①由王世贞此番肺腑之言中能品味出他与汪道昆投
契程度，即至此视他为辅佐自己"修古"事业的知己，这自然是深入了解
对方所致，表明他们之间关系的深化。为此道昆也深有感触，在同篇祭文
中慨叹："长公内我季孟之间，登我坛坫之上，平生知我者，唯长公一人。"
对世贞颇怀知遇之感。

　　追踪汪道昆此际和后七子阵营联系趋密之迹，还可注意他与该阵营
中像胡应麟、屠隆这些后起之秀的关系。自李攀龙去世、王世贞独主文盟
以来，后七子阵营有了相应调整，吸纳了一些新的骨干成员，胡、屠就是其
中两位，万历十一年王世贞作《末五子篇》诗，将他们列入其中，汪与胡相
识就在同一年。对于这一位后进，汪道昆表示："我思古人，实获我心。斯
人之谓也。"②深感在圈内结交了一位遂意的同道。从胡应麟来说，接近
这位年长于自己近三十岁而著声遐迩的文学前辈，多少抱有几分期望获
得对方提携援引的动机，但最主要还是鉴于个人心仪的缘故。如称汪"无
论文章殊绝，即人品度越古今"，对他文章与人品深为敬重；赋《八哀诗》
首列王世贞"以识殁者"，作《五君咏》诗则首列汪道昆"以识存者"③。诗
中写汪道昆："横飞北地前，独步弇山后。伟哉词人场，百代归领袖。"④把
他描述成前承李梦阳后继王世贞一位词场领袖式的人物，说明其在胡心
目中地位之高。当然，双方契密之交最明显的莫过于他们屡就诗文写作
互相定评。如胡应麟起初取乐府诸题拟议之，六旬之中共为十卷，刻成后
即呈汪道昆求教。万历十八年又以已成《诗薮》三编示于对方，道昆特为
之作序评议。而汪道昆也曾以所作古风、歌行、五七言律绝及排律诸诗体

----

① 　汪道昆：《太函集》卷83，明万历刻本。
② 　汪道昆：《太函集》卷25，明万历刻本。
③ 　胡应麟：《少室山房集》卷113，上海古籍出版社影印文渊阁四库全书本。
④ 　胡应麟：《少室山房集》卷18，上海古籍出版社影印文渊阁四库全书本。

专示胡应麟,请他为"评定之",胡表示据实评品,"不敢有所隐,不敢有所私"①,以依循客观谨严原则。出于对胡的信任和器重,道昆还以编成的个人全集求请他"校定"②。相比起来,屠隆和汪道昆相识略早一些。万历十年前后隆致书道昆通好,表达自己希望与之"抵掌大业"的迫切意愿,声称"今天下文章属之琅琊与先生,若麟凤之为百兽长,沧海之为百谷王,千秋之名终归焉"③。据他看来,当下艺文之道唯有王、汪能够并肩担当。而早自屠隆通籍以来,道昆业已闻知其名,并从文友王世贞、沈明臣等人那里对他的人品文才有所了解,"每谈艺,胪数海内诸名家,辄首及云杜本宁李先生、东海长卿屠先生云"④(丁应泰《屠赤水白榆集序》),俨然以文学名家隽才目之,属意非浅。屠隆自结交汪道昆后,也"悉箧先后所就业,质成司马"⑤(程涓《白榆集序》),与之相与讲业,质询求教良多。

站在汪道昆和嘉、万文坛复古活动的角度探析,除考察汪与后七子阵营关系建立及增强之外,还应关注他此际在家乡徽州结社联盟的文学经营活动。万历八年,武陵人龙膺来任徽州府推官,汪道昆与之缔造具有相当规模和影响的白榆社,并执牛耳为社中之长。自嘉靖四十五年罢福建巡抚归里后,汪道昆曾与道贯及道会组织丰干诗社,这也是他参与徽州盟社建设的一次重要活动。该社成员主要为徽州当地人士,多是"孳孳本业"之余,"徒以其余力称诗"⑥。相比之下白榆社成员的地域分布要广泛得多,除了汪氏兄弟及潘之恒等徽州人外,很多成员是从不同地区会聚起来的,呈现广吸众纳的开放性。值得注意的是,被延入社中的尚有胡应麟、屠隆、李维桢等一些原本为后七子阵营中的人员,加上汪氏兄弟本身和此阵营联系紧密,汪道昆本人自不必说,汪道贯及道会与王世贞等人均有私交,尤其是道贯,所为古文词还得到世贞亲自指点⑦,这也铸就了该

---

① 胡应麟:《少室山房集》卷113,上海古籍出版社影印文渊阁四库全书本。

② 胡应麟:《少室山房集》卷37,上海古籍出版社影印文渊阁四库全书本。

③ 屠隆:《与汪伯玉司马》,载《白榆集》卷十一,明万历刻本。是书自谓"今年四十,精已销亡","仆生东海四十年,而未通尺一门下",而屠氏《与瞿睿夫》书云"仆年三十五得一第"(《由拳集》卷十六,明万历刻本),其中进士在万历五年,知上致汪道昆书作于万历十年前后。

④ 屠隆:《白榆集》,明万历刻本。

⑤ 屠隆:《白榆集》,明万历刻本。

⑥ 汪道昆:《太函集》卷72,明万历刻本。

⑦ 王世贞:《题汪仲淹新集后》:"其为古文辞,雄爽有调,而或不免士衡之芜,余每一规之,辄一小异。"《弇州山人续稿》第160卷,明刻本。

社和后七子阵营无法脱钩的关联性。关于白榆社的缘起，汪道昆在万历十二年送龙膺三载考绩序中述及："结发理郡，郡中称平。圜土虚无人，日挟策攻古昔。乃搆白榆社，据北斗城。入社七人，谬长不佞，君御为宰。"①尽管序于是社宗旨及活动情形未给予更为详尽的交代，然盟社倡起者专注"古昔"的习尚，与立社目的无疑有着重要关联。又万历十九年春，胡应麟入徽州拜谒汪道昆，被招入白榆社，他在回返后致道昆的信中专门谈到此次"寻盟于白榆社"追随对方谈艺的特别经历："把臂谈天，挖扬今古，上穷羲昊，中核汉唐，下综昭代，制作污隆，体格高下，烨如悬镜，茅塞洞开。"②其中议古成为他们一项重要谈资，社内切谈交流的情形可见一斑。有理由认为，具有明显学古性质的白榆社的创建，在某种意义上当归为七子派复古风尚在徽州地区的传导影响所致，也是该地区基于自身相对开放的文化境域，感受与亲和在此际起着主导性影响的诸子复古活动的具体表现。该社招纳四方之士，尤其吸收了后七子阵营中成员，也说明了这一点。无怪乎在胡应麟这样后七子新生代成员眼里，汪道昆不仅能与盟主王世贞"和衷合德"，而且还是其身后的继任者，成为"为世灵光"、"为时大老"③。不过，从另一面来观察，汪道昆此时吸引同好加入白榆社以谈榷古学，用心经营所在徽州地区的复古盟社，同后七子阵营竞相角逐的味道颇浓，表现出企图独辟门户甚至欲与诸子争胜的一种潜在意向。这在另外一点上，也就不难理解汪道昆《太函集自序》将他诗文学古明确定位在脱却依傍而"将成一家之言"目标的自我表白。毕懋康《太函副墨序》在比较汪和李、王所业时亦指出，三者在当时是"并建旗鼓，尽扫群芜，一还旧物"，特别拿汪道昆来说，实"与弇山争雄长，是固晋、楚之狎主，而泰、华之对峙也"④。以此联系道昆是时在徽州经营盟社活动，较之李、王诸子，除了它呼应诸子复古举创之外，似乎还可用并驱争长、自立门户的评断形容之。

① 汪道昆：《太函集》卷7，明万历刻本。
② 胡应麟：《少室山房集》卷113，上海古籍出版社影印文渊阁四库全书本。
③ 胡应麟：《奉汪司马伯玉》书："执事年辈之于长公，大类青莲之于工部，而和衷合德，无复二心。回视李、何往复纷争，几以词场化为敌国，良可慨叹。夫于麟身后，长公业任之矣。长公身后，匪执事畴任也……伏唯执事为世灵光，为时大老。当今气运盛衰，中国轻重，词场有无，盖以一身系之。"《少室山房集》第113卷，上海古籍出版社影印文渊阁四库全书本。
④ 汪道昆：《太函副墨》，明崇祯刻本。

三、异同之际：汪道昆与七子派复古理念比较

汪道昆在趋从李、王诸子复古风尚之同时，又表现出某种企求独立门户、另辟蹊径的潜在意向，这一点也反映在他和七子派复古理念趋同又存异的二重特征上。

弘治年间以来，李、何诸子应时而起，掀扬具有时代标志意义的复古思潮，不仅开启致力于诗文学古新的文学路径，而且担当了为后继者起着导向性作用的先锋角色。嘉靖年间以来，李、王诸子以"修北地之业"自勉，他们提出，李、何"抉草莽，倡微言"，"去其始可一甲子，诗而亡举大历下者，文亡举东京下者，即谁力也？""夫二子之功，天下则伟矣夫"①，在赋予其以倡言诗文复古功绩的同时，有意识地将自身纳入接引这股文学之潮的承继者行列。在看待李、何"诗而亡举大历下者，文亡举东京下者"的诗文基本取向问题上，汪道昆态度是鲜明的，显出与李、王同步的倾向性，他在为何景明撰写的墓碑中说，"汉承挟书而得贾、董，明承十世之敝而得李、何"，"顾汉沿周而去道近，汉之后无文矣，唐之中无诗矣。两家兴废继绝，其为力难"，"要其功，则李、何茂矣"②，同置李、何于开辟复古大业者之位，肯定其承"汉之后"、"唐之中"诗文兴废继绝之功。由祖述的角度来说，这也意味着他与李、王同为一脉，视李、何为前导先驱，自觉接引承继之。

进一步比较，彼此对于其中具体问题也存在某些差异。首先是学古宗尚问题，尤以诗歌最为典型。王世贞曾表示，"于诗古则知有枚乘、苏、李、曹公父子，旁及陶、谢，乐府则知有汉魏鼓吹、相和及六朝清商、琴舞、杂曲佳者，近体则知有沈、宋、李、杜、王江宁四五家"③。尤于诗之近体，强调"盛唐其则"④。勾画出古近体诗以汉魏及盛唐为主的师法范式，显然因循李、何等"古作必从汉魏求之"⑤与"近诗以盛唐为尚"⑥的宗尚理路。关于诗之祖宗问题，汪道昆曾在《诗纪序》中表达己见，他说，"不佞

---

① 王世贞：《弇州山人四部稿》卷64，明万历刻本。
② 汪道昆：《太函集》卷67，明万历刻本。
③ 王世贞：《弇州山人四部稿》卷121，明万历刻本。
④ 王世贞：《弇州山人四部稿》卷65，明万历刻本。
⑤ 何景明《海叟集序》，载《大复集》卷34，上海古籍出版社影印文渊阁四库全书本。
⑥ 何景明《海叟集序》，载《大复集》卷32，上海古籍出版社影印文渊阁四库全书本。

故溺修古,雅言称诗与属辞通,大率祖三百篇,宗楚骚汉魏而祧六代,即盛唐具在祐绎,奥主杜陵。顾惟道古为洋洋,不乐近体",“谅直者不然其言,谔谔而修不佞",“不佞始改虑而求唐体,止于大历以前"①。虽经历从“惟道古为洋洋"到“改虑而求唐体"的转变过程,但可见自《诗》三百以下,他将古近体的宗尚重点还是放在了汉魏及盛唐诗歌上。毋庸说此与王世贞描述的师法范式相近,同承沿李、何等人诗之宗尚理路。这也就容易理解,汪道昆自序《太函集》言及李、王学古所法,说二人“取法于《左》、《国》、蒙、庄、屈、宋、苏、李、司马、曹、刘、李、杜,取材于先秦、两汉、建安、开元",“无忝大方之家"②,大体认可他们于诗尤重汉魏盛唐之作的“取法"与“取材"径路。尽管如此,他们之间宗尚态度的差异依然存在,重点表现在对待宋、元诗歌问题。王世贞序慎蒙《宋诗选》,引述何景明“宋人似苍老而实疏卤,元人似秀俊而实浅俗"两句著名评语,以为“二季之定裁",论评“的然"③,李攀龙编纂诗歌总集《古今诗删》,选录“古逸"、汉至唐代及明代各体诗歌,中间尽略宋、元两代之作。这显然循沿了李、何诸子抑斥宋、元的习诗路数。在上引《诗纪序》中,汪道昆则表示:“愿及嵫嶷末光,操《诗纪》以从事,择其可为典要者,表而出之。孰近于风,则曰绪风;孰近于雅,则曰绪雅;孰近于颂,则曰绪颂。如其无当六义而美爱可传者,亦所不废,则曰绪余。降及挽近二代,不可谓虚无人。"主张择取诗之“典要",以《诗》三百风、雅、颂三体的标准予以权衡,相对模糊或淡化了时段性的区隔。尤其是“挽近二代"的宋、元诗歌被纳入遴选之列,这与李、王承李、何而来抑斥宋、元的抉择原则相比有了某些变通。这一点,胡应麟《与顾叔时论宋元二代诗十六通》书札之八,忆及汪道昆当初嘱其选诗一事,亦可印证之:

汪司马伯玉尝属仆选古今诗,以三百为祖,分风、雅、颂三体隶之。凡题咏感触诸诗属之风,如太白梦游等作是也;纪述伦常诸诗属之雅,如少陵北征等作是也;赞扬功德诸诗属之颂,如退之元和等作是也。意亦甚新。仆时以肺病不获就绪。今司马公已不复作,言之慨然,以其旨不废

---

① 汪道昆:《太函集》卷24,明万历刻本。
② 汪道昆:《太函集》,明万历刻本。
③ 王世贞:《弇州山人续稿》卷41,明刻本。

求/是/文/艺 HSWQ 《求是学刊》发刊200期

宋、元。①

　　这意味着宋、元之作有合乎《诗》三百风、雅、颂之旨者,也可列入诗选以供祖法,所以胡觉得"其旨不废宋、元"。

　　唐晖序《太函副墨》总结道昆学古尚法特点,认为是"玄心绣口,别辟门户,其世则黄虞三代、秦、汉、六季、三唐,以迄宋、元,无不尚"②。说于历代之作无不尚之多少有些夸饰,但据上所述,汪道昆越出李、王承袭李、何限定的诗歌师法界域,特别是对于宋、元诗歌取舍态度有所变通,应是事实。其中的根由,似从唐晖"别辟门户"评说中加以检讨更为切近。尤自弘治年间以来,诗文复古作为由李、何诸子倡起的文学中心议题,它在实践过程中累积的经验得失,给后而继起者不啻指引学古的路径,同时制造了一种理性检省的空间。具体到宗尚对象,李、何诸子以汉魏盛唐为尚的古近体诗基本取径,在满足他们特定诗歌审美要求的同时,多少褊狭地限制了诗的师法范围。早在嘉靖之初,"后生英秀,稍稍厌弃,更为初唐之体"③,反映了诗歌宗尚对象有所变化的动向,这显是在省察诸子复古实践基础上对学诗理路的一种调整和拓展。同样地,汪道昆追从李、王并推举前七子巨头李、何倡兴复古之功,固然显示他所执持的一种根本性的文学立场,但这并不表示他势必处处严守七子派的学古范式,事实上其于宋、元诗歌取舍态度的微妙变化,正反映出他无意严格循守诸子师法路数而意欲门户独辟的心迹,未尝不能说是检省他们诗歌宗尚理路之际作出的一种修正。

　　除了学古宗尚问题,汪道昆与七子派观念异同也体现在学古方式主张上。这一点尤见于汪有关"师古"与"师心"之说。他为文友俞安期作《寥寥集序》总结其诗歌创作特点,许之以"语师古则无成心,语师心则有成法"④。《尚友堂文集序》言及当世文习,则含贬抑之意:"乃今则以师古为陈言而不屑也,即《左》、《史》且羞称之;以师心为臆说而不经也,庭庑之下,距而不内"⑤。正反意见表明,"师古"和"师心"被作为实践之中不

　　① 胡应麟:《少室山房集》卷118,上海古籍出版社影印文渊阁四库全书本。

　　② 汪道昆:《太函副墨》,明崇祯刻本。

　　③ 陈束:《苏门集序》,载《陈后冈文集》,明万历刻本。

　　④ 汪道昆:《太函集》卷29,明万历刻本。

　　⑤ 汪道昆:《太函集》卷26,明万历刻本。

可偏忽的基本原则给予特别重视。先看"师古"一说,在《却车论》中汪道昆借主客之言道:

> 客曰:"余观论著之士,亦师心为能耳,而君侯雅言师古,则庖牺氏何师邪?"主人曰:"否否。庖牺氏不师,此圣者事也,岂为书契哉。宫室衣裳,耒耜舟楫之利,皆古圣人创法,而百世师焉。后圣有作,不能易矣……藉令挟喜事之智,而干作者之权,去宫室,屏衣裳,舍耒耜舟楫,其能利用者几何? 使不师古,而以奥为户,以履为冠,樑木为舟,刳木为耒,其不利也必矣。故论说必称先王,制器必从轨物。古人先得我心,师古即师心也。倍古而从心,轨物爽矣,恶足术哉!"①

上论"师古"虽非专门针对诗文撰作,却从相对宽泛的角度强调了师法古人的必要性,所谓古人创法而百世师焉,不可唯"师心"为能以取代"师古",论中以主人口吻反对"倍古而从心",说的也正是这一层意思。联系前引作者二序所述,论中强调"师古"一说,也未尝不可视作是为诗文学古一脉张目。

当然落实"师古"之说,需有具体师法门径可供依循,于是循守诗文古法成为一条切实的习学途径。以文为例,汪道昆曾说:"夫为文不则古昔,犹之御者不范驰驱,即获禽多,君子所鄙,无法故也。"②说明为文无"法"可依,犹如"御者不范驰驱",也就不能履践"则古昔"的具体蕴义。他还以武作喻质疑"今之论文者",指出:"少年盛气,摄袵而从古人,即有谤闻,辄为高论:大丈夫亦自为法耳,法古何为? 此谓骄兵,兵骄则失律矣。抑或孳孳学古,亦既成章,久之多歧乱心,胥其所就业亡之矣。顾犹妄自尊大,守其名高。此窃号之兵,卒归于败耳。"③若妄自为法而不屑法古,犹如骄兵"失律"而不可取;虽为学古,却因"多歧乱心",循法无门,亦终究"归于败耳"。基于"师古"考量,汪道昆十分注重以古典范本习学摹法,如于文尤重《左传》,称"不佞诵法左氏,亦既有年,年始及衰,不遑卒业"④,并为之特梓《春秋左传节文》一书,人评价其文,也以为"太函之法

---

① 汪道昆:《太函集》卷84,明万历刻本。
② 汪道昆:《太函集》卷59,明万历刻本。
③ 汪道昆:《太函集》卷3,明万历刻本。
④ 汪道昆:《太函集》卷23,明万历刻本。

与格,一本于左氏"①(毕懋康《太函副墨序》),折射出他特重从古法入手的"师古"思路。而在七子派那里,体认古法被作为学古入门一项基本原则,虽说诸子成员各自审美的倾向性使他们对法度涵义的诠解不尽一致。早在李、何时代,李梦阳因不满何景明诗"有乖于先法",劝其"改玉趋"②,结果非但未能说服之,反而引起对方争辩,直接导致一场为人熟知而主要围绕法度涵义辩解的论争发生。但这并未真正影响到他们在重视古法的原则问题上具有的某种共识,所以连指责李梦阳"刻意古范,铸形宿镆,而独守尺寸"的何景明,也同时声称"诗文有不可易之法",归结为"辞断而意属,联类而比物"③。至李、王诸子,注重古法愈显突出,尤其是王世贞强调"语法而文,声法而诗"④,将对法度的循守推向细密化和严格化⑤。由此说来,汪道昆主张由循守古法履践"师古"之义,说到底是对七子派重法理念的一种附和与申发。

更值得注意的还是汪道昆在主张"师古"之际,对于"师心"的强调。二者含义之别在于,前者倾向外向法他,后者则注重内向法己。这一对看似相悖的调论,常被汪道昆并置合议,前引论议已可见出,他在《新都考卷序》中亦借人之口评士人文卷曰:"东吴之士多奇,奇或不法;东越法矣,率相因,无他奇。两弃所短,两集所长,是为难耳。都人士犹之乎诸生也,宁讵辄以天下士命之。至其师心为奇,恒自内于绳墨;抑或师古为法,又将自外于牝牡骊黄。"⑥"奇"出"师心",是法己的结果;"法"在"师古",为法他的体现。"奇"而不"法"或"法"而不"奇",均趋向了偏极。如"奇"而有"法","师古"之中又融入"师心",好比吴、越之士属文能取长弃短,才臻于理想境域。故或谓之"师古则无成心","师心则有成法"。《尚友堂文集序》也说,"即后有作者,不师古则师心,宁讵能求古于科斗之前,求新于寄象译鞮之外","未始有新也者,则古者不耐不新。既始有新也

---

① 汪道昆:《太函副墨》,明崇祯刻本。

② 李梦阳:《驳何氏论文书》,载《空同先生集》第 61 卷,伟文图书出版有限公司影印明嘉靖刻本。

③ 何景明:《大复集》卷 32,上海古籍出版社影印文渊阁四库全书本。

④ 王世贞:《弇州山人四部稿》卷 68,明万历刻本。

⑤ 郑利华:《前后七子诗论异同——兼论明代中期复古派诗学思想趋势之演变》,载《中国文哲研究通讯》2003 年第 3 期。

⑥ 汪道昆:《太函集》卷 23,明万历刻本。

者,则新者不耐不古。莫非古也,则亦莫非新也"。以为如后世作者或"不师古则师心",不是一味摹古就是刻意求新,执持"师古"与"师心"两极的一端,造成偏至之失。因此关键要在"古"、"新"之间加以调谐,使得"古者斥雷同,新者去雕几"①。此见能看出汪氏在"师古"及"师心"间力加调谐的用意,显示了他的一种审美理想期待。

接下去的问题在于,体察汪道昆"故溺修古"的基本立场,如何辨识他融"师心"于"师古"说中所体现的蕴涵与特征,这也成为比较他与七子派复古理念其中一个切入点。其实再刻板不化的崇古者也不欲使自己变成步趋古人的口实,否定创新变化的必要性。在学古方式问题上,自李、何至李、王诸子,固然大多注重摹拟古作,体认古法,但至少在理念上几乎异口同声反对"摹仿剽夺,远于事实"②,更期望在"拟议以成其变化"之中"自创一堂室,开一户牖,成一家之言"③。汪道昆主张师法古人之际又能师心法己,同样表明摹拟之中以求创新变化的一种期望。相较而言,他对"师心"含义的诠释,尽管设置"成法"而不"倍古"的基本前提,但最明显的,它同时凸显了一种以"心"为上的主观内在特性,这是与诸子略有不同之处。在为姜宝撰写的《姜太史文集序》中,他指出姜氏操业"守毗陵师说,师古无若师心",由此表示说:"夫文由心生,心以神用。以文役心则神牿,以心役文则神行。"④这除了为姜氏"师心"所得张目,更是出于对师心法己的强调,宣说"以心役文"以使能"神行"而非"神牿"的必要性,围绕"文由心生"而立论。其《鸑林内外编序》也表示了相近之见:"昔之论文者主气,吾窃疑其不然。文由心生,尚安事气。既以心为精舍,神君之气辅之,役群动,宰百为,则气之官,殆非人力。"⑤明确"心"为"精舍"的至上之位,申明"文由心生"的核心之论。同时他推尚所谓"潜心"修持之法,为胡应麟而作《少室山房续稿序》论胡诗时说:"窃唯言志为诗,言心声也。吾道卓尔,推潜心者得之。元瑞直以稽古而废明经,尸居而绝户屦,坐忘而冥合,官止而神行。其心潜矣,潜则沉深,自然之所繇出也,元

① 汪道昆:《太函集》卷26,明万历刻本。
② 康海:《对山集》第13卷,明嘉靖刻本。
③ 何景明:《大复集》卷33,上海古籍出版社影印文渊阁四库全书本。
④ 汪道昆:《太函集》卷24,明万历刻本。
⑤ 汪道昆:《太函集》卷26,明万历刻本。

瑞益矣。"①这是说"心"之能"潜"以至于"沉深",而出"自然"之境界,臻乎此境是通过"坐忘而冥合,官止而神行",所以"潜心"而行,以发抒"心声",实乃专注于自我精神层面自然冥合、神行独往的一种主观内在体验。

汪道昆执持凸显主观内在特性的"师心"说,究其原由,与受明中叶以来阳明心学的传输不无联系。《太函集自序》云:"东越勃然而兴,秉良知以继绝学,直将房皇三代,糟粕六经,则其师心,非法即法。"这里,视阳明"良知"之说为"继绝学"而抬高了它的价值地位,该学说体现的"师心"主观内在取向,备受汪道昆的关注。在与《王子中》信札中他表示:"吾道自孔氏以来无任者,宋儒自以为得道,规规然以言行求之,即彼居之不疑,未免毫厘千里。王文成公崛起东越,倬为吾党少林。"以阳明与宋儒相比较,于其属意尤多,且谓"般若即良知,行深般若即知良知,信无二道"②,与对方商讨"知良知"之说。值得注意的是,汪道昆为其师吴维岳所撰行状述及吴修业情状云:"既而讲德修辞,师事毗陵唐太史应德……从诸尚书郎,善济南李攀龙,江东王世贞,武昌吴国伦,广陵宗臣、朱曰藩。当是时,济南、江东并以追古称作者,先生即逡逡师古,然犹以师心为能。其持论宗毗陵,其独操盖有足多者。"③吴既善"追古"的李、王诸子,又师事被黄宗羲《明儒学案》列入南中王门的唐顺之,他在作于嘉靖二十三年《寄呈荆川先生》一诗中表示:"愧立门墙频岁月,终然顽劣一无知。"④也证实了他在之前和唐顺之建立的师承关系。正因为吴上下于李、王诸子及唐顺之之间,与李、王等人的学古态度有联系也有区隔。如前所述,他在嘉靖年间官刑部时对李、王学古举措颇为关注,相与结交。但又因宗尚唐顺之,曾与李攀龙发生抵触⑤。汪道昆说吴氏"逡逡师古"而"犹以师心为能"及其持论宗唐顺之的论评,王世贞吴氏文集序言特地征引之而表示

①　汪道昆:《太函集》卷24,明万历刻本。
②　汪道昆:《太函集》卷97,明万历刻本。
③　汪道昆:《太函集》卷41,明万历刻本。
④　吴维岳:《天目山斋岁编》卷6,明嘉靖刻增修本。
⑤　王世贞:《吴峻伯先生集序》:"盖又数年,峻伯始繇驾部郎拜臬佐,视山东学政……数使候于鳞,辄谢病不复见。余得交关其间,以谓于鳞,于鳞曰:'夫是膏肓者,有一毗陵在,而我之奈何? 为我谢吴君,何渠能舍所学而从我。'峻伯不尽然,曰:'必是古而非今,谁肯为今者,且我曹何赖焉? 我且衷之。'"参见《弇州山人续稿》第51卷。

认同,以为"盖实录云"①。这也说明,以他作为后七子主盟者的眼光来究察,吴虽于李、王学古之业怀有兴趣,但所持"师心"倾向及宗唐顺之的态度与他们之间还是有了区别。应该说,吴维岳师事南中王门的唐顺之,使他完全有机会接受到阳明学说的传输,如曰他"逡逡师古"尚和李、王等人相与通融,那么其"犹以师心为能"显然得之唐氏为多,基于吴、汪师承的角度,后者也成为影响道昆"师心"说的一条径路。

　　作为活跃在嘉、万文坛并与李、王二子鼎足而立的一位重要人物,汪道昆特别以其所从事的诗文复古活动深受时人注意,并在文学圈赢得声誉。这主要表现在他基于"慕古"的意向追从李、王等后七子成员,渐融自身于由诸子所掀扬的复古思潮之中。尤自万历之初以来,已归居故里的汪道昆与后七子阵营的联络趋密,并在家乡徽州地区致力于复古盟社的经营,这与隆庆末万历初以降后七子阵营活动重心南移并相应增强在南方地区的影响辐射力度不无关系。在维护七子派文学地位以及传导他们文学影响,包括建构徽州地区与流行于当时中心文坛的诸子复古思潮之间关系上,汪道昆以他自身作为和声誉从中扮演了重要的角色,并成为辅助后七子在嘉、万文坛开展复古活动的活跃分子。与此同时,汪道昆在与李、王并建旗鼓而勉力于七子大业之际,也表现出谋求独辟门户的努力,企图调整或变通七子派在诗文复古问题上的某些传统策略,他与同道着力经营徽州盟社之举,即表明了这一点,而针对诸如学古宗尚及方式的具体问题,汪与诸子成员所秉持理念同中有异的情形,更明显体现了这种变化的迹象。进一步来看,汪道昆和七子派之间所构成的联结关系及复古理念存在的彼此异同,从一个侧面也反映出,由七子派主导而笼罩于嘉、万文坛的复古风尚,在流延扩展中释出它强势影响力的同时,也被接受与传播对象包括同属阵营的文学势力根据各自审美趣味加以不同程度的调整与改造,相应突破某些固有的路径,使得它在变换之中呈现一种多态和复杂化的发展情势,相对地打破了复古话语系统原本的一种单纯性与权威性。尤以后一方面来说,汪道昆身上所反映出来的在对待诸如学古宗尚及方式这些核心议题上的变化迹象,可说是一具体的案例。应该注意到,这一变化的背后,除却基于对七子派传统学古理路所展开的审察

---

① 王世贞:《弇州山人续稿》卷51,明刻本。

和反思的立场,也与它汲取新的思想资源特别是诸如明中叶盛行开来的阳明心学这一思想体系的相关元素不无某种关系。

● 原文刊载于《求是学刊》2008 年第 2 期。
● 郑利华,复旦大学中国古代文学研究中心教授,博士生导师。

教育家的执著和理学家的愤世

——明遗民朱用纯的心路历程和散文创作

陆 林

求是文荟

QSWH

《求是学刊》发刊200期

在当今中国文化界,提起清代初年的朱用纯,略知一二者亦少;而说到以"黎明即起,洒扫庭除"开篇的朱柏庐《治家格言》,则耳熟能详者甚众。本文以下评述的,便是这位在民间享有盛誉的朱用纯的心路历程和散文创作。

朱用纯出生于明天启七年四月十五日(1627年5月29日),为南直隶省苏州府昆山县(今昆山市)人。其父朱集璜(1597—1645),字以发,明崇祯二年(1629年)入复社,八年(1635年)贡生,学行为乡里所重,教授弟子数百人。其姓为昆山望族,人称"玉峰朱氏"。祖辈曾任小官吏,至集璜已是门庭衰落,以口播笔耕为生了。用纯六岁时启蒙就傅,当时父亲在长洲徐汧(1597—1645)家设教,遂从之读朱熹《小学》,崇祯十六年(1643年)年方十七岁,即补诸生为秀才,亦算是少年初成、才气英发了。正如其晚年回忆所云:"是时意气伟然指顾,高远不离骤致,若巍科上第近在足下然者。"[①]就一般标准而论,朱用纯当时的家庭生活是安定的,人生道路是顺畅的:父亲先后教授数百人,养家糊口自然无虞;十七岁为秀才,功名前景应该光明。即便是崇祯十七年(1644年)三月李自成攻下京城、思宗自缢死,普通人的生活仍在继续着。如不是次年发生的人生惨变,历史上可能就不会有家喻户晓的朱柏庐了。

---

① 朱用纯:《甓斋陶表兄像赞》,载《愧讷集》卷七,光绪八年(1882年)刻本。以下凡引自《愧讷集》者,一般仅随文注出卷数、篇名。

崇祯十七年亦即是清世祖顺治元年,明思宗自尽后两个月,清兵入北京而明亡;同时明福王朱由崧在南京即位,史称南明,故此时江南仍在明朝治下。顺治二年五月,清兵陷南京,昆山闻讯而谋议抗拒,朱集璜率众弟子举兵守城。七月六日城破事败,集璜投东禅寺后河而死,门人孙道民等不屈死者五十余人。① 父亲年未五十而死于非命,对用纯的影响是巨大的。当是时,"丧乱迭乘,山颓海沸……覆巢之下,几无完卵"(卷七《羼斋陶表兄像赞》)。作为长子,既要侍奉寡母,又要抚养弟妹(二、三弟皆幼,四弟为遗腹),可他自己也才十九岁! 欲从亡父于地下而情势不能,为赡母持家而于乱世勉强挣扎,对此他有深深的自谴:"恶德过于山积,不复可以为人!"(卷一《答李映碧书》)

对于用纯来说,父亲因殉难而死,自己却残喘而生,是他难以愈合的心灵创伤和伴随终身的情感隐痛。从此"自比王裒庐墓攀柏之义,自号曰'柏庐'"②,其创巨痛深的内心世界便已昭然被揭了。王裒为三国魏人,其父王仪被司马昭冤杀,他"痛父不以命终",遂"绝世不仕",长年"立屋墓侧,以教授为务。且夕常至墓前,拜轹悲号断绝。墓前有一柏树,裒常所攀援,涕泣所著,树色与凡树不同"③,这就是"庐墓攀柏"的本事。朱用纯借"柏庐"以为号,在表达对亡父不尽孝思的同时,也寄寓了抗清死难之士的后代不事新朝的遗民之志。其后五十年的感情之旅和人生之路,在取号柏庐的这刹那间便已定格:茹哀饮痛,避世隐居。

纵观朱用纯弱冠后五十年经历,固然可用以上八字来概括,但结合其生活和著述,似乎可以大致分为三个阶段:

青年:自顺治二年(1645 年)至十四年(1657 年),即其三十一岁以前。

此段时间之初,用纯虽然遵遗命、弃儒冠,但并未放弃对学问的追求。他垂暮时曾回忆五十馀年前向明诸生夏永言问学,"荧荧残地,喔喔鸣鸡,朗吟不辍,促席相随,非一朝之荣名是勉,乃千秋之志节为期"(卷八《祭夏师文》),描述的正是自己二十余岁时抱恨攻苦的情景。而内心的愤懑

① 《昆新两县志》卷二十四,道光六年(1826 年)刻本。
② 彭定求:《朱柏庐先生墓志铭》,《愧讷集》卷首。
③ 王隐:《晋书》,参见裴松之注《三国志·魏书·王脩传》引,中华书局 1973 年版,第348 页。

情怀,则时常借诗词创作而抒发,即所谓"早婴多难,坎壈韫结,无如何率尽托诗馀以发之,日尝得一阕"(卷三《叶九来诗馀序》)。每日作词一首,情绪之激愤、哀思之泉涌,可以想见。

由于城破家难之后,全家"脱身兵火之中,备极流离艰苦",家产荡然无存,以致于"箇头几脚靡有遗者"(卷九《先室陶氏事略》)。为了养家糊口,只得以"授徒赡母,下抚弟妹"①(以下凡引自《毋欺录》者仅随文注出书名、年代),约从二十五岁时开始至人家为塾师。家庭塾师这一角色身份,是家境贫寒而又不愿依仰的明遗民最普遍的一种职业选择。这十余年间,所作诗文传存甚少,词则一首未见。在三十一岁那年,应明崇祯进士、翰林编修徐开禧之请,为所撰《两闱杂记》作序。② 徐氏在明末曾先后为湖广、福建乡试的同考和主考官,该书即记其有关经历。尽管开禧入清已辞官归隐,但作为出身翰林之人,以清华高贵之身,而请一前朝小秀才、现今落魄布衣作序,此事似可说明:至而立之年时,用纯已在当地崭露头角了。

中年:自顺治十五年(1658 年)至康熙二十一年(1682 年)。以顺治十五年开始,是因为其重要学术性著作《毋欺录》始撰于该年。

《毋欺录》或名《无欺录》,如按旧时四部法分类,归子部儒学类性理之属。这是一部持续四十年、几乎是用自己一生履践去撰写的书(直至去世之年始搁笔),按年记录作者对理学道统、世道人心、伦理教化、时弊民瘼的认识和关怀,是一种集哲学思辨、道德劝勉、人生感悟、谈史论文于一身的笔记体学术杂著。该书首条所记,是同乡友人、遗民顾升辅语:"今日世道恶薄,吾辈只是立身行己处著力,正厚自益尔。"不仅点明全书之旨是以程朱理学针砭世风、律己劝人,而且标志着从此走上钻研理学的道路。自所谓"年益进、所读之书日益广",认为词曲创作非"君子之所期学乎古人者",于是"废向所作,绝不复事"(卷三《叶九来诗馀序》),当起始于此时;世所谓其"始于志节、成于理学"(《朱柏庐先生墓志铭》),亦当滥觞于此际。他并于次年发誓:"自今日立志始,不复攻不急之业,不复犯贪多之病,惟经惟史,惟勤惟专。有不然者,先圣先贤其降之罚!"(《毋欺录》顺

---

① 朱用纯、金吴澜:《朱柏庐先生编年毋欺录》顺治二年,光绪六年(1880 年)刻《归顾朱三先生年谱》本。

② 朱用纯:《柏庐外集》卷三,光绪八年(1882 年)刻本。

治十六年)清代虽由此而少了一位以诗文著称的纯粹文士,却多了一位执著以程朱理学抨击明末清初世风和士风的倔强儒者。

大约至康熙初年,朱用纯的道德文章皆大进,在昆山已有很大影响,"邦人重君之德,争设席以延君"①为师,以至于不能遍应诸人所聘,遂设馆于家,从学者日益众。过去作为赴馆之塾师,他固然不能不以举业文字教人,但对此种"舍德行而趋文艺"的科举"取士之弊",尤其是明代"专用八股一科"(《毋欺录》顺治十六年)对国家民族之祸,他是耳闻目睹的;同时,身为遗民,他还有自身独特的烦恼和惆怅:

> 今之所以立教者,时义也;而时义之所以致用者,应举也。余既脱弃儒冠,绝迹科目,则亦不复于时义中研虑覃精,以求其故,而犹高据函丈之座,指挥论列,无乃求者齐语而授者楚语耶?

为了补偏救弊,只能时以"立心之诚伪、行己之是非、交友之邪正、应事之得失,谆谆为学者分别而晓畅之",但无奈聘之者"意不重是也"(《毋欺录》顺治十五年)。其中,既有欲行素质教育与必行应试教育之苦恼,亦有自己则绝迹科目与教人则求取功名之矛盾。如今在家开馆,"有志者盍顾我乎?"遂以讲论儒学道义为重。凡来学者,必先授以朱熹《小学》、《近思录》为入门之阶,举业外另设讲学,"阐发书义,商榷经史"(《朱柏庐先生墓志铭》),无论严寒酷暑,讲论终日无倦容。用纯教徒,不仅关心其学业,而且注重其道德,但他"律己甚严而责人以宽",故使人易于接受而悦服者众。人称"当是时,玉峰夫子之门彬彬然可观矣"(《朱柏庐先生传》),他是欲以一己微弱的道德力量,试图挽回颓败世风于万一。

然而,随着声望日隆、享誉乡邦,也给用纯带来意想不到的痛苦和麻烦:康熙十七年(1678年),清廷诏令内外官员荐举各地参加博学宏词之试的人选,远在山东为官的乡人叶方恒(1615—1682)自作主张,推荐朱用纯。这在企求闻达者是天大的喜事和荣幸,而对于矢志不事新朝的遗民来说,则无异于逼其自毁节操。故用纯闻讯,"以死自誓"(《朱柏庐先生传》),并嘱弟子王喆生(1648—1728),"自后凡有齿及仆一字者",均请告之曰"伊人也,怪迂之士,动与时违,而不必置之胸臆也者"②,事始得免。有鉴于被荐之事,在康熙二十一年(1682年)九月,他于病中撰文以自绝

---

① 杨无咎:《朱柏庐先生传》,载《愧讷集》。
② 朱用纯:《与王醇叔》之三,载《柏庐外集》卷二。

于当世:"……年少多难,颇逃于诗酒文翰,以自冥忘。旋觉习也非学,去圣域甚远;于是雅志为己,欲绍前修。然读书不能措诸实践,求道不能得其闉奥,轸怀济世而先不能自善乃身。特以资本忠信,硁硁焉耻作伪。一生操行,如是而已。无可传,虑交游有言之溢美者,故自传。"(卷九《朱布衣自传》)时年五十六岁。

晚年:自康熙二十二年(1683 年)至三十七年(1698 年),享年七十二周岁。

康熙二十二年秋,朱用纯应吴县席永劼之邀,赴洞庭东山(今东山镇)教其幼弟永渤(1669—?)。东山远离尘嚣,僻处烟波浩淼之太湖深处,甚合用纯"埋迹于此,不使人知我名氏、识我面目为幸"(卷三《许致远诗文序》)的主观期盼,遂欣然而西去,开始了长达十年左右的执教席家的安定生活。平生寡朋交,至此与当地贤人隐士多有来往;平生少游历,至此遍览太湖山水风光。其文集中许多精彩文字,尤其是为数不多的几篇游记散文,便主要是写于此时此地。席永渤康熙三十年前已补为诸生,大约在此后不久,朱用纯返回昆山,继续其授徒生涯。直至七十一岁那年,病患"多端"、诸症"加剧",知情的友人皆言是"过用心、太耗气所致",而劝其"以阅文讲书为戒"。用纯亦自知仍任馆职为不自量力,但认为做塾师亦自有其职业道德:"既任之而不终其事,或终之而苟且塞责:均为有负神明。"(《毋欺录》康熙三十六年)次年,即清康熙三十七年四月初七(1698 年 5 月 16 日),朱用纯病逝于家。据"候疾侍侧"之弟子言,病革之际曾"朗吟"陆游《示子》诗句"王师北定中原日,家祭毋忘告乃翁"[1];又据为其撰墓铭、写志传之友人言,临终时尚念叨"学问在性命,事业在忠孝",语毕目瞑。足见其不忘故国之志节与克己修身之理学,未尝一日分离,即便此时早已是恢复无望,早已是新朝日隆了。

朱用纯一生著述甚丰,有《四书讲义》(今存《大学中庸讲义》三卷)、《删补蔡虚斋〈易经蒙引〉》十二卷、《春秋五传酌解》(以上为经部),《毋欺录》三卷(今存多种版本)、《迁改录》、《困衡录》(以上为子部儒学类),文集则有《多败集》(已佚)、《愧讷集》十二卷(今存多种版本)、《柏庐外集》四卷(今存光绪八年刻本)等。

---

① 吕廷章:《柏庐先生像赞》,载《朱柏庐先生编年毋欺录》。

作为一位理学家和教育家,他不以诗文创作为事业追求,"其诗文翰墨流衍散佚,先生谓非儒者要义,每过而不留"(《朱柏庐先生墓志铭》),既有所作,亦不珍惜。身为理学家,他把明朝之亡、世道之丧,皆归因于不知敦礼尚义,上至君王,下至士绅,人人有份:

使后世人主知有尽贵斯民之道在乎敦礼尚义,而举世之人亦争以此为贵,不倾心夫爵位荣宠,则宇内何至有陆沉之祸哉!——《毋欺录》顺治十六年(1659 年)

针对明末的世风和学风,用纯主张弘扬程朱理学,对此后的陆九渊(1139—1193)、王守仁(1472—1529)的正心为本而"流入异端",陈献章(1428—1500)的静坐"流弊未有不入仙佛",以及同时之黄宗羲(1610—1695)的宗良知之学"更偏而隘",均有所批判。① 认为只有以"修身为本",才能做到"物于是为真格,知于是为真致,意于是为真诚,心于是为真正";如果不"靠着圣贤经传做去",是很容易"以学术杀天下"的(《毋欺录》康熙二十四年),充满对明末清初学风与士风的批判精神。

朱用纯所处的是一个世风日下、物欲横流的卑污社会:

今举世之人,汲汲津津,所事者惟功利,所尚者惟富贵。其于人之所以为人、三纲五常之道,莫之或讲也。然求富而富不至、求贵而贵不得者,何限? 乃至饥寒困踣,流离失所,人卒莫指而斥之曰:"夫夫也,非人也!"若其不习于德,不轨于义,纵欲忘亲、奸欺误上、暴横残贼、虐己害人者,则群相排弃之曰:"甚矣,夫夫之非人!"——《毋欺录》康熙六年(1667 年)

但是身为教育家,他并没有丧失希望,反而从民众对恶的指斥中,看到了天理之所在和人心自向善:"以此而观,则天理之未尝泯灭,而人心之未尝一日亡也,犹信!"为了挽回世道人心,他主张脚踏实地,从日用常行做起,以普通百姓为对象去立言设教,"下学而上达,上达即在下学中……学之必不可不进于上达,而教之必不可不主于下学也:盖圣人只是下学中人也"(《毋欺录》康熙二十八年)。所撰的"贵贱尽可遵行"的《治家格言》和以"做一乡党自好之士"为旨意的《劝言》,便是此种思想的产物。至于如何去钻研圣贤学问,他反对空谈理论,提倡付诸实践,通过日常言行的格物致知,来变化气质,显示出实践理性的色彩。

---

① 参见《毋欺录》康熙二十四年、二十三年、二十九年。

在文学观上，从文化学术的广大范围看，朱用纯认为，与儒家经典相比，诲淫诲盗的"小说杂剧"自是"亟宜焚弃"，即便是诗词歌赋"亦为缓事"（卷十《劝言·读书》）。这种观点固然表现出理学家的狭隘性，但是如果考虑到这只是就普通民众而言，考虑到明末清初淫秽之书的泛滥，其中应该还是有其合理性的。如是文士，尤其是具有创作才华之人，则又另当别论，因为"《诗》、《书》、六艺，圣门之所不废"也（卷二《与唐履吉》），故其文集中并不乏谈诗论文之篇。如就文学谈文学，在文学的功用上，他主张"文章要期有用"，具体说，"或指示以垂教，或寄托以言情，或刺讥而不伤于薄，或讽劝而悉归于中，或旁蒐广引而足益乎闻见"（卷一《答李映碧书》），皆为有用之属；文章如此，诗歌亦然，"诗之为用，不外乎伦纪民物"即伦常纲纪和民情风俗，凡"写其忧时悯世、感旧怀人、冤愁不得伸之情"（卷三《许致远诗文序》），均为诗之用。在文学的发展观上，反对言必称"三唐"，认为"明朝人诗确有胜于唐人者，安知后来不又有胜于明人耶？"（卷二《与唐履吉》）。在性情与格律的关系上，反对"舍性情而尚格律"："性情，诗之本也；格律，诗之末也"，如离开性情而追求格律，"则无格律，且无诗矣！"（卷三《陆鸠峰诗序》）用纯不仅在文学基本理论方面有比较公允通达之观念，而且在一些具体问题上，如论清初人喜选晚唐诗深沉的时代原因（卷三《〈金薤集〉序》），论填词"转换"的美学风格与诗文之不同（卷十二《书许致远词后》）、论陆游诗歌"大开阖而神变化，可以善文"（《毋欺录》康熙二十八年）等，既体会遥深，又慧眼独具，非谙于文学者不能道。

正因为如此，朱用纯的散文或文章写作，亦自有较高的成就，犹如相与"考道论文称莫逆"的友人杨无咎（1634—1712）所言："柏庐雅不欲以诗文自鸣，而其所作咸有法度，修辞立诚，非专工词藻者所能及也。"（《朱柏庐先生传》）从内容上看，朱氏文章同其为人一样，无论是倡导气节、关注修身，还是怀人感旧、谈诗论文，多为言之有物、有感而发之作，而少无病呻吟、敷衍应酬之篇。需要拈出一说的，即便是他那些为数甚夥的纯粹道德劝勉之文，亦因文如其人和其业，而毫无造作虚伪之痕，充满感染震动之力。

如《与顾省公》这封书信，因一过去弟子沉溺于游戏而批评之，在告诫其"疲精竭力、朝勤夕励，以从事于《诗》、《书》、六艺之中，尚忧不给，况乃从容闲旷、弹棋六博之为务耶"之后,复从个人的名声、时光的宝贵和父母的责望等三个方面阐说要认真读书学习的重要,言辞恳切而句句语重心长,不留情面而意在激其向上。尤其是结尾一段:

> 足下今年虽不坐吾函丈之前,居家固当有常课,可时来商榷。及昨见足下之举,然后知一年来绝不见来问字请业,固无足怪:盖足下之课在彼,而不在此也! ——卷二《与顾省公》

真切地流露了这位普通塾师对旧时弟子的责任之心和恨铁不成钢的失望之情。《书醇叔日记》是就得意弟子王喆生的《日记》而写的读后评语,用纯并不因其已经贵为翰林编修而稍有宽纵;相反,仍然尖锐地指出其缺陷在"虽严辨于欲之大端,而或动色于居处服玩之间":"此纵纤微而一为所动……即不能无阂于志节事功之磊落光明"(卷十)。真是所责者小而所期者大,看似危言耸听实是知微见著。尤其是其著名的《辞诸子听讲》(卷二)一文,起因于认为自己"德薄而不能感人以力行"(《朱柏庐先生传》),遂撰此文以罢讲。试读开篇和结尾两段:

> 用纯讲学之举,诚有感于世道之陵夷、人伦之荒坏、士品之颓污、学术之晦盲,而又迫于诸君之意,因欲以塞河填海故智,于狂澜日下之势,与诸君共挽回于万一。

> 诸君各具一本来面目,各具一全副精神,猛力向前,自成学者,将世道、人伦、士品、学术一担挑去,某亦敬拜下风,何必区区鹦鹉之言之听哉?勉之、勉之!

这样的文字,为人何等的坦诚,品格何等的狷介,气魄何等的沉雄,期盼何等的挚切,读罢自受震撼。

古代文章作者,从作者身份和作品特色归类,大致可分为文士、学人和儒者。① 文士之文以文采胜,学人之文以学术胜,儒者之文以理学胜。如以清初昆山三位著名遗民为例,归庄(1613—1673)可入文士,顾炎武(1613—1682)自为学人,而朱用纯则为儒者。顾氏在清代学术史和思想史上的崇高地位,当是归、朱二人无法企及的,这是无庸置疑的事情。但是如何评价像朱用纯这样重在修身律己、道德劝勉的儒者之文,却是颇有争议的。笔者的初步看法是:其一,朱氏之文,虽以理学为宗旨、以教化为

---

① 郭预衡:《中国散文史》下册,上海古籍出版社 2000 年版,第 338 页。

指归,却不同于产生于乾隆"盛世"的高举礼教之旗的桐城文派,他是以针砭时弊、抗衡萎靡世风为出发点,遗民情结与理学情结互为表里,体现着特立独行的志士情怀和审视现实的批判精神;其二,包括《治家格言》在内的有关朱作,固然不乏过时落伍的迂腐之见,但其基本思想却是堂堂正正、磊落光明的,既是对民族传统精华的承继,亦仍然有益于今天之个人品德、职业道德、社会公德甚至生态环保意识①的建设;其三,朱氏对士风、学风的褒贬,至今仍有镜鉴作用。如他曾在回忆其师道德操守时,对清初士人有这样的描述:

> 士多轻身偎室,而先生陋巷栖迟;士多滥竽侯门,而先生琴书自怡;士多嗜膏粱、慕文绣,而先生终其身甘蔬食而褐衣,嗟廉耻之道息;士靡事而不为,(先生)独抗节其介然。——卷八《祭夏师文》

他还曾借某画师之口,指出"今人"朝画一像而思以易粟,暮画一像而思以易衣,"又安能疲精殚思于其中? 故不胜循乎物理者,不尽其心之能事也;不尽其心之能事者,不胜其口体之累也"②。著书只为吃穿、急功近利而不愿尽主观能事以循乎物理的现象,当今亦并不稀见。对朱用纯作品价值的这三点基本估价,既是其现实生命力的所在,亦是本文评述其人其作时的主要着眼点。

朱用纯的文章虽不专工词藻,但并非重道轻文,而是无论何体,皆精心结撰。其文从数量上看,以书信和序文为主,两者相加,共约九卷,占其十六卷文集大半。其书信在写作上一大特点是把自己置于其中表达情感或阐述道理,如写于康熙元年(1662 年)的《与徐俟斋书》,述说自己一年来对友人徐枋种种遭遇的担心:某月某日我收到来函,某月某日我与谁谈及您的安危;曾欲驾船入山探晤,曾欲遣使奉书相慰;忽听说您隐匿于某处,忽又听说不在彼处在此处……作者以自己为坐标,汇聚徐枋在颠沛流离之中飘蓬无定的真假信息,有自己得不到消息时的埋怨,有自己误听传闻时的焦虑,极写自己对身处"风波骇激"之时和"风鹤皆兵"之地的友人一举一动的关切,看似"率尔写怀,不觉觏缕"(卷一),表面上像是记流水帐一般,实因安危深惦、情感深系。又如《辞诸子听讲》,在说到罢讲原因时,他着重反躬自省:"予于方寸之际、梦觉之时,返观内照,果能做得圣贤

---

① 如《劝言·积德》主张"启蛰不杀,方长不折,步步是德,步步可积"。
② 朱用纯:《赠张圣成序》,载《柏庐外集》卷三。

学问万一否？果能行得圣贤道理万一否？良知难昧，几欲愧死！"从而得出"不复敢讲"的结论。如此，述情则细腻感人，说理则平等服人。

朱氏所写序文（包括文序和寿序），值得称道者亦为数不少。在文序中最著名者乃《顾亭林先生集序》，此文写于顾炎武去世不久，当是其文集最早之序。开篇即以一连串恢弘的意象排比而出："天以五行生万物，地以五岳奠万方，圣人以五经教万世：其功同也。"为下文论定顾氏"经纶天造、恢张帝略、衽席民生之学"而铺垫造势，接下来，论其学术声望，则是"轨辙之至，贤豪归之，学士师之，罔不担簦负笈，风靡景附"；论其学术渊源，则是"沉浸乎百籍，贯穿乎百代，则所为千百卷者，亦何篇何章非《诗》、《书》、《易》、《礼》、《春秋》之意趣洋溢于笔墨之间"；论其学术地位，则是"秦汉以来，如先生之文者有矣，未有能如先生之学者也；然苟未有能如先生之学，则虽谓未有能如先生之文可也"；最后复以"先生之学，后世苟有能用之者，虽以之经纶天造、恢张帝略、衽席民生，而翼五经以达天地之用，何多让焉？何多让焉！"（卷三）收煞全篇，既前后呼应、首尾贯通，又层层渲染、步步推进，笔力雄浑浩大，行文收放自如，文字典雅而不艰深，感情深挚而不肆诞，识见与文笔珠联璧合，序文与被序相得益彰。即便置于古代散文精品之列，亦自神采奕奕。

朱氏寿序文有两大特点。一是祝福对象多是山林隐士或乡里善人，而绝少当朝新贵或当地官吏；一是紧扣对象身份表达自己对历史和现实的认识，而不发泛美虚誉之论。如《徐季重先生七十寿序》，是为明遗民徐开任（1611—1695）所作。由于赠与对象是位史学家，文中便着重表述自己对秉笔直道、无偏无党之史学观的认同，并由此引发对明朝覆亡的看法："门户之弊，至于人心、学术、吏道、治功一切不问，而三百年之神器亦随以丧！"徐季重正是有感于此而撰《明名臣言行录》，故用纯顺理成章地得出结论：其人将因其书"亦于是乎寿诸百世"（卷四）。谢国桢先生在论定晚明史籍时，曾肯定徐氏之作"为持平之论，不作偏私之见，足称信史"①。其衡量的准绳，与朱用纯是相通的。再如《盛逸斋六十寿序》，赞美"息意科名，若隤然自废"的隐逸盛氏：

其于高车驷马之往来，不乐也；其于珍馐衮服、美色新声、重堂广厦之

———————————

① 谢国桢：《增订晚明史籍考》，上海古籍出版社 1981 年版，第 726 页。

游闲,未尝近也;至于薄俗、侧媚、偃蹇之态,与夫闪倏、崄巇、倾轧之所为,则未之或知也。

通过描写其对权势的蔑视、对物欲的淡漠、对邪佞宵小、鬼魅险恶的鄙睨,衬托其高蹈远隐的避世逃俗,最后落脚于"则其为寿又何疑焉?"(卷四)意在颂扬其美好人格和肯定其人生选择,亦体现出作者自己的人生观、价值观。正是在寿序中努力灌注了自己的学术眼光和道德评价,方使得其此类文章很少空洞的谀寿之词,而多为有益世道之文。

朱氏之文看似无技巧,其实往往于娓娓而谈中见奇崛,于平铺直叙中见顿挫。如《甓斋陶表兄像赞》是为陶甄遗像所题(卷七),此人既是其表兄,又是其妻兄,故文章从这里开始:

兄长于予七岁,以中表故,未髫龀从吾母过舅氏家,则便到兄读书处,往往乱翻书帙弄笔墨,舅氏辄以为喜,兄亦不嗔予也……

语气极平和,文势极舒缓;接下来又叙述两人先后补诸生的少年得意之状,略有奋发昂扬之气。孰料这一切均是为"不转瞬而丧乱迭乘"、两人父亲同日殉难、"曩时豪兴"灰飞烟灭而铺垫,极具抑扬和跌宕。此文写于七十岁时,以一垂暮老者而睹像生情、回首平生,想到彼此志节、遭遇全同,其心情之悲怆是可以想见的,但行文却从幼年切入,以一"乱翻书帙弄笔墨"的少小调皮之举,既非常传神地揭出两人的情义非常,亦为全篇抹上了一丝温馨的暖色,笔力不俗,技巧无痕,显示出很深的艺术功力。其文语言骈散结合,古文与白话相间,风格沉缓而不晦涩,行文雅致而少用典。师承唐宋八大家,尤其是韩、柳、欧、曾,而又不仅于此,如《王不庵先生六十寿序》明显呈现出庄子的影响:

世未有可望而不可即者,而云也则然;世未有可亲而不可见者,而风也则然。今夫云之为物,或轻而舒卷太清,或凝而雨遍天下。其高也,薄乎日月而往来泰华之巅;其卑也,湖海之蒸腾而郊野之磅礴扶舆,此其所为用也。然而可望而不可即者,千古如斯也。若夫风之为物,静则青萍未起,动则震荡山谷,万窍怒呺,远则周行乎六合之内,而近不离乎襟袖,此其所为用也。——卷四

歌颂了王炜如云如风的处世之法和超乎时地的大隐之风,其文亦如行云流水,飘渺空灵,内容与形式互相契合。

作为理学家,朱用纯对游山玩水有其独特的看法:"流览湖山风物,自

觉有得于己,方不辜负造化,方不浪掷光阴。不然,与村夫巷竖嬉游者何异? 反不若采樵拾菌、荷担携筐之为虚往实归。"(《毋欺录》康熙二十六年)在这种较为实用的游历观的制约下,其文集中游记散文并不多见,但在其笔记杂著《毋欺录》中,有一些记游片段,堪称优美的山水小品:

看樱桃于杨家湾,万颗朱实,掩映绿叶间。风日晴美,照耀如濯江蜀锦,亦得所未见。——康熙二十四年(1685 年)

游惊鱼涧、夹石泉、小赤壁。正值桂花盛开,天香咽路,亦快事也。——顺治十七年(1660 年)

步抵石公,风发落叶,满山如万蝶舞空,遍体亦皆著鳞甲。行视山川,风土颇悉,丹林黄树,橘绿橙红,五六里未尝少间。——康熙二十七年(1688 年)

状物、描写、比喻、色彩,均别出心裁,随物而赋形;遣词造句,洗练而清纯。试想,无论初夏绿叶掩映下的鲜红樱桃,仲秋桂花盛放扑面而来的幽香,还是初冬漫山飞舞的黄叶。睹此美景,真是令人目览五色,齿颊生津,神思飞越,心向往之,不由得感叹造化神奇、作者文笔亦不逊色。

朱用纯即便在他所处的时代,亦并非能为所有人接受,时常被认为是迂执古板、不合时宜。有感于此,在晚年他曾自嘲为腐儒:"腐(腐乳)之为物,淡然无味,岂敢与嘉馐争列? 然而盘餐类不可已,贵贱皆不可废。可见腐儒之在天地间,亦未必无一日之用",可是"世之人初未尝厌腐,或更称美之,独厌儒而望风交避,何哉?"(《毋欺录》康熙二十七年)令其心生慨叹。但用纯坚持自己的信念,当他痛斥"以财利为重而人伦为轻者"时,有人以言相讥:"当今世界,莫不皆然。迂谈高论,其谁是之?"他针锋相对地回答:"世界虽然新世界,人伦犹是老人伦!"(《毋欺录》康熙三十年)"新"世界自含讽刺,"老"人伦尤显坚贞。他毕生都在以自己认定的志节和理学,去抵制并试图改造这个他不得不忍辱偷生的世界。虽然其效甚微,但是其心可悯,其行可敬!

● 原文刊载于《求是学刊》2002 年第 6 期。
● 陆林,南京师范大学古文献研究所研究员,博士生导师。

明清传奇戏曲叙事结构的演化

郭英德

一、引论

由于传奇戏曲的篇幅远远长于杂剧,如何展开曲折有致的故事情节,即如何建构井然有序的叙事结构,便成为明清传奇戏曲作家所面临的崭新的艺术课题。

传奇戏曲本身是一种长篇的戏曲样式,与杂剧篇幅的短小精悍不同,传奇戏曲要求含蕴更为丰富的艺术容量,也就是要求展现更为复杂的社会内容,表现更为曲折的故事情节,塑造更为丰满的人物形象。因此,如果说杂剧是一种结构内敛的戏剧样式,那么传奇则是一种结构开放的戏剧样式。吕天成《曲品》卷上说:"杂剧但撮一事颠末,其境促;传奇备述一人始终,其味长。"然而无论含蕴何等丰富的艺术容量,传奇戏曲结构都应是一个有机整体,这是古典戏曲最基本的结构特征。正是有见于此,明清戏曲家明确要求每部传奇戏曲作品都要有一个中心,一个聚焦点,王骥德、徐复祚、李渔等称之为"头脑"、"大头脑"或"主脑"①。李渔在《闲情偶寄》卷一中要求以"一人一事"为"主脑",明确地揭示了传奇戏曲结构必须集中单一的本质特性。既必须遵循集中单一的戏剧结构特性,又要求含蕴尽可能丰富的艺术容量,于是在传奇戏曲中简与繁便构成一组独特的结构张力。

戏曲结构的有机整体性,不仅表现为结构整体的集中单一之美,还表

---

① 许建中:《明清传奇结构研究》,中州古籍出版社 1999 年版。

求/是/文/荟 QSWH 《求是学刊》发刊200期

现为结构各部分之间的血脉相连之美。由各个组成部分之间的紧密钩连而构成整体,这是一种艺术结构的重要特性。明清戏曲家对传奇戏曲叙事结构的这一特性也有明确的认识,如王骥德《曲律》卷三提出"毋令一人无着落,毋令一折不照应";祁彪佳《远山堂曲品》提出"贯串如无缝天衣";李渔《闲情偶寄》卷一提出要"密针线",全剧各部分不能有"断续痕","务使承上接下,血脉相连"。然而,传奇戏曲结构毕竟是一种点线式组合的艺术结构,在创作与演出的实践中,点的设置与构成常常重于线的连接与贯串。也就是说,在传奇戏曲结构中,点作为部分常常具有一种偏离于整体、独立于整体的潜在趋向。① 结构松懈散漫是传奇戏曲从南曲戏文叙事结构中继承而来的先天性不足。因此,如何处理整与散的关系,做到既保证点的耀眼光彩,又使点的部分成为线的整体的有机成分,这也是传奇戏曲叙事结构的一大难题。

在明清时期,这种简与繁、整与散之间的结构张力,成为传奇戏曲叙事结构演化的内在动因。明清时期的文人曲家一方面竭力运用传奇戏曲这种长篇叙事体裁,去包容和表现为传统诗文和北曲杂剧所无法包容和表现的更为丰富的社会内容和更为复杂的主体精神,一方面又试图学习和运用崭新的"编剧法",去构建集中严谨的传奇戏曲叙事结构。于是在从明嘉靖(1522—1566)中期到清宣统三年(1911 年)近 400 年的历史过程中,文人曲家的传奇戏曲创作一直在长篇体裁的开放叙事与戏剧艺术的内敛叙事之间彷徨抉择,传奇戏曲叙事结构因此呈现出种种不同的状貌。

二、匠心初运

从明嘉靖中期开始,大批文人曲家不满足于改编旧戏,开始无所依傍地独立进行传奇戏曲创作。他们借鉴北曲杂剧情节结构的经验,吸取传统史传文学的叙事结构技巧,匠心初运,以宋元和明初南曲戏文的叙事结构为基础,初创传奇戏曲的叙事结构。

文人曲家之所以青睐于南曲戏文,在一个重要的方面,就是看重南曲戏文比起诗、文、词、散曲和杂剧,有着更为丰富的结构内涵和更为灵活的

---

① 徐朔方:《晚明曲家年谱》,浙江古籍出版社 1993 年版。

结构功能,足以容纳他们丰富多变的主体精神。因此,他们在进行传奇戏曲创作时,首先关注的不是如何适应舞台演出的需求去创作剧本,而是如何借用传奇戏曲体裁来表达主体精神和接续文学传统。这一时期出现的"三大传奇"(《宝剑记》、《浣纱记》、《鸣凤记》)的叙事结构,便鲜明地表现出这一特点。

初刻于嘉靖二十六年(1547年)的李开先《宝剑记》传奇,与其蓝本《水浒传》小说不同,刻意设置了一条林冲之妻张贞娘的情节线。祁彪佳《远山堂曲品》曾批评《宝剑记》的结构说:且此公不识炼局之法,故重复处颇多。以林冲为谏净,而后高俅设白虎堂之计,末方出俅子谋冲妻一段,殊觉多费周折。且不论该剧的重复之处,仅从"以林冲为谏净,而后高俅设白虎堂之计,末方出俅子谋冲妻一段"的情节安排来看,这正是李开先为了表达自身强烈的政治意识,对《水浒传》小说的有意改写。该剧的情节主线是林冲与高俅的冲突,副线是张贞娘与高朋强婚与拒婚的冲突,而以林冲与张贞娘的悲欢离合绾合两条情节线。经过这样的改写,在作品的表层结构上,该剧把林冲与高俅父子的冲突由小说原著的社会冲突改变成忠奸斗争的政治冲突,而小说中原有的高衙内企图占有张贞娘的情节则成为把戏剧冲突推向高潮的强化性因素。而在深层结构上,该剧赋予林冲与高俅的冲突以政治伦理的意义,同时赋予张贞娘与高衙内的冲突以社会伦理的意义,二者相辅相成地构成信守传统道德与践踏传统道德的伦理冲突,表现了主题观念的一致性:"节孝佳人,忠贞烈士,天教再整旧衣冠"(第一出)。

梁辰鱼的《浣纱记》传奇,问世于嘉靖三十九年至四十四年之间(1560—1565),别出心裁地在吴越之争兴亡更替的叙事结构框架中,插入范蠡和西施的爱情离合故事。在剧中,吴越之争的兴亡更替以及与之相伴随的吴国内部的忠奸冲突构成情节主线,而范蠡和西施的爱情离合则构成副线,由此形成全剧独特的双重结构。为了有效地链接双重结构,梁辰鱼刻意将范蠡与西施的离合之因落实为越国复国的政治谋略——范蠡为了离间吴国君臣,将自己的未婚妻西施进献给吴王夫差,诱使他沉湎酒色,信谗斥忠,荒怠政事,最后导致亡国。于是范蠡与西施的离合成为推进情节主线的必要因素,从而与吴越之争的兴亡更替构成有机的整体。但是,由于梁辰鱼既耽溺于对盛衰兴亡的思考,又执着于对忠臣出路的探求,还迷恋于对风流爱情的赞赏,这种多重的创作意图,致使全剧主脑不突出。王世贞《曲藻》批评道:"满而妥,间流冗长";徐复祚《曲论》批评道:"关目散漫,无骨无筋,全无收摄。"

阙名的《鸣凤记》传奇约作于万历元年(1573年)前后,叙写嘉靖年间杨继盛等忠臣与严嵩等奸臣之间的政治斗争。有鉴于南曲戏文生旦双线并进的传统结构方式,已无法表现这场铺盖着很大的空间范围和时间范围的政治斗争,因此该剧不能不另起炉灶,采用多线交错的情节结构方式。与此相关,该剧还突破了南曲戏文一生一旦、贯穿始终的传统艺术格局。剧作设置了二生二旦:杨继盛和其妻刘氏,邹应龙和其妻沈氏。而杨继盛在第五出《忠佞异议》出场,到第十六出《夫妇死节》,杨继盛夫妇皆已死亡。邹应龙夫妇在第二出出场,虽然贯穿始终,但戏分很少。于是该剧实际上构成了"以生、净为主角、以生旦离合为辅的独特表演体制"①,目的在于以邹应龙和林润(小生)的成长为情节主线,贯串忠奸两大阵营一个回合接一个回合的斗争。在这个过程中,一方面邹、林逐渐成长起来,另一方面两大阵营的力量对比也逐渐发生变化,强者变弱,弱者变强。

从总体上看,这一时期文人曲家的传奇创作主要关注曲辞及其意趣,而不是结构及其技巧。而且,如何结构长篇故事,对文人曲家来说也是全新的创作课题,他们只能学习南曲戏文平铺直叙地结构情节的现成经验,借以充实他们得自于史传文学的叙事传统,以表现他们多元的人格结构和复杂的主体精神。因此,他们大多对长篇体裁的开放叙事情有独钟,而置戏剧艺术的内敛叙事于不顾,这就使这一时期的传奇戏曲作品普遍存在叙事结构散缓漫衍的通病。如梁辰鱼《江东白苧》卷上批评陆采的《明珠记》传奇:"但始终事冗,未免丰外而啬中;离合情多,不无详此而略彼"。王骥德《曲律》卷四批评张凤翼的传奇作品虽然"体裁轻俊,快于登场",但在结构上却"言言袜线,不成科段"。当然,这一时期文人传奇戏曲在结构艺术上的匠心初运,尽管有着许多不成功甚至失败之处,但却体现出文人曲家筚路蓝缕的努力和艰辛,为传奇戏曲叙事结构的演化奠定了坚实的基础。

---

① 许建中:《明清传奇结构研究》,中州古籍出版社1999年版,第175页。

三、着意尚奇

到万历(1573—1619)中期,在如火如荼的戏曲演出活动的刺激下,文人曲家更为积极、也更为有效地发挥主体精神,以浓重的文人审美趣味重新建构了传奇戏曲的叙事结构。尤其是受到万历年间"尚奇"的时代风气影响,许多文人曲家刻意构置新颖别致的传奇戏曲叙事结构,以展现他们丰姿各异的审美趣味。

首先,与传统的南曲戏文大多采用生旦离合双线结构不同,万历曲家热衷于构置更为复杂的双重结构。例如,万历十七年(1589年)以后,沈璟陆续创作了《红蕖记》、《埋剑记》、《双鱼记》等传奇,都"具有程度不同的双重结构,立意以情节离奇、关目曲折取胜"①。如《红蕖记》传奇叙郑德璘与韦楚云、崔希周与曾丽玉二生二旦的离合情缘,《埋剑记》传奇叙郭仲翔与吴保安颠簸流离的生死交谊,《桃符记》传奇叙裴青鸾死而复生与贾顺无辜被害两件连环奇案,《坠钗记》传奇叙何兴娘、何庆娘姊妹与崔嗣宗的生死奇缘等等,都着意构置两条相互并行而又密切关联的情节线,形成交错变幻的双重结构。

史槃的传奇作品也大量运用双重结构,奠定了传奇戏曲正生与小生、正旦与小旦的二生二旦崭新格局。而且他还善于自觉地采用"错认"的结构手法,精心地将双重结构交织为一体。祁彪佳《远山堂曲品》说:"叔考诸作,多是从两人错认处,搏捖一番,一转再转,每于想穷意尽之后见奇。"如《鹨钗记》传奇叙唐朝宋广平与荆燕红、康璧与真国香的爱情婚姻纠葛,祁彪佳评道:"此记波澜,只在荆公误认宋广平为康璧耳,搬弄到底。至于完姻之日,欲使两女互易,真戏场矣。"(《远山堂曲品》)又如《吐绒记》传奇(一名《唾红记》)叙唐朝润州人皇甫曾、皇甫冉兄弟与卢忘忧、凌波主婢悲欢离合的故事,中间插入凌波伪称卢忘忧,以造成情节波澜。祁彪佳评道:"叔考匠心创词,能就寻常意境,层层掀翻,如一波未平,一波复起。"(《远山堂曲品》)

如果说,沈璟和史槃因"尚奇"而刻意构置双重结构,重在创格,那么汤显祖的"尚奇"追求则更重在创意。这种创意突出地表现为努力建构

---

① 徐朔方:《晚明曲家年谱》,浙江古籍出版社1993年版。

求是文荟 《求是学刊》发刊200期

实境与幻境双重空间的叙事结构。约脱稿于万历二十六年(1598年)的《牡丹亭》传奇,以杜娘的生死情缘为中心,构置了三个情节段落:从第二出《言怀》到第二十出《闹殇》,写杜丽娘的因情而死;从第二十一出《谒遇》到第三十五出《回生》,写杜丽娘与柳梦梅的人鬼相恋;从第三十六出《婚走》到第五十五出《圆驾》,写柳、杜在人间的婚姻成立。这三个情节段落构成了"人间—阴间—人间"依次转换的三个空间场景,展示了杜丽娘人生追求和情感实现所经历的"现实—理想—现实"的曲折历程。这种双重空间及其转换过程的精心建构,本身就包含着独特而深邃的象征意蕴,隐喻性地象征着汤显祖文化探索的完整的精神历程。

汤显祖的《南柯梦》与《邯郸梦》"二梦",更进一步以实境与梦境的套式结构作为全剧的结构框架。《南柯梦》写淳于梦被免职后,无聊醉卧,酣然入梦,梦中被槐安国使者迎去,做了国王的驸马,出任南柯太守,入朝拜相,荒淫宫廷,最后被遣送归家,醒来卧榻如初,窗下杯酒尚留余温。《邯郸梦》写卢生在邯郸赵州桥北的一个小饭店高枕磁枕,沉睡入梦,梦中遍历了结婚、应试、治河、征西、蒙冤、贬谪、拜相、封公、病亡等一辈子宦海风波,50年人我是非,一梦醒来,馔中黄粱尚未煮熟。"二梦"情节中实境的短小与梦境的冗长,既反衬现实生活中实境的长久与梦的短暂,也象征仙佛境界中人世的短暂与彼岸的长久。汤显祖借助于这种独特的套式结构,来表达他对现实政治、人生状况和人性特征的独特感受和理解。

总起来看,万历年间的文人曲家往往凭借传奇戏曲的长篇体裁,毫无节制地驰骋自身的知识和才情,力图容纳尽可能丰富的社会历史内容和尽可能细腻的主体审美感受。对开放叙事的高度热衷,对主体精神的强烈诉求,使这时期的文人传奇作品往往具有较为丰厚的文化内涵。然而与此相伴随的仍然是对戏剧艺术内敛叙事的漠视,篇幅冗长,情节漫衍,依然是这时期文人传奇作品的通病。如李贽《焚书》卷四《杂述》批评梅鼎祚的《玉合记》:"此记亦有许多曲折,但当紧要处却缓慢,却泛散,是以未尽其美。"吕天成《曲品》卷下批评屠隆的《昙花记》:"但律以传奇局,则漫衍乏节奏耳。"徐复祚《曲论》批评孙柚《琴心记》:"极有佳句,第头脑太乱,脚色太多,大伤体裁,不便于登场。"

四、惨淡经营

历经100多年的艺术探索和艺术积累,在明崇祯(1628—1644)年间到清康熙(1662—1722)前期,文人曲家的结构意识更加自觉,传奇戏曲的叙事结构也更为严谨。这一时期的文人曲家,如冯梦龙、范文若、阮大铖、吴炳、李玉、李渔、朱素臣、朱佐朝(与朱素臣同时)、万树等,为中国古代戏曲史提供了一大批结构精美的传奇作品。这些传奇作品的叙事结构特征,与万历年间的传奇作品相比较,发生了以下三方面的重要变化。

首先,以内敛叙事为主、开放叙事为辅,成为这一时期传奇戏曲叙事结构的主要特征。由全本戏演出对戏曲作品整体结构一线贯串、始终不懈的要求所制约,这一时期的文人曲家极其自觉地追求戏剧冲突的单一化和戏剧结构的整一化。因此,这时期传奇戏曲作品的篇幅普遍趋于简短,戏剧冲突更为集中凝炼,情节线索更为简捷明快。冯梦龙在改编前人传奇戏曲作品时,就格外注重全剧情节线的贯串衔接,前后照应。如《风流梦总评》说:

两梦不约而符,所以为奇。原本生出场,便道破因梦改名,至三、四折后旦始入梦,二梦悬截,索然无味。今以改名紧随旦梦之后,方见情缘之感。《合梦》一折,全部结穴于此。

他改定汤显祖《牡丹亭》为《风流梦》,改定张凤翼《红拂记》和刘晋充《女丈夫》为《女丈夫》,改定张凤翼《灌园记》为《新灌园》,改定袁于令《西楼记》为《楚江情》,改定陆无从、钦虹江二本《存孤记》为《酒家佣》等,都着力于删减头绪,补缀针线,讲究埋伏照应、转折自如,以求"前后血脉俱通"。

其次,戏剧冲突的单一和戏剧结构的整一,促成了传奇戏曲作品结构技巧的精致,这是这一时期传奇戏曲叙事结构的又一个突出特征。

吴炳的《粲花斋五种曲》就都精于结构,巧于布局。如《绿牡丹》传奇以"绿牡丹"诗为贯串,先后设置了同中有异的三场考试,在逐步暴露劣生柳希潜和车本高应试作弊的同时,渐次推进才子谢英与佳人车静芳之间的曲折爱情,全剧结构浑然一体,剧情一波三折,水到渠成。《情邮记》传奇的情节更为丰富曲折,所以结构就更为惨淡经营。近人吴梅《情邮记跋》评云:

吕药庵读此记,比诸武夷九曲,盖就剧中结构言之。余谓此剧用意,实似剥蕉抽茧,愈转愈隽,不独九曲而已……石渠他作,头绪皆简,独此曲刻意经营。文心之细,丝丝入扣,有意与阮圆海(按,即阮大铖)争胜也。

李渔《闲情偶寄》卷三曾说:"戏法无真假,戏文无工拙,只是使人想不到,猜不着,便是好戏法、好戏文。"因此,他的《笠翁十种曲》往往刻意设置迂回曲折、变幻多端的戏剧情节,而且"结构离奇,熔铸工炼,扫除一切窠臼,向从来作者搜寻不到处,另辟一境"(朴斋主人《风筝误·总评》)。如《奈何天》传奇自觉地"破尽传奇格",构置"丑旦联姻"的崭新格局(第一出),以丑角扮阙里侯作为主人公,造成绝妙的喜剧效果,"一却陈言,尽翻场面"(胡介《奈何天序》)。该剧欲使"红颜知薄命,莺莺合嫁郑恒哥"的教化意图虽然迂腐不堪(卷末收场诗),但全剧构局却新鲜奇警。化腐朽为神奇,这不正是李渔汲汲追求的艺术旨趣吗?

第三,这一时期文人曲家的戏剧意识空前加强,认定"填词之设,专为登场"(李渔《闲情偶寄》卷四)。为了增强传奇戏曲的戏剧性,他们在排场设置方面更为精心,多有创辟。传奇戏曲结构虽然采用类似西方的"史诗结构",与小说的叙述艺术颇有相通之处,但它毕竟是供演出而不是供阅读的,应该是场上之曲而不是案头之书。然而,如何在戏剧情节展开过程中,减少叙事性场面,增强戏剧性场面,构成戏曲艺术独特的叙事结构,这是前此以往的文人曲家一直未能妥善解决的艺术难处。而这一时期的文人曲家在传奇戏曲结构的开端、发展、结局等各个部分,都做出了新的开拓,着力构置精巧的戏曲排场。可以说,传奇戏曲排场结构的成熟,是在这一时期才真正实现的。这里仅举一例,以见一斑。

承袭南曲戏文的传统,传奇戏曲作品开场之后,一般都有若干出说明的场子,依次介绍生之一家与旦之一家,以及作为生、旦对立一方的净、丑和作为生、旦辅助一方的末、外等脚色。在嘉靖到万历年间,大多数文人曲家拘泥于陈规旧习,"出脚色"的这几场戏仅仅用于单纯地介绍说明人物关系,只有叙事性而缺乏戏剧性,大多显得拖沓、琐碎,场与场之间互不连属,如断线之珠,散乱无绪。如汤显祖的《牡丹亭》传奇,第二出《言怀》介绍柳梦梅,第三出《训女》介绍杜丽娘和杜宝夫妇,第四出《腐叹》介绍陈最良,第五出《延师》叙写杜宝聘请陈最良为塾师,第六出《怅眺》介绍柳梦梅生活现状,这几出结构功能都是"说明",戏剧冲突至第七出《闺塾》才初步展开。如此面面俱到,不免场面堆砌,节奏拖沓。于是臧懋循改本《还魂记》,删去《怅眺》,合并《腐叹》、《延师》、《闺塾》三出为《延师》;冯梦龙改本《风流梦》,并《言怀》与《怅眺》为《二友言怀》,并《腐叹》与《延师》为《官舍延师》。可以看出,万历后期到崇祯年间的文人曲家已经注意到叙事结构应有简捷明快的节奏,排场结构更为讲究戏剧性了。到了明清之交,尤其是清初,吴炳、范文若、李玉、李渔、万树等人的传奇戏曲作品在出脚色时,更是力求简捷洗练,既开门见山,又环环相扣。如李玉《清忠谱》第一折《傲雪》,生扮周顺昌冲场,随即对其妻吴氏表白"白雪肝肠,坚冰骨格",又与其友陈知县议论朝事,抨击权奸,立即揭开周顺昌与魏忠贤爪牙苏州太守李实的冲突。第二折《书闹》,写市民颜佩韦听《说岳传》时,有感于权奸乱政,大闹书场,并与诸友结为"五义",成为下文《义愤》、《闹诏》诸折市民与太监缇骑激烈冲突的伏笔。该剧在出脚色的同时就揭开冲突,制造悬念,引起全剧的无穷波澜。

值得注意的是,这一时期以吴炳等才子佳人戏曲作家、李玉等苏州派曲家、李渔等风流文人曲家为代表的传奇戏曲作品,在叙事结构趋于严谨精巧的同时,作品的文化内涵却出现萎缩的趋势,作品所蕴涵的社会历史内容相对凝固,所表达的伦理道德相对单一,所体现的文人主体精神也相对定型。清人梁廷楠《曲话》卷三曾批评吴炳的传奇戏曲作品"情致有余而豪宕不足",这其实正是这时期文人曲家的通病。李渔《闲情偶寄》卷三说:"绳墨不改,斧斤自若,而工师之奇巧出焉,行文之道,亦若是也。"在传统文化精神和伦理框架的绳墨之中,表现"工师之奇巧",不正是这一时期文人曲家共同的创作旨趣吗?这种文化趣味的因循守旧与叙事结构的求新逐奇二者融为一体的特征,使这一时期传奇戏曲的叙事结构呈现出一种独特的面貌。

五、象征叙事

同李玉等苏州派曲家和李渔等风流文人曲家不同,清顺治、康熙年间有一批正统文人曲家,如吴伟业、尤侗等,偏重于创作案头之作。他们的传奇戏曲创作不是以适应舞台演出为旨归,而是以适合表情写意为极致。因此他们更多地继承了汤显祖抒情性的梦幻叙事传统,趋向于意象虚幻化和抒情主观化,从而着力建构传奇戏曲的象征叙事结构。汤显祖剧作实境与幻境双重空间的叙事结构,为文人曲家提供了以阴阳世界的两相对比来表达"上下求索"的精神游历的艺术创作范型,影响极为深广。而自明后期以降,传奇剧本一般相对固定地分为上下二卷,这也为剧作家以上下两卷的结构性对照构成独特的象征意蕴,提供了极好的艺术体制。

例如,吴伟业创作于顺治九年(1652年)的《秣陵春》传奇,便刻意构置了两相对照、上下承接的叙事结构:上卷叙写南唐亡国、宋朝新立后,南唐学士徐铉之子徐适飘游金陵,与李后主宠妃黄保仪的侄女黄展娘,在已登仙界的李后主、黄保仪的撮合下,先在于阗玉杯和宜官宝镜中相见相恋,终在天界结成伉俪,从而淋漓尽致地描写已故的旧朝君主对孤臣孽子的关怀与恩眷;下卷叙写徐适返回人间后,遭受阴险小人迫害,幸而为同窗旧友举荐,在朝廷中当场作赋,宋朝皇帝特赐状元及第,最终与黄展娘再结良缘,从而颇具深心地铺叙故国遗民在改朝换代中的窘境与新朝天子对他们的抬举笼络。全剧中徐适既不忘旧君又感激新朝的复杂心理,构成这一叙事结构深潜的文化意蕴,隐喻着面临易代巨变的吴伟业的文化心态。

赋予象征叙事结构以更多的戏剧性内涵,或者说以场上之曲的叙事方式构置象征叙事结构,并获得巨大成功的,是洪完成于康熙二十七年(1688年)的《长生殿》传奇。该剧模仿《牡丹亭》实境与幻境并置、转换的结构方式,上卷以唐明皇与杨贵妃帝妃恋情的展开为情节主线,以安史之乱的孕育和爆发为辅线,着重叙写帝妃恋情在现实中的畸变形态及其所伴生的政治后果;下卷以唐明皇与杨贵妃帝妃恋情的实现为主线,以安史之乱终得平定为辅线,让唐明皇和杨贵妃经由"情悔"得以超升天堂,实现至情理想。吴梅《中国戏曲概论》卷下批评说:"下卷托神仙以便绾合,略觉幻诞而已。"而我认为,《长生殿》下卷的"幻诞"恰恰是为了保证全剧象征叙事结构的完整性,以表达"情缘总归虚幻"的创作意图和感伤情调(洪《长生殿·自序》)。

而孔尚任定稿于康熙三十八年(1699年)的《桃花扇》传奇,则别出心裁地构置了独特的套式双重结构。该剧一方面借鉴梁辰鱼《浣纱记》的艺术经验,"借离合之情,写兴亡之感"(试一出《先声》),以侯方域、李香君的爱情离合与南明一代的历史兴亡构成全剧的双重结构。另一方面,该剧还借鉴了汤显祖"二梦"的艺术经验,在全剧正文四十出以外,特意在上下本的首尾添加了四出戏:上本开头试一出《先声》,末尾闰一出《闲话》;下本开头加一出《孤吟》,末尾续一出《余韵》。于是全剧构成了一种独特的套式双重结构:在以侯、李离合为表、以南朝兴亡为里的描述历史故事的双重叙事结构之外,套装上以历史见证人老赞礼等为主角的抒发兴亡之感的抒情结构。这种历史空间与现实空间、叙事结构与抒情结构套装并置的艺术构思,同样是一种象征叙事结构;但是,这一象征叙事结构,与吴伟业、尤侗、洪等人所构置的现实空间与非现实空间的对比、转换结构不同,具有时间上今昔对比的深刻的象征意味。而且,在这种套式双重结构中,叙事结构表面是主、实质是宾,而抒情结构表面是宾、实质是主,也就是说,全剧是以抒情结构统辖叙事结构的——这就是"借离合之情,写兴亡之感"的真谛所在:离合重在"情",兴亡重在"感",抒情写感才是作者的真正意旨。

《桃花扇》将文人曲家的象征叙事结构推向了极致,体现出文人主体精神从汤显祖时代的个人化转向清前期的社会化、人生化的文化趋向。但是由于这种象征叙事结构容纳了过于庞大的意识形态内涵,浸染了过于浓重的历史叙事意蕴,渗透了过于强烈的文人抒情意味,从而偏离了戏剧艺术内敛叙事的审美特征,从一个方面促使传奇戏曲脱离剧坛舞台,逐渐步入案头之曲的歧途。

六、以文为曲

顺治、康熙年间正统派曲家的传奇戏曲作品已表现出"以文为曲"的创作倾向,到了乾隆(1736—1795)、嘉庆(1796—1820)年间,这种倾向更成为剧坛上占主导地位的创作思潮。文人曲家明确地声称:"填词为文字之一体。"(蒋士铨《空谷香》卷首张三礼《序》)。于是,在传奇戏曲创作中出现了史传叙事传统的复归与演化。《铅山县志》卷十五《蒋士铨传》评论其传奇戏曲作品时说:

其写忠节事,运龙门纪传体于古乐府音节中,详明赅洽,仍自伸缩变化,则尤为独开生面,前无古人。

所谓"运龙门纪传体",即采用司马迁《史记》式的历史编纂方式来创作传奇戏曲作品。乾、嘉年间的的文人曲家虽然重视戏剧结构的有机整体性和戏剧冲突的激烈性,但是却往往忽视戏剧情节的单一性、戏剧冲突的连贯性和排场结构的合理性,这就大大削弱了传奇戏曲叙事结构的戏剧性。

蒋士铨创作于乾隆年间的《藏园九种曲》,借鉴传统的史传叙事,在叙事结构方面也有所独创,这突出地表现为刻意构置模式化的套式双重空间结构。如《空谷香》传奇(1754年)写当时实事,首出《香生》从仙界着手,假托主角姚梦兰为幽兰仙史,因赴西天华严佛会,迟到了二十九刻,于是被如来谪生人世二十九年;末出《香圆》则以姚梦兰重回仙界作结,写幽兰仙史归位,与众仙叙说二十九年为人之苦恼。《香祖楼》传奇(1774年)亦用此法,首出《转情》与末出《情转》相互照应,以仙界为起讫。这种以非现实世界包裹现实世界的套式双重空间结构模式,从创作主旨来看,是以隐喻的方式宣扬轮回转世的宗教人生观;从戏剧结构来看,则是以完整的形式体现出首尾照应的史传文法。蒋士铨创造的这种传奇戏曲叙事结构,为其后的文人曲家所欣赏和仿效,如沈起凤、黄燮清、陈烺等,以致"遂成剧场恶套"。

随着时光的推移,到了光绪(1875—1908)年间,传奇戏曲作品愈来愈流于案头,成为"纸上戏剧"。衰极而变,这时有些文人曲家另起炉灶,或仿造小说结构创作传奇,或借助政论手法创作传奇,这就使传奇戏曲叙事结构又出现了引人注目的变异。

例如魏熙元的《儒酸福》传奇,叙写几个儒生的画梅、游湖、庆寿、得子、升官、发财、施舍等遭遇,这实际上是作者及其友人"寒酸逼人"的逸事的实录。所以全剧取法吴敬梓《儒林外史》小说的叙事结构,既没有一个贯穿始终的主人公,也没有一个贯穿始终的完整故事,仅以儒生寒酸的生活状态这一主旨贯串始终,绾系着一个个相对独立的故事,"逐出逐人,随时随事,能分而不能合"(魏熙元《儒酸福》卷首《例言》),打破了传奇戏曲"一人一事"的结构惯例。

还有些文人曲家不是遵循戏曲艺术规律进行构思和创作,而是往往以政治说教或主题图解来代替艺术创造,不讲究戏曲的排场结构。如林纾的《蜀鹃啼》传奇(1901年),除第一出开场不算,只有第五出为愤慨文细正场,第八出为文正场,第十一、第十二、第十三出为文细正场,其余各出均为短场或过场,全剧排场结构杂乱无章。

从根本上看,光绪年间文人传奇戏曲叙事结构的变异大都是非戏剧化的,文人曲家在突破传奇戏曲叙事结构规范的同时,也抛弃了传奇戏曲基本的结构技巧和艺术规范。因此,光绪年间大多数传奇戏曲作品只能是一种"纸上戏剧",很难搬上舞台,实际上不少作品也仅仅在报刊杂志上发表,而从来未曾搬上舞台。文人曲家对戏剧艺术内敛叙事的抛弃,从一个方面加速了传奇戏曲文体的消解。

● 原文刊载于《求是学刊》2004 年第 1 期。
● 郭英德,北京师范大学文学院教授,博士生导师。

"帐簿"叙述与中国古代小说的文本建构

李桂奎

　　"帐簿",也写作"账簿",本指登记日用款项的簿书,它通常由时间、次数、收支、得失等数字构成。在中国古代小说批评中,"帐簿"说既寓含着小说叙事时间的头绪性与密度性,又寓含着小说叙事的象征性结构。作为一种较有影响的"拟史"叙述方式,"系之年月"的"帐簿"叙述对中国古代小说的文本建构具有多重意义,因而有必要展开具体探讨。

一、"帐簿"叙述的"系之年月"特征

　　尽管中国古代史书的编撰体例有编年体、纪传体之别,但大都秉承"系之年月"的写作方式,其叙述的特点可以概括为梁启超所谓的"总不能离帐簿式"①。就编年体史书而言,相传经孔子删削修订的《春秋》就是"以事系日,以日系月,以月系时,以时系年"②。关于纪传体史书的叙事,唐人张守节《史记正义》说:"纪者,理也,统理众事,系之年月,名之曰纪。"③就是说,纪传之"史"同样是按年代、历法等时间顺序、事理顺序记录历史事实。另外,作为官修史书主要来源,历代记录皇帝言行的"起居注"更是按日记载,对史书"帐簿式"叙述的巩固与提高不可忽视。由此可见,自古以来,各类史书之所以被目为"帐簿",主要是因为它们通常按照历时的顺序编写,如同一笔一笔地记账。史书的"帐簿式"叙述自然深深地熏染了后来追奉史书写作的各类小说。换句话说,中国古代小说中

---

① 梁启超:《中国历史研究法》,上海古籍出版社 2006 年版,第 23 页。
② 杜预:《春秋左传集解》,中华书局 1980 年版,第 1703 页。
③ 张守节:《史记正义》,中华书局 1962 年版,第 1 页。

的"帐簿"叙述是一种"拟史"叙述。

关于史书的"帐簿"性质,明代陈继儒首先大力倡言并作了最为详细的阐发,其《狂夫之言》卷二有一长篇大论,现摘录如下:

天地间有一大帐簿,古史,旧帐簿也;今史,新帐簿也……今史官不编史,子弟不读史,新帐簿、旧帐簿皆置之高阁,岂不可叹!夫未出仕是算帐簿的人,既出仕是管帐簿的人,史官是写帐簿的人。写得明白,算得明白,管得明白,而天下国家事瞭若指掌矣。故曰:史者,天地间一大帐簿也。①

在陈继儒看来,以《资治通鉴纲目》、《二十一史》为代表的中国古代史书的记事大略如同记账;而作为"帐簿"的史书是其他书绕不过的"关津",故读其他书应当从读史书读起;读书人要治国平天下,应当扮演"帐簿人"角色,做到写得明白,算得明白,管得明白。基于"史者,天地间一大帐簿"的观念,陈继儒在《叙列国传》中评说《列国志传》这部小说道:"此世宙间一大帐簿也……《列传》始自周某王之某年,迄某王之某年,事核而详,语俚而显,诸如朝会盟誓之期,征讨战攻之数,山川道里之险夷,人物名号之真,灿若胪列,即野修无系朝常,巷议难参国是,而循名稽实,亦足补经史之所未赅,辟(譬)诸有家者按其成簿,则先世之产业厘然,是《列传》亦世宙间之大帐簿也。如是,虽与经史并传可也。"②显然,陈氏将《列国志传》喻为"帐簿",意在提高这部小说的地位。在继承陈继儒学说的基础上,清代褚人获《隋唐演义·序》进而提出了"大帐簿"与"小帐簿"这一对观念:"昔人以《通鉴》为古今大帐簿,斯固然矣。第既有总记之大帐簿,又当有杂记之小帐簿,此历朝传志演义诸书所以不废于世也。"③陈继儒、褚人获在大力宣称演义小说中的有些作品是"考核甚详,搜罗极富"、能令"世宇间开大眼界"的"大帐簿",而还有些作品则是隶属于《通鉴》"大帐簿"之下的"小帐簿"。此外,在署名"钟惺编辑,冯梦龙鉴定"的《盘古志传》后,建阳书坊主余季岳曾有跋语云:"迩来传志之书,自正史外,稗官小说虽极俚谬不堪目睹。是集出自钟、冯二先生著辑,自盘古

---

① 陈继儒:《狂夫之言》,参见《丛书集成初编》二九三〇,商务印书馆 1937 年版,第 12 ~ 13 页。

② 陈继儒:《陈眉公批评列国志传》,参见《古本小说丛刊》第 40 辑,中华书局 1991 年版,第 123 ~ 131 页。

③ 丁锡根:《中国历代小说序跋集》,人民文学出版社 1996 年版,第 958 页。

以迄我朝,悉遵鉴史通纪,为之演义,一代编为一传,以通俗谕人,总名之曰《帝王御世志传》,不比世之纪传小说无补世道人心者也。四方君子以是传而置之座右,诚古今来一大帐簿也哉。"①在此,余季岳阐述自己庞大的刊刻计划,那就是把"自盘古以迄我朝"的历史,按鉴演义,"一代编为一传",故而取名为《帝王御世志传》。余氏于万历年间刊刻了《按鉴演义帝王御世有夏志传》、《按鉴演义帝王御世有商志传》,崇祯年间刊刻了《按鉴演义帝王御世盘古至唐虞传》,这些小说都按照历时年月叙事。可惜原定的刊刻计划并没有全部完成。由此可见,古人以"帐簿"论历史演义小说,主要着眼于"小说"的"史"性,突出了其"系之年月"的"拟史"特点。

从中国古代小说发展史来看,取决于"补史"的大政方针,早期文言小说的作者为求真务实,特别崇尚运用历代帝王年号叙述故事,这就使其打上了史书"帐簿式"系年叙述的印记。如唐传奇《柳毅传》的"仪凤中"(唐高宗年号)、《李娃传》的"天宝中"(唐玄宗年号)、《虬髯客传》的"隋炀帝之幸江都",都运用帝王年号或借助帝王活动作参照来标示故事时间。后来的章回小说更是纷纷主动接受古代史书"系之年月"叙事方式的影响,继续保持"帐簿式"面貌。历史演义小说自然一马当先,大多直接运用帝王年号来纪年,俨如一道道精打细算的"明细帐"。如《三国志演义》这部小说叙事从"建宁二年四月望日帝御温德殿"、"中平六年夏四月灵帝病笃"叙起,至宝鼎元年司马炎"降孙皓三分归一统"结。在长达百年左右的"总起总结之中,又有六起六结"。对处于"起""结"层次的惊天动地的大事件,小说作者皆明确指出其年月日,以示言之凿凿。作为一部"历史演义小说"经典,其充满历史感的时间构架自不待言。至于神话小说《西游记》,它尽管不把历史时间摆在头等重要的位置,但也不免要编年记月,按照一定的时间顺序一一叙述。小说第十三回写唐僧起程之时:"却说三藏自贞观十三年九月望前三日,蒙唐王与多官送出长安关外。"第一百回写唐僧取经,先是借三藏的话挑明:"途中未曾记数,只知经过了一十四遍寒暑。"接着又用太宗的话坐实:"久劳远涉,今已贞观二十七年矣。"从而对唐僧取经往返的时间进行了历史性的叙述。清人刘一明《西游原旨读法》中说:

① 《盘古至唐虞传》,参见《古本小说丛刊》第7辑,中华书局1990年版,第672页。

西游每过一难,则必先编年记月,而后叙事,隐寓攒年至月,攒月至日,攒日至时之意,其与取经回东,交还贞观十三年牒文同一机关,所谓贞下起元,一时辰内管丹成也。知此者方可读西游。①

这里所说的"编年记月"指的是按照时间顺序叙事,不仅要数落"贞下起元"等年号,而且更重在通过四季转换来拉动"唐僧师徒去西天取经"的形成。即使面向社会现实的世情小说,也乐于采取貌似一丝不苟的故事编年策略叙事。《金瓶梅》开篇即明确交代故事发生的时间为"宋徽宗皇帝政和年间"。后来,对于那些事关人物生死的"大事记",作者也都先后一一给出了具体时间。如,第三十回写官哥儿出生在"宣和四年戊申六月廿三日也",第七十九回写西门庆之死是在"重和元年正月二十一日",等等。以"史"自命的《儒林外史》之叙事更能反映这种笔法和笔势,小说第一回从"元朝末年"、"吴王削平祸乱,定鼎应天,天下一统,建国号大明,年号洪武"写起,重点突出了"洪武四年"之事。小说沿着一种历史的顺序,一直写到第五十五回"话说万历二十三年"……作者在狡狯地实施"托明言清"策略创作的过程中,采取了明代的年号,把百年间的故事煞有介事地一一叙出。《红楼梦》所叙述时间有时具体到以日为单位。如第五十回写道:"十七日一早,又过宁府行礼,伺候掩了宗祠,收过影像,方回来。此日便是薛姨妈家请吃年酒,十八日便是赖大家,十九日便是宁府赖升家,二十日便是林之孝家,二十一日便是单大良家,二十二日便是吴新登家。这几家贾母也有去的,也有不去的,也有高兴直待众人散了方回的,也有兴尽半日一时就来的。"显然,这种叙述是"帐簿式"的,它传达出富贵人家节日活动的频繁。尽管《红楼梦》的作者匠心独运地追求故事时间的烟云模糊,但从这部小说问世以来,就接二连三地有人在为其编写年表。范锴的《槐史编年》首度编写了小说故事发生的年表;姚燮在评点这部小说时,每回都注明干支年月;后来,张笑侠也撰写了《红楼梦大事年表》。20世纪下半叶以来,周汝昌的《红楼纪历》编定严整,影响深远;随之,周绍良、王彬、沈治钧等先后编出风格不同的《红楼梦》年表。人们如此热衷于给这部小说编年表明,小说本身有"年"可编,隐含着"帐簿"性质。相对而言,前八十回的"帐簿"叙述较为得体,而后四十回的处理

---

① 朱一玄、刘毓忱:《西游记资料汇编》,南开大学出版社2002年版,第346页。

存在一些缺陷,故而常为人诟病,如俞平伯在《红楼梦研究》一书中指出:"我总觉得后四十回只是一本帐簿。即使处处有依据,也至多不过是很精细的帐簿而已。"①

当然,对于"系之年月"的"帐簿"叙述方式,历来褒贬不一。如,陈继儒等人褒扬有加,而觚庵对《东周列国志》则甚为不满:"读《东周列国志》,觉索然无味者,正以全书随事随时,摘录排比,绝无匠心经营于其间,遂不足刺激读者精神,鼓舞读者兴趣。"②时至近代,人们围绕史书的"帐簿式"叙述方式还展开了一场争论。梁启超率先发难:

> 编年体以年为经,以事为纬,使读者能了然于史迹之时际的关系,此其所长也。然史迹固有连续性,一事或亘数年或亘百数十年。编年体之纪述,无论若何巧妙,其本质总不能离帐簿式。③

在此,梁启超鲜明地指出了编年体史书"以年为经,以事为纬"的写作方式及其"帐簿式"的叙述特点,而这都容易造成审美的"寡味"。对梁启超说《春秋》"一条纪一事,不相联属,绝类村店所用之流水帐簿"④,钱玄同认为"是极确当的批语"⑤,予以认同;而钱穆则大不以为然,他说:"章氏'六经皆史'之论,本主通今致用,施之政事……近人误会'六经皆史'之旨,遂谓'流水帐簿尽是史料'。呜呼!此岂章氏之旨哉!"⑥在此,钱氏通过重新阐释章学诚"六经皆史"之论,指出梁启超等近代学人对"史"的曲解。事实上,《春秋》具有按时间叙事的特点,将其比喻为"流水帐簿"无可厚非。无论如何,历代小说家们总是在补史观念的支配下赋予其叙述者以"史官"的姿态,运用"系之年月"的方式叙事,却是不争的事实。可以说,从史书一脉传承而来的时间顺序赋予古代小说叙事以"帐簿"形象,并决定了其"帐簿"性质。

总之,从短小精悍的文言笔记小说发展到鸿篇巨制的白话章回体,中国古代小说都基本沿承着古代史书将大大小小的事"系之年月"的"帐簿式"时间标度和叙事方式。这种"以年为经,以事为纬""拟史"叙述方式

---

① 俞平伯:《红楼梦研究》,上海古籍出版社 2005 年版,第 25 页。
② 陈平原、夏晓虹:《二十世纪中国小说理论资料》,北京大学出版社 1989 年版,第 251 页。
③ 梁启超:《中国历史研究法》,上海古籍出版社 2006 年版,第 23 页。
④ 钱玄同:《答顾颉刚先生书》,参见《古史辨》第 1 册,上海古籍出版社 1982 年版,第 14~15 页。
⑤ 钱玄同:《答顾颉刚先生书》,参见《古史辨》第 1 册,上海古籍出版社 1982 年版,第 75~78 页。
⑥ 钱穆:《中国近三百年学术史》,商务印书馆 1997 年版,第 433 页。

所形成的文本尽管有一定缺陷,但毕竟不像鲁迅《阿 Q 正传》所谓的"古久先生陈年流水簿子"。

二、故作参差的"变帐簿以作文章"

在中国古代小说评点中,史书常常被当做评价小说叙事水平高低的参照系。人们基本公认小说"如史又胜史":说某部小说"如史",是为了通过傍史来提高其身价;说某部小说"胜史",则意在借强调小说叙事多变而突出其独立品格。人们有时不满足于"帐簿式"叙述的史书笔法,而呼唤时间错综的"文章"性的小说笔法。于是,"变帐簿以作文章"之说应运而生。

大致说来,小说"详"而史书"简",形成这种差别的历史原因有多重。针对有些论者超越时空地苛责《春秋》等史书过于简约的现象,柳诒徵曾经指出:"记事尚简,实缘限于工具,故必扼要而言,或为综述之语……至诋《春秋》为帐簿式不足称史者,皆未就古人用竹简之时代着想。"①的确,刻在竹简上的文字自然尽量求简约,《春秋》的书写受到了那个年代历史条件的限制。对此,我们应当"就时论事",即面向那个时代立论,而不能按照现在的标准挑剔前人。关于小说叙事对史书叙事的超越,金圣叹曾论及,如他评第二十七回武松受施恩款待说:"凡此等事,无不细细开列,色色描绘。尝言太史公酒肉帐簿为绝世奇文,断惟此篇足以当之。若韩昌黎《画记》一篇,直是印板文字,不足道也。"小说应讲究叙事时间的速度和密度,不能仅仅靠粗陈梗概把故事讲清即可,绘声绘色的"酒肉帐簿"之细是必要的。然而,对于生活细节的写真式描摹,并不是所有人都能够买账的。明代题名"张誉无咎父"(或谓"冯梦龙托名")写的《平妖传叙》便曾对其"琐碎""繁杂"进行过批评:"《水浒》,《西厢》也;《三国志》,《琵琶记》也;《西游》,则近日《牡丹亭》之类矣。他如《玉娇丽》、《金瓶梅》,如慧婢作夫人,只会记日用帐簿,全不曾学得处分家政,效《水浒》而穷者也。"②在此,作序者称赞《水浒传》章法谨严如《西厢记》,而贬低细致描摹市井生活的《金瓶梅》为"只会记日用帐簿"。如果

① 柳诒徵:《国史要义》,华东师范大学出版社 2000 年版,第 3 页。
② 罗贯中:《天许斋批点平妖传》,参见《古本小说丛刊》第 33 辑,中华书局 1991 年版,第 482 ~ 483 页。

人们普遍承认小说"胜史"、"优于史",那么,把小说单单比做"帐簿"就出问题了。

在强调小说运笔之技要高于史书的背景下,张竹坡《第一奇书非淫书论》提出了"变帐簿以作文章"之说:

夫现今通行发卖,原未禁示。小子穷愁著书,亦书生常事。又非借此沽名,本因家无寸土,欲觅蝇头以养生耳。即云奉行禁止,小子非套翻原板,固云我自作我的《金瓶梅》。我的《金瓶梅》上洗淫乱而存孝弟,变帐簿以作文章,直使《金瓶》一书冰消瓦解,则算小子劈《金瓶梅》原板亦何不可!①

面对社会和人生的多重压迫和深深感触,张竹坡反复申明他的评点是"我自作我的《金瓶梅》"。结合张竹坡《读法》四十的"假捏一人,幻造一事"、"劈空撰出金瓶梅三个人来"、"看《金瓶》,把他当事实看,便被他瞒过,必须把他当文章看,方不被他瞒过也"等言论,我们可以推断出其所谓"帐簿"与"文章"的大意。单就时间观念而言,"帐簿"必须一五一十地按照日期记录,而"文章"则可以凭空捏造地"错乱其年谱"。其所谓"变帐簿以作文章",包含着改变人们对《金瓶梅》的"帐簿"印象的意图。《金瓶梅读法》三十七指出:

《史记》中有年表,《金瓶》中亦有时日也。开口云西门庆二十七岁,吴神仙相面则二十九,至临死则三十三岁。而官哥则生于政和四年丙申,卒于政和五年丁酉。夫西门庆二十九岁生子,则丙申年至三十三岁,该云庚子,而西门乃卒于戊戌。夫李瓶儿亦该云卒于政和五年,乃云七年。此皆作者故为参差之处。何则? 此书独与他小说不同。看其三四年间,却是一日一时推着数去,无论春秋冷热,即某人生日,某人某日来请酒,某月某日请某人,某日是某节令,齐齐整整捱去。若再将三五年间,甲子次序排得一丝不乱,是真个与西门计帐簿,有如世之无目者所云者也。故特特错乱其年谱,大约三五年间,其繁华如此。②

张竹坡列举了书中种种时日错乱的叙事现象,不仅没有指疵批漏,反而认为这是"作者故为参差",毕竟写小说不是"记帐簿",应当别具匠心地"特特错乱其年谱",从而避免"死板一串铃"式的机械记录。借助"我

---

① 黄霖:《金瓶梅资料汇编》,中华书局 1987 年版,第 64 页。
② 黄霖:《金瓶梅资料汇编》,中华书局 1987 年版,第 76 页。

注"、"注我"式的评点,张竹坡多次指责关于《金瓶梅》叙事的"帐簿说",这段文字最有代表性。事实上,陈继儒、褚人获等人把《列国志传》、《隋唐演义》等小说说成是"帐簿",意在拔高其价值;而张竹坡则认为,把《金瓶梅》等小说视为"帐簿",则是对它们的贬损,他们立论的出发点和旨归不同。随之,林钝翁评《姑妄言》第八卷《贾文物借富丈人力竟得甲科 邬帮闲迎宦公子意走邀宝贵》卷首对《金瓶梅》突破"用年月表"叙事也予以大加称赞:

《金瓶梅》一书可称小说之祖,有等一窍不通之辈,谓是西门家一本大帐簿。又指摘内中有年月不合,事有相左者为谬,诚为可笑,真所谓目中无珠者,何足与言看书也。①

显然,林钝翁之评与张竹坡一脉相承,同样不满于把《金瓶梅》比喻为"帐簿",并强调了史书与小说之别,突出了作为"文章"的小说可以不拘泥于历史叙述系之年月的特点。

既然小说无须拘泥于哪朝哪代,时间可以虚拟,那么,以往"系之年月"的写作方式就可以突破,这是小说创作观念的突破,影响深远。《红楼梦》第一回借石头与空空道人的对话,探讨了故事叙述"朝代年纪、地舆邦国却反失落无考"及其因由:"我师何太痴耶!若云无朝代可考,今我师竟假借汉唐等年纪添缀,又有何难?但我想,历史野史,皆蹈一辙,莫如我这不借此套者,反倒新奇别致,不过只取其事体情理罢了,又何必拘拘于朝代年纪哉!"强调了不受历史朝代约束等时间设置的自在性。第十七回至十八回写至元春"才选凤藻宫"、贾府修建大观园,叙述者用"又不知历几何时"提示时间。即使对屈指可数的五六个月,作者也不愿直白地告诉你具体日期,而是用了"不知历几何时"、"日日忙乱"等如此飘忽的字眼。说明这正是作者对时间的有意为之。不料,不明此番事理的姚燮竟然花费工夫,一五一十地指出《红楼梦》叙事中年、月、日上存在的"漏洞",结果不仅费力不讨好,反而被人们讥笑为"簿录家"。

大致说来,人们关于"帐簿"叙述利弊得失的探讨尽管看似复杂,但其大旨主要有二:其一,在时间安排上,"帐簿"叙述的井然有序等头绪特征一度受到人们的追奉;其二,在时间速度控制上,"帐簿"叙述的繁缛未

① 曹去晶:《姑妄言》,中国文联出版公司1999年版,第388页。

节等细屑特征则招来人们的不满。于是，张竹坡提出"变帐簿以作文章"。

三、小说构架尚有赖"帐簿"叙述

在中国文化中，"帐"有时还借指"债"，如欠账、还账、放账、赖账等。在中国人看来，"欠账还钱"天经地义，即使拖欠久了，也不能一笔勾销，而要做到"久假当还"、"父债子还"，否则便会出现"人不算天算"的后果。中国人不仅讲究"算账"，而且还坚信"新账旧账一起算"。这种文化背景有利于中国古代小说落实劝善惩恶、因果报应等叙述理念，并有利于形成带有时间循环性质的叙事圆圈。而"君子报仇，十年不晚"、"善有善报，恶有恶报，不是不报，时候未到"等"算账"观念又有利于将故事时间与情节作充分延宕。

首先，佛教因果性的孽债观念推出了一批借还性质的"帐簿"小说。在佛教因果报应观念的影响下，话本小说创作的"帐簿"意识特别突出。《二刻拍案惊奇》卷二十四《庵内看恶鬼善神 井中谭前因后果》结尾写道：

> 只因丘伯皋是个善人，故来与他家生下一孙，衍着后代，天道也不为差。但只是如此忠厚长者，明受人寄顿，又不曾贪谋了他的，还要填还本人，还得尽了方休，何况实负欠了人，强要人的打点受用，天岂容得你过？所以冤债相偿，因果的事，说他一年也说不了。小子而今说一个没天理的，与看官们听一听。钱财本有定数，莫要欺心胡做。试看古往今来，只是一本帐簿。

事实上，除了话本小说，中国古代章回小说创作的"久假当还"意识也常常赫然在目。如，《三国志演义》第一〇九回写道："阿瞒当年相汉时，欺他寡妇与孤儿，谁至四十余年后，寡妇孤儿亦被欺。"清代褚人获为《隋唐演义》一书作序探讨道：

> 乃或者曰："再世因缘之说，似属不根。"予曰："事虽荒唐，然亦非无因，安知 冥冥之中不亦有帐簿，登记此类以待销算也？"然则斯集业，殆亦古今大帐簿之外、小帐簿之中所不可少之一帙与（欤）！①

《隋唐演义》这部小说叙述了自隋文帝起兵伐陈开始，到唐明皇从四川还都去世而终，共一百七十多年的历史。其结构"大框架"是隋炀帝、

---

① 丁锡根：《中国历代小说序跋集》，人民文学出版社1996年版，第959页。

朱贵儿、唐明皇、杨玉环的"两世姻缘"。因此，褚人获之论就是把某种报应不爽的"因果"当做"帐簿"。题名钟惺的《混唐后传序》内容几乎相同，被疑为后人伪托。① 这种观念不仅影响到历史小说，而且还渗透到世情小说中去，如《歧路灯》第十九回写道："孤儿寡妇被人欺，识暗情危共悯之。岂意家缘该败日，要欺寡妇即孤儿。"而《红楼梦》第五回所写《飞鸟各投林》曲更是说："为官的，家业凋零；富贵的，金银散尽。有恩的，死里逃生；无情的，分明报应。欠命的，命已还；欠泪的，泪已尽。冤冤相报实非轻，分离聚合皆前定。"可见，这部小说创作的孽债观念很突出。所谓"欠命的，命已还"大约指凤姐之流，而"欠泪的，泪已尽"则分明指黛玉。小说第一零九回直接以"候芳魂五儿承错爱，还孽债迎女返真元"为题，创作的孽债意识明显，从而使小说带有"帐簿"性质。

即如读《金瓶梅》而言，我们也分明能感受到其中蕴涵的"久假当还"的宿命思想，即抢了人家的，盗了人家的，冥冥之中都要归还，大有"冤冤相报，了此帐簿"的动势。《金瓶梅》第一回在"先前怎地富贵，到后来煞甚凄凉"等语之后，进行了这样的干预式预叙："善有善报，恶有恶报。"总体布局如此，细微之处的叙述也是这样。张竹坡于第六回总评说："何处做玉楼？观金瓶骂'负心的贼，如何撇闪了奴，又往那家另续上心甜的了。'此是玉楼的过文，人自不知也。不然，谓是写金莲，然则此言却是写金莲甚么事也？要知作者自是以行文为乐，非是雇与西门庆家写帐簿也。"②第七回总评说得更具体："总是为一百回内，第一回中色空财空下一顶门针。而或谓如《梼杌》之意，是皆欲强作者为西门开帐簿之人，乌知所谓《金瓶梅》者哉。"③的确，小说第七十九回叙西门庆吃药死、第八十回叙李娇儿盗财归院、第八十一回叙韩道国拐财远遁、第八十一回叙来保欺主，分别完结了武大、花子虚、苗青、来旺四桩公案。西门庆之死对于西门这一富户而言，无疑是大厦顶梁柱的一次倾覆。他苦心经营起来的偌大家业顷刻间面临崩溃的危机，家庭所有成员的命运也刹那间发生了逆转。号称"四泉"的西门庆虽然谐音"四贪俱全"，但此时此刻一切的欲望却都将归于一个"空"字，一切都回到原来的起点上。

① 丁锡根：《中国历代小说序跋集》，人民文学出版社 1996 年版，第 965～966 页。
② 秦修容：《金瓶梅》（会评会校本），中华书局 1998 年版，第 90 页。
③ 秦修容：《金瓶梅》（会评会校本），中华书局 1998 年版，第 101 页。

与此同时,古往今来,社会上既有"各人造孽,各人承担"、"自作自受"之说,又有"父债子偿"、"一人犯错,株连后代"、"男人犯错,女人还债"、"天子作孽,人民受灾"之论。这种错位性的果报虽然不合现代法理,但这笔"糊涂账"中所寓含的人生哲理和机关却有利于生发出许多小说故事。如《西游记》第八十七回写天竺国凤仙郡三年大旱,原因是三年前十二月二十五日当地郡守献供斋天时失范,而玉皇大帝设下三件似乎根本无法完成的难题,使百姓遭殃。孙悟空得知事情的起因缘由后,只好劝当地郡侯归善,使披香殿的米、面立即皆无,锁梃断。三事成,玉皇大帝才肯下旨降雨。这种看似荒唐的故事背后拥有一根弯曲的"还账"观念支柱。中国古代小说中的"久假当还"意识来自元代傅按察所作《钱唐怀古》一词:"……陈桥驿,孤儿寡妇,久假当还……去国三千,游仙一梦,依然天淡夕阳间。昨宵也,一轮明月,还照临安。"[1]宋太祖赵匡胤建立宋朝时夺取了后周的孤儿寡母,宋亡后宋室的孤儿寡母又沦为他人之手,故而傅按察有如此慨叹。这种"久假当还"的文化心理结构对古代小说的时间操纵及其圆转结构的形成产生了难以估量的影响。

其次,道教的功过观念也催生了一批"帐簿式"叙述的小说。值得重视的是,受到道教的影响,16—17世纪,中国民间社会流行的一种记录善行与恶行的"功过格"对古代小说"帐簿"叙述产生了很大影响。所谓"功过格",本来是道士自记善恶功过的一种簿册,这种簿册列功过二格编写,故名。据《太微仙君功过格·序》载,"功过格"的记录采取的是日积月累的"量化"形式,将善言善行记在"功格",而将恶言恶行记在"过格",按月、年作阶段性汇总决算,"功"多者得福,"过"多者得咎。[2] 后来,这种按时间记录功过的方式流行于民间,成为一种具体指导人们行善戒恶的善书。清初,江苏宜兴史洁珵(玉涵)所辑《德育古鉴》之"原序"引用上文提到的陈继儒所说"史者,古今之大帐簿也"这句名言,并进而指出:

夫作善作恶,小德小过,总之皆上帐簿之人也。二部童子,日游夜游,并世所称台彭司命,皆记帐簿之人也。上而天帝,下而阎罗,算帐簿之人也。阳报阴报,降殃降祥,结帐簿之时也。而予则间录其帐簿所传一二

---

① 陶宗仪:《南村辍耕录》,中华书局1959年版,第186页。
② 《道藏》第3册,文物出版社、上海书店、天津古籍出版社1988年版,第449页。

宗，以为天下后世一称述者也。戒之戒之！①

在此，作者借助"帐簿"之喻，分别从"上帐簿"、"记帐簿"、"算帐簿"、"结帐簿"、"录帐簿"等层面，形象化地阐释了善恶因果原理。如此日积月累的"功过格"记录如同店主在账簿上记账。在话本小说中，我们可以找到有关"功过格"叙述的范例，如《型世言》第二十八回写张秀才夫妻为求子："遂立了一个行善簿，上边逐日写去，今日饶某人租几斗，今日让某人利几钱……一千善立完，腹中已发芽了……不期立愿将半年。已是生下一个儿子。"由此可见，民间"功过格"观念已经渗透到小说文本，并影响到其结构。在古代，"行善"是人们改变"财运"的一套秘诀。中国古人思想深处的这种"财运由命，富贵在天，积德生财"的通行律，更是经常被贯彻到话本小说的叙事体例中。如《喻世明言》卷九《裴晋公义还原配》将古代"裴度还带"一则故事纳入到"行善改运"的叙事框架中展开叙述，写年轻时相面师告诉裴度，他日后注定死于饥饿。后游香山寺中，于井亭栏杆上拾得三条宝带，坐等失主认领。自然，他的诚实改变了命运，后来发迹变泰，官至宰相，安享天年。本来，"还带"与"高官厚禄"未必有必然的联系，但是，为着贯彻"行善改运"，作者杜撰了"相面"故事作为预设，将裴度的好运纳入到"积德"的因果链条中。《醒世恒言》卷十八《施润泽滩阙遇友》的故事叙述基于几句破题的意念。其中，"还带曾消纵理纹"就是唐朝晋公裴度还带得福之事。正文写施复拾金不昧，勤劳致富，买了一处房产，在挖织机机坑时，挖到一坛千金私藏。后来，他"愈加好善"，很快又买了一所房产，再次掘得更多的藏银。施复屡发外财这个故事，演绎的是"行善好运"观念。《拍案惊奇》卷一《转运汉遇巧洞庭红 波斯胡指破鼍龙壳》通常被解读为一个歌颂海外历险的故事。实际上，作者的出发点是将其写成一个"时运"故事。小说写金老的八大锭银子变成八条穿白衣的壮汉跑到王老家，以神秘的"失财"故事强调钱财这东西该有当有，该无当无。正文写文若虚由"倒运汉"变成"转运汉"，达到了"子孙繁衍，家道殷富"的层次。在这个故事中，作者除了突出文若虚"心思惠巧"的素质之外，还借众人之口，道出了"存心忠厚"是文若虚由"倒运汉"变成"转运汉"的因果前提。由此看来，一切果报故事似乎均依托于

---

① 史洁程（玉涵）：《德育古鉴》，聂氏家言旬刊社 1931 年版，第 1 页。

求／是／文／荟 《求是学刊》发刊200期 QSWH

某种宿命性的"帐簿"观念支撑起来,从而形成圆转的整体结构。

从接受史书"系之年月"的"帐簿"叙述,到编年纪月、井然有序的小说文本生成;再由相对简单幼稚的编年纪月的"史书"性小说文本,转化为时空错乱、烟云模糊的"文章"性小说文本,我们可以看到中国古代小说文本生成的探索历程。同时,"帐簿"叙述还凭借其久假当还、恩怨了结之"道",一度承担起不断生成中国古代小说文本的重要使命。当然,"帐簿"叙述也容易生出今天所谓的只注重以时间先后为顺序,依次登记帐目而忽略轻重缓急的行文"流水账",导致小说审美的"寡味"。这是"帐簿"叙述之于中国古代小说文本建构的功过得失之大略。

●原文刊载于《求是学刊》2009 年第 2 期。
●李桂奎,上海财经大学人文学院副教授。

中国小说现代化的一大关戾

——纪念《新小说》创刊 100 周年

黄　霖

光绪二十八年十月（1902 年 11 月），由梁启超主持的《新小说》杂志在日本横浜创刊，正式吹响了"中国小说界革命"的号角，标志着中国小说的创作与理论由古典转向了现代，开创了中国小说发展的新纪元。关于创办这一杂志的目的、宗旨、内容与特色等，早在同年（光绪二十八年）七月的《新民丛报》第十四号上发表的《中国惟一之文学报〈新小说〉》已作了完整而扼要的介绍。梁启超所取"新小说"之名，其"新"字当为使动词，原意就是"使小说新"，进行"小说界革命"，但后来往往也有人将它理解成偏正结构"新的小说"。事实上，《新小说》尽管仅出了 24 期，但它的确催生了一大批新型的小说与小说杂志，使整个小说界呈现出一派新的面貌。一时间，新型的小说杂志《绣像小说》（1903 年）、《新新小说》（1904 年）、《小说世界》（1905 年）、《月月小说》（1906 年）、《小说林》（1907 年）、《中外小说林》（1907 年）等接踵而至，标着"新小说"牌号的译著大量面世，新式的小说论文也纷至沓来，这正如当时的吴趼人所说："吾感乎饮冰子《小说与群治之关系》（《新小说》第一期所刊）之说出，提倡小说，不数年而吾国之新著新译之小说，几于汗万牛充万栋，犹复日出不已而未有穷期也。"[①]"新小说"之"新"，还不仅仅在小说译著与编刊的繁荣，而更深层次的是表现在小说内容与形式同时在"新"，在现代化。政治小说、科学小说、哲理小说、实业小说、侦探小说、理想小说、国民小

---

① 黄霖：《中国历代小说论著选》下册，江西人民出版社 2000 年版，第 232 页。

求／是／文／荟　HSWO　《求是学刊》发刊200期

说、军事小说、冒险小说、种族小说、爱国小说、伦理小说、开智小说等等，其所叙的内容一般均为前所未有，其表述的角度与方法也有诸多创新，语言也在有意识地由雅向俗而新变。这是"新小说"之"新"的第二层次的表现。第三层次则表现在社会对于小说的观念普遍更新。小说从文学的边缘走向中心，成为"文学之最上乘"；同时，也是新民强国的最得力的工具。小说"向所视为鸩毒"，而却迅即成为"最歆动吾新旧社会，而无有文野智愚咸欢迎之者"①的时代宠儿。黄摩西在《小说林发刊词》中形象地描述了《新小说》后小说的风行和观念的转变：

> 今之时代文明交通之时代也，抑亦小说交通之时代乎！国民自治，方在预备期间；教育改良，未臻普及地位；科学如罗骨董，真赝杂陈；实业若披醉人，仆立无定；独此所谓小说者，其兴也勃焉。海内文豪既各变其索缣乞米之方针，运其高髻多脂之方略，或墨驱尻马，贡殊域之瑰闻；或笔代燃犀，影拓都之现状。集葩藻春，并亢乐晓，稿墨犹滋，囊金竞贸。新闻纸报告栏中，异军特起者，小说也。四方辐致，掷作金石声；五都标悬，烁若云霞色者，小说也。竹罄南山，金高北斗，聚珍摄影，钞腕欲脱；操奇计赢，舞袖益长者，小说也。蚩发学僮，娥眉居士，上自建牙张翼之尊严，下迄雕面粥客之琐贱，视沫一卷，而不忍遽置者，小说也：小说之风行于社会者如是。狭斜抛心缔约，辄神游于亚猛、亨利之间；屠沽察睫竞才，常锐身以福尔、马丁为任；摹仿文明形式，花圈雪服，贺自由之结婚；崇拜虚无党员，炸弹快枪，惊暗杀之手段：小说之影响于社会者又如是。则虽谓吾国今日之文明，为小说之文明可也；则虽谓吾国异日政界、学界、教育界、实业界之文明，即今日小说界之文明，亦无不可也。

黄摩西对此过热的现象有所不满，但这确是反映了当时小说界发生了一场翻天覆地的变化。这一变化虽然并不能完全归功于《新小说》，归功于梁启超，但梁启超与《新小说》确实在这场历史性的变革中为功最高。后来五四一代人在评价包括这场小说革命在内的晚清文学革命时就说："梁任公先生实为近来创造新文学之一人……鄙意论现代文学之革新，必数及梁先生。"②至20世纪30年代，吴文祺在《新文学概要》中论及晚清文学革命与五四后的新文学的关系时也形象地说："新文学的胎，早

① 黄霖：《中国历代小说论著选》下册，江西人民出版社2000年版，第292页。
② 黄霖：《中国历代小说论著选》下册，江西人民出版社2000年版，第501页。

孕育于戊戌变法以后,逐渐发展,逐渐生长,至五四时期始呱呱堕地。胡适之、陈独秀等不过是接产的医生罢了。"至 90 年代末,陈平原在《中国现代学术之建立》一书中高度肯定了"梁启超之提倡'文界革命'、'诗界革命'与'小说界革命',直接接上了五四新文学的历史功绩"。总之,《新小说》与梁启超提倡的"小说界革命"是使中国小说从古代走向现代的一大关戾,这是不容争辩的客观事实。但是,在如何公允、全面地评价《新小说》与"小说界革命"时,还是有各种各样不同的看法。一会儿,以政治挂帅、以"革命"挂帅,认为梁启超后期从改良走向保皇,与资产阶级革命相对抗,因而无视或有意贬低他的历史功绩;一会儿又以"纯艺术"论挂帅,认为梁启超主张"新小说"为"新道德"、"新政治"等服务,过分地强调文学的功利性,从而削弱或无视了小说的艺术性,从而把整个 20 世纪小说创作的不足或失败、甚至将"文化大革命"统统与梁启超的"文学界革命"挂上了钩。因此,在此纪念《新小说》创刊一百周年之际,我想就三个问题谈一点看法。

一、功利性与艺术性的问题

本来,办任何杂志都有一定的目的。创办《新小说》的目的很明确,就是要抢占小说的阵地,利用小说来开发民智,来"新民",来"改良群治"。《中国之惟一文学报〈新小说〉》开宗明义就说得很清楚,他们之所以要创办这一杂志,就是因为认识到"小说之道感人深矣",而长期以来学者普遍"反鄙小说为不足道",于是"好学深思之士君子,吐弃不肯从事,则傫薄无行者从而篡其统",终致"小说家言遂至毒天下,中国人心之败坏,未始不坐是"。因此,他们要"集精力而从事"新小说的工作,要改变这样的局面,明确宣布:

本报宗旨,专在借小说家言,以发起国民政治思想,激励其爱国精神,一切淫猥鄙野之言,有伤德育者,在所必摈。

后于《新小说》正式创刊时,即在第一期上发表的梁启超的《小说与群治之关系》开头,又用了斩钉截铁的语气宣称:

欲新一国之民,不可不先新一国之小说。故欲新道德,必新小说;欲新宗教,必新小说;欲新政治,必新小说;欲新风俗,必新小说;欲新学艺,必新小说;乃至欲新人心,欲新人格,必新小说。

与开头相呼应,在结尾处又作了这样的概括:"故今日欲改良群治,必自小说界革命始;欲新民,必自新小说始。"总之,梁启超办《新小说》,第一层目的是要使传统的小说发生新变,而其最终目的就是为了用新的小说来提高国民素质,改良社会政治风气,具有明确而鲜明的功利性。

我们在评价《新小说》的功利性时,首先应该考察他们所追求的功利是什么?该肯定还是该否定?当时的中国积贫积弱,亡国亡种的危险迫在眉睫。戊戌变法失败,改良维新之梦夭折,中国向何处去?梁启超在逃往日本的船上翻译《佳人奇遇》之余,写了一篇《译印政治小说序》,还不忘借用他所认为的"欧洲各国"政治变革的经验,鼓吹译印"政治小说"来直接推动中国的"变革"。但不久,他即深感到群众的不觉悟,"变法"、"新政"就难实现,当务之急是"新民",是提高国民的素质。"苟有新民,何患无新制度,无新政府,无新国家。"①在《新中国未来记》中,他借黄克强之口说:"世界上哪能一个国不是靠着国民再造一番,才能强盛吗?""一国所以成立,皆由民德、民智、民气三者具备,但民智还容易开发,民气还容易鼓励,独有民德一桩,最难养成。倘着无民德,则智、气两者亦无从发达圆满,就使有智,亦不过借寇兵赍盗粮;就使有气,亦不过一团客气,稍遇挫折便都消灭了。"总之,群治改良的基础,即在于再造"民德";只有先"新民",才能"新政治"。他的这一认识,与孙中山等主张走暴力革命的道路当然不同。辛亥革命后来虽然基本成功了,但不等于说"新民"是不必要的、甚至是错误的。鲁迅小说《药》中所描写的那种对于革命麻木不仁的群众,即揭示了革命的不足之处,也是值得记取的历史教训。所以"革命"与"新民"的大方向应该说是一致的,尽管当时他们为了争夺民众的领导地位而闹得不可开交,但事后看看,他们应该是相辅相成的,都是为了改造中国,富国强民,都是值得肯定的。胡适在辛亥革命后一年所写的《藏晖室札记》中曾说:"梁任公为吾国革命第一大功臣,其功在革新吾国之思想界。十五年来,吾国人士所以稍知民族思想主义及世界大势者皆梁氏之赐,此百喙不能诬也。去年武汉革命,所以能一举而全国响应者,民族思想、政治思想人人已深,故势如破竹耳。"这段话就较好地说明了"新民"与革命之间的关系。梁启超等办《新小说》时追求的功利是值得肯定的,那么,进一步的问题即是文学该不该有功利性?自从王国维、

---

① 梁启超:《新民说·论新民为今日中国第一急务》,载《新民丛报》第1号。

周氏兄弟引进所谓"纯文学"的理论之后,不时有人将文学有功利性嗤之以鼻,认为文学当为象牙塔里个人言志缘情的东西。特别是"文革"以后,人们从过分强调文学的功利性、政治性的圈子中跳了出来,纷纷强调文学的本质在于抒发感情,张扬个性,表现人性,看重远离功利的"纯文学"。在这些人看来,20世纪错就错在不断地强调"载道",文学的进步被功利与政治绊住了脚。其实,文学都是有某种功利的,自娱自乐,难道不是一种功利吗?王国维追求个人精神上的解脱难道不也是追求一种功利吗?说到底,所谓"纯文学"与"功利性"的不同,只是在于追求的功利大小不同而已:是吟诵个人一己之私情,还是抒发一时之群情?人是生活在社会之中的动物。"群"也是人的本性。歌唱群情同样可以抒发真情,同样有其艺术的真价值在。因此不难理解自古以来,杰出的作家都是富有人文精神,都是关心国家的前途、人类的命运、百姓的疾苦,伟大的作品多数是与广大百姓的脉搏在一起跳动的。当然,我们不应该就此否定那种纯私情的批风抹月、吟山诵水、哥哥妹妹、卿卿我我的东西,它们自有它们的价值在,也有不少优秀的作品能永远引起人们的共鸣。但不可否认,它们之中同时也存在着大量的乌七八糟的靡靡之音。因此,文学的价值不在于写私情,还是写群情;是"纯文学",还是有"功利性";而是在于写的情真不真,善不善,美不美。而且,这种情,还得放在当时时代中来加以考察。在《新小说》的时代,广大的百姓是需要什么样的情?在多灾多难的中国的20世纪,究竟更需要什么样的情?即使在现在,当我们眼看着超级大国在世界上横行霸道,发号施令,不断给我们制造麻烦的时候,当我们面对着一些贪官污吏花天酒地、一掷万金,而广大贫困地区的儿童食不裹腹、衣不蔽体的时候,难道就一味强调作家躲在象牙塔里写那些纯之又纯的"纯文学"吗?就一味鼓吹文学围着一个自我转吗?就不要张扬群情、人文关怀吗?事实上,一部世界文学史早就证明,文学是复杂的,其价值同样也是复杂的,我们决不能将它简单化。

再进一步看,梁启超创导的"新小说"并非是不要艺术性,否定艺术性。他之所以强调小说有巨大的社会作用,是"新民"与"改良群治"的重要工具,就是因为他对小说的艺术特征及其感染力自有其独到的理解。早在《中国惟一之文学报〈新小说〉》中,他就指出小说"文体"的特点是:"曲折透达,淋漓尽致,描人群之情状,批天地之奥,有非寻常文家能及者。"在《小说与群治之关系》中,他就进一步说明小说除了"浅而易解"之外,还有"乐而多趣"的特点。这是由于小说既能将人生"和盘托出,彻底发露之",又能"常导人游于他境界,而变换其常触常受之空气者也"。在这基础上,他又提出了小说的四种感染力:薰、浸、刺、提,引进了西方的文论术语,将小说划分为"理想派"与"写实派"两类。应该说,他在小说艺术方面的探索已经大大地超过了前人笼统、零碎、感想式的批评,而是以新的阐述方式进行了系统的论证。这种明显带有现代特征的批评方式及其认识也是开一代风气的。更可贵的是,他不但在理论上创导,而且还身体力行,亲自投身于创作实践。《新中国未来记》尽管在艺术上并不成功,弄得"似说部非说部,似稗史非稗史,似论著非论著,不知成何种文体",但其创新开拓的精神还是可嘉的。例如,他有意"全用幻梦倒影之法",就多少吸取了西方小说的新的表现手法。《新小说》也曾明确主张历史小说用"恢奇俶诡之笔",探侦小说要做到"奇情怪想,往往出人意表",传奇小说要注重"词藻结构",乃至如《东欧女豪杰》就注意"事迹出没有变化,悲壮淋漓,无一不出人意想之外"等等①,无不说明他们在艺术表现上也是有所考虑的,只是由于他们精力有限,在这方面的确没有下更大的工夫,以致作品的艺术未能达到上乘。这是无庸讳言的事实。但是,假如我们以历史宽容的态度来看问题,应当允许新生的事物有一个由幼稚到成熟,由粗糙到精细的过程。现代小说整整走了一个世纪,究竟有多少在艺术上经得起大浪淘沙的作品呢?为什么要对刚刚出土的萌芽求备责全呢?我们应该高度肯定它的开创之功,至于艺术上的完美还是让后人来承担起历史的责任吧!

二、理论与创作的问题

《新小说》的一大特点就是理论与创作并重。《中国惟一之文学报〈新小说〉》在介绍"本报之内容"时对"论说"部分作了如下的说明:

本报论说,专属于小说之范围,大指欲为中国说部创一新境界,如论文学上小说之价值,社会上小说之势力,东西各国小说学进化之历史及小说家之功德,中国小说界革命之必要及其方法等,题尚夥,多不能预定。

---

① 黄霖:《中国历代小说论著选》下册,江西人民出版社 2000 年版,第 33 页。

　　这说明,他们之所以要设置"论说",其目的也就是为了推动"中国说部创一新境界",而其大致规定的内容,也都是紧紧地围绕着这一目的。后来实际上发表的一些理论文字如《小说与群治之关系》、《小说丛话》、《论文学上小说之位置》、《论写情小说与新社会之关系》等,都是根据这些论题进行的。其中,梁启超的《小说与群治之关系》一文影响尤大。假如说《中国惟一之文学报〈新小说〉》是"小说界革命"的宣言的话,那么《小说与群治之关系》则是"小说界革命"的纲领。此文伴随着创刊号《新小说》一出,就出现了一场轰轰烈烈的"新小说"运动。在这场运动中首先引起强烈反响的就是一些诸如小说的社会作用、小说的价值、以及对于中国古代小说的评价等理论问题,引起了热烈的讨论。如关于小说的社会作用问题,狄平子、王钟麒、陶佑曾等赞同梁启超的观点,甚至更加强调"小说有不可思议之力支配人道"①,认为"几几乎可以改造世界矣"②,因而"欲革新支那一切腐败之现象",必先拉开小说革新的序幕③,而曼殊、徐念慈、黄人、黄世仲弟兄等认为"无论何种小说,其思想总不能出当时社会之范围"④,"小说固不足生社会,而惟有社会始成小说者也"⑤,"昔之视小说也太轻,而今之视小说又太重"⑥,"时势造小说耶,抑小说造时势耶? 是二者固未可决言"⑦。这场讨论尽管及时地纠正了梁启超等人过分夸大小说的社会作用、颠倒小说与社会关系的偏颇观点,但由梁启超、《新小说》引起的这场讨论,毕竟使人们对于小说的地位与作用的认识起了翻天覆地的变化,其功也不可没。而更重要的是,由《新小说》所开创的这一重视"论说"的风气,被同时的小说杂志所普遍接受,它们往往辟有专栏,刊载议论文字,有力地推动了晚清小说理论批评与小说研究的发展。而这小说理论文字为"新小说"摇旗呐喊,又有力地推进了新小说的创作,其中还有不少文章如寅半生的《小说闲评》、徐念慈的《余之小说观》、《小说管窥录》、《觉我赘语》,以及无名氏的《读新小说法》等,都是

---

① 黄霖:《中国历代小说论著选》下册,江西人民出版社2000年版,第41页。
② 《〈新世界小说社报〉发刊辞》,载《新世界小说社报》第一期。
③ 黄霖:《中国历代小说论著选》下册,江西人民出版社2000年版,第34页。
④ 黄霖:《中国历代小说论著选》下册,江西人民出版社2000年版,第58页。
⑤ 黄霖:《中国历代小说论著选》下册,江西人民出版社2000年版,第298页。
⑥ 黄霖:《中国历代小说论著选》下册,江西人民出版社2000年版,第250页。
⑦ 黄伯耀:《小说与风俗之关系》,载《中外小说林》第二卷第五期,第955页。

直接总结与指导"新小说"的创作与阅读的,它们与新小说的繁荣,关系就更为密切了。因此可以说,没有"新小说"理论上的活跃,也就不可能有"新小说"创作上的繁荣。

但是,我最近读到一篇论述梁启超小说观念的文章说:

"新小说"等观念开辟了一个"观念"世纪。由于西潮(现代化)的冲击,给 20 世纪的中国人带来种种新的观念,在文艺上就形成所谓的文学思潮。每当一个新的文学思潮开始,总是以某种"新"观念为标志……仔细研究一番,定然不难看出,提出观念的人一般都没有什么真正的创作成就,创造出丰富的艺术成果的大家却都不是以提出观念为能事者。如今……观念的意识形态成份对文学的渗透少了,对一般社会的冲击力也小了,小说像漫游的浪子回家一样寂寞地回归本体了。如果我们不由"观念"来考察中国现代小说的发展,与"观念"保持一定距离,通过那些特别注重小说文体的重塑与现代化中西、雅俗整合的作家作品来考察,那会形成怎样的一种与观念史相区别的小说史呢?①

这位作者不喜欢用"观念"来考察文学史,从而也不喜欢提出一个"新小说"的观念,似乎文学史就是创作成果的历史。事实上,文学的历史有创作的历史,也有观念的历史。创作有创作的价值,观念也有观念的价值。观念与创作又从来不是分割的,它们是相互影响、相互促进的。新的小说往往与新的观念相联系,"创造出丰富的艺术成果的大家"尽管未必都是"以提出观念为能事者",但不可否认他们一般都在"观念"上自有一套,往往也是个先进者,这样的作家在中外文学史上可以说是屡见不鲜的。挑一个中国小说创作最有成就的大家曹雪芹来说吧,他在创作《红楼梦》时,就激烈地批评了当时流行的"历代野史"、"风月笔墨"与"佳人才子"小说"都是一个套子",提出了"新鲜别致"、"谈情"、"适趣"等观念,走在了时代的前列。至于那些以理论见长者,尽管其创作并不突出,但他们提出的"观念"还是在文学史上值得大书特书的,比如严羽,提出了"兴趣"、"妙悟"等新观念,就深刻地影响了元明清几代人的创作与理论。梁启超及《新小说》所提出的一些新观念,尽管有许多不成熟的、乃至偏颇的地方,但总体上还是推动了中国小说的现代化,我们决不能因为它的粗糙与偏颇而将它一笔抹煞,乃至

---

① 徐德明:《梁启超小说观念及实践的过渡性特征》,载《扬州大学学报》2002 年第 2 期。

进一步将整个观念上、理论上的创新都一笔抹煞。

三、编者与读者的问题

《新小说》作为一种杂志,之所以能开创了一代的风气,很重要的一点是不仅是编者有清晰而崇高的目的,能认真而艰苦的工作,而且也在于它能注意吸引和团结了一大批读者在其周围。本来,梁启超他们的启蒙运动的对象是广大国民,所谓"务以振国民精神,开国民智识",《新小说》也是为了"发起国民政治思想,激励其爱国精神"①这样,他们就必须面对广大的"粗人"②,但实际上,广大的民众既无接受新观念的精神准备,也无接受新小说的物质基础,真正能接受新小说、新观念的还是一批敏感的知识分子,所以《中国惟一之文学报〈新小说〉》所寄予希望的就是"新世界的青年"。与此同时,梁启超的办报理念也发生了变化。从《清议报》起已开始刊登广告,《新民丛报》则比较明确地采用了股份制,梁启超所持的股份占三分之一。他既是主笔,又是最大的股东。1907 年 7 月,他在给徐佛苏的信中说:"办报固为开通社会起见,亦必须求经济可以独立支持。"实际上从《清议报》到《新民丛报》,再到《新小说》,他在办报时已逐渐把启蒙与经营合为一体,他是主笔,又是经营者;读者是启蒙对象,同时也是消费群体。为了满足读者市场的消费需求,吸引更多的知识分子阅读《新小说》,热爱《新小说》,梁启超还从内容到形式进行了多方面的革新与尝试。其《中国惟一之文学报〈新小说〉》的标题下原有小字注:"每月一回,十五日发行,洋装百八十叶。"正文中又详细地说明了订购的情况。梁启超这样将杂志定期出版,并与《新民丛报》一样,改用铅印与洋装相结合的技术,这给读者的阅读翻检带来了便利,受到了欢迎。这正如有的论者所说的:"梁启超在日本的小说出版活动,虽然时间不长,又因为距离国内读者市场较远,出版的数量也不太大,但却促成了小说与定期刊物与铅印洋装技术的结合,确立了近代小说出版的基本规范,并带动了中国小说出版形态从传统向近代的转变,其作用应该得到重视。"③除此之外,梁启超又注意处理了以下几个关系:

---

① 黄霖:《中国历代小说论著选》下册,江西人民出版社 2000 年版,第 31 页。
② 黄霖:《中国历代小说论著选》下册,江西人民出版社 2000 年版,第 114 页。
③ 梁启超:《饮冰室合集·文集》第 4 册,中华书局 1989 年版。

第一,译与著的关系。梁启超曾将中国古代小说视为"群治腐败之总根源",强调移译外国的政治小说来推动中国的变革,这的确产生过一些不良的影响。一时间,"著作者不得一二,翻译者十常居八九"①,很多粗制滥造的外国小说因不如"著书之经营久、笔墨繁、成本重"而"呈功易、卷帙简、卖价廉"②,风行于社会。然而,梁启超在主观上对译、著的比重还是有较为清醒的认识的。《中国惟一之文学报〈新小说〉》说得很清楚:

本报所登载各篇,著译各半,但一切精心结构,务求不损中国文学之名誉。

事实上,《新小说》也是贯彻这一方针的。在当时,不论从启蒙,还是从销售的角度来看,翻译小说,扩大视野,引进新思想、新知识、新事物,都是十分必要的,但梁启超还是强调"不损中国文学之名誉",要以中国文学为本的。所以他提出的译著各半的比例也是合适的。这正如稍后黄世仲在《小说风尚之进步以翻译说部为风气之先》一文中所说的:"翻译者如前锋,自著者如后劲,扬镳分道,其影响于社会者,殆无轩轾焉。"

第二,雅与俗的关系。关于《新小说》所采用的语言,一开始就定下了这样的原则:"本报文言俗语参用。"梁启超之所以强调采用俗语,不仅仅是因为认识到"小说者,决非以古语之文体而能工者也"③,它的特点就在于"浅而易解"④,便于广大国民所接受;而且也由于认识到语言的通俗化是文学现代化的大势所趋。他一再说:"文学进化有一大关键,即由古语之文学变为俗语之文学是也。各国文学史之展开,靡不循此轨道。"⑤"俗语文体之流行,实文学进步之最大关键也,各国皆尔,吾中国亦应有然。"⑥因此,他大力提倡和亲自实践创作通俗小说,推动了清末文学白话化的运动。但当时毕竟是处于一个新旧过渡的时代,多数知识分子还是熟悉雅文学,在相当一段时间内还是"文言小说之销行,较之白话小说为优"。对此,徐念慈曾很有感慨地说:"若以臆说断之,似白话小说当超过文言小说之流行,其言语则晓畅,无艰涩之联字,其意义则明白,无幽奥之

---

① 黄霖:《中国历代小说论著选》下册,江西人民出版社 2000 年版,第 298 页。
② 黄霖:《中国历代小说论著选》下册,江西人民出版社 2000 年版,第 298 页。
③ 黄霖:《中国历代小说论著选》下册,江西人民出版社 2000 年版,第 52 页。
④ 黄霖:《中国历代小说论著选》下册,江西人民出版社 2000 年版,第 41 页。
⑤ 黄霖:《中国历代小说论著选》下册,江西人民出版社 2000 年版,第 52 页。
⑥ 黄霖:《中国历代小说论著选》下册,江西人民出版社 2000 年版,第 119 页。

隐语,宜乎不胫而走矣,而社会之现象,转出于意料外者!"这是因为当时购小说之百分之九十的人都是"旧学界"出身的知识分子。无怪乎林琴南被奉为"今世小说家之泰斗"①,崇拜他的人最多。在这样的情势下,显然应当照顾到"文言小说",以最大多数地争取到读者。

第三,文与画的关系。《新小说》中专辟了"图画"栏,也是争取读者的重要措施。《中国惟一之文学报〈新小说〉》对此有如下说明:

> 专搜罗东西古今英雄美人之影像,按期登载,以资观感。其风景画,则专采名胜、地方趣味浓深者,及历史上有关系者登之。而每篇小说中,亦常插入最精致之绣像绘画。其画皆由著译者意匠结构,托名手写之。

这里的图画实际上分为两类:一类是与小说正文无关的图像,另一类是小说中的插画。前者画面主要来自国外,二十四期共载画 62 幅,只有第 9 号载"北京宫内北海全景"与第 13 号载"清太后那拉氏"两幅也为一般百姓所难见外,其他都为他国的图景。这无疑是为了使读者增长见识,开阔眼界,满足其新鲜感、好奇心,特别在照相并不普及的当时,加之以先进的印刷技术,那些著名文豪、欧西美人和环球名胜,都有很强的吸引力。后者配合小说内容,有助于读者理解作品。这些图像无疑都会提高读者购买与阅读的兴趣,成为一种有力的促销手段。这种文与画相结合的办刊方略,也为后来的文学杂志所继承。

梁启超创办《新小说》,动机是崇高的,经营是有方的,成绩是巨大的,中国的小说从此向着现代化一路向前。但是,历史发展的道路往往并不是直线进行的。由于梁启超赋予小说的使命过于沉重,过度、过急地追求现实启蒙的功利,甚至将小说"专欲发表区区政见",这就势必对"新小说"文体的特征不加深究,阻扼了新小说艺术生命的健康成长;再加上社会政治本身一片混沌,中西文化选择、交融又十分艰难,一时使操觚者纷纷感到迷惘;而稿费制的推广,使作家的职业化与小说的商品化并头齐进。来势汹涌的商品化浪潮,很快就将启蒙家们苦心构建起来的美梦冲得支离破碎,借小说以追求猎奇,专揭隐私,渲染艳情,铺天盖地而来,本来是"新民"的良药,很快就成为媚俗的工具。时间不过十多年,当梁启超这位"新小说"的倡导者再来面对市场上的"新小说"时,不能不使他感

---

① 黄霖:《中国历代小说论著选》下册,江西人民出版社 2000 年版,第 301 页。

到大出意外，痛心疾首。他又不得不一次"告小说家"：

> 而还观今之所谓小说文学者何如？呜呼！吾安忍言，吾安忍言！其十九则诲盗与诲淫而已，或则尖酸轻薄毫无取义之游戏文也，于以煽诱举国青年子弟，使其桀黠者濡染于险诐钩距作奸犯科，而摹拟某种侦探小说中之节目。其柔靡者浸淫于目成魂与窬墙钻穴，而自比于某种艳情小说之主人公。于是其思想习于污贱龌龊，其行谊习于邪曲放荡，其言论习于诡随尖刻。近十年来，社会风习，一落千丈，何一非所谓新小说者厉之阶？循此横流，更阅数年，中国殆不陆沉不止也。①

梁启超将"社会风习一落千丈"的罪责统统归咎于"新小说"，正像他当年把"社会腐败之总根源"一古脑儿地算在古小说的帐上一样，未免失之过当。但"新小说"的发展确实为梁启超始料所不及，滑向了一段斜坡，这也不容讳言。"新小说"之所以走了这样一段弯路的责任，恐怕是不应该算在当年倡导"新小说"的梁启超头上的，这主要还是由于后来"著书与市稿者大抵实行拜金主义"②所造成的恶果。书生们在一股政治热情的激荡之后，看不清国家进步的希望，找不到个人晋身的捷径，无心于探寻艺术的精微，热衷于追求眼前的利益，"新小说"的光环，就此被铜臭销蚀殆尽。这也是小说现代化过程中所遇到的历史教训。直到新文化运动起，又一场新的思想启蒙运动，重新使小说界振作起精神，将小说的现代化又推向了另一个新的境界。今天，当我们在经济全球化的格局下，一步一步地推进小说现代化的时候，回首一个世纪之前，看看《新小说》，看看首倡"小说界革命"的梁启超们，一种崇敬之情不禁油然而生。他们的历史功勋是永远不可磨灭的。最后，就借用老杜的一首诗，权作本文的结束吧：

> 王杨卢骆当时体，轻薄为文哂未休。
>
> 尔曹身与名俱灭，不废江河万古流！

●原文刊载于《求是学刊》2003年第4期。

●黄霖，复旦大学中文系教授，博士生导师。

---

① 梁启超：《饮冰室合集·文集》第4册，中华书局1989年版。
② 黄霖：《中国历代小说论著选》下册，江西人民出版社2000年版，第315页。

后　记

　　这本论文集的编辑是经过精心设计的。以"视界"与"方法"为题，既是对 21 世纪第一个十年来中国文学研究的一个总结，也有意以之描述自己的一点期待。植根于浑厚的文学传统，如何吸纳新的理念与方法，汇入时代潮流，并在国际化与本土化的碰撞与互动中获得生存的空间，寻求长足的发展，这是时代的学术难题，许多人都从不同维度进行着相关的思考，我也一样。尽管可能不成熟。好在我是借助我的作者在说话，读者完全可以从阅读中寻找抑或诠释这两个关键词的存在与否、价值大小。十年的历程，选择三十篇文章来做这份答卷，或许不能说明一切。能够确信的是，入选的这些论文，都是当代学界精英的认真思考；在研讨相关问题时，他们也有自己的困惑，可能也体会到了某种缺失，好在探索还在进行，思考将会在经验上健康成长。我的承诺是：与他们同在，呈现他们，表达他们。

　　屈指盘点，我来到《求是学刊》工作已整整二十年。回想 1990 年春天犹疑地踏入编辑部之门，羞涩与担心早因岁月的磨砺而荡然无存；记忆中是依旧温馨的初次寒暄与随后那些琐碎零断的编校往事。应该是这个积极向上的群体的力量吧，最初的印象始终深刻，并在经历了二十年的延展与加固后，有历久弥新的幸福与眷恋之感。编辑部曾迭经人员的变动，离开了一些老同志，加入了几张新面孔。尽管交往的方式各有不同，甚至交往的感觉也大相径庭，但是和谐、理解与友爱日益凸显，并凝固为这个集体恒久弥坚的主题。

　　我想说的是我很努力。尽管与其他同事相比还有差距：没有获得过先进工作者、优秀党员等奖励，甚至没有过考核优秀之类的机会，但我未曾懈怠过，自觉无愧于编辑工作：编辑了许多上乘的稿件，学术反馈颇佳；

集结了一个稳定的作者群体,优秀学者愿意将重要成果交给本刊首发,年轻学者因为我的推许而成长为中坚、主力。我个人,也因为编辑工作的锻造,最终收获了自由的审美愉悦,率意,淡定,自尊,充实。因为这一点,我要深深感谢历任主编以及年长或年轻的同事们,他们的成全、体谅以及帮助是多方位的、全面的,难以一一撷举,细致罗列。

我还想说的是我很幸运。常说编辑工作就是为他人作嫁衣裳,不假。侥幸的是,在这份工作中,通过三更灯火五更鸡的劳作,我也为自己缝纫出一件差强人意的"嫁衣",并最终将自己"嫁"到了文学院,经受了另一种方式的历练。这种交集了偶然与必然的结局与公私之谋无缘,只可归因于当年衣俊卿主编提出的"编辑学者化"理念。我是一个循规蹈矩的践行者。正像本论文集题目所标识的,我在这一过程中获得了视界,把握了方法,体味到了个人价值之所在,享受了用心于学术的超常快感,并取得了一点点成绩。

这些年,我"娘家"、"婆家"两头忙,甘苦俱有,得失同在,个中滋味绝非三言两语能够尽说。"开辟宇宙之鸿蒙,谁为思想之情种?"这是我为《求是学刊》创刊三十年献上的思考,是一种生命的情绪和关于存在的认知,也是一个渺小个体的宏大愿景。我无悔于自己的抉择,乐于在某些不可回溯的过程中咀嚼和品味痛苦、失败与成功。因为我从人生经验中抽绎出的,依旧是"视界"与"方法"两个关键词,收获亦丰,且甚为快意。述往思来,立足当下,这一份收获怎一个"快意"能够了得!

编者
2011 年 1 月 12 日